# 아웃 오브 아프리카

# 아웃 오브 아프리카
Out of Africa

**카렌 블릭센 장편소설  민승남 옮김**

**OUT OF AFRICA**
**by KAREN BLIXEN (1937)**

Copyright (C) 1937 by Karen Blixen, renewed 1965 by Rungstedlundfonden
All rights reserved.
Korean translation copyright (C) The Open Books Co., 2008
Korean translation rights arranged with
The Gyldendal Group Agency through Eric Yang Agency.

이 책은 실로 꿰매어 제본하는 정통적인 사철 방식으로 만들어졌습니다.
사철 방식으로 제본된 책은 오랫동안 보관해도 손상되지 않습니다.

## 1. 카만테와 룰루

은공 농장     13

원주민 소년     34

이주민 집의 야만인     56

가젤     81

## 2. 농장에서 일어난 오발 사고

103     오발 사고

118     마사이족 보호 구역을 달리며

131     와마이

149     와난게리

167     키쿠유족 족장

## 3. 농장을 찾은 손님들

춤판     187

아시아에서 온 손님     200

소말리족 여인들     205

| 크누센 영감 | 218 |
| 농장으로 피신한 도망자 | 227 |
| 친구들의 방문 | 237 |
| 고귀한 개척자 | 245 |
| 날개 | 259 |

## 4. 어느 이민자의 노트에서

| 285 | 반딧불이 |
| 286 | 인생길 |
| 289 | 야생이 야생을 도우러 오다 |
| 291 | 에사 이야기 |
| 295 | 이구아나 |
| 298 | 파라와 「베니스의 상인」 |
| 301 | 본머스의 엘리트 |
| 302 | 긍지에 대하여 |
| 304 | 황소들 |
| 308 | 흑백 두 인종에 대하여 |
| 310 | 전시에 떠난 사파리 |
| 319 | 스와힐리어의 숫자 체계 |
| 321 | 〈나를 축복해 주기 전에는 보내 주지 않겠소〉 |
| 324 | 월식 |
| 325 | 원주민과 시 |
| 326 | 천년왕국에 대하여 |
| 327 | 키토시 이야기 |
| 333 | 아프리카의 새들 |
| 337 | 파니아 |

| 340 | 에사의 죽음 |
| --- | --- |
| 345 | 원주민들과 역사에 관하여 |
| 348 | 지진 |
| 351 | 조지 |
| 352 | 케지코 |
| 353 | 함부르크로 가는 기린들 |
| 357 | 동물원 |
| 361 | 여행 중에 만난 사람들 |
| 363 | 박물학자와 원숭이들 |
| 365 | 카로메냐 |
| 369 | 푸란 싱 |
| 372 | 이상한 사건 |
| 376 | 앵무새 |

## 5. 농장과의 작별

| 역경의 시기 | 381 |
| --- | --- |
| 키난주이의 죽음 | 395 |
| 언덕 지대의 무덤 | 405 |
| 파라와 함께 가재도구를 처분하다 | 425 |
| 작별 | 444 |

| 455 | **역자 해설** 아프리카로부터는 항상 무언가 새로운 것이 생겨난다 |
| --- | --- |
| 459 | 카렌 블릭센 연보 |

*Equitare, arcum tendere, veritatem dicere.*
(말을 타고, 총을 쏘고, 진실을 말하다.)

# 1
# 카만테와 룰루

숲으로부터, 고원으로부터
우리는 온다, 우리는 온다.

# 은공 농장

나는 아프리카 은공 언덕 기슭에 농장을 갖고 있었다. 그 고원 지대를 가로질러 적도가 지났고, 적도에서 160킬로미터 남쪽의 내 농장은 해발 1천8백 미터가 넘는 고지대에 위치해 있었다. 그곳에선 낮이면 마치 태양 가까이까지 높이 올라간 듯한 기분이 들지만 이른 아침과 저녁은 청명하고 평온했으며 밤에는 추웠다.

그 지리적 위치와 고도가 합쳐져서 세계 어느 곳에서도 볼 수 없는 풍경을 만들어 냈다. 그곳에선 기름기나 풍요로움을 찾아볼 수 없는데, 마치 아프리카 대륙이 1천8백 미터 높이를 통해 증류되어 정련된 독한 정수만이 남아 있는 듯했다. 그곳의 색은 도기처럼 건조하고 탄 색깔들이었다. 나무에는 가볍고 가냘픈 잎사귀들이 달려 있었고 구조도 유럽의 나무들과 달랐다. 이곳의 나무들은 활 모양이나 둥근 지붕 모양이 아니라 수평으로 층을 이루며 자랐기 때문에 외로이 서 있는 키 큰 나무들은 마치 야자수처럼 보이거나 돛을 말아 올린 전장(全獎) 범선 같은 웅대하고 낭만적인 분위기를 풍겼고, 가장자리 모양이 이상해서 마치 나무 전체가 미세하게 떨고 있는 듯했다. 대평원의 풀 위로 굽고 헐벗은 늙은 가시나무들이 드문드문 서 있었고, 풀들은 백리향이나 머틀 같은 허브처럼 향이 났는데, 어떤 곳에서는 그 향이 너무 짙어서 코가 얼얼할 정도였다. 초원이나 원시림의 덩굴에서 볼 수 있는 꽃들은 하나같이 크기가 매우 작았고, 긴 우기가 시작될 무렵에야 큼지막하고 향기 짙은 백합이 초원 위에 무수히 피어났다. 그곳의 전망은 어마어마하게 넓었다. 눈에 들어오는 모든 것이 위대함과 자유, 비길 데 없는 장엄함을 느끼게 했다.

그곳의 풍경과 삶에서 가장 특징적인 요소는 바로 공기였다. 아프리카 고원 지대에서 체류하던 시절을 회고하면 자신이 한때 높은 공중에서 살았다는 감회에 젖는다. 하늘은 연푸른색이나 보랏빛을 벗어날 때가 거의 없었으며, 강력하고 무게가 없고 끝없이 변화하는 무수한 구름 떼가 하늘 높이 솟아 유유히 흘러갔다. 그러나 하늘은 푸른 활력을 품고 있어서 가까운 곳의 언덕과 숲을 산뜻한 짙푸른 색으로 그려 놓았다. 한낮에는 땅 위의 공기가 마치 타오르는 불꽃처럼 살아 있었다. 흐르는 물처럼 섬광을 발하고 물결치고 빛났으며 모든 사물을 거울처럼 비추어 둘로 만들고 거대한 신기루를 만들어 냈다. 이런 높은 곳의 공기 속에서 편안히 숨 쉬다 보면 어느새 기운찬 자신감과 상쾌한 기분이 가슴 가득 차오른다. 고원 지대에서 아침에 눈을 뜨면 이런 생각을 하게 된다. 〈여기 내가 있다. 내가 있어야만 하는 곳에.〉

은공 산은 남북으로 길게 뻗어 있고 산등성이를 따라 웅장한 봉우리 네 개가 하늘을 배경으로 솟아 있는데 그 봉우리들은 마치 움직이지 않는 짙푸른 물결처럼 보인다. 이 산은 해발 2천4백 미터 높이로 동쪽으로는 주변 지역보다 6백 미터가 높고 서쪽으로는 경사가 더 심해서 절벽의 형상을 하고 있다. 그레이트 리프트 밸리를 향해 수직 경사를 이루고 있는 것이다.

고원 지대의 바람은 계속해서 북북동에서 불어온다. 아래쪽의 아프리카 연안과 아랍 연안에서 〈몬순〉, 솔로몬 왕의 애마 〈동풍〉이라고 불리는 바로 그 바람이다. 고원 지대에서 이 바람은 대지가 공중으로 몸을 던지면서 일으키는 공기의 저항 정도로만 느껴진다. 바람은 곧장 은공 언덕을 향해 달려가 부딪치며, 언덕 비탈은 글라이더를 띄우기에 이상적인 장소로, 글라이더는 기류를 타고 산꼭대기까지 올라간다. 바람과 함께 움직이는 구름들은 언덕 비탈에 부딪혀 그곳에서 진을 치거나 정상에 걸려 비가 되어 내린다. 그러나 더 높은 코스에서 장애물을 피한 구름들은 서쪽으로 넘어가서 그레이트 리프트 밸리의 타오르는 사막 위에서 흩어진다. 나는 집에서 이 거대한 구름 행렬이 나아가는 광경을 숱하게 지켜보았으며 그 당당한 구름 덩어리가 언덕을 넘자마자 푸른 허공 속으로 사라져 버리는 모습에 경탄하곤 했다.

농장에서 바라본 언덕들은 하루에도 여러 번 모습을 바꾸어 어떤 때는 아주 가깝게 보이다가도 또 어떤 때는 아주 멀리 있는 것처럼 보였다. 저녁에 땅거미가 내리기 시작할 때 그 언덕들을 바라보노라면, 처음에는 거무스름한 산의 윤곽을 따라 가느다란 은빛 선이 그려진 것 같다가 밤이 되면 마치 산이 기지개를 켜며 큰 대자로 눕는 듯 네 봉우리가 평평해졌다.

은공 언덕은 다른 어느 곳에서도 볼 수 없는 전망을 제공한다. 남쪽으로는 동물들이 사는 광활한 초원이 저 멀리 킬리만자로까지 뻗어 있고, 동쪽과 북쪽으로는 공원처럼 생긴 언덕 지대가 숲을 등지고 펼쳐져 있다. 이 동북쪽은 키쿠유족 보호 구역으로 기복이 심한 땅이 160킬로미터쯤 떨어진 케냐 산까지 이어져 있으며 네모진 작은 옥수수 밭과 바나나 숲, 목초지가 모자이크를 이루고, 원주민 마을에서 군데군데 푸른 연기가 피어오르며 두더지가 파놓은 뾰족한 흙 두둑의 작은 무리도 보인다. 하지만 서쪽으로는 저 아래에 달 표면처럼 메마른 아프리카 저지대가 누워 있다. 그 갈색 사막에는 작은 가시덤불이 드문드문 흩어져 있고 구불구불한 강바닥을 따라 비뚤비뚤한 진녹색 띠가 이어져 있는데, 그것들은 뾰족한 가시가 달려 있고 가지가 넓게 뻗어 나간 거대한 미모사나무의 숲으로, 바로 그곳에서 선인장이 자라고 기린과 코뿔소가 산다.

언덕 지대는 안으로 들어가 보면 어마어마하게 넓고 그림처럼 아름답고 신기하며 긴 계곡과 덤불, 초록색 비탈, 험한 바위산이 다채롭게 펼쳐진다. 네 봉우리 중 하나는 높이 올라가면 대나무 숲까지 있다. 그리고 언덕 지대에는 샘물도 있어서 나는 그 옆에서 야영을 하기도 했다.

내가 그곳에 살 때 은공 언덕에는 버펄로, 일런드영양, 코뿔소가 서식했으며 늙은 원주민들은 코끼리가 살던 시절을 기억하고 있었다. 나는 은공 산 전역이 야생 동물 보호 구역에 포함되지 않은 것이 유감스러웠다. 그곳의 일부만이 야생 동물 보호 구역이었고 가장 남쪽 봉우리의 봉화가 그 경계표 역할을 했다. 식민지가 번성하여 수도인 나이로비가 대도시로 성장하면 은공 언덕은 나이로비 사람들을 위한 최고의 야생 동물 공원이 될 수 있을 터였다. 그러나 내가 아프리카에 살던 시절에는 일요일이면 나이로비의 많은 젊은 상인들이 오토바이를 타고 달려와 눈에 보이는 것은 닥치는 대로 쏘곤 했는데, 나는 그 탓에 맹수들이 그곳을 벗어나 가시덤불과 돌 투성이 땅을 지나 더 남쪽으로 이동하게 되었으리라 믿는다.

언덕들의 등성이와 네 봉우리 위는 풀이 잔디처럼 짧고 군데군데 회색 돌이 박혀 있어서 걷기에 수월했다. 그리고 봉우리들의 능선을 따라 동물들이 다니는 좁다란 길이 마치 완만한 갈지자형 산악 도로처럼 나 있었다. 그 언덕 지대에서 야영을 하던 어느 아침에 나는 그 길을 따라 걷다가 일런드영양 떼가 막 지나가면서 남긴 발자국과 똥을 발견하기도 했다. 그 덩치 크고 순한 동물들은 해 뜰 무렵에 길게 열을 지어 봉우리를 올라간 것이 분명하며 봉우리 아래로 펼쳐진 경치를 구경하러 간 것이 아니라면 다른 이유를 상상할 수 없다.

우리는 농장에서 커피를 재배했다. 우리 농장은 커피가 자라기에 지대가 좀 높기도 했고 커피 농사 자체가 힘든 것이어서 풍작을 거둔 적이 없었다. 하지만 커피 플랜테이션이란 것은 일단 발목이 잡혔다 하면 빠져나가기 힘들며 늘 할 일이 산더미처럼 쌓여 있다. 대개는 일보다 한발 뒤져 있기 때문이다.

야생과 불규칙성의 땅에서 농작물이 질서 정연하게 심긴 경작지는 너무도 보기가 좋다. 훗날 아프리카의 하늘을 비행하면서 상공에서 내려다본 농장의 모습에 익숙해졌을 때, 나는 회녹색 땅 사이로 너무도 선명한 녹색으로 빛나는 내 커피 플랜테이션에 감탄하며 인간의 정신이 얼마나 기하학적 형태들을 갈망하는지 깨달았다. 나이로비를 둘러싼 모든 지역, 그중에서도 특히 북쪽 지역이 비슷한 형태의 경작지로 이루어져 있는데 그곳 농장주들은 늘 커피를 심고 가꾸고 수확하는 일에 대해 생각하고 이야기하며 밤에 잠자리에 누워서도 커피 공장을 개선할 궁리만 한다.

커피 재배는 길고 지루한 일이다. 모든 게 처음 상상했던 대로 이루어지지도 않는다. 젊고 희망에 찬 농장주는 세찬 비를 맞으며 반짝이는 어린 커피나무 묘목이 든 상자들을 묘상으로부터 실어 온다. 농장 일꾼이 모두 동원되고 농장주는 일꾼들이 젖은 땅에 줄 맞춰 묘목을 심는 광경을 지켜본다. 그런 다음 덤불에서 꺾은 가지들로 태양을 가려 줄 빽빽한 그늘을 만든다. 그늘은 어린것들의 특권이기 때문이다. 4, 5년은 되어야 나무들은 열매를 맺으며 그사이에 가뭄이 들거나 병마가 닥치거나 굵은 잡초가 무성하게 자란다. 특히 블랙잭이란 잡초의 길쭉하고 거친 씨껍질은 옷과 스타킹에 마구 달라붙는다. 어떤 나무들은 잘못 심겨서 원뿌리가 구부러져 꽃이 피자마자 바로 죽는다. 에이커당 6백여 그루의 나무를 심는데 나는 6백 에이커의 땅에 커피 농사를 지었고 내 황소들이 수고에 대한 보상을 기다리며 경작기를 끌고 밭고랑을 따라 수천 킬로미터를 끈기 있게 오갔다.

커피 농장이 눈부시게 아름다운 때가 있다. 우기가 시작되면서 커피나무에 꽃이 피면 6백 에이커가 넘는 땅 위에 안개와 부슬부슬 내리는 빗속에서 마치 분필 가루가 자욱하게 피어오른 듯한 화사한 광경이 연출된다. 커피 꽃은 블랙손 꽃처럼 쌉싸래한 향이 난다. 잘 익은 커피 열매가 밭을 붉게 물들이면 여자들과 〈토토〉라고 불리는 아이들까지 동원되어 남자들과 함께 커피 열매를 땄고 우마차와 수레가 열매를 강 근처의 공장으로 실어 날랐다. 우리의 커피 공장은 제대로 시설을 갖춘 적이 없었지만, 우리가 직접 설계해서 지은 공장이었기에 소중하고 자랑스러웠다. 한번은 공장 전체가 불에 타서 새로 짓기도 했다. 대형 커피 건조기가 무쇠 배 속에 커피 열매를 담고 해변의 조약돌이 파도에 씻기는 듯한 소리를 내며 덜거덕덜거덕 돌아갔다. 어떤 때는 한밤중에 열매 건조 작업이 끝나 기계에서 꺼내야 했다. 그럴 때면 거미줄과 커피 열매 껍질들 천지인 캄캄하고 넓은 공장에 등불이 무수히 걸리고 건조기를 둘러싼 열성적인 검은 얼굴들이 불빛을 받아 반짝이는 그림 같은 장면이 펼쳐졌으며, 공장이 마치 에티오피아인의 귀에 걸린 반짝이는 보석처럼 거대한 아프리카의 밤 한가운데에 빛을 발하며 걸려 있는 것 같았다. 건조된 커피 열매는 껍질을 벗기고 등급을 매기고 손으로 골라내는 작업을 거쳐 마구(馬具) 만드는 사람들이 쓰는 바늘로 꿰맨 자루에 담긴다.

그 모든 작업이 끝나면 아직 어둑어둑한 새벽에 12자루에 1톤씩 나가는 커피 자루들이 우마차에 산더미처럼 실렸고 우마차 한 대당 16마리의 황소가 배치되어 공장이 있는 긴 언덕길을 올라 나이로비 기차역으로 갔으며 고함과 덜거덕거리는 소리, 마부들이 우마차 옆을 달리는 소리가 요란했다. 나는 침대에 누워 그 소리들을 들으며 기차역까지 가는 길에 오르막길이 하나밖에 없음을 다행스럽게 생각했다. 농장은 나이로비 시내보다 3백 미터는 높은 곳에 위치해 있었던 것이다. 저녁이 되면 나는 기차역에서 돌아오는 행렬을 마중하러 나갔는데 지친 황소들이 빈 우마차들을 끌고 고개를 푹 숙인 채 터벅터벅 걸어왔고 지친 꼬마 아이 하나가 황소들을 이끌었으며 녹초가 된 마부들이 먼지 이는 길 위로 채찍을 질질 끌며 걸어왔다. 이제 우리가 할 수 있는 일은 다 한 것이었다. 커피는 하루 이틀이면 배에 실려 바다를 건널 것이고 우리는 런던의 대형 경매 시장에서 행운이 있기를 바랄 뿐이었다.

내가 소유한 땅은 6천 에이커였기에 커피 플랜테이션 말고도 남는 땅이 많았다. 농장의 일부는 원시림이었고 1천 에이커 정도는 〈샴바〉라고 불리는 소작지였다. 소작인인 원주민들은 백인의 농장에 속한 땅 몇 에이커를 차지하고 살면서 그 대가로 정해진 날짜만큼 지주에게 노동력을 제공했다. 내 소작인들은 그 관계를 좀 다른 시각에서 보는 듯했다. 그들 중 대다수가 농장에서 태어났고 그들의 아버지 또한 그곳에서 태어났기에 그들은 나를 일종의 상급 소작인으로 여기는 듯했다. 소작지는 농장의 다른 곳보다 활기가 넘쳤고 1년 내내 계절에 따라 변화했다. 바람에 살랑거리는 키 큰 옥수수 나무들의 대열 사이로 뭇 발자국으로 다져져 생긴 좁은 길을 따라 걷노라면 옥수수들이 내 키보다 높이 자라 있었으며 때가 되면 수확이 이루어졌다. 그리고 콩도 익으면 따다가 여자들이 도리깨질을 했고 꼬투리와 줄기는 한데 모아 태웠기에 어떤 계절이 되면 농장 여기저기서 가느다란 연기 기둥이 하늘로 올라갔다. 키쿠유족은 덩굴 잎이 마치 뒤엉킨 두툼한 매트처럼 땅을 뒤덮는 고구마도 재배하고 노란색과 초록색 반점이 있는 갖가지 종류의 호박도 가꿨다.

키쿠유족의 샴바를 걸을 때 제일 먼저 눈길을 끄는 것은 밭에서 갈퀴질을 하는 키 작은 노파의 뒷모습으로, 마치 타조가 모래에 머리를 묻고 있는 것처럼 보였다. 키쿠유족은 집집마다 원뿔 모양의 작은 오두막과 헛간을 갖고 있었는데, 오두막들 사이의 공간은 활기찬 장소로 땅이 콘크리트처럼 단단했다. 이곳에서 옥수수가루를 만들고 염소젖을 짜고 아이들과 닭들이 뛰어다녔다. 나는 주위가 푸르스름해지는 늦은 오후에 키쿠유족 마을을 둘러싼 고구마 밭에서 자고새 사냥을 하곤 했는데, 한때 농장 전체를 뒤덮었던 숲의 잔재로 샴바 여기저기에 남아 있는 술 장식 모양을 한 키 큰 나무들 위에서 분홍가슴비둘기들이 요란한 노래를 불러 댔다.

우리 농장에는 2천여 에이커에 달하는 목초지도 있었다. 이곳에서는 길게 자란 풀이 강풍을 맞아 마치 파도처럼 내달렸고 어린 키쿠유족 목동들이 아버지의 소들을 끌고 와서 풀을 뜯겼다. 그들은 날씨가 추워지면 작은 버드나무 바구니에 불타는 석탄을 담아 들고 나왔는데 그로 인해 가끔 목초지에 큰불이 나서 방목에 막대한 지장을 주었다. 가뭄이 계속될 때는 얼룩말과 일런드영양이 농장의 목초지까지 내려왔다.

우리의 도시 나이로비는 19킬로미터 떨어진 언덕 지대의 평평한 땅에 위치해 있었다. 이곳에 총독 관저와 주요 본부들이 있었고 이곳에서 나라의 통치가 이루어졌다.

도시가 우리의 삶에서 한 부분을 차지하지 않기는 불가능하다. 도시에 대해 칭찬할 것이 많든 비난할 것이 더 많든 정신의 중력의 법칙에 따라 우리의 마음은 도시로 끌린다. 농장에서 도시의 밤하늘의 빛나는 연무를 보고 있노라면 이런저런 상념이 떠오르고 유럽의 큰 도시들이 생각났다.

내가 처음 아프리카에 왔을 때는 자동차가 없어서 노새 여섯 마리가 끄는 수레를 타고 나이로비로 들어갔으며, 우리는 동물들을 〈하일랜드 운송〉 마구간에 넣었다. 내가 거기 사는 동안 나이로비는 잡동사니 도시로 새로 지은 멋진 석조 건물이 몇몇 있었고 곳곳에 오래된 골함석 상점과 사무실, 방갈로가 있었으며 먼지 풀풀 날리는 비포장길을 따라 유칼립투스가 줄지어 서 있었다. 대법원과 원주민국, 수의국 사무실들은 아주 형편없어서 나는 공직자들이 그 푹푹 찌는 좁고 컴컴한 사무실에서 업무 처리를 해내는 것 자체가 대단히 존경스러웠다.

그래도 나이로비는 엄연한 도시였고 우리는 그곳에서 물건을 사고 소식을 듣고 호텔에서 점심이나 저녁을 먹고 클럽에서 춤을 출 수 있었다. 또한 그곳은 활기찬 장소여서 흐르는 물처럼 움직이고 어린 생명처럼 자라났다. 해마다 모습이 달라졌고 심지어 사파리 사냥을 나간 사이에도 변화가 생겼다. 근사한 무도회장과 아름다운 정원을 갖춘 웅장하고 시원한 총독 관저가 새로 세워지고 큰 호텔들이 들어서고 대대적인 농산물 박람회와 멋진 꽃 박람회가 개최되었으며 사교계 흉내를 내는 우리 유럽인들이 이따금 짧은 멜로드라마를 연출하며 그곳에 활기를 더했다. 나이로비는 우리에게 이렇게 말했다. 〈나를, 시간을 헛되이 보내지 말아요. *Wir kommen nie wieder so jung zusammen*(우리는 이토록 젊은 모습으로는 — 이토록 규율 없고 탐욕스러운 모습으로는 — 두 번 다시 함께 찾아오지 않아요).〉 나와 나이로비는 대개 서로를 매우 잘 이해했으며 나는 시내를 달리며 이런 생각을 한 적도 있었다. 〈나이로비의 거리들이 없다면 세상은 없다.〉

원주민과 유색 이주민이 사는 지역은 유럽인 거주지에 비해 상당히 넓었다.

무타이가 클럽으로 가는 길목에 있는 스와힐리족 거주지는 좋은 평판이라곤 없는, 활기차고 지저분하고 야한 곳으로 언제나 여러 사건이 벌어지고 있었다. 헌 파라핀 깡통을 두들겨 펴서 만든 동네라 다양한 형태로 녹슨 모습이 마치 산호초처럼 보였으며 그 화석화된 구조에서 진보적 문명의 정신이 꾸준히 사라지고 있었다.

소말리족 거주지는 나이로비에서 더 멀리 떨어져 있었는데 내 생각에는 여자들을 외부 사회와 격리하는 그들의 제도 때문인 듯했다. 내가 아프리카에 살 때 젊고 아름다운 소말리족 여자 몇 명은 나이로비 전역에 이름이 알려져 있었고 바자르에 나와 살면서 나이로비 경찰을 애먹였다. 그들은 지적이고 매혹적인 여인들이었다. 그러나 정숙한 소말리족 여인들은 시내에 모습을 나타내지 않았다. 소말리족 거주지는 바람막이나 그늘도 없고 먼지투성이였으며 그들은 그런 환경에서 고향인 사막을 추억하는 모양이었다. 한곳에서 오래 ― 심지어 여러 세대에 걸쳐 ― 사는 유럽인은 주거 환경에 대한 유목 민족의 철저한 무관심에 절대로 융화되지 못한다. 소말리족의 가옥은 맨땅에 아무렇게나 흩어져 있었고 대못으로 뚝딱뚝딱 박아 놓아서 겨우 일주일이나 버틸까 싶은 생각이 들었다. 그러나 안에 들어가 보면 놀랍게도 매우 정갈하고 산뜻했다. 아랍 향료 냄새가 은은히 풍기고 좋은 양탄자와 벽걸이, 놋쇠그릇과 은그릇, 상아 칼집에 든 녹슬지 않는 재질의 날을 지닌 칼들이 보였다. 소말리족 여인들은 예의 바르고 기품 있게 행동했고, 친절하고 쾌활했으며 웃음소리가 마치 은 종소리 같았다. 나는 아프리카에 사는 동안 그림자처럼 내 곁을 지키던 소말리족 출신 하인 파라 아덴 덕에 소말리족 마을에 대해 잘 알게 되었으며 그들의 축제에도 많이 참석했다. 소말리족의 성대한 결혼식은 화려한 전통 축제였다. 나는 특별 손님으로 신방에 초대되었는데 벽과 신혼부부의 침상에는 은은한 빛을 발하는 전통 직물과 자수 작품이 걸려 있었고 검은 눈동자의 어린 신부가 비단과 금, 호박으로 잔뜩 치장하고 장군의 지휘봉처럼 빳빳하게 앉아 있었다.

소말리족은 전국을 무대로 소를 거래하고 물건을 파는 일을 했다. 소말리족 마을에서는 물품 운송을 위해 잿빛 망아지를 여러 마리 키웠으며, 선인장처럼, 그리고 소말리족 자신처럼 지상의 모든 고난을 넘어서는 사막에 단련된 낙타들도 있었다.

소말리족은 씨족 간의 지독한 싸움으로 많은 화를 입었다. 이 문제에 대해 그들은 다른 사람들과 다르게 느끼고 생각했다. 파라가 하브르 유니스 씨족에 속해 있어서 나는 개인적으로 그쪽 편을 들었다. 한번은 소말리족 거주지에서 둘바 한티스 씨족과 하브르 차올로 씨족 사이에 총격전과 화재를 동반한 심각한 충돌이 벌어졌는데, 정부의 개입으로 충돌은 중단되었지만 이 사건으로 열 명에서 열두 명 정도가 목숨을 잃었다. 파라에겐 같은 씨족에 속한 사이드라는 젊은 친구가 있었는데 점잖은 청년인 데다 파라를 만나러 농장에도 가끔 왔기에 나는 하인들에게 그가 다쳤다는 소식을 듣고 마음이 아팠다. 사이드는 하브르 차올로 씨족의 집을 방문했다가 마침 분노에 찬 둘바 한티스 씨족 사람이 지나가다 그 집 벽에 대고 총을 두 방 쏘는 바람에 다리가 부러졌다는 것이었다. 나는 친구가 불행한 일을 당한 것에 대해 파라를 위로했으나 파라는 격노해서 이렇게 외쳤다. 「뭐라고요? 사이드가요? 그런 꼴 당해도 쌉니다. 하브르 차올로 사람 집에는 왜 놀러 갑니까?」

나이로비의 인도인들은 바자르의 대규모 원주민 상업 지구를 장악하고 있었고 제반지, 술레이만 비르지, 알리디나 비스람 같은 인도인 거상들은 시 외곽에 작은 별장을 갖고 있었다. 그들은 모두 무른 돌을 조잡하게 깎아서 만든 — 마치 아이들이 분홍색 장식 벽돌로 만들어 놓은 것 같은 — 석조 계단과 난간동자, 화병을 좋아했다. 그들은 정원에서 인도식 빵을 곁들인 다과 파티를 열었으며 똑똑하고 견문이 넓고 공손한 사람들이었다. 그러나 아프리카의 인도인들은 탐욕스러운 장사꾼들이라 그들과 함께 있으면 인간 개인을 만나고 있는 것인지 아니면 회사 대표를 상대하고 있는 것인지 도통 알 수 없었다. 나는 술레이만 비르지의 집을 방문한 적이 있었는데 어느 날 그의 대형 창고 위로 반기(半旗)가 내걸린 걸 보고 파라에게 물었다. 「술레이만 비르지가 죽었나?」 그러자 파라가 대답했다. 「반은 죽었습니다.」 「반쯤 죽으면 반기를 내거는 건가?」 내가 물었다. 그러자 파라가 대답했다. 「술레이만은 죽었고 비르지는 살아 있습니다.」

나는 농장 경영을 맡기 전에는 사냥 재미에 흠뻑 빠져서 사파리를 자주 나갔다. 그러나 농부가 된 후에는 사냥총을 치워 버렸다.

강 건너에 우리 농장의 이웃인 마사이족이 살았는데 그들은 소를 치는 유목 민족이었고, 이따금 대표 몇 명이 나를 찾아와 사자가 소를 물어 간다며 총으로 사자를 쏘아 달라고 부탁했다. 나는 가능하면 그들의 부탁을 들어주었다. 그리고 가끔 토요일에 오룽기 초원으로 걸어 나가서 농장 일꾼들에게 먹일 얼룩말 한두 마리를 사냥하기도 했다. 그럴 때면 낙천적인 키쿠유족 아이들이 내 뒤로 긴 꼬리처럼 따라붙었다. 나는 농장에서 자고새와 뿔닭도 사냥했는데 그 새들은 먹기가 아주 좋았다. 하지만 나는 여러 해 동안 사파리 사냥은 나가지 않았다.

그래도 우리는 농장에서 사파리 체험에 관한 얘기를 자주 나눴다. 야영지에 대한 기억은 마치 그곳에서 오랜 세월을 산 것처럼 여간해서는 우리의 머릿속에서 지워지지 않는다. 또한 초원의 풀 위에 남겨진 구불구불한 마차 바퀴 자국이 친구의 모습처럼 생생히 떠오른다.

나는 사파리를 나갔다가 129마리의 버펄로 떼가 구릿빛 하늘 밑 아침 안개 속에서 나오는 광경을 본 적이 있었다. 한 마리씩 나타나는 모습이 마치 강력한 뿔을 수평으로 휘두르는 저 검고 육중하고 무쇠 같은 동물이 먼 곳에서 다가오고 있는 것이 아니라 내 눈앞에서 창조되어 차례로 내보내지는 듯했다. 나는 코끼리 떼가 울창한 야생의 숲을 지나는 광경도 목격했는데, 코끼리 떼는 무성한 덩굴 식물 사이로 조각난 햇살들이 흩뿌려진 숲길을 마치 세상 끝에서 약속이라도 있는 듯 묵묵히 걸어갔다. 코끼리 떼의 세상 끝은 초록색, 노란색, 흑갈색으로 물들인 매우 낡고 진귀한 페르시아산 양탄자와도 같은 숲의 가장자리였다. 나는 때때로 초원을 가로지르는 기린의 행렬도 지켜보았는데, 그 기이하고 독특한 식물적인 우아함이 마치 동물의 무리가 아니라 긴 줄기를 가진 희귀하고 거대한 얼룩무늬 꽃들이 천천히 움직이고 있는 듯한 인상을 주었다. 나는 아침 산책에 나선 무소 두 마리를 따라가 보기도 했는데, 무소들이 새벽 공기 속에서 — 코끝이 얼얼한 정도로 날씨가 추웠다 — 킁킁거리며 콧김을 내뿜는 모습은 마치 네모진 거대한 돌 두 개가 긴 계곡에서 굴러다니며 함께 삶을 즐기고 있는 듯했다. 나는 백수의 왕 사자가 동트기 전 이우는 달빛 속에서 사냥을 마치고 얼굴이 귀까지 피로 붉게 물든 채 은빛 풀밭에 검은 궤적을 그리며 잿빛 초원을 가로질러 걸어가거나, 한낮의 낮잠 시간에 짧은 풀 위나 아프리카라는 그의 정원에서 자라는 커다란 아카시아나무들이 이룬 용수철처럼 가느다란 그늘에서 가족에게 둘러싸여 만족스럽게 휴식을 취하는 모습도 보았다.

이 모든 것은 농장에서의 무료한 시간에 즐거운 추억거리가 되었다. 그리고 그 동물들은 아직 그곳에 있었기에 마음만 먹으면 얼마든지 나가서 볼 수 있었다. 그들이 가까이 있음은 농장 생활에 활력소가 되었다. 파라와 — 그는 시간이 지나면서 농장 일에 뜨거운 관심을 갖게 되었지만 — 나의 옛 사파리 하인들은 언젠가 다시 사파리 사냥을 나가리라는 희망 속에서 살았다.

나는 야생 속에서 갑작스러운 움직임을 자제하는 법을 배웠다. 그곳의 생명체들은 겁이 많고 경계심이 강하며 전혀 예기치 못한 때에 도망치는 재주가 있다. 집에서 키우는 동물은 야생 동물처럼 완전한 정지 상태를 유지할 수 없다. 문명인은 그런 정지 상태를 유지하는 능력을 잃었으며 야생 동물로부터 그것을 배워야만 그들에게 받아들여질 수 있다. 갑작스럽지 않은 부드러운 움직임은 사냥꾼이, 특히 카메라를 든 사냥꾼이 우선적으로 익혀야 할 기술이다. 사냥꾼은 독단적으로 움직여서는 안 되며 주위의 바람과 색깔, 냄새와 하나가 되어 전체의 템포에 따라야 한다. 이따금 같은 동작이 반복적으로 요구되기도 하지만 그 템포에서 벗어나서는 안 된다.

일단 아프리카의 리듬을 파악하면 아프리카의 모든 음악이 그 리듬으로 이루어져 있음을 알게 된다. 그리하여 나는 동물에게서 배운 기술을 원주민을 상대할 때도 유용하게 써먹을 수 있었다.

여성과 여성스러움을 사랑하는 것은 남성적 특성이고 남성과 남자다움을 사랑하는 것은 여성적 특성이듯이 남쪽 나라들과 남쪽 사람들을 동경하는 감수성은 북유럽인의 특징이다. 노르만족은 처음엔 프랑스를, 그다음엔 영국을 사랑했던 게 분명하다. 18세기 역사와 소설 속에 등장하는 노르만 귀족들은 이탈리아, 그리스, 스페인 여행을 즐겼으며 기질적으로 남부적 특성은 전혀 없었지만 자신들과 완전히 다른 것들에 끌리고 매료되었다. 옛 독일인이나 스칸디나비아인 화가, 철학자, 시인은 처음 피렌체와 로마를 찾았을 때 무릎을 꿇고 남부를 찬양했다.

그 조급한 사람들이 이방의 세계에 대해서는 기이하고 불합리한 인내심을 발휘했다. 진짜 남자는 여간해서는 여자에게 짜증을 내지 않고, 여자는 남자를 아주 멸시하거나 거부하지 못하는 것처럼 성질 급한 붉은 머리 북쪽 사람들은 적도의 나라들과 사람들에게 무한히 관대하다. 그들은 자신의 나라나 친지들과 관련된 무의미함은 견디지 못하지만 아프리카 고원 지대의 가뭄이나 일사병, 가축 전염병, 원주민 하인들의 무능함은 겸손함과 체념으로 감수한다. 그들의 개인주의조차 서로 간의 부조화 덕분에 하나가 될 수 있는 사람들 사이의 상호 작용 속에 놓인 가능성에 굴복하고 만다. 그러나 남유럽 사람들이나 혼혈인들은 이런 특성을 갖고 있지 않으며 그것을 비난하고 냉소한다. 그리하여 남자 중의 남자는 탄식하는 연인을 경멸하고, 합리적인 여자는 자신의 남자에 대한 인내심이 없으며 그리셀다[1]에게 분노한다.

내 경우에도 아프리카에 처음 도착하면서부터 원주민에게 뜨거운 애정을 느꼈다. 그것은 남녀노소를 가리지 않는 강렬한 감정이었다. 흑인종의 발견은 내 인생의 새 지평을 멋지게 열어 주었다. 동물을 좋아하는 심성을 타고난 이가 동물이 없는 환경에서 성장하여 나이가 든 후에 동물과 접촉하게 되거나, 나무와 숲을 사랑하는 취향을 본능적으로 타고난 이가 스무 살이 되어 처음으로 숲에 들어가거나, 음악을 들을 줄 아는 귀를 가진 이가 다 자란 뒤에야 처음으로 음악을 듣게 된 경우가 나와 유사하다고 볼 수 있을 터였다. 나는 원주민을 만난 후로 그들의 교향악단에 맞추어 일과를 시작했다.

결혼 전에 덴마크군과 프랑스군에서 장교로 복무했던 내 아버지는 뒤펠에서 중위로 복무하던 시절에 집으로 이런 내용의 편지를 보냈다. 〈뒤펠에서 긴 종대를 이룬 병사들을 지휘했습니다. 힘은 들었지만 멋진 체험이었지요. 전쟁에서의 사랑도 다른 사랑처럼 하나의 열정이며 지휘관은 젊은 여자를 사랑하듯 병사를 사랑하게 됩니다. 미치도록 사랑하고 하나의 사랑이 다른 사랑을 배제하지 않지요. 여자에 대한

---

[1] 비발디의 오페라에 등장하는 순종적인 여주인공.

사랑은 한 번에 한 사람만을 향하지만 젊은 병사들에 대한 사랑은 중대 전체를 포함하며 가능하다면 그 범위를 더 넓히고 싶어집니다.〉 원주민에 대한 나의 사랑도 그랬다.

원주민을 제대로 알기란 쉽지 않았다. 그들은 예민한 청각을 지닌 바람 같은 존재였다. 그들을 놀라게 하면 눈 깜짝할 사이에 자신들의 세계로 숨어 버렸다. 우리가 갑작스럽게 움직이면 온데간데없이 사라져 버리는 야생 동물처럼. 원주민과 아주 친해지기 전에는 솔직한 대답을 듣기가 거의 불가능했다. 소를 몇 마리나 갖고 있느냐고 대놓고 물어도 〈어제 말한 만큼〉이라는 식으로 애매한 대답을 했다. 그런 식의 대답은 유럽인의 감정에 거슬리는 것이지만 입장을 바꿔 놓고 생각해 보면 그런 노골적인 질문도 원주민의 감정에 거슬리는 것이다. 우리가 그들의 행동에 대한 설명을 강요하면 그들은 최대한 뒤로 빼다가 기괴하고 유머러스한 환상을 동원하여 우리를 엉뚱한 길로 이끈다. 심지어 어린아이들조차 노련한 도박꾼의 자질을 갖고 있어서 손에 든 패를 들키지만 않는다면 상대가 그 패를 과대평가하든 과소평가하든 개의치 않는다. 우리가 원주민의 삶 속으로 침범하면 그들은 개미처럼 행동한다. 우리가 막대기로 그들의 개미굴을 쑤시면 그들은 지칠 줄 모르는 활력으로 조용하고 민첩하게 피해를 복구한다. 마치 흉한 짓거리를 지워 버리기라도 하려는 듯이.

그들이 우리의 손에서 나올 어떤 위험을 두려워하는지 우리는 알 수도, 상상할 수도 없다. 내 생각엔 그들이 우리에게 느끼는 두려움은 고통과 죽음에 대한 두려움보다 느닷없이 들려오는 지독한 소음에 대한 두려움에 더 가까운 듯했다. 어쨌거나 원주민은 워낙 흉내 내기의 명수인지라 진실을 알기는 어려웠다. 이른 아침에 샴바를 지나다 보면 이따금 자고새 한 마리가 날개가 부러진 것처럼 내 말 앞으로 달려왔는데 개들에게 잡힐까 봐 잔뜩 겁에 질린 모습이었다. 그러나 사실 그 새는 날개가 부러진 것도 개들을 무서워하는 것도 아니었으며 마음만 먹으면 얼마든지 개들을 따돌리고 날아오를 수 있었다. 근처에 있는 새끼들이 발각되지 않도록 시선을 끌기 위해 그런 연극을 하는 것이었다. 원주민도 자고새처럼 우리가 짐작조차 할 수 없는 모종의 심오한 두려움을 감추기 위해 우리를 두려워하는 척 시늉하는 것인지도 모른다. 아니면 결국 그들이 우리 앞에서 보이는 행동은 이상한 장난에 지나지 않으며 그 수줍은 사람들은 우리를 전혀 두려워하지 않는지도 모른다. 원주민들은 백인들에 비해 삶의 위기감이 훨씬 적었다. 나는 사파리 사냥 중에, 아니면 농장에서 극도로 긴장된 순간에 원주민들의 눈빛을 보고 그들과의 거리감을 느끼곤 했는데, 그들은 내가 두려움에 떠는 모습이 의아하기만 한 듯했다. 깊은 물속에 사는 물고기들이 익사에 대한 두려움을 이해하지 못하는 것처럼 그들도 삶 그 자체에, 우리는 결코 도달할 수 없는 그들 고유의 영역 안에 있어서 삶의 위기감을 느끼지 못하는 듯했다. 나는 우리의 첫 조상이 잃은 지식을 그들은 아직 간직하고 있기에 그런 확신을, 헤엄치는 기술을 갖고 있는 것이리라고 생각했다. 신과 악마는 하나이며, 그들의 위엄이 함께 영원하며, 그들이 창조되지 않고 자존하는 두 존재가 아닌 한 존재라는 지식을 우리에게 가르쳐 줄 곳은 다른 대륙이 아닌 아프리카이다. 원주민은 위격들을 혼동하지도, 실체를 나누지도 않는다.

나는 사파리에서, 농장에서 알게 된 원주민들과 사적이고 견고한 관계를 맺었다. 우리는 좋은 친구가 되었다. 그들은 나를 속속들이 알고 있는데 나는 그들을 결코 완전하게 알지도, 이해하지도 못하리란 사실을 감수할 수밖에 없었으며 스스로 확신을 갖지 못한 채 내리는 결정들에 영 마음이 편치 못했다. 나는 얼마 동안 길길에 작은 농장을 갖고 있었고 그곳에서 텐트를 치고 살면서 철도편으로 길길과 은공을 오갔다. 길길에서 비가 오기 시작하면 나는 갑작스럽게 집으로 돌아가겠다는 결정을 내리기도 했다. 그런데 농장에서 16킬로미터 거리에 있는 키쿠유 역에 내리면 농장 일꾼 하나가 나를 태워 갈 노새를 끌고 와서 기다리곤 했다. 내가 올 줄 어떻게 알았는지 물으면 그들은 놀라거나 싫증이 난 듯, 귀머거리가 교향곡에 대해 설명해 주기를 요청할 때 우리가 보이는 반응처럼 불편해하면서 시선을 외면했다.

    원주민은 우리가 갑작스럽게 움직이거나 소음을 내지 않을 거라고 느끼면 유럽인보다 훨씬 더 솔직하게 말했다. 그들은 결코 신뢰할 수는 없었지만 장중하고 진지했다. 원주민 세계에서 명예와 위신은 중요한 의미를 지녔다. 그들은 우리 백인에 대해 어느 시기에 이르면 공동의 평가를 내렸고 일단 평가가 내려지면 어느 누구도 그것에 이의를 달지 않았다.

    이따금 농장의 삶은 매우 고독했으며 고요한 저녁에 시계에서 일각일각이 물방울처럼 떨어질 때면 나는 백인이 지닌 대화 욕구로 인해 내게서 삶이 한 방울씩 빠져나가는 듯한 기분이 들었다. 그러나 나와 다른 세계에서 평행선을 이루며 달리는 원주민들의 조용한 그림자 같은 존재는 항상 느껴졌다. 그들과 나의 세계 사이에는 메아리가 오갔다.

    원주민은 피와 살이 아프리카였다. 그레이트 리프트 밸리 위로 높이 솟은 롱고노트 산의 사화산도, 강가에 줄지어 선 무성한 미모사나무도, 코끼리와 기린도 원주민만큼 아프리카적이진 못했다. 거대한 풍경 속 작은 형체들. 그들 모두가 하나의 정신의 다른 표현이자 동일한 주제의 변주였다. 오크 잎과 오크 열매와 오크 목제품처럼 동질적인 원자들의 이질적인 모임이지 이질적인 원자들의 동질적인 모임이 아니었다. 우리 백인은 장화 신은 발과 늘 서두르는 몸짓으로 아프리카의 풍경과 종종 충돌을 일으킨다. 그러나 원주민은 언제나 그것과 조화를 이루며, 몸이 홀쭉하고 피부와 눈동자가 검은 그들은 여럿이 길을 갈 때도 한 줄로 다녀서 도로라고 해봐야 좁은 길들뿐이다. 그들은 밭에서 일하거나 소 떼를 몰거나 춤판을 벌이거나 우리에게 이야기를 들려주거나 할 때 아프리카의 모습으로 움직이고 춤추고 우리를 대접한다. 고원 지대에 살다 보면 어느 시인의 시가 떠오른다.

나는 깨달았다
원주민은 고귀하고
이주민은 무미건조함을.

그곳 식민지는 변화하고 있으며 내가 거기 살 때부터 이미 변화는 시작되었다. 나는 농장에서의 삶과 아프리카라는 땅에 대해, 초원과 숲의 거주자들에 대해 가능한 한 정확하게 기록할 것이며 그 기록은 얼마간의 역사적 의의를 지닐 수도 있을 것이다.

# 원주민 소년

카만테는 우리 농장 키쿠유족 소작인의 아들로 어린 소년이었다. 나는 소작인 자녀들을 잘 알았는데, 그건 그 아이들이 농장에서 일도 거들고 우리 집에서 늘 흥미로운 일이 일어날 것이라는 믿음으로 우리 집 잔디밭으로 염소들을 끌고 와서 풀을 뜯겼기 때문이다. 하지만 카만테는 농장에서 산 지 몇 년 후에야 내 눈에 띈 것으로 보아 병든 동물처럼 은둔적인 삶을 살았던 모양이었다.

나는 어느 날 말을 타고 농장의 초원을 가로질러 달리다가 그곳에서 염소들에게 풀을 뜯기고 있는 카만테를 처음 만났다. 그 아이는 차마 눈 뜨고 볼 수 없을 정도로 비참한 몰골을 하고 있었다. 머리통은 큰 데다 몸은 끔찍하게 작고 뼈만 앙상했으며 팔꿈치와 무릎이 마치 막대기의 옹이처럼 튀어나와 있었고 양쪽 다리가 허벅지부터 발꿈치까지 고름이 질질 흐르는 깊은 상처로 뒤덮여 있었다. 초원에서 그 아이는 너무도 작아 보여서 그토록 큰 고통이 하나의 점으로 응축될 수 있다는 것이 기이하다는 생각이 들 정도였다. 나는 멈춰 서서 말을 걸었지만 그 아이는 아무 대답도 하지 않았고 나를 본 것 같지도 않았다. 아이의 납작하고 각진 얼굴에는 병마에 지친 표정과 무한한 인내심이 어려 있었고 눈동자는 죽은 사람의 것처럼 흐릿했다. 아이는 살날이 몇 주 남지 않은 것처럼 보였고 초원에서 늘 죽음 근처를 맴도는 독수리들이 금세라도 아이의 머리 위 저 높은 곳의 타는 듯 뜨거운 창백한 하늘에 나타날 것만 같았다. 나는 아이에게 내일 치료를 받으러 오라고 말했다.

나는 거의 매일 아침 9시부터 10시까지 농장 사람들에게 의사 노릇을 했으며 훌륭한 가짜 의사들이 모두 그러하듯 다양한 부류의 환자를 진료했고, 아침마다 두 명에서 여남은 명까지 환자가 찾아왔다.

키쿠유족은 예측할 수 없는 것을 순순히 받아들이며 그런 일에 익숙하다. 백인들 대다수가 미지의 것이나 운명의 공격으로부터 자신을 안전하게 지키기 위해 분투하는 것과 사뭇 대조적이다. 흑인은 운명과 우호적인 관계를 유지하며 운명의 손아귀에서 벗어나지 않는다. 운명은 그들에게 어떤 의미에서는 집과도 같다. 오두막의 친숙한 어둠, 자신의 뿌리를 감싼 땅속 깊은 곳의 흙이다. 그들은 인생의 어떤 변화도 담담하게 받아들인다. 그들이 주인이나 의사, 신에게서 기대하는 자질 가운데 으뜸은 상상력인 듯하다. 칼리프 하룬 알 라시드가 아프리카인과 아랍인의 마음속에서 이상적인 지도자 자리를 지킬 수 있었던 것도 그것에 힘입었을 것이다. 그는 예측 불허에 신출귀몰한 존재였으니까. 아프리카인은 신의 인격에 대해 이야기할 때 『아라비안나이트』나 「욥기」의 뒷부분에 대해 이야기하듯 하며 그들에게 감명을 주는 건 그것들이 공통적으로 지닌 무한한 상상력이다.

내가 원주민들 사이에서 의사로 인기 또는 명성을 얻은 건 아프리카인의 그런 특성 덕분이었다. 처음 아프리카에 갈 때 나는 훌륭한 독일인 과학자와 한 배를 탔는데 그는 수면병 치료제 실험을 위해 스물세 번째로 아프리카를 찾는 것이며 1백 마리가 넘는 쥐와 기니피그를 배에 실어 오고 있다고 했다. 그는 원주민 환자들의 문제는 용기의 부족이 아니며 그들은 통증이나 큰 수술에 대해 별로 두려움을 보이지 않는다고 했다. 하지만 반복적인 처치나 전체적인 체계화에 따르는 규칙성을 몹시 싫어하는 게 문제이며 자신은 그 점을 이해할 수 없노라고 말했다. 그러나 나는 원주민에 대해 알게 되면서 그들의 바로 그 점을 가장 좋아하게 되었다. 그들에겐 진정한 용기가, 위험에 대한 순수한 애호가 있었으며 그것은 운명의 공표에 대한 창조물의 진정한 응답이요 하늘이 말할 때 땅이 보내는 메아리였다. 나는 그들이 우리를 마음 깊은 곳에서 두려워하는 것은 우리가 규칙을 맹종하기 때문이라는 생각을 하곤 했다. 그들은 규칙의 지배 속에 갇히면 슬픔으로 죽고 만다.

우리 집 테라스가 환자들의 대기실이었다. 짓무른 눈에 찢어지는 기침 소리를 뱉어 내는 해골 같은 남자 노인, 눈두덩과 입가에 멍이 든 호리호리한 체격의 젊은 싸움꾼, 시들어 버린 작은 꽃처럼 열에 들뜬 아이를 목에 매단 어머니 들. 그리고 화상 환자도 자주 왔는데 키쿠유족은 밤에 오두막 안에서 불가에 빙 둘러 누워서 자는 탓에 불타는 장작더미나 숯 더미가 무너지면서 화상을 입는 사례가 흔했기 때문이다. 나는 이따금 약이 떨어지면 화상을 치료하기 위해 꿀을 썼는데 약효가 나쁘지 않았다. 테라스의 분위기는 유럽의 카지노처럼 활기와 긴장감으로 가득 차 있었다. 내가 나가면 나지막하면서도 생기 넘치는 이야기 소리가 뚝 그쳤으나 그 침묵은 가능성들로 충만해 있었다. 무슨 일이라도 일어날 순간이 도래한 것이다. 하지만 그들은 항상 내가 첫 환자를 선택할 때까지 잠자코 기다렸다.

내가 가진 의학 지식이라곤 응급 처치 기술뿐이었다. 그러나 우연히 운 좋게 환자 몇 명을 고쳐 준 일로 의사로 명성을 떨쳤고 몇몇 끔찍한 실수를 저지른 뒤에도 그 명성은 그대로 유지되었다.

내가 모든 환자에게 회복을 보장해 줄 수 있었다 한들 그 사실이 환자 수에 영향을 미쳤을까? 내가 볼라이아에서 온 명의로 신망을 얻었다 한들 신이 나와 함께한다고 그들이 확신했을까? 그들이 큰 가뭄과 밤에 초원을 돌아다니는 사자들, 아이들만 남겨진 집 근처를 배회하는 표범들, 메뚜기 떼의 습격을 통해 아는 신은 아무도 모르게 홀연히 나타났다가 풀잎 하나 남기지 않고 떠난다. 그들은 또한 메뚜기 떼가 옥수수 밭을 망쳐 놓지 않고 그냥 지나가거나, 봄에 단비가 충분히 내려 들판과 초원을 꽃으로 뒤덮고 풍작을 약속할 때 믿을 수 없는 행복감 속에서 신을 느낀다. 그리하여 볼라이아에서 온 명의도 인생의 진실로 위대한 일들에 관한 한 결국 일종의 문외한이 될 수 있다.

놀랍게도 이튿날 카만테가 집으로 찾아왔다. 그 아이는 다른 서너 명의 환자와 좀 떨어져서 반송장 같은 얼굴을 하고 꼿꼿이 서 있었는데, 삶에 대한 애착이 얼마간은 남아 있어서 마지막 기회를 잡아 보기로 결심한 모양이었다.

카만테는 시간이 지나면서 훌륭한 환자의 모습을 보여 주었다. 우선 내가 오라고 하는 때에 틀림없이 왔다. 사흘이나 나흘 뒤에 오라고 하면 시간을 잘 따졌다가 정확하게 찾아왔는데 그건 원주민 환자들에겐 드문 경우였다. 그리고 내가 일찍이 본 적이 없는 극기심을 발휘하며 혹독한 치료를 견뎠다. 그런 점에서 나는 그 아이를 다른 환자들의 본보기로 삼을 수도 있었지만 그렇게 하지 않았다. 그 아이는 훌륭한 환자 노릇을 하면서도 내 마음을 적잖이 불편하게 만들었기 때문이다.

나는 그토록 야생적인 존재는, 단호하고 지독한 체념으로 세상에서 그토록 철저히 고립되고 주위의 삶에 대해 폐쇄적인 인간은 정말이지 거의 본 적이 없다. 카만테는 내가 질문을 하면 대답은 했지만 제가 먼저 말을 걸어오거나 내게 눈길을 주는 법이 없었다. 그 아이에겐 연민이란 것이 없어서 다른 아이들이 상처를 소독하고 붕대를 감을 때 눈물을 흘리면 철든 아이의 경멸에 찬 냉소를 흘렸지만 나에게 그러하듯 다른 아이들에게도 시선을 주지 않았다. 그 아이는 주위 세계와 어떤 접촉도 하고 싶어 하지 않았는데 지금까지 그 아이가 경험한 접촉이 너무도 잔혹했기 때문이다. 고통에 대한 그 아이의 의연함은 늙은 용사의 의연함과 같은 것이었다. 그 어떤 나쁜 일도 그 아이를 놀라게 하지 못했으며 그 아이는 인생 경험과 철학으로 최악의 일에 대한 대비가 되어 있었다.

그 모든 것이 위엄 있는 태도로 이루어졌고 그 모습은 프로메테우스의 신념을 연상시켰다. 〈당신이 증오를 먹고 살듯 나는 고통을 먹고 사오. 내게 얼마든지 고통을 주시오. 난 상관없으니.〉〈좋소, 내게 어떤 벌이든 내리시오. 당신은 전능한 신이니까.〉 그러나 카만테는 체구가 작은 아이였기에 그런 모습을 보고 있노라면 안쓰럽고 가슴이 아팠다. 신은 저토록 작은 인간의 그런 태도를 보고 어떤 생각을 할까?

나는 카만테가 처음으로 나를 똑바로 보면서 말을 걸었던 때를 똑똑히 기억한다. 첫 번째 치료 방법을 포기하고 책에서 찾아낸 새 방법인 뜨거운 찜질을 시도할 때였으니까 서로 안 지 한참 만의 일이었다. 확실한 효과를 보려는 욕심이 앞선 나머지 나는 습포를 너무 뜨겁게 만들어 카만테의 다리에 댔다. 그러자 카만테가 〈음사부〉라고 부르며 강렬한 눈길로 나를 보았다. 원주민은 인도인이 백인 여성을 부를 때 사용하는 호칭인 〈멤사히브 Memsahib〉[2]를 아프리카식 발음으로 〈음사부〉라고 살짝 바꾸어 썼다. 카만테의 입에서 나온 그 말은 도움을 청하는 외침일 뿐 아니라 친구가 그답지 못한 일을 할 때 충실한 친구로서 만류하는 경고의 소리이기도 했다. 나는 그 사건을 희망적으로 받아들였다. 물론 나는 의사로서 야망도 있었고 너무 뜨거운 습포를 댄 것이 미안하긴 했지만 그 야생적인 아이와 처음으로 미약하게나마 정신적인 교류를 한 것이 기쁘기만 했다. 삶에서 기대하는 것이라곤 오직 고통뿐인 그 단호한 수난자가 내게선 고통을 기대하지 않았던 것이다.

그러나 그 아이의 치료는 희망적이지 못했다. 오랜 시일 나는 아이의 다리를 소독하고 붕대를 감아 주었지만 병이 나보다 한 수 위였다. 가끔 호전되는 것처럼 보이다가도 이내 새로운 곳에 종기가 났다. 결국 나는 카만테를 스코틀랜드인 선교사들이 운영하는 병원에 데려가기로 했다.

2 인도어로 〈마님〉이라는 뜻.

그것은 중대한 결단이었고 심상치 않은 낌새를 느낀 카만테는 병원에 가고 싶어 하지 않았다. 무슨 일에든 심하게 저항하지 않는 것이 그 아이의 생애요 철학이었지만 내가 차에 태워 길쭉한 병원 건물로 데려가 그곳에 맡길 때 카만테는 온통 낯설고 신비롭기만 한 환경 속에서 떨고 있었다.

스코틀랜드인 선교사들의 교회는 우리 농장에서 북서쪽으로 19킬로미터 떨어져 있고 농장보다 고도가 150미터 높은 곳에, 프랑스인 로마 가톨릭 선교사들의 성당은 동쪽으로 16킬로미터 떨어져 있고 농장보다 150미터 낮은 평평한 땅에 위치해 있었다. 나는 선교 사업에는 동조하지 않았지만 양쪽 선교사들과는 친하게 지냈고 그들이 서로에게 적대감을 갖고 있는 것에 안타까움을 느꼈다.

프랑스인 신부들은 나의 절친한 친구들이었다. 나는 일요일 아침이면 파라와 함께 그곳으로 말을 타고 가서 미사를 보곤 했는데 그건 프랑스 말을 하고 싶어서이기도 했고 그곳까지 가는 길이 즐거웠기 때문이기도 했다. 산림국 소유의 옛 와틀 플랜테이션 사이로 난 길을 한참이나 달려야 했는데 아침 공기 속에서 맡는 와틀나무들의 남성적이고 소나무처럼 신선하고 달콤한 향은 기운을 북돋워 주었다.

로마 가톨릭 성당이 세계 어디를 가든 독특한 분위기를 잃지 않는 것은 놀라운 일이었다. 신부들은 몸소 성당을 설계하여 원주민 신도들의 도움을 받아 건립했으며 당연히 그 성당을 무척이나 자랑스럽게 여겼다. 식민지에서 가장 긴 역사와 능숙한 운영 솜씨를 자랑하는 커피 플랜테이션 심장부의 널따란 안마당에 자리한 그 성당은 크고 멋진 회색 건물로 종탑과 테라스와 계단을 갖추고 있었다. 안마당의 나머지 두 면에는 아케이드식 휴게실과 수도원 건물들이 있었고, 그 아래 강가에는 학교와 방앗간이 있었으며, 성당 진입로로 들어서려면 아치형 다리를 건너야 했다. 다리는 전체가 회색 돌로 지어졌는데 말을 타고 그 위를 달리노라면 주위의 풍경 속에서 무척 산뜻하고 인상적으로 보였고 스위스 남부나 이탈리아 북부 지방에 놓여 있어야 제격일 듯했다.

친절한 프랑스인 신부들은 성당 문 앞까지 나와서 나를 기다려 주었고 미사가 끝나면 안마당 건너편의 널찍하고 시원한 휴게실로 초대하여 포도주를 대접했다. 놀랍게도 그들은 식민지 내의 소식에 대해, 아무리 외딴 곳의 일이라고 해도 모르는 것이 없었다. 그들은 또한 즐겁고 호의적인 대화를 구실 삼아 내가 가진 모든 정보를 끄집어냈는데 그 모습이 마치 활기 넘치는 갈색 털북숭이 — 그들 모두가 길고 무성한 턱수염을 길렀으니까 — 벌들의 작은 무리가 꽃에 매달려 꿀을 빨고 있는 듯했다. 그러나 그들은 식민지의 삶에 그토록 관심이 많으면서도 늘 프랑스식 추방자들이요, 신비에 싸인 교단의 명령에 따르는 쾌활하고 참을성 있는 복종자들이었다. 그들을 그곳에 있게 하는 미지의 권력자만 아니라면 그들은 그곳에 있지 않을 것이며 높은 종탑이 있는 회색 석조 건물 성당도, 아케이드도, 학교도, 그들의 잘 가꾸어진 플랜테이션도 마찬가지리란 느낌이 들었다. 귀환 명령만 떨어지면 그 모든 것이 미련 없이 식민지 생활을 청산하고 파리로 직행할 것만 같았다.

내가 미사에 참석하고 휴게실에서 담소를 나누는 동안 조랑말 두 마리를 지키고 있던 파라는 농장으로 돌아가는 길에 내 기분이 좋아진 걸 알아채곤 했다. 독실한 무슬림으로 술은 입에도 대지 않는 그였지만 내 종교에서는 미사와 포도주 마시는 일이 동등한 의식이란 걸 잘 알았고 이를 받아들였다.

프랑스인 신부들은 가끔 오토바이를 타고 우리 농장으로 찾아와 점심 식사를 했다. 그들은 내게 라퐁텐의 우화를 들려주기도 하고 커피 플랜테이션에 관해 조언도 해주었다.

나는 스코틀랜드인 선교회에 대해서는 잘 몰랐다. 그곳은 지대가 높아서 주위의 키쿠유족 지역이 한눈에 내려다보이는 뛰어난 전망을 갖고 있었지만, 나는 그 교회가 아무것도 보지 못하는 듯한 인상을 받았다. 스코틀랜드 교회는 원주민에게 유럽인의 옷을 입히려고 무진 애를 쓰고 있었지만 내가 보기엔 어느 면에서나 별 효과를 거두지 못하고 있는 것 같았다. 그러나 그들은 매우 훌륭한 병원을 갖고 있었고 내가 그곳에 체류할 당시 아서 박사라는 현명한 박애주의자 수석 의사가 책임자로 있었다. 그리하여 그들은 농장 사람들의 목숨을 여럿 구해 주었다.

카만테는 스코틀랜드 교회 병원에 석 달 동안 입원했다. 그동안 나는 그 아이를 한 번 보았다. 키쿠유 기차역으로 가려면 스코틀랜드 교회를 지나야 했는데 그 길은 병원 구내와 나란히 한참을 이어졌다. 나는 병원 구내에서 카만테를 발견했다. 그 아이는 다른 회복기 환자들과 좀 떨어져서 혼자 서 있었다. 카만테는 벌써 몸이 많이 회복되어 달릴 수도 있었다. 그 아이는 나를 보고는 담장 쪽으로 달려와 담장을 사이에 두고 나와 나란히 달렸다. 그 모습이 마치 마구간 옆 작은 방목지에서 놀다가 내가 말을 타고 지나가면 울타리를 끼고 나를 따라 달리는 어린 망아지처럼 보였다. 카만테는 내가 탄 조랑말에 시선을 고정하고 말은 한마디도 하지 않았다. 담장이 끝나는 곳에서 그 아이는 멈출 수밖에 없었고 내가 계속 말을 타고 가다가 뒤돌아보니 꼭 방목지 울타리에 갇혀 멀어져 가는 나를 바라보는 어린 망아지처럼 꼼짝도 않고 서서 하늘을 향해 고개를 쳐들고 내 뒷모습을 바라보고 있었다. 나는 두어 번 손을 흔들어 주었는데 카만테는 처음엔 아무 반응도 보이지 않다가 갑자기 팔을 펌프 손잡이처럼 똑바로 올렸다. 그러나 그러곤 그만이었다.

 부활절 일요일 아침 카만테가 우리 집으로 찾아와 병원 사람들이 준 편지를 건넸다. 환자의 상태가 많이 호전되었으며 병이 완치된 것으로 보인다는 내용이었다. 카만테는 편지 내용을 어느 정도는 알고 있는 듯 편지를 읽는 내 얼굴을 빤히 쳐다보았으나 그것에 대해 얘기하고 싶어 하지는 않았다. 그 아이는 마음속에 더 멋진 생각을 품고 있었다. 카만테는 원래 침착하고 절제된 위엄을 잃지 않는 아이였지만 그날은 그 위엄에 억제된 승리감까지 더해져 환히 빛나고 있었다.

 원주민은 모두 극적인 효과를 좋아한다. 카만테는 나를 놀라게 하려고 두 다리에 발꿈치부터 무릎까지 세심하게 헌 붕대를 감고 나타났다. 기특하게도 자신의 행운보다는 내게 기쁨을 주는 것에 그 중대한 순간의 의미를 둔 것이었다. 카만테는 내가 치료를 맡았을 때 연속되는 실패로 괴로워하던 모습을 마음에 담아 두고 있었던 모양이었고 병원에서의 치료 결과가 깜짝 놀랄 만한 것임을 알고 있었다. 그 아이가 무릎부터 발꿈치까지 천천히, 아주 천천히 붕대를 풀어 내려가자 심각했던 상처가 미미한 잿빛 흉터로만 남은 건강하고 매끄러운 두 다리가 모습을 드러냈다.

카만테는 침착하고 위엄 있는 태도로 나의 놀라움과 기쁨을 한껏 즐긴 후 자신이 이제 기독교인이 되었음을 천명하여 다시금 감동을 되살렸다. 「저도 음사부와 같아요.」 카만테가 한 말이었다. 그러면서 오늘은 예수님이 부활한 날이니 내게 1루피를 달라고 했다.

  카만테는 가족을 만나러 갔다. 과부인 카만테의 어머니는 농장에서 멀리 떨어진 곳에 살았다. 나중에 그녀가 내게 전하기를, 카만테가 그날 평소의 과묵함에서 벗어나 자신에게 병원의 낯선 사람들과 치료에 대해 받은 인상을 모두 털어놓았다고 했다. 그러나 카만테는 어머니의 집에 들렀다가 도로 우리 집으로 왔고 이제 자기가 살 곳은 당연히 이곳이라는 듯한 태도를 보였다. 이후 그 아이는 내가 아프리카를 떠날 때까지 12년가량을 나를 위해 일했다.

  나는 카만테를 처음 보았을 때 여섯 살 정도 된 줄 알았으나 그 아이에겐 여덟 살 정도 되어 보이는 형제가 있었고 두 아이 모두 카만테가 형이라고 얘기했다. 그러니까 카만테는 오랜 병마와 싸우느라 제대로 성장하지 못해서 그렇지 그때 나이가 아홉 살은 된 것이었다. 카만테는 이제 제법 자랐으나 늘 난쟁이 같은 인상을 주었으며 딱 꼬집어 어디가 그렇다고는 말할 수 없어도 왠지 기형적으로 보였다. 시간이 지나면서 각진 얼굴도 둥그스름해지고 걸음걸이와 움직임도 자연스러워졌지만 나는 그 아이가 못생겼다는 생각은 하지 않으면서도 자꾸만 창조자의 눈으로 그 아이를 보았다. 카만테의 다리는 세월이 지나도 막대기처럼 가늘었다. 카만테는 장난기와 악마성을 반반씩 갖춘 환상적인 인물로 아주 약간만 수정을 가해서 파리 노트르담 사원 꼭대기에 앉혀 놓으면 딱 어울릴 듯했다. 그 아이는 빛과 생기를 지니고 있어서 그림 속에서라면 유난히 강렬한 색채로 표현되었을 것이며 우리 집에서 가사일도 독창적으로 해냈다. 카만테는 정신이 온전하지 못하거나 아니면 최소한 우리 백인들이 괴짜라고 부르는 그런 인물이었다.

카만테는 생각이 깊은 아이였다. 오랜 고통의 세월 속에서 사려 깊은 눈으로 세상을 보고 모든 것에 대해 나름의 결론을 끌어내는 성향을 키워 온 것인지도 모른다. 그는 평생 자신의 방식으로 고립된 삶을 살았다. 다른 사람들과 똑같은 일을 하더라도 다른 방식으로 했다.

나는 농장 사람들을 위한 야간 학교를 열고 원주민 교사들을 초빙했다. 교사들은 선교회를 통해 데려왔는데 당시 나의 학교에는 로마 가톨릭교회, 영국 교회, 스코틀랜드 교회 이렇게 세 군데에서 나온 교사들이 있었다. 원주민에 대한 교육은 종교 기관을 통해서만 이루어졌기에 내가 아는 한 스와힐리어로 번역된 책은 성서와 찬송가 책밖에 없었다. 나는 아프리카에 사는 동안 원주민을 위해 이솝 우화를 번역할 계획을 세웠지만 결국 시간이 없어서 그 계획을 실행에 옮기지는 못했다. 어쨌거나 학교는 농장에서 내가 제일 좋아하는 장소요, 우리의 정신적 삶의 중심지였으며 나는 학교로 쓰는 골함석 지붕을 인 길쭉한 창고 건물에서 즐거운 저녁 시간을 보내곤 했다.

카만테는 나와 학교에 가서도 다른 아이들과 함께 의자에 앉지 않고 마치 의식적으로 배움에 귀를 닫고 구경꾼이라는 단순한 역할을 즐기는 것처럼 좀 떨어진 곳에 서 있었다. 그러나 나는 카만테가 부엌에 혼자 있을 때 학교 칠판에서 눈

여겨봐 둔 글자와 숫자를 기억에서 꺼내 아주 천천히, 앞뒤가 안 맞게 엉터리로 되뇌는 모습을 목격했다. 나는 그 아이가 원하기만 하면 얼마든지 다른 사람들과 잘 어울릴 수 있었으리라고는 생각지 않는다. 어린 시절에 이미 그 아이 안의 무언가가 뒤틀리거나 고착되어 이제 그 아이에겐 정상적인 것이 비정상적인 것으로 되어 버렸기 때문이다. 카만테는 자신과 세상이 다르다는 사실을 깨달아도 자신이 아닌 세상이 잘못된 것이라고 여기는, 진짜 난쟁이의 오만하고 위대한 정신으로 자신의 고립을 인식했다.

카만테는 금전 문제에 밝아서 거의 돈을 쓰지 않았고 다른 키쿠유족과의 염소 거래도 현명하게 해냈다. 그는 일찍 결혼했는데 키쿠유족 사회에서 결혼은 돈이 많이 드는 일이었다. 그러면서도 나는 그가 돈의 무가치함에 대해 건전하고 독창적인 철학을 펼치는 걸 들었다. 그는 삶 전반과 특이한 관계를 맺고 있었고 삶에 통달했으면서도 그것을 좋게 생각하지 않았다.

카만테는 무엇에 대해서건 감탄할 줄 몰랐다. 동물들의 지혜는 인정하고 좋게 생각하기도 했지만 나와 함께 사는 동안 그가 양식 있는 인물이라고 칭찬한 사람은 몇 년 후 농장에서 함께 살게 된 젊은 소말리족 여자뿐이었다. 카만테는 모든 상황에서 특유의 조롱 섞인 냉소를 흘렸지만 특히 다른 사람들의 지나친 자신감이나 호언장담에는 냉소를 아끼지 않았다. 모든 원주민은 일이 잘못되는 것에 강렬한 기쁨을 느끼는 악의적인 성향이 강한데, 유럽인은 그것에 마음이 상하고 불쾌감을 느낀다. 카만테는 이런 성향이 극에 달한 희귀한 경우로 다른 사람들에 대해서와 거의 마찬가지로 자기 자신의 실망과 불행에 대해서도 기쁨을 느끼는 특이한 자기모순까지 보였다.

나는 그런 심리를 원주민 노파들에게서 보았는데, 숱한 시련을 겪으며 운명과 피를 섞은 그녀들은 운명의 장난과 마주할 때마다 그것이 자매의 장난인 양 너그러이 이해하고 받아들였다. 나는 일요일 아침이면 하인들을 시켜 농장의 노파들에게 코담배를 — 원주민은 코담배를 〈톰바코〉라고 불렀다 — 나누어 주었다. 그래서 일요일마다 우리 집에는 늙어서 주름살투성이에 몸은 뼈만 앙상하고 머리는 대머리인 기이한 손님들이 모여들어 양계장 풍경을 방불케 했고 그들의 두런거리는 낮은 이야기 소리가 — 원주민은 여간해서는 목소리를 높이는 법이 없으니까 — 아직 잠에서 깨지 않은 내 침실의 열린 창을 통해 들어왔다. 어느 일요일 아침, 키쿠유족의 조용하면서도 활기 넘치는 이야기 소리가 갑자기 웃음의 물결로, 작은 폭포 소리로 높아졌다. 나는 밖에서 뭔가 재미난 사건이 벌어지고 있는 모양이라고 생각하고 파라를 불러 무슨 일인지 물었다. 파라는 말해 주기를 꺼렸는데 사건이란 것이 바로 그가 코담배를 사놓는 걸 깜빡 잊은 바람에 노파들이 먼 길을 왔다가 허탕 치고 돌아가게 된 것이었기 때문이다. 이 사건은 키쿠유족 노파들 사이에서 두고두고 웃음거리가 되었다. 이따금 옥수수 밭 사이로 난 좁은 길에서 키쿠유족 노파와 마주치면 그 노파는 내 앞에 멈추어 서서 뼈만 남은 휜 손가락으로 나를 가리키며 늙고 검은 얼굴에 함박웃음을 지었는데 그럴 때면 보이지 않는 끈으로 잡아당기기라도 한 것처럼 얼굴의 주름이 모두 한데 모여서 접혔다. 노파는 코담배를 얻으려고 자매들과 함께 먼 길을 걷고 걸어 우리 집을 찾앉는데 내가 사놓는 걸 깜빡 잊는 바람에 코담배는 구경도 못하고 돌아온 그 일요일을 상기시키며 유쾌하게 웃었다. 하하하, 음사부!

백인들은 키쿠유족이 감사할 줄을 모른다는 말을 자주 한다. 하지만 카만테는 결코 은혜를 모르지 않았으며 나에 대한 의무감을 말로 표현하기까지 했다. 카만테는 나와 함께한 짧지 않은 세월 동안 여러 차례 내가 부탁하지도 않은 일을 해주기 위해 자신의 방식을 버려 가면서까지 애써 주었으며 내가 그 이유를 묻자 내가 아니었다면 자신은 이미 오래전에 죽은 목숨이었을 것이라고 대답했다. 그는 다른 방식으로도 고마운 마음을 표현하여, 내게 독특한 성격의 친절과 호의의 태도를 보여 주었다. 그건 아마 참고 봐주는 태도였다고 하는 것이 더 정확할 것이다. 어쩌면 카만테는 자신과 내가 같은 종교를 가졌다는 사실을 늘 잊지 않고 있었던 것인지도 모른다. 그러니까 카만테에게 나는 바보들의 세계에서 더 큰 바보들 중 하나였던 듯하다. 카만테가 내 하인이 되어 나와 운명을 함께하면서 나는 늘 그 아이의 예의 주시하는 날카로운 시선을 느꼈으며, 내 생활 방식 전체가 분명하고 공정한 비판의 대상이 되었다. 카만테는 애초에 내가 자신을 치료해 주기 위해 수고를 아끼지 않은 것 자체를 부질없는 기행으로 여겼던 듯했다. 그럼에도 카만테는 늘 나에게 커다란 관심과 공감을 보여 주었으며 기꺼이 나의 커다란 무지를 일깨워 주는 역할을 맡았다. 그는 어떤 문제에 대해서는 내가 이해하기 쉽도록 시간을 들여 연구해서 가르침을 주기도 했다.

카만테는 개 돌보는 일로 우리 집 하인 노릇을 시작했고 그다음엔 내가 환자들을 치료할 때 조수 역할을 했다. 카만테의 손은 보기와는 달리 아주 아물었기에 나는 그를 부엌으로 보내 늙은 요리사 에사 밑에서 조수로 일하게 했다. 에사가 살해되자 카만테는 요리사로 승진했으며 내가 아프리카를 떠날 때까지 계속 요리사 노릇을 해주었다.

원주민은 대체로 동물에게 정이 없었지만 카만테는 이 점에서도 다른 키쿠유족과 달랐다. 카만테는 믿음직스러운 개 담당으로, 자신을 개들과 동일시하여 개들이 무엇을 원하고 어떤 생각을 갖고 있는지 내게 전달했다. 카만테는 개들이 아프리카의 골칫거리인 벼룩에 시달리지 않게 해주었으며, 한밤중에 개들이 울부짖는 소리에 달려 나가 나와 둘이서 등불을 밝혀 놓고 〈시아푸〉를 잡아 줄 때도 많았다. 시아푸는 아프리카의 살인적인 큰 개미로 혼자 다니면서 지나는 길에 있는 건 닥치는 대로 먹어 치우는 곤충이다.

카만테는 선교 병원에 있을 때 보고 들은 게 있어선지 — 설령 다른 일에서처럼 의료 행위에 대해서도 아무런 경외감이나 호감이 없었다 하더라도 — 환자들을 치료하는 나를 도울 때 사려 깊고 창의적인 모습을 보였다. 그는 요리사 일을 맡은 후에도 이따금 부엌에서 나와 참견도 하고 내게 매우 그럴듯한 충고도 해주곤 했다.

그러나 카만테는 요리사로선 분류 자체가 불가능한 존재였다. 그는 천재들이 흔히 그러하듯 천부적 소질이 능력과 재능의 서열을 뛰어넘어 신비하고 불가해한 존재가 된 경우였다. 부엌에서, 요리의 세계에서 카만테는 천재의 모든 속성을 지니고 있었고 뛰어난 능력에도 불구하고 개인적인 무력함을 벗어나지 못하는 천재의 운명까지 지니고 있었다. 만일 카만테가 유럽에서 태어나 훌륭한 스승의 가르침을 받았더라면 요리사로 이름을 떨치고 요리의 역사를 쥐고 흔들었을 터였다. 이곳 아프리카에서도 그는 유명해졌으며 요리라는 예술에 대해 장인의 태도를 갖고 있었다.

나도 요리에 대한 관심이 남달라서 처음 유럽에 다니러 갔을 때 유명 레스토랑의 프랑스인 주방장에게 특별 강습을 받았다. 아프리카에서 훌륭한 음식을 만들어 내는 것도 근사한 일이 될 것이라는 생각에서였다. 내게 요리를 가르쳐 준 무슈 페로셰 주방장은 요리에 대한 내 열정을 보고 함께 레스토랑 사업을 해보지 않겠느냐는 제안을 하기도 했다. 아프리카로 돌아와서 요리 천재 카만테를 휘하에 거느리자 나는 다시금 요리에 대한 열정에 사로잡혔다. 카만테와 함께 요리를 만든다는 것은 전망이 밝은 일이었다. 나는 야만인이 백인의 요리법에 대한 소질을 타고난 것이 신기하고 놀랍기만 했다. 나는 그것 때문에 우리 백인의 문명에 대해 새로운 시각을 갖게 되었으며 우리의 문명이 신성하고 미리 예정된 것인지도 모른다는 생각을 했다. 나는 골상학자가 인간의 두뇌에서 신학적 설득력의 자리를 증명하는 걸 보고 하느님에 대한 신앙을 되찾게 된 사람과도 같은 기분을 느꼈다. 신학적 설득력의 존재가 증명될 수 있다면 신학 자체의 존재도 증명되는 것이요 결국 하느님의 존재도 증명되는 것이 아닌가.

카만테는 요리 솜씨 중에서도 특히 손재주가 놀라웠다. 그의 울퉁불퉁한 검은 손에서는 부엌의 재주와 묘기가 전부 어린애 장난에 불과했으며 그의 손은 오믈렛, 볼로방,[3] 소스, 마요네즈에 관한 모든 것을 스스로 깨쳤다. 카만테는 어린

[3] 파이 껍질 속에 고기, 생선 따위를 넣은 요리.

예수가 진흙으로 새들의 형상을 만들고 그것들에게 날아가라고 말한 것처럼 모든 걸 가볍게 만드는 특별한 재능이 있었다. 그는 복잡한 조리 도구를 경멸했으며 그것에 지나치게 의존하는 걸 못마땅하게 여겼다. 내가 준 달걀 거품기는 녹이 슬도록 방치해 놓고 잔디밭에서 쓰는 잡초 제거용 칼로 달걀흰자를 휘저어 가벼운 구름 같은 거품을 만들어 냈다. 요리사 카만테는 신들린 듯한 날카로운 눈을 갖고 있어서 양계장 전체에서 가장 살이 통통하게 오른 닭을 골라내는가 하면 엄숙하게 달걀을 손바닥에 올려놓고 무게를 재어 보고는 언제 나온 알인지 알아맞혔다. 그는 내 식단을 개선하기 위해 아이디어를 짜냈으며 내가 여러 해 동안 구하려고 애썼지만 뜻을 이루지 못했던 매우 우수한 품종의 양상추 씨앗을 먼 곳에서 의사의 하인으로 일하는 친구에게 연락해 용케 구해 오기도 했다.

  카만테는 요리법에 대한 기억력이 비상했다. 그는 까막눈인 데다 영어를 몰랐기에 요리책이 아무런 쓸모가 없었으나, 일단 요리법을 배우면 그 볼품없는 머리통에 나로서는 도저히 알 수 없는 그만의 체계에 따라 그것을 고스란히 저장했다. 카만테는 요리법을 배운 날 일어난 사건으로 요리 이름을 지어서 나무에 내리친 벼락 소스, 죽은 회색 말 소스 따위로 불렀다. 그러나 요리를 혼동하는 일은 절대로 없었다. 내가 아무리 알려 주어도 소용없는 것이 딱 하나 있었는데 그건 바로 식사 코스의 순서였다. 그래서 나는 손님을 초대하여 식사 대접을 할 때면 맨 처음엔 수프 접시, 다음엔 생선, 그다음엔 자고새나 아티초크를 그린 그림 메뉴를 만들어 내 요리사에게 주어야 했다. 나는 그의 이러한 결점이 기억력의 부족 탓이리라고는 믿지 않으며, 그건 아마도 그가 세상에 완벽한 건 없으며 하잘것없는 일에까지 시간을 낭비할 필요는 없다는 생각을 갖고 있기 때문인 듯했다.

악마와 함께 일하는 건 감동적인 일이다. 명목상으로는 내가 부엌의 주인이었지만 카만테와 함께 일하다 보면 부엌뿐 아니라 그와 협력해서 일하는 모든 분야가 그의 손에 넘어간 듯한 기분이 들었다. 카만테는 내가 그에게 무엇을 원하는지 완벽하게 이해했을 뿐 아니라 어떤 때는 내가 말하기도 전에 내가 원하는 일을 척척 해치웠다. 그런데 나는 카만테가 일을 할 때 어떤 방식으로 하는지, 왜 그렇게 하는지 분명하게 알 수 없었다. 그저 어떤 분야에 대해 그 참된 의미를 이해하지 못하고 경멸만을 느끼는 이가 그 분야에서 그토록 뛰어난 재능을 발휘할 수 있다는 사실이 놀라울 뿐이었다.

카만테는 우리 백인의 요리가 어떤 맛이어야 하는지 전혀 알지 못했다. 기독교로 개종하고 문명을 접하고는 있었지만 그는 실제로는 어쩔 수 없는 키쿠유족으로 자기 부족의 전통에 뿌리를 박고 있었으며 키쿠유족의 생활 방식만이 인간으로서 가장 가치 있게 살아가는 법이라고 믿고 있었다. 카만테는 이따금 요리를 하면서 음식 맛을 보긴 했지만 자신의 가마솥에서 끓고 있는 마법의 약을 맛본 마녀처럼 의심스러운 표정을 짓곤 했다. 카만테는 조상 대대로 먹어 온 옥수수를 좋아했다. 그는 가끔 키쿠유족의 진미인 군고구마나 양의 비계를 내게 주었는데 그 모습은 마치 사람과 오랫동안 산 문명화된 개가 주인 앞에 선물로 뼈다귀를 내놓는 것과 같았다. 나는 백인이 음식을 갖고 법석을 떠는 것에 대해 카만테가 속으로 미친 짓이라고 여기고 있음을 항상 느꼈다. 나는 가끔 그 문제에 대한 그의 의견을 끌어내 보려고 했는데, 그는 대체로 매우 솔직했지만 말하고 싶지 않은 것에 대해서는 입을 꽉 다물었다. 그리하여 우리는 요리의 중요성에 관한 한 서로의 생각에 간섭하지 않으면서 나란히 서서 일하게 되었다.

나는 카만테를 무타이가 클럽에 보내 요리를 배우게 했고 나이로비의 친구들 집에 갔다가 새롭고 맛있는 요리가 나오면 그곳 요리사에게도 보냈다. 카만테가 그렇게 배운 요리 실력을 발휘하기 시작하면서 우리 집은 식민지 내에서 요리로 유명해졌다. 그것은 나에게 큰 기쁨이었다. 나는 내 요리 예술을 감상해 줄 이들을 갈망했고 친구들이 식사를 하러 찾아오면 즐겁고 기뻤다. 하지만 카만테는 자신의 요리에 대한 사람들의 칭찬을 달가워하지 않았다. 그래도 농장에 자주 찾아오는 내 친구들의 입맛은 세심하게 기억했다. 「버클리 콜 나리를 위해 백포도주로 생선을 요리해야겠어요. 생선 요리에 쓰라고 백포도주를 보내 주잖아요.」 카만테는 실성한 사람에 대해 얘기하듯 그렇게 엄숙하게 말하곤 했다. 나는 권위자의 의견을 듣고 싶어서 나이로비에 사는 노령의 친구 찰스 벌펫 씨를 식사에 초대했다. 벌펫 씨는 나보다 한 세대 앞선 위대한 여행가로 『80일간의 세계 일주』의 필리어스 포그보다는 한 세대 뒤의 인물이었다. 그는 전 세계를 누비고 다니며 온갖 산해진미를 맛보았고 지금 이 순간을 즐길 수 있다면 그것으로 족했으며 미래에 대한 보장에는 관심이 없었다. 그는 50년 전에 운동선수로서 쌓은 공적을 담은 스포츠 서적과 스위스와 멕시코의 산들을 등반한 체험을 담은 등산 서적을 써냈으며, 유명한 내기들에 관한 책인 『쉽게 얻은 것은 쉽게 사라진다』에는 그가 내기로 야회복과 중절모 차림으로 템스 강을 헤엄쳐 건넌 일화가 실려 있다. 후에 그는 일찍이 레안드로스와 바이런이 그랬던 것처럼 헬레스폰투스 해협을 헤엄쳐 건너는 한층 더 낭만적인 모험도 했다. 나는 그가 담소를 나누고 저녁 식사를 하러 농장을 찾아 주었을 때 무척이나 행복했다. 진심으로 좋아하는 사람에게 직접 요리한 훌륭한 음식을 대접하는 건 특별한 행복을 준다. 그는 답례로 음식과 세상의 여러 가지 일들에 대한 고견을 들려주었으며 이보다 더 훌륭한 식사는 해본 적이 없다고 칭찬했다.

영국 왕세자도 우리 농장에서 만찬을 즐기고 컴벌랜드 소스에 대해 칭찬하는 커다란 영광을 베풀어 주었다. 카만테도 영국 왕세자에게 들은 칭찬에 대해서만큼은 내가 몇 번이고 되풀이해서 말해도 깊은 관심을 갖고 귀 기울여 들었는데, 원주민은 왕을 무척이나 중요하게 여기고 왕에 대해 얘기하기를 좋아하기 때문이다. 여러 달이 지난 후 카만테는 프랑스 이야기책처럼 그 말을 다시 듣고 싶어졌는지 뜬금없이 내게 물었다. 「술탄의 아드님께서 그 돼지 소스를 좋아하셨다고요? 그래서 다 드셨다고요?」

카만테는 부엌 밖에서도 내게 호의를 보였다. 그는 삶의 이득과 위험에 대한 자신의 견해에 따라 나를 돕고자 했다.

어느 날 밤 자정이 지난 시각에 카만테가 등불을 들고 보초라도 서듯 내 침실로 조용히 들어왔다. 내 집에 들어온 지 얼마 안 된 때였던지 체구가 몹시 작았는데 내 침대 옆에 서 있는 모습이 마치 길을 잘못 들어 방 안으로 들어온 귀가 몹시 큰 검은 박쥐 같기도 하고 손에 등불을 들고 있어서 아프리카의 빛의 정령 같기도 했다. 카만테가 매우 엄숙하게 말했다.「음사부, 일어나시는 게 좋겠어요.」나는 어리둥절해서 침대에서 일어나 앉았다. 나는 뭔가 심각한 일이 발생했다면 파라가 나를 깨우러 왔으리라는 생각으로 카만테에게 나가 보라고 했지만 카만테는 꿈쩍도 하지 않았다.「음사부, 일어나시는 게 좋겠어요. 하느님이 오시는 것 같아요.」나는 그 말을 듣고 일어서서 왜 그렇게 생각하는지 카만테에게 물었다. 카만테는 엄숙하게 나를 서쪽 언덕들이 내다보이는 식당으로 이끌었다. 문에 난 창을 통해 기이한 현상이 보였다. 언덕 지대에서 큰 화재가 났는데 언덕 꼭대기에서 초원까지, 집에서 보면 거의 수직으로 불길이 너울거리고 있었다. 정말로 어떤 거대한 형상이 우리를 향해 다가오고 있는 듯했다. 나는 카만테와 나란히 서서 그 광경을 지켜보다가 카만테에게 그것의 정체에 대해 설명하기 시작했다. 아이가 끔찍하게 겁을 먹은 것 같아서 마음을 진정시켜 주기 위해서였다. 그러나 카만테는 내 설명에 별 반응이 없었으며 나를 깨운 것으로 자기 임무를 다했다고 여기는 듯했다.「글쎄요, 그럴지도 모르죠. 하지만 전 하느님이 오시는 것일 수도 있으니 마님을 깨우는 게 좋겠다고 생각했어요.」

# 이주민 집의 야만인

 어느 해에 우기가 찾아오지 않았다.
 아프리카의 가뭄은 끔찍하고 기막힌 체험으로, 그것을 겪은 농부는 평생 그 기억을 잊지 못한다. 몇 해가 지난 뒤 아프리카를 떠나 습한 기후의 북쪽 나라에 살면서도 한밤중에 갑자기 빗소리가 들리면 벌떡 일어나서 이렇게 외치게 된다. 「비다, 비야!」
 정상적인 해에는 우기가 3월 마지막 주에 찾아와서 6월 중순에 떠난다. 우기가 다가오면 하루가 다르게 날씨가 덥고 건조해지며 유럽에서 무시무시한 뇌우가 찾아오기 직전처럼 — 아니 그보다 더 — 세상이 온통 열에 들뜬다.
 우리 농장 강 건너편에 사는 마사이족은 바로 그때 바싹 마른 초원에 불을 놓았다. 소에게 먹일 새 풀이 첫 비를 맞도록 해주기 위해서였는데 큰불로 초원 위의 공기가 너울너울 춤을 추고 무지갯빛 층을 이룬 긴 잿빛 연기가 초원 위로 뭉게뭉게 피어올랐으며 마치 용광로에서 나온 듯한 열기와 탄내가 경작지 너머로 흘러왔다.
 하늘에서 거대한 구름들이 모였다 흩어졌고 먼 곳의 보슬

비가 지평선을 가로질러 푸른빛 사선 줄무늬를 그려 놓았다. 이제 세상은 오직 한 가지 생각뿐이었다.

저녁에 일몰 직전이 되면 주위 풍경이 바싹 다가왔고 선명하고 짙은 파랑과 초록 색채의 언덕들이 가깝고 활기차고 의미심장하게 보였다. 두어 시간 후에 밖으로 나가면 별들은 져버리고 부드럽고 심오하고 은혜로 충만한 밤공기를 느낄 수 있었다.

갑자기 머리 위에서 쏴 하는 소리가 들린다면 그건 키 큰 나무들을 스치는 바람 소리지 빗소리가 아니었다. 그 소리가 땅에서 들린다면 관목과 키 큰 풀들 속에서 나는 바람 소리지 빗소리가 아니었다. 땅 바로 위에서 살랑거리고 달각거리는 소리가 들린다면 옥수수 밭의 바람 소리였다. 그 소리는 빗소리와 너무도 흡사해서 번번이 속고, 애타게 기다리는 존재를 연극 속에서 본 것처럼 약간의 만족감까지 얻지만 그래도 역시 빗소리는 아니었다.

그러나 대지가 공명판처럼 깊고 풍부한 포효로 응답하면, 그리하여 우리를 둘러싼 세상이 모든 차원에서, 위아래 전체에서 노래를 부르면 그건 빗소리였다. 그건 마치 오랫동안 바다에서 멀리 떨어져 있다가 바다로 돌아간 것과 같았고 연인의 포옹과도 같았다.

그런데 어느 해에 우기가 찾아오지 않았다. 그건 마치 우주가 우리에게 등을 돌린 것과 같았다. 날씨가 점점 선선해져서 어떤 날은 춥기까지 했지만 대기 중에서 습기를 찾아볼 수 없었다. 모든 것이 점점 더 건조해지고 단단해져 갔고 모든 힘과 기품이 세상에서 철수한 듯했다. 나쁜 날씨도 좋은 날씨도 아닌, 날씨 자체가 무기한 연기된 것 같은 상태였다.

차가운 바람이 마치 문 틈새에서 들어오는 외풍처럼 머리 위에서 불었고 만물의 색이 바랬으며 들판과 숲의 냄새도 사라졌다. 절대자의 눈 밖에 났다는 느낌이 우리를 무겁게 짓눌렀다. 남쪽에는 불에 검게 탄 초원이 회색과 흰색 재의 줄무늬를 이룬 채 황량한 모습으로 누워 있었다.

우리는 헛되이 비를 기다리고 있었고 날이 갈수록 농장의 미래와 희망은 빛을 잃어 가다가 결국 사라져 버렸다. 지난 몇 달 동안 밭을 일구고 가지치기를 하고 곡식을 심은 것이 말짱 헛수고가 되고 만 것이다. 농장 일은 속도가 느려지다가 결국 정지되었다.

초원과 언덕의 물웅덩이들이 말라붙으면서 생소한 종류의 오리와 거위가 내 연못으로 왔다. 농장 경계에 있는 그 연못에 이른 아침과 일몰 때 얼룩말이 물을 마시러 2백, 3백 마리씩 길게 열을 지어 찾아왔고 망아지들이 암말들과 함께 왔다. 내가 말을 타고 얼룩말들 사이를 지나가도 얼룩말들은 겁을 먹지 않았다. 하지만 연못도 점점 말라 가고 있었기에 우리 소들을 위해 얼룩말들이 오지 못하도록 막을 수밖에 없었다. 그래도 진흙에서 골풀이 자라 갈색 풍경 속에서 초록색 섬을 이루고 있는 그곳에 가는 건 즐거운 일이었다.

원주민은 가뭄 아래서 침묵했다. 그들이 우리보단 날씨의 징조에 대해 더 잘 알 텐데도 나는 그들에게서 아무런 전망도 얻어 낼 수 없었다. 가뭄은 그들의 생존 자체가 걸린 문제였다. 엄청난 가뭄이 든 해에 가축의 90퍼센트까지 잃을 수 있다는 것은 그들에게나 그들의 아버지들에게나 새삼스러운 일이 아니었으니까. 그들의 소작지인 샴바도 메말라 갔고 고개를 꺾은 채 시들어 가는 고구마와 옥수수 몇 그루만 남아 있었다.

시간이 흐른 뒤 나는 그들의 그런 자세를 배워서 마치 수치심에 싸인 사람처럼 고난의 시절에 대해 얘기하거나 불평하는 걸 포기했다. 그러나 나는 유럽인이었고 아프리카에서 그리 오래 살지도 않았기에 수십 년 동안 체류한 이들처럼 원주민의 절대적인 수동성을 습득하진 못한 상태였다. 나는 젊었고 농장 길에 풀풀 날리는 먼지나 초원의 연기에 휘말리지 않으려면 자기 보존 본능에 따라 무언가에 에너지를 쏟아야만 했다. 그래서 저녁이 되면 내 마음을 멀리 다른 나라와 다른 시대로 데려가 줄 동화나 로맨스 같은 이야기를 쓰기 시작했다.

나는 그런 이야기 중 일부를 우리 농장에 머물게 된 한 친구에게 들려주기도 했다.

밤에 일어나서 밖으로 나가면 잔인한 바람이 불고 있었고 맑은 하늘에 밝게 빛나는 별들이 무수히 박혀 있었으며 만물은 메말라 있었다.

나는 처음엔 저녁때만 글을 쓰다가 나중에는 농장에 나가야 하는 시간인 아침에도 글쓰기에 매달릴 때가 많았다. 아예 옥수수 밭을 갈아엎고 새로 심어야 할지, 커피나무의 시들어 가는 열매를 전부 따내어 나무라도 살려야 할지 아니면 그대로 두어야 할지 결정을 내리는 건 힘든 일이었다. 나는 하루하루 결정을 미뤘다.

나는 식당에 앉아서 글을 쓰곤 했는데 그 사이사이에 짬짬이 농장 회계 관련 업무와 나의 농장 관리인이 보낸 우울한 내용의 쪽지를 처리해야 했기에 식탁 위에는 종이가 잔뜩 어질러져 있었다. 하인들이 무얼 하고 있느냐고 묻기에 책을 쓰고 있다고 대답하자 그들은 그것을 고난의 시기에 농장을 구원할 최후의 시도로 여기며 관심을 보였다. 나중에 그들은 작업 진척 상황을 묻기도 했다. 그들은 식당으로 들어와 내가 글을 쓰는 모습을 한참씩 구경하기도 했는데 그들이 등지고 있는 벽의 패널 색깔이 그들의 머리 색깔과 같아서 밤에는 그들의 흰 옷만 보였다.

우리 집 식당은 서향이었고 기다란 창 세 개가 테라스와 잔디밭, 숲을 향해 나 있었다. 이쪽 땅은 내 소유지와 마사이족 보호 구역의 경계를 이루는 강까지 비탈져 있었다. 집에서는 강이 보이지 않았지만 강변을 따라 늘어선 진초록의 키 큰 아카시아 나무들을 보고 강의 굴곡을 알 수 있었다. 강 건너편은 나무들로 덮인 숲이 오르막을 이루었고 그 너머로는 초록빛 초원이 은공 언덕 기슭까지 뻗어 있었다.

〈내 신앙의 힘이 산을 움직일 수 있을 정도로 강하다면 나는 그 산을 내게 오도록 할 것이다.〉

바람이 동쪽에서 불어와서 서쪽을 향한 식당 문들은 늘 열려 있었고 그런 이유로 우리 집 서편은 원주민들이 즐겨 찾는 장소가 되었다. 그들은 집 안에서 일어나고 있는 일을 하나도 놓치지 않으려는 듯 늘 그 주변을 서성였다. 원주민 목동들도 호기심을 못 이겨 우리 집 잔디밭으로 염소를 끌고 와서 풀을 뜯겼다.

아버지의 염소와 양을 끌고 우리 농장을 돌아다니며 풀을 뜯기는 그 어린 소년들은 어떤 의미에서 보면 문명화된 우리 집과 야생의 삶을 이어 주는 다리 역할을 했다. 우리 집 하인들은 그 소년들을 불신해서 그들이 집 안으로 들어오는 걸 좋아하지 않았지만 그 소년들은 문명에 대한 진정한 애정과 열정을 품고 있었으며 마음만 먹으면 언제든지 문명을 떠날 수 있기에 그들에겐 문명이 조금도 위험하지 않았다. 그 소년들에게 문명의 중심적인 상징은 식당에 걸린 오래된 독일제 뻐꾸기시계였다. 아프리카 고원 지대에서는 시계란 것 자체가 완전한 사치품이었다. 1년 내내 태양의 위치만 보고도 시간을 알 수 있을뿐더러 기차 시간에 신경 쓸 필요도 없고 농장의 삶은 그다지 시간의 구애를 받지 않기에 시계가 중요하지 않았다. 하지만 내 뻐꾸기시계는 아주 좋은 물건이었다. 매시 정각만 되면 뻐꾸기가 분홍색 장미꽃으로 둘러싸인 작은 문에서 튀어나와 청아하고 거만한 소리로 울어 댔다. 농장의 아이들은 뻐꾸기가 나타날 때마다 신선한 기쁨을 느꼈다. 그들은 태양의 위치를 보고 뻐꾸기가 정오를 알려 줄 때를 정확하게 판단해서 12시 15분 전쯤이면 불안한 마음에 초원에 풀어 놓지 못한 염소들을 꽁무니에 매달고 사방에서 우리 집을 향해 모여들었다. 숲의 덤불과 키 큰 풀들을 헤치고 다가오는 아이들과 염소들의 머리가 마치 연못에서 헤엄치는 개구리들의 머리처럼 보였다.

 아이들은 염소들을 잔디밭에 내버려 두고 맨발로 소리 없이 걸어 들어왔다. 큰 아이들은 열 살 정도 되었고 가장 어린 아이가 두 살이었다. 그들은 매우 얌전하게 행동했고 자기들끼리 정한 원칙에 따라 움직였다. 그 원칙은 물건을 만지거나 의자에 앉아서는 안 되며 누가 말을 걸기 전에는 침묵한다는 규칙을 지키는 한 집 안을 자유롭게 돌아다닐 수 있다는 것이었다. 시계에서 뻐꾸기가 튀어나오면 아이들은 황홀경에 빠진 듯 온몸을 흔들어 대며 터져 나오려는 웃음을 간

신히 참았다. 염소에 대한 책임감을 느끼지 않는 아주 어린 목동들이 이따금 이른 아침에 혼자 찾아와 문이 닫힌 채 침묵을 지키고 있는 시계 앞에 한참 동안 서서 키쿠유 말로 천천히 노래하듯 사랑의 고백을 한 후 엄숙하게 걸어 나가기도 했다. 우리 집 하인들은 목동들을 비웃었고 그 아이들이 너무도 무지해서 뻐꾸기가 살아 있는 줄 안다고 내게 전했다.

하지만 우리 집 하인들도 내가 타자기를 두드릴 때면 식당으로 구경하러 들어왔다. 카만테의 경우 저녁때 한 시간씩 벽 가까이에 서서 타자기의 움직임을 지켜보곤 했는데, 속눈썹 밑의 까만 눈동자를 이리저리 움직이는 모습이 마치 타자기를 산산이 분해했다가 다시 조립할 수 있을 정도로 철저히 파악할 작정인 듯했다.

어느 날 밤 문득 고개를 들어 보니 카만테가 주의 깊은 눈길로 나를 지켜보고 있다가 잠시 후에 이렇게 물었다. 「음사부, 책을 쓸 수 있다고 믿으세요?」

나는 모르겠다고 대답했다.

카만테는 대화를 나눌 때면 자기 의견에 깊은 책임감을 느끼는 것처럼 어지간히도 뜸을 들여 말했다. 원주민은 모두 뜸을 들이는 데는 명수이며 그런 식으로 토론에 균형을 부여한다.

카만테는 한참 뜸을 들였다가 말했다. 「저는 그렇게 믿지 않아요.」

내 책에 대해 의논할 상대가 없었던 나는 일손을 멈추고 그 이유를 물었다. 카만테는 이런 대화를 나누리라고 미리 짐작하고 대비했던지 『오디세이』를 등 뒤에 감추고 있다가 식탁에 내려놓았다.

「음사부, 보세요. 이건 훌륭한 책이에요. 한쪽 끝부터 다른 쪽 끝까지 전부 붙어 있어요. 이 책은 위로 들어 올리고 세게 흔들어도 한 장씩 안 떨어져요. 이 책을 쓴 사람은 굉장히 똑똑한 거예요. 하지만 음사부가 쓰는 책은 여기저기 흩어져 있어요. 사람들이 깜빡 잊고 문을 안 닫으면 바람에 날려서 바닥에 떨어지고 그러면 음사부는 화를 내시잖아요. 그러니 훌륭한 책이 될 수 없죠.」 카만테가 경멸이 어려 있으면서도 따뜻한 동정을 담은 어조로 말했다.

나는 카만테에게 유럽에는 종이를 한데 묶어 책을 만드는 기술이 있다고 설명해 주었다.

「그럼 음사부 책도 이렇게 무겁게 되나요?」 카만테가 『오디세이』를 들고 무게를 가늠하며 물었다.

내가 바로 대답하지 못하고 주저하자 카만테는 내게 직접 무게를 재보라고 책을 건넸다.

「아니, 이렇게 무겁진 않을 거야. 하지만 도서관에 가보면 이보다 가벼운 책도 많단다.」 내가 대답했다.

「이렇게 딱딱하고요?」 카만테가 물었다.

나는 딱딱한 표지를 씌워 책을 만들려면 비용이 많이 든다고 말해 주었다.

카만테는 잠시 침묵을 지키며 서 있다가 바닥에 흩어진 종이를 주워 식탁 위에 올려놓는 것으로 내 책이 잘되기를 바라는 마음을, 어쩌면 의심을 품은 데 대한 미안함까지 표현했다. 카만테는 가지 않고 계속해서 테이블 옆에 서서 지켜보다가 엄숙하게 물었다. 「음사부, 뭐에 대한 책을 쓰시는 거예요?」

나는 카만테에게 『오디세이』의 주인공 오디세우스와 폴리페모스에 대해, 오디세우스가 자신의 이름을 〈노맨〉[4]이라고 한 일과 그가 폴리페모스의 눈을 멀게 한 다음, 양의 배에 몸을 묶고 탈출한 일화에 대해 그림을 그리듯 자세히 설명해 주었다.

카만테는 열심히 경청한 뒤 그 양은 자신이 나이로비의 소품평회에서 본 엘멘타이타 출신의 롱 씨의 양과 같은 종일 것이라는 의견을 내놓았다. 그리고 폴리페모스에 대해서는 그가 키쿠유족처럼 흑인이었는지 물었다. 내가 아니라고 대답하자 이번엔 오디세우스가 나와 같은 부족인지 알고 싶어 했다.

「오디세우스는 자기 나라 말로 〈노맨〉을 어떻게 말했어요? 말해 주세요.」 카만테가 말했다.

「〈우티스〉라고 했지. 오디세우스는 자신의 이름이 우티스라고 했는데 그의 나라 말로는 〈아무도 아니다〉라는 뜻이지.」 내가 대답했다.

「음사부도 그 얘기를 쓰시는 거예요?」 카만테가 물었다.

「아니. 책은 자기가 쓰고 싶은 걸 쓰면 돼. 너에 대해 쓸 수도 있지.」 내가 말했다.

대화 중에 마음을 활짝 열었던 카만테는 갑자기 마음의 문을 다시 닫아 버렸다. 그는 눈을 내리깔고 자신의 어떤 부분에 대해 쓸 것이냐고 조그만 목소리로 물었다.

「네가 아픈 몸으로 초원에서 양들에게 풀을 뜯기던 때에 대해 쓸 수도 있지. 그때 무슨 생각을 하고 있었니?」 내가 말했다.

카만테는 두리번거리며 식당 안을 위아래로 훑어보더니

---

4 〈아무도 아니다〉라는 뜻임.

마침내 모기만 한 소리로 대답했다. 「몰라요.」

「무서웠니?」 내가 물었다.

카만테는 뜸을 들인 후 단호하게 말했다. 「예. 초원 위의 아이들은 누구나 가끔은 무서움을 느껴요.」

「뭐가 무서웠는데?」 내가 물었다.

카만테는 잠시 조용히 서 있다가 나를 똑바로 쳐다보았는데 침착하고 심오한 표정을 지은 채 눈은 내면을 응시하고 있었다.

「우티스. 초원 위의 아이들은 우티스를 무서워해요.」

며칠 후 나는 카만테가 다른 하인들에게 『오디세이』를 보여 주면서 유럽에서는 내가 쓰고 있는 책을 이렇게 한데 묶을 수 있다고 설명하는 광경을 목격했다. 그는 엄청난 비용을 들이면 『오디세이』처럼 딱딱하게 만들 수도 있지만 푸른색으로 만들 수는 없을 것이라고 덧붙였다.

카만테는 우리 집에서 유용하게 써먹는 재주가 하나 있었다. 그건 마음만 먹으면 언제든지 울 수 있는 재주였다.

내가 정색을 하고 야단을 치면 카만테는 내 앞에 꼿꼿이 서서 나를 똑바로 쳐다보며 원주민들이 눈 깜짝할 사이에 짓는 깊은 슬픔이 담긴 경계하는 표정을 지었고, 눈에 가득 고인 눈물이 커다란 눈물방울이 되어 뺨을 타고 흘러내렸다. 나는 그것이 순전히 거짓 눈물임을 알고 있었기에 다른 사람들이 흘리는 그런 눈물에는 눈 하나 깜짝하지 않았다. 하지만 카만테의 경우는 달랐다. 그런 때면 카만테의 무표정하고 맥 빠진 얼굴은 과거에 오랫동안 머물렀던 무한한 고독과 어둠의 세계로 도로 가라앉았다. 그 아이는 어릴 적에 초원에서 양 떼에 둘러싸여 그런 멍한 얼굴로 커다란 눈물방울을 떨어뜨렸을 터였다. 카만테의 눈물을 보면 나는 마음이 불안했고 어느새 그 아이의 잘못도 별것 아닌 것으로 느껴져서 더 이상 야단을 치고 싶지가 않았다. 어찌 보면 그건 질서를 무너뜨리는 일이었다. 하지만 카만테가 흘리는 회오의 눈물을 꿰뚫어 보면서도 그것을 있는 그대로 받아들여 주는 내 마음을 우리 사이에 존재하는 진정한 인간적 이해를 통해 카만테도 알고 느꼈을 것이다. 사실 카만테 자신도 그 눈물을 나를 속이기 위한 것이라기보다는 높은 사람에게 바치는 의식으로 여겼다.

카만테는 자신이 기독교인이라는 말을 자주 하곤 했다. 나는 그가 무슨 생각으로 그런 말을 하는지 알 수 없었고 그에 대해 물은 적도 한두 번 있었는데 그때마다 카만테는 음사부가 믿는 것을 믿는다고, 그것이 무엇인지는 음사부 자신이 잘 알 텐데 왜 묻느냐고 대답했다. 그런 아리송한 대답은 단순한 얼버무림이 아니라 카만테 나름의 분명한 생각이요 신앙 고백이었다. 그는 백인의 하느님 밑으로 들어간 것이다. 그는 하느님 밑에서 어떤 명령도 따를 준비가 되어 있었으나 백인의 그것처럼 비합리적인 것으로 증명될 수도 있는 자신의 신앙 체계에 대한 설명까지 떠맡으려 하지는 않았다.

카만테는 내 행동이 자신을 기독교인으로 만들어 준 스코틀랜드인 선교사들의 가르침과 상충되면 내게 누가 옳은지 물었다.

우리는 원주민이 미개한 금기들을 지니고 있을 것이라 생각했다가 의외로 그들이 편견이 적은 데 놀라게 된다. 그것은 그들이 다양한 종족과 부족을 알고 동아프리카에 들어온 지난 시대의 상아와 노예 상인들, 그리고 지금의 이주민들과 맹수 사냥꾼들과 활발한 인간적 교류를 나눈 때문일 것이다. 거의 모든 원주민이(초원의 어린 목동에 이르기까지) 영국인, 유대인, 보어인, 아랍인, 소말리족, 스와힐리족, 마사이족, 카비론도족 등 다양한 종족을 접해 왔으며, 에스키모에게 시칠리아인이 그런 것처럼 자기에게 생소한 종족을 만난 경험을 갖고 있다. 관념의 수용성에 관한 한 원주민은 동질적인 공동체 안에서 성장하고 견고한 관념을 지닌 교외나 지방의 이주민이나 선교사보다 경험이 풍부했다. 바로 이 점에서 백인과 원주민 사이에 많은 오해가 생겼다.

한 개인으로 원주민에게 기독교를 대표하는 인물이 되는 건 놀라운 체험이다.

키쿠유족 보호 구역 출신으로 내 밑에서 일하게 된 키타우라는 키쿠유족 청년이 있었다. 그는 사색가 기질이 있는 주의 깊고 세심한 하인이라 내 맘에 쏙 들었다. 석 달이 지난 어느 날 키타우가 몸바사의 셰이크[5] 알리 빈 살림의 집에서 일하고 싶다며 추천서를 써달라고 했다. 몸바사의 무슬림 재판관인 셰이크 알리 빈 살림은 내 친구로 그가 우리 집에 놀러 왔을 때 키타우도 그를 본 적이 있었다. 나는 이제 우리 집 일이 손에 익은 키타우를 놓치고 싶지 않아서 급료를 올려 주겠다고 했다. 키타우는 내 제안을 거절하며 급료를 더 받기 위해 떠나는 것이 아니라고 말했다. 그는 키쿠유족 보호 구역에 살 때 기독교인이나 무슬림이 되기로 결심했으며 두 종교에 대해 아는 바가 없어서 일단 주인이 기독교인인 우리 집

---

[5] 이슬람 족장이나 종교 지도자의 존칭.

에 와서 하인 노릇을 한 것이라고 설명했다. 우리 집에서 석 달을 머물며 기독교인의 생활 방식을 보았으니 이제 몸바사의 셰이크 알리 빈 살림의 집으로 가서 석 달을 살면서 무슬림의 생활 방식을 본 후 두 종교 중 하나를 선택하겠노라는 것이었다. 대주교라도 이런 상황에 처했다면 나처럼 이렇게 말하거나 최소한 속으로라도 그런 생각을 했을 것이다. 「맙소사, 키타우, 그럼 여기 처음 왔을 때 그런 얘길 했어야지.」

무슬림은 같은 교우가 전통적인 도살 방법으로 잡은 동물의 고기 외엔 먹지 않는다. 그것 때문에 사파리를 나가면 종종 어려움을 겪었는데 어차피 집에서 가지고 갈 수 있는 식량은 한정되어 있어서 내가 사냥한 동물 고기를 하인들에게 먹여야 했기 때문이다. 내가 사슴영양을 쏘아 넘어뜨리면 사슴영양이 죽기 전에 목을 따려고 무슬림 하인들이 비호같이 달려갔다. 만일 하인들이 사슴영양 앞에서 어깨를 축 늘어뜨리고 고개를 숙이면 이미 사슴영양의 숨이 끊어진 것이며 하인들을 굶기지 않으려면 새로 사냥을 해야만 했기에 나도 잔뜩 긴장해서 눈에 불을 켜고 지켜보곤 했다.

전쟁 초기에 나는 우마차들에 보급품을 싣고 먼 길을 떠나게 되었는데 출발 전날 밤 우연히 키자베 거리에서 이슬람교 지도자를 만났다. 나는 그에게 여행 기간 동안 내 하인들이 그 율법에서 면제될 수 있는지 물었다.

그는 젊었지만 현명했고 파라와 이스마일을 불러 몇 마디 대화를 나누더니 이렇게 선언했다. 「이 부인은 예수 그리스도의 제자이시다. 이 부인은 총을 쏠 때 〈신의 이름으로〉라고 말하거나 속으로 중얼거릴 것이며 따라서 이 부인의 총알은 정통 무슬림의 칼과 같다. 이번 여행 기간 동안 너희는 이

부인이 사냥한 동물의 고기를 먹을 수 있다.」

기독교는 아프리카에서 종파 간 알력으로 인해 위신이 많이 실추되었다.

나는 아프리카에 살 때 크리스마스 날 밤이면 프랑스 성당으로 차를 몰고 가서 자정 미사에 참석하곤 했다. 크리스마스 때는 대개 날씨가 무더웠고 와틀 플랜테이션 사이로 차를 몰고 달리노라면 맑고 더운 공기 속에서 멀리 있는 성당의 종소리가 들려왔다. 그곳에 도착하면 기쁨과 생기에 찬 사람들의 무리를 만날 수 있었다. 나이로비의 프랑스인과 이탈리아인 상인들이 가족들을 데려왔고 수녀원 학교의 수녀들도 보였고 화사한 옷차림을 한 원주민 신도들도 북적거렸다. 멋지고 웅장한 성당 건물은 수백 개의 촛불과 신부들이 손수 만든 대형 투명화들로 빛났다.

카만테가 우리 집에 들어오고 처음 크리스마스를 맞았을 때 나는 그 아이에게 같은 기독교인이니 미사에 데려가겠다고 하고 그곳에서 보게 될 아름다운 것들에 대해 프랑스인 신부들 같은 태도로 설명해 주었다. 카만테는 그 모든 이야기를 듣고 마음이 동해 자신이 갖고 있는 가장 좋은 옷을 차려입었다. 그런데 막상 차를 타고 떠날 때가 되자 극심한 동요를 보이며 자신은 갈 수 없겠노라고 했다. 카만테는 그 이유를 대지 않으려고 버티다가 내가 계속 추궁하자 마지못해 겨우 입을 열었다. 이유인즉, 내가 데려가려고 하는 곳이 프랑스 성당임을 이제야 깨달았으며 병원에 입원해 있을 때 프랑스인 신부들을 조심해야 한다고 단단히 주의를 받았다는 것이었다. 나는 모든 게 오해이며 나와 함께 가야 한다고 말했다. 그러자 카만테는 내 눈앞에서 돌처럼 굳었다. 눈이 뒤집혀서 흰자위만 보였고 얼굴에 진땀이 솟았다.

「아니, 아녜요, 음사부.」 카만테가 속삭이듯 말했다. 「전 못 가요. 그 큰 교회 안에 뭐가 있는지 다 알아요. 거기에는 굉장히 사악한 음사부가 한 명 있다고요.」

나는 그 말을 듣자 너무도 슬펐으나 이대로 물러나서는 안 되며 성모가 몸소 카만테에게 깨달음을 주도록 반드시 데려가야겠다는 생각을 굳혔다. 프랑스인 신부들은 성당 안에 온통 흰색과 푸른색으로 된 판지로 만든 등신대의 마리아 상을 세워 놓았는데, 원주민들은 대개 조각상에는 감동을 받았지만 그림을 보고서는 무슨 의미인지 이해하기 어려워했다. 나는 카만테에게 위험에 처하지 않도록 보호해 주겠노라고 약속하고 그 아이를 성당으로 데려갔으며 카만테는 내 뒤에 바싹 붙어 성당 안으로 들어가면서 모든 두려움과 거리낌을 잊었다. 마침 그해에는 그 어느 해보다 크리스마스 미사가 멋지게 거행되었다. 성당 안에는 파리에서 막 도착한 초대형 성탄 조각상이 설치되어 있었는데 동굴 모양으로 된 틀 안에 성가족이 있었고 푸른 밤하늘에 빛나는 별들이 안을 환히 비쳐 주었으며 1백 마리의 동물 인형, 즉 크기는 전혀 고려치 않은 나무로 만든 소와 새하얀 솜으로 만든 양이 그 주위를 둘러싸고 있었다. 동물들을 보고 키쿠유족은 황홀경에 빠졌을 것임에 틀림없다.

카만테는 기독교인이 된 후 시체 만지는 것을 더 이상 두려워하지 않았다.

그러나 그전에는 시체 만지기를 두려워하여 남자 하나가

들것에 실려 우리 집 테라스로 왔다가 그곳에서 숨을 거뒀을 때 다른 사람들과 마찬가지로 시체를 옮기려고 하지 않았다. 다만 다른 사람들은 모두 잔디밭으로 물러났지만 카만테 혼자 테라스에 남아 마치 작고 검은 동상처럼 꼼짝도 않고 서 있었다. 키쿠유족이 자신의 죽음은 별로 두려워하지 않으면서도 왜 시체 만지는 걸 그토록 겁내고, 백인은 죽는 건 두려워하면서도 시체는 쉽게 만지는지 나로선 알 수 없다. 여기서 다시 나는 그들의 세계와 우리의 세계가 다름을 느낀다. 모든 백인 농장주가 이 문제에 대해서만큼은 원주민을 통제할 수 없으며 그들의 생각을 바꾸어 놓을 생각은 애초에 하지 않는 게 좋다는 사실을 알고 있다. 원주민은 생각을 바꾸느니 차라리 죽음을 택할 것이기 때문이다.

그러나 카만테는 시체 만지는 것에 대한 공포가 사라지자 같은 부족 사람들의 그런 점을 경멸하기 시작했다. 자신이 믿는 신의 위력을 뽐내기라도 하듯 시체를 만질 수 있다는 걸 조금은 과시하기까지 했다. 나는 농장에 사는 동안 카만테와 세 구의 시체를 옮기면서 그의 신앙심을 확인할 기회를 갖게 되었다. 첫 번째 것은 우리 집 밖에서 우마차에 깔려 죽은 키쿠유족 소녀의 시체였다. 두 번째 것은 숲에서 나무를 베다가 죽은 키쿠유족 청년의 시체였다. 그리고 세 번째 것은 백인 노인의 시체로, 그는 우리 농장에서 기거하며 농장 식구로 지내다가 그곳에서 세상을 하직했다.

그 노인은 나의 고국 동포인 덴마크인으로 맹인이었으며 이름은 크누센이었다. 어느 날 나이로비에서 그가 더듬거리며 내 차로 다가와 오갈 데 없는 처지라며 내 땅에서 살 수 있게 해달라고 부탁했다. 당시 나는 마침 농장의 백인 직원을 줄여 가던 참이라 그에게 내줄 방갈로가 있었고 그렇게 해서 그는 내 농장에서 6개월 동안 살게 되었다.

그는 고원의 농장과는 어울리지 않는 인물로 너무도 바다 냄새가 강해서 마치 농장에 날개 잘린 늙은 앨버트로스 새 한 마리가 살고 있는 듯했다. 그는 인생의 고난들로 만신창이가 되고 병과 음주로 일그러졌으며 붉은 머리가 백발이 되면 으레 그렇듯이 머리 색깔이 이상하게 변해서 마치 머리에 재를 뿌렸거나 그의 분야에 어울리는 표현을 쓰자면 소금에 절여진 것 같았다. 그러나 그의 가슴속에는 어떤 재로도 덮을 수 없는 꺼질 줄 모르는 불길이 타오르고 있었다. 그는 덴마크 어부 집안에서 태어나 뱃사람이 되었으며 무슨 바람에 밀려 아프리카까지 흘러 들어왔는지는 몰라도 가장 초기의 아프리카 개척자 중 하나가 되었다.

크누센은 평생 물이나 물고기나 새와 관련된 수많은 일을 벌였지만 제대로 성공한 적이 없었다. 그는 한때 빅토리아 호에서 남부럽지 않은 고기잡이 사업을 했으며 수 킬로미터 길이에 달하는 세계 최고의 어망들과 모터보트 한 척을 갖고 있었노라고 내게 말했다. 그러나 전쟁 통에 모든 걸 잃었다고 했다. 그는 자신에게 닥친 이러한 비극이 치명적인 오해 탓이라고도, 친구의 배신 탓이라고도 했다. 크누센은 자신의 인생 이야기를 풀어 놓다가 이 대목에만 이르면 감정 상태가 엉망이 되어 매번 이야기 내용이 달라졌기에 나는 그의 비극의 원인이 무엇이었는지 도무지 알 수 없었다. 어쨌거나 그의 이야기는 말짱 거짓은 아닌 게 분명했는데 정부에서 그의 손실에 대한 보상으로 하루 1실링씩 연금 비슷한 걸 제공했기 때문이다.

크누센은 우리 집으로 놀러 와서 그런 이야기를 들려주곤 했다. 그는 자신의 방갈로를 불편하게 여겨서 종종 내게 피신을 왔다. 나는 그에게 원주민 소년들을 하인으로 보내 주었는데 눈이 안 보이는 그가 갑자기 달려들거나 막대기로 더듬거리는 것에 놀라 하인들이 자꾸만 도망쳤다. 그러나 크누센은 흥이 나면 우리 집 베란다에 앉아 커피 잔을 앞에 두고 내게 덴마크의 애국적인 노래들을 대단히 정력적으로 불러 주곤 했다. 덴마크 말로 이야기하는 건 그에게나 나에게나 즐거운 일이어서 우리는 그저 대화 자체를 즐기기 위해 농장에서 벌어지는 소소한 일에 대해 마음껏 떠들어 댔다. 하지만 그는 한번 찾아왔다 하면 도대체 돌아갈 생각을 않고 이야기를 늘어놓아서 성가실 때도 없잖았으며 그런 그의 모습은 영락없이 한없는 이야기보따리를 지닌 〈늙은 선원〉이었다.

그는 한때 어망 제작의 달인이었으며 — 자기 말로는 세계 최고의 어망을 만들었노라고 했다 — 우리 농장 방갈로에 사는 동안에는 하마 가죽으로 원주민이 쓰는 채찍을 만들었다. 그는 원주민이나 나이바샤 호 근처의 농장주들에게서 하마 가죽을 사들였으며 운이 좋으면 가죽 한 장으로 채찍 쉰 개를 만들 수 있었다. 나는 그가 준 채찍을 아직도 간직하고 있는데 매우 훌륭한 채찍이다. 그 작업 때문에 그의 방갈로에선 지독한 악취가 풍겼는데 마치 늙은 까마귀 둥지에서 나는 냄새 같았다. 얼마 후 내가 농장에 연못을 파자 그는 연못가에서 살다시피 했고 물에 비친 자신의 모습을 바라보며 깊은 생각에 잠기곤 했는데, 그 모습이 꼭 동물원에 갇힌 바닷새 같았다.

크누센은 푹 꺼진 연약한 가슴에 단순하고 격하고 성급하고 거친 소년의 마음을 품고 있었으며, 싸움에 대한 순수한 열정에 불타는 낭만적인 싸움쟁이요 투사였다. 미워하는 능력도 단연 독보적이어서 접촉하는 거의 모든 사람과 기관에 대한 분노를 주체하지 못한 나머지 그들에게 불과 유황 비를 내려 달라고 하늘에 간청하고 덴마크식 표현을 빌리자면 미켈란젤로처럼 붓을 휘둘러 〈벽에 악마를 그렸다.〉 그는 어린 소년이 재미 삼아 개싸움을 붙이거나 개와 고양이를 싸우게 하듯 다른 사람들을 싸움을 붙여 놓고 무척이나 좋아했다. 그가 기나긴 고난의 인생 항해를 마치고 마침내 돛을 내리고 편히 쉴 수 있는 잔잔한 만으로 흘러 들어온 후에도 영혼만은 마치 어린 소년의 그것처럼 팔팔한 기상을 잃지 않고 역경에 바락바락 맞서는 것이 내겐 무척이나 인상적이고 대단하게 여겨졌다. 그리하여 나는 그의 팔팔한 영혼을 전설 속에 등장하는 용맹한 전사의 영혼처럼 존경하게 되었다.

그는 자신을 꼭 〈크누센 영감〉이라는 삼인칭으로 불렀고 입만 열었다 하면 자랑과 허풍이 극에 달했다. 이 세상에서 〈크누센 영감〉이 해내지 못할 일이 없었고 〈크누센 영감〉이 때려눕히지 못할 싸움 왕이 없었다. 그는 다른 사람들의 문제에 대해서는 지독한 비관주의자로 그들의 모든 활동이 응당 파국적인 결과로 이어질 것이라고 예견했다. 그러나 자신에 대해서는 터무니없이 낙천적이었다. 그는 죽기 얼마 전에 내게 비밀을 지킨다는 약속을 받아 낸 뒤 어마어마한 계획을 털어놓았다. 마침내 〈크누센 영감〉을 갑부로 만들고 그의 모든 적들의 코를 납작하게 만들 계획이었다. 그는 세상이 처음 생겨난 때부터 바닷새들이 싼 똥이 퇴적되어 생긴 수십만 톤의 구아노를 나이바샤 호수 밑바닥에서 건져 내겠다고 했다. 그는 마지막 남은 힘을 모아 현장 조사도 하고 구체적인 계획도 세울 겸 몸소 나이바샤 호수에 다녀오기도 했다. 결국 그는 그 영광 속에서 세상을 떠났다. 그 계획에는 깊은 물, 새, 숨겨진 보물 등 그가 소중히 여기는 모든 요소가 들어 있었으며 숙녀들 앞에서는 입에 담기 곤란한 사항까지 있었다. 그의 마음의 눈은 그 계획에서 〈크누센 영감〉이 삼지창을 들고 당당히 파도를 지배하는 광경을 보았다. 나는 그에게서 호수 밑바닥의 구아노를 건져 올리는 방법에 대한 설명을 들은 적이 있는지 기억이 나지 않는다.

〈크누센 영감〉의 위대한 업적과 모든 분야에서의 탁월함은 그것에 대해 떠벌리는 허약한 노인의 무능함과 사뭇 대조를 이루었기에 그의 이야기를 듣다 보면 완전히 동떨어진 두 사람을 대하고 있는 듯한 기분이 들었다. 온갖 모험의 주인공인 무적의 용사 〈크누센 영감〉이 당당한 위용을 자랑하며 중심에 우뚝 서 있었고, 우리 농장에서 기거하는 노인은 〈크누센 영감〉의 늙어 꼬부라지고 기력이 다한 하인으로 지칠 줄 모르고 주인 자랑을 늘어놓는 듯했다. 그 비천하고 보잘것없는 하인은 숨이 끊어지는 날까지 〈크누센 영감〉의 이름을 떠받들고 찬양하는 것을 일생의 사명으로 삼았던 것이다. 그는 〈크누센 영감〉을 진짜로 봤기에, 하느님 말고는 다른 어느 누구도 〈크누센 영감〉을 본 적이 없음에도 누구든 그것에 대해 의심하는 걸 절대 용납지 않았다.

나는 그가 자신을 일인칭 대명사로 칭하는 것을 딱 한 번 들은 적이 있다. 그가 세상을 하직하기 두 달 전쯤의 일이었다. 결국 그가 죽음을 맞은 건 심장 발작 때문이었는데, 그때도 그는 심각한 심장 발작을 일으켰다. 그가 일주일이나 안 보여서 무슨 일인가 싶어 방갈로로 내려가 보니 하마 가죽 악취가 진동하는 썰렁하고 지저분하기 짝이 없는 방에 놓인 침대에 그가 누워 있었다. 얼굴은 잿빛이었고 흐릿한 눈은 푹 꺼져 있었다. 그는 내가 말을 걸어도 아무 대꾸도 하지 않았다. 한참 후에 내가 일어나서 나가려고 하자 그는 별안간 쉰 목소리로 조그맣게 말했다. 「나 많이 아파요.」 그때는 〈크누센 영감〉에 대한 언급이 전혀 없었다. 하기야 〈크누센 영감〉은 절대 아프지도 않고 병 같은 것쯤이야 간단히 이겨 낼 인물이니까. 그때 그는 하인으로만 존재했고 내게 처음이자 마지막으로 인간적인 고통을 표현했다.

크누센은 농장 생활을 무료하게 여겨서 이따금 방갈로 문을 걸어 잠그고 우리의 시야에서 사라졌다. 대개는 영광스러웠던 과거의 모험에 함께 참여했던 옛 친구가 나이로비에 왔다는 소식을 듣고 달려가는 듯했다. 그렇게 나가면 일주일이나 보름쯤 안 보이다가 우리가 그의 존재를 잊어 갈 즈음 몸도 제대로 못 가눌 정도로 만신창이가 되어 돌아오곤 했다. 그러곤 한 이틀은 두문불출했다. 나를 만나기가 두려워서인 듯했는데 내가 그의 탈선을 못마땅하게 여기고 그의 몸이 쇠약해진 틈을 노려 그를 밟고 올라서리라 생각한 것이 분명했다. 크누센은 가끔 바다를 사랑하는 뱃사람의 신부에 관한 노래를 부르긴 했지만 마음 깊은 곳에서는 여자를 불신했으며 여자란 본능과 원칙에 따라 남자의 즐거움을 훼방 놓기 위해 태어난 남자의 적이라고 여겼다.

그가 죽던 날도 그런 식으로 보름 동안 농장에서 사라진 뒤였고 아무도 그가 돌아온 걸 알지 못했다. 그는 이번엔 다른 때처럼 두문불출할 작정이 아니었던 모양인지 농장 사이로 난 길을 따라 우리 집으로 오던 도중에 쓰러져 죽었다. 마침 우기가 시작된 4월이라 나는 늦은 오후에 카만테를 데리고 새 풀이 짧게 자란 초원으로 버섯을 따러 나섰다가 길에 쓰러져 있는 그를 발견했다.

농장의 원주민 중에서 크누센에게 마음을 써준 건 카만테뿐이었기에 카만테가 그의 시체를 발견한 것은 다행한 일이었다. 카만테는 크누센에게 같은 괴짜로서의 관심을 보였고 이따금 자발적으로 달걀을 가져다주기도 했으며 그의 하인들이 모두 도망가지 못하도록 감시를 게을리 하지 않았다.

크누센은 등을 바닥에 대고 바로 누워 있었는데 모자는 쓰러질 때 벗겨졌는지 조금 떨어진 곳으로 굴러가 있었고 눈은 완전히 감기지 않은 상태였다. 죽은 그의 모습은 침착해 보였다. 드디어 〈크누센 영감〉을 뵙는군요, 하고 나는 생각했다.

나는 그를 방갈로로 옮기고 싶었지만 근처 소작지에서 일하는 키쿠유족을 불러 도움을 청해 봐야 헛수고일 것임을 알고 있었다. 내가 왜 불렀는지 알면 즉시 꽁무니를 뺄 터였기 때문이다. 나는 카만테에게 집으로 달려가서 파라를 불러오라고 지시했다. 그러나 카만테는 꼼짝도 하지 않았다.

「왜 제가 집으로 달려가야 하는데요?」

「그야 너도 알다시피 저 노인의 시체를 나 혼자 옮길 수는 없고 너희 키쿠유족은 어리석어서 시체 만지는 걸 무서워하니까.」

카만테는 특유의 소리 없는 냉소를 흘리며 대꾸했다. 「음사부, 또 잊으셨군요. 저는 기독교인이에요.」

그리하여 카만테는 노인의 다리를, 나는 머리를 들어서 우리 둘이 시체를 방갈로까지 옮겼다. 우리는 가끔 시체를 땅에 내려놓고 쉬어야 했는데 그때마다 카만테는 꼿꼿이 선 자세로 크누센의 발을 내려다보았다. 스코틀랜드인 선교사들이 시체를 다룰 때 그렇게 하는 걸 본 모양이었다.

크누센을 침대에 눕힌 뒤 카만테는 시체의 얼굴을 덮을 수건을 찾기 위해 방과 부엌을 뒤졌지만 묵은 신문지밖에 찾아내지 못했다. 「기독교인들이 병원에서 그렇게 했어요.」 카만테가 내게 설명했다.

그 후 오랜 시간이 지난 뒤에도 카만테는 그때 일을 무척이나 재미있어하며 그가 기독교인임을 잊고 파라를 데려오라고 했던 나를 놀렸다. 그는 부엌에서 나와 함께 일하다가 별안간 웃음을 터뜨리며 이렇게 말하곤 했다. 「음사부, 그때 제가 기독교인이라는 걸 잊으셨던 거 기억나세요? 그래서 제가 그 백인 노인의 시체를 못 옮길 거라고 생각하셨잖아요.」

기독교인이 된 카만테는 뱀도 무서워하지 않게 되었다. 나는 카만테가 다른 소년들에게 기독교인은 아무리 큰 뱀을 만나도 겁내지 않고 발로 대가리를 밟아 죽일 수 있다고 말하는 소리를 들었다. 나는 카만테가 뱀을 밟아 죽이는 걸 본 적은 없지만 요리사의 집 지붕에 큰 독사가 나타났을 때 그 근처에서 단호한 표정을 지은 채 뒷짐 진 자세로 꼼짝도 않고 서 있는 건 보았다. 다른 아이들은 요란한 비명을 지르며 바람에 날려 가는 왕겨처럼 커다란 원을 그리면서 흩어졌고 파라가 집에서 내 총을 들고 나와 독사를 쏘아 죽였다.

상황이 종료되고 소동이 잠잠해진 후 시세의 아들 니오레가 카만테에게 물었다. 「카만테, 왜 저 나쁜 뱀의 대가리를 밟아 죽이지 않았어?」

「그야 지붕 위에 있으니까.」 카만테가 대답했다.

나는 활쏘기를 배운 적이 있었다. 나는 힘이 센 편이었지만 파라가 구해다 준 완데로보족 활은 구부리기가 쉽지 않았다. 어쨌거나 오랜 연습 끝에 나는 능숙하게 활을 쏘게 되었다.

그때 카만테는 아주 작았는데 내가 잔디밭에서 활을 쏘면 흥미롭게 지켜보곤 했다. 그러다 어느 날 그동안 품고 있던 의구심을 표현했다. 「음사부는 활을 쏠 때도 기독교인이신가요? 저는 총을 쏘는 게 기독교식인 줄 알았는데.」

나는 그림 성서에서 하갈의 아들에 관한 이야기에 나오는 그림을 보여 주며 말했다. 「하느님께서 그와 함께하였으며 그는 자라서 황야에서 살며 궁수가 되었다.」

「그럼 그는 음사부와 같네요.」 카만테가 말했다.

카만테는 원주민 환자뿐 아니라 병든 동물도 잘 치료했다. 개의 발에 박힌 가시를 빼주고 한번은 뱀에게 물린 개를 치료해 준 적도 있었다.

나는 날개가 부러진 황새 한 마리를 얼마 동안 집에서 보호한 적이 있었다. 그 황새는 아주 단호한 데가 있었고 집 안 여기저기를 돌아다니다가 내 침실로 들어와 거울 속 자신과 맞닥뜨리면 검투사라도 된 양 날개를 파닥거리고 몸을 뒤뚱거리며 대단한 결투를 벌이곤 했다. 녀석은 카만테를 따라 농장의 이 집 저 집을 다니기도 했는데 누가 보든 녀석이 카만테의 정확히 잰 듯한 뻣뻣한 걸음걸이를 일부러 흉내 낸다고 믿지 않을 수 없었다. 다리 굵기는 황새나 카만테나 별 차이가 없었다. 원주민 아이들은 우스꽝스러운 흉내를 간파하는 눈이 있어서 카만테와 황새가 지나가면 환성을 올리곤 했다. 카만테는 그들이 왜 웃는지는 이해했으나 다른 사람들이 자신을 어떻게 생각하는지에 대해선 별 관심이 없었다. 카만테는 원주민 아이들을 늪으로 보내 황새에게 먹일 개구리를 잡아 오게 했다.

그리고 룰루를 돌본 것도 역시 카만테였다.

# 가젤

 카만테가 초원에서 우리 집으로 왔다면 룰루는 숲에서 왔다.
 우리 농장 동쪽으로 은공 산림 보호 구역이 펼쳐져 있었는데 당시 그곳은 처녀림에 가까웠다. 나는 나이로비만이 갖고 있는 독특하고 진기한 공원이 되어 줄 수 있었을 옛 숲의 나무들이 베여 나가고 대신 유칼립투스와 그레빌레아가 심기는 것을 보고 안타깝고 슬펐다.
 아프리카의 원시림은 신비의 영역이다. 해묵은 태피스트리와도 같은 숲 깊숙한 곳까지 말을 타고 들어가면 세월의 흔적으로 군데군데 색이 바랜 부분도, 오히려 색이 더 짙어진 부분도 있지만 전체적으로 짙푸른 녹음이 경이롭다. 그곳에서는 하늘을 전혀 볼 수 없지만 잎사귀 사이로 떨어지는 햇살이 기기묘묘한 요술을 부린다. 나무에는 긴 턱수염처럼 생긴 잿빛 곰팡이가 피어 있고 여기저기 늘어진 덩굴 식물이 원시림에 은밀한 분위기를 더해 준다. 나는 농장 일이 한가한 일요일이면 파라와 함께 숲으로 들어가 언덕을 오르내리고 구불구불한 숲 속 개울을 건너 말을 달리곤 했다. 숲 속 공기는 물처럼 시원했고 식물의 향기로 가득했다. 특히 덩굴 식물이 꽃을 피우는 우기 초입에는 온통 꽃향기 속에서 말을 달릴 수 있었다. 그중에서 서향나무에 피는 끈적거리는 크림색의 작은 꽃은 라일락처럼, 혹은 야생 은방울꽃처럼 달콤한 향기가 코를 찔렀다. 나뭇가지에 속 빈 통나무가 가죽 끈에 묶여 걸려 있는 모습이 여기저기 눈에 띄었는데 그것들은 키쿠유족이 걸어 놓은 것으로 벌들이 그 속에 집을 지으면 꿀을 얻을 수 있다. 한번은 숲 모퉁이를 돌다가 표범 한 마리가 길에 떡하니 앉아 있는 걸 목격하기도 했는데 마치 태피스트리 속 동물 같았다.

나무 위 높은 곳에는 작은 잿빛 원숭이들이 지배하는 소란스럽고 부산한 왕국이 존재했다. 원숭이 떼가 머리 위로 지나가면 쥐 냄새 같은 건조하면서도 퀴퀴한 냄새가 한참이나 공기 중에 떠돌았다. 말을 타고 달리다 보면 별안간 머리 위에서 휘잉 바람 가르는 소리가 들리곤 했는데 바로 원숭이들이 지나가는 소리였다. 한 장소에서 움직이지 않고 가만히 기다리면 원숭이 한 마리가 나무에 미동도 않고 앉아 있는 모습을 볼 수 있고 잠시 후 주위 나무들에 그 가족들이 마치 나무 열매처럼, 햇빛을 받는 위치에 따라 잿빛이나 검은 형상으로 긴 꼬리를 뒤로 늘어뜨리고 앉아 숲에 활기를 더하는 광경도 볼 수 있었다. 원숭이들은 쪽 키스를 한 후 조그맣게 기침을 하는 것 같은 독특한 소리를 냈으며 땅에서 사람이 그 소리를 흉내 내면 꾸민 듯한 태도로 고개를 갸웃거렸다. 그러나 사람이 갑작스러운 움직임을 보이면 마치 물고기 떼가 파도 속으로 사라지듯 나뭇가지 스치는 소리만 남기고 눈 깜짝할 사이에 모습을 감췄다.

나는 무더위가 기승을 부리는 한낮에 은공 숲의 무성한 수

풀 사이로 난 좁은 오솔길에서 여간해서는 보기 어려운 숲 멧돼지를 만나기도 했다. 암수 한 쌍이 어린 새끼 세 마리를 데리고 갑자기 나타나 쏜살같이 나를 지나쳐 갔는데 온 가족이 몸집 크기만 달랐지 생김새는 똑같았고 햇살이 비치는 초록 수풀을 배경으로 보이는 모습이 마치 검은 종이에서 오려낸 것 같았다. 그것은 숲 속 웅덩이에 비친 자신의 모습을 보거나 천 년 전에 일어난 광경을 보는 것처럼 멋진 장면이었다.

룰루는 아프리카 영양 중 가장 예쁜 부시벅 종 새끼 영양이었다. 이 종은 다른 영양에 비해 몸집이 좀 크고 숲에 살며 경계심이 강해서 초원의 영양들만큼 흔히 눈에 띄지 않았다. 하지만 은공 언덕 주변 지역은 부시벅이 살기에 좋은 장소여서 그곳에서 야영을 하면서 이른 아침이나 일몰 때 사냥을 나가면 숲 속 빈터로 나온 부시벅을 볼 수 있는데, 털이 태양빛을 받아 마치 구리처럼 붉게 빛난다. 수놈은 살짝 휜 뿔이 한 쌍 나 있다.

룰루가 우리 식구가 된 사연은 이러했다.

어느 날 아침 나는 차를 몰고 나이로비로 가고 있었다. 농장의 커피 공장이 불에 탄 지 얼마 안 된 때여서 나는 보험 문제로 시내에 자주 나갔으며 그 이른 아침에도 이런저런 계산으로 머리가 복잡했다. 은공 로(路)를 따라 달리고 있는데 키쿠유족 아이 몇 명이 도로변에 모여 있다가 소리쳐 불렀다. 그들은 내가 볼 수 있도록 아주 작은 부시벅 한 마리를 들어 올렸다. 숲에서 그 새끼 부시벅을 발견하고 내게 팔려는 것이었는데 나는 나이로비에서의 약속 시간에 늦기도 했고 그런 일에 신경 쓸 마음의 여유도 없어서 그냥 지나쳤다.

저녁 때 나이로비에서 돌아오면서 같은 장소를 지나는데

다시 요란한 함성이 들렸고 그 아이들이 그대로 거기 서 있었다. 종일 지나가는 사람들에게 새끼 부시벅을 팔려고 애썼던 모양인지 좀 지치고 실망한 모습이었지만 해가 지기 전에 어떻게든 거래를 성사시키려고 부시벅을 높이 들어 올려 나를 유혹했다. 하지만 시내에서 힘든 하루를 보냈고 보험 문제도 잘 풀리지 않았던지라 자동차를 세우고 그들과 얘기하고 싶은 생각이 없어서 그냥 지나쳤다. 나는 집에 돌아와 저녁을 먹고 잠자리에 들 때까지 그들에 대해 까맣게 잊었다.

그러나 막 잠에 빠져 들려는 순간 무시무시한 공포감에 잠이 깼다. 키쿠유족 소년들과 이제 제 모습을 갖춘 어린 부시벅이 마치 그림처럼 선명하게 눈앞에 나타났고, 나는 누군가에게 목이라도 졸린 것처럼 잔뜩 겁에 질려 침대에서 일어나 앉았다. 네 발이 한데 묶인 채 종일 땡볕 속에서 공중에 거꾸로 들어 올려지던 그 어린 부시벅은 어떻게 됐을까? 분명 저 혼자 살아가기엔 너무 어린 새끼였다. 성서에서 곤경에 처한 이를 보고도 그냥 지나친 성직자와 레위 사람처럼 나는 하루에 두 번이나 그 불쌍한 어린 부시벅을 보고도 못 본 척 지나쳤으며 그것에 대해 까맣게 잊었다. 그 어린 부시벅은 지금 어디에 있을까? 나는 공포에 사로잡혀 허둥대며 일어나서 하인들을 모두 깨웠다. 그리고 그 새끼 부시벅을 찾아 아침까지 데려오지 않으면 모두 집에서 내쫓아 버리겠다고 으름장을 놓았다. 하인들은 바로 행동을 개시했다. 그날 나와 함께 차에 탔던 두 하인은 길가의 아이들이나 새끼 부시벅에 대해 아무런 관심도 보이지 않았었는데 막상 일이 이렇게 되자 앞으로 나서서 다른 하인들에게 그 장소와 시간, 그리고 그 아이들의 가족에 대해 자세히 설명했다. 달빛이 환한 밤이었는데 하인들은 모두 나와서 수런거리며 달빛 아래 풍경 속으로 흩어졌고 부시벅을 찾지 못하면 전부 해고라며 그들이 걱정스럽게 말하는 소리가 내 귀에도 들렸다.

이튿날 이른 아침에 파라가 차를 가지고 들어올 때 주마가 새끼 부시벅을 안고 함께 들어왔다. 부시벅은 암놈이었고 우리는 룰루라는 이름을 붙여 주었는데 룰루는 스와힐리어로 〈진주〉를 뜻했다.

그때 룰루는 몸집이 고양이 정도밖에 되지 않았고 크고 고요한 자줏빛 눈동자를 갖고 있었다. 다리는 어찌나 연약한지 앉거나 서면서 다리를 접고 펼 때마다 부러질까 봐 겁이 날 정도였다. 귀는 비단처럼 매끄럽고 대단히 표현력이 풍부했다. 그리고 코는 송로버섯처럼 까맸다. 작은 발은 전족을 한 옛날 중국 여인의 모습을 연상시켰다. 그토록 완벽한 존재를 소유한다는 건 드문 체험이었다.

룰루는 곧바로 집과 식구들에게 적응해서 마치 제집에 있는 양 행동했다. 처음 몇 주 동안은 미끄러운 방바닥 때문에 카펫만 벗어나면 사방으로 발이 미끄러져서 애를 먹었고 그 모습이 차마 볼 수 없을 정도로 딱했으나 룰루는 조금도 굴하지 않았고 마침내 손가락으로 책상 위를 연이어 두드려 대는 듯한 소리를 내며 미끄러운 바닥을 걸어 다니게 되었다. 룰루는 모든 습성이 깔끔했다. 어릴 적부터 이미 고집쟁이였지만 내가 못 하게 하는 것이 있으면 〈소동이 벌어지는 건 싫으니 참아야지〉 하는 식으로 순순히 내 말에 따랐다.

카만테는 룰루에게 우유를 먹이고 밤이면 집 근처까지 내려오는 표범의 먹이가 되지 않도록 집에 가두었다. 그래서 룰루는 유난히 카만테를 따랐다. 룰루는 이따금 카만테가 제 요구를 들어주지 않으면 카만테의 가느다란 다리를 거칠게 들이받았으며, 룰루가 너무 예뻐서 둘이 함께 있는 모습을 보면 「미녀와 야수」의 한 장면을 보는 듯한 느낌이 들지 않을 수 없었다. 룰루는 이처럼 빼어난 미모와 우아함을 무기 삼아 집에서 지배적인 위치를 차지했고 모두에게 존중받았다.

나는 아프리카에서 스코틀랜드산 사슴사냥개 이외의 개를 본 적이 없다. 또한 그 종보다 기품 있는 개도 없다. 스코틀랜드산 사슴사냥개는 인간을 너무도 잘 이해하고 인간의 삶과 너무도 잘 조화를 이루는 것으로 보아 수백 년을 인간과 더불어 살아온 것이 분명하다. 옛 그림과 태피스트리에서도 사슴사냥개의 모습을 발견할 수 있으며 그 개들의 생김새와 행동 자체가 주위 환경을 태피스트리처럼 바꾸어 놓는 경향이 있다. 그들은 봉건 시대의 분위기를 풍긴다.

내가 처음 갖게 된 사슴사냥개는 이름이 더스크였으며 결혼 선물로 받은 것으로 처음 아프리카 생활을 시작하면서부터, 이를테면 메이플라워호를 탈 때부터 나와 함께했다. 더스크는 용감하고 관대한 개였다. 전쟁 초기에 내가 정부를 돕기 위해 우마차로 마사이족 보호 구역까지 군수품을 수송할 때도 더스크는 내 곁을 지켰다. 하지만 2년쯤 지나서 더스크는 얼룩말에게 목숨을 잃었다. 룰루가 처음 우리 집에 왔을 때 나는 더스크의 새끼인 수캉아지 두 마리를 데리고 있었다.

스코틀랜드산 사슴사냥개는 아프리카의 풍경이나 원주민과 잘 어울렸다. 스코틀랜드산 사슴사냥개가 고도가 낮은 몸바사에는 그리 잘 어울리지 않는 것으로 보아 그건 어쩌면 고도 때문인지도 모르며 사실 이 셋은 고원의 멜로디를 지녔다. 초원과 언덕과 강으로 이루어진 아프리카의 광활한 풍경은 사슴사냥개가 없으면 미완성의 작품처럼 허전해 보였다. 사슴사냥개들은 모두 뛰어난 사냥개들로 그레이하운드보다 날카로운 후각을 지녔지만 시각을 이용하여 사냥을 했고 두 마리가 협력하는 광경은 사뭇 경이로웠다. 나는 야생 동물 보호 구역으로 말을 타고 나갈 때 사슴사냥개들을 데려갔는데 사실 그건 금지된 일이었다. 사슴사냥개들이 초원 위의 얼룩말과 누 떼를 밤하늘의 떠돌이별들처럼 마구 흩어 놓았던 것이다. 그러나 마사이족 보호 구역에서 사냥을 할 때 사슴사냥개들을 데려가면 총에 맞은 사냥감을 잃어버리는 법이 없었다.

짙은 잿빛의 사슴사냥개들은 암녹색의 원시림에도 제법 잘 어울렸다. 내가 기르던 사슴사냥개 한 마리가 숲에서 혼자서 덩치 큰 수컷 개코원숭이를 죽인 적이 있었는데 싸움 도중 개코원숭이에게 코를 정통으로 물려 멋진 옆얼굴 선이 엉망이 되고 말았다. 그러나 개코원숭이는 해를 끼치는 짐승이라 원주민들의 미움을 샀기에 농장 식구 모두가 그걸 영광의 상처로 여겼다.

사슴사냥개들은 영리해서 우리 집 하인 중 개를 만져선 안 되는 무슬림이 누구누구인지를 알았다.

아프리카 생활 초기에 나는 이스마일이라는 소말리족 출신 사파리 하인을 두었는데 그는 내가 아프리카에 사는 동안 세상을 떠났다. 그는 주인이 사냥할 때 총을 들고 따라다니는 옛날식 사파리 하인이었는데, 이제는 그런 사람들이 없다. 그는 아프리카 전역이 사슴 사냥터였던 20세기 초의 뛰어난 맹수 사냥꾼들에게 훈련을 받은 몸이었다. 그는 오로지 사냥 분야에서만 문명과 접했기에 영어도 사냥 관련 용어밖에 몰랐고 나의 큰 총과 새끼 총에 대해서만 말하곤 했다. 이스마일은 소말리랜드로 돌아간 후 내게 편지 한 통을 보냈는데 수신인이 〈암사자 블릭센〉으로 되어 있었고 〈존귀하신 암사자님께〉라는 말로 시작되었다. 이스마일은 독실한 무슬림으로 절대로 개를 만지지 않았는데, 직업상 그 문제로 고민이 많았다. 그러나 더스크만은 예외여서 마차에 태우고 가는 걸 싫어하지 않았고 자신의 텐트에 재우기까지 했다. 이스마일은 더스크가 무슬림을 알아보고 스스로 몸이 닿지 않도록 조심한다고 내게 말했다. 더스크가 진정으로 독실한 무슬림을 알아보는 눈을 가졌다는 것이었다. 이스마일은 내게 이렇게 말한 적도 있었다. 「더스크가 음사부와 같은 부족이라는 걸 이제 알겠어요. 더스크는 사람들을 보고 웃어요.」

내 개들은 룰루가 집 안에서 어떤 권력과 지위를 갖고 있는지 알아차렸다. 뛰어난 사냥개들의 오만함은 룰루 앞에서 종적을 감췄다. 룰루는 우유 그릇에서, 개들이 즐겨 앉는 벽난로 앞에서 개들을 밀어냈다. 나는 룰루의 목줄에 작은 방울을 달아 주었는데 개들은 룰루의 방울소리가 가까워지면 불가의 따뜻한 자리에서 주춤주춤 일어나 다른 자리로 가서 누웠다. 그럼에도 룰루가 눕는 자세는 감히 어느 누구도 흉내 낼 수 없을 만큼 얌전했으며 영락없이 완벽한 숙녀가 조심스럽게 치맛자락을 모으고 앉은 모습이었다. 룰루는 우유를 마시는 모습도 친절이 지나친 주인의 강요에 못 이겨 억지로 마시기라도 하듯 소심하고 얌전했다. 그리고 귀 뒤를 긁어 달라고 할 때도 신랑의 애무를 허락하는 새색시처럼 무척이나 삼가는 태도를 보였다.

룰루는 꽃다운 나이가 되자 날씬하고 고운 선을 지닌 암사슴의 자태를 갖추었고 코끝부터 발가락 끝까지 믿을 수 없을 정도로 아름다웠다. 마치 하이네의 노래에 등장하는 갠지스 강가의 영리하고 온순한 가젤영양을 세밀화로 그려 낸 듯한 모습이었다.

하지만 룰루는 사실 온순하지 않았고 속에 악마가 들어 있었다. 겉보기엔 천생 여자로, 공격에 온 힘을 쏟고 있을 때도 오로지 자신을 보호하는 데만 골몰한 방어적인 모습으로 보였지만 실상은 공격적이어서 아무한테나 덤볐다. 심사가 뒤틀리면 말에게도 덤벼들었다. 나는 함부르크에서 하겐베크에게 들은 말이 생각났다. 동물 전문가인 하겐베크는 모든 동물 중에서 가장 믿을 수 없는 것은 사슴이며 하다못해 표범도 믿을 수 있지만 어린 사슴을 믿으면 조만간 녀석이 등 뒤에서 공격해 올 것이라고 했다.

룰루가 뻔뻔스럽기 짝이 없는 요부처럼 굴 때조차 우리는 룰루를 자랑거리로 여겼지만, 우리는 룰루를 행복하게 해줄 수 없었다. 룰루는 이따금 몇 시간씩, 어떤 때는 오후 내내 집을 비웠다. 가끔씩 주위 환경에 대한 불만이 극에 달하면 룰루는 집 앞 잔디밭에서 사탄을 향한 짤막한 갈지자의 기도처럼 보이는 출전의 춤을 한바탕 추어 기분풀이를 했다.

그럴 때면 나는 이렇게 생각했다. 〈오, 룰루, 네가 놀랄 만큼 강하고 네 키보다 높이 뛸 수 있다는 걸 안다. 넌 지금 우리에게 격분해 있고 우리가 모두 죽어 버렸으면 좋겠다고 생각할 거야. 사실 네가 마음만 먹는다면 우린 죽은 목숨이겠지. 넌 우리가 네가 뛰어넘을 수 없을 정도로 높은 장애물을 쌓아 놨다고 여기지만 그건 잘못된 생각이란다. 우리가 어찌 높이뛰기 명수인 너에게 그런 장애물을 쌓을 수 있겠니? 우리는 아무런 장애물도 쌓지 않았단다. 룰루, 위대한 힘도 네 안에 있고 장애물 또한 네 안에 있단다. 다만 아직 때가 되지 않았을 뿐이란다.〉

어느 날 저녁 룰루는 집에 돌아오지 않았고 그 후 일주일을 아무리 찾아다녀도 보이지 않았다. 그 사건은 우리 모두에게 엄청난 충격이었다. 룰루가 없는 집은 다른 집들보다 나을 게 전혀 없는 듯했다. 나는 강가의 표범들을 생각하며 어느 날 저녁 카만테에게 그 얘기를 꺼냈다.

늘 그랬듯이 카만테는 대답을 하기 전에 뜸을 들였다. 내 직관의 부족을 소화할 시간이 필요했던 것이다. 카만테는 며칠이 지난 후에야 그 문제에 대해 말했다. 「음사부, 룰루가 죽었다고 믿으시는군요.」

나는 그렇게 노골적으로 말하고 싶지는 않았지만 룰루가 왜 돌아오지 않는지 궁금하다고 말했다.

「룰루는 안 죽었어요. 결혼한 거예요.」 카만테가 말했다.

그것은 기쁘고도 놀라운 소식이었고 나는 카만테에게 그걸 어떻게 알았는지 물었다.

「룰루는 결혼한 거예요. 숲에서 남편과 함께 살고 있어요. 하지만 사람들을 못 잊어서 거의 매일 아침 집으로 찾아오고 있어요. 제가 부엌 뒷문 밖에 으깬 옥수수를 내놓으면 해가 뜨기 직전에 찾아와서 그걸 먹어요. 남편도 같이 오는데 사람을 무서워해요. 사람과 지내 본 적이 없어서죠. 남편은 잔디밭 저편의 커다란 흰 나무 아래 서 있어요. 집 가까이는 못

오고요.」 카만테의 설명이었다.

나는 카만테에게 다음에 룰루를 보면 나를 부르라고 일렀다. 며칠 후 동이 트기 전에 카만테가 나를 부르러 왔다.

아름다운 아침이었다. 우리가 룰루를 기다리는 동안 마지막 남은 별들이 물러간 하늘은 맑고 청명했으나 우리가 걷고 있는 세상은 아직 거무스름했으며 심오한 정적에 감싸여 있었다. 숲가의 비탈진 땅을 덮은 풀들이 이슬에 젖어 희미한 은빛으로 반짝였다. 아침 공기는 쌀쌀했고 북쪽 나라들에서라면 서리가 머지않았음을 알려 주는 얼얼한 한기마저 느껴졌다. 아무리 오래 겪어도 그처럼 냉랭한 새벽 어스름 속에 있다 보면 몇 시간 안에 견디기 힘들 정도로 강렬한 태양의 열기가 찾아온다는 사실이 잘 믿기지가 않았다. 언덕 지대를 덮은 잿빛 안개가 기묘한 형상을 하고 있었는데, 만일 거기서 버펄로들이 마치 구름 속에 있는 듯한 모습으로 풀을 뜯고 있다면 몹시 추울 터였다.

우리 머리 위로 거대한 하늘이 포도주 잔이 채워지듯 청명함으로 서서히 채워져 갔다. 그러다 별안간 산봉우리들이 첫 햇살을 받아 얌전히 볼을 붉혔다. 대지가 천천히 태양을 향해 기울었고 산기슭의 풀이 우거진 비탈과 그 아래 마사이족의 숲이 고운 금빛으로 변해 갔다. 이제 강 이편 숲의 키 큰 나무들의 꼭대기는 구릿빛으로 물들었다. 강 저편에서 밤을 보낸 커다란 자줏빛 산비둘기들이 케이프밤나무 열매를 먹으러 이쪽 숲으로 날아올 시간이었다. 산비둘기들은 1년 중 잠깐 동안만 이곳에 머물렀다. 이 새들은 마치 하늘의 경기병이 공격에 나선 것처럼 놀랄 정도로 날쌔게 움직였다. 그래서 나이로비의 내 친구들은 아침에 농장에서 비둘기 사냥을 즐겼으며, 해 뜨기 직전에 사냥을 시작하기 위해 새벽부터 우리 집 진입로에 자동차 등을 켠 채로 모여 들었다.

이렇듯 투명한 그늘 속에 서서 금빛으로 물든 언덕과 맑은 하늘을 올려다보고 있노라면 마치 바다 밑바닥을 걸으면서 흐르는 물살 사이로 수면을 올려다보고 있는 듯한 기분이 든다.

새 한 마리가 울기 시작했고 그리 멀지 않은 숲 속에서 방울 소리가 들렸다. 룰루가 옛집으로 돌아온 것이다! 나는 환희에 젖었다. 방울소리가 가까워졌고 그 리듬으로 룰루의 움직임을 짐작할 수 있었는데 룰루는 걷다가 멈췄다가 다시 걸었다. 이윽고 하인들의 오두막 중 하나를 돌아 룰루가 우리 앞에 모습을 나타냈다. 집 가까이에 있는 부시벅을 보니 새삼 놀랍고 흥미로웠다. 룰루는 카만테를 볼 것은 예상했으나 나까지 있을 줄은 미처 몰랐던 듯 그 자리에 꼼짝도 않고 서 있었다. 그러나 도망치지는 않았다. 룰루는 아무런 두려움 없이, 과거에 나와의 사이에 있었던 작은 충돌이나 예고도 없이 도망쳐 버린 자신의 배은망덕함을 까맣게 잊은 듯한 눈빛으로 나를 빤히 보았다.

숲으로 돌아간 룰루는 우월하고 독립적인 존재가 되었으며 심경의 변화를 겪어 사뭇 침착했다. 마치 유배를 당해 잠시 우리 집에 머물렀으나 왕족의 기품을 잃지 않았던 어린 공주가 다시 궁으로 들어가 당당한 여왕의 모습을 하고 나타난 듯했다. 룰루는 오를레앙 공작 시절의 원한을 모두 잊었다고 선언한 루이 필립 왕처럼 과거에 연연하지 않는 초연함을 보였다. 이제 완전한 룰루가 되었으니까. 룰루는 공격적인 기질도 보이지 않았다. 누구를, 그리고 왜 공격한단 말인가? 룰루는 조용히 자신의 신성한 권리를 주장하고 있었다. 그리고 내가 두려움의 대상이 아니라는 걸 알 만큼은 나를 기억하고 있었다. 룰루는 잠시 나를 빤히 바라보았는데 깊고 그윽한 자줏빛 눈에는 아무런 표정도 없었고 눈을 깜빡이지도 않았다. 나는 신이나 여신은 눈을 깜빡이지 않는다는 사실을 떠올렸고 마치 암소 눈을 가진 헤라와 마주하고 있는 듯한 기분이 들었다. 룰루는 내 곁을 지나치며 가볍게 풀이파리 하나를 뜯더니 예쁘게 한 번 깡충 뛴 후 카만테가 옥수수를 뿌려 놓은 부엌 뒷문 쪽으로 갔다.

카만테가 손가락 하나로 내 팔을 찌르더니 숲을 가리켰다. 손가락을 따라 시선을 옮기니 키 큰 케이프밤나무 아래 수컷 부시벅 한 마리가 서 있는 게 보였다. 숲 가장자리에 멋진 뿔을 가진 자그마한 황갈색 실루엣이 마치 나무처럼 미동도 않고 서 있었다. 카만테는 그 수컷 부시벅을 한참 지켜보다가 웃음을 터뜨렸다.

「음사부, 보세요. 룰루가 남편한테 집 가까이 가도 전혀 위험하지 않다고 설명했는데도 남편은 무서워서 못 오고 있어요. 날마다 오늘은 집까지 가야지 결심하지만 막상 집과 사람들을 보면 배 속에 차가운 돌덩이가 들어앉아서 숲가에서 멈추는 거예요.」 원주민은 〈배 속에 차가운 돌덩이가 들어앉았다〉는 말을 자주 했으며 그것을 이유 삼아 농장 일에서 손을 놓곤 했다.

룰루는 오랫동안 이른 아침에 우리 집을 찾아왔다. 룰루의 목에서 울리는 청아한 방울 소리가 산봉우리 위로 해가 떠올랐음을 알렸고, 나는 침대에 누워 그 소리를 기다리곤 했다. 이따금 룰루가 한두 주 발길을 끊으면 우리는 룰루를 보고 싶어 하며 혹 사냥꾼에게 당한 건 아닐까 걱정했다. 그러나 룰루는 어김없이 다시 나타나 하인들은 시집간 딸이 친정에 오기라도 한 것처럼 반기며 〈룰루가 왔다〉고 내게 알렸다. 나는 숲가에 선 수컷 부시벅의 실루엣을 몇 차례 더 보았으나 카만테의 말처럼 룰루의 남편은 끝내 집까지 다가올 용기를 내지 못했다.

어느 날 나이로비에서 돌아오니 카만테가 부엌문 밖에서 내가 오기를 기다리고 있다가 잔뜩 흥분한 얼굴로 달려와서 룰루가 오늘 새끼를 데리고 왔다고 전했다. 며칠 후 나는 하인들의 오두막 사이에서 룰루를 만나는 영광을 누렸는데, 우리가 처음 보았던 어린 시절의 룰루처럼 여리고 동작이 미숙한 아주 작은 새끼를 뒤에 달고 있어서 훨씬 더 예민해 보였고 함부로 할 수가 없었다. 그때는 우기가 막 지난 시기였고 그해 여름 동안 룰루는 새벽뿐 아니라 오후에도 집 근처까지 내려왔으며 한낮에 오두막 사이의 그늘에서 더위를 피하기도 했다.

룰루의 새끼는 개를 무서워하지 않아서 개들이 와서 킁킁거리며 냄새를 맡아도 가만히 있었지만 원주민들이나 나와는 친해지지 못해 우리가 잡으려고 하면 어미와 새끼가 함께 도망쳤다.

룰루 자신도 집을 오랫동안 떠나 있어선지 우리가 만질 수 있을 정도로 가까이 다가오지 않으려 했다. 하지만 그것만 빼면 우리에게 호의적이어서 우리가 새끼를 보고 싶어 하는 걸 이해해 주었고 사탕수수를 내밀면 받아먹었다. 그리고 열려 있는 식당 문가로 걸어와 새벽 어스름에 싸인 실내를 생각에 잠긴 눈으로 바라보기도 했지만 문지방은 절대 넘지 않았다. 이제 목줄의 방울이 떨어져 나가서 룰루는 조용히 오고 갔다.

하인들은 룰루의 새끼를 잡아다가 룰루처럼 키우자고 했다. 그러나 그건 룰루가 우리에게 보내 준 멋진 신뢰에 대한 야비한 배반 행위였다.

또한 나는 부시벅과 우리 집의 자유로운 결합을 진귀하고 영예로운 일로 여겼다. 룰루는 야생의 세계에서 돌아와 우리의 돈독한 관계를 증명했고 우리 집을 아프리카의 풍경과 하나가 되게 만들어 어디부터 아프리카의 풍경이 끝나고 우리 집이 시작되는지 아무도 알 수 없게 했다. 룰루는 숲 멧돼지의 은신처를 알며 코뿔소가 교미하는 광경을 보았다. 아프리카에는 무더운 한낮 숲 한가운데에서 마치 세상의 심장에서 울려 퍼지는 고동 소리와도 같은 울음을 우는 뻐꾹새가 있다. 나는 그 새를 본 적이 없으며 내가 아는 그 누구도 그 새의 생김새에 대해 말하지 못하는 것으로 보아 그 새를 보지 못한 것이 분명하다. 하지만 룰루는 그 뻐꾹새가 앉아 있는 가지 바로 아래로 난 좁다란 초록빛 사슴 길을 걸었을 수도 있다. 당시 나는 옛날 중국의 태후에 관한 책을 읽고 있었는데 그녀는 아들을 낳은 후 친정집을 방문하기 위해 화려한 금빛 가마를 타고 자금성을 출발했다. 나는 우리 집이 태후의 부모가 사는 집 같다고 생각했다.

어미와 새끼 부시벅은 그해 여름 내내 우리 집을 찾았다. 보름이나 3주 정도 발길을 끊을 때도 있었지만 대개는 매일 그들을 볼 수 있었다. 다음 우기가 시작될 무렵, 하인들이 룰루가 새로운 새끼를 데리고 나타났다고 전해 주었다. 이때쯤엔 부시벅들이 집 가까이로 오지 않아서 내 눈으로 직접 확인할 수는 없었지만, 나중에 숲에 부시벅 세 마리가 함께 있는 모습을 보았다.

룰루의 가족과 우리 집의 관계는 수년 동안 이어졌다. 그들은 집 근처에서 자주 발견되었고, 내 땅이 야생 지역의 일부라도 되는 양 숲에서 나와 돌아다니다가 다시 숲으로 들어가곤 했다. 그들은 주로 일몰 직전에 찾아왔으며 나무들 사이에서 진녹색 바탕에 섬세하게 그려진 검은 실루엣처럼 움직이다가 잔디밭으로 나와 오후의 햇살을 받으며 풀을 뜯을 때면 털이 구릿빛으로 빛났다. 그중 한 마리는 집 가까이까지 다가오는 것으로 보아 룰루였다. 룰루는 차분히 걸어 다니다가 자동차 소리나 누가 창문을 여는 소리를 들으면 귀를 쫑긋 세웠으며 개들도 룰루를 알아보았다. 룰루는 나이가 들면서 털 색깔이 짙어졌다. 한번은 친구와 함께 집 앞까지 차를 몰고 들어가다가 테라스에서 부시벅 세 마리가 소들 먹으라고 내놓은 소금을 둘러싸고 있는 광경도 보았다.

이상하게도 케이프밤나무 아래서 고개를 쳐들고 아내를 기다리던 룰루의 남편 말고는 우리 집을 찾는 부시벅 중에 수컷은 없었다. 아무래도 나는 숲의 모계 사회와 인연이 있나 보았다.

식민지의 사냥꾼들과 박물학자들이 내 부시벅들에게 관심을 보였고 수렵 감시관도 부시벅들을 보러 농장으로 차를 몰고 왔다.「이스트 아프리칸 스탠더드」지에 부시벅들에 관한 기사가 실리기도 했다.

룰루와 그 식구들이 우리 집을 찾던 때가 내가 아프리카에서 보낸 가장 행복한 시절이었다. 그런 이유로 나는 숲에 사는 부시벅들과의 만남을 커다란 혜택이요 아프리카에서 얻은 우정의 상징으로 여겼다. 아프리카의 모든 것이, 좋은 징조와 오랜 서약이, 하나의 노래가 거기 담겨 있었다.

내 사랑하는 이여, 서두르소서,
향기 나는 산들 위에 있는 노루나 어린 사슴같이 되소서.[6]

내가 아프리카에서 지낸 마지막 몇 해 동안 룰루와 그 식구들의 발길은 점점 뜸해졌다. 그리하여 아프리카를 떠나기 1년 전쯤엔 그들이 영영 찾아오지 않으리라 생각하게 되었다. 환경이 변해서 우리 농장 남쪽은 다른 농장주들의 손에 넘어가 숲이 사라지고 집들이 들어섰다. 숲 속 빈터들이 있던 곳에서 트랙터들이 움직였다. 새로운 이주민 가운데 대다수가 사냥을 즐겨서 총소리가 그칠 날이 없었다. 나는 동물들이 서쪽으로 철수하여 마사이족 보호 구역의 숲으로 들어갔으리라 생각했다.

나는 부시벅의 수명이 얼마나 되는지 알지 못하며 어쩌면 룰루는 이미 오래전에 죽었는지도 모른다.

나는 종종, 아주 종종 동틀 녘의 고요한 시각에 룰루의 청아한 방울소리를 듣는 꿈을 꾸었고 꿈속에서 환희에 가슴이 벅차올랐다. 그러면 나는 매우 기이하고 달콤한 일이 금세 일어나기를 기대하며 잠에서 깨어났다.

나는 잠자리에 누운 채 룰루를 생각하며 룰루도 숲 속에서 살면서 방울 소리를 듣는 꿈을 꾸었을까 궁금해하곤 했다. 혹 룰루의 마음속에 사람들과 개들의 모습이 물 위의 그림자처럼 스쳐 가지는 않았을까?

만일 내가 아프리카의 노래를, 기린과, 등을 대고 누운 듯

---

6 「솔로몬의 노래」 8장에서 인용.

한 아프리카의 초승달과, 들판의 쟁기와, 커피 열매 따는 일꾼들의 땀에 젖은 얼굴에 대한 노래를 안다면 아프리카도 나의 노래를 알까? 초원 위의 공기는 내가 지녔던 색체로 일렁이고 아이들은 내 이름이 들어간 놀이를 만들어 내고 보름달은 나처럼 진입로의 자갈 위로 그림자를 드리우며 은공의 독수리들은 나를 찾아 두리번거릴까?

나는 아프리카를 떠난 후 룰루 소식을 전혀 듣지 못했지만 카만테와 다른 하인들에게선 편지를 받았다. 카만테에게서 마지막으로 편지를 받은 지 아직 한 달이 넘지 않았다. 하지만 아프리카에서 온 소식들은 기묘하고 비현실적인 방식으로 날아와서 현실의 소식이라기보다는 그림자나 신기루처럼 느껴진다.

카만테는 글을 쓸 줄 모르며 영어도 못한다. 그래서 카만테나 다른 하인들은 내게 소식을 전하고 싶은 생각이 들면 우체국 밖에 책상과 종이, 펜, 잉크를 갖춰 놓고 편지 대필을 해주는 인도인이나 원주민 전문가를 찾아가 편지에 담고 싶은 내용을 설명한다. 하지만 이 전문가들 역시 영어 실력이 신통치 않아서 제대로 편지를 쓸 줄 안다고 보기 어렵다. 그들 자신은 잘 쓸 수 있다고 믿고 있지만 말이다. 그들은 글솜씨를 뽐내기 위해 온갖 미사여구를 동원하지만 그것 때문에 오히려 이해하기만 더 어려울 뿐이다. 그들은 또한 서너 가지 잉크로 편지를 쓰는 습관이 있는데, 그 의도가 무엇이든 잉크가 부족해서 여러 잉크병에서 마지막 한 방울까지 짜내서 쓴 듯한 인상을 준다. 그 모든 노력의 산물인 편지는 델포이의 신탁을 연상시킨다. 아프리카에서 날아온 편지들에는 깊이가 있으며 키쿠유족 보호 구역에서 우체국까지 먼 길을 걸어 편지를 보내도록 만든 중요한 사연이 담겨 있음이 느껴진다. 하지만 그 사연은 어둠에 싸여 있다. 수천 킬로미터를 날아온 그 꼬질꼬질한 싸구려 종이는 온몸으로 말하고 악까지 써대는 듯하지만 난 아무 말도 알아들을 수 없다.

카만테는 편지를 보내는 방식조차 남달랐다. 그에겐 나름의 방식이 있었다. 한 봉투에 편지를 서너 장씩 넣고 〈첫 번째 편지〉, 〈두 번째 편지〉 하는 식으로 번호를 붙였다. 하지만 편지마다 담긴 내용은 똑같아서 여러 장이라고 해봐야 단순한 반복에 지나지 않았다. 어쩌면 더 깊은 인상을 주기 위해 그런 반복법을 택한 것인지도 모르며 돌이켜 생각해 보면, 그는 말을 할 때도 내가 꼭 이해하거나 기억해야 할 내용이면 그런 식으로 반복했다. 또 어쩌면 너무도 멀리 떨어져 있는 친구와 연락을 하는 것이라 불안한 마음에 반복을 하는 것일 수도 있었다.

카만테는 오랫동안 일자리를 구하지 못했노라고 했다. 그건 놀라울 것도 없는 소식이었는데 그는 보통 사람들은 그 가치를 알아보지 못하는 명품이었기 때문이다. 나는 최고의 요리사를 훈련시켜서 식민지에 두고 온 것이다. 그건 알리바바의 〈열려라 참깨〉의 경우와도 같았다. 동굴 문을 여는 암호를 잊어버렸기에 신비한 보물이 감춰진 동굴은 영원히 닫혀 버렸다. 요리에 대한 지식이 가득한 위대한 요리사가 깊은 생각에 잠겨 지나가도 보통 사람들은 밭장다리에 납작하고 무표정한 얼굴을 한 키 작은 키쿠유족으로밖에 보지 못한다.

카만테는 무슨 사연을 전하기 위해 나이로비까지 걸어가서 탐욕스럽고 거만한 인도인 편지 대필가 앞에 서서 머나먼 땅으로 보낼 편지 내용을 설명했던 것일까? 편지 글씨는 삐

뚤빼뚤하고 글에 조리도 없었다. 그러나 카만테는 위대한 영혼의 소유자이기에 그를 아는 사람들은 엉망으로 손상된 음악에서도 복농 다윗이 연주하는 하프 소리의 메아리처럼 아름다운 선율을 들을 수 있었다.

〈두 번째 편지〉의 내용은 이러했다.

〈저는 음사부 안 잊었어요. 명예로운 음사부. 지금 음사부 하인들은 모두 음사부가 이 나라를 떠나서 기쁨 못 느껴요. 우리가 새라면 날아가서 음사부를 만날 텐데. 그리고 돌아오면 되죠. 음사부의 옛날 농장은 흑인들 송아지 키우기 좋았어요. 지금은 소 염소 양 아무것 못 키워요. 음사부의 옛날 하인들이 지금 가난한 사람들 돼서 모든 나쁜 사람들이 좋아하고 있어요. 하느님이 모든 것 아시니 언젠가는 음사부 하인들 도와주실 거예요.〉

그리고 〈세 번째 편지〉에서는 원주민도 멋진 말을 할 수 있음을 보여 주었다.

〈음사부 돌아온다면 우리에게 편지 보내 주세요. 우리는 음사부가 돌아온다고 생각해요. 그건 왜냐고요? 우리는 음사부가 우리를 못 잊을 거라고 생각하니까요. 그건 왜냐고요? 우리는 음사부가 아직도 우리 얼굴과 우리 어머니 이름을 기억한다고 생각하니까요.〉

백인이라면 편지에 예쁜 말을 써서 보내고 싶으면 이렇게 쓸 것이다. 〈나는 당신을 영원히 잊을 수 없습니다.〉 그러나 아프리카인은 이렇게 쓴다. 〈우리는 당신이 우리를 잊을 수 있을 거라고 생각지 않습니다.〉

# 2
# 농장에서 일어난 오발 사고

## 오발 사고

 

12월 19일 저녁, 나는 혹시 비가 오나 해서 잠자리에 들기 전에 집 밖으로 나가 보았다. 그 시각에 고원 지대의 많은 농장주가 그렇게 했을 터였다. 운이 좋은 해에는 크리스마스쯤에 몇 차례 큰비가 내렸고 10월에 잠깐씩 내리는 비를 맞으며 꽃을 피웠던 커피나무에 열린 어린 열매들에게 그 몇 차례의 비는 무척이나 소중한 것이었다. 그날 밤은 비가 내릴 것 같지 않았다. 하늘은 맑았고 반짝이는 별들이 조용히 기세를 떨치고 있었다.

적도의 별이 빛나는 밤하늘은 북쪽의 그것보다 풍요로우며 적도에서는 밤에 나가는 일이 많아서 밤하늘을 더 자주 보게 된다. 북유럽에서는 겨울밤엔 너무 추워서 별을 감상하기 어렵고 여름엔 별이 맑은 밤하늘에서 야생 제비꽃 색깔처럼 희미하게 빛나기 때문에 구분하기도 힘들다.

적도의 밤은 용무가 있어야만 객을 들여보내는 북쪽의 개신교 교회들과 대조되는 로마 가톨릭 대성당의 사교성을 지녔다. 이 거대한 공간에는 누구나 드나들 수 있으며 바로 이곳에서 이런저런 일들이 진행된다. 한낮에는 살인적인 더위가 기승을 부리는 아랍과 아프리카에서는 밤에 여행을 하고 사업을 벌인다. 이곳에서 별들은 이름이 붙여졌고 수세기 동안 사람들의 길잡이 노릇을 하며 광활한 사막과 바다를 건너는 긴 대열의 여행자들을 동쪽으로, 서쪽으로, 북쪽으로, 남쪽으로 인도했다. 자동차들은 밤에도 잘 달리며 별이 빛나는 밤하늘을 이고 달리는 건 즐거운 일이어서 사람들은 내륙에 사는 친구 집 방문 약속을 다음 보름달이 뜰 때쯤으로 잡곤 한다. 사파리는 초승달이 뜰 때 떠나는데 그러면 달의 한 주기를 모두 누릴 수 있기 때문이다. 그러다 유럽에 다니러 가서 도시에 사는 친구들이 달의 주기와 무관하게, 그것에 대해 거의 알지 못하는 채 생활하는 것을 보면 이상한 기분이 든다. 카디자의 낙타몰이꾼은 초승달을 행동의 신호로 여기며 그가 속한 대상(隊商)은 하늘에 초승달이 뜨면 길을 떠난다. 초승달을 바라보는 그는 〈우주의 달의 주기에 따라 사는 철학자〉 중 한 사람이다. 그는 무수히 초승달을 보아 왔으며 초승달을 정복의 때를 나타내는 상징으로 삼게 되었다.

나는 우연히도 여러 차례 일몰 때 가느다란 은 활처럼 생긴 초승달을 농장 식구 중에서 제일 먼저 발견했으며 특히 두세 해 연속으로 이슬람교의 신성한 달인 라마단의 초승달을 최초로 발견하는 행운을 누리면서 원주민 사이에서 이름을 떨쳤다.

밤에 집 밖으로 나선 농장주는 천천히 시선을 움직여 지평선을 빙 둘러본다. 처음 시선이 가는 곳은 동쪽인데 만일 비가 온다면 동쪽에서 시작되고 처녀자리의 스피카가 선명하게 보이기 때문이다. 남쪽에는 위대한 세계로 통하는 문의 문지기이며 여행자들의 사랑을 받는 그들의 충실한 벗 남십

자성이 있고 더 위를 보면 반짝이는 은하수 아래 사수자리의 알파별과 베타별이 있다. 남서쪽에는 가장 밝은 별인 시리우스와 사려 깊은 카노푸스가, 서쪽으로 은공 언덕의 희미한 윤곽 위에는 거의 손상되지 않은 상태로 빛나는 다이아몬드 장식 같은 리겔, 베텔게우스, 벨라트릭스가 있다. 농장주는 마지막으로 북쪽을 보는데 북쪽은 결국 우리가 돌아갈 곳이기 때문이다. 그는 무심코 북쪽 하늘에서 큰곰자리를 찾아보지만 하늘에서 내려다보면 그는 지금 조용히 물구나무선 자세로 서 있는 것이기에 큰곰자리가 보일 리 없다.[1] 그건 북유럽 이주민의 기분을 유쾌하게 해주는 곰 같은 유머이다.

밤에 잠을 자면서 꿈을 꾸는 사람들은 낮의 세계가 갖지 못한 특별한 종류의 행복에 대해 안다. 그것은 평온한 황홀이고 마음의 편안함이며 혀 위의 꿀과도 같다. 그들은 또한 꿈의 진정한 영광은 무한한 자유의 분위기에 있음을 안다. 그것은 자기 의지대로 세상을 휘두르는 독재자의 자유가 아니라 의지가 없는, 의지로부터 자유로운 예술가의 자유다. 진정으로 꿈꾸는 자의 기쁨은 꿈의 내용에 있는 것이 아니다. 꿈속에서 일어나는 일들이 자신의 통제력 밖에 있으며 자신이 간섭할 수 없다는 데 있다. 그가 듣도 보도 못한 멋진 풍경이 저절로 생겨난다. 멀리까지 펼쳐진 멋진 풍경, 풍부하고 섬세한 색채, 길, 집 들. 낯선 이들이나 친구들이나 적들이 뜬금없이 나타나기도 한다. 꿈속에 주기적으로 등장하는 쫓고 쫓기는 장면 또한 황홀하다. 그리고 꿈속에서는 누구나 매우 재치 있는 말을 한다. 낮에 기억해 보면 그 의미가 퇴색되는 건 사실이지만 이는 밤과 낮이 다른 세계에 속하기 때

---

[1] 저자가 위치한 적도 이남 지역에서는 큰곰자리가 보이지 않는다.

문이며 밤에 다시 잠자리에 눕는 순간 세계가 바뀌고 그 의미는 되살아난다. 그리하여 어마어마한 자유의 느낌이 그를 둘러싸고 마치 공기와 빛처럼, 천상의 기쁨처럼 그를 관통한다. 그는 아무 할 일 없는 특권을 지닌 사람이며 모든 일이 저절로 성사되어 그에게 풍요와 기쁨을 준다. 다시스[2]의 왕들이 그에게 선물을 가져다준다. 그는 큰 전쟁이나 무도회에 참석하며 그런 와중에 자신이 누워 있는 특권을 누리는 것을 의아하게 여기기 시작한다. 그 순간 그는 자유의 의식을 잃게 되며 필요에 대한 의식이 꿈의 세계를 침범하면서 조급함과 긴장감을 느낀다. 편지를 쓰거나 기차를 타야 하고 일을 해야 하거나 꿈속의 말들을 달리게 하거나 총을 쏘아야 한다. 그렇게 꿈은 퇴조하여 가장 열등하고 저속한 꿈의 형태인 악몽으로 변한다.

깨어 있는 세계에서 꿈과 가장 가까운 건 아는 얼굴이 없는 대도시의 밤이나 아프리카의 밤이다. 거기에도 무한한 자유가 존재하며, 일들이 벌어지고 당신을 둘러싸고 운명들이 만들어지고 사방에서 행위들이 일어나지만 당신은 아무런 신경도 쓰지 않는다.

아프리카에서는 해가 지자마자 하늘 가득 박쥐들이 아스팔트를 달리는 자동차들처럼 소리 없이 날고 쏙독새도 휙 지나간다. 도로에 앉은 새는 붉은 자동차 불빛에 눈이 반짝 빛나고 자동차 앞에서 수직으로 퍼덕이며 날아오른다. 미니어처 캥거루처럼 생긴 조그만 날쥐들이 도로로 나와 멋대로 돌아다니면서 갑자기 앉기도 하고 리듬에 맞춰 뛰기도 한다.

---

[2] 구약에 나오는 지중해 연안의 항구 도시로 무역이 발달하여 물자가 풍부했다.

긴 풀에서는 매미 소리가 그칠 줄 모르고 냄새들은 땅 위를 달리고 유성들은 하늘에서 마치 뺨을 타고 흐르는 눈물처럼 떨어진다. 그 속에 있으면 모든 것을 가지는 특권을 누리는 사람이 된다. 다시스의 왕들이 선물을 가져다준다.

몇 킬로미터 떨어진 마사이족 보호 구역에서는 얼룩말들이 목초지를 바꾸어 놓고 있다. 잿빛 초원 위를 돌아다니는 얼룩말 무리가 초원에 옅은 색 줄무늬를 만들고 있는 것이다. 버펄로들은 언덕의 긴 비탈에서 풀을 뜯고 있다. 밤에 농장의 원주민 청년 두세 명이 마치 홀쭉한 검은 그림자들처럼 한 줄로 서서 우리 집 잔디밭을 지나가곤 했는데 나를 찾아온 것이 아니라 자신들의 목적지를 향해 걸어가는 것이었다. 그들은 내 밑에서 일하고 있지 않았기에 그들이 무엇을 하든 내가 상관할 바가 아니었다. 그들도 집 밖에서 나의 담뱃불을 보면 걸음을 멈추지 않고 약간 보조를 늦추며 인사를 건네는 것으로 자신들의 그런 위치를 강조했다.

「잠보(안녕하세요) 음사부.」

「잠보 모라니(안녕 젊은 용사들). 어디들 가지?」

「카쎄구네 집에 갑니다. 오늘밤에 거기서 큰 춤판이 열리거든요. 안녕히 계십시오, 음사부.」

그들은 더 여럿이 몰려갈 때는 춤판에 자기네 북을 가져가기도 하는데 멀리서부터 들리는 북소리는 마치 밤의 손가락에서 울리는 작은 고동 소리 같다. 그리고 예기치 못하고 있던 귀에 별안간 소리라기보다는 공기의 깊은 진동에 가까운 사자의 짤막한 포효가 들린다. 사자가 사냥에 나선 것이다. 바야흐로 일들이 벌어지기 시작한 것이다. 사자의 포효는 다시 들려오지 않지만 그 한 번의 외침만으로도 사자의 긴 똥

무더기와 물웅덩이가 있는 초원이 머릿속에 그려진다.

그렇게 내가 집 앞에 서 있을 때 멀지 않은 곳에서 총성이 울렸다. 단 한 발이었다. 그리고 다시 밤의 정적이 사방에서 밀려들었다. 풀밭에서 단조로운 노래를 부르던 매미들이 무슨 소린가 싶어 노래를 멈추고 귀를 기울이듯 잠잠해졌다가 다시 노래를 이어 갔다.

밤에 들리는 한 발의 총성에는 묘하게 명징하고 결정적인 느낌이 있다. 마치 누군가가 단 한마디의 외침으로 뜻을 전한 뒤 다시는 되풀이하지 않는 것과도 같다. 나는 한동안 그 자리에 선 채로 그 한 발의 총성이 의미하는 바를 생각했다. 이 캄캄한 밤중에 누군가를 겨누어 총을 쏠 수는 없으며 어떤 동물에게 겁을 주기 위한 것이라면 두 발 이상 쏘았을 터였다.

어쩌면 인도인 목수 푸란 싱이, 방앗간 마당으로 살그머니 들어온 하이에나 두어 마리가 마차용 고삐를 만들기 위해 돌멩이를 매달아 걸어 놓은 쇠가죽 띠를 먹고 있는 것을 보고 쏜 것일지도 모른다. 푸란 싱은 영웅 기질이 있는 사람은 아니었지만 쇠가죽을 지키기 위해 오두막 문을 살짝 열고 낡은 산탄총을 발사했을 수도 있었다. 하지만 일단 영웅주의의 달콤함을 맛본 후라면 그는 두 개의 총신에 장전된 총알을 다 쏘고 나서도 새로 장전하여 또 쏘았을 터였다. 그러니 한 발 후의 정적이라면?

나는 두 번째 총성이 울리길 기다려 보았으나 아무 소리도 들리지 않았고 다시 하늘을 보았으나 비도 내리지 않았다. 그래서 잠자리에 들어 책을 읽었다. 아프리카에서는 배편으로 유럽에서 실려 오는 지독한 책들 중에서 읽을 만한 것을 고르면 시작 부분의 아름다움이 계속 이어지길 신께 기도하며 저자가 자신의 책이 읽히기를 바라는 방식대로 책을 읽게 된다. 그리하여 책을 읽는 동안 우리의 정신은 새로 난 진초록 길을 따라 달리게 된다.

2분 후 오토바이 한 대가 무서운 속도로 진입로를 돌아 집 앞에 멈췄고 거실 긴 유리창을 요란하게 두드리는 소리가 들려왔다. 나는 치마와 외투를 입고 신발을 신고 램프를 들고 밖으로 나갔다. 밖에 커피 공장 지배인이 서 있었는데, 램프 불빛으로 보니 눈빛은 이글이글 타오르고 땀을 흘리고 있었다. 미국인인 벨크냅은 매우 유능하고 천재적인 정비사였지만 감정 기복이 심했다. 그의 눈에 비친 세상은 바야흐로 천년왕국이 도래하기 직전이거나 아무런 희망도 없는 암흑 상태였다. 나는 처음 그를 고용했을 때 그가 삶에 대해, 농장의 전망과 상태에 대해 양극단을 오가는 의견을 내놓는 바람에 거대한 그네라도 탄 것처럼 정신이 어지럽고 혼란스러웠으나 차차 익숙해졌다. 이러한 감정의 기복은 새로운 일이라곤 거의 없는 환경 속에서 사는 팔팔한 기질의 소유자에게 필요한 일상적인 감정의 운동에 지나지 않으며 아프리카의 정력적인 젊은 백인 남성, 그중에서도 특히 도시에서 나고 자란 이들에게서 공통적으로 볼 수 있는 현상이다. 그러나 지금 비극의 손아귀에서 빠져나온 벨크냅은 그 비극에 몸을 던져 굶주린 영혼을 마음껏 채울 것인지 아니면 그 잔혹함에서 최대한 발을 뺄 것인지 미처 결정을 내리지 못한 상태였으며 그런 딜레마 속에서 마치 대참사를 알리기 위해 목숨을 걸고 달려온 어린아이처럼 보였고 말까지 더듬었다. 결국 그는 자신의 의지와는 무관하게 그 비극적인 사건에서 발을 빼게 되었는데 그가 맡을 역할이 없었기 때문이다. 운명이 다시금 그를 저버린 것이다.

어느새 파라가 집에서 나와 벨크냅이 전하는 이야기를 나와 함께 들었다.

벨크냅은 그 비극이 너무도 평화롭고 유쾌하게 시작되었노라고 말했다. 그의 요리사가 하루 휴가를 내고 부엌을 비운 사이에 요리사의 조수인 일곱 살 먹은 카베로가 부엌에서 파티를 열었다. 카베로는 내 소작인이자 농장에서 가장 가까운 이웃인 늙은 여우 카니누의 아들이었다. 밤이 깊어지면서 파티 분위기는 잔뜩 고조되었고 카베로는 주인의 총을 갖고 나와서 친구들 앞에서 백인 행세를 했다. 벨크냅은 열성적인 양계업자로 나이로비에서 순종 병아리를 사다가 식용 닭으로 길렀으며 매나 서발고양이를 쫓기 위해 베란다에 산탄총을 비치해 놓고 있었다. 나중에 그 사건에 대해 얘기할 때 벨크냅은 총이 장전되어 있지 않았는데 아이들이 탄창을 찾아다가 총에 끼웠다고 주장했지만 아이들이 그렇게까지 할 수 있었을 리는 만무하고 그가 깜빡 잊고 장전된 총을 베란다에 놓아두었을 가능성이 컸다. 어쨌거나 카베로가 어린 마음에 인기에 취해 기고만장한 나머지 파티 손님들에게 총을 겨누고 방아쇠를 당겼을 때 그 총에는 분명 총알이 장전되어 있었다. 총성이 집을 뒤흔들었다. 세 아이가 경상을 입고 겁에 질려 부엌에서 뛰쳐나갔다. 남은 두 아이는 중태에 빠졌거나 죽은 상태였다. 벨크냅은 아프리카 대륙과 그곳에서 일어난 일들에 대한 긴 저주로 이야기를 끝맺었다.

그가 이야기하는 동안 소리 없이 나와서 듣던 우리 집 하인들이 집으로 들어가 허리케인 램프를 들고 나왔다. 우리는 붕대와 소독약을 챙겼다. 자동차 시동을 거는 데 시간을 너무 잡아먹을 것 같아 벨크냅의 집까지 숲길을 달려갔다. 흔들리는 램프 불빛이 우리의 그림자를 오솔길 이쪽저쪽으로 드리웠다. 달리는 도중에 짤막하고 쉰 비명이 연이어 들려왔다. 아이가 죽어 가면서 내지르는 비명이었다.

부엌문은 활짝 열어젖혀져 있었는데 마치 죽음이 벼락같이 달려 들어왔다가 부엌을 오소리의 습격을 받은 양계장 꼴로 만들어 놓고 황급히 사라진 듯했다. 식탁 위의 부엌 램프에서 연기가 하늘 높이 치솟았고 좁은 부엌 공간에는 아직 탄약 냄새가 자욱했다. 총은 식탁의 램프 옆에 놓여 있었다. 부엌은 온통 피바다였고 나는 미끌거리는 부엌 바닥으로 들어섰다. 허리케인 램프는 특정한 지점을 비추기는 어렵지만 전체적인 공간이나 상황에 대해서는 매우 강렬한 인상을 제공한다. 나는 허리케인 램프 불빛을 통해 본 장면을 다른 조명으로 본 장면보다 선명하게 기억한다.

총에 맞은 아이들은 농장의 초원에서 양을 끌고 나와 풀을 뜯기는 걸 본 낯익은 얼굴들이었다. 조고나의 아들 와마이는 한동안 학교에도 나왔던 활발한 아이였는데 문과 식탁 사이의 바닥에 누워 있었다. 그 아이는 숨이 붙어 있었지만 죽음이 머지않았고 가느다랗게 신음 소리를 내고는 있었지만 의식이 없는 상태였다. 우리는 길을 내기 위해 그 아이를 안아 올려 한옆으로 뉘었다. 비명을 지른 아이는 부엌에서 열린 파티에 있던 아이 중 가장 어린 와난게리였다. 그 아이는 램프 쪽으로 몸을 기울이고 앉아 있었는데 얼굴에서 피가 마치 파이프 속의 물이 새듯 분출하고 있었다. 총구 앞에 서 있었던 듯 아래턱이 깨끗이 날아가서 얼굴처럼 보이지도 않았지만 말이다. 그 아이는 양팔을 옆으로 벌려 펌프질을 하듯 위아래로 움직였는데 그 모습이 마치 목이 잘린 뒤 날개를 퍼덕이는 닭 같았다.

그런 경우 사냥터나 농장에서 쓰는 유일한 방법은 지체 없이 죽여주는 것이었다. 다른 방법이란 있을 수 없었다. 그래도 막상 그런 상황에 처하면 도저히 죽일 수 없으며 공포로 머리가 터질 것만 같다. 나는 절망에 빠져 양손으로 아이의 머리통을 눌렀고 아이는 내 손에 결국 죽음을 맞기라도 한 듯 비명을 멈추고 꼿꼿이 앉은 자세로 양팔을 축 늘어뜨렸다. 그 모습이 마치 나무로 만든 인형 같았다. 나는 안수 치료를 하는 기분이 어떤 것인지 알 것 같았다.

얼굴 반이 날아간 환자에게 붕대를 감는 건 어려운 일인데 지혈하려다가 자칫 환자를 질식시킬 수 있기 때문이다. 나는 아이를 파라의 무릎에 올려놓고 파라에게 아이의 머리를 꽉 잡고 있게 했다. 아이가 고개를 앞으로 숙이면 붕대를 단단히 감을 수 없고 고개를 뒤로 젖히면 피가 흘러내려 목구멍에 고일 터였기 때문이다. 아이가 꼼짝도 않고 앉아 있는 동안 나는 붕대 감기를 마칠 수 있었다.

우리는 와마이를 식탁에 눕히고 램프 불로 자세히 살펴보았다. 총알이 목과 가슴을 관통했는데 출혈은 많지 않고 입 귀퉁이로 가느다란 피 한 줄기가 흘러나왔을 뿐이었다. 새끼 사슴처럼 활기 넘치던 아이가 조용히 누워 있는 모습을 보니 놀랍고 충격적이었다. 우리가 바라보고 있는 동안 아이의 얼굴도 변하여 매우 놀란 기색이 역력했다. 지체 없이 아이들을 병원으로 데려가야 했기에 나는 파라에게 집으로 가서 차를 끌고 오라고 시켰다.

나는 차가 오기를 기다리는 동안 오발 사고로 부엌을 피바다로 만들어 놓은 카베로의 행방을 물었다. 그제야 벨크냅이 카베로에 대한 이상한 이야기를 들려주었다. 이틀 전쯤 카베로가 벨크냅이 입던 반바지를 샀는데 반바지 값 1루피는 급료에서 제하기로 했다. 총성이 들려서 벨크냅이 부엌으로 달려 들어가 보니 카베로는 연기가 피어오르는 총을 들고 부엌 한복판에 서 있었다. 카베로는 잠시 벨크냅을 바라보다가 그에게서 사서 파티 복으로 입고 있던 반바지 주머니에 왼손을 쑤셔 넣더니 주머니에서 1루피를 꺼내 식탁에 놓았다. 그리고 오른손에 들고 있던 총도 식탁 위로 던졌다. 그렇게 세상의 마지막 빚을 청산한 후 부엌을 나갔는데 당시엔 그 아이 자신도 알지 못했겠지만 결국 그 멋진 제스처와 함께 세상에서 종적을 감추게 되었다. 카베로의 그런 행동은 원주민치고 매우 예외적인 것으로 대부분의 원주민은 빚을 지고도 — 특히 백인에 대한 빚은 — 거의 의식을 하지 않고 살았다. 어쩌면 그 순간이 카베로에겐 심판의 날이나 마찬가지였을 것이다. 그래서 그 아이는 최후의 노력을 기울여야겠다고 생각한 것이거나 만일의 경우에 대비하여 친구를 확보하려고 한 것인지도 모른다. 아니면 충격이, 무시무시한 총성이, 친구들의 죽음이 그 아이의 의식 세계를 뒤흔들어 의식의 주변부를 떠돌던 사소한 문제들이 뜻하지 않게 의식의 한가운데로 내던져진 것인지도 모른다.

당시 나는 낡은 오버랜드 자동차를 갖고 있었다. 오랜 세월 나의 충실한 다리가 되어 준 차이기에 험담을 늘어놓는 건 도리가 아니겠지만 그 차는 2기통 엔진의 한계를 지니고 있었다. 등도 고장 나서 무타이가 클럽에 춤을 추러 갈 때면 허리케인 램프를 빨간색 실크 손수건으로 싸서 후미 등으로 이용했다. 출발할 때는 뒤에서 밀어야 했으며 그날 밤에는 유난히 오래 뜸을 들인 후에야 출발할 수 있었다.

우리 집을 찾아오는 이들은 도로 상태에 대해 불평하곤 했는데 그날 밤 죽음의 질주를 하면서 나는 그들이 옳았음을 깨달았다. 처음엔 파라에게 운전대를 맡겼지만 일부러 깊은 웅덩이와 마차 바퀴 자국이 있는 곳으로만 골라서 달리는 것 같아서 내가 운전을 하기로 했다. 나는 운전대를 잡기 위해 연못가에 내려서 검은 물에 손을 씻어야 했다. 나이로비까지 가는 길이 끝도 없이 멀게 느껴졌다. 그 시간이면 내 고향 덴마크까지도 달려갈 수 있을 듯했다.

나이로비의 원주민 병원은 컵 모양의 시내로 내려가기 직전의 언덕 위에 있었다. 어둠 속에 비친 검은 병원은 평화로워 보였다. 밖에서 어지간히도 소리를 지르고 문을 두드려 댄 후에야 네글리제처럼 생긴 괴상한 옷을 입은 고아족 노인이 나왔는데 의사인지 아니면 의사의 조수인지 알 수 없었다. 그는 거구의 뚱뚱한 남자로 무척이나 침착했으며 같은 동작을 한 손으로 한 다음에 나머지 손으로도 하는 이상한 버릇을 갖고 있었다. 나는 자동차에서 와마이를 내릴 때 와마이가 조금 움직이면서 몸을 뻗는 걸 보았다고 생각했으나 불을 환히 밝힌 병원 안으로 들여놓고 살펴보니 아이는 이미 죽어 있었다. 고아족 노인은 와마이를 향해 손을 내서으며 말했다.「저 아이는 죽었습니다.」그리고 와난게리를 보고는, 〈저 아이는 살아 있습니다〉라고 말했다. 그 후 나는 그 고아족 노인을 만날 수 없었는데 그가 밤 시간에만 근무하고 나는 낮에만 병원에 갔기 때문인 듯했다. 나는 당시엔 그 고아족의 태도가 몹시 거슬렸지만 나중에 생각해 보니 마치 운명이 커다란 흰 망토를 겹겹이 입고 집 문지방에 서서 공정하게 삶과 죽음을 나눠 주며 우리를 맞이했던 듯한 느낌이 들었다.

병원으로 들어가면서 실신 상태에서 깨어난 와냐게리는 바로 극심한 공황 발작을 일으켜 아무에게나 달라붙어 고통에 찬 비명을 지르며 울어 댔다. 고아족 노인이 아이에게 진정제를 주사한 뒤 안경 너머로 나를 보며 말했다. 「이 아이는 살아 있습니다.」 나는 죽음과 삶이라는 서로 다른 운명을 맞이한 채 들것에 누워 있는 두 아이를 뒤로하고 병원을 나섰다.

내 차가 도중에 멈추면 차를 밀어서 출발을 도울 요량으로 오토바이를 타고 함께 왔던 벨크냅이 경찰에 사건 신고를 해야 한다고 말했다. 그래서 우리는 리버 로(路) 경찰서를 향해 시내로 들어갔고 나이로비의 밤의 생활로 돌진하게 되었다. 도착해 보니 백인 경찰관이 한 사람도 자리에 없었고 경찰서에서 백인 경찰관을 부르러 사람을 보낸 사이에 우리는 차 안에서 기다렸다. 길에는 고원 지대의 모든 개척 도시에서 볼 수 있는 키 큰 유칼립투스가 줄지어 늘어서 있었는데, 밤에는 그 길쭉하고 좁다란 잎들이 묘하게 기분 좋은 냄새를 풍겼고 가로등 불빛을 받아 이상하게 보였다. 덩치가 크고 풍만한 젊은 스와힐리족 여자가 원주민 경찰관들에게 끌려 경찰서 안으로 들어가고 있었는데, 그녀는 경찰관들의 얼굴을 할퀴고 돼지처럼 비명을 질러 대며 온몸으로 저항했다. 싸움꾼도 한 무리 끌려왔는데 경찰서 문턱을 넘으면서도 서로에게 덤비려고 했다. 방금 잡힌 듯한 도둑 하나가 경찰서를 향해 끌려오고 있었고, 그의 꽁무니에서 밤의 소동꾼들이 도둑 편과 경찰 편으로 나뉘어 요란한 입씨름을 벌이며 따라오고 있었다. 이윽고 젊은 백인 경찰관이 도착했는데 환락의 파티 장에서 곧장 온 듯했다. 그는 처음에는 강한 관심을 보이며 맹렬한 속도로 보고서를 작성했지만 이내 깊은 생각에 잠기며 힘없이 연필을 끼적거리다가 결국 보고서 작성을 포기하고 연필을 주머니에 꽂았고 그것을 본 벨크냅은 크게 실망했다. 밤공기가 제법 쌀쌀했다. 마침내 우리는 차를 몰고 집으로 돌아올 수 있었다.

이튿날 아침 나는 잠자리에서 일어나기도 전에 집 밖에서 감도는 대중의 침묵을 느끼고 많은 사람이 모여 있음을 알아챘다. 농장의 남자 노인들로 돌 위에 쭈그리고 앉아서 뭔가를 우적우적 먹거나 담배를 피우거나 침을 뱉거나 수군거리고 있었다. 나는 그들이 무엇을 원하는지 알았다. 그들은 지난밤의 오발 사고와 아이의 죽음에 대해 〈키야마〉를 열겠노라고 내게 알리러 온 것이었다.

키야마는 소작인들 사이의 분쟁 해결을 위해 정부에서 인정한 농장의 원로 회의였다. 범죄나 사건이 발생하면 원로들이 모여 여러 주 동안 양고기를 먹으며 회의를 했다. 나는 노인들이 그 사건 전체에 대해 나와 의논하고 결국엔 나를 법정에 초대하여 최후의 심판관 노릇을 시키고 싶어 한다는 걸 알았다. 나는 당장은 그 밤의 비극에 대한 끝도 없는 논의에 끼고 싶지 않아서 그들을 피하기 위해 하인에게 말을 대기시키게 했다.

집 밖으로 나가 보니 예상대로 집 왼편 하인 오두막들 근처에 노인들이 모여 있었다. 그들은 원로의 권위를 지키기 위해 처음엔 나를 못 본 척하다가 내가 외출할 기미를 보이자 늙은 다리로 황급히 비틀거리며 일어나면서 나를 향해 팔을 퍼덕거렸다. 나는 그들에게 손을 흔들어 준 뒤 말을 타고 떠났다.

# 마사이족 보호 구역을 달리며

 나는 말을 타고 마사이족 보호 구역으로 달려 들어갔다. 그곳으로 가기 위해 강을 건너야 했으며 15분 만에 야생 동물 보호 구역으로 들어섰다. 나는 농장에 살기 시작한 지 한참이 지나서야 말을 타고 강을 건널 수 있는 지점을 발견했는데, 강으로 내려가는 길은 돌투성이고 강 건너편의 오르막길은 매우 가팔랐지만 〈일단 가보면 영혼이 기쁨에 차서 헐떡거렸다!〉
 그곳엔 탁 트인 굽이치는 초원이 160킬로미터쯤 펼쳐져 있고 담장이나 도랑, 길 하나 없어서 마음껏 말을 달릴 수 있었다. 인가라곤 마사이족 마을들뿐이었고 그나마 1년 중 절반가량은 마을들이 텅 비어 있었는데 그 위대한 방랑자들이 가축 떼를 몰고 다른 초원을 찾아 떠났기 때문이다. 초원 위에는 키 작은 가시나무들이 규칙적으로 흩어져 있었고, 물이 말라 바닥의 판판하고 큰 돌들이 드러난 깊고 긴 계곡으로 들어서면 여기저기에 난 사슴 길을 따라 계곡을 건너야 했다. 잠시 후 나는 그곳이 얼마나 고요한가를 느꼈고 그에 관한 시를 썼다.

긴 풀이 초원을 내달리고 바람이 그 뒤를 쫓는다.
외로움에 지친 초원과 바람과 마음이 한데 어울려 노닌다.

지금 아프리카에서의 내 삶을 돌이켜 보면 바쁘고 소란스러운 세계에서 벗어나 고요한 땅에 머물렀던 체험이라고 표현할 수 있을 것이다.

우기가 되기 직전에 마사이족은 마르고 묵은 풀을 태우는데 초원이 불에 타서 시커멓고 황폐한 모습으로 펼쳐져 있을 때는 말을 타고 달리는 일이 즐겁지 않았다. 말발굽이 일으키는 검은 숯 먼지를 온몸에 뒤집어쓰고 먼지가 눈에 들어갈 뿐 아니라 불에 탄 풀줄기가 유리처럼 날카로워서 개들이 발을 베이기 십상이었다. 그러나 우기가 찾아오고 초원에 파란 새 풀이 돋아나면 마치 스프링 위를 달리는 기분이었고 말도 들떠서 약간의 광기를 보였다. 갖가지 종류의 가젤영양이 풀을 뜯으러 왔는데 그 모습이 마치 당구대에 서 있는 작은 동물 인형들 같았다. 말을 타고 달리다 보면 일런드영양 떼를 만나기도 했다. 그 거구의 온순한 짐승들은 사람이 나타나도 가만히 있다가 가까이 접근하면 비로소 달아나기 시작했는데 치켜든 목 위의 긴 뿔이 뒤를 향했고 네모 모양으로 늘어진 가슴의 살가죽이 흔들렸다. 일런드영양 떼는 고대 이집트 비석에서 걸어 나온 듯했지만 그곳에서 밭을 갈고 있었던 것처럼 친근하고 길들인 짐승 같은 느낌을 주었다. 기린들은 사람에게 그렇게 가까이 접근하지 않았다.

우기 첫 달에는 보호 구역에 향기로운 연분홍색 야생화가 흐드러지게 피어서 멀리서 보면 군데군데 흰 눈이 쌓여 있는 듯했다.

나는 간밤의 비극으로 마음이 무거워 인간 세계에서 동물 세계로 눈을 돌린 것이었다. 우리 집 바깥에 앉아 있는 노인들 때문에 불안감을 떨칠 수 없었다. 옛날 사람들이 이웃에 사는 마녀가 그들을 노리고 있거나 밀랍 아기를 옷 속에 감추고 그들의 이름으로 세례를 시키러 가고 있다고 생각할 때 느꼈을 그런 불안감이었다.

나는 농장의 법적인 문제들과 관련하여 원주민들과 아주 기묘한 관계에 있었다. 나는 무엇보다 농장의 평화를 원했기에 그 문제들을 모른 척하고 지낼 수는 없었다. 소작농 사이의 분쟁은 아프리카의 사막 피부병과 같아서 그대로 방치하면 겉으론 나은 것처럼 보이지만 아예 뿌리를 뽑아 깨끗이 치료할 때까지 속으로 곪는다. 원주민들도 그걸 알았기에 문제를 확실히 매듭짓고 싶은 때에는 내게 판결을 내려 달라고 청했다.

나는 그들의 법에 무지했기에 그들의 위대한 법정에서 마치 자기 역의 대사는 한 줄도 모르는 채 다른 배역들의 도움에 의지하여 연기를 하는 프리마돈나가 된 듯했다. 원로들은 재치와 인내심으로 나를 보조해 주었다. 나는 이따금 자신의 역할에 충격을 받아 연기를 계속하기를 거부하고 무대에서 퇴장해 버리는 모욕감에 젖은 프리마돈나가 되기도 했다. 그런 일이 벌어지면 나의 관객들은 그것을 운명의 손이 가한 일격으로, 그들의 이해력이 미치지 못하는 신의 행동으로 받아들였다. 그들은 침묵 속에서 그 광경을 지켜보며 침을 뱉었다.

유럽인과 아프리카인은 정의에 대한 관점이 다르며 서로의 관점을 받아들이지 못한다. 아프리카인에겐 불행한 사건을 해결하는 방법은 단 하나, 바로 보상이며 행위의 동기 같은 건 따지지 않는다. 밤에 어둠 속에서 적을 노리고 있다가 달려들어 목을 그었든 나무를 베고 있는데 무심코 지나가던 행인이 쓰러지는 나무에 깔려 죽었든 원주민들은 똑같은 처벌을 내린다. 손해가 발생하면 누군가 어떤 식으로든 그것을 보상해야 한다. 그들은 죄의 경중을 따지는 데는 시간과 정력을 들이지 않는다. 그들은 그런 일에 매달리다 도를 넘어서게 될까 봐 두려워하거나 그런 건 자신이 관심 가질 일이 아니라고 말한다. 그들의 관심사는 오로지 보상 방법으로, 그들은 양과 염소 몇 마리로 불행한 사건에 대한 공정한 보상이 이루어질 수 있는 방안을 끝없이 생각한다. 그들에겐 생각하는 시간이 얼마나 걸리든 문제가 되지 않으며 우리를 신성한 궤변의 미로 속으로 엄숙하게 이끈다. 당시 그들의 그런 재판은 나의 정의관과 맞지 않았다.

모든 아프리카인이 똑같이 이런 의식을 행한다. 소말리족은 키쿠유족과 사뭇 다른 정신을 지녔고 키쿠유족을 깊이 경멸하지만 살인이나 강간, 소말리랜드에 있는 자신들의 가축과 관련된 사기 행위에 대해 — 그들은 소중한 암낙타와 말의 이름과 족보를 정확하게 기억하고 있다 — 키쿠유족과 동일한 방식으로 재판을 벌인다.

한번은 파라의 열 살짜리 남동생이 부라무르라는 곳에서 다른 씨족출신의 아이에게 돌을 던져 그 아이의 이빨 두 개가 부러지는 사건이 발생했다. 이 사건의 해결을 위해 두 씨족의 대표들이 농장에 있는 파라의 집에 모여 며칠 밤을 두고 회의를 가졌다. 참석자는 메카에 다녀온 적이 있는 초록색 터번을 쓴 홀쭉한 노인들과 아주 중요한 용무가 없을 때는 유럽인 여행자들이나 사냥꾼들의 총 들어 주는 하인 노릇을 하는 젊고 거만한 소말리족 사람들, 그리고 가족을 대표해서 수줍게 앉아 있는 까만 눈동자와 동그란 얼굴의 소년들이었는데 이 소년들은 말은 한마디도 하지 않았지만 열심히 경청하며 배웠다. 파라가 귀띔해 준 말로는 피해자의 용모가 손상되었기에 문제가 심각하다고 했다. 그로 인해 결혼할 나이가 되어 신붓감을 고를 때 혈통과 미모가 뛰어난 처녀를 선택할 수 없게 되었기 때문이다. 결국 보상액은 낙타 50마리로 결정되었는데 살인에 대한 보상액이 낙타 1백 마리니 딱 그 절반인 셈이었다. 피해자는 멀리 떨어진 소말리랜드에서 낙타 50마리를 확보하게 되었고 그 낙타들은 10년 후 신랑의 부러진 이빨 두 개를 눈감아 주도록 소말리족 신부에게 줄 몸값이었으며 어쩌면 비극의 씨앗이 될 수도 있었다. 파라는 그 정도면 가볍게 무마했다고 여겼다.

농장의 원주민들은 내가 그들의 법체계를 어떻게 생각하는지 깨닫지 못한 채 불행만 닥쳤다 하면 보상 문제로 맨 먼저 나를 찾아왔다.

커피 수확기에 왐보이라는 키쿠유족 처녀가 우리 집 근처에서 소달구지에 깔려 죽는 사고가 발생했다. 소달구지들이 커피 밭에서 공장까지 커피 열매를 실어 날랐는데 나는 아무도 소달구지에 타지 못하도록 금지했다. 그러지 않으면 커피 수확에 동원된 아이들이 걷는 것보다 느린 소달구지에 올라타서 소들을 힘들게 할 게 뻔했기 때문이다. 그러나 소달구지를 모는 청년들은 소달구지에 타는 커다란 즐거움을 누리고 싶어서 끈질기게 따라오며 졸라 대는 꿈꾸는 듯한 눈빛의 처녀들을 뿌리치지 못하여 그들을 태운 뒤 집이 보이는 곳에 이르면 얼른 뛰어내리라고 일렀다. 왐보이는 급하게 소달구지에서 뛰어내리다가 넘어져 작고 검은 머리통이 바퀴에 깔려 으스러지고 말았다. 소달구지 바퀴 자국을 따라 핏자국이 조금 이어져 있었다.

나는 왐보이의 늙은 아버지와 어머니를 부르러 보냈고 커피 밭에서 달려온 그들은 딸의 시체 앞에서 울부짖었다. 나는 그들에게 딸의 죽음이 경제적인 면에서도 막대한 손실을 의미한다는 것을 알고 있었다. 왐보이는 결혼할 나이였고 신랑 측에서 몸값으로 양과 염소, 그리고 어린 암소까지 한두 마리 받을 수 있었기 때문이다. 그들은 딸이 태어나는 순간부터 몸값을 기대했을 터였다. 나는 그들에게 어느 정도 도움을 줄 것인가 생각 중이었는데 그들 쪽에서 먼저 내게 전액 보상을 해달라고 떼를 쓰고 달려들었다.

나는 그럴 수 없다고 말했다. 나는 농장 일꾼들에게 절대 소달구지에 타서는 안 된다고 분명히 일렀고 농장 사람들 모두 그 사실을 잘 알고 있었다. 노부부는 고개를 끄덕이며 그건 자기들도 인정한다고 말했다. 그러면서도 보상을 해달라는 주장을 굽히지 않았다. 누군가는 보상을 해야 한다는 것이 그들의 논리였다. 그들은 내가 소달구지 타는 걸 금지했다는 사실과 사고에 대한 보상 사이에 상관관계가 있다는 것도, 자신들이 억지를 쓰고 있다는 것도 깨닫지 못하는 듯했다. 하도 말이 안 통해서 내가 대화를 중단하고 집으로 향하자 그들은 자석이나 자연의 법칙에 이끌리듯 내 뒤를 따라왔는데 그건 탐욕이나 원한에서 나온 행동이 아니었다.

그들은 우리 집 밖에 앉아서 기다렸다. 가난 때문에 제대로 먹지 못해 어찌나 몸집이 왜소한지 잔디밭에 앉아 있는 모습이 마치 한 쌍의 작은 오소리 같았다. 그들은 해가 질 때까지 그렇게 앉아 있었고 어두워져서 그들의 형체를 알아보기도 힘들었다. 그들은 깊은 슬픔에 빠져 있었다. 딸을 잃은 슬픔과 경제적인 손실이 합쳐져 불가항력적인 고통을 낳은 것이다. 마침 파라가 집을 비운 날이라 집에 등들이 켜진 후 나는 그들에게 양고기를 사 먹을 돈을 주었다. 하지만 그건 나의 실수였다. 그들은 그걸 포위된 성의 첫 항복의 표시로 받아들이고 밤새 잔디밭에서 버티려고 했다. 그러다 밤늦게 소달구지를 몬 청년에게 책임을 물어야겠다는 생각이 들자 포위를 거두었는데 그런 생각이 떠오르지 않았다면 우리 집 잔디밭을 떠나지 않았을 터였다. 어쨌든 그들은 소달구지를 몬 청년에게 생각이 미치자 말 한마디 없이 잔디밭에서 사라졌고 이튿날 새벽같이 부(副)판무관이 사는 다고레티로 달려갔다.

그리하여 농장은 긴 살인 재판에 휘말렸고 거드럭거리는 젊은 원주민 경찰관들이 잔뜩 몰려왔다. 하지만 부판무관이 부모에게 제시한 것은 소달구지를 몬 청년을 살인죄로 교수형에 처하겠다는 것이 다였고 이번 사건이 과실치사라는 증거가 나오자 그것마저 포기했으며 원주민 원로 회의에서는 부판무관과 내가 외면한 사건에 대해 키야마를 열지 않으려고 했다. 결국 처녀의 부모는 다른 사람들처럼 한마디도 이해할 수 없는 유럽의 상대주의적 법에 판결을 맡겨야 했다.

나는 원로 회의가 지겹고 답답해지면 노인들에게 내 생각을 솔직하게 말하곤 했다. 「여러분이 젊은이들에게 벌금을 부과하면 그들은 돈을 모을 수 없게 돼요. 그러면 그들은 처녀를 살 수 없고 여러분이 모든 처녀를 사야만 해요.」 노인들은 건조하고 주름진 얼굴의 작고 검은 눈을 빛내며, 내 말을 따라하기라도 하듯 얇은 입술을 조심스럽게 움직이며 열심히 귀 기울였다. 그들은 훌륭한 원칙이 말로 표현되는 것을 듣기를 즐겼다.

이렇듯 서로 관점 차이는 존재했지만 키쿠유족의 재판관이라는 내 위치는 풍부한 가능성을 지니고 있었으며 내게 소중한 것이었다. 그때 나는 젊었고 정의와 불의에 대해 숙고했으되 대개는 재판을 받는 사람의 입장에서 사건을 바라보았다. 그러니까 재판관의 자리에 앉아 있지 않았던 셈이었다. 나는 재판의 공정성과 농장의 평화를 위해 무진 애를 썼다. 이따금 난제에 부딪히면 아무도 내게 다가와 그 문제에 대한 얘기를 꺼내지 못하도록 머리에 정신적인 덮개를 쓰고 물러앉아 시간을 두고 신중히 생각했다. 그 방법은 농장의 원주민들에게 언제나 좋은 인상을 주었으며 나중에 나는 그들이 그 문제가 너무도 심오한 것이라 일주일 안에 해결할 수 있는 사람은 아무도 없다고 존경 어린 목소리로 말하는 걸 들었다. 원주민은 어떤 문제에 필요 이상으로 뜸을 들이면 감동을 받는다. 그렇게 뜸을 들이는 게 쉬운 일은 아니지만 말이다.

원주민들이 내게 재판관이 되어 줄 것을 요구하고 내 판결을 존중하는 것은 그들의 신화적, 혹은 신학적 정신세계에서 근거를 찾을 수 있다. 유럽인은 신화나 교의를 만들어 내는 능력을 상실했으며 과거에 이미 만들어진 신화와 교의에 의존한다. 그러나 아프리카인의 정신은 그 어둡고 심오한 길을 쉽고 자연스럽게 간다. 그들의 이러한 재능은 백인과의 관계에서 강하게 나타난다.

원주민들이 주위의 유럽인에게 붙이는 이름에서도 그런 점을 발견할 수 있다. 원주민들은 유럽인의 진짜 이름은 알지 못하기 때문에 원주민을 시켜 백인 친구 집에 편지를 전달하게 하거나 차를 몰고 친구 집을 찾아가면서 원주민에게 길을 묻기 위해서는 원주민 세계에서 통하는 이름을 알아야만 한다. 내 이웃 중에 집으로 손님을 초대하는 법이 없는 비사교적인 인물이 있었는데 원주민들은 그를 〈일인분〉이라고 불렀다. 스웨덴인 친구 에리크 오터는 탄창 하나면 사냥감을 죽인다는 뜻에서 〈탄창 하나〉로 불렀는데 그건 자랑스러운 이름이었다. 내가 아는 사람 중에 자동차광이 있었는데 그의 이름은 〈반인반차〉였다. 원주민들은 백인에게 물고기, 기린, 살진 황소 따위의 동물 이름을 붙일 때 옛 우화를 생각할 것이며 그들의 검은 의식 속에서 백인은 인간이자 동물로 존재할 것이다.

말에는 마법의 힘이 깃들어 있어서 오랫동안 주위 사람들에게 동물 이름으로 불려 온 사람은 결국 그 동물에게 친근감을 느끼고 자기 속에서 그 동물의 모습을 발견하게 된다. 그러다 유럽으로 돌아가서 아무도 그 동물과 자신을 연관시켜 주지 않으면 이상한 기분이 들게 된다.

한번은 런던 동물원에서 은퇴한 공직자를 우연히 다시 만났는데 그는 아프리카에서 〈미스터 코끼리〉로 알려져 있었다. 그는 코끼리 우리 앞에 홀로 서서 코끼리를 정신없이 들여다보고 있었다. 어쩌면 그는 자주 그곳을 찾아가는지도 모른다. 그의 원주민 하인들은 그가 코끼리를 찾아가는 걸 지극히 정상적인 일로 여기겠지만 런던 사람들은, 며칠 동안 그곳을 방문한 나를 제외하면, 모두 그의 그런 행동을 이해하지 못할 터였다.

원주민의 정신은 이상한 방식으로 작용하며, 오딘이 세상에 대한 지혜를 얻기 위해 한쪽 눈을 빼서 우물에 던졌다는 이야기를 지어내고 사랑에 무지한 어린아이를 사랑의 신으로 형상화한 옛날 사람들의 정신과 유사하다. 어쩌면 우리 농장의 키쿠유족은 내가 그들의 법에 무지하다는 사실 때문에 나를 위대한 재판관으로 여긴 것인지도 모른다.

원주민이 지닌 이러한 신화적 재능은 우리를 특별한 위치에 세워 놓으며 우리는 그것에 대해 스스로를 방어하거나 도망칠 수가 없다. 그들은 우리를 하나의 상징으로 만든다. 나는 그 상징화에 대해 잘 알고 있으며 그들이 나를 놋뱀[3]으로 삼은 것이라고 나름대로 결론을 내렸다. 물론 성서에 나오는 놋뱀이 우리의 경우와 딱 맞아 떨어진다고 말할 수는 없겠지만 원주민과 오래 산 유럽인들은 내 말이 무슨 뜻인지 이해할 것이다. 백인들은 아프리카 땅에서 과학과 기술 발전에 기여하고 팍스 브리타니카에 수반된 여러 활동을 벌였지만 원주민에게 실용적인 용도로 이용된 건 이 경우뿐이 아닌가 한다.

그렇다고 원주민이 모든 백인을 이런 용도로 이용한 것은 아니며 동등하게 이용하지도 않았다. 그들은 놋뱀으로의 유용성에 따라 백인들의 서열을 매겼다. 내 친구 중 데니스 핀치해턴, 갤브레이스 콜과 버클리 콜, 노스럽 맥밀런 경 등 많

---

3 「민수기」 21장 4~9절. 모세와 함께 이집트 땅을 떠난 이스라엘 백성들이 험난한 여정에 불만을 토로하자 여호와는 벌로 불뱀을 내려보낸다. 사람들이 죄를 뉘우치자 여호와는 모세에게 놋으로 뱀을 만들어 장대 위에 매달아 놓으라고 지시하며, 뱀에 물린 사람들은 이 놋뱀을 쳐다보면 살아났다.

은 이들이 놋뱀으로서의 유용성에서 높은 서열에 올랐다.

델라미어 경은 놋뱀 서열 1위였다. 언젠가 메뚜기 떼가 대규모로 습격해 온 일이 있었는데 그때 나는 고원 지대를 여행 중이었다. 전해에도 메뚜기 떼의 습격이 있었으며 이번에는 그 메뚜기들의 자손인 작고 검은 메뚜기들이 나타나 풀 한 포기 남기지 않고 모조리 먹어 치웠다. 2년 연속 끔찍한 재앙을 당한 원주민이 받은 충격은 이만저만한 것이 아니었다. 그들은 비탄에 잠겨 헐떡거리거나 죽어 가는 개처럼 울부짖거나 벽에 머리를 짓찧었다. 나는 무심코 그들에게 델라미어 경의 농장을 차를 몰고 지나왔는데 그곳 역시 밭이며 목초지며 온통 메뚜기 떼로 뒤덮여 있었노라고 전한 다음 델라미어 경이 메뚜기 떼로 인해 엄청난 분노와 좌절감에 빠져 있었다고 덧붙였다. 그 말이 떨어지기가 무섭게 원주민들은 조용해졌고 거의 평온을 되찾았다. 그들은 내게 델라미어 경이 자신에게 닥친 불행에 대해 뭐라고 말하더냐고 묻더니 그 말을 다시 한 번 해달라고 했다. 그러곤 더 이상 아무 말도 하지 않았다.

나는 놋뱀으로 델라미어 경만큼 중요한 위치를 차지하지는 못했지만 가끔은 원주민들에게 유용한 놋뱀 노릇을 했다.

전쟁 중에 원주민들이 징병되어 전쟁터로 나갔을 때 농장 소작인들은 우리 집 바깥에 모여 앉아 있곤 했다. 그들은 아무 말 없이 내게 눈길을 보내고 나를 자신들의 놋뱀으로 만들었다. 내가 차마 그들을 쫓아버리지 못한 것은 그들이 아무런 해도 끼치지 않는 데다 내가 쫓아내면 다른 집으로 가서 앉아 있을 게 뻔했기 때문이다. 하지만 그건 무척이나 견디기 힘든 일이었다. 당시 내 남동생이 속해 있던 부대가 비미 리지 최전방으로 파견되었는데 나는 남동생에게 시선을 돌려 남동생을 나의 놋뱀으로 삼아 그 시기를 견뎌 냈다.

 농장에 불행한 일이 닥치면 키쿠유족은 나를 대표 애도자로 만들었다. 오발 사고에 대해서도 마찬가지였다. 내가 그 사고로 죽거나 다친 아이들에 대해 슬퍼하자 농장 사람들은 당분간 그 일을 한옆으로 제쳐 두었다. 불행을 당하면 그들은 대표로 잔을 비우는 성직자를 바라보는 회중처럼 나를 바라보았다.

 여기에는 마법적인 요소가 있어서 일단 마법에 걸리면 영원히 그것에서 완전히 벗어나지 못한다. 나는 놋뱀이 되어 장대에 매달려 있는 것이 무척이나 고통스러웠고 그런 역할에서 도망치고 싶었다. 하지만 여러 해가 지난 후 이따금 나는 이런 생각을 하고 있는 자신을 발견하곤 했다. 〈나를 이런 식으로 취급하다니? 한때 놋뱀이었던 나인데 말이야!〉

 나는 농장으로 돌아가는 길에 강을 건너다가 카니누의 아들들을 만났다. 청년 셋과 아이 하나였는데 창을 들고 빠르게 걷고 있었다. 나는 그들을 불러 세워 카베로의 소식을 물었고 그들은 무릎까지 물에 잠긴 채 굳은 얼굴로 눈을 내리깔고 천천히 말했다. 카베로는 돌아오지 않았으며 지난 밤 그렇게 도망친 후로 아무 소식이 없다는 것이었다. 그들은 카베로가 죽었으리라 확신하고 있었다. 절망에 빠져 스스로 목숨을 끊었거나 — 원주민에겐, 심지어 아이들에게도 자살이 매우 자연스러운 일이었다 — 숲에서 길을 잃고 맹수에게 잡아먹혔을 것이란 예상이었다. 형제들이 사방으로 흩어져서 찾아보았지만 허탕만 치고 이제 마사이족 보호 구역을 뒤져 보려고 가고 있다고 했다.

나는 강둑에 올라선 뒤 돌아서서 강 건너편의 초원을 내려다보았다. 내 땅이 마사이족 보호 구역보다 지대가 높았다. 초원에는 살아 움직이는 생명체의 모습이라곤 찾아볼 수 없었고 저 멀리서 얼룩말이 풀을 뜯으며 껑충거릴 뿐이었다. 카베로의 형제들이 강 건너 수풀 속에서 나타났는데 한 줄로 서서 빠르게 걷는 모습이 마치 풀 위를 빠른 속도로 구불구불 기어가는 작은 애벌레 같았다. 이따금 그들의 무기가 햇빛에 반짝였다. 그들은 자신들이 가는 방향에 대해 확신하고 있는 듯했다. 하지만 대체 어느 방향이란 말인가? 실종된 아이를 찾고 있는 그들에게 늘 초원의 시체 위를 맴도는 독수리들이 길잡이가 되어 사자에게 물려 죽은 장소를 정확히 알려 줄 터였다.

하지만 어린 소년의 작은 몸뚱이라 하늘의 대식가들이 잔치를 벌일 거리는 못 되기에 많은 독수리가 몰려 있지도 않을 것이고 그곳에 오래 머물지도 않을 터였다.

그 모든 것이 슬픈 일이었다. 나는 집을 향해 말을 달렸다.

# 와마이

 나는 파라를 꽁무니에 달고 원로 회의 키야마에 참석하러 갔다. 나는 키쿠유족과 접촉할 때면 늘 파라를 데려갔는데 그건 파라가 모든 소말리족이 그러하듯 자신의 부족과 관련된 감정이나 불화에 대해서는 완전히 이성을 잃으면서도 다른 부족의 문제에 대해서는 지혜와 분별력을 발휘했기 때문이다. 게다가 그는 스와힐리어에 능통해서 통역 노릇도 해주었다.

 나는 회의장에 도착하기 전부터 원로 회의의 주목적이 카니누의 재산을 최대한 빼앗는 것이 될 것임을 알았다. 카니누는 죽은 아이와 부상당한 아이의 가족에게 주는 보상금으로, 그리고 원로 회의에 내놓는 음식으로 양들을 바치게 될 터였다. 나는 처음부터 그것에 반대였다. 카니누도 다른 아버지들처럼 아들을 잃었으며 그의 아들이 처한 운명이 가장 비극적이라는 것이 내 생각이었다. 와마이는 죽어서 운명의 사슬에서 벗어났고 와난게리는 병원에서 사람들의 보살핌을 받고 있지만 카베로는 모두에게 버림받았고 시체의 행방조차 알 수 없었기 때문이다.

카니누는 잔치를 위해 살찌운 황소의 역할에 안성맞춤인 인물이었다. 그는 내 소작농 중에서 가장 부자로 소작농 장부를 보면 소가 서른다섯 마리, 부인이 다섯, 염소가 예순 마리였다. 그의 마을은 나의 숲과 가까이 있어서 그의 자식들과 염소들을 자주 볼 수 있었고 내 숲의 큰 나무들을 베는 그의 부인들과 충돌이 끊이지 않았다. 키쿠유족은 사치를 몰라서 그중 가장 부유한 사람들도 검소하게 생활했으며 카니누의 오두막에 들어가 보면 가구라곤 고작 작은 나무의자 하나뿐이었다. 그러나 카니누의 마을에는 오두막이 여러 채 있었고 활기찬 모습의 늙은 여자와 젊은이와 아이들이 우글거렸다. 또 해 질 무렵 젖 짜는 시간이면 소들이 한 줄로 길게 서서 마을을 향해 초원 위를 가로질러 갔고 그 옆에서 소들의 푸른 그림자들이 가만히 함께 걸었다. 이 모든 것으로 인해 영리한 검은 얼굴에 잔주름이 가득하고 때가 덕지덕지 낀, 가죽 옷 차림의 홀쭉한 노인 카니누에게선 대부호의 후광이 빛났다.

나는 카니누와 여러 차례 심각한 충돌을 빚었다. 그가 기르는 소들의 통행 문제 때문이었는데 나는 목소리를 높여 언쟁을 벌이다가 그를 농장에서 내쫓겠다고 으름장을 놓기까지 했다. 카니누는 이웃의 마사이족과 사이가 좋았으며 딸 넷인가 다섯인가를 마사이족에게 시집보냈다. 내가 키쿠유족에게서 직접 들은 얘긴데, 옛날에는 마사이족이 키쿠유족과의 혼인을 불명예스럽게 여겼다고 한다. 하지만 이상하게 인구가 자꾸 줄면서 멸족 위기를 맞은 마사이족은 자존심을 버려야 했다. 마사이족 여자들의 출산 능력이 떨어졌기에 다산하는 키쿠유족 처녀들이 필요했던 것이다. 카니누의 자식들은 모두 인물이 좋았고 그는 딸의 몸값으로 받은 건강하고 활기찬 어린 암송아지들을 끌고 마사이족 보호 구역 경계를 넘곤 했다. 당시 그런 식으로 부자가 된 키쿠유족 가장이 비단 그만은 아니었다. 키쿠유족 족장 키난주이도 스무 명이 넘는 딸을 마사이족에게 시집보냈고 그 대가로 소를 1백 마리 넘게 받았다고 했다.

그런데 1년 전에 마사이족 보호 구역에 구제역이라는 가축 전염병이 돌면서 그곳에서 가축을 데리고 나올 수 없게 되었다. 그리하여 카니누는 심각한 딜레마에 휩싸였다. 마사이족은 유목 민족이라 계절, 비, 풀에 따라 옮겨 다니며 살았고 법적으로는 카니누의 소유인 소들도 마사이족을 따라 방랑 생활을 해야 했으며 어떤 때는 전혀 소식이 닿지 않는 160킬로미터나 떨어진 먼 곳으로 가기도 했다. 마사이족은 소 거래에 있어 양심적이지가 못했으며 특히 그들이 깔보는 키쿠유족에게는 더욱 그러했다. 마사이족은 훌륭한 전사이자 여자의 마음을 사로잡는 능력도 뛰어났다. 그래서 마사이족의 아내가 된 카니누의 딸들은 옛날에 로마인들에게 납치되어 아버지의 편을 들 수도, 남편의 편을 들 수도 없었던 사비니 여인들 같은 처지였기에 카니누는 딸들에게 의지할 수도 없었다. 꾀 많은 키쿠유족 노인 카니누는 판무관과 수의국 관계자들이 잠든 밤 시간을 틈타 강 건너 우리 농장으로 자신의 소들을 끌고 왔다. 원주민들도 격리 규정에 대해 잘 알고 그것을 중요하게 여기고 있었기에 카니누의 행동은 정말이지 비열한 짓이었다. 마사이족 보호 구역에서 키우던 소들이 우리 농장에 있는 것이 발견되면 우리 농장도 격리 조치를 당할 터였다. 나는 강가로 감시인을 내려 보내 카니누의 소들을 끌고 오는 사람들을 붙잡게 했다. 그리하여 달 밝은 밤이면 은빛 강에서 극적인 매복 공격과 날랜 도주 장면이 연출되었고 싸움의 발단인 암송아지들은 사방으로 흩어져 도망쳤다.

한편, 오발 사고로 목숨을 잃은 와마이의 아버지 조고나는 카니누와는 달리 가난뱅이였다. 여자도 늙은 부인 하나뿐이었고 가진 것이라곤 달랑 염소 세 마리였다. 그는 무척이나 단순한 사람이었기에 더 갖고 싶어 하지도 않았다. 나는 조고나를 잘 알았다. 오발 사고가 일어나기 1년 전에 농장에서 끔찍한 살인 사건이 발생했다. 인도인 두 명이 강가에 있는 나의 방앗간을 임대해서 키쿠유족의 옥수수를 빻는 일을 했는데 밤에 살해되고 물건을 도둑맞았다. 살인범들은 끝내 잡히지 않았다. 그 사건으로 겁에 질린 인도인 상인들은 폭풍에 휩쓸려 간 듯 자취를 감추었다. 나는 푸란 싱이 방앗간을 떠나지 않도록 낡은 산탄총으로 무장을 시켜 주었지만 산탄총을 들려 주고도 그를 설득하느라 진땀을 빼야 했다. 살인 사건이 나고 처음 며칠 밤은 나도 집 주위에서 발걸음 소리가 들리는 것만 같아서 일주일 동안 밤에 보초를 세웠는데 그 보초가 바로 조고나였다. 그는 온순한 노인이라 살인범들과 대적하기엔 역부족이었지만 다정하고 이야기 상대로도 그만이었다. 그는 쾌활한 어린애 같은 태도를 보였고 넓적한 얼굴에 영감을 받은 듯한 열성적인 표정을 짓고 있었으며 나만 보면 웃었다. 그는 원로 회의에서도 나를 보고 반색을 했다.

그러나 당시 내가 읽고 있던 코란에는 이렇게 적혀 있었다. 〈가난한 자의 이익을 위해 법의 정의를 굽혀선 안 된다.〉

그 자리에서 원로 회의 키야마의 목적이 카니누의 재산을 빼앗기 위한 것임을 아는 사람이 나 말고도 최소한 한 명은 더 있었는데 다름 아닌 카니누 자신이었다. 다른 노인들은 무한한 집중력을 발휘하며 회의의 진행을 위해 모든 지혜를 모으고 있었다. 카니누는 염소 가죽으로 만든 커다란 망토를 머리에 뒤집어쓰고 앉아서 이따금 낑낑거리는 소리를 냈는데 마치 짖다가 지쳐 그저 고통을 견디고 있는 개처럼 보였다.

노인들은 부상당한 아이 와냔게리에 대한 이야기부터 하고 싶어 했다. 왜냐하면 와냔게리에 대해서는 이야기가 끝없이 이어질 수 있기 때문이다. 만일 와냔게리가 죽는다면 어떤 보상이 이루어져야 하는가? 만일 흉한 꼴이 된다면? 말하는 능력을 잃는다면? 파라를 통해 나는 나이로비의 병원에 가서 의사를 만나 보기 전에는 이 문제에 대해 아무 의견도 낼 수 없다는 입장을 전했다. 노인들은 실망을 꿀꺽 삼키고 다음 안건에 대한 논의에 들어갔다.

나는 파라를 통해, 이 사건을 조속히 마무리 짓는 건 원로들의 손에 달려 있으며 평생 앉아서 회의만 할 순 없지 않느냐고 말했다. 그리고 이건 살인 사건이 아니라 불행한 사고라고 주장했다.

원로들은 파라가 통역하는 나의 말을 주의 깊게 경청하는 것으로 나에게 경의를 표했으나 말이 끝나자마자 반기를 들었다.

그들의 주장은 이러했다. 「음사부, 우리는 아무것도 모릅니다. 하지만 보아하니 음사부도 잘 알지 못하는 듯하며 음사부가 우리에게 하는 말을 조금밖에 이해할 수 없습니다. 총을 쏜 건 카니누의 아들입니다. 그렇지 않다면 왜 그 아이만 다치지 않았겠습니까? 그 사건에 대해 더 자세히 듣고 싶다면 여기 있는 마우게가 설명해 줄 것입니다. 그의 아들도 그 자리에 있었고 귀 하나를 잃었으니까요.」

마우게는 부유한 소작농 중 하나로 카니누와는 라이벌 관계라고 볼 수 있었다. 그는 위풍당당한 인상을 주었고 말투가 몹시 느리고 이따금 답답할 정도로 뜸을 들이긴 했지만 어쨌든 말에 무게가 있었다. 「음사부, 제 아들의 말을 그대로 전하겠습니다. 모든 아이들이 돌려가며 총을 들고 카베로에게 겨누었답니다. 하지만 카베로는 아이들에게 총 쏘는 법을 알려 주지 않았습니다. 총에 대해 아무것도 알려 주지 않았지요. 마침내 카베로가 총을 돌려받았고 그 순간 총알이 발사되어 모든 아이들이 다치고 조고나의 아들 와마이는 목숨을 잃었습니다. 바로 그렇게 된 것입니다.」

내가 대꾸했다. 「나도 이미 다 알고 있어요. 그건 이른바 불운, 즉 사고라고 하는 거예요. 나도 내 집에서 총을 쏘다가 그런 일을 당할 수 있고 마우게 당신 또한 마찬가지예요.」

내 말에 원로들은 크게 동요했다. 그들은 모두 마우게를 바라보았고 마우게는 몹시 불편한 기색이 되었다. 원로들은 잠시 자기들끼리 속삭임에 가까운 낮은 목소리로 수군거렸다. 그러더니 다시 논의를 이어 갔다. 그들이 말했다. 「음사부, 지금 그 말씀은 한마디도 이해할 수 없군요. 아마도 음사부께선 소총을 염두에 두고 하신 말씀인 듯합니다. 음사부는 소총을 매우 잘 쏘시지만 산탄총은 그렇게 잘 쏘지 못하니까요. 만일 소총으로 인한 사고였다면 음사부 말이 전적으로 옳습니다. 하지만 산탄총을 쏘아 사람을 죽이는 것은 음사부의 집에서도, 마우게의 집에서도 메나냐 나리의 집에서도 있을 수 없는 일입니다.」

잠시 침묵을 지킨 뒤 내가 말했다. 「카니누의 아들이 총을 쏘았다는 사실은 모두 알고 있어요. 카니누는 조고나에게 양을 주어 아들의 죽음을 보상할 거예요. 하지만 우리 모두 카니누의 아들이 나쁜 아이가 아니며 고의로 와마이를 죽인 것이 아니란 사실도 알고 있어요. 따라서 양의 마리 수를 계산할 때 그 점을 감안해야 합니다.」

그러자 아와루란 노인이 입을 열었다. 그는 7년 동안 감옥살이를 해서 다른 노인들보다 문명을 가까이 접한 경우에 속했다.

아와루가 말했다. 「음사부께선 카니누의 아들이 나쁜 아이가 아니기 때문에 카니누가 살인에 해당하는 만큼의 보상을 하지 않아도 된다고 하셨습니다. 하지만 만일 카니누의 아들이 고의로 와마이를 죽였고 아주 나쁜 아이였다면 그것이 카니누에게 좋은 일이겠습니까? 그렇다면 카니누가 몹시 기뻐하며 원래 보상액보다 많은 양을 내놓겠습니까?」

내가 대답했다. 「아와루, 아시다시피 카니누도 아들을 잃었어요. 학교로 찾아가 물어보면 그 아이가 영리한 학생이었음을 알 수 있을 거예요. 카니누의 아들이 공부뿐 아니라 다른 모든 면에서 훌륭한 아이였다면 카니누에겐 그런 아들을 잃은 것이 몹시 불행한 일이에요.」

긴 침묵이 흘렀고 회의장엔 정적만이 감돌았다. 카니누가 그동안 잊었던 고통이나 의무를 상기하기라도 한 듯 별안간 긴 울부짖음을 토해 냈다.

파라가 말했다. 「멤사히브, 이 키쿠유족들에게 보상액으로 양 몇 마리를 생각하고 있는지 말해 보라고 하십시오.」 그는 노인들이 들도록 일부러 스와힐리어로 말했고 그가 의도한 대로 노인들은 곤란해했다. 원주민은 구체적인 숫자를 대는 걸 좋아하지 않기 때문이다. 파라는 좌중을 훑어보며 거만하게 제안했다. 「1백 마리.」 양 1백 마리는 아무도 진지하게 고려해 보지 않았을 엄청난 숫자였다. 회의장에 침묵이 깔렸다. 노인들은 소말리족의 조롱에 꼼짝 못 하고 납작 엎드렸다. 아주 늙은 원로 하나가 〈50〉이라고 웅얼거렸지만 그 숫자는 무게를 지니지 못하고 파라의 농담이 일으킨 기류에 휩쓸려 허공으로 날아갔다.

잠시 후 파라가 숫자와 가축에 밝은 노련한 소장수처럼 〈40〉이라고 활기차게 말했다. 그 말이 회의의 잠재된 목적의식을 일깨웠고 노인들은 자기들끼리 활발한 논의를 시작했다. 그들은 앞으로도 숱한 생각과 잡담을 할 시간이 필요하겠지만 어쨌거나 협상의 토대가 마련된 건 사실이었다. 집에 돌아와서 파라가 내게 자신 있게 말했다. 「저 노인들은 카니누에게 양 40마리를 요구할 겁니다.」

카니누는 원로 회의에서 또 한 번 시련을 겪어야 했다. 농장의 부유한 소작농 중 하나이며 대식구를 거느린 가장이기도 한 배불뚝이 카쎄구가 일어나서 카니누가 내놓는 양과 염소를 한 마리씩 지목해서 고르자고 제안했던 것이다. 이것은 원로 회의의 관습에 어긋나는 일이었다. 조고나가 그런 꾀를 냈을 리는 만무하고 카쎄구가 조고나를 꼬드겨 둘 사이에 합의가 이루어진 게 분명했다. 나는 잠자코 돌아가는 모양새를 지켜보기로 했다.

카니누는 처음에는 체념하고 고난을 받아들이는 듯했다. 그는 고개를 숙이고 가축이 한 마리씩 지목될 때마다 이빨 하나씩을 빼듯 구슬피 울었다. 그러나 이윽고 카쎄구가 머뭇거리며 뿔 없는 커다란 노란 염소를 지목하자 슬픔이 극에 달히여 무너졌다. 그는 염소 가죽 망토를 벗어던지고 벌떡 일어섰다. 그는 나를 향해 황소처럼 울부짖으며 절망의 구렁텅이에서 벗어나게 해달라고 애걸하다가 내가 자신의 편이며 결국 노란 염소를 빼앗기지 않을 것임을 단박에 알아채고는 아무 말 없이 도로 앉았다. 그러곤 잠시 후 카쎄구에게 냉소에 찬 눈길을 던졌다.

원로 회의는 일주일가량 회의를 한 끝에 카니누가 조고나에게 양과 염소 40마리를 보상하는 것으로 최종 결론을 내렸으며 그 40마리를 지목하지는 않기로 했다.

그로부터 보름 후, 저녁 식사를 하고 있는데 파라가 그 사건에 관한 새로운 소식을 들고 왔다.

파라는 어제 니에리의 키쿠유족 노인 셋이 농장으로 찾아왔다고 전했다. 그들은 니에리에서 그 사건 소식을 듣고 와마이는 조고나의 아들이 아니라 자신들의 죽은 형제의 아들이며 와마이의 죽음에 대한 보상금은 마땅히 자신들의 몫임을 주장하기 위해 먼 길을 걸어왔다는 것이었다.

나는 그 파렴치함에 웃음 지으며 파라에게 니에리의 키쿠유족다운 짓이라고 말했다. 그러나 파라는 신중하게 자신은 그들의 주장이 옳다고 생각한다고 말했다. 조고나는 원래 니에리 마을에 살다가 6년 전에 우리 농장으로 왔다는 것이었다. 파라는 와마이가 조고나의 아들이 아니며 〈그의 아들이었던 적도 없다〉고 말했다. 그러면서 조고나가 이틀 전에 양과 염소 40마리 중 25마리를 이미 넘겨받은 건 운수대통한 일이라고 했다. 안 그랬다면 카니누가 이제는 자신의 소유가 아닌 양과 염소를 농장에서 보고 있기가 괴로워 선뜻 니에리의 키쿠유족들에게 그것들을 넘겼으리란 것이었다. 하지만 그렇다고 조고나가 안심할 수는 없는 것이 니에리의 키쿠유족들은 찰거머리 같아서 쉽게 떼어 낼 수 없기 때문이라고 했다. 그들은 농장에 거처를 마련해 놓고 판무관의 심판을 받겠노라고 으름장을 놓고 있다는 것이었다.

그렇게 파라가 미리 귀띔을 해주었기에 며칠 후 니에리의 키쿠유족들이 우리 집 앞에 나타났을 때 나는 그들을 맞을 준비가 되어 있었다. 키쿠유족 중에서도 하층민에 속하는 그들은 영락없이 와마이의 핏자국을 따라 240킬로미터나 되는 먼 길을 찾아온 꼬질꼬질하고 털이 덥수룩한 하이에나 꼴이었다. 조고나도 그들과 동행했는데 잔뜩 동요하고 고통에 차 있는 상태였다. 니에리의 키쿠유족들과 조고나의 태도 차이는 니에리 사람들은 잃을 게 없는 데 반해 조고나는 양과 염소 스물다섯 마리를 잃을 수도 있다는 데서 생긴 게 분명했다. 니에리에서 온 낯선 세 키쿠유족은 양에 붙은 진드기들처럼 생기라곤 없는 모습으로 돌 위에 앉아 있었다. 하지만 상황이야 어찌 되었건 그들은 와마이가 살아 있을 때는 아무 관심도 보이지 않다가 아이가 죽자 보상금을 챙기겠다고 찾아왔기에 나는 그들의 뜻에 동조할 수 없었다. 나는 원로 회의에서 예의 바른 태도를 보였고 와마이의 죽음을 진심으로 슬퍼하는 것처럼 보이는 조고나가 안쓰러웠다. 나는 조고나에게 자초지종을 물었으나 그가 와들와들 떨면서 한숨지으며 하는 얘기를 통 알아들을 수 없었고 그 만남은 아무런 결실도 거두지 못했다.

하지만 이틀 후 아침 일찍 조고나가 타자기 앞에 앉아 있는 나를 찾아왔다. 그는 죽은 아이의 가족과 자신의 관계, 그리고 와마이를 아들로 삼은 사연에 대해 설명할 테니 글로 써달라고 부탁했다. 그는 다고레티의 판무관에게 그 글을 가져가겠다고 했다. 조고나는 워낙 단순해서 어떤 일에 대해서든 자의식이 완전히 배제된 강렬한 감정을 느꼈기에 그의 태도는 매우 인상적이었다. 그는 자신의 결단을 다분히 위험성을 지닌 대단한 사업으로 여기며 두려운 마음으로 일을 추진하고 있었다.

나는 그를 위해 대신 진술서를 써주었다. 6년이 넘는 오랜 기간에 걸친 사건들에 대한 긴 기록인 데다 사건들 자체가 워낙 복잡하기도 해서 진술서를 쓰는 데 꽤 오랜 시간이 걸렸다. 조고나는 진술 도중 자주 이야기를 끊고 기억을 되살리거나 아니면 뒤로 돌아가 이야기를 재구성했다. 그는 대개 양손으로 머리를 감싸고 있다가 이따금 머리에서 사실들이 튀어나오게 하려는 듯 진지하게 정수리를 찰싹 때렸다. 그러다 한번은 키쿠유족 여인들이 출산할 때 하는 것처럼 벽에 얼굴을 기대기도 했다.

나는 진술서를 복사했고 한 부는 아직도 지니고 있다.

여러 복잡한 상황이 뒤엉켜 있고 툭하면 샛길로 빠져서 그의 이야기를 따라가기가 여간 힘들지 않았다. 나는 조고나가 기억을 되살리는 데 애를 먹는 것이 놀랍지 않았으며 오히려 그가 기억을 해낼 수 있다는 것이 더 놀라웠다. 사연인즉 이러했다.

〈니에리의 와웨루 와마이는 임종을 맞았을 때 부인이 둘이었다. 첫 번째 부인은 딸이 셋이었고 와웨루가 죽자 다른 남자와 재혼했다. 두 번째 부인은 와웨루가 아직 몸값을 덜

치른 여자로 그녀의 아버지에게 염소 두 마리를 더 주어야 했다. 그녀는 장작을 옮기다가 무리해서 아기를 유산했고 다시 아기를 낳을 수 있다는 보장이 없었다.〉

이야기는 이런 식으로 이어져, 읽는 이를 키쿠유족의 얽히고설킨 상황과 관계 속으로 끌어들였다.

〈이 부인에게는 와마이라는 어린 아들이 있었다. 당시 그 아이는 병을 앓고 있었고 사람들은 그 병이 천연두라고 믿었다. 와웨루는 부인과 아들을 몹시 아꼈기에 자신이 죽으면 그들에게 어떤 일이 닥칠지 몰라 걱정이 태산이었다. 그는 생각다 못해 멀지 않은 곳에 사는 친구 조고나 카냐가를 불렀다. 조고나 카냐가는 와웨루에게 신발 한 켤레 값인 3실링을 빚지고 있었다. 와웨루는 그에게 협상을 맺자고 제안했다.〉

협상 내용은, 조고나가 죽어 가는 친구의 부인과 아들을 떠맡고 부인의 몸값으로 그녀의 아버지에게 마저 치러야 할 염소 두 마리를 내놓는다는 것이었다. 거기서부터 진술서는 조고나가 와마이를 입양하면서 지출한 경비 목록으로 탈바꿈했다. 조고나는 아픈 아이를 데려온 다음 바로 아이의 병을 고쳐 주기 위해 진기한 약을 구입했다. 그리고 아이가 옥수수만 먹고는 기운을 못 차려서 인도인 상인에게 쌀을 사기도 했다. 한번은 와마이가 이웃 백인 농장주 소유의 칠면조를 쫓다가 한 마리를 연못에 빠뜨려 죽이는 바람에 5루피를 배상하기도 했다. 필시 어렵게 마련했을 이 5루피의 현금은 조고나의 뇌리에 깊이 각인되어 있었는지 그는 그 얘기를 몇 번이나 되풀이했다. 말하는 태도로 보아 조고나는 지금까지 죽은 아이가 친자식이 아니라는 사실을 잊고 살아온 듯했다. 그리하여 그는 니에리의 키쿠유족들이 찾아와 보상금을 요구했을 때 여러모로 큰 충격을 받았다. 지극히 단순한 사람들은 입양한 아이를 친자식처럼 느끼는 재능을 타고나는 듯하며 유럽의 촌사람들도 굳이 억지로 노력하지 않고도 그런 감정을 느낀다.

마침내 조고나의 이야기가 끝나자 나는 받아 적은 것을 그에게 읽어 주겠노라고 말했다. 그는 오로지 듣는 데만 정신을 집중하려는 듯 내게서 얼굴을 돌리고 있었다.

그러나 내가 〈그는 생각다 못해 멀지 않은 곳에 사는 친구 조고나 카냐가를 불렀다〉는 부분을 읽으면서 그의 이름을 말하자 그는 내게로 얼굴을 획 돌리며 활활 타오르는 강렬한 눈길을 보냈는데 얼굴에 웃음이 가득 넘쳐서 노인이 아니라 이팔청춘 젊은이처럼 보였다. 내가 내용을 다 읽고 그가 지장을 찍어야 할 부분에 적어 놓은 그의 이름을 다시 읽자 조고나는 내게 또 한 번 생기 넘치는 시선을 보냈는데, 이번엔 새로 생긴 권위로 인해 아까보다 한결 심오하고 차분한 느낌을 주는 눈길이었다.

하느님께서 흙으로 인간의 형상을 빚은 뒤 코에 숨결을 불어넣어 생명을 주었을 때 그렇게 탄생된 아담이 하느님께 보냈을 법한 눈길이었다. 나는 그를 창조하고 그에게 영생을 지닌 조고나 카냐가를 보여 준 것이다. 내가 종이를 건네자 그는 공손하면서도 탐욕스럽게 받아서는 망토 자락에 싸서 손으로 쥐고 있었다. 그 안에는 그의 영혼이, 그의 존재의 증거가 들어 있기에 절대 잃어버리면 안 되었다. 그 종이는 조고나 카냐가가 이룩한 성과이며 영원히 그의 이름을 보존하게 될 터였다. 말씀이 육신이 되어 우리 가운데 거하시매 은혜와 진리가 충만하더라.[4]

내가 아프리카에 살 때 그곳 원주민들은 바야흐로 글의 세상을 맞이하고 있었다. 당시 나는 마음만 먹으면 역사의 꼬리를 붙잡고 우리 유럽인들의 과거로, 유럽의 일반 대중이 그와 똑같은 방식으로 처음 글자를 접하던 때로 돌아갈 수도 있었다. 덴마크에서는 1백 년쯤 전에 그런 시대가 있었으며 내가 어릴 적에 노인들에게 전해 들은 이야기를 토대로 판단을 내리자면 과거의 덴마크인이나 현재의 아프리카인이나 글의 세상에 대한 반응은 거의 비슷했다. 인간이 예술지상주의 원칙에 그토록 겸허하고 황홀에 찬 헌신적 태도를 보인 것도 드문 예라고 할 수 있다.

하지만 주로 젊은 원주민 사이에서 이루어지는 서신 왕래는 아직도 대개 전문 대필가의 손에 의존하고 있었다. 나이 든 사람들의 경우 시대정신에 휩쓸리는 이들도 없지 않았고 몇몇 키쿠유족 노인은 나의 학교에 와서 인내심을 발휘하며 ABCD를 배우기도 했지만 대부분은 글 배우기 열풍에 불신감을 나타내며 몸을 사렸다. 원주민 중에 까막눈을 면한 사람은 드물어서 우리 집 하인들이나 소작농들이나 농장 일꾼들은 편지를 받으면 내게 들고 와서 읽어 달라고 했다. 나는 그런 편지들을 뜯어서 읽을 때마다 자질구레한 내용만 잔뜩 들어 있는 데 놀라곤 했다. 하지만 그건 편견에 젖은 문명인이 흔히 범하는 실수였다. 노아의 비둘기가 집으로 물어 온 작은 올리브나무 가지를 생각해 보라. 보기엔 어땠을지 몰라도 그 가지는 동물을 가득 실은 노아의 방주보다 더 큰 무게를 지니고 있었다. 초록빛 신세계를 담고 있었으니까.

원주민들의 편지는 공인된 신성한 공식을 그대로 따르고

---

4 「요한의 복음서」 1장 14절에서 인용.

있어서 모두 비슷했는데 예를 들면 이런 식이었다. 〈나의 소중한 친구 카마우 모레푸. 자네에게 편지를 쓰겠다고 오랫동안 별러 오다가 이제 펜을 들고(실제로 펜을 들고 편지를 쓰는 건 전문 대필가이므로 문자 그대로의 의미가 아니라 상징적인 표현이었다) 편지를 쓰네. 나는 아주 잘 지내고 있고 자네도 신의 은총으로 아주 잘 지내고 있기를 바라네. 우리 어머님은 무고하시네. 내 아내는 무고하지 못하지만 자네 부인은 신의 은총으로 잘 지내고 있기를 바라네.〉 그다음엔 사람들의 이름과 그들 각각에 대한 짤막한 소식이 이어졌는데 가끔 아주 멋진 소식도 있었지만 대부분 자질구레한 소식이었다. 그리고 편지는 이렇게 끝을 맺었다. 〈나의 친구 카마우, 시간이 없어서 이쯤에서 마무리를 지어야겠네. 자네의 친구 은드웨티 로리.〉

1백 년 전 유럽에서도 학구적인 젊은이들 사이에 이루어진 이런 내용의 서신 왕래를 위해 기수들이 말 등에 올라타고, 말들이 달리고, 우편 마차의 나팔이 울리고, 가장자리에 혀처럼 생긴 잎 모양의 금박 장식이 있는 종이가 제작되었다. 사람들은 그 편지들을 반갑게 받아서 고이 간직했으며 나도 그런 편지를 직접 본 적이 있다.

나는 스와힐리어를 배우기 전에는 원주민들의 편지의 세계와 묘한 관계를 맺고 있었다. 글씨는 읽을 수 있되 그 뜻은 알지 못했기 때문이다. 원래 스와힐리어에는 글자가 없어서 백인들이 들어와서 영어 알파벳 발음을 토대로 글자를 만들었기에 읽는 이를 곤란에 빠뜨리는 고풍스러운 철자법은 없었다. 나는 편지를 들고 앉아서 알파벳으로 표기된 글자들을 소리 나는 대로 또박또박 읽었고 나를 둘러싸고 숨죽여 듣고 있는 수신인들이 보여 주는 반응을 통해 편지 내용을 대충 짐작할 수 있었다. 원주민들은 내가 읽어 주는 편지 내용을 듣고 눈물을 흘리거나 손을 꽉 쥐거나 기뻐서 울기도 했지만 가장 흔한 반응은 웃음으로 그들은 내가 편지를 읽는 동안 계속해서 배꼽을 쥐고 웃어 댔다.

나중에 편지 내용을 이해할 수 있을 정도로 스와힐리어를 익히고 나서 나는 어떤 소식이든 일단 글로 쓰이면 그 위력이 몇 배나 커진다는 사실을 깨달았다. 입으로 전했다면 의심이나 비웃음을 샀을 내용도 — 원주민은 하나같이 대단한 회의주의자들이니까 — 편지에 담기면 절대적인 진리로 받아들여졌다. 원주민은 말실수를 잡아내는 재주가 비상했고 누가 말실수를 하면 짓궂게도 무척이나 즐거워했다. 또한 그것을 절대로 잊지 않아서 백인들이 이상한 발음을 하기라도 하면 평생 놀려 먹었다. 하지만 글 실수에 대해서는 전혀 다른 태도를 보였다. 사실 대필가들이 무식해서 편지에서 글 실수가 자주 발견되곤 했는데 원주민들은 아무리 얼토당토않은 내용도 절대 실수라고 여기지 않았고 거기에 나름의 의미를 부여하기 위해 골머리를 싸매고 서로 열심히 의견을 나누었다.

한번은 농장의 한 청년에게 편지를 읽어 주고 있는데 여러 소식 가운데 다음과 같은 짤막한 소식이 섞여 있었다. 〈나는 개코원숭이를 요리했다.〉 나는 개코원숭이를 잡았다는 말을 실수로 그렇게 쓴 것 같다고 설명했고 실제로 스와힐리어로 두 단어는 비슷했다. 하지만 그 청년은 절대 동의하지 않으려고 했다.

청년이 말했다. 「아녜요, 음사부, 아닙니다. 편지에 어떻게 쓰여 있지요? 뭐라고 쓰여 있습니까?」

「편지에는 개코원숭이를 요리했다고 쓰여 있지. 하지만 개코원숭이를 어떻게 요리하겠어? 만일 진짜로 그렇게 했다면 왜, 그리고 어떻게 요리했는지 자세히 썼겠지.」 내가 대답했다.

청년은 글로 적힌 내용에 대한 나의 의심과 비판에 어쩔 줄 몰라 하더니 자신의 편지를 달라고 했다. 그러곤 편지를 조심스럽게 접어 들고 자리를 떠났다.

내가 적어 준 진술서는 조고나에게 큰 도움이 되었다. 판무관이 그걸 읽어 본 뒤 니에리의 키쿠유족들의 이의 신청을 기각하여 그들은 결국 아무 소득 없이 우거지상을 하고 자기네 마을로 돌아갔던 것이다.

그리하여 그 진술서는 조고나의 소중한 보물이 되었고 나는 그것을 여러 차례 보게 되었다. 조고나는 구슬로 수놓인 작은 가죽 주머니를 만들어서 진술서를 넣고 주머니에 끈을 매달아 목에 걸고 다녔다. 이따금, 특히 일요일 아침에 그는 갑작스럽게 우리 집에 나타나 가죽 주머니에서 진술서를 꺼내 읽어 달라고 했다. 한번은 병이 나서 집에만 있다가 오랜만에 말을 타고 나갔는데 조고나가 먼발치에서 나를 발견하고 헐레벌떡 달려와 내 말 옆에 서서 거친 숨을 몰아쉬며 진술서를 내밀었다. 내가 진술서를 읽어 줄 때마다 그의 얼굴은 늘 종교적 승리감으로 빛났으며 읽기를 마치면 종이를 정성스럽게 펴서 다시 접은 후 가죽 주머니에 넣었다. 진술서의 중요성은 시간이 지날수록 줄어들기는커녕 오히려 더 커졌으며 조고나에게 그것이 지닌 가장 큰 경이는 변하지 않는다는 점인 듯했다. 기억을 되살리기가 그토록 어려웠으며 기억할 때마다 자꾸만 변하는 듯했던 과거가 그의 손에 잡혀서 변함없는 모습으로 종이 속에 얌전히 들어 있었다. 이제 그것은 역사가 되었으며 〈변함도 없고 회전하는 그림자도 없었다.〉[5]

---

[5] 「야고보의 편지」 1장 17절에서 인용.

# 와냔게리

나는 나이로비에 가는 길에 와냔게리를 보러 원주민 병원에 들렀다.

내 땅에는 소작인이 하도 많아서 농장 식구 가운데 병원에 입원한 환자가 끊일 날이 없었고 나는 문병을 위해 병원 문턱이 닳도록 드나들다 보니 병원 수간호사와 잡역부들과 가까운 사이가 되었다. 나는 그 병원 수간호사보다 화장을 두껍게 하는 여자를 본 적이 없었으며 흰 두건을 쓴 그녀의 넓은 얼굴은 인형 속에 작은 인형이 들어 있고 그 속에 더 작은 인형이 들어 있는 러시아 목각 인형 마뜨료슈까를 연상시켰다. 그리고 〈어머니 인형〉을 뜻하는 마뜨료슈까의 이미지 그대로 그녀는 친절하고 유능한 간호사였다. 그 병원에서는 목요일마다 병동들 사이에 있는 마당에 병상을 모두 내놓고 실내 환기와 청소를 했는데 그날은 유쾌한 날이었다. 병원 마당에서 보면 건조한 아씨 초원이 전경에, 그리고 도뇨 사부크의 푸른 산과 기다란 무아 언덕이 저 멀리 펼쳐져 있어서 전망이 아주 근사했다. 그곳에서 키쿠유족 노파들이 침대에 누워 있는 모습은 마치 늙고 지쳐 빠진 노새나, 무거운 짐을

진 참을성 있는 짐승을 보고 있는 듯한 묘한 기분을 느끼게 했다. 그들은 나를 보고 웃었지만 원주민은 병원을 무서워했기에 늙은 노새를 방불케 하는 일그러진 웃음이었다.

내가 처음 병원에서 와냔게리를 만났을 때는 아이가 완전히 제정신이 아니라 차라리 안락사를 시켜 주는 것이 낫겠다는 생각이 들 정도였다. 와냔게리는 잔뜩 겁에 질려 내가 있는 동안 계속 울어 댔고 붕대로 감아 놓은 얼굴을 부들부들 떨면서 농장으로 데려가 달라고 애원했다.

그리고 일주일이 지나서야 나는 다시 문병을 갔다. 와냔게리는 제법 차분해져서는 위엄 있게 나를 맞이했다. 어쨌거나 그 아이는 나를 무척이나 반겼고 병원 잡역부 말로는 나를 눈이 빠지게 기다렸다는 것이었다. 비록 입에 꽂은 튜브를 통해 말을 뱉어 내야 했지만 말로 의사 표현을 할 수 있었기 때문인데 그 아이는 내게 의사가 어제 자신을 죽였고 며칠 있다가 또 죽일 것이라고 말했다.

와냔게리의 담당의는 프랑스 전쟁에 나가서 군인들의 얼굴을 봉합한 경험이 많았고 와냔게리에게 정성을 쏟아 치료에 성공했다. 그는 금속 띠로 턱뼈를 만들어 얼굴에 남아 있는 뼈에 고정한 뒤 갈가리 찢긴 살을 모아 꿰매어 턱 비슷한 형태를 만들었다. 와냔게리가 해준 말로는, 어깨의 피부도 조금 떼어 내 턱에 붙였다고 했다. 이윽고 치료가 끝나 붕대를 풀자 와냔게리의 얼굴은 완전히 변해서 몰라볼 정도였고 턱이 없다시피 해서 마치 도마뱀 얼굴처럼 보였다. 그래도 정상적으로 먹을 수 있었고 약간 혀짤배기소리를 내긴 했지만 말도 할 수 있었다. 그 모든 과정이 수개월에 걸쳐 이루어졌다. 와냔게리가 설탕이 먹고 싶대서 나는 문병 갈 때마다 종이에 설탕을 몇 숟가락씩 싸서 가져갔다.

　병원에 입원한 원주민들은 미지의 것에 대한 공포로 마비된 상태가 아니라면 어지간히도 불평을 해대며 어떻게든 빠져나갈 궁리를 한다. 죽음도 그 방법 중 하나이며 그들은 죽음을 두려워하지 않는다. 아프리카에서 병원을 짓고 운영하는 유럽인들은 억지로 끌려오다시피 해서 입원한 원주민들 때문에 애를 먹으며 원주민들이 감사할 줄 모른다고 쓴 소리를 한다. 아무리 잘해 줘도 소용이 없다는 것이다.
　사실 원주민은 백인이 잘해 주든 못해 주든 그것을 마음에 담아 두지 않으며 백인은 원주민의 그런 점에 분노한다. 원주민에겐 잘해 주나 못 해주나 마찬가지며 그들은 감사의 마음을 간직할 줄도, 앙심을 품을 줄도 모른다. 백인들도 그들의 정신을 개조할 수는 없으며 이해하고 받아들이는 도리밖에 없다. 그들은 한 개인이라는 우리의 존재를 무효화하고 우리 자신이 선택지 않은 역할을 강요하는 놀라운 능력을 지닌 듯하다. 마치 우리가 자연현상 가운데 하나이기라도 하듯이, 마치 우리가 날씨이기라도 하듯이.
　이주민인 소말리족은 그 점에서는 원주민과 다르다. 우리의 행동은 그들에게 강한 영향력을 미친다. 사막에서 온 불같은 성격의 그 깐깐한 사람들은 우리의 사소한 행동에도 영향을 받으며 종종 깊은 상처를 받기도 한다. 그들은 감사할 줄 알며 한번 앙심을 품으면 평생 가기도 한다. 그들은 은혜를 입거나 모욕과 멸시를 당하면 그것을 가슴속의 돌에 새겨 넣는다. 그들은 독실한 무슬림으로 무슬림이 모두 그러하듯 자신의 도덕규범에 따라 우리를 판단한다. 소말리족을 상대할 때 우리는 한 시간 안에 신망을 얻을 수도, 잃을 수도 있다.

마사이족은 원주민 중에서도 독특한 위치를 점하고 있다. 그들은 우리가 한 일을 기억하고 고마워할 줄 알며 원한을 품는다. 그들은 우리 모두에게 원한을 품으며 그 원한은 그들이 멸종되어야만 사라질 것이다.

하지만 편견이라곤 없는 키쿠유족, 와캄바족, 카비론도족은 규범이란 것을 모른다. 그들은 누구든 어떤 행동이라도 할 수 있다고 여기며 누가 무슨 짓을 해도 충격을 받지 않는다. 키쿠유족 중에서 지독한 가난뱅이나 괴짜만이 우리가 어떻게 해주는가에 따라 태도가 달라진다. 나머지는 키쿠유족의 본성과 전통에 따라 우리의 행동을 자연현상처럼 받아들인다. 그들은 우리를 평가하진 않지만 주의 깊게 관찰한다. 그 관찰의 결과로 우리는 좋은 이름을 얻기도 하고 나쁜 이름을 얻기도 한다.

유럽의 빈곤층도 이 점에서는 키쿠유족과 흡사하다. 그들은 사람들이 신을 사랑하는 방식으로 상대를 좋아하거나 존경한다. 그들은 상대가 자신에게 한 행동이 아니라 상대의 존재 그 자체를 보고 평가하는 것이다.

하루는 병원 안을 이리저리 돌아다니다가 새로 들어온 환자 셋을 보았다. 육중하고 숱이 많은 머리통을 가진 유난히 피부가 검은 성인 남자와 어린 청년 둘로 모두 목에 붕대를 감고 있었다. 그 병동의 잡역부 가운데 꼽추가 하나 있었는데 그는 환자들에 관한 재미난 이야기를 들려주는 걸 좋아하는 이야기꾼이기도 했다. 내가 새 환자들의 병상 근처에서 걸음을 멈추는 걸 보고 그가 다가와서 그들에 관한 이야기를 들려주었다.

그들은 케냐의 흑인 부대인 아프리카 근위 소총대 소속 군악대에 속해 있었다. 청년들은 북을 쳤고 남자는 뿔피리를 불었다. 뿔피리 연주자는 살아오면서 여러 차례 격렬한 싸움에 휘말렸으며 그러다 결국 실성하고 말았다. 그는 병영에서 마구 총질을 해대다가 탄창이 비자 골함석 지붕을 인 막사에 두 청년을 가두고 그들과 자신의 목을 베려고 했다. 꼽추 잡역부는 그들이 지난주에 피범벅이 되어 실려 오는 모습을 내가 보지 못한 것을 못내 아쉬워하며 만일 그때 그들을 보았더라면 죽은 줄 알았을 것이라고 말했다. 이제 그들은 고비를 넘긴 상태였고 살인자도 제정신이 돌아와 있었다.

이야기꾼이 이야기를 들려주는 동안 세 사람은 병상에 누운 채 열심히 듣고 있었다. 그러다 틀린 데가 있으면 끼어들어서 바로잡았고 말하기가 몹시 어려운 두 청년은 가운데 병상에 누운 남자에게 자신들의 진술이 옳음을 확인해 달라고 요청하기도 했다. 그들은 내게 최대한 효과적으로 이야기를 전달하는 데 그도 일조할 것임을 확신하고 있었다.

청년들은 그에게 이렇게 물었다. 「그때 입에 거품을 물지 않았어요? 소리를 지르지 않았어요? 우리를 메뚜기만 하게 난도질해 놓겠다고 말하지 않았어요?」

그러자 살인자는 슬픔에 찬 태도로 대답했다. 「그래, 그래.」

나는 이따금 사업상의 만남이나 해안에서 유럽 우편물을 싣고 오는 열차의 도착이 지연되는 바람에 나이로비에 반나절을 갇혀 있기도 했다. 그런 때 달리 할 일이 없으면 원주민 병원으로 차를 몰고 가서 회복기 환자 두어 명을 태우고 짧은 드라이브를 시켜 주곤 했다. 와냐게리가 입원해 있을 때 에드워드 노데이 총독이 런던 동물원으로 보낼 새끼 사자 두 마리를 우리에 가둬 총독 관저 마당에 놓아두었다. 병원 환자들에겐 그 사자들이 대단한 구경거리여서 모두들 그리로 데려다 달라고 했다. 나는 군악대 환자들에게 세 사람이 외출할 수 있을 정도로 회복되면 사자들에게 데려가 주겠다고 약속했고 그들은 셋이 다 같이 갈 수 있어야 가겠다고 했다. 뿔피리 연주자가 회복이 가장 느려서 그가 외출할 수 있을 정도로 회복되었을 때는 이미 청년 하나는 퇴원한 뒤였다. 그 청년은 사자 구경을 가기 위해 날마다 병원으로 찾아와 뿔피리 연주자의 상태를 물었다. 어느 날 오후 병원 밖에서 그 청년을 만났는데 그는 뿔피리 연주자가 아직도 끔찍한 두통에 시달린다며 그의 머릿속에 악마가 우글우글하니 당연한 일이라고 말했다.

마침내 세 사람이 함께 사자 우리 앞에 서서 정신없이 사자들을 들여다보았다. 새끼 사자 한 마리가 오랫동안 구경거리가 되는 데 화가 났는지 갑자기 일어나서 기지개를 켜며 짤막하게 포효했다. 그 소리에 구경꾼들은 기겁을 했고 제일 어린 청년은 뿔피리 연주자 뒤로 몸을 숨겼다. 차를 타고 돌아오는 길에 그 청년이 뿔피리 연주자에게 말했다.「사자가 그때 아저씨처럼 무서웠어요.」

와난게리가 입원해 있는 동안 농장에서 그의 문제는 보류 상태에 들어갔다. 와난게리의 가족들은 가끔 내게 와서 아이의 상태를 물었지만 와난게리의 남동생을 빼고는 모두 아이의 얼굴을 직접 보는 걸 두려워하는 듯했다. 카니누도 저녁 늦게 마치 정탐 나온 늙은 오소리처럼 슬그머니 찾아와 아이에 대해 물었다. 파라와 나는 우리끼리 가끔 그의 고통의 무게를 재보면서 그것을 양의 숫자로 계산했다.

두어 달 후 파라가 또 그 사건에 대한 새로운 소식을 전했다.

파라는 내가 저녁을 먹고 있을 때 들어와 식탁 끄트머리에 꼿꼿이 선 자세로 나의 무지를 일깨우는 소임을 다했다. 그는 영어와 프랑스어를 유창하게 구사했지만 몇 가지 실수를 고치지 못했다. 예를 들어 〈except〉를 써야 할 자리에 〈exactly〉를 써서 〈소들이 모두 집으로 돌아왔습니다. 회색 소만 빼고요〉 대신 〈소들이 모두 집으로 돌아왔습니다. 정확히 회색 소〉라고 말했다. 나는 그의 실수를 바로잡아 주는 대신 그에게 말할 때는 그와 똑같은 표현을 썼다. 그의 얼굴은 확신과 위엄에 차 있었지만 말을 애매하게 시작할 때가 많았다. 「멤사히브, 카베로 말입니다.」 그런 식이었다. 나는 다음 말이 이어지기를 기다렸다.

파라는 잠시 뜸을 들인 후 말했다. 「멤사히브, 카베로가 죽어서 하이에나 밥이 되었다고 생각하시지요. 그 아이는 죽지 않았습니다. 마사이족과 함께 살고 있습니다.」

나는 혼란스러운 마음으로 그걸 어떻게 알았는지 물었다. 「아, 다 알 수 있습니다. 카누누는 많은 딸을 마사이족에게 시집보냈습니다. 카베로는 자신을 도와줄 사람이 정확히 마사이족이라는 것을 알고[6] 누이의 남편에게 달려간 것이지요. 카베로가 큰 고생을 한 건 사실입니다. 하이에나들이 밑에서 지키고 서 있는 바람에 나무 위에서 밤을 보내야만 했으니까요. 지금 그 아이는 마사이족과 함께 살고 있습니다. 소가 1백 마리가 넘는 부자 노인이 있는데 자식이 없어서 카베로를 자식

---

[6] 〈마사이족밖에 없는 것을 알고〉가 바른 표현이지만 파라가 *except*와 *exactly*를 혼동하는 바람에 이런 표현이 된 것이다.

으로 삼았지요. 카니누도 그 모든 사실을 잘 알고 있고 그 마사이족과 그 얘기를 하러 여러 번 그곳으로 갔지요. 하지만 백인들이 알면 카베로가 나이로비로 끌려가 교수형을 당할까 봐 멤사히브께는 말씀드리지 못한 겁니다.」

파라는 늘 키쿠유족에 대해 거만한 태도로 말했다. 「마사이족 여자들이 애를 못 낳으니까 키쿠유족 애들이라도 데려다 키우고 싶어 하지요. 아이들을 훔쳐 가기도 하고요. 하지만 카베로는 나중에 크면 농장으로 돌아올 겁니다. 마사이족처럼 여기저기 돌아다니며 사는 건 싫어할 거예요. 키쿠유족은 게을러서 그렇게 못 삽니다.」

우리는 강 건너에 사는 멸종해 가는 마사이족의 비극적인 운명에 대한 이야기를 전해 들을 수 있었다. 그들은 싸움을 할 수 없게 된 전사들이요 발톱이 뽑힌 채 죽어 가는 사자들이며 거세된 부족이었다. 그들은 창을 빼앗겼고 크고 멋진 방패조차 빼앗겼으며 야생 동물 보호 구역에서 그들의 가축은 사자 먹잇감이 되었다. 나는 어린 황소 세 마리를 거세시켜 쟁기와 우마차를 끄는 온순한 소로 만든 뒤 공장 마당에 가두어 둔 적이 있었다. 그날 밤 하이에나들이 피 냄새를 맡고 찾아와 그 소들을 죽였다. 나는 그것이 바로 마사이족의 운명이라고 생각했다.

파라가 말했다. 「카니누의 부인은 오랫동안 아들을 만날 수 없게 되어 슬퍼하고 있지요.」

나는 파라가 해준 말을 덥석 믿을 수 없어서 카니누를 부르러 보내진 않았지만 그가 다음번에 찾아왔을 때 집 밖으로 나가서 그에게 물었다. 「카니누, 카베로가 살아 있나요? 마사이족과 함께 있어요?」 원주민은 우리가 어떤 행동을 보여도 허를 찔리는 법이 없다. 카니누는 내 말이 떨어지기가 무섭게 자식을 잃은 슬픔을 눈물로 호소했다. 나는 잠시 그 모습을 지켜보다가 말했다. 「카니누, 카베로를 이리로 데려와요. 교수형을 당하지 않게 해주겠어요. 농장에서 엄마 밑에서 커야지요.」 카니누는 내 말을 귀담아듣지 않고 계속 울었지만 〈교수형〉이라는 섬뜩한 단어는 귀에 들어갔는지 더욱 구슬피 곡을 하면서 카베로가 얼마나 장래가 촉망되는 자식이었는지, 아비로서 다른 자식들보다 얼마나 그 아이를 아꼈는지 주절주절 한탄했다.

카니누는 많은 자식과 손자를 두고 있었고 그의 마을이 내 집과 지척에 있어서 늘 그 아이들이 눈에 띄었다. 그중에서 아주 어린 손자가 하나 있었는데 마사이족 보호 구역으로 시집간 딸 중 하나가 낳은 아이로 그 딸은 아들을 데리고 친정으로 돌아와서 살고 있었다. 그 아이의 이름은 시룽가였다. 시룽가는 혼혈아라 그런지 기이할 정도로 활력이 넘쳤고 어찌나 창의적이고 변덕스러운지 사람이라기보다는 작은 불꽃이나 밤의 새, 혹은 농장의 꼬마 도깨비 같았다. 그러나 간질이 있어서 다른 아이들이 악마라고 부르며 무서워하고 놀이에도 끼워 주지 않아서 나는 그 아이를 내 집에서 살게 했다. 시룽가는 몸이 아파서 일은 못 했지만 어릿광대 역할을 톡톡히 해냈고 안달하는 작은 그림자처럼 내 뒤를 졸졸 따라다녔다. 카니누는 내가 그 아이를 예뻐하는 걸 알고 손자를 볼 때마다 할아버지다운 인자한 미소를 짓곤 했다. 그러던 그가 시룽가를 움켜잡더니 내게 들이대며 최대한 아이를 이용해 먹었다. 그는 카베로를 잃느니 시룽가를 열 번 표범의 먹이로 주는 게 낫다고 힘주어 주장하면서 이미 카베로를 잃은 마당이니 시룽가 따위는 어떻게 되어도 상관없다고 했다. 왜냐하면 카베로, 카베로야말로 눈에 넣어도 안 아픈 자식이며 생명과도 같은 존재니까.

만일 카베로가 정말 죽었다면 그것은 아들 압살롬의 죽음을 슬퍼하는 다윗의 모습이요 내가 끼어들 수 없는 비극이었다. 하지만 카베로가 마사이족과 함께 살고 있다면 그것은 비극 이상의 것이며 〈투쟁-도주 반응〉[7]이고 아이의 목숨을 지키기 위한 몸부림이었다.

나는 초원에서 가젤영양이 갓 태어난 새끼를 숨겨 놓은 곳으로 무심코 향했을 때 어미 가젤영양이 그런 행동을 하는 것을 본 적이 있다. 어미는 내 앞에서 껑충거리며 춤을 추거나 다리를 다쳐 뛰지 못하는 것처럼 절룩거렸는데 내가 새끼를 발견하지 못하도록 일부러 시선을 끄는 것이었다. 그러다 갑자기 말발굽 아래 납작 엎드려 있는 새끼가 눈에 띄곤 했다. 어미는 움직이지 못하는 새끼의 생명을 지키기 위해 혼신을 다해 춤을 춘 것이었다. 새도 마찬가지여서 새끼를 지키기 위해 요란하게 푸드덕거리거나 꾀를 내어 땅바닥에 날개를 질질 끌고 다니며 다친 흉내를 내곤 한다.

카니누는 내 앞에서 연극을 하고 있었다. 아들의 목숨을 살리기 위해 몸부림치는 그를 보고 있노라니 저 늙은 몸 어디서 저런 기운이 솟아나는 것인지 놀랍기만 했다. 그는 뼈가 삐걱거리도록 춤을 추었고 성(性)까지 바꾸어 늙은 여자, 암탉, 암사자의 모습을 하고 있었다. 그건 명백히 여성적인 행위였다. 그의 연극은 기괴하면서도 수컷 타조가 암컷과 교대로 알을 품는 것처럼 지극히 감동적이었다. 그 전략에 넘

[7] 위험과 맞서 싸우거나 도망치는 것을 목적으로 하는 반응.

어가지 않을 여자는 없었다.

나는 카니누에게 말했다. 「카니누, 카베로가 농장으로 돌아오고 싶어 한다면 그래도 돼요. 그 아이는 아무 화도 입지 않을 거예요. 하지만 그 아이가 돌아오면 당신이 직접 이리로 그 아이를 데려와야 해요.」 카니누는 조용해지더니 고개를 숙여 절을 한 다음 이 세상에 남은 마지막 친구를 잃기라도 한 양 슬픈 모습으로 떠났다.

하지만 카니누는 내 말을 잊지 않고 있다가 그대로 따랐다. 5년 후, 내가 그 사건에 대해 까마득히 잊고 있을 무렵 그가 파라를 통해 면담을 신청했다. 그는 우리 집 밖에서 한쪽 다리로 매우 근엄하게 서 있었지만 가슴 깊은 곳에는 불안감을 품고 있었다. 그가 상냥하게 말했다. 「카베로가 돌아왔습니다.」 나는 그때쯤엔 뜸을 들이는 기술을 터득했던지라 아무 대꾸도 하지 않았다. 노인은 내 침묵의 무게를 느끼고 다리를 바꾸며 눈꺼풀을 떨었다. 「제 아들 카베로가 농장으로 돌아왔습니다.」 그가 다시 말했다. 내가 물었다. 「마사이족 마을에서 돌아왔나요?」 내가 말을 한 것으로 화해가 이루어졌다고 생각한 카니누는 아직 미소를 짓진 않았지만 그의 얼굴에 패인 교활한 잔주름들이 미소의 대열을 갖추었다. 「예, 음사부, 그렇습니다. 마사이족 마을에서 돌아왔습니다. 음사부를 위해 일하려고 왔지요.」 그가 말했다. 그동안 정부에서 원주민은 모두 등록을 해야 하는 제도를 도입해서 카베로를 농장의 합법적인 거주자로 만들기 위해 나이로비에서 경찰을 불러와야 했다. 카니누와 나는 날짜를 정했다.

그날 카니누와 아들은 경찰이 도착하기 훨씬 전에 나타났다. 카니누는 쾌활한 태도로 내게 아들을 소개했지만 마음속으론 되찾은 아들에게 약간 겁을 먹고 있었다. 그도 그럴 것이 마사이족 보호 구역은 농장에서 어린 새끼 양을 데려다가 젊은 표범으로 키워 놓았던 것이다. 카베로의 몸속에는 마사이족의 피가 흐르고 있었던 듯했다. 마사이족의 생활 습관과 규율만으로는 그런 변신이 불가능했다. 카베로는 머리부터 발끝까지 마사이족이 되어 서 있었다.

마사이족 전사의 모습은 근사하다. 마사이족 청년들은 나름의 독특한 스타일을 지니고 있다. 그들은 대담하고 무척이나 별나 보이지만 굳건히 자신들의 본성에, 내재적인 이상에 충실하다. 그들의 스타일은 일부러 꾸민 것도, 외래의 모범을 흉내 낸 것도 아니고 내부에서 자라난 것이며 마사이라는 종족과 그 역사의 표현이다. 그들의 무기와 아름다운 복장은 수사슴의 뿔처럼 그들 존재의 일부이다.

카베로는 마사이 방식으로 머리를 길러 끈과 함께 두툼하게 땋아 내리고 이마에는 가죽 끈을 두르고 있었다. 자세도 영락없는 마사이족으로 턱을 쑥 내민 모습이 마치 무뚝뚝하고 오만한 얼굴을 쟁반에 받쳐 내미는 것 같았다. 카베로는 마사이족 전사의 딱딱하고 수동적이고 오만한 자세를 지니고 있어서 마치 동상처럼 그 자신은 보지 않고 남에게 보이는 존재, 관조의 대상으로 느껴졌다.

마사이족 전사 모라니는 우유와 피만 먹고 살며 그런 식생활 때문인지는 몰라도 피부가 비단결처럼 매끄럽다. 광대뼈와 턱뼈가 돌출된 얼굴은 주름 하나 없이 팽팽하며 뭘 보고 있는 것 같지 않은 흐릿한 눈은 모자이크에 정확하게 끼워 맞춘 두 개의 검은 돌처럼 박혀 있다. 마사이족 전사는 전체적으로 모자이크와 흡사하다. 목의 근육은 성난 코브라나 수컷 표범, 싸움소의 목처럼 불길하게 부풀어 있고 두툼한 목은 여자를 제외한 세상 전부에 선전 포고를 하는 듯한 호전성을 뚜렷이 나타낸다. 매끄러운 얼굴과 두툼한 목, 넓고 둥그스름한 어깨, 놀라울 정도로 가느다란 허리와 엉덩이, 마른 허벅지와 무릎, 길고 곧은 근육질의 다리가 이루는 극명한 대비 혹은 조화는 엄격한 훈련을 통해 강탈과 탐욕과 탐식의 절정에 이른 생물의 모습을 보는 듯하다.

마사이족은 가느다란 발을 똑바로 옮기며 뻣뻣하게 걷지만 팔과 손목, 그리고 손동작은 매우 유연하다. 마사이족 청년이 활을 쏠 때 당겼던 활시위를 놓으면 긴 손목의 힘줄이 화살과 함께 허공에서 울림소리를 내는 듯하다.

나이로비에서 온 경찰관은 영국에서 파견된 지 얼마 안 되는 젊은이로 열의가 넘쳤다. 그의 스와힐리어는 어찌나 유창한지 나와 카니누는 도통 알아들을 수가 없었으며, 이미 해묵은 사건이 된 오발 사고에 뜨거운 관심을 보이며 카니누를 추궁했고 카니누는 목상(木像)처럼 굳어 버렸다. 심문을 마친 경찰은 카니누가 터무니없는 착취를 당했다며 이 사건을 나이로비에서 다시 처리해야 한다고 말했다. 「그럼 당신과 내 삶을 몇 해씩이나 허비하게 될 거예요.」 내가 말했다. 경찰관은 정의의 집행을 위해서라면 그쯤은 얼마든지 감수할 수 있노라고 했다. 카니누가 나를 응시했는데 자신이 함정에 빠졌다고 생각하는 듯했다. 결국 그 사건은 이미 공소 시효가 지난 것으로 밝혀져 아무 일 없이 지나갔고 카베로는 농장에 정식으로 등록되었다.

하지만 이 모든 일은 세월이 한참 흐른 뒤에야 일어난 것이었다. 카베로는 5년 동안 농장에서는 죽은 존재로 마사이족과 함께 떠돌아 다녔으며 카니누는 많은 고초를 겪어야 했다. 사건이 종료되기 전에 그는 운명의 모진 채찍질에 만신창이가 되었다.

나는 그런 형편에 대해 잘 알지 못했다. 우선 그 일들이 은밀한 성격을 띠고 있기도 했고 당시 나에게도 여러 가지 일이 일어나 카니누의 운명은 농장의 소소한 사건들과 함께 내 땅에서 보일 때도 있고 안 보일 때도 있는 먼 킬리만자로 산처럼 내 마음속에서 아득한 배경으로만 존재했기 때문이기도 했다. 원주민들은 그러한 무관심의 기간을 마치 내가 그들과 보내는 삶에서 벗어나 다른 세계로 떠나기라도 했던 것처럼 순하게 받아들였으며 내가 떠나 있었던 때에 대해 훗날 이렇게 얘기했다. 〈음사부가 백인들과 있는 동안 큰 나무가 쓰러졌어요. 제 아이가 죽었어요.〉

와냔게리가 몸이 회복되어 퇴원하자 나는 그 아이를 농장으로 데려왔고 그 후 춤판이나 초원에서만 가끔 그 아이를 볼 수 있었다.

와냔게리가 퇴원하고 며칠이 지난 뒤에 와냔게리의 아버지 와이나이나가 자신의 어머니와 함께 우리 집으로 찾아왔다. 와이나이나는 마른 사람들만 있는 키쿠유족치고 드물게 작고 통통했다. 그는 빈약한 턱수염을 기르고 있었고 또 하나 특이한 점이라면 사람 얼굴을 똑바로 쳐다보지 못했다. 그는 혼자 있고 싶어 하는 정신적인 은둔자 같은 인상을 주었다. 그와 함께 온 어머니는 몹시 늙은 노파였다.

원주민 여인들은 머리털을 깨끗이 미는데 요상하게도 우리는 금세 거무스름한 나무 열매처럼 생긴 그 삭발한 둥근 머리통을 진정한 여성성의 상징으로 여기게 되며 짧은 머리털이 자라면 턱수염처럼 여성답지 못하다고 생각한다. 와이나이나의 어머니의 늙은 머리통에는 군데군데 흰 머리칼 뭉치가 있었고 그 모습이 마치 면도를 하지 않은 남자처럼 방종하고 뻔뻔스러운 인상을 풍겼다. 그녀는 지팡이에 몸을 의지한 채 아들에게 말하는 역할을 맡겼지만 아들이 말을 하고 있는 내내 그녀의 침묵에선 강한 불꽃이 튀었다. 그녀는 품위 없는 활력이 넘쳤지만 아들에겐 그 활력을 전혀 물려주지 않은 듯했다. 사실 그들은 마녀 모자였으며 나는 나중에야 그 사실을 알았다.

그들은 평화적인 용건으로 우리 집을 찾은 것이었다. 와이나이나는 아들이 옥수수를 씹지 못하며 자신은 가난해서 밀가루가 풍족하지 못하고 젖을 짤 소도 없다고 말했다. 그래서 와난게리에 대한 보상이 이루어질 때까지 내 소유의 소들에게서 짠 우유를 제공해 주었으면 좋겠다는 것이었다. 내가 도와주지 않으면 보상을 받을 때까지 아이를 먹여 살릴 도리가 없다고 했다. 마침 파라는 소말리족의 송사로 나이로비에 나가 있었고 나는 날마다 와난게리의 몫으로 우유를 한 병씩 주기로 약속하고 하인들에게 그렇게 하도록 일렀다. 그런데 하인들은 아침마다 와이나이나가 와서 우유를 가져가게 된 것을 이상하게도 불편해하는 기색이었다.

보름이나 3주쯤 지났을까, 어느 날 저녁에 카니누가 찾아왔다. 저녁을 먹고 난롯가에서 책을 읽고 있는데 그가 갑자기 나타났다. 원주민은 대개 집 밖에서 얘기하는 걸 좋아했기에 나는 그가 들어와서 문을 닫는 걸 보고 심상치 않은 사태를 예기했다. 첫 번째로 놀라운 사실은 그가 꿀 먹은 벙어리가 된 것이었다. 청산유수 같은 달변을 자랑하던 혀가 잘려 나가기라도 한 양 그는 입을 다물고 있었고 방 안에 침묵만이 감돌았다. 그 키 큰 노인은 위중한 병자처럼 보였다. 지팡이에 의지한 채 서 있는 그의 망토 속엔 몸뚱이가 들어 있는 것 같지 않았고 눈은 시체처럼 흐리멍덩했다. 그는 연신 혀로 메마른 입술을 적셨다.

이윽고 그가 침묵을 깨고 천천히, 음울하게 사태가 좋지 않다고 말했다. 그리고 조금 있다가 지나가는 말처럼 와이나이나에게 양 열 마리를 주었다고 덧붙였다. 그런데 와이나이나가 소와 송아지 한 마리씩을 더 요구해서 그렇게 할 작정이라고 말했다. 나는 아직 아무런 판결도 내려지지 않았는데 왜 그랬느냐고 물었다. 카니누는 대답하지 않았고 나를 보지도 않았다. 이 밤에 그는 바람처럼 떠도는 여행자요 순례자였다. 그는 그렇게 소식을 전하고 다시 떠나려고 했다. 나는 아무래도 그가 병이 난 것 같아서 잠시 침묵을 지키다가 내일 병원에 데려다 주마고 했다. 그러자 그는 고통스러운 눈길로 나를 흘깃 보았다. 그 늙은 조롱꾼은 자신이 지독한 조롱을 당하고 있다고 여기는 모양이었다. 그는 떠나기 전에 기이한 행동을 보였는데 마치 눈물을 닦듯 손을 얼굴에 올린 것이었다. 카니누에게 흘릴 눈물이 있다는 건 순례자의 지팡이에 꽃이 핀 것처럼 기이한 일이며 그가 그 눈물을 이용하지 않는 건 더욱 기이한 일이었다. 나는 다른 일로 바빠 원주민들에게 신경을 쓰지 못한 동안 무슨 일이 일어난 것인지 궁금했다. 카니누가 떠난 후 나는 파라를 불러서 물었다.

파라는 가끔 원주민들 문제에 대해 얘기하기를 꺼렸는데 자기가 입에 담거나 내가 들을 가치가 없다는 듯한 태도였다. 그리고 마지못해 말을 할 때는 늘 시선이 나를 지나쳐서 창밖의 별을 바라보곤 했다. 카니누를 비탄에 빠뜨린 건 와이나이나의 어머니로 마녀인 그녀가 카니누에게 마법을 걸었다는 것이었다.

「하지만 파라, 카니누는 현명한 노인인데 그런 마법을 믿을 리가 없지.」 내가 말했다.

「아닙니다. 아닙니다, 멤사히브. 그 키쿠유족 노파는 진짜로 마법을 거는 것 같습니다.」 파라가 천천히 말했다.

노파는 카니누에게 와이나이나의 요구대로 소들을 넘기지 않으면 후회하게 될 것이라고 말했다. 과연 카니누의 소들은 차례로 눈이 멀어 갔다. 시련 속에서 카니누의 심장은 서서히 무너져 내렸다. 옛날 점점 더 무거운 것에 짓눌리는 고문을 당해 뼈와 살이 으스러지던 사람들처럼.

파라는 우리는 걸릴 염려가 없지만 우리 소들의 목숨을 앗아 갈 수 있는 구제역에 대해 말할 때처럼 냉담하면서도 걱정스러운 말투로 키쿠유족의 마법에 대해 이야기했다.

나는 밤늦게까지 앉아서 키쿠유족의 마법에 대해 생각했다. 처음엔 그것이 오래된 무덤에서 나와 우리 집 유리창에 코를 눌러 찌부러뜨리고 있는 것처럼 흉측해 보였다. 저 아래 강가에서 하이에나들의 울부짖음이 들려왔고 노파들이 밤중에 하이에나로 변한다는 키쿠유족의 전설이 떠올랐다. 어쩌면 지금 와이나이나의 어머니는 밤공기 속에서 이빨을 드러내고 강가를 따라 총총히 걷고 있는지도 모른다. 이제 마법이 제법 친근하게 다가왔고 그럴듯하게 여겨졌다. 아프리카에는 밤에 많은 것들이 돌아다니니까.

나는 스와힐리어로 생각했다. 〈그 노파는 비열해. 마법을

써서 카니누의 소들을 눈멀게 해놓고 자기 손자를 먹여 살릴 우유는 내 소들에게서 짠 걸 가져가다니.〉

 나는 생각했다. 〈오발 사고와 그로 인한 사건들이 농장의 피 속으로 흘러들고 있고 그건 내 탓이야. 새로운 힘을 불러들여야만 해. 그러지 않으면 농장은 나쁜 꿈, 악몽 속으로 치달을 거야. 난 내가 무엇을 해야 하는지 알고 있어. 키난주이를 불러오는 거야.〉

# 키쿠유족 족장

거구의 족장 키난주이는 농장에서 북동쪽으로 14킬로미터 지점에 있는 프랑스 성당 근처의 키쿠유족 보호 구역에 거주하면서 10만 명이 넘는 키쿠유족을 다스렸다. 그는 기품과 교활함을 갖춘 노인으로 그의 진정한 위대함은 그가 세습 족장이 아니라 여러 해 전 이곳 키쿠유족의 합법적인 통치자와 사이가 틀어진 영국인들의 도움으로 족장의 자리에 오른 사람이라는 점에 있었다.

키난주이는 내 친구로 여러 차례 내게 도움을 주었다. 나도 말을 타고 몇 번 가본 적 있는 그의 마을은 다른 키쿠유족 마을과 마찬가지로 더럽고 파리 떼가 들끓었다. 하지만 그가 족장으로서 혼인의 기쁨을 몇 번이고 누렸기에 그의 마을은 내가 본 어떤 마을보다 컸다. 그곳은 이가 빠져 합죽이 입을 하고 목다리를 짚고 걷는 깡마른 노파들부터 날씬하고 보름달 같은 얼굴에 가젤영양의 눈을 지녔으며 팔과 긴 다리에 반짝이는 구리철사를 감은 젊은 여자들에 이르기까지 다양한 연령층의 그의 부인들로 활기가 넘쳤다. 그의 어린 자식들은 곳곳에 파리 떼처럼 모여 있었다. 그리고 청년이 된 아들들은 멋지게 장식한 머리를 꼿꼿이 들고 이리저리 돌아다니며 사고를 쳤다. 키난주이에게 직접 들은 말인데 그에겐 전사가 된 아들이 쉰다섯 명이나 된다고 했다.

  이따금 그 늙은 족장은 근사한 모피 망토를 두르고 머리가 허연 원로 두셋과 전사 아들 몇을 거느리고 친선 방문차, 혹은 정치적인 업무에서 벗어나 휴식을 취하기 위해 걸어서 우리 농장을 찾았다. 그는 내가 하인들을 시켜 잔디밭에 내다 놓은 테라스용 의자에 앉아 내가 대접한 담배를 피우며 오후를 보냈고 원로들과 경호원은 그를 둘러싸고 잔디밭에 쪼그려 앉아 있었다. 우리 집 하인들과 소작농들은 족장이 왔다는 소식이 들리면 우르르 몰려와서 농장에서 일어난 일들을 들려주어 그의 귀를 즐겁게 했으며 키 큰 나무 밑에 그렇게 모여 앉은 모습은 무슨 정치적 모임 같아 보였다. 그런 자리에서 키난주이는 독특한 버릇이 있었는데, 논의가 지나치게 길게 늘어진다 싶으면 뒤로 기대앉아 담뱃불을 끄지 않은 채 눈을 감고 천천히 심호흡을 하며 나지막하게 규칙적으로 코 고는 소리를 내는 것이었다. 그건 자는 시늉만 하는 것으로 부족 위원회 때 써먹는 방법인 듯했다. 나는 가끔 그와 이야기를 나누기 위해 의자를 들고 잔디밭으로 나갔는데 그런 때면 키난주이는 주위 사람을 모두 물려서 이제 진지한 통치자의 자세로 돌아갈 것임을 알렸다. 내가 그를 알게 된 무렵에 키난주이는 세월의 풍파에 시달려 한창때의 모습은 아니었다. 그러나 나와 단둘이 있는 자리에서 거리낌 없이 자신의 의견을 말할 때면 독창적이고 풍요롭고 대담하고 상상력 넘치는 정신을 엿볼 수 있었으며 인생에 대해서도 깊은 성찰에서 우러난 강한 견해를 지니고 있었다.

키난주이와 나의 우정을 돈독하게 만들어 준 사건이 하나 있었다.

어느 날 내륙으로 여행을 하던 중에 들른 친구와 함께 점심 식사를 하고 있는데 키난주이가 집으로 찾아왔고 나는 그 친구가 떠날 때까지 키난주이에게 시간을 내줄 수 없었다. 뜨거운 태양 아래 먼 길을 걸어온 키쿠유족 족장에게 마실 것을 대접해야 했는데 공교롭게도 집에 있는 술이 거의 동이 나서 한 가지만으로 잔을 채울 수가 없어서 나는 친구와 함께 독한 술들을 이것저것 다 섞어서 큰 잔을 가득 채웠다. 나는 술이 독할수록 키난주이가 기다리는 데 덜 지루해할 것이라 생각했고 내가 직접 잔을 가져다주었다. 키난주이는 잔잔한 미소를 머금고 입술을 적실 만큼만 술을 마신 뒤 내가 일찍이 받아 본 적이 없는 깊고 강렬한 눈길을 보내고는 고개를 뒤로 젖히고 단숨에 잔을 비웠다.

반시간쯤 지나서 친구가 차를 몰고 막 떠났을 때 하인들이 들어와서 말했다. 「키난주이께서 돌아가셨어요.」 그 순간 비극과 스캔들이 거대한 무덤의 그림자처럼 다가서는 듯했다. 나는 그를 보러 나갔다.

키난주이는 부엌의 그늘진 바닥에 누워 있었는데 얼굴엔 아무 표정이 없었고 입술과 손가락은 새파랗게 변했으며 몸이 시체처럼 차가웠다. 나는 코끼리를 쏘아 죽인 것 같은 기분이 들었다. 나름의 눈으로 세상을 보면서 땅 위를 걸어 다니던 거대하고 당당한 생물체가 내 행동으로 인해 더 이상 살아서 걸어 다닐 수 없게 된 것이다. 키쿠유족들이 그에게 물을 끼얹고 원숭이 가죽으로 만든 커다란 망토까지 벗겨 놓아서 그는 품위까지 잃은 상태였다. 벌거숭이가 된 그의 모습은 인간들이 가죽이나 뿔 같은 기념품을 취한 뒤 버린 동물의 시체처럼 보였다.

나는 파라를 시켜 의사를 불러오게 하려고 했지만 자동차 시동이 걸리질 않았고 키난주이의 수행원들이 조금만 더 기다려 보자고 애원했다.

한 시간쯤 지나서 무거운 마음으로 그들에게 나가 보려고 하고 있는데 하인들이 들어와서 전했다. 「키난주이께서 집으로 돌아가셨어요.」 그는 벌떡 일어나서 망토를 걸친 뒤 한마디 말도 남기지 않고 수행원들을 거느리고 14킬로미터 거리의 자기 마을로 떠난 것이었다.

키난주이는 그 사건에 대해 내가 그를 기쁘게 해주기 위해 위험을 무릅쓰고 모험을 한 것이라고 생각하는 듯했는데, 원주민에게 알코올을 주는 것이 금지되어 있었기 때문이다. 그 후로 키난주이는 다시 농장을 찾아 나와 함께 담배를 피웠지만 술에 대해선 아무런 언급도 하지 않았다. 그가 청했다면 다시 주었겠지만 나는 그가 술을 청하지 않을 것임을 알았다.

나는 편지를 써서 심부름꾼 편에 키난주이의 마을로 보냈다. 편지에 오발 사고에 대해 설명한 후 농장으로 와서 사건을 매듭지어 달라고 부탁했다. 카니누가 와이나이나에게 소와 송아지 한 마리씩을 주는 것으로 모든 걸 마무리하는 것이 좋겠다는 제안도 덧붙였다. 키난주이는 내가 도움을 청하면 기꺼이 달려와 줄 소중한 친구였기에 나는 그가 오기를 기다렸다.

한동안 잠잠했던 사건은 내 편지로 인해 소용돌이에 휘말렸고 극적인 결말에 이르렀다.

어느 날 오후 말을 타고 나갔다가 집으로 돌아오는데 자동차 한 대가 무서운 속도로 달려와 거의 한쪽이 들리다시피 하면서 진입로를 돌았다. 니켈 도금이 많이 된 주홍색 차였다. 나는 그 차가 나이로비 주재 미국 영사의 소유임을 알았고 그가 무슨 긴급한 용무가 있기에 저토록 황급히 달려온 것일까 생각했다. 그런데 집 뒤에서 말에서 내리는 나를 보고 나온 파라가 키난주이 족장이 왔다고 알렸다. 키난주이는 어제 미국 영사에게서 구입한 차를 타고 왔으며 그 차에 타고 있는 모습을 내게 보이기 전까지는 내리지 않으려고 한다는 것이었다.

키난주이는 인형처럼 미동도 않고 차 안에 꼿꼿이 앉아 있었다. 푸른 원숭이 가죽 망토를 두르고 머리에는 양의 위장으로 만든 빵모자처럼 생긴 모자를 쓰고 있었다. 거구이면서도 군살이라곤 찾아볼 수 없는 그의 모습은 언제 보아도 인상적이었다. 뼈만 앙상한 길쭉한 얼굴에는 당당함이 넘쳤고 비스듬한 이마는 아메리카 인디언을 연상시켰다. 굉장히 다채로운 표정을 빚어내는 넓적한 코는 그의 중심점인 듯, 그의 위풍당당한 몸 전체가 오로지 그 넓적한 코를 달고 다니기 위해 존재하는 듯 보였다. 그것은 코끼리 코처럼 대담하고 호기심이 많은 동시에 극도로 예민하고 신중했으며 매우 공격적인 동시에 방어적이기도 했다. 키난주이를 닮은 코끼리라면 지나치게 영리해 보이는 점만 빼면 얼굴이 고결함 그 자체일 터였다.

키난주이는 내가 차에 대한 찬사를 늘어놓는 동안 입을 열지도, 움츠리지도 않고 내게 메달 속 초상처럼 옆얼굴만을 보이기 위해 앞만 똑바로 쳐다보고 있었다. 내가 차 앞쪽으로 걸어가자 키난주이는 제왕처럼 당당한 옆얼굴이 나를 향하도록 고개를 돌렸다. 어쩌면 그 순간 그는 루피 동전 속 왕의 얼굴을 염두에 두고 있었는지도 모른다. 그의 아들 중 하나가 운전기사 노릇을 하고 있었고 차는 펄펄 끓는 용광로처럼 뜨거웠다. 나는 형식적인 찬사를 마친 뒤 키난주이에게 차에서 내릴 것을 권했다. 키난주이는 위엄 있는 동작으로 커다란 망토를 추스르며 차에서 내렸고 그 한 동작으로 2천 년 세월을 거슬러 올라가 키쿠유족의 정의 속으로 들어섰다.

우리 집 서쪽 벽에는 돌로 된 의자가 있었고 그 앞에는 방앗돌을 떼어다가 만든 테이블이 있었다. 이 방앗돌은 비극적인 사연을 지니고 있었으니 살해된 두 인도인의 방앗간에서 쓰던 방앗돌 상판이었던 것이다. 살인 사건이 일어난 뒤 아무도 방앗간을 맡으려 하지 않아서 그 방앗간은 오랫동안 텅 빈 채로 침묵을 지켰으며 나는 방앗돌을 가져와 테이블 상판으로 쓰면서 덴마크를 추억했다. 인도인 방아꾼들이 해준 말로는 아프리카의 돌은 물러서 방앗돌로 쓸 수 없어서 바다 건너 봄베이에서 돌을 가져왔다고 했다. 방앗돌 윗면에는 무늬가 새겨져 있었고 바로 거기에 커다란 갈색 반점이 몇 개 있었는데 하인들은 그것이 죽은 인도인들의 핏자국이며 절대 지워지지 않을 것이라고 말했다. 나는 그 방앗돌 테이블에서 원주민들과 거래를 했기에 그 테이블은 농장의 중심지라고도 할 수 있었다. 나는 새해 첫날 데니스 핀치해턴과 함께 방앗돌 테이블 뒤의 돌 의자에 앉아 초승달과 금성과 목성이 가까이 모여 있는 광경을 본 적이 있는데 현실이라고 믿기 어려울 정도로 눈부신 광경이었고 이후 다시는 보지 못했다.

나는 그곳에 자리를 잡고 키난주이를 내 왼쪽 벤치에 앉게 했다. 파라가 내 오른쪽에 버티고 서서 집 주위에 모여 있는, 그리고 키난주이가 왔다는 소식이 농장에 퍼지면서 속속 모여들고 있는 키쿠유족을 감시했다.

원주민에 대한 파라의 태도는 주목할 만했다. 그것은 마사이족 전사들의 복장이나 표정과 마찬가지로 하루 이틀에 생긴 게 아니라 수 세기 역사의 산물이었다. 그것을 만든 세력들은 거대한 석조 건물들도 지어 놓았지만 그 건물들은 이미 오래전에 먼지가 되어 사라졌다.

처음 케냐에 도착하여 몸바사 항구에 내리면 지상의 식물이라기보다는 거대한 오징어처럼 보이는 다공성 화석 벨렘나이트 같은 늙은 연회색 바오밥나무들 사이로 집과 첨탑과 우물의 폐허인 잿빛 돌무더기를 볼 수 있다. 그런 폐허들은 해안을 따라 타카웅가, 칼리피, 라무까지 이어져 있다. 그것들은 옛날에 상아와 노예를 거래했던 아랍 상인들이 세운 도시들의 자취다.

아랍 무역선인 다우선(船)들은 아프리카의 안전한 뱃길을 모두 꿰뚫고 있었으며 푸른 바닷길을 달려 무역의 중심지 잔지바르 항구로 갔다. 알라딘이 술탄에게 흑인 노예 4백 명과 보석을 보냈을 때, 그리고 술탄이 사냥 나간 사이 흑인 노예와 즐긴 왕비가 죽음을 맞는 사건이 발생했을 때에도 잔지바르는 그들에게 친근한 이름이었다.

아랍의 거상들은 부유해지자 여자들을 몸바사와 칼리피로 데려와 흰 파도가 길게 부서지고 불타는 듯 흐드러지게 꽃을 피운 나무들이 멋진 풍광을 이루는 바닷가 별장에서 편안하게 살면서 고원 지대로 원정대를 파견했을 것이다.

뜨거운 태양 아래 시든 건조한 초원 지대가 끝도 없이 펼쳐진 그 척박한 야생의 땅에, 강을 따라 넓게 가지를 뻗은 가시나무들이 서 있고 검은 흙에서는 작지만 향이 짙은 야생화들이 피어나는 그곳에 그들의 돈벌이가 있었던 것이다. 그곳 아프리카의 지붕에 상아를 지닌 육중하고 현명하고 당당한 동물이 어슬렁거리며 돌아다녔다. 그 동물은 깊은 생각에 빠져 있었고 혼자 있고 싶어 했다. 하지만 작고 날쌘 완데로보족의 독화살이, 아랍인의 은장식이 있는 기다란 전장식 총이, 덫이 그 동물을 노리고 있었다. 잔지바르에서 그 동물의 길고 매끄러운 연갈색 엄니를 기다리는 사람들이 있었기 때문이다.

그곳에는 또한 숲의 한 귀퉁이를 개간하여 고구마와 옥수수를 심어 먹고사는 평화를 사랑하는 수줍은 사람들이 있었는데 싸움에도, 발명에도 능하지 못한 그들은 자기들끼리 조용히 살고 싶어 했다. 하지만 그들 역시 상아와 더불어 시장에서 수요가 많은 상품이었다.

그리하여 그곳에는 크고 작은 맹금류가 모여들었다.

> 사람의 살을 먹는 온갖 음산한 새들이 모여드네……
> 어떤 새들은 대머리를 하고 있네.
> 어떤 새들은 교수대 위에 앉아 담황색 부리를 닦고
> 또 어떤 새들은 부러진 돛대 위를 떠나네……[8]
> *Tous les tristes oiseaux mangeurs de chair humaine……*
> *S'assemblent. Et les uns laissant un crâne chauve,*

8 빅토르 위고의 시 「여러 세기의 전설」 중에서 인용.

*Les autres aux gibets essuyant leur bec fauve,*
*D'autres, d'un mât rompu quittant les noirs agrès……*

 죽음을 우습게 여기며, 일하는 시간이 아닌 때에는 천문학과 대수학, 여자를 즐기는 냉혹하고 관능적인 아랍인들이 왔다. 또한 그들의 서출 형제들인 성질 급하고 싸움 잘하고 금욕적이며 탐욕스러운 소말리족도 왔는데 소말리족은 서출이라는 신분을 만회하기 위해 적출들보다 더 열성적으로 마호메트의 가르침을 따르는 독실한 무슬림이었다. 스와힐리족도 함께 왔는데 노예근성을 지닌 그들은 잔인하고 음란하고 도둑질 잘하고 농담 잘하고 나이가 들면서 몸에 살이 붙었다.

 그들은 내륙에서 고원 지대의 원주민 맹금을 만났다. 마사이족이 창과 무거운 방패를 들고, 형제들을 팔아먹는 이방인들에 대한 불신에 차서, 길고 가느다란 검은 그림자처럼 조용히 다가왔다.

 서로 종류가 다른 그 새들은 그곳에 모여 앉아 대화를 나누었음에 틀림없다. 파라가 해준 말로는, 옛날에 소말리랜드에서 여자들을 데려오기 전에 소말리족 청년들은 아프리카의 부족 중에서 오직 마사이족의 딸들하고만 혼인을 했다는 것이다. 그건 여러 가지 면에서 이상한 결합이었다. 소말리족은 종교적인 데 반해 마사이족에겐 종교 자체가 없으며 현세의 삶 이외의 것에 아무런 관심도 없다. 소말리족은 깔끔하며 목욕과 위생에 무척 신경을 쓰는 데 반해 마사이족은 지저분하다. 또한 소말리족은 신부의 처녀성을 매우 중요시하는 데 반해 마사이족 처녀들은 몸가짐이 헤프다. 언젠가 파라가 이러한 의문에 대한 설명을 해준 적이 있다. 그의 말로는 마사이족은 노예가 된 적이 한 번도 없다고 했다. 그들은 노예로 만들 수 없으며 감옥에 가둘 수도 없다. 그들은 감옥에 가두면 석 달 안에 죽기 때문에 아프리카 식민지의 영국 법은 마사이족에겐 투옥 대신 벌금형을 내린다. 마사이족은 속박 아래서는 살 수 없는 기질 덕분에 원주민 중에서 유일하게 이주민 귀족과 어깨를 나란히 할 수 있었다.

모든 맹금이 이 땅의 순한 설치동물들에게 눈독을 들이고 있었다. 이곳에서 소말리족은 나름의 위치를 점하고 있었다. 소말리족은 독자적으로 살아가는 능력이 부족하며 매우 흥분을 잘해서 어디서 살든 그들끼리만 남겨지면 부족의 도덕 체계를 두고 싸움을 벌이느라 시간을 낭비하고 피를 흘린다. 하지만 이인자 노릇은 잘해 내며 아마도 아랍 자본가들은 몸바사에 머물고 있는 자신들 대신 모험적인 사업과 까다로운 수송을 감독할 책임자로 소말리족을 부렸을 것이다. 그리하여 소말리족과 원주민의 관계는 양치기 개와 양의 관계 비슷한 것이 되었다. 소말리족은 날카로운 이빨을 드러낸 채 지칠 줄 모르고 원주민을 감시했다. 해안에 이르기 전에 양들이 죽지는 않을까? 도망치진 않을까? 소말리족은 돈과 가치를 매우 중요하게 여겨서 책임을 다하기 위해서라면 식사와 잠까지 포기할 수 있었고 뼈와 가죽만 남은 몸으로 원정에서 돌아왔을 터였다.

소말리족의 피 속에는 아직도 그런 습성이 남아 있다. 농장에 스페인 독감이 돌았을 때 파라는 자신도 독감에 걸려 고열과 오한에 시달리면서도 나를 따라다니며 소작농들에게 약을 가져다주고 억지로 먹였다. 그는 파라핀이 그 병의 예방에 아주 좋다는 애기를 듣고 파라핀을 사 오기도 했다. 당시 우리와 함께 살던 그의 어린 동생 압둘라이가 독감이 무척 심해서 파라는 동생을 이만저만 걱정한 게 아니었다. 하지만 그건 어디까지나 사적인 감정이요 사소한 문제였다. 농장 일에는 의무와 빵, 평판이 걸려 있었고 양치기 개는 죽어 가면서도 일에 매달렸다. 파라는 원주민들 사이에서 일어나는 일을 훤히 꿰고 있었는데 키쿠유족과는 거물들 말고는 어울리지 않는 그가 어디서 그런 정보를 얻는지는 알 수 없는 노릇이었다.

한편 양들은, 그 참을성 있는 종족들은 이빨도, 발톱도, 힘도, 지상의 보호자도 없이 과거에나 지금이나 체념이라는 대단한 재능으로 운명을 견뎠다. 그들은 마사이족처럼 속박을 받으면 죽지도 않았고 소말리족처럼 모욕이나 사기나 멸시를 당했다고 느낄 때 성내며 운명에 대항하지도 않았다. 그들은 외국에 노예로 팔려가서도 신과 친구가 되었다. 그리고 자신들을 박해하는 자들과의 관계에서도 독특한 자기감정을 유지했다. 그들은 자신들을 괴롭히는 사람들의 명성과 재산이 자신들에게 달려 있음을, 자신들이 사냥과 상업의 중심에 있음을, 바로 자신들이 상품임을 알고 있었다. 피와 눈물의 긴 행로 위에서 양들은 어둡고 우둔한 마음 깊은 곳에 스스로 만든 얄팍한 철학을 품고 있었고 양치기나 개를 대단하게 여기지 않았다. 〈당신들은 밤이고 낮이고 쉴 틈이 없지. 뜨거운 혀를 내밀고 헐떡거리며 뛰어다니고 밤에도 잠을 못 자서 낮이면 눈이 뻑뻑하고 쓰라리지. 우리 때문에. 당신들은 우리 때문에 여기 있지. 당신들은 우리를 위해 존재하지만 우리는 당신들을 위해 존재하는 게 아니지.〉 그들의 생각이었다.

쉬고 있는 양치기 개를 일어나 달리게 하기 위해 새끼 양이 그 앞에서 공연히 깡충거리는 것처럼 농장의 키쿠유족도 이따금 파라에게 건방진 태도를 보였다.

파라와 키난주이, 양치기 개와 늙은 숫양이 한자리에 있었다. 파라는 빨간색과 파란색으로 이루어진 터번에 아랍식 실크 정장과 자수 장식이 놓인 검정색 조끼 차림을 하고 세계 어디에서나 볼 수 있는 사려 깊고 예의 바른 모습으로 꼿꼿이 서 있었다. 반면 어깨에 원숭이 가죽만 달랑 걸친 반 벌거숭이로 돌 의자에 드러눕다시피 앉아 있는 키난주이는 늙은 원주민이요 아프리카 고원 지대의 흙 한 덩어리였다. 그들은 서로를 정중히 대했으나 직접 상대할 일이 없을 때는 모종의 의례에 따라 서로 못 본 체했다.

1백여 년의 세월을 거슬러 올라가 두 사람이 머리를 맞대고 앉아 키난주이가 부족 내에서 제거하기를 원하는 탐탁지 않은 키쿠유족을 골라 노예로 정하는 광경을 상상하기는 어렵지 않았다. 파라는 그 와중에도 마음속으로는 군침 도는 사냥감인 늙은 족장을 덮쳐 노예 무리에 끼워 넣을 궁리를 할 터였다. 한편 키난주이는 파라의 생각을 예리하게 간파해내며 겁에 질린 무거운 마음으로 그 상황을 견뎌 낼 터였다. 바로 그 자신이 거래의 중심인 상품이니까.

오발 사고를 마무리 짓기 위한 대규모 회의는 평화로운 분위기에서 시작되었다. 농장의 키쿠유족은 키난주이를 보고 모두 반색을 했다. 원로 소작인들은 자리에서 일어나 키난주이에게 다가가 몇 마디 인사를 나눈 뒤 잔디밭 위의 자리로 돌아가 앉았다. 바깥쪽 줄에 앉아 있던 노파 두어 명이 내게 큰 소리로 인사를 건넸다. 「잠보 제리에!」 제리에는 키쿠유식

이름이다. 농장의 노파들은 나를 그렇게 불렀고 어린아이들도 그 호칭을 썼지만 젊은 사람들과 남자들은 절대 나를 제리에라고 부르지 않았다. 카니누는 대식구에게 둘러싸여 있었는데 마치 생명을 얻은 허수아비 같은 모습이었고 주의 깊으면서도 이글거리는 눈으로 회의를 지켜보았다. 와이나이나와 그의 모친도 참석해서 다른 사람들과 조금 떨어진 곳에 앉아 있었다.

나는 설득력 있는 말투로 천천히 좌중에게 다음과 같이 알렸다. 카니누와 와이나이나의 문제는 결말이 났으며 그 내용을 종이에 적었다. 키난주이는 증인이 되어 주기 위해 건너온 것이다. 카니누는 와이나이나에게 암소 한 마리와 그 새끼 암송아지를 줄 것이며 그것으로 사건은 종결되어야 한다. 그 사건으로 인해 모두 고통을 겪을 만큼 겪었다.

나는 카니누와 와이나이나에게 사전에 결정 내용을 알리고 카니누에게 소와 송아지를 준비하도록 일렀다. 와이나이나는 땅속 동물의 습성을 지니고 있어서 낮에는 땅 위로 올라온 두더지처럼 맥을 못 추었다.

나는 계약서 내용을 낭독한 후 카니누에게 소를 데려오라고 말했다. 카니누는 자리에서 일어나 하인 오두막들 뒤편에서 소와 송아지를 데리고 있는 두 아들을 향해 여러 번 양팔을 올렸다 내리며 오라는 신호를 보냈다. 둥글게 모여 앉은 사람들이 길을 터주었고 소와 송아지가 천천히 가운데로 끌려 들어왔다.

그 순간 갑자기 천둥 번개와 함께 폭우가 쏟아지기라도 하듯 회의장 분위기가 돌변했다.

이 세상에서 송아지를 거느린 소만큼 키쿠유족의 뜨거운

관심을 끌 수 있는 건 존재하지 않는다. 유혈 참사도, 마법도, 성적인 사랑도, 백인들 세계의 그 어떤 경이도 가축에 대한 그들의 펄펄 끓는 용광로 같은 열정 앞에서는 빛을 잃으며 그들의 그런 열정에서는 부싯돌을 그어 일으킨 불처럼 석기 시대 냄새가 풍긴다.

와이나이나의 어머니가 긴 울부짖음을 토해 내며 비쩍 마른 팔을 들어 소를 가리키며 흔들어 댔다. 와이나이나도 어머니와 합세하여 마치 외부의 존재가 그의 입을 빌려 말하는 것처럼 더듬거리며 요란하게 떠들었다. 그는 카니누가 제일 늙어빠진 소를 골라서 데려왔다며 그 소를 받지 않겠다고 선언했다. 함께 온 송아지는 그 소가 제일 마지막으로 낳은 새끼가 분명하다는 것이었다.

그러자 카니누 가족이 일제히 고함을 질러 와이나이나가 격하게 띄엄띄엄 늘어놓는 소에 대한 평가를 중단시켰는데 그들의 그런 모습에서 쓰디쓴 괴로움과 죽음에 대한 경멸이 느껴졌다.

농장 사람들은 소와 송아지 얘기만 나오면 입이 근질거려 가만히 있지 못했다. 그 자리에 참석한 모든 이들이 의견을 말했다. 남자 노인들은 서로의 팔을 붙잡고 천식 환자의 밭은 숨소리를 뱉어 내며 소를 칭찬하거나 비난했다. 그들의 여인네들의 날카로운 목소리가 맞장구를 치며 마치 돌림노래처럼 이어졌다. 청년들은 굵직한 목소리로 신랄한 말들을 했다. 그리하여 2, 3분 안에 우리 집 잔디밭은 마녀의 가마솥처럼 요란하게 들끓기 시작했다.

나는 파라에게 시선을 돌렸고 파라는 꿈꾸는 듯한 눈으로 나를 마주 보았다. 나는 그가 칼집에서 반쯤은 나온 칼이며 금세라도 번득이며 싸움판을 휘젓고 다닐 준비가 되어 있음을 알아차렸다. 소말리족 역시 가축을 치고 거래하는 사람들이니까. 카니누는 물에 빠져 허우적거리다가 마침내 물살에 휩쓸려 가는 듯한 애절한 눈길로 나를 바라보았다. 나는 소를 자세히 보았다. 뿔이 심하게 굽은 그 회색 암소는 자신이 일으킨 태풍 한가운데에서 참을성 있게 서 있었다. 모든 사람들의 손가락이 자신을 향하고 있음을 아는지 모르는지 암소는 송아지를 핥아 주기 시작했다. 내가 보기에도 늙은 것 같긴 했다.

마침내 나는 다시 키난주이에게 시선을 돌렸다. 나는 그가 소를 보기나 했는지조차 알 수 없었다. 내가 보고 있는 동안에 그는 미동도 하지 않았다. 그는 그곳에서 벌어지고 있는 사태에 대해 알지도, 느끼지도 못하는 짐짝처럼 꼼짝도 않고 앉아 있었다. 그는 흥분해서 소리를 질러 대는 군중에게 옆얼굴을 보이고 있었는데 나는 그의 옆얼굴이 진정한 왕의 얼굴임을 깨달았다. 그런 자세로 스스로 무생물로 변신하는 건 원주민의 재능이었다. 키난주이가 어떤 말이나 행동을 보였더라면 오히려 격정으로 흥분한 군중에게 기름을 붓는 격이 되었을 것이며 조용히 앉아 있는 것만큼 그들을 진정시키는 효과를 거두지 못했을 터였다. 그건 아무나 가진 능력이 아니었다.

조금씩 격정이 사그라졌고 사람들은 소리를 지르는 대신 평소 말투로 얘기하기 시작했으며 종내는 차례로 입을 다물었다. 와이나이나의 어머니는 아무도 자신을 보고 있지 않다는 생각이 들자 지팡이를 짚고 슬그머니 소에게 다가가 자세히 살펴보았다. 파라도 쓴웃음을 지으며 다시 문명 속으로 돌아왔다.

소요가 가라앉자 우리는 당사자들을 방앗돌 테이블로 불러 엄지손가락에 검은 윤활유를 묻혀 계약서에 지장을 찍게 했다. 와이나이나는 울며 겨자 먹기로 마지못해 응했고 종이에 엄지손가락을 누를 때는 종이가 불타고 있기라도 한 양 낑낑거렸다. 계약서 내용은 이러했다.

와이나이나 와 베무와 카니누 와 무투레는 9월 26일자로 은공에서 다음과 같이 합의한다. 키난주이 족장이 증인으로 참관한다.

카니누는 와이나이나에게 암소와 그 새끼 암송아지를 한 마리씩 배상한다. 이 암소와 암송아지는 작년 12월 19일 카니누의 아들 카베로가 실수로 쏜 총에 맞은 와이나이나의 아들 와냔게리에게 주는 것이다. 암소와 암송아지는 와냔게리의 소유가 된다.

암소와 암송아지를 배상하는 것으로 이 사건은 완전히 종결된다. 오늘 이후 누구도 이 사건을 입에 올려선 안 된다.

은공, 9월 26일.

와이나이나의 지장.
카니누의 지장.

본인은 이 자리에 참석하여 계약서 내용의 낭독을 들었음.
키난주이 족장의 지장.

암소와 그 새끼 암송아지가 와이나이나에게 인도되는 것을 지켜보았음.

블릭센 남작부인.

# 3
# 농장을 찾은 손님들

*Post res perditas*

(모든 것을 잃은 뒤)

# 춤판

 농장에는 손님들이 많이 찾아왔다. 개척지에서는 손님맞이가 여행자뿐 아니라 정착민에게도 삶의 필수적인 요소다. 손님은 한적한 곳에서 외롭게 살아가는 이주민들의 허기진 마음을 채워 주는 양식이라고 할 수 있는 좋고 나쁜 소식들을 전하는 친구이기 때문이다. 그리하여 집에 찾아오는 진정한 친구는 천사의 양식 *panis angelorum*을 들고 오는 천사가 된다.

 데니스 핀치해턴은 긴 탐험 여행에서 돌아올 때면 말에 굶주려 있었고 나 또한 농장에서 말에 굶주려 있었기에 둘이 식탁에 마주 앉아 새벽이 밝아 올 때까지 우리가 생각해 낼 수 있는 모든 것에 대해 실컷 웃고 떠들었다. 백인들은 오랜 기간 원주민들과 부대끼며 살다 보면 속마음을 감추고 위장할 이유도, 기회도 없기에 솔직하게 말하는 습관이 생기며 백인끼리 만나도 원주민 말투로 이야기하게 된다. 우리는 그때 언덕 지대 아랫마을에 사는 마사이족이 밤하늘의 별처럼 불이 환히 밝혀진 우리 집을, 옛날 성 프란체스코와 성 키아라가 종교적 환담을 나누고 있는 집을 바라보던 움브리아의 농부들의 시선으로 보고 있으리라 생각했다.

농장에서 열리는 가장 대대적인 사교 행사는 원주민의 춤잔치 〈은고마〉였다. 은고마가 열리면 손님이 1천5백 명에서 2천 명 정도 찾아왔다. 하지만 우리 집에서 손님들에게 하는 대접은 약소했다. 춤추는 전사들과 처녀들의 어머니인 대머리 노파들에게는 코담배를, 어린아이들에게는 카만테가 나무 숟가락으로 설탕을 떠서 나누어 주었을 뿐이며 나는 가끔 판무관에게 소작농들이 독한 사탕수수 술 〈템푸〉를 빚을 수 있도록 허가해 달라고 요청하기도 했다. 그러나 축제의 영광과 화려함은 진정한 공연자들인 저 지칠 줄 모르는 젊은 춤꾼들에게서 나왔다. 그들은 외부의 영향을 받지 않았으며 자신들 안의 달콤함과 불꽃에만 집중했다. 그들이 외부 세계에 요구하는 건 단 하나, 춤을 출 수 있는 평평한 공간이었다. 나는 그런 공간을 제공할 수 있었는데 나무 그늘이 있는 넓은 잔디밭도 있었고 숲 속 네모진 빈터의 하인 오두막들 사이의 공간도 평평했기 때문이다. 그런 이유로 이 지역 젊은이들은 우리 농장을 높이 평가했으며 내게 초대받는 걸 무척 기쁘게 여겼다.

은고마는 낮에도, 밤에도 열렸다. 낮의 은고마에는 구경꾼들이 춤꾼만큼 많아서 넓은 공간이 필요했기에 잔디밭에서 춤판이 벌어졌다. 대부분의 은고마에서 춤꾼들은 하나의 커다란 원형이나 여러 개의 작은 원형으로 대형을 이루고 서서 고개를 뒤로 젖히고 계속 껑충껑충 뛰거나 리듬에 맞춰 발을 구르며 한 발로 앞으로 나갔다 다른 발로 뒤로 물러섰다 하거나 원 가운데를 보면서 옆걸음으로 천천히, 엄숙하게 걸었으며 뛰어난 춤꾼들은 대열을 이탈하여 원 가운데에서 껑충

껑충 뛰며 춤을 추었다. 낮의 은고마는 잔디밭에 불에 탄 자리 같은 크고 작은 갈색 동그라미 모양의 흔적을 남겼는데, 춤꾼들의 발에 짓밟혀 생긴 그 마법의 동그라미들은 쉽게 사라지지 않았다.

낮에 열리는 대규모 은고마는 단순한 춤판이라기보다는 축제에 가까웠다. 구경꾼들이 춤꾼들을 따라 구름 떼처럼 몰려와 나무 그늘 아래 자리 잡았다. 은고마가 열린다는 소문이 멀리까지 퍼지면 나이로비의 몸 파는 여자들까지 ― 스와힐리어로는 매춘부가 〈말라야〉라는 예쁜 단어다 ― 큼직한 무늬가 찍힌 화사한 사라사 천을 몸에 감고 노새가 끄는 이륜마차를 타고 화려하게 도착했고 그들이 잔디밭에 앉아 있는 모습은 마치 커다란 꽃송이 같았다. 전통 복장인 무두질한 가죽 치마와 망토를 입은 순박한 농장 처녀들이 그들과 가까이에 앉아 그들의 옷과 거동을 대놓고 품평했지만, 도시 미인들은 흑단 나무로 만든 유리 눈을 한 인형처럼 조용히 입을 다문 채 다리를 꼬고 앉아 작은 담배만 피우고 있었다. 한편 아이들은 춤에 매료되어 저희끼리 잔디밭 가장자리에 둥그렇게 서서 어른들을 흉내 내어 열심히 껑충거렸다.

키쿠유족은 은고마에 갈 때 옅은 붉은색 분필 가루 같은 걸 온몸에 발랐는데 그 가루는 찾는 사람이 많아서 사고파는 상품이 되었으며 그 가루를 바른 그들의 모습은 이상한 〈금발 백인〉처럼 보였다. 그 색은 동물의 세계에도, 식물의 세계에도 속하지 않았고 그 색을 바른 춤꾼들은 돌에 새긴 조각상처럼 화석화된 듯했다. 구슬로 장식된 기품 있는 가죽옷 차림의 여자 춤꾼들은 몸은 물론 옷에도 흙을 발라서 마치 솜씨 좋은 예술가가 주름 하나하나까지 섬세하게 표현해 놓은 옷 입은 조각상들처럼 보였다. 남자 춤꾼들은 벌거숭이였지만 머리에 무척이나 공을 들여 갈기 모양으로 늘어뜨리거나 땋은 머리에 분필 가루를 잔뜩 바르고 석회석 같은 머리를 빳빳이 들고 다녔다. 내가 아프리카를 떠나기 몇 해 전에 정부에서 그들이 머리에 분필 가루를 바르는 걸 금지했다. 은고마의 남녀 춤꾼들의 복장은 다이아몬드나 그 어떤 화려한 장신구보다 축제 분위기를 잘 나타냈다. 멀리서 붉은 분필 가루를 바른 키쿠유족 무리가 걸어오는 광경만 봐도 주위에 온통 축제 분위기가 넘치는 걸 느낄 수 있었다.

낮의 야외 춤판은 경계가 없다는 것이 문제다. 무대가 지나치게 큰 것이다. 도대체 어디가 시작이고 어디가 끝이란 말인가! 뒤통수에 타조 깃털을 붙이고 발뒤꿈치에는 콜로부스원숭이 가죽으로 만든 당당한 며느리발톱을 단 춤꾼들의 작은 형상들이 키 큰 나무들 아래 산만하게 흩어져 있는 것처럼 보인다. 크고 작은 원을 이룬 춤꾼들과 여기저기 모여 앉은 구경꾼들과 이리저리 내달리는 아이들을 모두 보려면 눈동자를 부지런히 굴려야 한다. 그 전체적인 풍경은 높은 곳에서 내려다본 옛날 전쟁터의 모습을 방불케 한다. 한쪽에서는 기병대가 진격하고 다른 쪽에서는 포병대가 자리를 잡고 병기 장교들이 말을 타고 전장을 가로질러 달리고.

낮의 은고마는 어지간히도 시끌벅적했다. 춤에 흥을 돋우는 피리와 북소리가 구경꾼들이 내는 요란한 아우성에 묻힐 때가 많았고 춤추는 처녀들도 남자 춤꾼이 고난도 점프나 머리 위에서 창을 돌리는 따위의 멋진 묘기를 보일 때면 길고 날카로운 이상한 환호성을 질렀다. 한편 잔디밭에 앉은 노인들은 들뜬 목소리로 쉴 새 없이 떠들었다. 키쿠유족 노파 몇

몇이 술잔을 기울이며 흥겨운 대화를 나누는 모습은 보기에도 즐거웠는데 그들은 멋진 춤 솜씨로 주목받던 옛 시절을 추억하는 듯했고 오후의 햇살이 점점 기울고 술통의 술이 비어 갈수록 그들의 얼굴은 점점 더 행복감으로 빛났다. 이따금 그들의 남편들이 합석했고 젊은 시절의 추억에 취한 노파 하나가 비틀거리며 일어나 진짜 춤꾼처럼 팔을 퍼덕이며 껑충거리기도 했다. 그 노파는 구경꾼들의 관심을 끌진 못했지만 한자리에 앉은 동년배들의 뜨거운 박수갈채를 받았다.

그러나 밤의 은고마는 진지하게 시작되었다.

밤의 은고마는 가을에 옥수수 수확이 끝난 후 보름달 아래서만 열렸다. 나는 밤의 은고마가 그들에게 종교적 의미를 지닌다고는 생각지 않지만 춤꾼들이나 구경꾼들이나 신비하고 신성한 의식을 치르는 듯한 태도를 보이는 것으로 보아 과거에는 그랬을 수도 있다. 이 춤들은 천 년 역사를 지니고 있는지도 모르니까. 어떤 춤은 — 춤꾼들의 어머니들과 할머니들은 아무 문제도 삼지 않는데 — 백인 정착민들에게 외설적이라는 비난을 받았으며 법으로 금지해야 한다는 의견까지 나왔다. 한번은 유럽으로 휴가를 떠났다가 돌아와 보니 커피 수확이 한창인 때에 젊은 일꾼 스물다섯 명이 감옥에 갇혀 있었다. 농장에서 열린 밤의 은고마에서 금지된 춤을 추어 나의 농장 관리인이 경찰에 고소했다는 것이었다. 관리인은 자신의 아내가 그 춤을 참을 수 없어 했노라고 했다. 나는 원로들을 불러 관리인의 집 근처에서 은고마를 연 것을 나무랐지만 그들은 정색을 하고는 관리인의 집에서 7, 8킬로미터는 떨어진 카쎄구의 마을에서 춤을 추었노라고 말했다. 나는 나이로비로 가서 판무관을 만나 사정 얘기를 했고 춤꾼들은 모두 풀려나 커피 수확에 참여할 수 있었다.

밤의 은고마는 근사한 구경거리였다. 마치 극장 쇼를 보는 듯한 공연은 불을 둘러싸고 이루어졌고 불빛이 미치는 곳까지로 제한되었다. 사실 불이 은고마의 중심이었다. 아프리카 고원 지대의 달빛은 경이로울 정도로 맑고 환하기에 춤을 추기 위해 꼭 불빛이 필요한 건 아니었으며 은고마에서 불은 특수 효과로 쓰였다. 불은 춤추는 곳을 최고의 무대로 만들어 주고 그 안의 모든 색과 움직임을 하나로 통합하는 역할을 했다.

지나친 특수 효과를 쓰지 않는 원주민들은 거창한 모닥불을 피워 놓지는 않았다. 스스로를 파티의 안주인으로 여기는 소작농의 아낙들이 낮 동안 땔감을 날라 와 춤판 한가운데에 쌓았고 밤에 자리를 빛내 주러 온 노파들이 땔감 더미를 둘러싸고 앉으면 작은 불들이 마치 별의 고리처럼 둥그렇게 밝혀져서 밤늦도록 타올랐다. 그리고 춤꾼들이 그 작은 불들 바깥에서 밤의 숲을 배경 삼아 뛰며 춤추었다. 노인 구경꾼들의 눈에 불의 열기와 연기가 들어가지 않게 하려면 장소가 제법 넓어야 했지만 아무리 넓다고 해도 그곳은 사방으로 경계가 지어진 공간이었다. 많은 사람들이 함께 쓰는 아주 큰 집이라고나 할까.

원주민은 대비 효과에 대한 감각이나 취향이 없으며 그들은 자연과 연결된 탯줄이 완전히 끊어지지 않은 듯하다. 그들은 보름달이 떴을 때만 은고마를 열었다. 달이 최선을 다할 때 그들도 그렇게 했다. 하늘로부터 내려오는 은은하면서도 강력한 빛 속에서 아프리카의 풍경이 목욕하고 헤엄칠 때 그 거대한 조명에 작은 불빛을 보탠 것이다.

손님들은 어떤 때는 세 명이, 어떤 때는 여남은 명이 모여서 왔는데 친구끼리 약속을 해서 함께 온 경우도, 오는 길에 우연히 만난 경우도 있었다. 대부분의 춤꾼들은 24킬로미터쯤 걸어서 은고마에 왔다. 여럿이 함께 올 때는 피리나 북을 들고 왔기에 은고마가 열리는 밤에는 달의 얼굴에 대고 방울을 흔들기라도 하듯 길 여기저기서 음악 소리가 울렸다. 새로 도착한 춤꾼들은 원무 대열 앞에 이르면 자리를 터줄 때까지 기다렸으며 아주 멀리서 온 사람들이거나 이웃한 큰 부족 족장 아들인 경우 원로 소작농이나 대표 춤꾼이나 춤판의 감시자가 나와 정중히 맞이했다.

은고마의 감시자들은 춤꾼들과 마찬가지로 농장의 청년들이었지만 춤판의 질서 유지를 맡고 있었고 자신들의 위치를 최대한 이용했다. 그들은 춤이 시작되기 전부터 잔뜩 인상을 쓴 험악한 얼굴을 하고 으스대며 춤꾼들 앞을 오갔다. 그리고 춤이 흥을 더해 가면 덩달아 뛰어다니며 감시의 눈길을 번득였다. 그들은 한쪽 끝에 불을 붙인 막대기 뭉치를 여러 개 들고 다니면서 불이 꺼질라치면 다시 불을 붙였다. 그들은 날카로운 눈으로 춤꾼들을 감시하다가 부적절한 행동을 포착하면 무시무시한 표정으로 으르렁대며 규칙 위반한 사람을 향해 득달같이 불타는 막대기 뭉치를 날렸다. 그걸 맞은 사람은 충격에 몸이 푹 꺾였으나 비명 한마디 내지 못했다. 어쩌면 은고마에서 입는 이런 화상은 불명예스러운 상처가 아닐 수도 있었다.

어떤 춤에서는 처녀들이 청년들의 발 위로 새침하게 올라서서 청년들의 허리에 매달렸고 청년들은 양팔을 앞으로 쭉 뻗어 양손으로 창을 잡고 이따금 그 창을 번쩍 치켜들었다가

온 힘을 다해 아래로 내리찍었다. 부족의 젊은 여인들이 위험을 피해 남자들 품으로 도망치고 남자들은 그녀들이 발등에 올라서는 것까지 감내하며 땅 위의 뱀이나 다른 위험한 것들로부터 여자들을 보호하는 광경은 아름다웠다. 여러 시간 춤이 이어지다 보면 춤꾼들은 서로를 위해 목숨이라도 내놓을 수 있는 것처럼 고결한 무아경에 빠진 표정이 되어 갔다.

춤꾼들이 불들 사이를 뛰어다니고 대표 춤꾼이 고난도 점프를 보여 주고 춤꾼들이 창을 휘둘러 대는 춤도 있는데 그건 사자 사냥을 소재로 삼은 듯했다.

은고마에는 피리와 북뿐 아니라 소리꾼도 있었다. 전국적으로 명성을 떨치는 소리꾼이 멀리서 초빙되어 오기도 했다. 소리꾼의 노래는 노래라기보다는 리듬감 있는 낭송에 가까웠다. 소리꾼은 즉흥 시인이었으며 기민하고 주의 깊은 춤꾼들과 더불어 즉석에서 노래를 지어냈다. 밤공기 속에서 소리꾼의 부드러운 노랫소리가 고조되고 젊은 춤꾼들의 추임새가 규칙적으로 끼어드는 소리는 듣기에 좋았다. 그러나 이따금 흥을 돋우는 북소리와 함께 노래가 밤새 이어지면 그 소리는 지루할 정도로 단조로워 단 한 순간도 더 들을 수 없을 것 같으면서도 그 소리가 멈추는 것 또한 견딜 수 없을 듯한 기이한 괴로움에 젖게 된다.

당시 가장 유명한 소리꾼은 다고레티에서 왔다. 그는 맑고 우렁찬 목소리의 소유자였을뿐더러 뛰어난 춤꾼이기도 했다. 그는 춤꾼들이 이룬 원 안에서 반쯤 무릎을 꿇은 자세로 미끄러지듯 경중거리며 노래를 불렀고 한 손을 펴서 입가에 대고 있었는데 소리를 모으기 위한 목적도 있지만 구경꾼에게 엄청난 비밀을 알려 주는 듯한 효과를 노린 것이기도 했다. 그는 마치 아프리카의 메아리 같았다. 그는 구경꾼의 마음을 쥐고 흔들며 행복감으로도, 전투 분위기로도 이끌었고 배꼽을 쥐고 웃게 만들기도 했다. 그는 무시무시한 군가도 불렀는데 마치 이 마을 저 마을로 뛰어다니며 군대를 모으고 사람들에게 적군의 학살과 약탈 장면을 설명하고 있는 듯했다. 1백 년 전 백인 이민자들의 피를 공포로 얼어붙게 했을 법한 모습이었다. 그러나 대체로 그는 그렇게 무섭지는 않았다. 어느 날 밤 그는 노래를 세 곡 불렀는데 나는 카만테에게 노래 가사를 통역해 달라고 했다. 첫 노래는 공상적인 내용으로 춤꾼들 전체가 배 한 척을 구해서 볼라이아로 항해한다는 이야기였다. 두 번째 노래는 소리꾼과 춤꾼들의 어머니와 할머니들에 대한 찬가였다. 그 노래는 내게 감미롭게 들렸고 꽤 긴 것으로 보아 땔감을 쌓아 놓은 원 가운데서 고개를 끄덕이며 듣고 있는 합죽이 입에 대머리인 키쿠유족 노파들의 지혜와 친절함에 대해 자세히 설명하고 있는 듯했다. 세 번째 노래는 짧았지만 구경꾼들의 폭소를 자아냈다. 요란한 웃음소리 때문에 소리꾼은 더욱 목청을 높여야 했지만 그 자신도 노래를 부르며 웃었다. 두 번째 노래에서 들은 찬사에 흥이 난 노파들은 무릎을 치고 악어처럼 검은 입을 딱딱 벌려 가며 박장대소했다. 카만테는 이 노래에 대해선 통역해 주기를 꺼리며 말도 안 되는 내용이라고 했다. 그러면서 아주 짧게 간추려 설명해 주었다. 세 번째 노래의 주제는 단순했다. 쥐로 인한 역병이 돈 뒤 정부에서는 쥐를 잡아 판무관에게 가져오면 마리당 일정액의 포상금을 주겠다고 발표한다. 그리하여 모두들 눈이 벌게져 쥐잡기에 나서고 쥐들이 늙고 젊은 여자들의 이불 속으로 피신하면서 온갖 소동이 벌어진다. 나는 알아듣지 못했지만 우스운 내용이 많은 듯했고 카만테는 마지못해 대강대강 통역해 주면서 이따금 냉소를 억누르지 못했다.

어느 날 밤에 열린 은고마에서는 극적인 사건이 벌어지기도 했다.

그 은고마는 유럽 여행을 떠나게 된 나를 위해 열린 작별 파티였다. 그해 농사가 풍작을 거두어 무려 1천5백 명의 키쿠유족이 참석한 성대한 행사가 되었다. 춤판이 몇 시간째 이어졌고 나는 잠자리에 들기 전에 마지막으로 춤을 구경하러 밖으로 나갔다. 그곳엔 내가 앉을 의자가 하인 오두막을 등진 채 준비되어 있었고 원로들이 내 말 상대가 되어 주었다.

별안간 춤꾼들 사이에서 커다란 동요가 일었는데 그 놀라움 혹은 공포의 동작과 이상한 소리는 바람이 골풀 숲을 헤집고 지나가는 광경을 연상시켰다. 춤이 점점 느려졌지만 아주 멈추진 않았다. 나는 원로 한 사람에게 무슨 일인지 물었다. 그가 낮은 목소리로 재빨리 대답했다. 「마사이족이 오고 있어요.」

심부름꾼이 달려와 소식을 전했는지 마사이족은 시간이 좀 지난 후에야 나타났다. 은고마 주최자인 키쿠유족은 마사이족 손님들을 맞이하기로 결정하고 심부름꾼을 돌려보내 그 사실을 전하게 한 모양이었다. 과거에 마사이족이 키쿠유족의 은고마에 참석했다가 불미스러운 사건이 많이 벌어졌기에 마사이족이 키쿠유족 은고마에 참석하는 건 법으로 금지되어 있었다. 우리 집 하인들이 내 의자 가까이에 둘러섰고 모두들 춤판 입구를 바라보았다. 이윽고 마사이족이 들어서자 춤이 중단되었다.

마사이족의 젊은 전사 열두 명이었는데 몇 발짝 들어오더니 걸음을 멈추고 기다렸다. 그들은 오른쪽도, 왼쪽도 보지 않았고 불을 향해 시선을 고정한 채 눈을 깜빡거렸다. 알몸에 근사한 머리 장식만 쓰고 무기를 든 모습이었다. 한 전사는 전쟁에 나갈 때 쓰는 사자 가죽 머리 장식을 쓰고 있었다. 무릎부터 발까지 주홍색 줄무늬가 굵직하게 그려져 있어서 마치 피가 흘러내리는 것 같았다. 그들은 고개를 뒤로 젖히고 뻣뻣한 다리로 똑바로 서 있었는데 조용하고 몹시도 엄숙한 그 모습이 정복자 같기도 하고 포로 같기도 했다. 그들은 와서는 안 되는 줄 알면서도 온 것이었다. 둔중한 북소리가 강 건너 마사이족 보호 구역까지 울려 퍼져 젊은 전사들의 마음을 뒤흔들었고 그중 열두 명이 그 소리의 부름을 뿌리치지 못한 나머지 이렇게 농장에 찾아온 것이었다.

키쿠유족 역시 몹시 동요했지만 손님들을 정중히 대했다. 대표 춤꾼이 그들을 맞이하여 춤의 대열로 안내했으며 마사이족 전사들이 깊은 정적 속에서 자리를 잡자 다시금 춤이 시작되었다. 하지만 예전의 그 춤이 아니었고 분위기가 무거웠다. 북이 더 요란하게, 더 빠르게 울렸다. 은고마가 계속 이어졌다면 키쿠유족과 마사이족이 춤꾼으로서의 활력과 기술을 겨루면서 근사한 묘기들을 펼쳤겠지만 그렇게 되지 못했다. 모두가 선의를 갖고 있다 해도 이루어질 수 없는 일이 있는 법이다.

무슨 일이 있었는지 나는 알지 못한다. 갑자기 춤의 대열이 흔들리더니 흩어졌고 누군가 요란하게 비명을 질렀다. 눈 깜짝할 사이에 춤판은 아수라장이 되었고 사람들이 우르르 몰려들고 때리는 소리, 땅에 넘어지는 소리가 어지럽게 들리고 우리 머리 위의 밤공기가 창들로 물결쳤다. 우리는 모두 일어섰고 원 중심에 있던 현명한 노파들까지 무슨 일이 일어난 것인지 보려고 땔감 나무 더미 위로 기어 올라갔다.

이윽고 흥분이 가라앉고 뒤엉켜 싸우던 성난 군중도 흩어졌다. 그들은 이제 약간의 공간을 두고 내 주위를 둘러싸고 있었다. 원로 두 사람이 내게로 다가와 마지못해 상황을 설명했는데 마사이족이 법과 질서를 위반하는 바람에 불상사가 생겼으며 마사이족 하나와 키쿠유족 셋이 심하게 다쳤다는 것이었다. 그들은 〈난도질을 당했다〉는 표현을 쓰면서 내게 부상자들을 꿰매 달라고 엄숙히 부탁했다. 그러지 않으면 모두들 정부로부터 심한 고초를 당할 것이라고 했다. 나는 원로에게 부상자들이 어디를 다쳤는지 물었다. 「목이 잘렸어요.」 원로가 자랑스럽게 말했다. 원주민은 재앙을 최대한 과장해서 말하려는 습성이 있었다. 그때 카만테가 긴 실을 꿴 감침질용 바늘과 내 골무를 들고 다가왔다. 내가 머뭇거리는 사이에 아와루 노인이 앞으로 나섰다. 그는 감옥에 7년 갇혀 있는 동안에 재단을 배웠다고 했다. 그는 기술을 뽐낼 기회를 노리고 있었던 듯 자진해서 봉합 수술을 맡았고 즉시 모든 이들의 주목을 받았다. 아와루는 진짜로 상처를 꿰맸고 부상자들은 회복되었으며 그 후 그는 어지간히도 그 일을 자랑스러워했다. 하지만 카만테가 은밀히 귀띔해 주기를 부상자들의 목이 잘린 건 아니라고 했다.

마사이족이 은고마에 참석하는 것은 불법이었기에 우리는 부상당한 마사이족 전사를 백인 손님의 하인들이 묵는 오두막에 오랫동안 숨겨 두어야 했다. 그 오두막에서 부상이 회복된 마사이족 전사는 아와루에게 고맙다는 말 한마디 남기지 않고 사라졌다. 그에겐 키쿠유족에게 부상을 당하고 치료를 받은 것이 견딜 수 없는 치욕이었으리라.

은고마의 밤이 끝나 갈 무렵 나는 부상자들의 소식을 물으러 밖으로 나갔는데 잿빛 새벽 공기 속에서 불들에서 아직 연기가 피어오르고 있었다. 키쿠유족 청년들이 불가에 둘러서서 늙어 빠진 마녀 와이나이나의 모친의 지시에 따라 펄쩍펄쩍 뛰면서 긴 막대기로 깜부기불을 쑤셔 대고 있었다. 그들은 마사이족이 키쿠유족 처녀들과 사랑을 이룰 수 없도록 막는 주문을 걸고 있었다.

# 아시아에서 온 손님

은고마는 근동의 전통적인 사교 행사였다. 내가 그곳에서 처음 만난 춤꾼들이 은퇴하자 그들의 동생들이, 그다음엔 아들딸들이 전통을 이어 은고마에 참석했다.

우리 농장엔 먼 나라에서 찾아오는 손님들도 있었다. 봄베이에서 몬순이 불어오면 현명하고 인생 경험이 풍부한 노인들이 인도에서 배를 타고 와서 농장을 찾았다.

나이로비에 촐레임 후세인이라는 부유한 인도인 목재상이 있었는데 내가 맨 처음 땅을 개간할 때 여러 번 거래를 했던 인물로 열성적인 무슬림이며 파라의 친구이기도 했다. 어느 날 그가 우리 집으로 찾아와 인도에서 온 대사제를 모셔 와도 되는지 물었다. 대사제는 몸바사와 나이로비의 신도들을 만나려고 바다 건너 먼 길을 온 것이며 이곳 신도들은 그를 특별히 잘 모시기 위해 머리를 짜낸 끝에 우리 농장으로 초대하는 것보다 더 훌륭한 접대는 없다는 결론을 내렸다고 했다. 나는 그의 설명을 듣고 초대를 허락했다. 그러자 촐레임 후세인은 대사제는 높고 고귀하신 분이라 이교도가 사용한 적이 있는 그릇에 요리한 음식을 먹을 수 없노라고 말했다.

그는 황급히 덧붙이기를, 나이로비의 무슬림들이 시간에 맞추어 음식을 준비해 올 것이니 나는 아무것도 신경 쓸 필요 없다고, 그냥 우리 집에서 식사만 할 거라고 했다. 내가 좋다고 하자 그는 잠시 뜸을 들이다가 어렵게 입을 열었다. 딱 한 가지 문제가 더 있다는 것이었다. 대사제를 초대하면 선물을 바치는 것이 예의이며 우리 집 정도의 수준에서는 1백 루피 이상은 바쳐야 한다는 것이었다. 그러면서 다시 황급히 덧붙이기를, 돈 문제는 걱정하지 말라고, 돈은 나이로비의 신도들이 모아서 가져올 테니 전달만 해달라고 했다. 나는 그럼 대사제가 내가 주는 돈으로 알 것이 아니냐고 물었다. 이에 대해 촐레임 후세인은 아무런 설명도 하지 않았다. 유색인들은 목숨이 걸려 있어도 자신의 뜻을 분명히 전하지 못할 때가 있다. 나는 처음엔 그 역할을 거부했으나 방금 전만 해도 희망으로 빛나던 촐레임 후세인과 파라의 얼굴이 실망감에 어두워지는 걸 보고 자존심을 꺾고 대사제가 어떻게 생각하든 신경 쓰지 않기로 했다.

대사제가 오기로 한 날 나는 그 사실을 깜빡 잊고 새로 산 트랙터 성능을 시험해 보려고 들로 나갔다. 카만테의 어린 동생 티티가 나를 부르러 왔다. 트랙터 소리가 너무 요란해서 티티가 하는 말이 통 들리지 않았으나 어렵게 건 시동이라 차마 끌 엄두가 나지 않았다. 티티는 미친 강아지 모양 할딱대면서 트랙터 꽁무니의 길고 굵직한 먼지 꼬리를 물어뜯으며 들판 끝에서 트랙터가 멈출 때까지 쫓아왔다. 「사제들이 왔어요.」 티티가 악을 쓰며 외쳤다. 「어떤 사제?」 내가 물었다. 「모든 사제들요.」 티티는 사제들이 수레 하나에 여섯 명씩 타고 네 대의 수레로 왔다고 자랑스럽게 설명했다. 나는 티티와 함께 집으로 향했고 집에 가까워지자 잔디밭에 흰 옷 차림의 사람들이 우글거리는 광경이 보였는데 커다란 흰 새 무리가 우리 집 근처에 둥지를 틀었거나 하늘에서 천사단이 내려온 듯했다. 아프리카에서 타오르는 이슬람 정통 신앙의 불길을 보살피기 위해 인도에서 종교 재판소가 통째로 파견된 듯했다. 그중 위엄 있는 모습의 한 인물이, 두 사제와 존경을 나타내기 위해 얼마간 거리를 둔 촐레임 후세인의 호위를 받으며 내게 다가왔는데 틀림없는 대사제였다. 그는 키가 몹시 작은 노인으로 얼굴은 아주 오래된 상아로 조각한 듯 섬세하고 우아했다. 수행원들이 우리의 만남을 지켜본 뒤 물러갔고 나는 손님과 단둘이 남았다.

대사제는 영어나 스와힐리어를 모르고 나는 그의 언어를 구사할 수 없었기에 우리는 한마디도 대화를 나눌 수 없었다. 그래서 몸짓으로 서로에 대한 무한한 존경심을 표현해야 했다. 집 구경은 이미 한 모양이었다. 집안의 그릇은 전부 내다가 테이블에 차려 놓았고 꽃들이 소말리식과 인도식으로 장식되어 있었다. 나는 대사제를 집 서쪽 방앗돌 테이블로 안내하여 그곳에 함께 앉았다. 그곳에서 구경꾼들이 숨을 죽이고 지켜보는 가운데 나는 촐레임 후세인의 초록색 손수건에 싼 1백 루피를 대사제에게 건넸다.

나는 대사제의 정확하고 꼼꼼한 태도를 보고 그에 대해 선입견을 품었다. 너무도 작고 늙은 그를 보고 이 상황이 그에게 어색할지도 모른다는 생각을 잠시 한 것이다. 그러나 오후의 태양 아래 함께 앉아 서로 대화를 나누는 시늉은 안 해도 우호적인 분위기에서 벗해 주면서 시간을 보내다 보니 그에겐 세상에 어색할 것이 없으리란 느낌이 들었다. 그는 안

전하고 완벽하게 안정적인 상태로 존재하는 듯한 묘한 인상을 풍겼다. 그는 정중하고 몸가짐이 조심스러웠으며 내가 언덕들과 키 큰 나무들을 가리키면 마치 그 모든 것에 관심이 있는 듯, 그러면서도 그 어느 것도 놀랍지 않은 듯 미소를 머금고 고개를 끄덕였다. 나는 그의 일관성이 세상의 악에 대한 무지의 결과인지 아니면 악에 대한 심오한 이해와 용인의 산물인지 궁금했다. 사실 세상에 독뱀이 없는 것이나, 피 속에 점점 더 강한 독을 주사하여 독에 대한 완전한 면역이 이루어진 것이나 결과적으로는 마찬가지이기 때문이다. 대사제의 차분한 얼굴은 세상이 다 호기심의 대상이되 무엇에든 놀랄 줄 모르는 아직 말도 배우기 전의 어린 아기의 얼굴이었다. 나는 어쩌면 그 오후의 한 시간 동안 하느님의 아들 예수와 같은 고귀한 아기와 벗하며 돌 의자에 앉아 이따금 영혼의 발로 요람을 흔들고 있었던 것인지도 모른다. 세상 다산 노파들의 얼굴이 바로 그럴 것이며 그건 남성적인 표정이 아니었다. 그 얼굴은 갓난아기의 강보나 여자들의 원피스에 어울렸고 대사제가 입은 아름다운 흰 캐시미어 사제복과도 아주 잘 어울렸다. 남자 옷을 입은 사람 가운데 그런 얼굴을 한 사람을 나는 서커스의 광대밖에 본 적이 없다.

다른 사제들이 촐레임 후세인을 따라 강가의 방앗간 구경에 나섰을 때도 대사제는 피곤했는지 일어나려고 하지 않았다. 새를 닮은 그는 새들에게 관심이 있는 듯했다. 당시 나는 길들인 황새 한 마리와 거위들을 키우고 있었는데 잡아먹기 위해서가 아니라 덴마크의 정취를 느끼고 싶어서였다. 대사제는 그 새들에 큰 관심을 나타내며 그것들이 어디서 왔는지 알고 싶어 사방을 가리켰다. 내 개들이 잔디밭에서 돌아다니며 그 오후의 천년왕국과도 같은 분위기를 완전하게 만들었다. 나는 파라와 촐레임 후세인이 개들을 개집에 가둬 놨으리라 여기고 있었다. 독실한 무슬림인 촐레임 후세인은 사업상 농장을 찾을 때마다 개들을 보고 공포에 질렸기 때문이다. 그런데 개들이 흰 제복 차림의 사제들 사이에서 돌아다니고 있었고 그 모습은 천년왕국에서 사자와 양이 함께 노니는 광경을 방불케 했다. 이스마일은 그 개들이 무슬림을 알아본다고 했다.

대사제는 떠나기 전에 우리 집을 방문한 기념으로 내게 진주 반지를 선물했다. 나도 거짓 선물 1백 루피 말고 그에게 무언가를 주고 싶어서 파라에게 창고에 가서 얼마 전에 농장에서 쏘아 죽인 사자 가죽을 가져오라고 시켰다. 대사제는 맑고 주의 깊은 눈으로 사자의 큰 발톱을 살펴보더니 얼마나 날카로운지 자신의 뺨을 찔러 보았다.

대사제가 떠난 후 나는 그가 그 작고 우아한 머리에 농장에서 본 것을 모두 담아 갔는지 아무것도 담지 않았는지 궁금했다. 석 달 후 궁금증이 풀렸는데 인도에서 온 편지 한 통을 받았던 것이다. 주소를 잘못 써서 배달이 한참이나 늦어진 그 편지는 인도의 왕자가 보낸 것으로 대사제가 말한 나의 〈회색 개〉 중 한 마리를 사고 싶다며 가격은 내가 정하라는 내용이었다.

# 소말리족 여인들

 손님들 중에는 농장에서 커다란 역할을 한 사람들이 있는데 본인들이 좋아하지 않을 것 같아서 자세히 소개할 수는 없다. 그들은 바로 파라의 여인들이다.

 파라가 결혼하여 소말리랜드 출신 아내를 농장으로 데려왔고 활기차면서도 유순한 검은 비둘기 떼 같은 여인들이 함께 왔다. 신부의 어머니와 동생, 그리고 그들과 가족처럼 살아온 사촌이었다. 파라는 그것이 자신들의 전통이라고 했다. 소말리랜드에서는 집안 어른들이 출생과 부, 명성을 고려하여 혼사를 결정하며 훌륭한 가문에서는 신랑 신부가 결혼식 날까지 서로 얼굴을 볼 수 없다. 소말리족은 기사도 정신이 투철하여 여자를 보호할 줄 안다. 신랑은 결혼식이 끝난 후 신부의 마을에서 6개월 동안 사는 것이 관례이며 이 기간 동안 신부는 안주인의 지위는 물론 그 마을에 대해 잘 아는 사람으로서의 영향력까지 유지한다. 신랑에게 사정이 있어서 신부의 마을에서 살지 못할 경우에는 신부의 친지들이 기꺼이 신부를 따라가 함께 살며 먼 외국으로 떠나야만 할 경우에도 동행을 주저하지 않는다.

나중에 파라가 엄마 없는 어린 여자 아이를 입양하자 ― 성서의 모르드개와 에스더의 경우처럼 시집보낼 때의 이득을 염두에 둔 선택이라고 하지 않을 순 없었다 ― 우리 집에 사는 소말리족 여인은 모두 다섯이 되었다. 그 아이는 무척이나 총명하고 활발했으며 자라면서 어른들의 세심한 손길 아래 기품 있는 처녀로 변화하는 모습이 내 눈엔 그저 신기하기만 했다. 처음 왔을 때 열한 살이었던 아이는 툭하면 가족들에게서 벗어나 내 꽁무니를 따라다녔다. 아이는 내 조랑말을 타고 내 총을 들고 다니는 역할을 맡았고 키쿠유족 아이들과 어울려 연못으로 고기잡이를 나가 뜰채를 들고 치마를 걷어 올리고 맨발로 골풀이 우거진 둑을 뛰어다니기도 했다. 소말리족 여자 아이들은 머리칼을 싹 밀고 정수리 부분 한 뭉치와 가장자리만 빙 둘러서 남겼는데 그 모습이 쾌활하고 심술궂은 어린 수도승처럼 보였다. 그러나 세월이 흐르면서 아이는 언니들의 영향 아래 변화하기 시작했고 스스로도 그런 변화 과정에 매료되었다. 다리에 무거운 돌이라도 매단 것처럼 걸음걸이도 느려졌고 눈도 새치름히 내리깔았으며 낯선 사람이 나타나면 숨는 걸 예의로 삼았다. 머리칼도 밀지 않고 길러서 여러 갈래로 땋아 내렸다. 아이는 여인으로 거듭나기 위한 진통을 진지하고 자랑스럽게 견뎌 냈으며 자신의 본분을 다하지 못한다면 차라리 죽는 게 낫다는 각오인 듯했다.

파라가 말하기를 자신의 장모는 소말리랜드에서 딸 교육을 잘 시킨 훌륭한 어머니로 존경받고 있다고 했다. 그녀의 딸들은 그곳에서 양가집 규수의 표본이라는 것이었다. 실제로 이곳의 세 처녀도 더할 나위 없이 기품이 넘치고 정숙했다. 나는 그처럼 숙녀다운 숙녀들을 본 적이 없었다. 그들의 정숙함은 옷차림으로 더욱 강조되었다. 그들은 폭이 엄청나게 넓은 치마를 입었으며 내가 자주 실크나 사라사 치맛감을 끊어다 줘서 잘 아는데 치마 하나를 만들려면 감이 9미터나 필요했다. 그 거창한 치마 속에서 그들은 교묘하고 신비한 리듬에 따라 날씬한 무릎을 움직이며 걸었다.

> 옷자락을 차면서 사뿐사뿐 움직이는 그대의 고귀한 다리는
> 어두운 욕망을 자극한다,
> 마치 깊은 항아리 속 검은 묘약을
> 휘젓는 두 마녀처럼.[1]
> *Tes nobles jambes, sous les volants qu'elles chassent,*
> *Tourmentent les désirs obscurs et les agacent,*
> *Comme deux sorcierès qui font*
> *Tourner un philtre noir dans un vase profond.*

파라의 장모도 인상적인 인물로 풍채가 당당했으며 자신의 힘에 만족하는 암코끼리처럼 강력하고 인자한 평온함을 지니고 있었다. 그녀는 또한 세상 모든 교육자가 부러워할 만한, 제자들에게 영감을 불어넣는 위대한 능력의 소유자이기도 했다. 그녀의 손에서 이루어지는 교육은 강제도, 고역도 아닌 위대하고 고귀한 공모였으며 제자들에게 그 공모에 참여하는 것은 하나의 특권이었다. 내가 그들을 위해 숲 속에 지어 준 작은 오두막은 소규모 백마술 고등학교라고 볼

---

[1] 샤를 보들레르의 시 「아름다운 배」 중에서.

수 있었고 그 주위를 사뿐사뿐 걸어 다니는 세 처녀는 교육 과정을 모두 마치면 막강한 힘을 얻을 것이기에 배움에 신명을 다 바치는 젊은 마녀들이었다. 그들은 한마음으로 우수성을 겨뤘고 시장에 내놓아져서 공공연히 가격 얘기가 오가듯 그들의 경쟁은 솔직하고 정직했다. 이미 가격이 정해진 파라의 아내는 장학금을 받은 우수한 학생과도 같은 특별한 위치에 있었기에 스승과 밀담도 나눌 수 있었지만 처녀들에겐 그런 영광이 주어지지 않았다.

소말리족 처녀들은 자신의 가치를 높이 평가했다. 무슬림 처녀는 자신보다 신분이 낮은 남자와 결혼할 수 없으며 그런 혼사는 집안의 크나큰 수치다. 반면 남자는 자신보다 신분이 낮은 여자와 결혼할 수 있으며 과거에 소말리족 청년들은 마사이족 처녀를 아내로 맞아들였다. 소말리족 처녀는 아랍 남자와 결혼할 수 있으되 아랍 처녀는 소말리랜드로 시집갈 수 없는데 아랍인은 소말리족보다 마호메트와 가까운 관계이기에 더 우월하기 때문이며 같은 아랍인이라고 해도 마호메트 가문의 처녀는 다른 가문에서 신랑을 들일 수 없다. 여성만이 혼인을 통한 신분 상승이 가능한 것이다. 소말리족 처녀들은 천진하게 그것을 종마 사육장의 원칙에 비유하기도 했는데 소말리족은 암말을 무척이나 귀하게 여겼기 때문이다.

소말리족 처녀들은 나와 친해지자 유럽의 어떤 나라들에서는 처녀를 몸값도 안 받고 시집보낸다고 들었는데 그게 사실이냐고 물었다. 심지어 지참금까지 줘서 보내는 한심한 나라마저 있다는 도무지 믿을 수 없는 얘기까지 들었다는 것이었다. 그러면서 그런 부모는 수치심이 뭔지도 모르는 모양이라고, 그런 취급을 당하고 사는 처녀들도 부끄러운 줄 알아야 한다고 개탄했다. 그 여자들은 자존심도 없나요? 그 나라 사람들은 여자를, 처녀성을 존중할 줄도 모르나요? 그들은 만일 자신이 불행하게도 그런 나라에 태어났다면 그렇게 결혼하느니 차라리 무덤에 들어가겠다고 맹세했다.

내가 살던 시대에 유럽에서는 도도한 숙녀의 기술을 배울 기회가 없었으며 옛날 책들을 통해서도 그것의 매력을 발견할 수 없었다. 하지만 이제 나는 옛날에 우리 할아버지들이 여자 앞에서 어떻게 무릎을 꿇게 되었는지 알 것 같았다. 소말리족의 신부 수업은 자연적 필요에 따른 것인 동시에 예술이었다. 그것은 종교이자 전략이자 발레로 응분의 헌신과 훈련, 재주를 요했다. 그것의 달콤한 매력은 상반된 힘들의 작용에 있었다. 끝없는 반박의 이면에는 관대함이, 얌전 빼는 태도의 이면에는 잘 웃는 성격이, 죽음을 두려워하지 않는 용기가 있었다. 전사의 딸인 그들은 우아한 출전의 춤을 추듯 남자를 정복했다. 겉으론 새침하게 얌전을 빼면서도 적의 심장에 흐르는 피를 마실 때까지 교묘한 노력을 멈추지 않았다. 그들은 흡사 양의 탈을 쓴 잔혹한 암늑대들 같았다. 소말리족은 사막에서, 바다에서 단련된 강인한 민족이다. 삶의 무게와 힘겨운 압박감, 높은 파도와 긴 세월이 소말리족 여인들을 그토록 단단하고 빛나는 호박 보석으로 만들었을 것이다.

그녀들은 파라의 집을 언제라도 천막을 걷고 떠날 수 있는 유목민 가정의 분위기로 꾸몄다. 그 집에는 작은 깔개들과 자수 장식을 한 벽 가리개들, 그리고 소말리족 가정의 필수 요소인 향도 있었다. 소말리족이 쓰는 향은 대개 아주 향긋하다. 나는 농장에서 살다 보니 여자들과 접할 기회가 거의 없었기에 하루 일과를 마치면 파라의 집으로 가서 소말리족 여인들과 한 시간가량 조용히 어울리곤 했다.

소말리족 여인들은 모든 것에 관심을 가졌고 작은 일에도 즐거워했다. 내가 농장에서 일어난 사소한 사고를 전하거나 지역 일에 대해 농담을 하면 그들은 차임벨이 울리듯 까르르 웃어 댔다. 내가 뜨개질을 가르쳐 줄 때도 우스꽝스러운 꼭두각시 춤이라도 보듯 웃었다.

그들의 순수함은 무지의 결과는 아니었다. 그들 모두 출산과 임종을 도운 경험이 있었으며 그 자세한 내용에 대해 늙은 어머니와 냉정하게 이야기하기도 했다. 그들은 가끔 내게 『아라비안나이트』풍의 옛날이야기를 들려주었는데 대부분이 사랑을 솔직하게 다룬 희극적인 내용이었다. 그 이야기들에는 여주인공이 — 정숙한 여자든 그렇지 않든 — 남자들을 누르고 승리자가 된다는 공통점이 있었다. 그들의 어머니는 얼굴에 미소를 머금고 앉아 그 이야기들을 들었다.

나는 담장으로 둘러쳐져 요새처럼 안전하게 보호되고 있는 그 여성의 세계에 위대한 이상이 존재함을 느꼈다. 그토록 소중히 지켜지고 있는 이상은 다름 아닌 여성이 세상을 다스리는 천년왕국으로 그 시기가 도래하면 늙은 어머니는 새롭게 변신하여 마호메트의 신 이전 시대에 존재했던 막강한 여신의 검고 육중한 상징으로 옥좌에 앉게 될 터였다. 그들은 결코 그 이상을 잃지 않았으나 이상보다 현실을 우선시하는 실제적인 사람들이기에 현실적인 필요에서 눈을 떼지 않았고 임기응변에 뛰어났다.

처녀들은 유럽의 관습들에 대해 꼬치꼬치 캐묻고 백인 여성의 몸가짐과 교육, 옷차림에 대한 설명을 열심히 들었는데 이방 종족의 남자들은 어떻게 정복되는지에 대한 지식을 얻어 자신들의 전략적 교육을 완성시키기라도 하려는 듯했다.

　소말리족 여인들의 삶에서 옷은 대단히 중요한 요소다. 그도 그럴 것이 그들에게 옷은 전쟁 물자이자 전리품이며 승전 깃발과도 같은 승리의 상징이기 때문이다. 소말리족 남자들은 천성이 금욕적이고 음식과 술, 일신의 안락에 무관심하며 고국을 닮아서 강인하고 검소하다. 오직 여자만이 그들의 사치품이다. 그들은 여자에 대해서는 만족할 줄 모르는 탐욕을 지녔으며 그들에게 여자는 지고의 선이다. 그들은 말이나 낙타 같은 가축도 귀하게 여기지만 그것들은 아내만큼 소중하진 못하다. 소말리족 여인들은 남자가 지닌 이 두 가지 천성을 부추긴다. 그들은 남자가 부드러움을 보이면 잔혹하게 비웃고 자신의 몸값을 올리기 위해서라면 어떤 희생도 마다하지 않는다. 그들은 남자의 도움 없이는 신발 한 짝도 마련할 수 없으며 독립적이지 못하고 아버지나 남자 형제, 남편에게 속해 있어야 하지만 그들은 남자에게 인생 최고의 목적물이다. 여자가 남자에게서 비단, 금, 호박, 산호를 많이 얻어 낼수록 남녀 모두에게 명예로운 일이다. 남자들의 길고 힘겨운 무역 탐험, 그 고난과 위험, 책략, 인내의 대가는 결국 모두 여자의 옷이 된다. 쥐어짤 남자가 없는 처녀들은 천막처럼 생긴 작은 집에서 아름다운 머릿결을 가꾸며 정복자를 정복하고 갈취자를 갈취할 날을 고대한다. 소말리족 여인들은 서로에게 화려한 옷을 빌려 주기를 즐기며 아름다운 여동생에게 결혼한 언니의 제일 좋은 옷을 입힌다. 원래 처녀에게는 착용이 금지된 금실로 짠 천으로 만든 머리 장식을 씌우고 깔깔대며 웃기도 한다.

소말리족은 오랜 반목과 소송으로 인해 바람 잘 날이 없었고 파라는 빈번히 나이로비에 가거나 농장에서 부족 회의를 열어야 했다. 그런 때면 파라의 장모는 부드럽고 지적인 방식으로 내게서 사건에 대한 정보를 캐내곤 했다. 파라에게 직접 물으면 장모를 끔찍이 존경하는 그가 친절히 설명해 줄 텐데도 그녀는 우회적인 방법을 택했고 내가 보기에 그건 절충의 기술이었다. 그런 식으로 그녀는 남정네들 일에 무지하고 무관심해야 하는 아녀자의 도리를 지키면서 호기심을 충족시킬 수 있었던 것이다. 그녀는 충고를 하고 싶으면 신탁처럼 말했고 아무도 그녀에게 설명을 요구하지 않았다.

농장에서 소말리족이 모여 대규모 회의를 열거나 대대적인 종교 행사를 개최하면 소말리족 여인들은 음식을 장만하느라 몹시 분주했다. 그들은 잔치에 참석할 수도, 모스크 안에 들어갈 수도 없었지만 행사를 성공적으로, 멋지게 치러 내고자 하는 야심에 불탔으며 자기들끼리도 그것에 대한 생각을 전부 입 밖에 내지는 않았다. 소말리족 여인들의 그런 모습은 내 조국의 과거 세대의 여인들을 강하게 연상시켜서 나는 마치 허리받이를 대어 뒷부분을 불룩하게 부풀린 긴 드레스 차림의 여인들을 보고 있는 듯했다. 내 어머니와 할머니 세대의 스칸디나비아 여인들은 ― 그 마음씨 좋은 야만인들의 문명화된 노예들은 ― 가을의 꿩 사냥이나 몰이사냥 같은 신성하고 남성적인 축제에서 화려한 옷차림을 하는 것 이외의 주인 노릇은 하지 않았다.

소말리족은 여러 세대에 걸쳐 노예를 부려 왔기에 소말리족 여인들은 원주민과 잘 지냈으며 원주민을 태연하고 침착하게 대했다. 원주민에겐 소말리족이나 아랍인을 모시는 것이 백인 주인 밑에 있는 것보다 덜 어려웠는데 그건 같은 유색인으로 삶의 템포가 같았기 때문이다. 파라의 아내는 농장의 키쿠유족에게 인기가 높았고 카만테도 그녀가 매우 똑똑하다는 말을 여러 번 했다.

소말리족 처녀들은 농장을 자주 찾는 버클리 콜이나 데니스 핀치해턴 같은 내 백인 친구들에게 친절했고 그들에 대한 얘기를 자주 했으며 그들에 대해 놀라울 정도로 많이 알았다. 소말리족 처녀들은 그들을 만나면 옷자락에 손을 감추고 오누이 사이처럼 대화를 나눴다. 하지만 버클리와 데니스는 소말리족 하인들을 두고 있었고 소말리족 처녀들은 외간 남자인 그 하인들을 만나면 절대 안 되었기에 관계가 사뭇 복잡했다. 터번을 쓴 마르고 눈동자가 검은 소말리족 하인 자마나 빌레아가 농장에 얼씬만 하면 소말리족 처녀들은 눈 깜짝할 새에 수면 아래로 사라졌고 그들이 잠수한 자리에서는 물거품 한 방울 보이지 않았다. 그들은 소말리족 하인들이 있을 때 나를 만날 일이 생기면 옷자락으로 얼굴을 가리고 살그머니 찾아왔다. 영국인 남자들은 소말리족 처녀들이 자신들에겐 그런 식으로 내외하지 않고 스스럼없이 대해 주는 것이 기쁘다고 말은 했지만 그토록 무해한 존재로 여겨지는 데 약간은 쓸쓸함을 느꼈을 터였다.

나는 가끔 소말리족 처녀들을 차에 태워 주거나 친구 집에 데려갔다. 물론 그때마다 어머니에게 먼저 허락을 구했는데 처녀의 신 디아나처럼 순결한 그들의 이름을 더럽혀선 안 되기 때문이었다. 농장 근처에 젊은 오스트레일리아인 여자가 남편과 함께 살았는데 그녀는 몇 해 동안 나의 좋은 이웃이 되어 주었고 소말리족 여인들을 불러 차를 대접하곤 했다.

소말리족 여인들에겐 그 나들이가 대단한 행사였다. 그들은 꽃처럼 곱게 치장했고 차를 타고 갈 때도 내 뒤에서 새처럼 재잘댔다. 그들은 내 오스트레일리아인 친구의 집과 옷, 심지어 멀리서 말을 타거나 밭을 갈고 있는 그녀의 남편에게까지 지대한 관심을 보였다. 그런데 결혼한 부인과 아이들만 차를 마실 수 있고 처녀들은 차가 자극적이어서 마시는 것이 금지되어 있다고 했다. 그래서 처녀들은 케이크로만 만족해야 했고 숙녀답게 기꺼이 그렇게 했다. 문제는 입양된 딸이었는데 그 아이가 차를 마셔도 되는지, 아니면 차를 마시기엔 위험한 나이가 되었는지에 대해 논의가 이루어졌다. 파라의 아내는 아이가 아직 어리니 마셔도 된다고 했지만 본인은 긍지에 찬 그윽한 눈길로 우리를 보면서 차를 사양했다.

파라의 아내의 사촌은 적갈색 눈동자를 지닌 사색적인 아가씨로 아랍어를 읽을 줄 알았고 코란 구절을 외고 있었다. 그녀는 신학에 조예가 깊었으며 나와 종교와 세상의 경이로운 현상에 대해 토론을 벌이곤 했다. 나는 그녀에게서 요셉과 보디발의 아내에 대한 그들 식의 해석을 들을 수 있었다. 그녀는 예수 그리스도가 성처녀에게서 태어난 것은 인정했지만 하느님에겐 인간 아들이 있을 수 없으므로 하느님의 아들이 아니라고 주장했다. 세상의 모든 처녀 중 가장 사랑스러운 마리아가 정원을 거닐고 있을 때 주께서 보낸 대천사가 날개로 그녀의 어깨를 건드리자 수태가 되었다는 것이었다. 어느 날 나는 그녀와 논쟁을 벌이다가 그녀에게 코펜하겐 대성당에 있는 조각가 토르발센의 예수상이 든 엽서를 보여 주었다. 그것을 본 순간 그녀는 구세주와 황홀한 사랑에 빠지고 말았다. 그녀는 자꾸만 구세주에 대한 이야기를 들려 달라고 졸랐고 한숨도 짓고 얼굴도 붉혀 가며 내 이야기에 귀 기울였다. 그녀는 유다에게 큰 관심을 나타내며 어떻게 그런 인간이 있을 수 있는지 개탄했고 자기 손으로 그의 눈알을 뽑으면 속이 시원하겠다고 말했다. 그녀가 지닌 뜨거운 열정은 소말리족이 집에서 피우는 향의 성질을 닮았는데 먼 산에서 자라는 검은 나무로 만든 그 향은 우리 백인에겐 향긋하면서도 묘한 느낌으로 다가왔다.

나는 프랑스인 신부들에게 나와 함께 사는 무슬림 여인들을 성당에 데려가도 되는지 물었다. 신부들은 신선한 자극을 반가워하며 특유의 다정하고 활기찬 태도로 응낙했고 어느 날 오후에 우리는 차를 몰고 성당으로 가서 한 사람씩 차례로 시원한 건물 안으로 들어섰다. 소말리족 여인들은 그런 높은 건물에 처음 들어가 보는 것이었다. 그들은 위를 올려다보더니 천장이 무너질까 봐 겁이 나는지 손으로 머리를 감쌌다. 성당 안에는 성상들이 있었고 그들은 엽서 속 사진만 보았지 실제 조각상을 본 적이 없었다. 그곳에는 흰색과 연푸른색으로 이루어진 등신대의 성모상이 손에 백합꽃을 들고서 있었고 그 옆에는 아기 예수를 안은 요셉 상도 있었다. 소말리족 처녀들은 그 앞에서 넋을 잃었고 성모의 아름다움에 한숨지었다. 그들은 요셉에 대해 이미 알고 있었고 성모의 충실한 남편이자 보호자가 되어 준 것을 높이 평가했는데 아내 대신 아기를 안고 있는 그를 보자 더욱 감동하여 깊은 감사의 눈길로 그를 우러렀다. 아기를 임신 중이던 파라의 아내는 성당 안에 머무는 동안 성가족 곁을 떠나지 않았다. 성당에는 신부들이 몹시 자랑스럽게 여기는 창들이 있었는데 비록 종이로 만든 스테인드글라스 모조품이긴 했지만 그리스도의 수난이 생생히 묘사되어 있었다. 파라의 아내의 사촌은 그 창들에 반해서 눈길을 떼지 못하며 자신도 십자가를 짊어진 듯 무릎을 굽히고 손을 꽉 쥐고 창들을 따라 성당 안을 돌았다. 집으로 돌아오는 차 안에서 그들은 말을 아꼈다. 공연히 질문을 잘못해서 무지가 탄로 날까 봐 겁이 난 듯했다. 하지만 이틀쯤 지나자 더 이상 참지 못하고 프랑스인 신부들이 성모나 요셉을 대좌에서 내려오게 할 수 있는지 물었다.

파라의 아내의 사촌은 우리 농장에서 결혼식을 올렸다. 나는 마침 비어 있던 아름다운 방갈로를 결혼식 장소로 내주었다. 소말리족의 결혼식은 성대한 잔치로 무려 이레나 이어졌다. 나도 결혼식에 참석했는데 여자들이 행렬을 이루어 노래를 부르며 신부를 인도했고, 남자들 역시 행렬을 이루어 노래를 부르며 신랑을 인도하여 서로 만나게 했다. 신부는 그때까지 신랑의 얼굴을 본 적이 없었고 나는 그녀가 토르발센의 예수 상을 닮은 남자를 머리에 그리고 있었을지 아니면 천상의 사랑과 지상의 사랑의 이상형이 따로 있어서 기사도 이야기 속의 주인공을 상상하고 있었을지 궁금했다. 잔치가 벌어지는 동안 나는 몇 차례 차를 몰고 그곳으로 가보았다. 언제 가봐도 그곳은 잔치 분위기로 들썩였고 결혼식용 향이 피어올랐다. 칼춤과 여자들의 멋진 춤들이 진행되고, 노인들은 가축 거래에 여념이 없고, 축포가 울리고, 노새가 끄는 수레들이 손님들을 실어 날랐다. 밤에는 베란다에 걸린 허리케인 램프 불빛 아래 카모이신(붉은색), 프룬 퓨어(짙은 자주색), 수단 브라운(갈색), 로즈 벵골(장미색), 사프라닌(붉은색) 등의 아랍과 소말리랜드의 가장 아름다운 염료로 물들인 천들이 수레와 방갈로를 들고났다.

농장에서 파라의 아들이 태어났는데 정식 이름은 아하메드였지만 〈톱〉을 뜻하는 사우페로 불렸다. 그 아이에겐 키쿠유족 아이들이 지닌 수줍음이 없었다. 아기 때 도토리처럼 강보에 싸여서도 검고 둥근 머리통에 비해 몸이라고 할 수도 없는 몸통을 꼿꼿이 세우고 앉아서 상대의 눈을 똑바로 쳐다봐서 마치 작은 매를 손에 올려놓거나 사자 새끼를 무릎에 안고 있는 듯한 기분이 들었다. 엄마의 쾌활함을 물려받은 그 아이는 뛰어다닐 수 있게 되자 즐거운 대모험가가 되어 농장의 어린이들 세계에서 커다란 영향력을 행사했다.

# 크누센 영감

이따금 유럽 손님들이 난파선 조각이 잔잔한 물로 떠밀려 오듯 농장에 찾아왔다가 결국 파도에 밀려 다시 떠나거나 물속으로 가라앉고 말았다.

덴마크인 크누센 영감은 병든 장님 신세로 농장에 왔다가 결국 한 마리 외로운 짐승처럼 쓸쓸히 죽음을 맞았다. 그는 불행에 짓눌려 잔뜩 굽은 자세로 걸어 다녔고 말할 기력조차 남지 않아 오랜 세월 벙어리처럼 지냈다. 어쩌다 입을 열면 그의 목소리는 늑대나 하이에나의 목소리처럼 울부짖음이 되어 나왔다.

그러다 잠시 고통이 가라앉고 가쁜 숨이 진정되면 꺼져 가던 불길이 다시금 맹렬히 타올랐다. 그럴 때면 그는 내게 찾아와 그동안 자신이 세상을 암울하게만 보려 하는 병적인 기질과 어떻게 싸웠는지 설명했다. 그는 외부 환경은 잘못된 게 없으며 문제는 빌어먹을 비관주의, 비관주의라고, 그것이야말로 경멸해 마지않을 악덕이라고 주장했다!

농장 사정이 악화되었을 때 숯을 구워서 나이로비의 인도인들에게 팔라고 권유한 것도 크누센이었다. 그러면 수천 루피를 벌 수 있다고 그는 장담했다. 게다가 파란만장한 삶의 주인공 크누센 영감은 스웨덴 최북단까지 가서 숯 굽는 기술을 완벽하게 익힌 몸이기에 자신이 돕는다면 실패하려야 실패할 수 없다고 큰소리쳤다. 그는 기꺼이 원주민들에게 기술을 전수해 주겠노라고 나섰다. 그렇게 해서 그와 함께 숲에서 일하는 동안 나는 그와 많은 대화를 나누었다.

숯 굽기는 유쾌한 일이다. 그 일은 분명 사람을 도취시키는 면이 있으며 숯쟁이들은 사물을 독특한 시각으로 보는 것으로 알려져 있다. 숯쟁이들은 시와 엉터리 이야기를 좋아하며 숲의 정령들이 나와서 그들의 동무가 되어 준다. 다 구운 후 숯가마에서 꺼내 땅바닥에 펼쳐놓은 숯은 아름다운 작품이다. 불순물이 다 빠져 무게가 가볍고 비단결처럼 부드러운 숯은, 불멸성을 얻게 된 나무의 작고 경험 많은 검은 미라다.

숯 굽기 예술의 무대는 그 자체로 충분히 아름답다. 두꺼운 목재로는 숯을 만들 수 없어 우리는 덤불만 베어 냈기에 울창히 솟은 키 큰 나무들 아래서 계속 작업을 할 수 있었다. 아프리카 숲의 정적과 그늘 속에서 잘려진 나무들에선 구스베리 향이 났고 숯 굽는 가마의 날카롭고 신선하고 독하고 시큼한 냄새는 바닷바람처럼 상쾌했다. 작업장 전체가 극장 분위기를 갖고 있어서 극장이라곤 없는 적도 지방에선 무한한 매력을 지녔다. 일정한 간격으로 배치된 숯가마들에선 가느다란 푸른색 연기가 소용돌이를 그리며 피어올랐고 검은 숯가마들 자체가 무대 위의 천막처럼 보여서 낭만주의 오페라에 등장하는 밀수꾼이나 군인의 막사를 연상시켰다. 원주민들의 검은 형상이 그 사이를 소리 없이 지나다녔다. 아프리카의 숲에서 덤불을 베어 내면 나비 떼가 날아드는데 나비들은 그루터기에 모여 앉는 걸 좋아하는 듯하다. 그 모든 광경이 신비롭고 순수했다. 붉은 머리 크누센 영감이 작고 구부정한 몸으로 날렵하게 움직이는 모습은 그 환경과 신기할 정도로 잘 어울렸다. 좋아하는 일거리를 갖게 되어 신바람을 내며 원주민들을 비웃기도 하고 격려하기도 하는 그의 모습은 늙어서 눈도 멀고 심술 사나워진 장난꾸러기 요정을 연상시켰다. 그는 일에 공을 들였고 원주민 제자들에게 놀라운 인내심을 보였다. 그와 나는 의견이 맞지 않을 때도 있었다. 나는 파리에서 미술 학교에 다닐 때 올리브나무로 최상품 숯을 만든다고 배웠는데 크누센은 올리브나무에는 옹이가 없다고, 나무의 핵심은 옹이에 있다는 건 누구나 아는 사실이라고 우겼다.

아프리카 숲의 환경이 크누센의 급한 성미를 누그러뜨려 주었다. 아프리카의 나무들은 대부분 손바닥 모양의 가느다란 잎을 갖고 있어서 빽빽한 덤불을 베어 내어 숲의 속을 파내면 덴마크 너도밤나무 숲에 5월이 와서 잎들이 막 펼쳐지기 시작할 때와 흡사한 햇살이 들었다. 내가 그런 사실을 말해 주자 숯 굽기 작업 내내 우리가 덴마크에서 오순절 피크닉을 나온 것이라는 상상을 펼치고 있던 크누센은 무척이나 좋아했다. 그는 속이 빈 고목을 발견하고 코펜하겐 근처의 유흥지 이름을 따서 로텐부르크라고 불렀다. 내가 덴마크 맥주 몇 병을 로텐부르크 속 깊숙한 곳에 숨겨 두고 그곳에서 맥주를 마시자고 청하자 그는 재미있어하며 장단을 맞춰 주기도 했다.

우리는 가마에 불을 붙이고 나면 앉아서 인생 이야기를 나눴다. 나는 크누센의 과거와 별난 모험들에 대해 많이 알게 되었다. 그 대화에서는 세상에서 유일하게 정의로운 인물인 크누센 영감 바로 그 사람을 주인공으로 해서 이야기를 나눠야 안 그러면 그가 경계하는 음울한 비관주의의 늪에 빠져들게 되었다. 그는 난파를 당하고 역병에 걸리고, 이상한 색깔의 물고기들, 용오름, 하늘에 해가 셋이나 떠 있는 현상을 보기도 하고, 거짓 친구들에게 속고, 흉악한 짓거리를 저지르고, 일장춘몽 같은 성공을 거두기도 하고, 돈벼락을 맞았다가 바로 빈털터리 신세로 전락하는 등 파란만장한 경험을 했다. 그의 오디세이를 관통하는 강한 정서가 하나 있었으니 그건 바로 법에 대한, 법이 이룬 모든 것에 대한 혐오였다. 그는 타고난 반역자로 모든 무법자에게 동지 의식을 느꼈다. 그에게 영웅적 행위란 법에 대한 저항을 의미했다. 그는 법의 구속을 받지 않는 왕들과 왕족, 마술사, 난쟁이, 미치광이에 대해 이야기하기를 좋아했으며 법에 정면으로 맞서는 범죄, 혁명, 사기, 간계에 매료되었다. 반면 선량한 시민에겐 깊은 경멸을 느꼈고 법에 구속되는 것은 곧 노예근성의 표시라고 믿었다. 우리가 함께 나무를 베어 넘어뜨릴 때 알게 된 사실인데, 그는 심지어 중력의 법칙조차 받아들이지 않았다. 편견 없고 진취적인 정신의 소유자들은 그 법칙을 정반대로 생각할 수도 있다는 것이었다.

크누센은 내 마음속에 자신이 알던 사람들, 특히 사기꾼이나 악당의 이름을 각인시키려고 애썼다. 하지만 여자 이름은 단 한 번도 입에 올리지 않았다. 세월이 그의 마음에서 헬싱괴르의 사랑스러운 소녀들과 전 세계 항구 도시들의 무자비한 여인들에 대한 기억을 지워 버리기라도 한 듯했다. 하지만 그와 이야기를 나누다 보면 그의 삶 속에 한 미지의 여인이 줄곧 존재해 온 것 같은 느낌이 들었다. 그 여인이 그의 아내인지, 어머니인지, 학교 여선생님인지, 첫 고용주의 부인인지는 나도 알 수 없었지만 어쨌거나 나는 마음속으로 그녀를 마담 크누센이라고 불렀다. 나는 그녀가 몸집이 작을 것이라고 상상했는데 크누센이 무척 작았기 때문이다. 그녀는 남자의 쾌락을 망치는 여자였고 따라서 늘 옳은 인물이었다. 그녀는 잔소리꾼 마누라였고 대청소 날의 주부였으며 모든 모험을 중단시키고 아들의 얼굴을 닦아 주고 남편 앞에 놓인 술잔을 치웠다. 그녀는 법과 질서의 화신이었다. 절대 권력을 추구한다는 점에서는 소말리족 여인들의 여신과 흡사했지만 마담 크누센은 사랑으로 남자를 노예로 만들 생각은 하지도 않았으며 오로지 이성과 정당성으로 지배하고자 했다. 크누센은 지울 수 없는 인상을 받아들일 정도로 마음이 유연했던 젊은 시절에 그녀를 만난 것이 분명했다. 그녀는 바다를 싫어해서 바다까지 따라오진 않았기에 크누센은 그녀를 피해 바다로 도망쳤지만 아프리카에서 다시 뭍에 오르자 그녀는 다시 그와 함께했다. 크누센의 거친 가슴과 백발이 되어 가는 붉은 머리칼로 덮인 머리는 그 어떤 남자보다 그녀를 두려워했으며 세상의 모든 여자를 변장한 마담 크누센이라고 믿었다.

　우리의 숯 사업은 결국 성공을 거두지 못했다. 이따금 가마가 화염에 휩싸이는 사고가 발생했고 우리의 수익은 그 연기 속으로 사라졌다. 크누센은 우리의 실패에 몹시 마음을 쓰면서 실패 이유를 곰곰이 생각했다. 그러곤 마침내 눈이 많이 내리지 않는 곳에서는 숯 굽기 사업에 성공할 수 없노라고 선언했다.

크누센은 내가 농장에 연못을 만드는 것도 도왔다. 농장 길이 지나는 곳에 움푹 팬 초지가 있었는데 거기서 샘이 솟았다. 나는 그 밑에 둑을 쌓아 그 초지를 연못으로 만들 계획을 세웠다. 아프리카에서는 늘 물 부족에 시달리기 때문이다. 가축들이 강까지 먼 걸음을 하지 않고 그곳에서 물을 마실 수 있다면 큰 이득이 될 터였다. 둑을 쌓는 계획은 농장에서 밤낮으로 큰 의논거리가 되었고 마침내 둑이 완성되자 모두들 대단한 성취감을 맛보았다. 둑은 길이가 60미터나 되었다. 크누센 영감은 둑 쌓는 일에 지대한 관심을 보이며 푸란싱에게 흙 퍼내는 통을 만드는 법까지 가르쳐 주었다. 그런데 막상 둑을 쌓아 놓고 보니 긴 가뭄이 지난 후 큰비가 내리기 시작하자 물살을 이기지 못해 여기저기 구멍이 생기고 반은 물에 쓸려 내려가고 말았다. 그런 일이 자꾸 반복되자 크누센은 농장의 황소들과 소작농의 가축들이 연못으로 물을 마시러 갈 때마다 둑을 밟아 다지도록 하자는 묘안을 냈다. 그리하여 모든 염소와 양이 둑을 밟아 다지는 대역사에 참여하게 되었다. 크누센은 둑에서 어린 목동들과 지독한 싸움을 벌이곤 했는데 그는 가축이 둑 위로 천천히 걸어가기를 요구하고 거친 원주민 목동들은 가축들이 꼬리를 들고 달리기를 원했기 때문이다. 결국 내가 나서서 크누센의 손을 들어 주었다. 가축들이 하늘을 배경으로 길게 열을 지어 좁은 둑 위를 침착하게 걸어가는 광경은 노아의 방주로 향하는 동물들의 모습을 떠올리게 했고 옆구리에 지팡이를 끼고 가축 수를 세는 크누센 영감은 곧 자신을 제외한 모든 사람이 물에 빠져 죽을 것이란 사실에 흡족해하는 노아를 연상시켰.

시간이 지나면서 연못에 물이 많이 모여서 수심이 2미터가 넘는 곳들이 생겼으며 길이 연못을 관통하고 있어서 무척 아름다웠다. 나중에 우리는 그 아래로 둑을 두 개나 더 쌓아서 마치 실에 진주를 꿰듯 줄줄이 연못을 만들었다. 그리하여 그 연못은 농장의 심장부가 되었다. 그곳엔 늘 가축과 아이들이 모여들어 활기가 넘쳤고 초원과 언덕 지대의 물웅덩이들이 말라붙는 가뭄 때는 왜가리, 따오기, 물총새, 메추라기, 그리고 여남은 종의 거위와 오리도 찾아왔다. 저녁이 되어 하늘에 별이 뜨기 시작하면 나는 연못가로 나가 앉았고 새들이 둥지를 찾아 날아들었다. 헤엄치는 새들은 다른 새들과는 달리 목적이 있는 비행을 하며 한 장소에서 다른 장소로 이동하는 것이다. 야생의 헤엄치는 새들이 찾지 못할 길이 어디 있으랴! 오리들은 유리처럼 맑은 하늘에서 선회 비행을 마치고 천상의 궁사가 쏜 무수한 화살촉처럼 소리 없이 검은 물로 내려앉았다. 나는 연못에서 악어를 쏜 적이 있었다. 그 악어는 아씨 강에서 19킬로미터를 이동하여 우리 연못으로 왔을 터였기에 신기하기 짝이 없었다. 그 악어는 전에는 없던 연못이 생겼다는 걸 어떻게 알았던 것일까?

첫 번째 연못이 완성되자 크누센은 그 연못에 고기를 잡아다 넣을 방법을 내게 말해 주었다. 아프리카에는 맛이 좋은 농어가 있었고 우리는 농장에서 물고기를 키우는 궁리를 많이 했던 것이다. 그러나 수렵국에서 연못들에 농어를 풀어 놓긴 했으되 낚시를 금지하고 있어서 농어를 구하기가 쉽지 않았다. 크누센은 사람들이 아무도 모르는 연못을 자신이 알고 있다며 거기 가서 농어를 얼마든지 잡아 올 수 있노라고 내게 귀띔을 했다. 거기까지 차를 몰고 가서 그물을 던져 고기를 잡은 후 통 여러 개에 담아 오면 되고 연못 속 물풀을 통에 넣어 주면 돌아오는 동안 고기들이 죽지 않을 것이라고 했다. 그는 잔뜩 흥분해서 부들부들 떨며 계획을 설명했고 아무도 흉내 낼 수 없는 그물을 손수 제작했다. 하지만 출발 날짜가 가까워질수록 수상한 점이 늘어 갔다. 그는 보름달이 뜨는 날 한밤중에 일을 진행해야만 한다고 주장했다. 그리고 처음엔 하인 셋을 데려갈 작정이었는데 하인 수를 둘로, 하나로 줄이더니 그 하나마저 완벽하게 신뢰할 수 있는 인물인지 거듭 물었다. 그러더니 결국 우리 둘이만 가는 게 좋겠다고 선언했다. 나는 우리 둘이선 고기가 든 통들을 차로 옮길 수 없다고 했지만 크누센은 그래도 그게 최선이라고, 이 계획은 철저히 비밀에 부쳐야만 한다고 우겼다.

나는 수렵국에 친구들이 있었기에 크누센에게 이렇게 묻지 않을 수 없었다. 「크누센, 우리가 고기를 잡으러 가는 연못은 진짜로 누구 소유죠?」 크누센은 아무런 대꾸도 없었다. 그는 침을 뱉더니 — 진짜배기 늙은 뱃사람의 침이었다 — 누더기 신발을 신은 발을 들어 땅바닥의 침을 비비고 천천히 돌아서서 가버렸다. 고개를 떨구고 지팡이로 더듬거리며 걸어가는 뒷모습이 몹시도 처량했다. 그는 다시 패배자가, 저속하고 냉혹한 세상의 집 없는 도망자가 된 것이었다. 나는 그의 몸짓에 주문이라도 걸린 듯 의기양양한 마담 크누센이 되어 그 자리에 꼼짝도 않고 서 있었다.

그 후 우리 두 사람은 고기를 잡아 오는 계획에 대해 함구했다. 그가 세상을 뜬 뒤에야 나는 수렵국의 협조를 얻어 연못에 농어를 키울 수 있었다. 물고기들은 내 연못의 생명력에 조용하고 냉정하면서도 반항적인 생명력을 더하며 잘 자랐다. 한낮에 연못가를 지나다 보면 검은 유리로 만든 듯한 물고기들이 햇살이 환히 비치는 흐릿한 수면 가까이 올라와 있는 광경을 볼 수 있었다. 나는 집에 갑자기 손님이 오거나 하면 하인 툼보를 연못으로 보내 원시적인 낚싯대로 큼직한 농어를 한 마리씩 잡아오게 했다.

나는 농장 길에서 크누센 영감의 시체를 발견한 뒤 나이로비 경찰서에 심부름꾼을 보내 그의 죽음을 알렸다. 나는 그를 농장에 묻을 작정이었는데 밤늦게 경찰관 둘이 관을 가지고 그를 데리러 왔다. 마침 긴 우기가 막 시작된 때라 그날 밤 천둥 번개를 동반한 폭우가 쏟아졌다. 우리는 억수같이 내리는 빗속에서 크누센의 집으로 차를 몰고 갔는데 그의 시신을 차로 옮기는 동안 머리 위에서 천둥이 대포처럼 우르릉대고 사방에서 번갯불이 옥수수 밭의 옥수수 열매처럼 빽빽하게 모여서 번쩍거렸다. 차바퀴에 체인을 감지 않아서 차가 이리 쏠리고 저리 쏠리며 아슬아슬하게 달렸다. 크누센 영감은 농장에서 그런 모습으로 퇴장하는 것을 흡족히 여겼을 터였다.

나는 그의 장례 절차를 두고 나이로비 시 당국과 마찰을 빚었고 그 일로 서로 언성까지 높였으며 몇 차례나 시내에 나가야 했다. 크누센을 대신해서 마지막으로 법과 맞섰던 것이다. 그리하여 나는 더 이상 마담 크누센이 아니라 그의 형제로 거듭날 수 있었다.

# 농장으로 피신한 도망자

농장을 찾아와 하룻밤 묵고 영원히 떠나 버린 여행자가 하나 있는데 문득문득 그가 생각날 때가 있다. 그의 이름은 엠마누엘손이고 스웨덴인으로, 내가 그를 처음 안 건 그가 나이로비에 있는 호텔에서 지배인 노릇을 하고 있을 때였다. 그는 부은 듯한 붉은 얼굴을 한 뚱뚱한 젊은이였는데 내가 호텔에서 점심을 먹을 때면 내 의자 옆에 서서 나를 대접한 답시고 몹시도 기름진 목소리로 고국과 공통의 지인들 이야기를 늘어놓곤 했다. 나는 그런 그가 성가셔서 당시 나이로비에 한 군데 더 있던 호텔로 식사 장소를 옮겨 버렸다. 그 후 나는 그를 소문으로만 접했는데 그는 말썽 일으키는 재주를 타고난 듯했고 인생의 쾌락에 대한 취향과 관점 자체가 정상인들과 달랐다. 그는 자연히 아프리카의 스칸디나비아인 사이에서 천덕꾸러기 신세가 되었다. 그러던 어느 날 오후 그가 갑자기 농장에 나타났는데 잔뜩 겁에 질린 모습으로 탕가니카로 당장 떠나야 되니 여비를 빌려 달라고 했다. 여기 있다 잡히면 감옥에 갇힐 거라는 것이었다. 내 도움이 너무 늦었는지 아니면 그가 여비를 다른 데 썼는지 얼마 후 나는 그가 나이로비에서 체포되었다는 소식을 들었다. 그는 감옥에 가진 않았지만 한동안 내 시야에서 사라졌다.

그리고 어느 날 저녁, 말을 타고 나갔다가 이미 별이 뜬 늦은 시각에 집으로 돌아오던 길에 나는 집 밖 돌 의자에서 나를 기다리고 있는 사내를 발견했다. 바로 엠마누엘손이었는데, 그가 정중한 음성으로 말했다. 「남작부인, 나그네가 찾아왔습니다.」 내가 어쩐 일이냐고 묻자 그는 길을 잃고 내 집까지 흘러들었다고 했다. 어디로 가는 길이었는지 묻자 탕가니카라고 했다.

탕가니카로 가는 길은 넓은 도로여서 찾기 쉬웠고 우리 농장 길은 그 도로에서 벗어난 곳에 있었기에 그의 말을 곧이 듣기 힘들었다. 탕가니카엔 어떻게 가려고요? 내가 물었다. 그는 걸어서 갈 거라고 대답했다. 나는 그건 불가능한 일이라고, 사흘 동안 물도 없는 마사이족 보호 구역을 통과해야 하는 데다 그곳의 사자들은 성질이 포악해져 있는 상태라고 말했다. 그러잖아도 그날 마사이족이 나를 찾아와 사자들을 총으로 쏘아 죽여 달라고 부탁하고 갔던 것이다.

엠마누엘손은 자신도 잘 안다고, 그래도 탕가니카까지 걸어가겠다고 말했다. 다른 방도가 없다는 것이었다. 그는 기왕에 길을 잃고 농장까지 왔으니 저녁을 얻어먹고 하룻밤 묵은 뒤 내일 새벽같이 떠날 수 있는지 물었다. 그게 곤란하다면 별이 밝게 빛나는 동안 얼른 출발해야겠다고 했다.

나는 그가 내 집 손님이 아님을 강조하기 위해 말에서 내리지 않고 있었다. 그와 함께 저녁을 먹고 싶지 않아서였다. 하지만 그의 말을 들어 보니 그 역시 내가 안으로 들여 줄 것을 기대하지 않는 눈치였다. 그는 나를 설득할 자신도 없었는지 친구 하나 없는 쓸쓸한 사내의 모습으로 어둠 속에 서 있었다. 그의 쾌활한 태도는 이미 구겨진 자신의 체면을 살리기 위한 것이 아니라 내 입장을 배려한 것이었으며 내가 그를 그냥 돌려보낸다 해도 몰인정한 처사가 아니라 충분히 그럴 수 있는 일인 것처럼 보이게 만들었다. 그건 쫓기는 동물의 예의였다. 나는 마부를 부른 뒤 말에서 내리며 말했다. 「들어와요, 엠마누엘손. 우리 집에서 저녁 먹고 자고 가도 돼요.」

램프 불빛에 비친 엠마누엘손은 처량해 보였다. 그는 아프리카에선 아무도 안 입는 긴 검정 코트를 입었고 수염과 머리도 덥수룩하고 신발은 낡아서 앞쪽이 찢어져 있었다. 탕가니카로 가면서 아무것도 가져가지 않는지 빈손이었다. 나는 살아 있는 염소를 하느님께 바친 뒤 그 염소를 다시 황야로 보내는 대사제의 역할을 맡은 듯했다. 나는 그 자리에 포도주가 필요하다는 생각이 들었다. 우리 집에 포도주가 떨어지지 않게 해주는 버클리 콜이 얼마 전에 매우 귀한 부르고뉴산 적포도주 한 상자를 보내 준 터라 나는 주마에게 그 포도주 한 병을 따게 했다. 나는 엠마누엘손과 식탁에 앉았고 하인이 그의 잔에 포도주를 따랐다. 엠마누엘손은 잔을 반쯤 비운 뒤 불빛을 향해 들고 마치 음악을 감상하는 사람처럼 한참이나 들여다보더니 말했다. 「좋은 술이네요. 샴베르탱 1906년산이군요.」 그의 감정은 정확했고 나는 그를 다시 보지 않을 수 없었다.

그러나 그는 다른 말은 하지 않았고 나도 딱히 할 말이 없었다. 나는 그에게 왜 일자리를 구하지 못하고 있는지 물었다. 그는 사람들이 이곳에서 하고 있는 일들에 대해 아는 게 없어서 그렇다고 대답했다. 호텔에서는 해고되었고 호텔 지배인이 원래 직업도 아니라고 했다.

「회계에 대해서는 좀 알아요?」 내가 물었다.

「아뇨. 전혀 모릅니다. 전 원래 숫자 계산에 약하지요.」 그가 대답했다.

「가축에 대해서는 알아요? 소 같은 것 말예요.」 내가 물었다. 그러자 그는 대답했다. 「아뇨, 아뇨. 전 소를 무서워합니다.」

「그럼 트랙터는 몰 줄 알아요?」 내가 물었다. 그러자 그의 얼굴에 한 줄기 희망의 빛이 나타났다. 「아뇨. 하지만 배우면 할 수 있을 것 같습니다.」

「내 트랙터론 안 돼요. 엠마누엘손, 그동안 무슨 일을 하면서 살았어요? 직업이 뭐죠?」

엠마누엘손은 똑바로 앉으며 외쳤다. 「직업이 뭐냐고요? 사실 전 배우입니다.」

나는 이 실패한 사내에게 현실적인 도움을 주는 것이 내 능력 밖의 일이라는 데 내심 안도했다. 이제 일반적이고 인간적인 대화를 나눌 때가 된 것이다. 「배우라고요? 멋지군요. 그럼 무대에 설 때 어떤 역을 제일 좋아했어요?」

「사실 전 비극 배우죠. 제가 좋아한 역은 〈춘희〉의 아르망 역과 〈유령〉의 오스왈드 역입니다.」

우리는 그 작품들에 대해, 그 작품들에 출연했던 여러 배우에 대해, 그 작품들을 어떤 식으로 연기해야 한다고 생각하는지에 대해 한참 이야기했다. 엠마누엘손이 방 안을 둘러보며 물었다. 「혹시 헨리크 입센의 희곡 작품을 소장하고 계신가요? 그럼 우리 둘이 〈유령〉의 마지막 장면을 연기할 수 있을 텐데요. 부인께서 알빙 부인 역을 맡아 주신다면 말입니다.」

나는 입센의 작품을 소장하고 있지 않았다.

엠마누엘손이 자신의 제안에 흥분해서 말했다. 「혹시 대사를 기억하실 순 없을까요? 전 오스왈드의 대사를 처음부터 끝까지 다 외우고 있습니다만. 마지막 장면이 압권이지요. 비극적 효과로는 그 작품을 뛰어넘을 만한 것이 없지요.」

하늘엔 별이 총총했고 따스하고 기분 좋은 밤이었다. 우기가 머지않은 때였다. 나는 엠마누엘손에게 정말로 탕가니카까지 걸어갈 작정이냐고 물었다.

「예. 이제부터 스스로 인생을 개척하려고요.」 그가 대답했다.

「결혼을 안 한 게 다행이네요.」 내가 말했다.

「예. 그렇죠.」 그는 그렇게 대답한 뒤 잠시 후 겸손하게 덧붙였다. 「그런데 저 사실 결혼했습니다.」

엠마누엘손은 이곳 아프리카에서는 원주민이 워낙 헐값에 노동력을 제공하기 때문에 백인이 구직 경쟁에서 이길 수 없노라고 불평했다. 「파리에서는 카페 같은 데서 얼마든지 웨이터 일자리를 구해서 잠깐씩 일할 수 있었지요.」

「왜 파리에 머물지 않았나요?」 내가 물었다.

그는 빠르고 분명한 눈길로 나를 흘낏 보며 대답했다. 「파리요? 아니, 거긴 정말 아녜요. 아슬아슬하게 파리를 탈출한걸요.」

엠마누엘손에겐 세상에 하나뿐인 친구가 있었는데 그날 저녁 몇 번이나 그 친구 얘기를 했다. 그 친구는 부자인 데다 매우 관대해서 그 친구와 연락만 닿는다면 모든 게 달라지리란 것이었다. 그 친구는 마술사로 전 세계를 돌아다니며 공연을 한다고 했다. 그와 마지막으로 연락이 된 곳은 샌프란시스코였다고 했다.

우리는 문학과 연극 얘기를 나누다가 다시 엠마누엘손의 미래에 대한 화제로 돌아갔다. 그는 이곳 아프리카에서 동포들이 차례로 자신을 내친 것에 대해 이야기했다.

「엠마누엘손, 당신은 지금 어려운 처지에 있어요. 난 어떤 면에서는 당신보다 힘든 역경에 처한 사람을 본 적이 없어요.」 내가 말했다.

「예, 저도 그렇게 생각합니다. 하지만 최근에 제가 생각한 게 하나 있습니다. 부인께선 아마 그런 생각을 안 해보셨을 겁니다. 어쨌든 누군가는 세상 사람들 중에서 가장 나쁜 처지에 있어야 한다는 것이죠.」 그가 말했다.

그는 술병을 비운 뒤 잔을 옆으로 밀어 놓았다. 「이 여행은 제게 일종의 도박이라고 할 수 있습니다. 루주 에 누아르[2] 같은. 이 상황에서 벗어날 기회를 갖게 되는 것이고 어쩌면 모든 것에서 벗어날 수도 있겠지요. 반면, 탕가니카에 무사히 도착할 수만 있다면 새로운 인생에 뛰어드는 것이고요.」

「탕가니카에 무사히 갈 수 있을 거예요. 인도인들의 짐마차를 얻어 탈 수도 있을 테니까.」 내가 말했다.

「그렇지요. 하지만 거긴 사자들이 있지요. 마사이족도 있고.」 엠마누엘손이 대꾸했다.

「엠마누엘손, 신을 믿나요?」 내가 물었다.

「예, 그럼요. 예.」 엠마누엘손은 그렇게 대답한 뒤 잠시 침묵을 지켰다. 「제가 이런 말을 하면 저를 지독한 회의주의자로 여기실지도 모르겠습니다. 하지만 전 신을 제외하곤 아무것도 절대로 믿지 않습니다.」

「이봐요, 엠마누엘손, 돈은 좀 있어요?」 내가 물었다.

2 적색과 흑색 무늬의 테이블에서 하는 카드 도박.

「예, 있습니다. 80센트.」그가 대답했다.

「그걸론 충분치 못해요. 나도 당장 집에는 돈이 없어요. 하지만 파라에게 좀 있을 거예요.」 파라는 4루피를 갖고 있었다.

이튿날 동이 트기 전에 나는 하인들에게 엠마누엘손을 깨우고 아침 식사를 준비하도록 일렀다. 간밤에 나는 그를 내 차로 16킬로미터 정도 태워다 줘야겠다고 마음먹었다. 그래도 130킬로미터를 더 걸어가야 하는 엠마누엘손에겐 별 도움이 못 되겠지만 나는 그가 우리 집 문지방을 넘어 곧장 불확실한 운명 속으로 들어서는 모습을 보고 싶지 않았을뿐더러 그의 희극인지 비극인지 모를 이 작품에 참여하고 싶기도 했다. 나는 샌드위치와 삶은 계란을 싸주고 그가 진가를 알아본 샹베르탱 1906년산도 한 병 챙겨 주었다. 어쩐지 그것이 그가 마지막으로 마시는 포도주가 될지도 모른다는 생각이 들었다.

새벽에 엠마누엘손은 지상에서는 턱수염이 빨리 자란다는 전설 속 시체 같지만 기분 좋게 무덤에서 나왔고 차를 타고 가면서도 매우 차분하고 분별 있는 태도를 보였다. 음바가씨 강 건너편에서 나는 그를 내려 주었다. 아침 공기는 상쾌했고 하늘엔 구름 한 점 없었다. 그는 남서쪽으로 향했다. 고개를 돌려 반대쪽 지평선을 보니 막 떠오른 흐릿한 붉은 해가 마치 삶은 계란의 노른자 같았다. 서너 시간만 지나면 해는 흰 불덩어리가 되어 방랑자의 머리 위로 맹렬하게 내리쬘 터였다.

엠마누엘손은 내게 작별 인사를 하고 몇 걸음 가다가 돌아와서 한 번 더 인사를 했다. 나는 차 안에 앉아 그의 뒷모습을 바라보았고 지켜봐 주는 사람이 있는 걸 그가 좋아하리라 생각했다. 그는 연극 본능이 강해서 지금 이 순간조차 관객의 시선을 받으며 퇴장하는 배우의 기분을 느낄 터였다. 퇴장하는 엠마누엘손. 저 언덕들과 가시나무들, 먼지 이는 길도 그를 딱하게 여겨 판지로 만든 무대 장식 같은 효과를 내야 하는 게 아닐까?

아침 바람에 그의 긴 검정 코트 자락이 펄럭거렸고 코트 주머니에서 포도주 병이 목을 내밀고 있었다. 나는 집에서 머무는 사람들이 길 위의 나그네와 선원, 탐험가, 방랑자에게 느끼는 사랑과 감사가 가슴 가득 차오르는 걸 느꼈다. 그는 언덕 꼭대기에 올랐을 때 돌아서서 모자를 벗어 나를 향해 흔들었고 그의 긴 머리칼이 이마에서 나부꼈다.

나와 함께 차에 타고 있던 파라가 물었다.「저 브와나는 어디로 가십니까?」파라는 우리 집에서 하룻밤 묵은 엠마누엘손의 권위를 살려 주기 위해 그를 브와나(나리)라고 불렀다.

「탕가니카.」내가 대답했다.

「걸어서요?」파라가 물었다.

「그래.」내가 대답했다.

「알라가 함께하시기를.」파라가 말했다.

그날 하루 종일 나는 자꾸 엠마누엘손 생각이 나서 밖으로 나가 탕가니카로 가는 길 쪽을 바라보았다. 밤 10시쯤 멀리 남서쪽 방향에서 사자의 포효가 들렸고 반 시간쯤 뒤에 또 들렸다. 나는 그 사자가 낡은 검정 코트를 깔고 앉아 있는 건 아닐까 생각했다. 그 주에 나는 엠마누엘손의 소식을 들으려고 애썼고 파라에게 탕가니카까지 짐마차를 운행하는 인도인들에게 혹시 길에서 그를 만났는지 알아보게 했다. 하지만 그를 보았다는 사람은 아무도 없었다.

반년이 지난 후 나는 아는 사람이 아무도 없는 도도마에서 발송된 뜻밖의 등기 편지를 받았다. 엠마누엘손이 보낸 것이었다. 거기에는 그가 처음 도피하려고 했을 때 빌려 준 50루피와 파라의 돈 4루피가 들어 있었다. 돌려받으리라곤 꿈에도 생각지 못했던 그 돈에 엠마누엘손의 재치와 매력이 가득한 장문의 편지가 동봉되어 있었다. 그는 도도마에서 바텐더로 취직하여 잘 지내고 있다고 했다. 그는 감사할 줄 아는 사람으로 농장에서 보낸 밤의 모든 것을 기억하고 있었고 친구들과 함께 있는 듯한 기분을 느꼈노라고 몇 번이나 강조했다. 그는 탕가니카로의 여정에 대해서도 자세히 설명해 주었다. 그는 마사이족 칭찬을 아끼지 않았다. 마사이족은 길에서 그를 발견하고 마을로 초대하여 따뜻하게 대접했으며 여러 우회로를 거쳐 거의 탕가니카까지 안내해 주었다. 엠마누엘손은 많은 나라에서 겪은 모험담으로 마사이족을 즐겁게 해주었기 때문에 마사이족은 그와 헤어지기를 무척이나 아쉬워했다. 엠마누엘손은 마사이족의 언어를 모르므로 몸짓으로 자신의 오디세이를 전했을 터였다.

나는 엠마누엘손이 마사이족에게서 도피처를 찾고 마사이족이 그를 받아들인 것이 적절한 일이라는 생각이 들었다. 진정한 귀족과 진정한 프롤레타리아는 비극을 이해하니까. 그들에게 비극은 하느님의 기본 원칙이며 존재를 이해하는 열쇠니까. 그들은 그런 점에서 비극을 부인하고 그것을 견디려 들지 않고 비극이라는 단어 자체를 불쾌함으로 여기는 부르주아 계급과 다르다. 백인 중산층 이민자와 원주민 사이의 많은 오해는 그런 사실에서 비롯된다. 침울한 마사이족은 귀족이자 프롤레타리아이며 검은 옷을 걸친 고독한 방랑자에게서 단박에 비극의 그림자를 보았을 것이다. 그리고 비극 배우 엠마누엘손은 그들과 함께하면서 비로소 자아실현의 꿈을 이룰 수 있었을 것이다.

# 친구들의 방문

나는 농장에서 친구들을 맞이하는 걸 큰 기쁨으로 여겼고 농장 전체가 그것을 알았다.

데니스 핀치해턴의 긴 사파리가 끝날 때쯤이면 아침에 마사이족 청년이 길고 가느다란 한쪽 다리로 집 밖에 서 있다가 내게 알렸다. 「나리께서 돌아오십니다. 이삼일 안에 도착하실 겁니다.」

오후에는 농장 외곽에 사는 소작농 아이가 잔디밭에 앉아서 기다리고 있다가 내가 나가면 말했다. 「강굽이에 뿔닭 떼가 있어요. 잡아서 나리께 대접하고 싶으시면 이따 해 질 때 저랑 같이 가요. 어딘지 알려 드릴게요.」

내 친구들 중 위대한 방랑자들은 찾아올 때마다 변함없는 모습으로 맞아 준다는 점 때문에 우리 농장에 매력을 느꼈다. 사방을 떠돌며 텐트 생활을 해온 그들은 별의 궤도처럼 고정된 우리 집 진입로를 돌아 들어오며 기쁨에 젖었다. 그들은 친근한 얼굴들이 맞아 주는 걸 좋아했으며 나는 아프리카에 머무는 동안 하인들을 바꾸지 않았다. 나는 떠남을 갈망하며 농장에 머물렀고 그들은 책과 리넨 시트와 커튼 쳐진 넓은 방의 시원함을 갈망하며 돌아왔다. 그들은 모닥불 앞에서 농장 생활의 즐거움을 꿈꾸었으며 농장에 도착하자마자 내게 열띤 어조로 묻곤 했다. 「요리사에게 〈사냥꾼 오믈렛 *omelette à la chasseur*〉 만드는 법 가르쳤어요? 페트루슈카 레코드판 도착했어요?」 그들은 내가 없을 때도 우리 집에서 묵었으며 데니스는 내가 유럽에 가 있는 동안 우리 집에서 살았다. 버클리 콜은 우리 집을 〈나의 숲 속 은둔처〉라고 불렀다.

방랑자들은 내가 제공하는 문명의 혜택에 대한 보답으로 파리에서 모피 코트로 둔갑할 표범이나 치타 가죽, 신발 재료로 쓸 뱀이나 도마뱀 가죽, 아프리카무수리 깃털 같은 사냥 기념물들을 가져왔다.

나는 그들을 기쁘게 해주려고 그들이 떠난 사이에 옛날 요리책을 뒤져 진기한 요리들도 시도해 보고 정원에 유럽의 꽃들도 심었다.

한번은 덴마크에 다니러 갔다가 한 노부인에게서 작약 구근 열두 개를 선물받았는데 식물에 대한 수입 규제가 엄격해서 아프리카로 들여올 때 애를 먹었다. 구근을 정원에 심었더니 금세 둥근 모양의 검붉은 싹들이 무수히 고개를 내밀었고 나중에는 가녀린 잎들과 둥근 꽃봉오리들이 달렸다. 처음 꽃망울을 터뜨린 건 〈느무르 공작부인 *Duchesse de Nemours*〉이라고 불리는 품종으로 커다란 흰 꽃이 한 송이 피었는데 그 모습이 너무도 고결했고 신선하고 달콤한 향기가 진동했다. 나는 그 꽃을 꺾어 거실의 화병에 꽂아 두었고 백인 손님들은 다 그 앞에 멈춰 서서 한마디씩 했다. 아니, 작약이잖아요! 하지만 다른 꽃봉오리들이 꽃도 피워 보지 못한 채 시들어 떨어지는 바람에 나는 그 꽃 한 송이밖에 얻지 못했다.

몇 년 후, 나는 치로모의 맥밀런 부인의 영국인 정원사에게 그 작약들에 대해 이야기할 기회가 있었다. 「아프리카에서는 아직 작약 키우기에 성공하지 못하고 있습니다. 수입해 와 심어서 씨를 받기 전까지는 불가능하지요. 참제비고깔도 그렇게 들여왔습니다.」 정원사가 한 말이었다. 나는 아프리카에 작약을 들여와 느무르 공작부인처럼 불후의 명성을 얻을 수도 있었는데 한 송이밖에 피지 않은 꽃을 꺾어 화병에 꽂는 바람에 그 영광을 놓치고 만 것이다. 나는 그 흰 작약이 자라는 모습을 보는 꿈을 자주 꾸었는데 꿈속에서는 그 꽃을 꺾지 않은 걸 기뻐하고 있었다.

친구들은 오지에서도, 도시에서도 찾아왔다. 토지국에 근무하는 휴 마틴은 나이로비에서 와서 나를 즐겁게 해주었다. 그는 세계의 희귀 문학에 정통한, 명석한 인물로 동양에서 공직 생활을 하며 평화로운 인생을 보냈는데 특히 그곳에서 거구의 중국 신상처럼 보이는 타고난 재주를 발현했다. 그는 나를 캉디드라고 불렀고 자신은 기인 팡글로스 박사 노릇을 하면서 확고하고도 침착하게 인간 본성과 우주의 비열함과 한심함에 대한 신념을 견지했으며 자신의 신념에 만족하고 있었다. 그래선 안 될 이유가 무어란 말인가? 그는 일단 커다란 의자에 자리를 잡고 앉으면 여간해서는 일어나지 않았다. 술병과 잔을 앞에 놓고 그는 조용히 환한 미소를 지으며 자신의 인생론을 펼쳤다. 아이디어들로 빛을 발하는 그의 모습은 마치 물질과 사상의 터무니없을 정도로 빠른 인광성(燐光性) 성장을 보는 듯했으며, 세상과 화해하고 악마 안에서 휴식하는 그 뚱뚱한 남자는 주님보다 악마의 제자임이 분명한 표시를 지니고 있었다.

노르웨이 출신의 코 큰 젊은이 구스타브 모르는 어느 날 저녁 때 나이로비 건너편에 있는 농장에서 갑자기 찾아왔다. 활력적인 농부인 그는 같은 농부끼리는, 혹은 스칸디나비아 인들끼리는 서로의 노예가 되어 주는 것이 도리이기나 한 양 단순하고 활기차고 기꺼운 태도로 우리 농장 일을 도왔으며 사실 농장 일에 물심양면으로 그보다 큰 도움을 준 사람은 없었다.

그는 화산의 돌처럼 불타는 가슴을 안고 농장으로 달려왔다. 그는 황소와 사이잘삼 얘기만 하며 살다 보니 미쳐 버릴 것 같다고, 영혼의 굶주림을 더 이상 견딜 수 없다고 토로했다. 그는 방에 들어서면서부터 자정 너머까지 질 나쁜 담배로 몸을 망쳐 가며 사랑, 공산주의, 매춘, 함순,[3] 성서에 대한 열변을 쏟아 냈다. 그는 거의 먹지도 않았고 내 말을 들으려고도 하지 않았다. 내가 어쩌다 한마디 하면 가슴속의 불로 시뻘겋게 달아올라서 담뱃불을 흔들어 대며 소리를 내질렀다. 그의 가슴엔 쏟아 내야 할 생각이 가득했고 말을 하다 보면 그것들이 더 생겨났다. 그러다 새벽 두 시에 갑자기 할 말이 동이 났다. 그러면 병원 정원에 앉은 회복기 환자처럼 겸허한 표정으로 평온하게 앉아 있다가 일어나서 다시 황소와 사이잘삼이 지배하는 일상으로 돌아가기 위해 차를 몰고 맹렬한 속도로 달려갔다.

잉그리드 린스트롬은 은조로에 있는 농장과 칠면조, 원예 작물에서 하루 이틀 놓여날 수 있을 때 우리 농장에 와서 머

[3] 노르웨이 소설가.

물렀다. 그녀는 공정한 정신의 소유자였고 부친과 남편이 스웨덴 장교였다. 그녀와 남편은 단기간에 한몫 잡아 볼 요량으로 아프리카로 소풍처럼 즐거운 모험 여행을 나온 것이었으며 당시 아마 시세가 좋아서 톤당 5백 파운드가 나가는 걸 보고 아마 밭을 사들였지만 바로 아마 값이 40파운드까지 폭락하는 바람에 밭과 기계가 무용지물이 되어 버렸다. 잉그리드는 가족을 위해 농장을 구하려고 양계장도 만들고 원예 작물도 재배하면서 노예처럼 일했다. 그렇게 사력을 다하는 동안 그녀는 농장과 소, 돼지, 원주민, 채소, 자신이 소유한 아프리카 땅을 필사적인 열정으로 깊이 사랑하게 되어 그것들을 지키기 위해서라면 남편과 아이들을 팔 수도 있게 되었다. 고난의 시기에 그녀와 나는 땅을 잃게 될지도 모른다는 두려움에 사로잡혀 서로의 품에 안겨 울기도 했다. 잉그리드는 스웨덴 농사꾼 아낙답게 시원시원하고 대담하면서도 조금 에두를 줄도 아는 쾌활함을 지녔기에 그녀와 보내는 시간은 늘 즐거웠고 햇볕에 그을린 얼굴로 튼튼한 흰 치아를 드러내며 웃는 모습은 발키리[4]의 웃음을 연상시켰다. 스웨덴인들은 불행 속에서도 모든 것을 품을 수 있는 넉넉한 가슴과 씩씩함으로 먼 곳까지 빛을 발하기에 세상 사람들의 사랑을 받는다.

잉그리드에겐 케모사라는 키쿠유족 요리사 겸 하인이 있었는데 케모사는 일인 다역을 해냈으며 주인의 일을 자기 일처럼 여겼다. 그는 원예 작물 재배와 양계장 일에 매달리면서 한편으론 잉그리드의 어린 세 딸의 보호자 노릇까지 맡아서 기숙학교까지 데려다 주고 데려오고 했다. 한번은 은조로에

---

[4] 전사한 영웅의 영혼을 인도하는 오딘 신의 시녀.

있는 잉그리드의 농장에 놀러 갔더니 잉그리드가 하는 말이 케모사가 파라의 위대함에 반해 모든 일을 팽개치고 칠면조까지 잡아 가며 손님맞이 준비에 부산을 떨었다고 했다. 그는 파라와 친분을 맺는 걸 인생 최대의 영광이라고 생각한다는 것이었다.

은조로의 대럴 톰슨 부인은 나와 친분이 거의 없었는데 의사에게 살날이 몇 개월밖에 남지 않았다는 말을 듣고 나를 찾아왔다. 그녀는 얼마 전 아일랜드에서 장애물 경주에서 우승한 조랑말을 한 마리 샀는데 — 그녀에겐 말들이 인생의 절정이요 영광이었다 — 의사에게 시한부 인생을 선고받고 처음엔 고향에 전보를 쳐서 조랑말을 보내지 말도록 할까 생각했지만 나중에 자신이 죽으면 내게 맡기기로 마음을 고쳐먹었다고 했다. 그 뒤 나는 그 일을 까맣게 잊고 있었는데 반년쯤 후 그녀가 죽고 조랑말 푸어박스가 은공에 나타났다. 그렇게 우리와 살게 된 푸어박스는 농장에서 가장 똑똑한 말임을 증명해 보였다. 푸어박스는 땅딸막하고 한창때가 지난 지 오래여서 외관상으론 볼품없었다. 데니스 핀치해턴은 가끔씩 푸어박스를 타보곤 했지만 나는 전혀 그럴 생각이 들지 않았다. 그러나 카베테에서 열린 영국 왕세자를 위한 장애물 경주에서 아프리카 식민지의 내로라하는 부자들의 젊고 멋지고 성미 사나운 말들을 제치고 우승을 차지했다. 노련함과 용의주도함, 자신이 무엇을 원하는지를 아는 총명함 덕이었다. 푸어박스는 평소의 침착하고 겸손한 모습으로 커다란 은메달을 걸고 집으로 돌아왔고 일주일 동안 마음 졸이며 기다리던 농장 식구들은 황홀하고 짜릿한 승리감을 맛보았다. 그러나 6개월 후 푸어박스는 병으로 세상을 떠나 마구간 밖

레몬나무 아래 묻혔다. 농장 식구들은 크게 애도했고 푸어박스란 이름은 오래도록 우리의 기억에 남았다.

클럽에서 엉클 찰스라고 불리는 노령의 벌펫 씨도 우리 집으로 찾아와 저녁을 먹곤 했다. 그는 내겐 멋진 친구요 이상적인 인물이었다. 그는 빅토리아 시대의 영국 신사였지만 우리 시대와도 잘 어울렸다. 그는 헬레스폰투스 해협을 헤엄쳐 건넜고 최초로 마테호른을 등정한 사람 가운데 하나이며 젊었을 때, 그러니까 1880년대쯤, 라 벨 오테로의 연인이기도 했다. 나는 그녀가 그를 완전히 폐인으로 만들어 놓고 떠났다는 이야기를 들은 적이 있었다. 나는 『춘희』의 주인공 아르망 뒤발이나 『마농 레스코』의 주인공 데 그리외와 식사를 하는 듯한 기분을 느꼈다. 벌펫 씨는 오테로의 아름다운 사진을 많이 갖고 있었고 그녀에 대해 얘기하는 걸 좋아했다.

한번은 은공 농장에서 저녁을 먹다가 내가 물었다. 「라 벨 오테로의 회고록이 출간됐는데 그 속에 당신 얘기도 있나요?」

「그럼. 있지. 가명으로 적긴 했지만 분명 있다오.」 벌펫 씨가 대답했다.

「당신에 대해 뭐라고 썼던가요?」 내가 물었다.

「뭐라고 썼냐면, 자신을 위해 6개월 동안 10만 프랑을 쓴 청년이 있었는데 그 돈이 아깝지 않았을 거라고 썼지.」 그가 대답했다.

「정말 그 돈이 아깝지 않으셨어요?」 내가 웃으며 물었다.

그는 아주 잠깐 생각하더니 대답했다. 「그럼. 아깝지 않았지.」

데니스 핀치해턴과 나는 벌펫 씨의 일흔일곱 번째 생일에 그와 함께 은공 언덕 꼭대기로 소풍을 갔다. 우리는 그곳에 앉아 만약에 진짜 날개를 가질 수 있다면, 그 날개는 한번 달면 뗄 수 없다면 날개를 달 것인지 사양할 것인지 이야기했다.

노령의 벌펫 씨는 발아래 펼쳐진 은공의 초록빛 땅과 서쪽 그레이트 리프트 밸리 위로 훨훨 날아갈 준비라도 된 양 아프리카의 광활한 풍경을 바라보고 있었다. 「나라면 달겠어. 당연히 달지. 그보다 더 좋은 게 어디 있겠어.」 그는 그렇게 말한 뒤 잠시 후 덧붙였다. 「하지만 내가 만일 여자라면 잘 생각해 봐야겠지.」

# 고귀한 개척자

버클리 콜과 데니스 핀치해턴에게 우리 집은 공산주의 시설물이라고 할 수 있었다. 우리 집의 모든 물건이 곧 그들의 것이었고 그들은 우리 집을 자랑스럽게 여기며 부족한 것들을 가져다 채웠다. 우리 집에 질 좋은 포도주와 담배를 공급하고 유럽에서 나온 책과 축음기 레코드판을 가져왔다. 버클리는 케냐 산에 있는 자신의 농장에서 키운 오렌지와 칠면조 알을 차에 실어 왔다. 두 사람은 나를 자신들처럼 포도주 감정가로 만들겠다는 야심을 품고 어지간히도 시간과 공을 들였다. 그들은 내가 덴마크에서 가져온 유리잔과 도자기를 무척이나 좋아했으며 유리잔을 다 꺼내서 식탁 위에 반짝이는 유리잔 피라미드를 높이 쌓아 놓고 즐겁게 감상하곤 했다.

버클리는 우리 농장에 머물 때면 매일 오전 열한 시에 샴페인 한 병을 들고 숲으로 갔다. 한번은 농장에 머물다가 떠나는 날 고맙다는 인사를 하면서 한 가지 아쉬운 점이 있었다면 숲에서 술을 마실 때 싸구려 잔을 쓴 것이라고 말했다. 「알아요, 버클리. 하지만 좋은 잔은 얼마 안 남았고 하인들이 숲까지 운반하다가 깨뜨릴까 봐 그랬어요.」 내가 대답했다. 그는 내 손을 잡고 진지한 눈길로 바라보며 말했다. 「하지만 그건 너무 슬펐어요.」 그 후 버클리는 숲에서 좋은 잔으로 술을 마시게 되었다.

버클리와 데니스는 이민을 떠날 때 영국 친구들이 몹시 아쉬워했고 이곳 아프리카에서도 그토록 사랑과 존경을 받고 있으면서도 이상하게도 추방자처럼 살고 있었다. 그들을 추방한 건 사회가 아니었고 이 세상의 어떤 장소도 아니었다. 그들을 추방한 건 시간이었으며 그들은 우리 시대에 속해 있지 않았다. 그들을 배출할 수 있는 나라는 영국뿐이었으나 격세유전의 예인 그들은 이제는 존재하지 않는 과거의 영국에 속해 있었다. 그들은 현 시대에는 집이 없어서 이곳저곳을 떠돌며 살아야 했고 그러다가 우리 농장에도 찾아왔다. 그것에 대해 그들 자신은 인식하지 못하고 있었다. 오히려 그들은 자신들이 떠나 온 영국에서의 삶에 대해 죄책감을 느꼈는데 친구들은 참고 견디는 의무를 자신들만 권태롭게 여겨 그것에서 도망친 것처럼 생각하는 듯했다. 데니스는 자신의 젊은 시절과 — 그는 아직도 너무 젊었지만 — 장래성과 영국 친구들이 보낸 충고에 대해 이야기할 때면 셰익스피어 희극에 나오는 제이퀴즈의 대사를 인용했다.

어떤 사람 바보 되어
부와 안락 다 버리고
제 고집 채워 기뻐하네
이런 일이 있을까[5]

[5] 셰익스피어 「뜻대로 하세요」 2막 5장에 나오는 대사.

하지만 데니스의 자신에 대한 그런 시각은 잘못된 것이었고 버클리도, 어쩌면 제이퀴즈도 마찬가지일 터였다. 그들은 자신들이 도피자이며 고집의 대가를 치른다고 생각했지만 사실 그들은 기꺼이 추방을 받아들인 추방자들이었다.

버클리는 그 작은 머리에 귀족들의 긴 가발을 썼더라면 찰스 2세의 궁정에 드나들 수 있었을 터였다. 그는 영국에서 온 민첩한 젊은이로 『20년 후』[6]의 늙은 달타냥의 발치에 앉아 노인의 지혜가 담긴 이야기를 귀담아듣고 가슴에 새겼을 터였다. 버클리에겐 중력의 법칙이 적용되지 않아서 밤에 난롯가에서 그와 이야기를 나누고 있노라면 그가 금세라도 굴뚝을 타고 하늘로 올라갈 것만 같았다. 그는 사람들을 매우 공정하게 판단했으며 타인에게 환상도, 원한도 품지 않았다. 무모한 장난기가 발동하면 가장 경멸하는 사람에게 제일 상냥하게 대하기도 했다. 그는 마음먹고 익살을 부리면 어느 누구도 흉내 낼 수 없는 익살꾼이었다. 그러나 20세기에 콩그리브[7]와 위철리[8]의 위트를 발휘하려면 콩그리브와 위철리가 지녔던 것들 외에도 열정, 위용, 무모한 희망이 필요했다. 익살이 그 무모함과 오만함에서 도를 넘어서면 오히려 애처로워지기도 했다. 버클리가 술기운에 취해 말 등에 높이 오른 돈키호테가 되면 그의 등 뒤 벽에서 말의 그림자가 커지며 움직이기 시작했고 그 거만하고 멋진 걸음걸이는 고귀한 혈통의 말 로시난테를 연상시켰다. 그러나 정작 무적의 익살꾼 버클리 자신은, 심장병 때문에 병약자 신세이며 케냐 산

---

6 뒤마의 소설 『삼총사』의 속편.
7 18세기 영국 극작가로 희극을 주로 썼음.
8 18세기 영국 극작가로 풍자와 위트가 돋보이는 희극을 썼음.

에 있는 소중한 농장이 점점 은행에 넘어가고 있는 상태에서 쓸쓸히 아프리카 생활을 하고 있는 그는, 그 그림자를 알아보지도 못할 것이며 그것을 두려워하지도 않을 터였다.

버클리는 작고 왜소했으며 가느다란 손과 발, 붉은 머리칼을 지니고 있었다. 자세가 무척이나 꼿꼿했고 무적의 검객 달타냥 같은 부드러운 동작을 보였다. 마치 고양이처럼 앉는 곳마다 안락한 장소로 만드는 재주가 있는 걸 보면, 열기와 즐거움이 솟는 샘이라도 하나 안에 지닌 것 같았다. 집이 불에 타버리고 연기만 피어오르고 있을 때도 버클리가 찾아와 함께 앉아 있으면 그곳이 아늑하기 그지없는 보금자리처럼 느껴질 터였다. 그가 편안히 쉬고 있을 때면 커다란 고양이처럼 가르랑거리는 소리를 낼 것만 같았고 그가 아프면 고양이가 병에 걸린 것처럼 슬픔과 괴로움을 넘어서서 무시무시한 기분이 들었다. 그는 원칙은 없었으나 고양이처럼 놀라울 정도로 많은 편견을 지니고 있었다.

버클리가 스튜어트 왕조의 기사라면 데니스는 영국 역사를 더 거슬러 올라가 엘리자베스 여왕 시대 인물이었다. 그는 그 시대에 태어났더라면 필립 시드니 경이나 프랜시스 드레이크 경과 팔짱을 끼고 걸었을 터였다. 데니스는 엘리자베스 시대 사람들이 동경하고 글에 담았던 고대 아테네 문명에 조예가 깊기에 그들의 사랑을 한 몸에 받았을 것이다. 사실 데니스는 19세기 초까지의 어느 시대와도 잘 어울렸다. 그는 스포츠맨이자 음악가이자 예술 애호가이자 훌륭한 사냥꾼이었기에 어느 시대에나 두각을 나타냈을 터였다. 그는 자신의 시대에도 두각을 나타낼 수 있었으나 어디에도 완벽하게 맞지를 않았다. 그의 영국 친구들은 그가 돌아오기를 바라며 그곳에서 그가 할 일에 대한 계획을 담은 편지들을 보내왔지만 아프리카가 그를 놓아 주지 않았다.

나는 아프리카 원주민들이 버클리와 데니스 같은 사람들에게 특별하고 본능적인 애착을 갖고 있는 것을 보고 과거(과거 어느 시대든)의 백인들은 산업화 시대의 우리보다 유색 인종을 더 잘 이해하고 공감했으리란 생각이 들었다. 최초의 증기선이 만들어지면서 세계의 인종들을 이어 주는 길들은 끊어졌으며 그 후 인종들 사이의 단절은 지속되고 있다.

버클리와 나의 우정에는 어두운 그림자가 하나 드리워 있었는데 그의 소말리족 하인 자마가 파라의 씨족과 원수지간인 씨족 출신이라는 것이었다. 소말리족의 씨족 간 갈등을 잘 알고 있는 사람이라면 버클리와 내가 식사를 하고 있을 때 자마와 파라가 자기 주인의 시중을 들면서 식탁 너머로 주고받는 음울하고 쓸쓸한 눈길을 견디기 쉽지 않을 터였다. 우리는 저녁을 먹은 후 내일 아침 파라와 자마가 가슴에 단검이 꽂힌 싸늘한 시체로 발견되면 어쩌나 하는 이야기를 나누곤 했다. 그들의 적대감에는 공포도, 분별력도 통하지 않았으며 오로지 버클리와 나에 대한 의리 때문에 피비린내 나는 싸움을 억제하고 있는 것이었다.

버클리가 말했다. 「나는 자마에게 오늘밤은 마음이 바뀌어서 그가 사랑하는 여자가 살고 있는 엘도레트에 안 가겠다는 말을 할 수 없어요. 그럼 내게서 마음이 돌아서서 내 옷솔질 같은 건 신경도 안 쓰고 나가서 파라를 죽일 테니까.」

자마는 버클리에게서 마음이 돌아선 적이 없었다. 두 사람은 오랜 세월 함께 살아왔고 버클리는 자마 얘기를 자주 했다. 한번은 자마가 스스로 옳다고 여기는 문제에 대해 버클리가 이성을 잃고 자마를 때리고 말았다. 「그 순간 내 얼굴로 바로 주먹이 날아왔지요.」 버클리가 말했다.

「그래서 어떻게 됐어요?」 내가 물었다.

「아, 괜찮았어요.」 버클리가 겸손하게 말했다. 그러곤 잠시 후에 덧붙였다. 「그리 심각한 건 아니었어요. 자마는 나보다 스무 살이나 어리니까요.」

그 사건은 주인이나 하인의 태도에 어떤 영향도 미치지 않았다. 자마는 대부분의 소말리족 하인들이 그러하듯 버클리에게 조용하면서도 약간 생색내는 듯한 태도를 보였다. 버클리가 죽은 후 그는 소말리랜드로 돌아갔다.

버클리는 바다에 대한 끝 모르는 커다란 사랑을 품고 있었다. 그는 돈을 많이 벌면 다우선 한 척을 사서 라무, 몸바사, 잔지바르로 함께 항해를 하자고 입버릇처럼 말했다. 우리는 항해 계획도 다 짜고 선원들도 준비해 놓았으나 끝내 돈을 마련하지 못했다.

버클리는 지치거나 몸이 안 좋을 때는 바다를 생각하며 마음을 달랬다. 그는 소금물 위가 아닌 다른 곳에서 인생을 보낸 자신의 어리석음을 슬퍼하며 그것에 대해 욕지거리를 해댔다. 한번은 내가 유럽 여행을 앞두고 있을 때 그의 기분이 저조하여 배의 우현과 좌현에 거는 랜턴을 사서 우리 집 현관문에 걸어 그를 기쁘게 해줄 계획을 세우고 그에게 그 얘기를 했다.

「그래요, 그럼 좋겠군요. 그렇게 하면 집이 배처럼 보일 거예요. 하지만 실제로 배에서 썼던 랜턴이어야만 해요.」 버클리가 말했다.

그래서 나는 코펜하겐의 운하 근처에 있는 선박용품점에

서 여러 해 동안 발트 해를 항해한 배에서 썼던 크고 육중한 선박용 랜턴 한 쌍을 샀다. 우리는 그 랜턴들을 우리 집 현관문 양쪽에 하나씩 걸었는데 현관문이 동쪽을 향하고 있어서 궤도를 따라 창공을 나아가는 지구에게도 등불이 되어 줄 것이기에 우리는 랜턴들이 정확한 방향에 위치한 것을 기쁘게 여겼다. 이 랜턴들은 버클리에게 큰 만족감을 주었다. 그는 밤늦은 시각에 우리 집을 찾아올 때가 많았고 대개 차를 맹렬한 속도로 몰았지만 랜턴이 켜져 있을 때는 밤하늘의 붉은색과 초록색 별들 같은 그 불빛이 그의 영혼 깊숙이 스며들어 배를 타던 옛 추억을 떠올리고 마치 실제로 검은 물 위에 조용히 떠 있는 배를 향해 다가가는 듯한 기분을 느낄 수 있도록 천천히, 아주 천천히 진입로를 달려왔다. 우리는 랜턴을 이용한 신호 체계를 개발해 랜턴의 위치를 바꾸거나 하나를 내리는 식으로 그가 멀리 숲에서부터 내 기분이 어떠하며 어떤 저녁 식사가 그를 기다리고 있는지 알 수 있게 했다.

버클리는 그의 형 갤브레이스 콜과 매부 델라미어 경처럼 초기 정착민이자 식민지 개척자로 당시 아프리카 땅을 호령하던 민족이었던 마사이족과 친밀했다. 그는 유럽 문명이 마사이족의 뿌리까지 침투하기 — 마사이족은 가슴 깊은 곳에서는 유럽 문명을 세상 무엇보다 증오하면서도 그렇게 되었다 — 이전부터, 그들이 살기 좋은 북부 지방에서 이주해 오기 전부터 그들을 알고 있었다. 그는 마사이족과 그들의 언어로 옛 시절에 대해 이야기할 수 있었다. 버클리가 우리 농장에 머물 때마다 마사이족이 강을 건너 그를 만나러 왔다. 늙은 추장들이 그와 마주 앉아 현재의 어려움들을 토로했고 그는 농담으로 그들을 웃기기도 했는데 그건 단단한 돌을 웃긴 것이나 마찬가지였다.

버클리가 마사이족을 잘 알고 그들과 친분이 두터운 덕에 우리 농장에서 무척이나 인상적인 의식이 거행된 적도 있었다.

제1차 세계대전이 터졌을 때 그 소식을 접한 마사이족은 전사 부족의 피가 끓어올랐다. 그들은 근사한 전투와 대학살을 상상하며 과거의 영광을 되찾을 꿈에 젖었다. 나는 전쟁이 터지고 몇 개월 안 되었을 때 영국군에 전쟁 물자를 전달하기 위해 원주민들과 소말리족 하인들만 데리고 우마차 세 대를 끌고 마사이족 보호 구역을 지났다. 지나는 동네마다 내가 왔다는 소식을 듣고 사람들이 몰려나와 눈을 빛내며 전쟁과 독일군에 대한 질문을 ─ 독일군이 하늘에서 쳐들어 온다는 말이 사실이냐 등의 ─ 퍼부었다. 마사이족은 마음속에서 위험과 죽음을 향해 숨 가쁘게 달려가고 있었다. 밤이면 젊은 전사들이 전쟁에 나가는 것처럼 몸에 칠을 하고 창과 칼을 들고 내 천막 주위에서 북적거렸고 내게 자신들의 진면모를 보이기 위해 사자의 포효를 흉내 낸 으르렁거리는 소리를 내기도 했다. 그들은 자신들도 참전하게 될 것이라고 확신하고 있었다.

하지만 영국 정부는 마사이족 부대를 조직하여 백인과 ─ 독일군이라 할지라도 ─ 싸우게 하는 것이 현명하지 못한 일이라는 결정을 내리고 마사이족의 참전을 금하여 그들의 모든 희망을 꺾어 놓았다. 키쿠유족은 수송 부대로 참전할 수 있었으나 마사이족은 무기를 들 수 없었다. 그러나 1918년 아프리카 식민지의 모든 원주민을 대상으로 징병이 이루어지면서 영국 정부는 마사이족도 그 대상에 포함했다. 아프리카 근위 소총대 1개 연대가 마사이족 전사 3백 명을 징병하기 위해 나룩으로 파견되었다. 그러나 이때쯤 마사이족은 이미 전쟁에 등을 돌린 뒤라 징집을 거부했다. 젊은 전사들은 숲으로 들어가서 숨어 버렸다. 근위 소총대는 그들을 추격하는 과정에서 실수로 마사이족 마을에 불을 질렀고 노파 둘이 화재로 목숨을 잃고 말았다. 이틀 뒤 마사이족 보호 구역에서 폭동이 일어났고 흥분한 마사이족 전사들이 전국을 누비고 다니며 많은 인도인 상인을 살해하고 50개 이상의 마을을 불태웠다. 사태가 심각했지만 정부는 강제 진압은 원하지 않았다. 델라미어 경이 파견되어 마사이족과 협상을 벌인 결과 타협이 이루어졌다. 마사이족은 자체적으로 전사 3백 명을 징집하기로 했으며 보호 구역 내에서 저지른 파괴 행위에 대해서는 공동 벌금을 무는 정도로 가벼운 처벌이 이루어졌다. 결국 전쟁에 나가겠다는 전사는 한 명도 나오지 않았으나 휴전 협정으로 모든 사태가 종결되었다.

그런 일련의 사건이 벌어지는 동안에도 일부 마사이족 추장들은 청년들에게 보호 구역 안과 경계지에서의 독일군의 움직임을 정탐시켜 영국군에 알려 주는 식으로 정부에 협조했다. 종전이 되자 정부에서는 그들의 공로를 치하하는 뜻에서 훈장을 수여하기로 결정했다. 본국에서 마사이족에게 수여할 여러 개의 훈장이 도착했고 그중 열두 개는 마사이족을 잘 알고 마사이 말을 할 줄 아는 버클리가 전달하게 되었다.

마침 우리 농장이 마사이족 보호 구역과 이웃하고 있어서 버클리는 우리 집에서 마사이족에게 훈장을 전달하고 싶어 했다. 그는 그 계획에 대해 약간 초조해하며 자신에게 요구되는 역할이 정확히 무엇인지 모르겠다고 내게 토로했다. 일요일에 우리는 멀리 마사이족 보호 구역 안까지 차를 몰고 가서 훈장을 받을 추장들에게 모일 모시에 농장으로 오라고 전했다. 버클리는 젊은 시절에 창기병 제9연대 소속 장교였으며 내가 듣기로는 그 연대에서 가장 똑똑한 장교였다고 했다. 어쨌거나 해 질 무렵 차를 몰고 집으로 돌아오면서 그는 민간인의 태도로 군인이라는 직업과 군인 정신에 대해 이야기하기 시작했다.

훈장 수여는 그 자체로는 특별한 의미가 없었지만 행사는 커다란 중요성과 무게를 지녔다. 훈장을 주는 쪽이나 받는 쪽이나 대단한 지혜와 현명함, 재치를 발휘하여 그 행사를 세계의 역사를 장식할 하나의 행위 혹은 상징으로 만들었다.

그의 어두움과 밝음이
지극히 공손하게 인사를 나눴다.

늙은 추장들이 아들들을 거느리고 도착했다. 그들은 잔디밭에 앉아 기다리며 그곳에서 풀을 뜯고 있는 내 소들에 대해 가끔 이야기를 나눴는데 상으로 소 한 마리씩을 받을 수도 있다는 가냘픈 희망을 품었는지도 모를 일이었다. 버클리는 그들을 오래 기다리게 했지만 그들은 그걸 당연하게 받아들이는 듯했다. 그사이에 버클리는 훈장을 수여할 때 자신이 앉을 안락의자 하나를 잔디밭에 내다 놓게 했다. 마침내 그가 잔디밭으로 나갔는데 흑인들 사이에서 흰 피부와 붉은 머리칼, 옅은 눈동자가 유난히 돋보였다. 그는 유능한 젊은 장교의 활기찬 몸가짐과 표정을 보였고 나는 너무나 표정이 풍부한 버클리가 필요하면 완전히 무표정한 얼굴을 할 수도 있음을 알게 되었다. 자마가 훈장이 담긴 상자를 들고 주인의 뒤를 따랐는데 이 행사를 위해 주인이 사준 금실과 은실로 화려하게 수놓인 멋진 아랍식 정장 조끼를 입고 있었다.

버클리는 연설을 하기 위해 의자에서 일어섰고 그 작고 가냘픈 사람이 꼿꼿이 서 있는 품이 어찌나 의욕적으로 보였던지 늙은 추장들도 한 사람씩 차례로 일어서서 진지한 눈길로 그를 마주 보았다. 연설은 마사이 말로 이루어졌기에 나로선 그 내용을 알 수 없었다. 추측컨대 마사이족 추장들이 몹시도 장한 일을 했기에 나라에서 큰 상을 내리는 것이라고 간략하게 설명하는 듯했다. 하지만 그건 말하는 버클리의 얼굴을 보면서 한 추측이고 듣고 있는 마사이족의 얼굴들을 봐서는 아무것도 알 수 없었다. 어쩌면 그들의 표정에는 내가 짐작조차 할 수 없는 전혀 다른 것이 서려 있는지도 모를 일이었다. 버클리는 연설을 마치자 바로 자마에게 상자를 들고 나오라고 했다. 그는 훈장을 꺼내 들고 엄숙하게 마사이족 추장들을 한 사람씩 호명한 다음 팔을 쭉 뻗어 훈장을 건넸다. 마사이족 추장들도 손을 내밀어 조용히 훈장을 받았다. 민주주의자들이 들으면 성낼 말인지는 몰라도 그 의식은 고귀한 피와 훌륭한 가문의 전통을 지닌 사람들만이 그처럼 근사하게 치러 낼 수 있었다.

훈장은 벌거벗은 사람에게 수여하기는 불편한 물건인 것이 어디 달 데가 없기 때문이다. 늙은 마사이족 추장들은 훈장을 그냥 손에 들고 있었다. 얼마 있다가 매우 늙은 추장이 내게 다가오더니 훈장을 든 손을 내밀며 거기 뭐라고 적혀 있는지 물었다. 나는 최선을 다해 설명해 주었다. 훈장은 은화 모양으로 한 면에는 브리타니아 여신의 얼굴이, 반대쪽

면에는 〈문명 대전 *The Great War for Civilization*〉이라는 글귀가 새겨져 있었다.

나는 나중에 영국인 친구들에게 훈장 사건에 대해 얘기했는데 그들이 이렇게 물었다. 「왜 훈장에 왕의 얼굴을 넣지 않은 거죠? 그건 큰 실수예요.」 하지만 나는 그렇게 생각하지 않는다. 나는 그 훈장이 지나치게 멋지게 만들어지지 않은 것이 오히려 나으며 그 일이 전체적으로 잘 처리되었다고 생각한다. 우리도 나중에 천국에 가면 착한 일을 한 상으로 그런 걸 받지 않을까?

내가 유럽으로 휴가를 떠나려던 차에 버클리가 병석에 누웠다. 당시 그는 아프리카 식민지 입법부 의원으로 있었는데 나는 그에게 다음과 같은 전보를 보냈다. 〈은공 농장에 술 가지고 와서 입법 회의를 갖지 않겠어요?〉 그러자 그에게서 답장이 왔다. 〈천국에서 온 당신의 전보가 술과 함께 도착했군요.〉 그는 차에 포도주를 가득 싣고 농장으로 왔지만 술을 마시고 싶어 하지 않았다. 얼굴이 몹시 창백했고 가끔 깊은 침묵에 빠지기까지 했다. 그는 심장이 나빴고 주사 놓는 법을 배운 자마가 없이는 살 수 없었다. 그런데도 여러 걱정거리가 그의 심장을 무겁게 짓눌렀으며 농장을 잃게 될까 봐 몹시 두려워했다. 그럼에도 그가 와 있는 것만으로도 우리 집은 세상에서 가장 안락한 장소가 되었다.

버클리가 심각하게 말했다. 「타냐, 나는 최고급 차만 탈 수 있고 최고급 담배만 피울 수 있고 최고급 포도주만 마실 수 있는 상태에 이르렀어요.」 그는 어느 날 저녁 한 달 동안 누워서만 지내라는 의사의 지시를 받았다고 말했다. 나는 그에게 의사의 지시에 따를 거면 은공에서 누워서 지내라고, 유럽 여행은 내년으로 미루고 내가 옆에서 보살펴 주겠다고 말했다. 그는 잠시 생각하더니 대답했다. 「친구여, 그럴 수는 없어요. 당신을 기쁘게 해주기 위해 그렇게 한다면 그다음엔 내가 뭐가 되겠소?」

나는 하는 수 없이 무거운 마음으로 그에게 작별을 고했다. 나는 버클리와 항해를 계획했던 라무와 타카웅가를 지나며 그를 생각했다. 하지만 파리에서 그의 사망 소식을 전해 들었다. 자기 집 앞에서 차에서 내리다가 쓰러져 죽었다고 했다. 시신은 고인의 뜻대로 그의 농장에 묻혔다.

버클리의 죽음은 아프리카 식민지 자체를 변화시켰다. 그의 친구들은 커다란 슬픔 속에서 바로 그 변화를 느꼈으며 다른 많은 사람들은 나중에 느끼게 되었다. 그와 함께 식민지 역사의 한 시대가 막을 내린 것이다. 그 후 그의 죽음은 하나의 전환점이 되어서 사람들은 〈버클리 콜이 살아 있을 때는〉이라거나 〈버클리가 죽은 후로〉라고 말했다. 그가 살아 있을 때 식민지는 〈풍요로움을 만끽할 수 있는 땅〉이었으나 그가 죽은 후 사업의 대상으로 서서히 변해 갔다. 그가 떠나면서 그곳의 몇 가지 기준이 낮아졌는데 우선 위트의 기준이 바로 낮아졌고 그건 식민지에서 슬픈 일이었다. 용감성의 기준도 낮아져서 그가 죽은 후 사람들은 자신들의 고난을 한탄하기 시작했고 인간성의 기준 또한 낮아졌다.

버클리가 퇴장하자 무대 반대편에서 무시무시한 인물이 — 남자들과 신들이 피해 갈 수 없는 무자비한 여주인이 *la dure nécessité maîtresse des hommes et des dieux* — 등장했다. 작고 왜소한 남자가 그녀를 그토록 오래 문밖에 세워 둘 수 있었다는 것이 놀라울 뿐이었다. 버클리 없는 아프리카 식민지는 이스트 없는 빵과 같았다. 품위와 유쾌함, 자유, 힘의 원천이 빠져나간 것과 같았다. 고양이가 일어나서 방을 나가 버린 것이다.

# 날개

데니스 핀치해턴은 아프리카에 우리 농장 말고는 집이 없었다. 그는 사파리를 나가지 않을 때는 우리 집에서 묵었고 책과 축음기도 우리 집에 보관했다. 그가 농장으로 돌아올 때면 농장은 자신이 지닌 매력을 발산했다. 우기에 비가 내리기 시작하면 커피 플랜테이션이 자욱한 분필 가루 같은 꽃을 피우고 빗방울 떨어지는 소리로 이야기하듯 농장도 말을 했다. 나는 데니스가 도착하기를 기다리고 있을 때, 그의 차가 진입로를 달려 올라오는 소리가 들릴 때 농장의 모든 것이 일제히 자신의 목소리를 내는 소리를 듣곤 했다. 데니스는 농장에서 행복하게 지냈고 스스로 오고 싶을 때만 농장에 왔다. 그리고 그가 지닌 겸허함을 세상은 몰랐지만 농장은 알고 있었다. 그는 자신이 하고 싶지 않은 일은 절대 하지 않았으며 교활한 말을 입에 담는 법도 없었다.

데니스는 내겐 매우 소중한 특성을 지니고 있었는데 그건 이야기 듣기를 좋아한다는 점이었다. 나는 피렌체에 흑사병이 돌았던 14세기에 태어났으면 두각을 나타냈을지도 모른다는 생각을 늘 해왔다. 풍조가 바뀌어 유럽에서는 이야기를 듣는 기술이 사라졌다. 글씨를 읽을 줄 모르는 아프리카 원주민들은 아직 듣는 기술을 잃지 않아서, 〈어떤 남자가 초원을 걸어가다가 한 남자를 만났어〉라고 이야기를 시작하면 초원 위의 두 남자를 상상하며 열심히 귀 기울여 들었다. 그러나 백인들은 이야기를 들어야 한다고 느낄 때조차 제대로 집중하지 못했다. 당장 해야 할 일들이 떠올라 안절부절못하거나 잠들어 버렸다. 심심하면 읽을 걸 달래서 어떤 종류의 인쇄물이든, 하다못해 연설문이라도 저녁 내내 엉덩이를 붙이고 읽기에 열중할 수 있는 사람들이라도 마찬가지였다. 그들은 눈으로 감상하는 데 익숙해진 것이다.

데니스는 귀에 의존하여 살았기에 책을 읽는 것보다 듣는 걸 좋아했으며 농장에 찾아오면 이렇게 묻곤 했다. 「이야기 들려줄 수 있어요?」 그래서 나는 그가 사파리를 나간 동안 이야기를 많이 지어 놓았다. 저녁이면 그는 난롯가에 쿠션들을 소파처럼 펼쳐 놓고 편안히 자리를 잡았고 내가 셰에라자드[9]라도 된 것처럼 바닥에 책상다리를 하고 앉아서 들려주는 긴 이야기를 처음부터 끝까지 맑은 눈으로 열심히 들었다. 그는 나보다 이야기 내용을 더 잘 파악하고 있어서 등장 인물 중 하나가 극적으로 등장할 때 이야기를 중단시키고 이렇게 말하기도 했다. 「그 남자는 이야기 시작 부분에서 죽었어요. 하지만 괜찮아요.」

데니스는 내게 라틴어와 성서 읽는 법, 그리고 그리스 시인들에 대해 가르쳐 주었다. 그는 구약의 중요한 부분을 모두 외고 있었으며 여행을 떠날 때마다 성서를 지니고 다녀서

---

9 『아라비안나이트』에서 1천 일 밤 동안 왕에게 이야기를 들려준 페르시아 왕비.

무슬림의 존경을 받았다.

내게 축음기를 준 사람도 그였다. 축음기는 내 마음의 기쁨이었고 농장에 새 생명을 불어넣었다. 그것은 농장의 목소리가 되었고 〈나이팅게일과도 같은 숲 속 빈터의 영혼〉이 되었다. 이따금 데니스는 내가 커피 밭이나 옥수수 밭에 나가 있는 사이에 예고도 없이 새 레코드판을 들고 와서 음악을 틀어 놓았고 그런 날이면 해 질 무렵 말을 타고 집으로 돌아올 때 맑고 시원한 저녁 공기를 타고 흘러오는 선율이 마치 그의 웃음소리처럼 그가 와 있음을 알려 주었다. 원주민들도 축음기를 좋아해서 우리 집 주변에 서서 음악을 들었으며 몇몇 하인들은 집에 손님이 없을 때 내게 와서 자신이 좋아하는 곡을 틀어 달라고 주문하기도 했다. 카만테는 무슨 이유에선지 베토벤 피아노 협주곡 1번 다장조 아다지오 악장을 무척이나 좋아했는데 맨 처음 내게 그 곡을 틀어 달라고 부탁할 때 자신이 듣고 싶은 곡이 무엇인지 설명하느라 진땀을 뺐다.

그러나 데니스와 나는 취향이 달랐다. 나는 고전주의 작곡가들을 좋아한 반면 데니스는 현 시대와의 조화의 결핍을 메우기 위한 정중한 노력의 일환이기라도 하듯 모든 예술에 대한 취향이 지극히 현대적이었다. 그는 첨단 음악을 좋아했다. 「베토벤이 대중화되지 않았다면 아마 좋아하겠지요.」 데니스의 말이었다.

데니스와 나는 함께 있을 때 사자를 만나는 운이 좋았다. 이따금 그는 두세 달씩 사냥 사파리를 다녀와서 자신이 사파리에 데려간 유럽 여행객들을 위해 멋진 사자를 사냥하지 못한 데 대해 괴로워하곤 했다. 그리고 나도 마사이족에게 가축을 잡아먹는 사자를 죽여 달라는 부탁을 받고 파라를 데리고 가서 마사이족의 땅에서 야영을 하며 밤새워 지키거나 꼭두새벽부터 찾아다녀도 사자의 흔적조차 발견하지 못할 때가 있었다. 그러나 우리 둘이 함께 초원에 말을 타러 나가면 사자들이 식사를 하고 있거나 바싹 말라붙은 강바닥을 건너는 모습을 보곤 했다.

새해 첫날 아침 해도 뜨기 전에 데니스와 나는 새로 생긴 울퉁불퉁한 나록 로를 최대한 빠른 속도로 달리고 있었다.

그 전날 데니스가 남쪽으로 사냥 대회를 떠나는 친구에게 묵직한 소총을 빌려 주었는데 밤늦게야 소총 조작법 한 가지를 가르쳐 주지 않아서 촉발 방아쇠가 듣지 않을 수도 있음을 깨달았던 것이다. 데니스는 친구가 그것 때문에 혹시 사고라도 당할까 봐 무척이나 걱정했다. 그때 우리가 생각해 낼 수 있었던 최선의 방책은 꼭두새벽에 새로 생긴 도로를 달려 나록에서 그 친구 일행을 따라잡는 것이었다. 나록까지는 험한 길로 1백여 킬로미터 거리였고 구 도로를 택한 사파리 일행은 짐을 잔뜩 실은 화물차로 가기에 아무래도 더딜 터였다. 한 가지 문제는 새로 난 도로가 나록까지 뚫렸는지 알 수 없다는 것이었다.

아프리카 고원 지대의 새벽 공기 속에 있으면 그 차가움과 신선함이 손에 만져질 듯 생생하여 때때로 땅 위에 있는 것이 아니라 검고 깊은 물속에서, 바다 밑바닥에서 앞으로 나아가고 있는 듯한 착각에 빠지곤 한다. 심지어 자신이 움직이고 있다는 것조차 확신할 수 없어서, 얼굴에 밀려드는 냉기는 심해의 해류인지도 모르고 우리의 차는 굼뜬 전기 물고기처럼 바다 밑바닥에 가만히 앉아 램프처럼 빛나는 눈으로 앞을 응시하며 해저 동물을 지나 보내고 있는지도 모른다는 느낌이 든다. 별들은 엄청나게 큰데 그 이유는 진짜 별이 아니라 수면에 비친 그림자이기 때문이다. 우리가 지나가는 바다 밑바닥 같은 길 가장자리에서 주변 환경보다 더 검은 생물체들이 마치 모래 위에서 움직이는 게나 갯벼룩처럼 긴 풀 속에서 폴짝폴짝 뛰어오른다. 동이 트면서 주위가 점점 밝아지고 이윽고 해가 뜨면 바다 밑바닥이 수면을 향해 떠올라 새로운 섬이 탄생한다. 냄새들이 소용돌이치며 휙 스치고 지나간다. 올리브나무 관목 숲의 신선하고 독한 냄새, 불에 탄 풀의 짭짤한 바다 냄새, 그리고 갑자기 코를 찌르는 썩은 내.

상자형 차 뒷좌석에 앉아 있던 데니스의 하인 카누씨아가 내 어깨를 살짝 두드리더니 오른쪽을 가리켰다. 도로에서 10여 미터 떨어진 지점에 마치 모래밭에서 휴식을 취하는 해우 같은 검은 물체가 있었는데 그 위에서 무언가가 검은 물에 물살을 일으키듯 움직이고 있었다. 나중에 보니 그 검은 물체는 이틀이나 사흘 전에 총에 맞아 죽은 거대한 수컷 기린의 시체였다. 원래 기린 사냥은 금지되어 있었기에 나중에 데니스와 나는 그 기린을 죽였다는 혐의를 받고 무죄를 증명해야만 했다. 결국 우리는 기린이 이미 죽어 있었음을 밝히고 혐의를 벗었지만 누가 왜 그 기린을 죽였는지는 끝내 밝혀지지 않았다. 그 거대한 기린의 시체 위에서 암사자 한 마리가 식사를 즐기다가 고개를 들고 지나가는 차를 보았다.

데니스가 차를 세웠고, 카누씨아는 어깨에서 내려놓았던 소총을 들었다. 데니스가 작은 소리로 속삭였다. 「쏴도 되겠어요?」 그는 은공 언덕을 내 소유의 사냥터로 보고 정중히 허락을 구한 것이었다. 그곳은 가축을 잡아먹는 사자를 죽여 달라고 내게 울며 애원하던 마사이족의 땅이었고 기린의 시체를 먹고 있는 저 사자가 바로 마사이족의 소를 죽인 범인일 수도 있었기에 나는 고개를 끄덕였다.

데니스는 차에서 뛰어내려 뒷걸음질로 미끄러지듯 몇 발짝 물러섰고 그와 동시에 암사자도 기린의 시체 뒤로 뛰어내려갔다. 데니스는 기린의 시체를 돌아 암사자가 사정거리 안에 들어오자 총을 쏘았다. 나는 암사자가 쓰러지는 모습을 보진 못했지만 차에서 내려 다가가 보니 암사자는 검은 피의 웅덩이 속에 쓰러진 채 죽어 있었다.

우리는 나룩에서 사파리 일행을 따라잡으려면 더 이상 지체할 수 없었기에 사자의 가죽을 벗길 시간이 없었다. 우리는 사방을 둘러보고 그 자리를 기억해 두었다. 기린의 시체에서 풍기는 악취가 하도 지독해서 그냥 지나치기도 어려웠지만 말이다.

하지만 3킬로미터쯤 가다 보니 도로가 끊겨 있었다. 그곳에 도로 공사용 연장들이 놓여 있었고 그 너머로는 사람의 손길이 닿지 않은 드넓은 돌투성이 땅이 새벽빛 속에서 잿빛으로 펼쳐져 있었다. 우리는 연장과 돌투성이 땅을 바라보며 데니스의 친구가 사고를 당하지 않기를 빌 수밖에 없다는 결론을 내렸다. 다행히 나중에 사파리에서 돌아온 그 친구는 그 총을 사용할 기회가 없었다고 했다. 우리는 차를 돌려서 초원과 언덕들 위로 붉게 물들어 가는 동쪽 하늘을 마주하고 달렸다. 우리는 암사자가 있는 곳을 향해 달리며 줄곧 암사자 얘기만 했다.

다시금 기린이 시야에 들어왔는데 이제 형체가 분명하게

보였고 빛을 받는 부분의 짙은 색을 띤 네모난 얼룩무늬도 구분할 수 있었다. 가까이 다가가자 시체 위에 수사자 한 마리가 서 있는 게 보였다. 우리는 시체보다 약간 낮은 위치에서 접근하고 있었고 사자는 검은 형체를 하고 시체 위에 우뚝 서 있었으며 그 뒤로 하늘이 온통 붉게 타오르고 있었다. 그 모습이 마치 금빛 사자상 *Lion Passant Or* 같았다. 사자의 갈기가 바람에 살짝 날렸다. 그 인상이 너무도 강렬하여 나도 모르게 자동차 좌석에서 일어섰는데 그걸 보고 데니스가 말했다. 「이번엔 당신이 쏴요.」 내겐 그의 총이 너무 길고 무거웠을 뿐 아니라 반동도 심해서 나는 그의 총을 쓰는 걸 좋아하지 않았지만 총을 쏘는 건 사랑의 고백이었고 그땐 소총이 가장 구경이 크지 않았던가! 내가 총을 쏘자 사자는 공중으로 똑바로 솟구쳤다가 다리를 모으고 떨어졌다. 나는 멀리 떨어진 곳에서도 위력을 발휘하는 총이라는 무기를 발사한 후에 느끼는 절대 권력을 지닌 듯한 흥분에 젖어 풀밭에 선 채 헐떡거리고 있었다. 나는 기린의 시체를 돌아 사자가 떨어진 곳으로 갔다. 그곳엔 고전 비극의 제5막을 방불케 하는 장면이 펼쳐져 있었다. 모두가 죽어 있었던 것이다. 사자들에게 배가 찢겨 내장을 드러낸 채 네 다리와 긴 목을 뻗고 누워 있는 기린은 끔찍하게 크고 엄숙해 보였다. 뒤로 벌렁 누워 있는 암사자는 오만하게 으르렁거리는 듯한 표정이었으며 비극의 팜 파탈 *femme fatale* 이었다. 수사자는 암사자와 멀지 않은 곳에 누워 있었는데 암사자의 죽음을 보고 깨달은 게 없었던 모양이었다. 수사자는 앞발 위에 머리를 올려놓은 자세였고 거대한 갈기가 왕의 망토처럼 몸을 감싸고 있었다. 수사자 역시 피 웅덩이 속에 있었는데 날이 밝아서 피 웅덩이가 선홍색으로 보였다.

데니스와 카누씨아는 소매를 걷어붙이고 해가 떠오르는 동안 사자들의 가죽을 벗겼다. 그리고 잠시 휴식을 취하며 건포도와 아몬드를 안주 삼아 보르도산 적포도주를 마셨다. 새해 첫날이라 여행 중에 먹으려고 내가 챙겨 온 것이었다. 우리는 짧은 풀 위에 앉아 먹고 마셨다. 우리와 가까이에 있는 가죽을 벗겨 낸 사자의 시체들은 사뭇 근사했다. 군살이라곤 한 점도 없었고 근육이 멋지게 튀어나와 굳이 가죽을 덮을 필요도 없이 그 자체로 완벽한 모습을 하고 있었다.

그렇게 앉아 있는데 그림자 하나가 황급히 초원 위를, 내 발 위를 스치고 지나갔다. 고개를 들어 하늘을 보니 연푸른색 하늘 저 높은 곳에서 독수리들이 맴돌고 있었다. 나는 연을 날릴 때처럼 끈에 매달려 하늘 위를 나는 듯 가슴이 부풀었고 시를 지었다.

> 독수리 그림자가 초원을 가로질러 달리네,
> 머나먼 이름 없는 푸르른 산을 향하여.
> 하지만 토실토실 살진 어린 얼룩말의 그림자는
> 종일 미동도 없이 서 있는
> 그 여린 발굽들 사이에 붙어 앉아 있네.
> 저녁이 찾아와 일몰이 붉은 벽돌색으로 물들인 초원에서
> 기지개를 켜고 푸른빛을 발하며
> 물웅덩이를 찾아 나설 때를 기다리면서.

데니스와 나는 사자와 관련된 극적인 모험을 한 적이 한 번 더 있다. 사실 시간적으로는 그 일이 먼저 일어났는데 우

리가 우정을 맺은 지 얼마 되지 않았을 때 발생한 사건이었다.

봄철 우기 어느 아침에 당시 농장 관리인으로 있던 남아프리카 공화국 출신의 니콜스 씨가 잔뜩 흥분해서 달려오더니 간밤에 사자 두 마리가 농장의 황소 두 마리를 죽였다고 전했다. 황소 우리를 부수고 들어가 황소 두 마리를 죽인 뒤 커피 플랜테이션으로 끌고 가서 한 마리는 먹어 치우고 남은 한 마리는 커피나무들 사이에 두었다는 것이었다. 니콜스 씨는 나이로비로 달려가 독약 스트리크닌을 사 올 수 있도록 편지를 써달라고 했다. 밤에 사자들이 남은 황소 시체를 먹으러 올 테니 당장 시체에 독약을 바르겠다는 것이었다.

나는 곰곰이 생각해 봤지만 사자를 잡기 위해 독약을 쓰고 싶지는 않았기에 니콜스 씨에게 그런 의견을 말했다. 그러자 그의 흥분은 격한 분노로 바뀌었다. 그는 사자들이 그런 짓을 하는 걸 눈감아 주면 다시 똑같은 짓을 저지를 것이라고 주장했다. 놈들이 죽인 황소들은 농장에서 가장 일을 잘하는 일꾼이었으며 더 이상 피해를 입는 건 곤란하다고 했다. 그리고 마구간이 황소 우리에서 그리 멀리 떨어져 있지 않은데 놈들이 거기까지 침입할 수 있다는 생각은 안 해봤냐고 물었다. 나는 사자들이 농장에 들어오는 걸 그냥 방치하겠다는 것이 아니라 독약을 쓰는 것보단 총으로 쏘는 방법을 택하겠다는 뜻이라고 설명했다.

그러자 니콜스 씨가 물었다. 「그럼 누가 사자를 쏘죠? 전 겁쟁이는 아니지만 가정이 있는 몸이고 쓸데없이 목숨을 걸고 싶지는 않습니다.」 그의 말대로 그는 겁쟁이가 아니었으며 용기 있는 보통 남자였다. 「그건 의미 없는 일이에요.」 그가 말했다. 나는 아니라고, 그에게 사자를 쏘라고 시킬 작정은 아니라고 대답했다. 마침 지난밤에 핀치해턴 씨가 왔으니 그와 내가 갈 것이라고 했다. 「아, 그럼 됐습니다.」 니콜스 씨가 말했다.

나는 집으로 들어가서 데니스에게 말했다. 「자, 우리 쓸데없이 목숨 걸러 가요. 우리 목숨에 아무 가치도 없다는 게 바로 우리 목숨이 지닌 가치니까요. *Frei lebt wer sterben kann*(죽을 수 있는 자, 자유로이 산다).」

우리는 커피 플랜테이션에서 황소 시체를 발견했는데 니콜스 씨 말대로 사자들에게 거의 먹히지 않은 상태였다. 무른 땅 위에 발자국이 깊고 선명하게 찍혀 있는 것으로 보아 간밤에 큰 사자 두 마리가 다녀간 게 분명했다. 발자국을 따라 플랜테이션을 지나서 벨크냅의 집을 돌아 숲까지 추적하기는 쉬웠으나 그곳에 닿았을 즈음 갑자기 폭우가 쏟아져 앞을 분간할 수 없었고 숲 가장자리의 풀밭과 덤불에는 발자국이 남아 있지 않았다.

「데니스, 어떻게 생각해요? 놈들이 오늘밤에 다시 올까요?」 내가 물었다.

데니스는 사자에 대한 경험이 풍부했다. 그는 사자들이 밤이른 시각에 고기를 마저 먹으러 올 것이며 우리는 놈들이 먹는 데 정신을 빼앗길 때까지 기다렸다가 아홉 시쯤 내려가면 될 거라고 했다. 우리는 사자들을 쏠 때 그의 사파리 장비 중 하나인 손전등을 사용하기로 했고 데니스가 내게 역할 선택권을 주긴 했지만 나는 그에게 쏘는 역할을 맡기고 그의 곁에서 손전등을 비춰 주기로 했다.

우리는 어둠 속에서 황소 시체가 있는 지점까지 찾아가기 쉽도록 길 양쪽 커피나무에 종이 리본을 묶어 놓았다. 헨젤과 그레텔이 흰 조약돌로 길을 표시해 놓았던 것처럼 말이다. 우리는 시체에서 20미터쯤 떨어진 지점의 나무에는 더 큰 리본을 묶었는데 바로 이곳에서 멈추어 손전등을 비추고 총을 쏠 작정이었다. 오후 늦게 손전등을 꺼내 켜보니 배터리가 거의 닳아서 빛이 약했다. 나이로비로 배터리를 사러 가기엔 너무 시간이 늦어서 그걸로 어떻게든 버텨 볼 수밖에 없었다.

마침 그다음 날이 데니스의 생일이었는데 그는 저녁을 먹을 때 지금까지 살아오면서 별로 이룬 게 없다고 우울해했다. 나는 그의 생일 아침이 밝아 오기 전에 근사한 일이 일어날지도 모른다고 그를 위로했다. 나는 주마에게 우리가 돌아와서 마실 수 있도록 포도주 한 병을 꺼내 놓으라고 했다. 나는 그러면서도 계속 사자들을 생각했다. 지금 이 순간 사자들은 어디 있을까? 둘이 앞뒤로 서서 천천히, 조용히 강을 건너고 강의 완만하고 차가운 물살이 사자들의 가슴과 옆구리를 돌아 흐르고 있을까?

아홉 시가 되자 우리는 밖으로 나갔다.

비가 조금씩 내리고 있었으나 하늘에 달이 떠 있었다. 이따금 달이 하늘 높은 곳에서 겹겹의 얇은 구름들 사이로 은은히 빛나는 흰 얼굴을 내밀면 흰 꽃이 핀 커피 밭에 달그림자가 비쳤다. 우리는 멀리서 학교를 지나쳤는데 학교엔 불이 환히 밝혀져 있었다.

그 광경을 보자 우리 농장 사람들에 대한 자랑스러움과 승리감이 커다란 파도처럼 나를 휩쓸고 지나갔다. 솔로몬 왕의 말이 떠올랐다. 〈게으른 자는 말하기를 사자가 밖에 있어 내가 나가면 거리에서 찢기겠다 하느니라.〉 밖에 사자가 두 마리나 있었지만 나의 학교 아이들은 게으르지 않았기에 사자를 핑계로 결석을 하지 않았던 것이다.

우리는 종이 리본으로 표시된 길을 발견하고 잠시 멈췄다가 한 줄로 서서 앞으로 나아갔다. 우리는 모카신을 신고 있었고 소리 죽여 걸었다. 나는 흥분으로 몸이 와들와들 떨리기 시작했다. 데니스에게 들키면 그가 집으로 돌려보낼까 봐 그에게 가까이 붙을 수도, 언제 손전등을 비춰야 할지 몰라 너무 멀리 떨어져 있을 수도 없었다.

가서 보니 사자들은 식사 중이었다. 놈들은 우리가 오는 기척을 듣고(아니면 냄새를 맡고) 우리가 그냥 지나치도록 커피나무 사이에 몸을 숨겼다. 우리가 너무 느리게 지나간다고 생각했는지 한 마리가 우리 오른쪽 전방에서 아주 조그맣게 으르렁거렸다. 그 소리가 너무 작아서 우리는 정말로 으르렁거리는 소리를 들었는지 확신이 서지 않았다. 데니스가 잠깐 멈추더니 돌아보지도 않고 물었다. 「들었어요?」 「예.」 내가 대답했다.

우리가 몇 발짝 더 가자 다시 굵직한 으르렁거림이 들렸는데 이번에는 소리가 곧장 오른쪽에서 날아왔다. 「불 켜요.」 데니스가 말했다. 그는 키가 나보다 훨씬 컸고 그의 어깨 너머로 멀리 손전등을 비춰야 했기에 그리 쉬운 일이 아니었다. 손전등을 켜자 온 세상이 환하게 조명을 밝힌 무대로 변했다. 비에 젖은 커피나무 잎사귀들이 반짝거렸고 땅의 흙덩이들이 선명하게 형체를 드러냈다.

처음엔 빛의 동그라미가 작은 여우처럼 생긴, 눈이 휘둥그레진 자칼을 비췄고 손전등을 움직이자 사자가 동그라미 안에 들어왔다. 우리를 향해 똑바로 서 있는 사자는 검은 아프리카의 밤을 배경으로 무척이나 밝게 보였다. 총성이 울렸을 때 미처 마음의 준비를 하지 못했던 나는 순간적으로 무슨 소린지 몰라 어리둥절해서는 천둥소리를 들은 듯한, 혹은 나 자신이 사자의 처지가 된 듯한 착각에 빠졌다. 사자는 돌처럼 쓰러졌다. 「움직여요. 움직여요.」 데니스가 외쳤다. 나는 손전등을 더 멀리 비췄지만 손이 너무 심하게 떨려서 온 세상을 담고 있는, 내 지배하에 있는 빛의 동그라미가 계속 춤을 추었다. 나는 어둠 속에서 옆에 있는 데니스가 웃는 소리를 들었다. 「두 번째 사자를 비출 때 손전등이 좀 떨렸어요.」 그가 나중에 한 말이었다. 하지만 그 춤의 한복판에 두 번째 사자가 있었고 우리에게서 도망쳐 커피나무 뒤로 반쯤 숨은 상태였다. 빛이 닿자 사자는 고개를 돌렸고 데니스가 방아쇠를 당겼다. 사자는 동그라미 밖으로 쓰러졌으나 일어나서 다시 동그라미 안으로 들어왔고 우리를 향해 휙 돌아서는 찰나 두 번째 총알이 발사되고 긴 울부짖음이 허공을 갈랐다.

그 순간 아프리카는 끝도 없이 커졌고 데니스와 나는 무한히 작아져서 그곳에 서 있었다. 우리의 손전등 불빛 바깥은 어둠뿐이었고 어둠 속에서 사자들이 두 방향으로 누워 있고 하늘에선 비가 내렸다. 사자의 굵직한 포효가 잦아들자 주위에선 아무런 움직임도 없었고 사자는 혐오감을 나타내기라도 하듯 옆으로 고개를 돌리고 미동도 없이 누워 있었다. 커피 밭에 커다란 동물의 시체 두 구가 놓여 있었고 밤의 정적이 주위를 감싸고 있었다.

우리는 사자들에게로 걸어가면서 걸음으로 거리를 쟀다. 우리가 서 있던 자리에서 처음 쏜 사자가 있는 곳까지는 30미터, 두 번째 사자까지는 25미터쯤 되었다. 둘 다 완전히 자란 젊고 튼튼하고 살진 사자들이었다. 절친한 친구 사이인 두 사자는 어제 언덕 지대나 초원에서 함께 모험을 계획했다가 결국 저승길의 동반자가 된 것이다.

학교에서 쏟아져 나온 아이들이 우리를 보고 걸음을 멈추더니 조그맣게 외쳤다. 「음사부. 거기 계세요? 거기 계세요? 음사부, 음사부.」

나는 사자 시체 위에 앉아서 대답했다. 「그래, 여기 있단다.」

그러자 아이들이 좀 더 크고 대담하게 외쳤다. 「나리가 사자들을 쐈나요? 두 마리 다요?」 그렇다는 걸 알게 된 아이들은 우르르 몰려와 밤의 날쥐 떼처럼 폴짝폴짝 뛰었다. 그들은 그 사건을 노래로 만들어 불렀다. 「총 세 방. 사자 두 마리. 총 세 방. 사자 두 마리.」 아이들은 가사를 더 다듬어서 맑은 목소리로 돌아가며 계속 노래했다. 「멋진 총 세 방, 크고 힘세고 나쁘고 사나운 사자 두 마리.」 그러곤 모두 함께 신바람이 나서 〈A. B. C. D〉로 후렴구를 붙였다. 방금 학교에서 나왔기에 머리에 지혜가 가득했던 것이다.

잠깐 사이에 방앗간 일꾼, 근처 마을의 소작농, 그리고 허리케인 램프를 든 우리 집 하인들까지 구경꾼이 잔뜩 모여들었다. 그들은 사자들을 둘러싸고 서서 사자들에 대해 얘기했고 카누씨아와 마부가 칼로 사자 가죽을 벗기기 시작했다. 이때 얻은 사자 가죽 중 하나를 나는 나중에 농장을 방문한 인도인 대사제에게 선물로 주었다. 푸란 싱도 등장했는데 네글리제 같은 잠옷을 입은 모습이 믿기지 않을 정도로 가냘파 보였고 무성한 검은 턱수염 속에서 달콤한 인도인의 미소가 빛나고 있었다. 그는 기쁨을 주체하지 못한 나머지 말을 더듬었다. 그는 인도인들이 귀한 약으로 여기는 사자 비계를 확보하려고 애를 썼으며 내게 몸짓으로 설명하기를 사자 비계가 류머티즘과 발기 부전에 특효약이라고 하는 것 같았다. 그 모든 상황으로 커피 밭은 활기가 넘쳤고 비가 그치고 달이 커피 밭이라는 무대를 비춰 주었다.

우리는 집으로 돌아갔고 주마가 포도주 병을 땄다. 우리는 비로 흠뻑 젖고 피와 진흙투성이라 앉을 수는 없었지만 불이 활활 타오르는 난로 앞에 서서 우리의 살아서 노래하는 포도주를 단숨에 마셨다. 우리는 한마디도 하지 않았다. 우리는 사자 사냥에서 하나가 되었고 서로에게 아무 말도 할 필요가 없었다.

우리의 친구들은 그 모험을 대단한 오락쯤으로 여겼다. 벌펫 씨는 우리끼리만 모험을 한 것이 섭섭했던지 그 일이 있고 나서 우리가 클럽에 춤을 추러 갔을 때 저녁 내내 우리와 말을 섞지 않았다.

나는 데니스 핀치해턴 덕에 농장 생활에서 가장 황홀한 체험을 할 수 있었는데 그건 아프리카 하늘을 나는 일이었다. 도로가 없거나 거의 없고 초원에 착륙이 가능한 곳에서는 비행이 삶에서 지극히 중요한 요소가 될 수 있으며 하나의 세계를 열어 준다. 데니스가 자신의 경비행기를 가져왔고 우리 집에서 겨우 몇 분 거리에 있는 초원에 착륙이 가능하여 우리는 거의 날마다 비행을 즐겼다.

아프리카 고원 지대의 하늘 위로 높이 올라가면 굉장한 경치를 감상할 수 있다. 빛과 색채의 오묘한 결합과 변화, 햇살 환한 초록의 땅 위에 걸린 무지개, 거대한 수직 구름, 사나운 검은 폭풍, 이 모든 것이 주위를 감싸고 질주하며 춤춘다. 사선으로 거세게 휘몰아치는 빗줄기가 공중을 하얗게 채운다.

비행의 체험을 제대로 표현하려면 기존의 어휘로는 부족하고 새로운 말을 만들어야만 한다. 그레이트 리프트 밸리와 수스와 화산, 롱고노트 화산 위를 날 때는 멀리 달 저편에 있는 땅을 여행하고 있는 것이다. 때로는 초원의 동물들이 보일 정도로 저공비행을 하기도 하는데 신이 처음 동물들을 창조해 놓고 아담에게 이름을 붙이도록 맡기기 전에 느꼈을 법한 그런 감정에 젖게 된다.

그러나 우리를 행복하게 하는 건 경치가 아니라 활동이며 비행하는 사람의 기쁨과 영광은 비행 그 자체이다. 도시 사람들은 모든 움직임이 일차원에 한정되어 있고 줄에 묶여 조종당하기라도 하듯 정해진 선을 따라 걷는 슬픈 고난과 예속의 삶을 산다. 그러다 들판이나 숲을 거닐게 되면 선이 평면이라는 이차원으로 바뀌며 그것은 노예들에게 프랑스 혁명과도 같은 멋진 해방을 의미한다. 하지만 하늘을 날면 삼차원이라는 완전한 자유를 누리게 되는 것이며 향수병에 시달리던 우리의 가슴은 오랜 유배 생활과 갈망 끝에 우주의 품으로 뛰어든다. 중력과 시간의 법칙이,

    삶의 초록 숲에서
    길든 짐승들처럼 노니네, 아무도 모르지
    그것들이 얼마나 온순해질 수 있는지!

나는 비행기를 타고 하늘로 올라가 아래를 내려다보며 땅으로부터 자유로움을 느낄 때마다 위대한 발견을 한 듯한 기분이 들었다. 〈그래, 바로 이거였어. 이제 난 모든 걸 이해할 수 있어.〉

하루는 나트론 호수로 날아갔는데 농장에서 남동쪽으로 145킬로미터 거리였고 고도는 농장보다 1천 미터 이상이 낮아서 해발 6백 미터였다. 나트론 호수는 소다를 채취하는 곳이기도 했다. 호수 바닥과 연안은 희끄무레한 콘크리트 같았고 시큼하고 짭짤한 냄새가 강하게 풍겼다.

하늘은 푸르렀지만 초원을 지나 저지대의 헐벗은 돌투성이 땅으로 들어서자 그곳에서는 모든 색이 햇빛에 타버린 듯했다. 눈 아래 풍경이 섬세하게 그려진 거북 등 껍데기 같았다. 그러다 그 한복판에 갑자기 호수가 나타났다. 위에서 보면 흰 밑바닥까지 환히 들여다보이는 하늘빛 물이 시리도록 맑아서 잠시 눈을 질끈 감을 수밖에 없었으며 황량한 황갈색 땅 위에 자리한 물이 마치 반짝이는 거대한 아콰마린처럼 보였다. 고공비행을 하다가 이곳에서 고도를 낮추면 짙푸른 우리의 그림자가 연푸른색 호수 위를 떠다녔다. 이곳에 홍학이 수천 마리 살고 있었는데 소금기 있는 물에서 어떻게 사는지 알 수 없었고 확실히 그 호수에 물고기는 없었다. 우리가 접근하자 홍학들은 커다란 원과 부채 모양을 이루며 흩어졌는데 그 모습이 석양의 빛줄기 같기도 하고 비단이나 도자기에 그려진 중국 문양이 움직이는 것 같기도 했다.

우리는 오븐처럼 뜨거운 흰 기슭에 착륙하여 비행기 날개가 드리워 준 그늘에 앉아 점심을 먹었다. 태양이 이글이글 타올라서 그늘 밖으로 손을 뻗으면 손이 따가울 정도였다. 병에 든 맥주도 처음 하늘에서 내려왔을 때는 시원했는데 채 15분도 지나지 않아서 찻잔 속의 차처럼 뜨거워졌다.

우리가 점심을 먹는 동안 먼 지평선에서 마사이족 전사 무리가 나타나더니 빠르게 다가왔다. 멀리서 비행기가 착륙하는 걸 보고 다가가서 자세히 살펴보기로 한 모양이었는데 사실 마사이족에겐 아무리 먼 걸음을 하는 것이라 해도 문제가 되지 않는다. 심지어 이런 땅에서도. 햇빛을 받아 번쩍거리는 무기를 들고 일렬로 다가오는 키 크고 호리호리한 벌거숭이 전사들은 황회색 모래 위에서 토탄처럼 검었다. 그들 각각의 발치에서 작은 웅덩이 같은 그림자가 함께 행진해 왔는데 우리의 시야가 미치는 범위 안에는 나와 데니스의 그림자 말고는 그 그림자들밖에 없었다. 마사이족 전사들은 한 줄로 서서 우리에게 다가왔는데 모두 다섯 명이었다. 그들은 머리를 모으고 비행기와 우리에 대해 이야기하기 시작했다. 한 세대 전이었다면 그들은 우리의 목숨을 위협하는 무시무시한 존재들이었을 터였다. 잠시 후 대표 한 사람이 나서서 우리에게 말을 걸었다. 그들은 마사이 말밖에 못 했고 우리는 그 말을 조금밖에 몰랐기에 대화는 곧 소강상태에 빠졌고 마사이족 대표는 동료들에게 돌아갔다. 몇 분 후 그들은 우리에게서 돌아서서 한 줄로 하얗게 타오르는 드넓은 소금 벌판을 향해 나아갔다.

데니스가 말했다. 「나이바샤 호수로 가는 건 어때요? 여기서 거기까지는 지대가 매우 험해서 도중에 착륙할 수는 없어요. 그래서 높이 올라가서 3천7백 미터 고도에서 날아야 해요.」

나트론 호수에서 나이바샤 호수까지의 비행은 물자체 *das Ding an sich*[10]였다. 우리는 최단 경로를 택해서 줄곧 3천7백 미터 고도를 유지했고 너무 높아서 아무것도 구경할 게 없었다. 나는 나트론 호수에서 양가죽을 댄 모자를 벗었는데 하늘 높이 올라가니 얼음물처럼 찬 공기가 이마를 조여 왔고

10 칸트가 정의한 인간의 인식 너머에 존재하는 실재.

머리칼이 세차게 뒤로 날려 목이 빠져 버릴 것만 같았다. 사실 이 길은 아랍 전설 속에 등장하는 거대한 괴조가 새끼에게 먹일 코끼리를 양 발톱에 한 마리씩 움켜쥐고 우간다에서 아랍으로 날아가던 — 방향은 반대지만 — 바로 그 코스였다. 조종사 앞자리에 앉아 전방엔 오직 우주만이 펼쳐져 있는 상태로 날고 있노라면 마치 램프의 요정 지니가 알리 왕자를 공중에서 옮길 때처럼 조종사가 앞으로 내민 손바닥 위에 앉은 듯하고 앞으로 나아가게 해주는 날개도 조종사의 것인 듯한 착각이 든다. 우리는 나이바샤에 있는 친구의 농장에 착륙했는데 장난감만 한 작은 집들과 그 주위를 둘러싼 나무들이 우리가 내려오는 걸 보고 놀라서 뒤로 벌렁 나자빠지는 듯했다.

데니스와 나는 멀리 여행할 시간이 없을 때는 대개 해 질 녘에 은공 언덕 상공에서 짧은 비행을 즐겼다. 세계적인 절경을 자랑하는 이 언덕 지대는 네 개의 봉우리 쪽으로 헐벗은 산등성이가 솟아 비행기와 나란히 달리다가 갑자기 낮고 평평한 작은 잔디밭이 나타나는데, 이처럼 공중에서 바라보는 모습이 어쩌면 가장 아름다운지도 모른다.

이곳 언덕 지대에 버펄로들이 산다. 나는 아프리카의 동물을 종류 별로 모두 죽이기 전에는 성이 차지 않던 젊고 철없던 시절에 이곳에서 수컷 버펄로 한 마리를 쏘아 죽인 적도 있다. 나중에 야생 동물들을 쏘는 것보다 그냥 지켜보는 걸 더 좋아하게 되었을 때 나는 버펄로를 보러 다시 이곳을 찾았다. 하인들을 데리고 텐트와 식량을 챙겨서 정상까지 반쯤 올라간 지점의 샘물 근처에서 야영을 하며 버펄로 떼를 보기 위해 얼음처럼 찬 어둑한 새벽에 파라와 함께 덤불과 키 큰 풀들 사이로 살금살금 기어 나가 보았지만 두 번이나 허탕을 치고 돌아와야 했다. 버펄로 떼가 서쪽에 이웃으로 살고 있다는 건 나의 농장 생활에 큰 의미가 되었지만 그들은 신중하고 자족적인 이웃이요 언덕 지대의 쇠락한 옛 귀족들로 이웃의 방문을 환영하지 않았다.

하지만 어느 날 오후 내륙에서 온 친구들과 집 밖에서 차를 마시고 있는데 데니스가 나이로비에서 날아와 우리 머리 위를 지나 서쪽으로 갔다. 잠시 후 그는 방향을 돌려 농장에 착륙했다. 나는 델라미어 부인과 함께 차를 몰고 그를 데리러 갔지만 그는 비행기에서 내리려 하지 않았다.

「버펄로 떼가 언덕에서 풀을 뜯고 있어요. 가서 봅시다.」 그가 말했다.

「안 돼요. 지금 손님들에게 차를 대접하고 있는 중이에요.」 내가 대답했다.

「15분이면 가서 보고 올 수 있어요.」 그가 말했다.

마치 꿈속의 제안처럼 들렸다. 델라미어 부인은 비행을 원하지 않아서 나만 비행기에 탔다. 우리는 햇살 속에서 날았으나 산허리에는 투명한 갈색 그림자가 져 있었고 우리는 곧 그 그림자 속으로 들어갔다. 하늘에서 버펄로 떼를 발견하는 데는 오랜 시간이 걸리지 않았다. 각 봉우리에서 시작되어 아래로 길게 뻗어 내려간 옷의 주름처럼 생긴 초록의 둥근 산등성이 중 하나에 스물일곱 마리의 버펄로가 풀을 뜯고 있었다. 처음 보았을 때는 멀리 떨어져 있어서 생쥐들이 마룻바닥에서 곰실거리는 것처럼 보였지만 아래로 하강하여 사정거리 내인 45미터쯤 위에서 맴돌며 지켜보자 평화로이 뒤섞이고 흩어지는 버펄로들의 수를 헤아릴 수 있었다. 매우 늙고 덩치 큰 검정 수컷 한 마리와 그보다 젊은 수컷 한두 마리, 그리고 새끼가 여러 마리였다. 버펄로 떼가 있는 넓은 풀밭은 덤불에 둘러싸여 있었는데 버펄로 떼는 땅에서 누군가 접근했더라면 즉시 소리를 듣거나 냄새를 맡았겠지만 하늘에서 접근하는 것에는 무방비 상태였다. 우리는 버펄로 떼 위에서 계속 움직여야만 했다. 버펄로 떼는 비행기 소음을 듣고 풀 뜯기를 멈췄으나 위를 올려다볼 생각은 못했다. 마침내 버펄로 떼는 뭔가 심상치 않은 일이 벌어지고 있음을 깨달았고 늙은 수컷이 무리 앞으로 나서더니 네 발로 버티고 서서 보이지 않는 적을 위협하듯 육중한 뿔을 쳐들었다. 그러다 별안간 종종걸음으로 산등성이를 따라 내려가더니 이내 가볍게 달리기 시작했다. 무리 전체가 우두머리를 따라 우르르 달려갔고 그들의 뒤로 흙먼지가 일고 작은 돌들이 튀어 올랐다. 버펄로 떼는 꼬리를 휘두르며 덤불로 뛰어들었다. 버펄로 떼는 덤불 속에서 멈추어 가까이 모여들었고 그 모습이 마치 언덕의 작은 공터가 잿빛 돌들로 포장된 것처럼 보였다. 그곳에서 버펄로 떼는 땅에서 움직이는 어떤 동물의 눈에도 띄지 않는 곳에 숨었다고 여겼지만 하늘을 나는 새의 눈까지 피할 수는 없었다. 우리는 높이 날아올라 그곳을 떠났다. 아무에게도 알려지지 않은 은밀한 길로 은공 언덕의 심장부에 다녀온 듯한 기분이었다.

집으로 돌아왔을 때 돌 테이블 위의 찻주전자가 아직 식지 않아서 나는 손가락을 데고 말았다. 예언자 마호메트도 똑같은 체험을 했는데 그가 물을 따르려고 물 주전자를 기울이던 중에 가브리엘 대천사가 데리러 와서 일곱 천국을 날아서 구경한 후 돌아와 보니 주전자에 아직 물이 남아 있었다.

은공 언덕에는 독수리 한 쌍이 살았다. 데니스는 오후에 이렇게 말하곤 했다. 「독수리들에게 갑시다.」 나는 독수리 한 마리가 산꼭대기 부근의 돌 위에 앉아 있다가 날아오르는 걸 한 번 본 적이 있지만 독수리들은 대개 하늘에서 삶을 보냈다. 우리는 비행기 날개를 이리저리 기울이며 독수리를 쫓아갔는데 눈이 날카로운 독수리는 분명 우리와의 놀이를 즐겼을 것이다. 한번은 독수리와 나란히 날았는데 데니스가 엔진을 멈추자 독수리의 날카로운 울음소리가 들렸다.

원주민은 비행기를 좋아해서 농장에 한동안 비행기 그리기 열풍이 일었으며 ABAK라는 글자까지 세심하게 베낀 비행기 그림이 그려진 종이들이 부엌에 흩어져 있거나 부엌 벽에 온통 비행기 그림이 그려져 있기도 했다. 하지만 원주민은 비행기 자체나 우리의 비행에는 관심이 없었다.

원주민은 우리가 소음을 싫어하는 것처럼 빠른 속도를 싫어하고 견디기 힘들어 한다. 그들은 또한 시간과도 우호적인 관계를 유지하고 있어서 시간을 속이거나 죽인다는 건 생각조차 하지 못한다. 그들은 시간을 많이 줄수록 행복해하며 키쿠유족 하인에게 내가 어디 들를 동안 말을 지키고 있으라고 하면 내가 오래오래 있다가 돌아오기를 바라는 기색이 얼굴에 역력하다. 그는 그 시간을 때우려고 하지 않고 편안히 앉아서 즐긴다.

원주민은 기계에도 별 관심이 없다. 젊은 세대 중 일부가 유럽인의 자동차에 대한 열광에 휩쓸린 적은 있었지만 한 키쿠유족 노인이 내게 말하기를 그들은 일찍 죽을 것이라고 했다. 변절자들은 허약한 혈통 출신이니 그 말이 맞을 것도 같다. 문명의 발명품 중에 원주민이 찬사를 보내며 진가를 인정하는 것들도 있으니 성냥, 자전거, 총이 거기 속한다. 하지만 소 얘기만 나오면 그것들은 바로 뒷전으로 밀려난다.

케동 계곡의 프랭크 그레스월드윌리엄스가 마사이족을 마부로 삼아 영국으로 데려갔는데 일주일 후 마치 런던에서 태어난 사람처럼 하이드 파크에서 말을 타더라고 했다. 나는 그 마사이족이 아프리카로 돌아왔을 때 영국에서 제일 좋은 게 뭐였는지 물었다. 그는 진지한 얼굴로 한참을 생각하더니 백인들은 매우 훌륭한 다리[橋]들을 갖고 있다고 정중하게 말했다.

나는 인간이나 자연력의 눈에 보이는 개입 없이 저절로 움직이는 물건에 대해 불신감과 수치심을 표현하지 않는 원주민 노인을 본 적이 없다. 인간의 마음은 마법에 대해 마치 보기 흉한 것을 대하듯 외면한다. 억지로 마법의 효과에 관심을 갖게 될 수는 있을지라도 그건 마법의 내적인 작용과는 아무 관련이 없어서 마녀에게서 가마솥으로 마법의 약을 제조하는 법을 알아내려고 하는 사람은 없다.

한번은 데니스와 함께 하늘을 날다가 농장의 초원에 착륙했을 때 몹시 늙은 키쿠유족 노인이 다가와서 말을 걸었다.

「오늘 아주 높이 올라가셨습니다. 하도 높아서 비행기는 안 보이고 벌이 웅웅대는 것 같은 소리만 들렸지요.」 노인이 말했다.

나는 높이 올라갔노라고 시인했다.

「그럼 하느님을 보셨는지요.」 노인이 물었다.

「아뇨, 은드웨티, 하느님을 보진 못했어요.」 내가 대답했다.

「아하, 그럼 하느님이 계시는 곳까지는 못 올라간 모양이군요. 음사부, 말씀해 주세요. 이걸 타고 하느님이 계시는 데까지 높이 올라갈 수 있나요?」 노인이 물었다.

「모르겠어요, 은드웨티.」 내가 대답했다.

그러자 노인은 데니스에게 물었다. 「그럼 나리는 어떻게 생각하십니까? 하느님이 계시는 데까지 올라갈 수 있겠습니까?」

「그건 모르겠군요.」 데니스가 대답했다.

「그럼 왜 두 분이 하늘로 올라가는지 통 알 수 없군요.」 은드웨티가 말했다.

# 4
# 어느 이민자의 노트에서

# 반딧불이

 이곳 고원 지대에서는 긴 우기가 끝나고 6월 첫 주에 밤이 서늘해지기 시작하면 숲에서 반딧불이를 볼 수 있다.
 어느 날 저녁 모험을 즐기는 외로운 별들 같은 반딧불이 두세 마리가 나타나 파도를 타듯, 아니면 절을 하듯 맑은 공기 속에서 위로 솟구쳤다 하강했다 한다. 반딧불이는 그런 비행의 리듬에 맞추어 작디작은 램프를 켰다 껐다 한다. 그 작은 곤충을 잡아 손바닥 위에 올려놓으면 녀석은 기묘한 빛을 내며 신비한 메시지를 전달한다. 녀석이 앉아 있는 자리 주변의 손바닥 살이 동그랗게 연초록색으로 물든다. 그리고 다음 날 밤이면 숲에 수백 마리의 반딧불이가 날아다닌다.
 무슨 이유인지 몰라도 반딧불이는 땅에서 1, 2미터 정도 높이 내에서 움직인다. 예닐곱 살 먹은 꼬마들이 촛불을, 마법의 불을 붙인 작은 막대기를 들고 캄캄한 숲을 헤치고 뛰어다니면서 신이 나서 작고 희미한 횃불을 휘두르며 깡충거리는 듯한 광경이다. 숲은 흥겨운 분위기로 들썩거리면서도 완전한 정적에 감싸여 있다.

# 인생길

내가 어릴 적에 본 그림이 하나 있는데, 그리는 이가 이야기를 들려주는 동안 우리 눈앞에서 그림이 완성된다는 점에서 일종의 움직이는 그림이라고도 할 수 있었다. 이야기는 매번 같은 말들로 이루어졌다.

어떤 동그랗고 작은 집에 한 남자가 살았는데 그 집에는 동그란 창이 하나 있었고 앞쪽에 세모 모양의 작은 정원이 있었다.

집에서 멀지 않은 곳에 물고기가 많이 사는 연못이 하나 있었다.

어느 날 밤 그 남자는 무시무시한 소리에 잠이 깨어 무슨 소린지 알아보려고 캄캄한 바깥으로 나갔다. 그는 연못으로 가는 길로 들어섰다.

이 대목에서 이야기 들려주는 이는 군대의 이동 경로를 그리듯 남자가 가는 길들을 그리기 시작했다.

남자는 먼저 남쪽으로 달려갔다. 그는 길 한가운데에서 커다란 돌에 발부리가 걸렸고 조금 더 가다

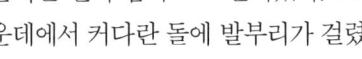

가 도랑에 빠졌다. 도랑에서 나와서 걷다가 또 도랑에 빠졌고 나와서 걷다가 세 번째 도랑에 빠졌고 다시 나왔다.

그제야 길을 잘못 든 걸 깨달은 남자는 도로 북쪽으로 달려갔다. 하지만 아무래도 소리가 남쪽에서 들린 것 같아서 다시 남쪽으로 달려갔다. 그는 길 한가운데에 있는 큰 돌에 발부리가 걸렸고 조금 더 가다가 도랑에 빠졌다가 나와서 걷다가 또 도랑에 빠졌다가 나와서 걷다가 세 번째 도랑에 빠졌다가 다시 나왔다.

이제 그는 분명히 연못 끝에서 소리가 들려오는 걸 깨달았다. 그곳으로 달려가 보니 둑이 터져서 연못물과 물고기들이 흘러 나가고 있었다. 그는 얼른 둑을 막았고 작업이 끝나자 다시 잠자리에 들었다.

이튿날 아침 남자는 동그랗고 작은 창문으로 밖을 내다보았다. 여기서 이야기는 극적으로 막을 내린다. 남자는 무엇을 보았을까? 황새 한 마리!

나는 그 이야기를 알고 있고 필요할 때마다 되새길 수 있는 걸 큰 행운으로 여긴다. 이야기 속 남자는 잔인하게 속임을 당했고 장애물도 많이 만났다. 그는 이렇게 생각했을 것이다. 〈참으로 험난한 길이로구나! 불운이 끝도 없이 이어지는구나!〉 그는 자신이 겪은 모든 시련이 어떤 의미를 지니는지 궁금했을 것이나 그것이 황새일 줄은 몰랐을 것이다. 하지만 그는 그 모든 시련 속에서도 목표 의식을 잃지 않았으며 포기하고 집으로 돌아가지 않았다. 그는 신념을 갖고 임무를 완수했다. 그리하여 그는 보상을 얻었다. 아침에 황새를 본 것이다. 그는 황새를 보고 큰 소리로 웃었을 것이다.

지금 내가 빠진 이 궁지, 이 암흑의 함정은 어떤 새의 발톱일까? 내 삶의 의도가 이루어지면 그러면 나는, 다른 사람들은 황새를 보게 될까?

*Infandum, regina, jubes renovare dolorem*(여왕이시여, 당신은 나에게 차마 형언할 수 없는 고통을 다시 떠올릴 것을 명하십니다).[1] 트로이는 불타고 아이네이아스는 7년간 바다를 떠돌며 튼튼한 배 열세 척을 잃는다. 그다음엔 무엇을 얻게 될까? 〈비길 데 없는 우아함, 당당한 위엄, 다정함.〉

기독교 신조 「사도신경」 두 번째 조항에도 다음과 같은 믿기 어려운 내용이 있다. 예수가 십자가에 못 박혀 죽어서 땅에 묻힌 후 지옥으로 내려갔다가 사흘째 되는 날 부활하여 천국으로 올라갔다가 훗날 다시 내려온다는 것이다.

이야기 속 남자가 겪었던 것과 같은 험난한 시련들. 우리는 그 시련을 통해 무엇을 얻게 될까? 세상 사람 절반이 믿는 기독교 신조 두 번째 조항과 같은 것이 아닐까?

---

1 헨리 퍼셀의 오페라 「디도와 아이네이아스」 중에서 트로이 멸망 후 아이네이아스가 카르타고에 도착한 다음, 그곳의 여왕 디도가 트로이의 최후에 대해 설명해 달라고 요청하자 한 말이다.

# 야생이 야생을 도우러 오다

나의 농장 관리인은 전쟁 중에 군용 황소를 매입하는 일을 했다. 그는 그때 마사이족 보호 구역에서 마사이족이 소와 버펄로를 교배해 만든 어린 황소를 대거 사들였노라고 했다. 가축과 야생 동물의 교배 가능성에 대해서는 의견이 분분하며 많은 이들이 아프리카 지형에 적합한 작은 말을 만들기 위해 얼룩말과 말을 교배하려는 시도를 해왔지만 나는 그런 잡종을 직접 본 적은 없었다. 어쨌거나 농장 관리인은 그 황소들이 진짜로 버펄로의 피가 반은 섞였다고 주장했다. 그가 마사이족에게 들은 바로는 그 황소들은 보통 소보다 성장 기간이 훨씬 길며 마사이족은 그 황소들을 자랑스럽게 여기지만 너무 거칠어서 처분하고 싶어 한다는 것이었다.

과연 그 황소들은 우마차나 쟁기를 끌도록 훈련시키기가 여간 어려운 게 아니었다. 그중에서도 힘센 젊은 황소 한 마리는 농장 관리인과 원주민 마부들을 진땀깨나 흘리게 만들었다. 녀석은 입에 거품을 물고 요란한 울음소리를 내며 사람들을 공격하고 멍에를 망가뜨렸다. 묶어 놓으면 땅을 마구 파헤쳐 시커먼 흙먼지가 자욱하게 피어오르게 만들고 핏발

선 눈을 까뒤집고 코피를 쏟았다. 그래서 녀석과 씨름을 하다 보면 사람도 함께 지쳐 녹초가 되고 욱신거리는 몸에서 땀이 비 오듯 흘렀다.

　농장 관리인이 들려준 사연은 다음과 같다. 「저는 녀석의 기를 꺾어 놓으려고 네 다리를 단단히 묶고 고삐로 재갈을 물려 소 우리에 처넣었지요. 녀석은 그렇게 벙어리가 되어 누워서도 뜨거운 콧김을 거세게 내뿜었고 목구멍에선 한숨 소리가 요동을 쳤지요. 저는 언젠가는 녀석에게 멍에를 씌울 날이 오리라 기대했지요. 그리고 텐트로 돌아가서 그 검은 황소 꿈을 꾸며 잤습니다. 그러다 소 우리 근처에서 개들이 짖어 대고 원주민들이 고함을 질러 대는 소리에 놀라 잠에서 깼지요. 소 치는 아이 둘이 제 텐트 안으로 들어와 와들와들 떨며 사자가 소 우리에 침입한 것 같다고 말하더군요. 그래서 램프와 총을 챙겨 들고 달려갔지요. 우리가 그곳에 가까이 갔을 즈음엔 소동이 좀 가라앉은 상태였지요. 램프 불빛 속에서 점박이 동물이 도망치는 게 보였어요. 표범 한 마리가 묶여 있는 황소를 공격해서 이미 오른쪽 뒷다리를 먹어 치운 뒤였지요. 결국 우리는 녀석이 고분고분하게 멍에를 쓰고 일하는 모습을 영영 볼 수 없게 된 거지요. 그러니 어쩌겠습니까. 총으로 녀석을 쏠 수밖에요.」

# 에사 이야기

전쟁 중에 우리 집에 에사라는 요리사가 있었는데 그는 사리 분별을 할 줄 아는 유순한 노인이었다. 어느 날 나는 나이로비의 매키넌 식료품점에서 차와 조미료를 사고 있었는데 인상이 날카로운 작달막한 부인이 다가오더니 에사가 우리 집 하인으로 일하고 있는 걸로 안다고 말했다. 나는 그렇다고 대답했다. 그러자 그녀가 말했다. 「에사는 원래 내 하인이었어요. 돌려보내 주세요.」 나는 미안하지만 그럴 수 없다고 대답했다. 그녀는 지지 않고 응수했다. 「흠, 그거야 알 수 없는 일이죠. 우리 집 양반이 공직에 있어요. 집에 돌아가시면 에사에게 전하세요. 당장 돌아오지 않으면 수송 부대에 집어넣겠다고요. 부인께선 에사 말고도 하인이 많은 걸로 알고 있어요.」

나는 그 일을 에사에게 바로 말하지 않고 깜빡 잊고 있다가 이튿날 저녁에야 생각이 나서 어제 그의 예전 주인을 만났으며 그녀가 이러저러한 말을 하더라고 전했다. 놀랍게도 에사는 공포와 절망에 빠져 이성을 잃고 외쳤다. 「아, 멤사히브, 왜 진작 말씀 안 하셨습니까? 그 부인은 말한 대로 할 겁니다. 지금 당장 떠나야겠어요.」 「그건 말도 안 돼요. 그런 식으로 아무나 잡아다 군대에 넣을 순 없어요.」 내가 말했다. 「신의 가호가 있기를. 너무 늦은 건 아닌지 걱정입니다.」 에사가 말했다. 「에사, 그럼 난 요리사 없이 어쩌죠?」 내가 물었다. 「어차피 제가 수송 부대에 끌려가도 멤사히브께 요리사 노릇을 못 하기는 마찬가지입니다. 거기 끌려가면 바로 죽을 거예요.」 그가 대답했다.

당시 원주민들은 수송 부대에 대한 공포가 너무 깊고 커서 에사는 내가 무슨 말을 해도 들으려 하지 않았다. 그는 허리케인 램프를 빌려 달라고 하더니 그 밤에 몇 안 되는 소지품을 보따리에 싸서 나이로비로 떠났다.

에사는 1년 가까이 농장을 떠나 있었다. 그동안 나는 나이로비에서 그를 두어 차례 만났고 한번은 나이로비로 가는 도로에서 마주치기도 했다. 그는 1년 사이에 더 늙고 야위었으며 얼굴도 홀쭉해져 있었다. 검고 둥근 머리도 정수리 부분이 희끗희끗했다. 시내에서 만났을 때는 그냥 지나치더니 도로에서 만나 내가 차를 세우자 그도 머리 위에 이고 있던 닭장을 내려놓고 이야기를 시작했다.

그는 예전과 다름없이 유순했으나 어딘지 변해 있었고 이야기를 나누는 내내 정신이 딴 데 가 있는 듯해서 마음을 알기가 어려웠다. 그는 운명에 혹사당하고 잔뜩 겁에 질렸으며 내가 알지 못하는 방편에 의지해야만 했다. 그리고 그 모든 것을 체험하면서 마음이 단련되고 정화된 것이다. 나는 수도원에 들어가 수도사가 된 옛 지인을 만나 대화하는 듯한 기분이 들었다.

그는 내게 농장 안부를 물었는데 원주민 하인들이 대개 그러하듯 자신이 없는 동안 다른 하인들이 백인 주인에게 최대한 못되게 굴고 있으리라 여기는 듯했다. 「전쟁이 언제 끝날까요?」 그가 물었다. 나는 머지않아 끝날 거라는 말을 들었다고 대답했다. 그러자 그가 말했다. 「전쟁이 10년 더 계속되면 멤사히브께서 가르쳐 주신 요리법을 전부 잊어버리게 될 겁니다.」

저 작은 키쿠유족 노인의 마음은 초원을 가로지르는 도로 위에서 브리야사바랭[2]의 마음과 동일 선상을 달리고 있었다. 브리야사바랭도 프랑스 혁명이 5년 더 이어졌다면 닭고기 라구[3]를 만드는 기술이 사장되었을 거라고 말하지 않았던가!

에사가 애석해하는 것이 주로 나 때문인 것 같아서 나는 그가 나에 대한 연민에서 벗어날 수 있도록 그의 안부를 물었다. 그는 잠시 생각에 잠겼다. 내 질문에 대답하기 위해 멀리 있는 생각을 끌어 모아야 했던 것이다. 이윽고 그가 대답했다. 「멤사히브께서 예전에 이런 말씀을 하셨지요. 인도인 땔나무 하청업자의 황소들은 농장의 황소들과는 달리 쉬는 날도 없이 날마다 멍에를 지고 일을 해야 하니 혹사당하고 있다고요. 그 부인 밑에서 일하는 제가 바로 인도인 땔나무 하청업자의 황소 신세지요.」 에사는 그 말을 하면서 겸연쩍은 듯 시선을 외면했다. 원주민은 원래 동물에 대한 연민이 없으며 내가 인도인의 황소에 대해 말했을 때 그는 분명 황당무계한 얘기라고 생각했을 것이다. 그런데 이제 자신이 그 얘기를 꺼내 놓는 것이 스스로 생각하기에도 이해하기 어려웠던 모양이었다.

전쟁 중에 나는 나이로비에 있는 졸린 얼굴의 작달막한 스

---

2 18세기 프랑스의 유명한 식도락가.
3 고기와 야채를 넣은 스튜의 일종.

웨덴인 검열관이 내가 썼거나 내 앞으로 오는 편지를 모두 뜯어 보는 것을 무척 불쾌하게 여겼다. 그 편지들에는 의심스러운 내용이 전혀 없었지만 검열관은 단조로운 삶 속에서 편지 속 인물들에 흥미를 느끼고 잡지 연재물을 읽듯 내 편지들을 읽는 것 같았다. 나는 그가 읽도록 편지에 전쟁이 끝나면 그에게 복수를 하겠노라는 협박을 써놓곤 했다. 전쟁이 끝났을 때 검열관은 그 협박이 떠올랐는지 아니면 잘못을 뉘우쳐서인지 농장으로 심부름꾼을 보내 휴전 소식을 알려 주었다. 심부름꾼이 왔을 때 집에 혼자 있었던 나는 소식을 듣고 숲으로 나갔다. 숲은 매우 고요했고 총성이 멎은 프랑스와 플랑드르 전선 역시 고요하리라 생각하니 묘한 감회가 들었다. 그 고요 속에서 유럽과 아프리카가 가까워지는 듯했고 그 숲길로 계속 가면 연합군이 승리를 거둔 프랑스 비미 리지까지 이를 것 같았다. 집으로 돌아가니 집 밖에 누가 서 있었다. 보따리를 든 에사였다. 그는 나를 보자 돌아왔다고, 내게 줄 선물을 가져왔다고 말했다.

에사의 선물은 나무 그림이 든 유리 액자였는데 잉크로 세밀하게 그린 펜화로 1백 개의 잎사귀가 맑은 초록색으로 칠해져 있었다. 그리고 잎사귀마다 빨간 잉크로 조그맣게 아랍 글자가 쓰여 있었다. 내가 보기엔 코란에 나오는 말 같았는데 에사는 글자 뜻은 설명하지 못하고 소매로 연신 유리를 닦으며 아주 훌륭한 선물이라는 말만 되풀이했다. 그는 시련의 시기에 나이로비의 이슬람 노사제에게 부탁해서 그린 그림이라고 했다. 노사제가 하루 몇 시간씩 매달려 무척이나 공을 들인 게 분명했다.

그렇게 해서 에사는 죽을 때까지 나와 함께 살게 되었다.

# 이구아나

　나는 보호 구역에서 커다란 도마뱀인 이구아나가 말라붙은 강바닥의 평평한 돌 위에서 햇볕을 쬐는 모습을 가끔 발견하곤 했다. 이구아나는 생김새는 예쁘지 않지만 색깔만큼은 그 아름다움을 따를 자가 없다. 이구아나는 진귀한 돌을 쌓아 놓거나 옛날 교회 창문 유리를 잘라 놓은 것처럼 반짝인다. 사람이 다가가면 이구아나는 휙 사라지고 돌 위에 하늘색과 초록색, 자주색 섬광이 이는데 그 모습이 마치 혜성의 빛나는 꼬리처럼 공중에 색깔이 걸려 있는 듯하다.

　나는 이구아나를 쏜 적이 있다. 가죽으로 아름다운 물건을 만들 수 있으리란 생각에서였다. 그러자 이상한 일이 일어났고 나는 그 일을 영원히 잊을 수 없다. 돌 위에서 총을 맞고 죽어 있는 이구아나에게 다가가는데 몇 걸음 옮기기도 전에 이구아나가 선명한 색을 잃어 가는 게 보였다. 이구아나가 지닌 모든 색이 마치 긴 한숨을 내쉬듯 빠져나갔고 내가 다가가 만졌을 때는 콘크리트 덩어리처럼 우중충한 잿빛이 되어 있었다. 그 찬란한 빛을 발했던 건 이구아나의 몸속에서 맹렬히 고동치던 살아 있는 피였다. 그 불길이 꺼지고 영혼이 빠져나가자 이구아나는 모래 자루처럼 죽은 물체에 지나지 않았다.

그 후로도 종종 나는 이구아나를 쏘는 것과 같은 우를 범했고 그때마다 보호 구역에서의 일을 떠올렸다. 한번은 메루에서 원주민 소녀가 차고 있는 팔찌를 보았는데 5센티미터 너비의 가죽 띠에 색깔이 조금씩 달라서 초록으로도, 연푸른 색으로도, 군청색으로도 보이는 아주 작은 청록색 구슬이 가득 장식되어 있었다. 그 팔찌는 생명력이 넘쳐서 마치 원주민 소녀의 팔에서 숨을 쉬고 있는 듯했고 나는 그 팔찌가 탐이 나서 파라를 시켜 소녀에게서 샀다. 하지만 팔찌는 내게로 옮겨 온 순간 죽고 말았다. 내 팔에서 그것은 보잘것없는 싸구려 장식품에 지나지 않았다. 팔찌의 생명력을 창조했던 건 색채들의 유희, 다시 말해 토탄이나 검은 도자기 같은 생기와 매혹이 넘치는 원주민 피부의 흑갈색과 팔찌의 청록이 빚어내는 색의 이중주였던 것이다.

나는 피터마리츠버그에 있는 동물 박물관에 전시된 심해 물고기 박제에서도 그러한 색의 조화를 보았다. 그것은 죽음을 초월한 아름다움이었으며 나는 과연 바다 밑바닥의 어떤 생명체가 그토록 경쾌하고 생기 넘치는 것을 올려 보낼 수 있을까 의구심에 젖었다. 나는 메루에서 나의 창백한 손과 죽은 팔찌를 바라보며 서 있었다. 고귀한 것이 부당한 대우를 당하고 진실이 탄압된 것만 같았다. 그것이 너무 슬프게 여겨져서 어렸을 때 읽은 책의 주인공이 한 말이 떠올랐다. 〈나는 그들 모두를 정복했다. 그러나 나는 무덤들 가운데 서 있다.〉

외국에서 생소한 생명체를 대할 때는 그것이 죽은 후에도 가치를 지닐 것인지 알아봐야 한다. 나는 동아프리카 정착민들에게 이런 충고를 한다. 「당신의 눈과 가슴을 위해 하는 말인데 이구아나는 쏘지 마세요.」

# 파라와 「베니스의 상인」

 고향 친구가 보낸 편지에 새로 무대에 올려진 「베니스의 상인」에 대한 이야기가 있었다. 저녁 때 그 편지를 다시 읽다 보니 그 연극이 생생하게 떠올라 집 안을 가득 채우는 듯했고 나는 흥이 오른 김에 파라와 그 작품에 대해 얘기하고 싶어서 그를 불러 줄거리를 알려 주었다.

 아프리카인이 다 그러하듯 파라도 이야기 듣는 걸 좋아했으나 집에 나와 그밖에 없어야만 이야기를 듣겠다고 했다. 그래서 하인들이 모두 각자의 오두막으로 돌아간 뒤 이야기가 시작되었고 농장을 지나던 이가 창문으로 안을 들여다보았더라면 파라와 내가 집안일에 대해 의논하고 있는 것처럼 보였을 터였다. 어쨌거나 그렇게 나는 이야기를 들려주었고 파라는 식탁 끄트머리에 부동자세로 선 채 진지한 눈길로 나를 바라보며 경청했다.

 파라는 안토니오, 바사니오, 샤일록에 얽힌 이야기를 열심히 들었다. 그 이야기에는 무시무시하고 복잡한 거래와 재판이 등장하기에 소말리족의 마음을 사로잡기에 충분했다. 그는 가슴살 1파운드에 관한 대목에서 내게 한두 가지 질문을 했는데 괴이하긴 하되 불가능한 계약은 아니라고, 사람들 사이에서 그런 거래가 이루어질 수도 있다고 여기는 듯했다. 이 대목에서부터 피 냄새가 나기 시작하자 그의 관심은 부쩍 고조되었다. 포샤가 등장하자 그는 귀를 쫑긋 세웠는데 그녀를 자신의 부족 여인으로, 남자를 정복하기 위해 만반의 준비를 갖추고 나서는 교활하고 간사한 파티마로 여기는 모양이었다. 유색인들은 이야기의 등장인물 중 누구의 편도 들지 않으며 줄거리 자체의 재미에만 관심을 갖는다. 실생활에서는 가치를 중요시하고 도덕적 분노를 느낄 줄 아는 소말리족도 이야기를 들을 때는 그것들을 옆으로 밀어 놓는다. 그런데도 파라는 억울하게 돈을 잃게 된 샤일록에게 마음이 기울어 있었고 그의 패배를 받아들이려 하지 않았다.

「뭐라고요? 그 유대인이 권리를 포기했다고요? 그러면 안 되지요. 그는 살을 가져야만 합니다. 그 큰돈에 비하면 아주 작은 걸 요구한 거니까요.」 파라가 말했다.

「하지만 피는 한 방울도 내면 안 되는데 뾰족한 수가 있겠어?」 내가 말했다.

「멤사히브, 시뻘겋게 달군 칼을 쓰면 됩니다. 그러면 피가 안 나지요.」 파라가 대꾸했다.

「게다가 살을 딱 1파운드만 베어야 그 이상도, 이하도 베면 안 되는걸.」 내가 말했다.

「그런 걸 갖고 누가 겁을 먹겠습니까? 손에 작은 저울을 들고 1파운드가 될 때까지 조금씩 떼어 내면 되지요. 그 유대인에겐 조언을 해줄 친구도 없었나요?」 파라가 응수했다.

소말리족은 매우 극적인 표정을 지니고 있다. 파라는 몸은 거의 움직이지 않고 표정만으로 마치 베네치아 법정에서 안토니오의 친구들과 베네치아 총독에 맞서 친구 혹은 동료 샤일록에게 용기를 불어넣어 주는 듯한 장면을 연출했다. 그는 앞에 서 있는 상인의 가슴에 칼을 들이대고 눈을 부라리고 있었다.

「보십시오, 멤사히브. 그는 가슴살을 조금씩, 아주 조금씩만 베어 내면 됐어요. 1파운드를 베어 내기 한참 전에 치명상을 입힐 수 있었단 말입니다.」 그가 말했다.

「하지만 이야기 속 유대인은 포기했지.」 내가 말했다.

「그러니 참 딱한 노릇이라는 겁니다, 멤사히브.」 파라가 말했다.

# 본머스의 엘리트

내 이웃 중에 고국에서 의사로 일했다는 이가 있었다. 한번은 우리 집 하인의 아내가 출산 중에 목숨이 위태로운 지경에 이르렀는데 긴 비로 도로가 망가져서 나이로비로 달려갈 수 없어서 나는 그에게 제발 와서 도와 달라는 간청을 담은 편지를 보냈다. 그는 친절하게도 열대 지방의 천둥 번개를 동반한 지독한 폭우를 뚫고 달려와 주었고 마지막 순간에 훌륭한 의술을 발휘하여 산모와 아기를 구했다.

그런 일이 있은 후 그에게서 편지가 왔는데 지난번엔 내 청을 거절할 수 없어 원주민을 치료했지만 다시는 그럴 수 없다는 것이었다. 그는 자신이 영국 본머스의 엘리트만 치료한 의사임을 안다면 나도 자신의 그런 입장을 십분 이해할 수 있으리라고 했다.

# 긍지에 대하여

 야생 동물 보호 구역이 이웃해 있어서 농장 경계선 바깥에 맹수들이 존재한다는 사실은 우리에게 마치 위대한 왕의 이웃이 된 듯한 기분을 느끼게 해주었다. 긍지에 찬 존재들이 우리 주위에 있었고 그들이 가까이 있음이 느껴졌다.

 야만인은 자신의 긍지를 사랑하고 타인의 긍지를 증오하거나 부정한다. 나는 문명인이고자 하며 나의 적과 하인들, 연인의 긍지를 사랑하려 한다. 그리고 우리 집은 아주 겸허하게 황무지에 존재하는 문명화된 장소가 될 것이다.

 긍지는 신이 우리를 창조하실 때 품었던 뜻에 대한 믿음이다. 긍지에 찬 인간은 그 뜻을 의식하며 그것을 실현하기를 갈구한다. 그는 자신에 대한 신의 뜻과 동떨어진 것일 수도 있는 행복이나 안락을 추구하지 않는다. 그에게 성공이란 신의 뜻을 성공적으로 실천하는 것이며 그는 자신의 운명을 사랑한다. 훌륭한 시민이 공동체에 대한 자신의 의무를 다하는 것에서 행복을 찾듯 긍지에 찬 인간은 자신의 운명을 실현하는 데서 행복을 발견한다.

 긍지가 결여된 사람들은 인간을 창조한 신의 뜻을 알지 못하며 우리로 하여금 과연 신의 뜻이 존재하기는 하는지 의심하게 만든다. 그런 사람들의 잃어버린 긍지를 누가 찾아 줄 수 있겠는가! 그들은 남들이 보증하는 것만을 성공으로 받아들이며 〈오늘의 명언〉에서 행복을, 심지어 자기 자신조차 찾는다. 그리하여 그들은 자신의 운명 앞에서 두려움에 떤다.

무엇보다 신의 긍지를 사랑하라. 또한 이웃의 긍지를 자신의 것처럼 사랑하라. 사자들의 긍지: 그들을 동물원에 가두지 마라. 개들의 긍지: 그들을 살찌게 하지 마라. 함께 싸우는 동지들의 긍지를 사랑하고 그들의 자기 연민을 허락하지 마라.

정복된 민족들의 긍지를 사랑하고 그들이 자신의 아버지와 어머니를 존경하도록 허용하라.

# 황소들

 토요일 오후는 농장에서 축복의 시간이었다. 무엇보다 그때부터 월요일 오후까지는 우편물이 올 수 없으므로 괴로운 사업상의 편지를 받아 보지 않아도 되었고 그런 사실 때문에 마치 농장이 성벽에 둘러싸인 듯한 기분이 들었다. 두 번째로, 모두들 종일 쉬거나 놀 수 있는, 그리고 소작농들은 자신의 농사일을 할 수 있는 일요일을 기다렸기에 토요일 오후가 행복할 수밖에 없었다. 하지만 나는 토요일의 황소들을 생각하는 것이 다른 무엇보다 즐거웠다. 나는 토요일 저녁 여섯 시면 하루 노동을 끝내고 몇 시간 풀을 뜯고 돌아오는 황소들을 보러 소 우리로 내려가곤 했다. 그곳으로 걸어가면서 내일은 황소들이 아무 일도 안 하고 풀만 뜯겠지 하고 생각했다.
 농장에는 황소가 총 132마리 있는데 그건 여덟 개 조에 우수리로 몇 마리 더 있다는 뜻이었다. 황금 가루를 뿌린 듯한 석양빛 속에서 황소들이 길게 열을 지어 초원을 가로질러 오고 있었는데 매사에 그러하듯 걸음걸이도 침착했다. 나 역시 침착하게 소 우리 울타리에 앉아 평화로이 담배를 피우며 그들을 지켜보았다. 니오세, 은구푸, 파루, 음숭구. 음숭구는 스와힐리어로 〈백인〉을 뜻했다. 마부들은 황소들에게 백인의 진짜 이름을 붙이기도 했는데 델라미어가 가장 흔한 이름이었다. 저기 내가 제일 좋아하는 덩치 큰 누렁소 멜린다가 오고 있었다. 멜린다의 가죽에는 불가사리처럼 마치 그림자가 진 듯한 무늬가 있는데, 〈치마〉라는 뜻의 멜린다란 이름을 갖게 된 건 그 때문인지도 모른다.

문명국가에서 모든 사람이 고질적인 양심의 가책을 느끼면서 빈민가를 불편해하듯 아프리카에서는 황소에게 가책을 느끼게 된다. 나는 농장의 황소에게 왕이 왕국의 빈민가에 대해 느꼈을 법한 감정을 품고 있었다. 〈너희는 나고, 나는 너희다.〉

아프리카의 황소들은 유럽 문명의 진출을 준비하는 무거운 짐을 져왔다. 황소들은 새로운 땅이 개간되는 곳마다 동원되어 무릎까지 푹푹 빠지는 흙 속에서 헉헉대며 쟁기를 끌고 난무하는 채찍질을 당해 가며 노동을 했다. 도로가 만들어지는 곳에도 어김없이 황소들이 있었다. 마부의 고함에 순종하며 묵묵히 쇠로 만든 연장을 끌고 먼지 속, 긴 풀이 자란 초원 위를 터벅터벅 걸으며 길을 만들었다. 황소들은 꼭 두새벽부터 수레에 매여 타는 듯 뜨거운 낮 시간 내내 땀을 뻘뻘 흘리며 긴 언덕을 오르내리고 똥밭과 말라붙은 강바닥을 건넜다. 옆구리엔 채찍 자국이 나 있고 길고 날카로운 채찍 끝에 맞아 애꾸눈이 된 황소가 자주 눈에 띄었으며 심지어 두 눈이 다 먼 경우도 있었다. 인도인과 백인 청부업자의 우마차를 끄는 황소는 평생 하루도 쉬지 못하고 죽도록 일만 했고 안식일이란 것을 알지 못했다.

우리가 황소에게 하는 짓은 이상하다고 하지 않을 수 없다. 황소는 늘 분노 상태에 있으며 눈알을 굴리고 땅을 파헤치고 시야에 들어오는 모든 것에 화를 내지만 스스로 생명력을 지니고 있어서 콧구멍에서 불이 나오고 허리에서 새 생명이 나온다. 황소의 하루하루는 생존을 위한 욕구와 그것의 충족으로 이루어진다. 우리는 황소에게서 모든 것을 빼앗고 그 보상으로 황소란 우리를 위해 존재한다고 주장한다. 황소는 우리 인간의 일상 속에서 생명 없는 동물, 인간의 필요를 위해 창조된 존재로 늘 무거운 짐을 끌고 걷는다. 그들은 맑고 촉촉한 보랏빛 눈과 부드러운 주둥이, 비단결 같은 귀를 지녔으며 매사에 끈기 있고 둔하다. 가끔은 생각에 잠긴 듯 보이기도 한다.

내가 아프리카에 머물 당시 브레이크가 없는 마차나 수레는 운행이 금지되어 있었으며 긴 비탈길을 내려갈 때는 반드시 브레이크를 걸도록 되어 있었다. 하지만 그 법은 지켜지지 않아서 도로에 다니는 마차와 수레의 절반이 브레이크 장치가 없었고 설령 있다 하더라도 거의 쓰지 않았다. 그래서 황소들은 비탈길을 내려갈 때 지독한 고역을 치러야만 했다. 황소들은 마차의 무게를 몸으로 지탱하느라 뿔이 등의 혹에 닿을 정도로 고개를 뒤로 젖혔고 옆구리는 마치 풀무처럼 접혔다. 나는 은공 로를 따라 나이로비로 가는 땔나무 상인들의 수레 행렬을 여러 차례 보았는데 그 모습이 마치 기다란 애벌레 같았고 산림 보호 구역 내의 비탈길을 내려갈 때는 수레에 가속도가 붙어 황소들이 비틀거리며 갈지자로 달렸다. 나는 비탈을 다 내려간 황소가 수레의 무게를 못 이겨 비틀거리다가 쓰러지는 광경도 목격했다.

황소들은 이렇게 생각했을 것이다. 〈그게 삶이고 세상이다. 삶은 고달프고 고달프다. 하지만 묵묵히 견디는 수밖엔 달리 방도가 없다. 수레를 끌고 비탈길을 내려가는 건 지독한 고역이다. 생사가 달린 일이다. 하지만 어쩔 수 없다.〉

수레 주인인 나이로비의 살진 인도인들이 2루피를 들여 브레이크를 달았더라면, 그리고 수레의 짐짝 위에 올라앉은 굼뜬 원주민 청년들이 브레이크를 거는 작은 수고를 마다하지 않았더라면 황소들은 차분히 비탈길을 걸어 내려갈 수 있었을 것이다. 하지만 황소들은 그런 사실을 알지 못한 채 하루하루 험난한 삶과 영웅적이고 필사적인 전투를 하며 살아가야 했다.

# 흑백 두 인종에 대하여

아프리카에서 흑인과 백인의 관계는 여러모로 남녀 관계와 흡사하다.

남성이나 여성이나 자신이 상대의 삶에서 차지하는 역할이 상대가 자신의 삶에서 차지하는 역할보다 크지 않다는 말을 들으면 충격과 마음의 상처를 받는다. 남성은 자신이 아내나 연인의 삶에서 차지하는 역할이 아내나 연인이 자신의 삶에서 차지하는 역할보다 크지 않다는 말을 들으면 당혹감과 분노를 느낀다. 입장을 바꾸어 여성 역시 자신이 남편이나 연인의 삶에서 차지하는 역할이 그 반대의 경우보다 크지 않다는 말을 들으면 격노한다.

절대 여자들의 귀에 들어가서는 안 되는 옛날 진짜 사나이들의 이야기나 남자들이 듣지 않을 때 여자들끼리 앉아서 하는 이야기는 그런 이론을 입증해 준다.

백인이 원주민 하인에 대해 하는 얘기들도 그런 생각에서 나온 것이다. 그들 또한 자신이 원주민 하인들의 삶에서 차지하는 역할이 원주민 하인들이 자신의 삶에서 차지하는 역할보다 중요하지 않다는 말을 들으면 크게 분노하고 불편해할 것이다.

원주민 또한 자신이 백인의 삶에서 차지하는 역할이 그 반대의 경우보다 작다는 말을 들으면 결코 그 말을 곧이듣지 않고 그런 말을 한 사람을 비웃을 것이다. 필시 원주민 사이에서는 백인이 키쿠유족이나 카비론도족에 대한 관심이 대단하고 원주민들에게 완전하게 의존하고 있음을 입증하는 이야기가 떠돌고 있을 것이다.

# 전시에 떠난 사파리

 전쟁이 터지자 나의 남편과 농장의 스웨덴인 보조자 둘이 자원입대하여 델라미어 경이 임시 정보 부대를 조직하고 있는 독일령과의 국경 지대로 떠났다. 그래서 나는 농장에 홀로 남게 되었다. 얼마 안 있어 백인 여성을 위한 수용소가 마련되어야 한다는 얘기가 나오기 시작했는데 원주민에게 해코지를 당할 수도 있다는 우려에서였다. 나는 수용소에 들어가는 것에 질겁했고 이런 생각이 들었다. 〈백인 여자들을 모아 놓은 수용소에 들어가 몇 달 동안 — 전쟁이 얼마나 오래 갈지 누가 알겠어? — 지낸다면 난 죽고 말 거야.〉 며칠 후 나는 이웃 농장의 젊은 스웨덴인 농부와 함께 철도 노선에서 한 정거장 위에 있는 키자베에 갈 기회를 얻었다. 키자베에는 국경 지대에서 보내온 소식을 받아 나이로비의 본부에 전보로 알리는 캠프가 설치되었는데 나는 그곳에서 책임자로 일하게 되었다.
 키자베에서 내 텐트는 역사(驛舍) 근처의, 기차 연료용 장작더미 사이에 있었다. 국경 지대에서 보낸 전령이 밤이고 낮이고 시도 때도 없이 도착했기에 나는 역장과 많은 시간을 함께 일하게 되었다. 역장은 작달막하고 온순한 고아족으로 불타는 향학열의 소유자였으며 전쟁에 무관심했다. 그는 내 고국에 대해 많은 질문을 했고 덴마크어를 조금만 가르쳐 달라는 부탁까지 했다. 덴마크어를 배워 두면 언젠가는 유용하게 써먹을 데가 있으리라 생각하는 듯했다. 그에겐 빅터라는 열 살짜리 어린 아들이 있었는데 한번은 역사로 가다 보니 베란다의 격자 울타리 너머로 그가 빅터에게 문법을 가르치는 소리가 들렸다. 「빅터, 대명사가 뭐니? 대명사가 뭐냐고, 빅터? 정말 모르겠니? 벌써 5백 번은 설명해 줬는데!」

국경 지대의 부대에서는 계속 식량과 군수품을 보내 달라는 요구를 해오고 있었는데 마침내 나의 남편이 우마차 넉 대 분량의 식량과 군수품을 최대한 빨리 보내라는 편지를 내게 보내왔다. 남편은 독일군이 어디 잠복해 있는지 아무도 알 수 없고 마사이족이 전쟁 때문에 잔뜩 흥분해 있는데 마사이족 보호 구역을 지나와야 하므로 반드시 백인을 책임자로 딸려 보내라고 당부했다. 당시엔 독일군이 사방에 깔려 있어서 우리는 독일군이 키자베의 대 철교를 폭파하지 못하도록 보초를 세워야 했다.

나는 클라프로트라는 젊은 남아프리카 공화국 사람을 운송 책임자로 고용했는데 짐을 다 싣고 출발하기 전날 저녁에 그가 독일인으로 오해받아 체포되고 말았다. 그는 독일인이 아니었고 그런 사실을 증명할 수 있었기에 바로 풀려났고 오해의 소지가 없도록 이름을 바꿨다. 하지만 그가 체포되는 순간 나는 우마차들을 끌고 모험을 떠날 사람은 바로 나라는 신의 계시를 받은 느낌이었다. 그래서 아직 별도 지지 않은 이른 새벽에 우리는 끝도 없이 긴 키자베 언덕을 내려가기 시작했다. 발밑에는 새벽 어스름 속에서 철회색으로 보이는 마사이족 보호 구역의 거대한 초원이 펼쳐져 있었고 우마차 아래 묶어 놓은 램프들이 흔들리고 마부들의 외침과 날카로운 채찍 소리가 허공을 갈랐다. 우마차 넉 대를 각각 열여섯 마리씩 예순네 마리의 황소가 끌었고 여분의 황소 다섯 마리, 나, 키쿠유족 청년 스물한 명, 소말리족 세 명이 우리 일행이었다. 소말리족은 파라, 총 운반인 이스마일, 그리고 늙은 요리사 이스마일이었는데 요리사 이스마일은 매우 고매한 노인이었다. 나의 개 더스크도 내 옆에서 걸었다.

한 가지 유감스러운 점이라면 경찰이 클라프로트를 체포하면서 그의 노새까지 잡아갔다는 것이었다. 나는 키자베에서는 노새를 구하지 못해 처음 며칠은 우마차들 옆에서 먼지를 뒤집어쓴 채 걸어야 했다. 그러다 보호 구역에서 만난 사람에게 노새와 안장을 샀고 얼마 후 파라의 노새도 구할 수 있었다.

그 사파리는 석 달이 걸렸다. 목적지에 도착한 뒤에도 국경 근처에서 야영을 하다가 전쟁이 터졌다는 소식을 듣고 황급히 떠난 대규모 미국인 사냥 사파리단이 남긴 물건을 챙기기 위해 다시 파송되었던 것이다. 그곳에서부터 우리는 새로운 장소들을 다녀야 했다. 나는 마사이족 보호 구역에서 여울과 물웅덩이를 알아보는 법을 배웠고 마사이 말도 좀 하게 되었다. 그곳은 도로 상태가 엉망이라 흙먼지가 잔뜩 쌓여 발이 푹푹 빠지고 우마차보다 큰 돌덩이들이 길을 가로막고 있었다. 그래서 나중에는 주로 초원을 가로질러 가야 했다. 아프리카 고원 지대의 공기는 포도주처럼 나를 취하게 했다. 나는 늘 약간 취기에 젖어 있었으며 이 석 달 동안 누린 즐거움은 말로 형언할 수 없다. 전에도 사냥 사파리를 나간 적이 있었지만 아프리카인들과만 나가긴 처음이었다.

소말리족들과 나는 국가 재산을 지켜야 한다는 책임감 때문에 사자에게 황소를 잡아먹히게 될까 봐 늘 노심초사했다. 국경 지대로 양과 식량을 나르는 대규모 수송대의 통행이 빈번해진 도로에 사자들이 출몰했던 것이다. 이른 아침에 도로를 달리다 보면 마차 바퀴 자국 위에 사자들의 발자국이 먼 거리에 걸쳐 찍혀 있는 걸 볼 수 있었다. 밤에 우마차에서 황소들을 풀어 놓을 때는 사자들이 나타나 겁에 질린 황소들이 사방으로 흩어져 도망칠 위험이 늘 존재했고 그렇게 되면 황소들을 도로 찾아오기는 불가능했다. 그래서 우리는 야영장 주변에 가시나무로 둥그렇게 높은 울타리를 쳐놓고 불가에서 소총을 들고 앉아서 보초를 섰다.

파라와 이스마일, 그리고 늙은 요리사 이스마일까지 문명에서 멀찌감치 떨어져 있다는 안도감에 이야기가 술술 나와서 소말리랜드에서 일어난 진기한 사건과 코란이나 『아라비안나이트』에 나오는 이야기를 풀어 놓았다. 소말리족이 해양 민족이어서 파라와 이스마일은 바다에 나가 본 경험이 있었으며 소말리족은 옛날에 홍해의 위대한 해적들이었던 게 분명했다. 그들은 땅 위의 모든 생물에겐 바다 밑에 똑같이 생긴 복제 생명체가 있어서 말, 사자, 여자, 기린 등 모든 것이 바다 밑에 살고 있으며 이따금 선원들의 눈에 띄기도 한다고 주장했다. 그러면서 소말리랜드의 강 밑바닥에 사는 말들이 보름달이 뜨는 밤이면 초원으로 올라와 그곳에서 풀을 뜯는 소말리족의 암말들과 교미하여 빼어난 아름다움과 민첩성을 지닌 망아지들이 태어난다는 이야기를 들려주었다.

불가에 앉아 있는 사이 우리 머리 위로 둥근 천장 같은 밤하늘이 한 바퀴를 돌아 동쪽에서 새 별들이 떠올랐다. 불에서 피어오르는 연기는 찬 공기 속에서 기다란 불똥들을 안고 올라갔고 갓 꺾은 땔나무에서는 시큼한 냄새가 풍겼다. 이따금 황소들이 갑자기 동시에 무엇에 놀라기라도 한 양 발을 구르며 서로 밀착하고 허공에 대고 코를 킁킁거리면 늙은 이스마일이 우마차 짐 위로 기어 올라가 램프를 흔들어 울타리 바깥에 있을지도 모르는 존재의 정체를 확인하고 겁을 주어 쫓아 버렸다.

우리는 사자와 관련된 많은 모험을 겪었다. 길에서 만난 북쪽으로 가는 수송대의 원주민 우두머리가 우리에게 경고했다. 「시아와를 조심하십시오. 거기서는 야영을 하지 마십시오. 시아와에는 사자가 2백 마리나 됩니다.」 그래서 우리는 어두워지기 전에 시아와를 지나려고 황급히 서둘렀지만 특히 사파리에서는 서두르면 꼭 일을 그르치게 되어 있어서 해질 무렵 마지막 우마차의 바퀴 하나가 커다란 돌에 걸려 꼼짝도 하지 않았다. 나는 돌에 걸린 바퀴를 빼내는 사람들에게 불을 비춰 주고 있었는데 3미터도 채 떨어지지 않은 지점에서 사자 한 마리가 우마차를 끌지 않는 황소 한 마리를 습격했다. 마침 총을 들고 있지 않아서 우리는 고함과 채찍 소리로 사자를 쫓아 보냈다. 얼이 빠져서 사자와 함께 도망쳤던 황소도 돌아오긴 했지만 상처가 워낙 커서 이틀 후에 죽고 말았다.

우리는 이상한 일도 많이 겪었다. 한번은 황소가 우리가 지닌 파라핀을 전부 마시고 죽는 바람에 보호 구역에서 인도인 상점을 발견할 때까지 불도 못 켜고 지냈다. 주인이 버리고 떠난 상점이었는데 놀랍게도 몇 가지 물건이 그대로 남아 있었던 것이다.

우리는 일주일 동안 마사이족 전사들의 마을 가까이에서 야영을 하기도 했는데 전쟁에 나갈 때처럼 몸에 칠을 하고 창과 긴 방패를 들고 사자 가죽으로 만든 머리 장식을 쓴 젊은 전사들이 전황과 독일군 소식을 듣기 위해 밤이고 낮이고 내 텐트 주위에 모여들었다. 우리 일행은 마사이족 전사들의 소에서 짠 소젖을 살 수 있어서 이곳을 좋아했다. 소 떼를 모는 일은 아직 전사가 되기엔 어린 마사이족 소년들이 맡았다. 매우 활발하고 예쁜 마사이족 소녀 병사들도 내 텐트로 놀러 왔다. 그들은 올 때마다 내 손거울을 빌려서 서로에게 비춰 주었고 거울을 향해 반짝이는 이빨을 드러내는 모습이 마치 성난 어린 맹수들 같았다.

적군의 움직임에 대한 모든 정보는 델라미어 경의 막사를 거쳐야했다. 그러나 델라미어 경은 바람처럼 빠른 속도로 보호 구역 전역을 이동했으므로 아무도 그의 위치를 알지 못했다. 나는 정보활동과 아무 관련이 없었지만 정보활동이 어떤 체계로 이루어지는지 궁금했다. 한번은 델라미어 경의 막사 가까이까지 가게 되어 파라와 함께 말을 타고 그를 찾아가 그와 차를 마실 기회가 생겼다. 다음 날이면 막사를 철거하고 이동해야 했지만 그곳은 마치 하나의 도시 같았고 마사이족이 우글거렸다. 그건 델라미어 경이 늘 그들에게 매우 우호적이었기 때문이며, 마사이족은 그곳에서 너무도 대접을 융숭하게 받았기에 일단 들어갔다 하면 나올 줄을 몰라서 우화에 등장하는 사자 굴처럼 온통 들어가는 발자국뿐이지 나오는 발자국이 없었다. 델라미어 경에게 전할 편지를 가지고 온 마사이족 전령은 그의 답장을 가지고 나갈 생각을 하지 않았다. 왜소한 몸집의 델라미어 경은 그 북새통의 중심에 있었는데 언제나 그렇듯 지나치리만큼 정중하고 친절했으며 흰 머리를 어깨까지 기르고 있었고 몹시도 편안해 보였다. 그는 나에게 자상하게 전쟁에 관한 모든 것을 설명해 주며 마사이족 방식으로 소젖을 넣은 차를 권했다.

나의 일행은 황소와 우마차, 사파리 생활에 대한 나의 무지를 무한한 인내심으로 참아 주었을 뿐 아니라 그것을 감추는 데 나 못지않게 열심이었다. 그들은 사파리 기간 내내 수족처럼 나를 도왔고 내가 경험 부족으로 사람들에게나 황소들에게나 무리한 요구를 해도 불평 한마디 하지 않았다. 그들은 초원을 가로질러 멀리까지 가서 내 목욕물을 떠서 머리에 이고 왔고 오후에 휴식을 취할 때는 내가 편안히 쉴 수 있도록 창과 담요로 차양을 만들어 햇볕을 가려 주었다. 그들은 거친 마사이족에게 약간 겁을 먹었고 독일군에 대한 흉흉한 소문을 듣고 무척이나 불안해했다. 그들에게 나는 수호천사이자 행운의 부적 같은 존재였던 듯하다.

전쟁이 터지기 6개월 전에 처음 아프리카로 오면서 나는 레토 포르베크 장군과 한 배를 탔는데 그는 이제 동아프리카 독일군 최고 사령관이 되어 있었다. 어쨌거나 배에서 만났을 때 나는 그가 영웅이 되리란 건 몰랐고 우리는 친구가 되었다. 배에서 내려 그는 탕가니카로, 나는 농장으로 떠나기 전에 몸바사에서 마지막으로 함께 식사를 하면서 그가 군복 차림으로 말에 탄 자신의 사진을 주며 사진 뒷면에 다음과 같이 써주었다.

지상 낙원은
말 등과 건강과 여자의 품에 있네.
*Das Paradies auf Erde*
*Liegt auf dem Rücken der Pferde*
*In der Gesundheit des Leibes*
*Und am Herzen des Weibes.*

그때 아덴까지 나를 마중 나와서 레토 포르베크 장군과 내가 친분이 있음을 아는 파라는 혹시 독일군에게 포로로 잡히면 써먹으려고 그 사진을 돈과 열쇠들과 함께 소중히 보관했다.

일몰 후에 강이나 물웅덩이에 도착하여 우마차에서 황소들을 풀고 길게 열을 지어 걸어갈 때 마사이족 보호 구역의 저녁은 얼마나 아름다운지! 가시나무들이 서 있는 초원은 어느새 캄캄해졌지만 공기는 청명했고 우리 머리 위 서쪽 하늘에 밤이 깊어 갈수록 점점 더 커지고 밝아질 별 하나가 황수정 속의 은빛 점처럼 막 떠올랐다. 폐에 닿는 공기는 차가웠고 긴 풀은 이슬을 떨어뜨렸으며 풀잎에서 강하고 자극적인 향이 풍겼다. 잠시 후 사방에서 매미들이 노래를 부르기 시작했다. 풀은 나였고 공기와 보이지 않는 먼 산도 나였고 지친 황소들도 나였다. 나는 가시나무 사이로 부는 산들바람을 들이마셨다.

석 달 후 나는 갑작스러운 귀가 명령을 받았다. 군에 체계가 잡히고 유럽에서 정규군이 투입되면서 나 같은 비정규 민간인의 도움이 필요치 않게 된 것이다. 우리 일행은 무거운 마음으로 그동안 거쳤던 야영지들을 지나 집으로 돌아왔다.

그 사파리는 농장 사람들의 기억에 오래도록 남았다. 그 후 나는 여러 차례 사파리를 떠났지만 국가를 위한 봉사 차원의 공식적인 사파리여서인지 아니면 전시 분위기 때문인지 그 여행은 참가자들의 마음에 소중한 추억으로 남았다. 그 사파리에 참가했던 사람들은 자신을 사파리 귀족으로 여기게 되었다.

몇 해가 지난 후에도 그들은 우리 집으로 찾아와 그 사파리에서 겪었던 모험을 하나씩 이야기하며 추억을 되살리곤 했다.

# 스와힐리어의 숫자 체계

내가 아프리카에 간 지 얼마 되지 않았을 때 젊고 수줍음 많은 스웨덴인 낙농장 주인이 내게 스와힐리어 숫자를 가르쳐 주었다. 그런데 스와힐리어로 9는 스웨덴인의 귀에는 수상쩍은 소리로 들려서 그는 그 단어를 말하기를 꺼렸다. 그는 일곱, 여덟까지 말하고는 주저하다가 시선을 외면하며 말했다. 「스와힐리어에는 9라는 숫자가 없습니다.」

「그럼 8까지밖에 못 센다는 건가요?」 내가 물었다.

그러자 그가 황급히 대답했다. 「아, 아닙니다. 10, 11, 12, 그리고 그 위 숫자도 있지요. 하지만 9는 없습니다.」

「그게 가능한가요? 그럼 19는 어떻게 말하죠?」 내가 의아해하며 물었다.

「19도 없습니다.」 그가 얼굴을 붉히며, 그러나 매우 단호하게 대답했다. 「90도, 900도 없지요.」 이 숫자들 또한 9로 만들어지기 때문이다. 「그것 말고 다른 숫자들은 다 있습니다.」

그런 일이 있은 후 나는 오랫동안 그 이상한 숫자 체계에 대해 많은 생각을 했으며 그런 체계가 무척이나 유쾌하게 여겨졌다. 나는 이곳 사람들은 독창성이 풍부하고 숫자의 연속

성이라는 융통성 없는 틀을 깰 용기를 지닌 모양이라고 생각했다.

1, 2, 3은 유일하게 세 개가 연속된 소수이니 8, 10은 유일한 연속 짝수라고 할 수 있을 것이다. 사람들은 3을 제곱한 수가 있어야 한다는 주장으로 9라는 숫자가 존재해야 하는 당위성을 증명하려 할지도 모른다. 하지만 왜 꼭 그래야만 하는가? 숫자 2에 제곱근이 없으니 숫자 3에도 제곱수가 존재하지 않을 수 있는 게 아닌가! 어떤 수의 각 자릿수의 합이 한 자리 수가 되도록 계산할 때 원래 수에 9나 9의 곱이 들어 있건 없건 나오는 합은 똑같으므로 여기서는 9가 존재하지 않는다고 말할 수도 있으며, 이것은 스와힐리어 숫자 체계의 타당성을 증명해 준다고 나는 생각했다.[4]

그러던 차에 나는 왼손 네 번째 손가락을 잃은 자카리아라는 하인을 들이게 되었다. 나는 이곳 원주민은 손가락으로 숫자를 세기 쉽도록 보통 저렇게들 하는가 보다고 생각했다.

나는 다른 사람들 앞에서 그런 이론을 펴다가 사실 스와힐리어에 9가 존재한다는 사실을 알게 되었다. 그런데도 아직까지 9가 빠진 숫자 체계를 가진 원주민 부족이 존재하고 그들은 그 체계에 아무런 불편도 느끼지 못하며 오히려 우리가 깨닫는 게 많다는 생각을 버리지 못하고 있다.

그리고 보니 하느님이 18세기를 창조했다는 사실을 믿지 않는다고 내게 선언했던 덴마크인 노 성직자가 생각난다.

---

4 예를 들어 492를 각 자릿수를 더해 한 자리 수로 만들면 4+9+2=15 → 1+5=6이 되는데, 여기서 9라는 숫자를 뺀 42 역시 4+2=6으로 앞의 수와 동일한 합이 나온다. 이와 같은 계산에서 9라는 숫자는 어떠한 경우에도 합에 영향을 미치지 않는다.

## 〈나를 축복해 주기 전에는
보내 주지 않겠소〉

 아프리카에서는 넉 달 동안 무덥고 건조한 계절이 이어진 후 3월에 우기가 찾아오면 도처에 성장의 풍요로움과 신선함과 향기로움이 넘친다.
 하지만 농부는 자연의 관대함을 덥석 믿지 못한 나머지 혹 빗줄기의 포효가 수그러들지 않을까 두려워하며 조심스럽게 귀 기울인다. 지금 대지가 들이키는 물은 농장의 모든 식물과 동물, 인간이 다가오는 넉 달 동안의 건기를 버틸 수 있을 만큼 충분한 양이어야 한다.
 농장의 도로가 모두 실개천으로 변하여 농부가 진흙에 발목까지 푹푹 빠지면서도 노래하는 가슴을 안고 커피 꽃에서 물이 뚝뚝 떨어지는 커피 밭으로 나가는 광경은 실로 아름답다. 하지만 우기 중간에 저녁 때 엷어져 가는 구름 사이로 별들이 고개를 내미는 경우도 있는데, 그런 때면 농부는 집 밖에 서서 마치 더 많은 비를 짜내려고 하늘에 매달리기라도 할 것처럼 하늘을 올려다본다. 농부는 하늘에 대고 외친다. 「비를 듬뿍, 넘치도록 듬뿍 내려 주십시오. 충심으로 말하건대 저를 축복해 주기 전에는 보내 드리지 않겠습니다. 원하신다면 저를 익사시켜도 좋으나 변덕으로 저를 죽이진 말아 주십시오. 하늘이시여, 하늘이시여, 성교 중단 *coitus interruptus*은 안 됩니다!」

우기가 끝난 후에 찾아오는 선선한 무채색의 나날은 지독한 가뭄의 기억을 떠올리게 한다. 가뭄이 들었을 때 키쿠유족 목동들은 우리 집 근처에서 소에게 풀을 뜯기곤 했는데 그중 한 소년이 이따금 피리를 꺼내 짧은 곡을 불었다. 그 곡조를 다시 듣자 그 시절의 고통과 절망이 한순간에 되살아났다. 거기엔 눈물의 짠맛이 배어 있었다. 하지만 동시에 놀랍게도 그 곡조에서 활력을, 뜻밖의 감미로움을, 노래를 발견할 수 있었다. 진정 그 고난의 시절에 저 모든 것이 존재했단 말인가? 당시에 우리에겐 젊음이, 무모한 희망이 있었다. 그 기나긴 나날 동안 우리 모두는 하나가 되어 서로 다른 세계에 속해 있으면서도 서로를 알아보았다. 농장의 모든 것이 서로에게 외칠 수 있어서 내 뻐꾸기시계와 책들이 잔디밭의 야윈 소들과 슬픔에 찬 키쿠유족 노인들에게 외쳤다. 〈당신들도 거기 있었소. 당신들도 은공 농장의 일부였소.〉 그 고난의 시기는 우리를 축복하고 떠나갔다.

농장 친구들은 우리 집에 왔다가 다시 떠나갔다. 그들은 한곳에 오래 머무는 사람들이 아니었다. 그들은 늙는 사람들도 아니어서 죽어 다시는 돌아오지 않았다. 하지만 그들은 우리 집 불가에 기분 좋게 앉아 있었고 우리 집이 그들을 둘러싸고 말했다. 〈나를 축복해 주기 전에는 보내 주지 않겠소.〉 그들은 웃으며 우리 집을 축복해 주었고 우리 집은 그들을 보내 주었다.

파티에서 한 노부인이 자신의 인생 이야기를 풀어 놓았다.

그녀는 기꺼이 자신의 인생을 다시 살고 싶다며 그것이 자신이 현명하게 잘 살아왔음을 증명한다고 주장했다. 나는 속으로 생각했다. 〈그래, 그녀의 삶은 두 번은 살아야 진짜 살았다고 말할 수 있는 그런 인생이었던 거야.〉 아리에타쯤이야 다카포[5]가 가능하지만 음악 전체를, 교향곡 전체나 5막짜리 비극 전체를 반복할 수는 없다. 만일 반복한다면 그건 애초에 제대로 되지 못했기 때문이다.

나의 삶이여, 나를 축복해 주기 전에는 그대를 보내 주지 않으리. 그러나 나를 축복해 준 후에는 그대를 보내 주리.

---

[5] 악보에서 악곡을 처음부터 되풀이하여 연주하라는 말.

# 월식

 어느 해에 월식이 있었다. 월식이 일어나기 얼마 전에 키쿠유 역의 젊은 인도인 역장이 내게 다음과 같은 편지를 보내왔다.

 존귀하신 부인, 이레 연속 태양빛을 볼 수 없게 된다는 소식을 들었습니다. 기차는 그렇다 치고 그 기간 동안 소들을 풀밭에 풀어 놓을 것인지 아니면 우리에 가둬야 하는지 알고 싶습니다. 제게 그걸 가르쳐 줄 분은 부인밖에 없으니 부디 친절을 베푸셔서 가르쳐 주십시오.
부인의 충실한 종, 파텔.

# 원주민과 시

원주민은 리듬감은 그토록 뛰어난데도 시를 모른다. 학교에 들어가 찬송가를 배워야 가사라는 것도 알게 된다. 나는 어느 날 저녁에 옥수수 밭에서 옥수수를 따서 수레에 던지는 일을 하면서 심심풀이로 추수를 돕는 어린 일꾼들에게 스와힐리어로 시를 지어 들려주었다. 그 시들은 특별한 의미는 없었고 운을 맞추어 지은 것으로 이를테면 이런 식이었다. 〈은굼베 나펜다 춤베, 말라야 음바야. 와캄바 나쿨라 맘바(황소는 소금을 좋아해 — 창녀들은 나빠 — 와캄바는 뱀을 먹어).〉 어린 일꾼들이 재미있어하며 나를 둘러쌌다. 그들은 시에 특별한 의미가 없음을 재빨리 알아채고 시의 주제에 대해서는 묻지 않았으며 운을 맞춘 시어가 나오기를 기다렸다가 깔깔거리며 웃어 댔다. 나는 먼저 시를 짓기 시작한 뒤 그들에게 운을 맞추어 마무리하도록 유도했지만 그들은 못 하는 것인지, 안 하는 것인지 시선을 외면하고 입을 열지 않았다. 그들은 시에 익숙해지자 나에게 졸라 댔다. 「또 해주세요. 비처럼 말하는 거요.」 나는 그들이 왜 시에서 비를 연상했는지 알지 못한다. 하지만 아프리카에선 비가 늘 갈구되고 환영받는 존재이기에 칭송의 표현이었음엔 분명하다.

# 천년왕국에 대하여

그리스도의 재림이 가까워진 때에 그리스도를 영접하기 위한 준비 위원회가 결성되었다. 위원회에서는 회의 결과 그리스도에게 손을 흔들거나 종려나무 가지를 던지거나 〈호산나〉라고 외치는 것을 금한다는 내용의 회람을 돌렸다.

이윽고 그리스도가 재림하여 천년왕국이 도래하고 온 누리에 기쁨이 충만했는데 어느 날 저녁 그리스도가 베드로에게 만물이 고요할 때 둘이서만 짧은 산책을 나가자고 말했다.

「어디로 가시고 싶으십니까?」 베드로가 물었다.

그러자 그리스도가 대답했다. 「브라이도리온에서 골고다 언덕까지 십자가의 길을 걷고 싶네.」

# 키토시 이야기

키토시의 이야기가 신문에 실렸다. 그 사건은 재판에 회부되었고 철저한 진상 조사를 위해 배심원단이 구성되었으며 사건 기록은 지금까지도 남아 있다.

키토시는 몰로에 사는 젊은 백인 이주민의 하인이었다. 6월 어느 수요일에 백인 주인은 친구에게 기차역까지 타고 가도록 갈색 암말을 빌려 주었다. 그는 키토시에게 기차역으로 가서 암말을 끌고 오라고 시키면서 절대 말에 타서는 안 된다고 지시했다. 하지만 키토시는 주인의 명을 어기고 말을 타고 돌아왔으며 그걸 본 어떤 사람이 토요일에 주인에게 그 사실을 일러바쳤다. 주인은 일요일 오후에 키토시에게 매질을 하고 창고 안에 묶어 놓았는데 일요일 밤 늦은 시각에 키토시는 죽고 말았다.

8월 1일에 나쿠루의 철도 협회 건물 안에 있는 대법원에서 재판이 열렸다.

철도 협회 건물에 모인 원주민들은 이게 다 무슨 일인가 싶었을 것이다. 그들에게 사건은 간단했다. 키토시가 죽은 건 분명한 사실이니 그의 가족에게 보상만 이루어지면 되는 것이었다.

그러나 유럽의 정의에 대한 관념은 아프리카의 그것과 달랐으며 백인 배심원에겐 죄의 여부를 가리는 것이 중요했다. 이런 경우 판결은 계획적인 살인이나 우발적인 살인, 혹은 중상해죄 중 하나로 내려진다. 판사는 배심원에게 죄의 등급은 사건의 결과가 아니라 사건 당시 관련자들이 품은 의도에 달려 있음을 강조했다. 그렇다면 키토시 사건에서 관련자들이 품은 의도, 마음가짐은 어떤 것이었을까?

백인 주인의 의도를 알아내기 위해 여러 시간에 걸쳐 반대 심문이 이루어졌다. 그들은 사건의 정확한 실체를 파악하기 위해 입수 가능한 정보는 사소한 것까지 모두 모으려고 했다. 기록에 따르면 백인 주인에게 불려온 키토시는 주인에게서 3미터 떨어진 지점에 섰다고 한다. 이 사소한 내용은 매우 인상적으로 다가온다. 드라마의 서두에서 백인과 흑인이 3미터 거리를 두고 서 있었다.

그러나 이야기가 진행되면서 그림의 균형이 깨지고 백인 주인의 모습은 희미해지면서 작아져 갔다. 그건 어쩔 수 없는 상황이었다. 그는 거대한 풍경 속에서 부수적 인물로 전락하고 무게를 잃었으며 종이에서 오려 낸 듯 창백하고 희미한 얼굴이 되어 원하는 대로 할 수 있는 미지의 자유에 — 마치 바람에 나부끼듯 — 이리저리 흔들렸다.

백인 주인은 키토시에게 누가 말을 타도록 허락했는지 물었다. 그는 키토시에게 그런 허락을 해준 사람이 있을 리 없다는 걸 알면서도 그 질문을 40번에서 50번 정도 되풀이했다. 여기서 그의 파멸이 시작되었다. 영국에서였다면 같은 질문을 40번에서 50번까지 할 수가 없으며 40번째가 되기 훨씬 전에 어떤 방식으로든 저지되었을 터였다. 그런데 아프리카에서는 같은 질문을 50번씩이나 하면서 상대를 괴롭힐 수 있었다. 결국 키토시는 자기는 도둑이 아니라고 항변했고 백인 주인은 그 무례한 태도에 화가 나서 매질을 시작했다고 진술했다.

이 대목에서 두 번째로 사건과 무관하면서도 인상적인 내용이 소개되었다. 매질 중에 백인 주인의 친구 둘이 찾아온 것이다. 그들은 10분에서 15분 정도 매질을 구경한 후 돌아갔다.

백인 주인은 매질을 한 후에도 키토시를 놓아줄 수 없었다. 저녁 늦게 그는 키토시를 고삐로 묶어 창고에 가뒀다. 배심원들이 왜 그렇게 했는지 묻자 그는 키토시 같은 인간이 농장에서 나다니지 못하게 하고 싶었다는 말도 안 되는 대답을 했다. 저녁을 먹은 후 창고로 간 그는 키토시가 묶여 있던 자리에서 조금 떨어진 곳에 고삐가 느슨해진 채 의식을 잃고 누워 있는 걸 발견했다. 그는 바간다족 요리사를 불러 둘이서 키토시를 더 단단히 묶었다. 양손을 기둥 뒤쪽에 묶고 오른쪽 다리를 기둥 앞쪽에 묶었다. 그는 창고 문을 잠그고 떠났다가 반시간 후에 다시 그곳으로 가서 요리사와 부엌에서 심부름하는 아이를 안으로 들여보냈다. 그리고 잠자리에 들었는데 창고에 들여보냈던 아이가 와서 키토시의 죽음을 알렸다.

배심원단은 죄의 등급이 관련자들이 사건 당시 품은 의도에 달렸다는 말을 명심하고 그것을 파헤치는 데 주력했다. 그들은 백인 주인이 키토시를 매질하고 감금한 일을 자세히 캐물었는데, 기록을 읽다 보면 그들이 고개를 내젓는 모습이 눈에 보이는 듯하다.

그렇다면 키토시의 의도와 마음가짐은 어떤 것이었을까? 깊숙이 파헤쳐 본 결과 뜻밖의 사실이 밝혀졌다. 키토시에게도 나름의 의도가 있었고 그 의도는 재판 결과에 중요한 영향을 미쳤다. 그 아프리카인은 그 의도로 무덤 속에서 유럽인을 구원해 주었다고도 할 수 있다.

키토시는 자신의 의도를 표현할 기회가 많지 않았다. 그는 창고에 갇혀 있었기에 그의 메시지는 매우 단순하게, 한 가지 제스처로 나올 수밖에 없었다. 야경꾼은 그가 밤새 소리쳤다고 증언했다. 그러나 그 진술은 사실과 다르며 그는 새벽 한 시에 창고 안에 같이 있던 아이와 이야기를 나눴다. 그는 매질을 당해 귀가 멀었다며 아이에게 큰 소리로 말해 달라고 했다. 그러면서 어차피 자신은 도망칠 수 없으니 발을 묶은 끈을 느슨하게 풀어 달라고 부탁했다. 아이가 그렇게 해주자 키토시는 죽고 싶다고 말했다. 그리고 새벽 네 시에 그는 또 죽고 싶다고 말했다. 잠시 후 키토시는 몸을 좌우로 흔들더니 〈나는 죽었다!〉고 외친 뒤 정말로 죽었다.

의사 셋이 법정에서 증언했.

검시를 담당한 이 지방 의사는 시신의 몸에서 발견된 상해가 사인이라고 밝혔다. 그는 즉시 치료를 했어도 키토시의 생명을 구할 수 없었으리라고 주장했다.

하지만 피고 측 증인으로 나이로비에서 온 두 의사는 다른 의견을 보였다.

그들은 매질 자체는 사인이 될 정도로 심하지 않았다고 주장했다. 여기서 간과해서는 안 될 요인이 있는데 그건 바로 죽음에 대한 의지라고 했다. 한 의사가 자신은 아프리카에

25년을 거주해서 원주민의 정신을 잘 알기에 이 문제에 대해 권위 있는 증언을 할 수 있다고 했다. 그는 원주민의 경우 죽음에 대한 의지가 실제로 죽음을 부를 수 있다는 자신의 견해를 많은 의사가 지지해 줄 것이라고 했다. 이 사건의 경우 키토시 자신이 죽고 싶다는 말을 했기에 의심의 여지가 없다는 것이었다. 나머지 의사도 그 의견을 지지하고 나섰다.

그 의사는 키토시가 그런 마음가짐이 아니었더라면 죽지 않았을 가능성이 크다고 말했다. 예를 들어 키토시가 무언가를 먹었더라면 용기를 잃지 않았을지도 모른다면서 속이 허하면 용기가 꺾이게 마련이라고 했다. 그러면서 입술의 상처는 발길질 때문이 아니라 키토시 자신이 극심한 고통 속에서 스스로 깨물어서 생긴 것일 수도 있다고 덧붙였다.

의사는 키토시가 밤 아홉 시 이전에는 죽을 결심을 하지 않았던 것으로 사료된다고, 도망치려는 시도가 그것을 입증해 준다고 말했다. 그리고 아홉 시가 넘기 전까지는 죽지도 않았다고 했다. 그러다 도망치려다 발각되어 다시 묶이자 꼼짝없이 갇힌 신세가 되었다는 데 크게 상심했으리란 것이었다.

나이로비에서 온 두 의사는 사건에 대한 견해를 다음과 같이 정리했다. 키토시의 죽음은 매질과 굶주림, 죽음에 대한 의지로 인한 것이며 특히 마지막 요소에 초점을 맞춰야 한다. 물론 죽고 싶다는 생각은 매질의 결과로 인한 것으로 볼 수 있다.

두 의사의 증언이 있은 후 법정은 〈죽음에 대한 의지 이론〉과 관련된 논쟁에 휩싸였다. 검시를 했던 의사는 키토시의 시신을 본 유일한 인물로 그 이론에 반기를 들며 자신이 담당한 암 환자들 중에 죽기를 원했지만 죽지 않았던 이들의 사례를 들었다. 하지만 그들은 유럽인이었다.

배심원단의 평결은 중상해죄였다. 관련된 원주민들에게도 같은 평결이 내려졌지만 그들은 백인 주인의 명령에 따른 것이기에 그들을 감옥에 가두는 것은 부당하다는 데 의견이 모아졌다. 판사는 백인 주인에게는 징역 2년을, 원주민들에게는 각각 구류 하루씩을 선고했다.

이 사건에 대한 기록을 읽고 나서 백인들은 유럽인이 아프리카 땅에서는 아프리카인을 쫓아낼 힘을 가질 수 없다는 것을 기이하고 굴욕적인 사실로 여기게 될지 모른다. 아프리카는 원주민의 땅이며 백인이 그들에게 무슨 짓을 하건 그들은 떠날 때 자신의 자유 의지로 떠난다. 더 이상 그곳에 머물고 싶지 않기 때문이다. 한집에서 일어나는 일에 대해 누가 책임져야 할까? 그 집을 물려받아 살고 있는 그 집의 주인이다.

무엇이 옳고 품위 있는 일인지를 잘 알았던 원주민 키토시, 죽음에 대한 단호한 의지를 지녔던 그의 모습은 오랜 세월이 흐른 후에도 그 아름다움으로 우리의 눈길을 끈다. 그의 이야기에서 우리는 스스로 원하는 때 감쪽같이 사라져서 결코 우리 손에 잡히지 않는 야생 동물의 바람 같은 면모를 엿볼 수 있다.

# 아프리카의 새들

3월 마지막 주나 4월 첫 주에 긴 우기가 막 시작될 때 나는 아프리카의 숲에서 나이팅게일의 노랫소리를 듣곤 했다. 전곡이 아니라 협주곡의 처음 몇 소절을 부르는 듯했고 리허설처럼 갑자기 중단되었다가 다시 시작되었다. 마치 물방울이 뚝뚝 듣는 고적한 숲 속 나뭇가지에서 누군가 작은 첼로의 현을 조율하는 듯했다. 그러나 그것은 곧 시칠리아에서 헬싱괴르까지 유럽의 숲을 채울 노랫소리와 똑같은 멜로디와 풍부함과 감미로움을 지니고 있었다.

아프리카에는 북유럽에서 초가지붕에 둥지를 트는 검은색과 흰색 황새들이 산다. 아프리카의 황새들은 북유럽에서처럼 당당한 인상을 풍기진 못하는데 그건 아프리카에 대머리황새나 뱀잡이수리 같은 덩치 큰 새들이 있기 때문이다. 아프리카 황새들은 암수가 짝을 지어 살아 가정의 행복을 상징하는 유럽 황새들과는 달리 여럿이 무리를 지어 날아다닌다. 아프리카 황새들은 메뚜기새라고도 불리는데, 메뚜기들과 함께 찾아와 메뚜기들 위의 하늘에서 살기 때문이다. 황새들은 불을 놓은 초원 위를 날기도 하는데 혀를 날름거리며 전진하는 불길 바로 앞쪽의 빛나는 무지갯빛 대기와 잿빛 연기 위의 높은 하늘에서 빙빙 돌며 불을 피해 도망치는 쥐나 뱀을 노린다. 황새들은 아프리카에서 즐거운 시간을 보낸다. 하지만 황새들의 진짜 삶은 이곳에 있지 않다. 봄바람이 짝짓기와 둥지 틀기에 대한 생각을 불러일으키면 황새들의 마음은 북쪽을 향하여 옛 시절과 고향을 떠올리고 둘씩 짝을 이루어 날아가 어느새 고향의 차가운 늪지를 걸어 다닌다.

우기가 시작되고 불에 탄 드넓은 초원에서 초록빛 새싹이 돋기 시작할 무렵이면 수백 마리 물떼새가 모습을 보인다. 초원은 언제나 바다의 모습을 지니고 있다. 탁 트인 지평선은 바다와 긴 모래사장을 연상시키며 떠도는 바람도 바닷바람과 같고 불에 탄 풀은 짠 내를 풍기며 풀이 길게 자랐을 때 바람에 나부끼는 광경은 영락없이 넘실대는 파도다. 초원에 흰 카네이션이 피면 순트 해협을 갈지자로 나아갈 때 사방에서 넘실대던 흰 거품을 문 파도를 떠올리게 된다. 그 바다 같은 초원에서는 물떼새들도 바닷새의 면모를 보여서 마치 바닷새가 모래밭을 걷듯 짧은 풀에서 잠시 최대한 빠르게 걷다가 사람이 탄 말 앞에서 날카로운 울음소리를 내며 날아오르고 연푸른 하늘은 새들의 날갯짓과 울음소리로 가득해진다.

새로 일구어 씨앗을 뿌린 옥수수 밭에 찾아와 땅속 옥수수를 훔쳐 먹는 왕관두루미는 비를 예고하는 길조이며 멋진 춤을 보여 주는 것으로 도둑질을 보상한다. 그 큰 새들이 여럿 모여 날개를 펼치고 춤을 추는 광경은 근사한 구경거리다. 그들의 춤은 멋지긴 하지만 약간 가식적이다. 하늘을 훨훨 날 수 있는데 무엇 하러 자석의 힘에 이끌려 땅에 붙어 있는 것처럼 경중거리는가 말이다. 그들의 춤은 의식 춤처럼 신성한 면을 지니고 있으며 어쩌면 그들은 날개 달린 천사들이 야곱의 사다리를 오르내리는 듯한 춤사위로 하늘과 땅을 하나로 이으려는 시도를 하고 있는 것인지도 모른다. 섬세한 연회색 몸통과 검은 벨벳 같은 앞머리, 부채 모양 관이 인상적인 왕관두루미는 살아 있는 프레스코화 그대로다. 그들은 춤이 끝난 뒤 훌쩍 날아가며 쇼의 신성함을 유지하기 위해 날개나 울음소리로 청명한 울림을 내는데 마치 교회 종 한 무리가 날개를 달고 날아가는 듯하다. 왕관두루미들이 멀리 날아가 보이지 않게 된 후에도 그 소리는 들려오는데 마치 구름에서 울리는 종소리 같다.

큰코뿔새도 농장을 찾는 손님으로 케이프밤나무 열매를 먹으러 왔다. 큰코뿔새는 참으로 기이한 새다. 큰코뿔새를 만나는 건 그리 유쾌하지만은 않은 모험이요 체험으로 그건 이 새들이 지나치게 영악하기 때문이다. 어느 날 아침 해가 뜨기 전에 집 밖에서 요란한 새 울음소리가 들려 테라스로 나가 보니 잔디밭의 나무들에 41마리의 코뿔새가 앉아 있었다. 코뿔새들은 새라기보다는 어린아이가 나무에 갖다 놓은 환상적인 장식품 같았다. 코뿔새들의 검은색은 아프리카의 매력적이고 고귀한 검은색으로 해묵은 그을음처럼 오랜 세월에 걸쳐 배어든 그 깊은 검음을 보고 있노라면 우아함과 활력, 생기에서 검은색을 따를 색이 없다는 생각이 든다. 코뿔새들은 모두 즐겁게 지저귀고 있었으나 장례식을 마친 상속자들 무리처럼 행동거지가 조심스러웠다. 수정처럼 맑은 아침 공기 속에서 그 검은 새들은 신선함과 맑음을 만끽했고 나무들과 새들 뒤로 불그스름한 공처럼 보이는 태양이 떠올랐다. 그런 아침 뒤에는 어떤 날이 이어질까 몹시 궁금했다.

홍학은 아프리카의 새 중에서 가장 섬세한 색채를 지녔으며 마치 협죽도 가지가 날아다니는 듯하다. 홍학은 믿기 어려울 정도로 다리가 길고 목과 몸통의 곡선이 진기하고 기묘해서, 정교하고 우아한 전통적 방식에 따라 세상에서 가장 어려운 자세와 동작으로 얌전을 빼는 듯하다.

나는 프랑스 배를 타고 포트사이드에서 마르세유까지 여행한 적이 있는데 그 배에는 마르세유의 동물원으로 가는 홍학 150마리가 실려 있었다. 홍학들은 캔버스로 옆면을 댄 더럽고 비좁은 우리에 열 마리씩 선 채로 갇혀 있었다. 운송 책임자가 내게 말하기를 운송 중에 홍학이 열에 둘은 죽을 거라고 했다. 홍학은 그런 식의 삶에 맞지 않았으며 배가 흔들리면 균형을 잃고 다리가 부러진 채 쓰러져 우리 안의 다른 홍학에게 짓밟혔다. 밤중에 지중해에 거센 바람이 몰아치면 배가 파도에 밀려 올라갔다가 쿵 소리를 내며 떨어질 때마다 어둠 속에서 홍학들의 울부짖음이 들려왔다. 나는 아침마다 운송 책임자가 죽은 홍학을 한두 마리씩 꺼내 바다로 던지는 광경을 보았다. 나일 강의 고귀한 새가, 석양의 외로운 한 떨기 구름처럼 떠도는 연꽃의 자매가, 길고 가느다란 막대기 같은 다리 한 쌍이 달린 분홍색과 붉은색의 생명 없는 깃털 뭉치가 되어 버린 것이다. 홍학의 시체는 배가 지나간 자리에서 잠시 깐닥거리며 떠돌다가 바닷속으로 가라앉았다.

# 파니아

 사슴사냥개는 무수한 세대를 인간과 함께 생활해 오다 보니 인간의 유머 감각을 갖게 되어 웃을 수 있다. 사슴사냥개는 원주민들처럼 일이 잘못되는 것을 웃음거리로 여긴다. 예술과 국교회를 갖기 전까지는 여느 사람도 이 정도 급의 유머를 깔볼 수 없지 않을까 한다.

 파니아는 더스크의 아들이었다. 하루는 키 크고 날씬한 유칼립투스가 줄지어 서 있는 연못 근처를 파니아와 함께 걷고 있었는데 파니아가 갑자기 한 나무로 달려가더니 절반쯤 되돌아와 나를 그쪽으로 이끌었다. 그 나무로 가보니 높은 가지에 살쾡이 한 마리가 앉아 있었다. 살쾡이들은 농장의 닭을 물어 가므로 나는 마침 근처를 지나던 원주민 소년을 불러 우리 집에 가서 총을 가져오라고 시켰다. 소년이 총을 가져오자 나는 살쾡이를 쏘았다. 살쾡이가 높은 곳에서 쿵 소리를 내며 떨어지자 파니아는 냉큼 달려가 제가 세운 공에 잔뜩 흥분해서 살쾡이를 물고 흔들다가 이리저리 끌고 다녔다.

 얼마 후 나는 다시 연못 근처의 그 길을 걷게 되었다. 자고새 사냥을 나갔다가 허탕 치고 돌아오는 길이라 파니아도 나도 풀이 죽은 상태였다. 그런데 갑자기 파니아가 줄지어 선 나무들 가운데 맨 끝 나무로 나는 듯 달려가더니 그 나무 주위를 돌며 잔뜩 흥분해서 짖어 댔다. 파니아는 나에게 달려왔다가 다시 그 나무로 돌진했다. 나는 마침 총을 갖고 있어서 살쾡이를 잡을 수 있게 된 것을 기뻐하며 그 나무로 달려갔다. 살쾡이를 잡으면 아름다운 얼룩무늬가 있는 가죽을 얻을 수 있기 때문이다. 그러나 막상 가서 올려다보니 검은 집고양이가 잔뜩 성이 나서는 흔들리는 나무 꼭대기까지 올라가 앉아 있었다. 나는 겨눴던 총을 내렸다.「파니아, 이 바보! 그냥 고양이잖아.」

파니아에게 고개를 돌리니 녀석은 조금 거리를 두고 서서 나를 바라보며 포복절도하고 있었다. 녀석은 나와 눈이 마주치자 내게 달려와 내 어깨에 발을 올리고 내 코에 얼굴을 대고 꼬리를 흔들며 끙끙대더니 펄쩍 뛰어 뒤로 물러난 다음 마저 실컷 웃어 댔다.

파니아는 몸짓으로 이렇게 말하고 있었다. 〈저도 알아요. 안다고요. 집고양이였어요. 원래 알고 있었어요. 용서해 주세요. 하지만 주인님이 집고양이에게 총을 들고 허둥지둥 달려가던 꼴이 볼 만했다니까요!〉

그날 종일 파니아는 잊어버릴 만하면 한 번씩 내게 과도한 애정 표현을 했다가 뒤로 조금 물러나서 실컷 웃는 행동을 되풀이했다.

파니아의 애정 표현에는 이런 암시가 있었다. 〈이 집에서 제가 웃음을 보이는 건 주인님과 파라한테뿐이란 거 아시잖아요.〉

그날 밤 난로 앞에서 잠을 자면서도 파니아는 꿈속에서

웃고 있는지 낑낑거리는 소리를 냈다. 그리고 세월이 한참 지나서도 파니아는 연못 근처의 나무들이 줄지어 선 그 길을 걸을 때면 그때의 사건을 기억하는 듯했다.

# 에사의 죽음

에사는 전쟁 중에 울며 겨자 먹기로 우리 집을 떠났다가 종전 후 다시 돌아와 평화로운 삶을 누렸다. 그에겐 마리암 모라는 아내가 있었는데 그녀는 야위었지만 억척스러워서 땔나무를 집까지 운반하곤 했다. 에사는 그 누구보다 유순한 하인이어서 통 싸움이란 걸 할 줄 몰랐다.

그런데 원치 않는 망명 생활을 하는 동안 무슨 일이 일어났는지 그는 변해서 돌아왔다. 이따금 나는 그가 뿌리가 잘려 나간 나무처럼 소리 없이 죽어 버릴까 봐 걱정스러웠다.

에사는 원래 요리사였으나 요리하는 걸 좋아하지 않았고 정원사 노릇을 하고 싶어 했다. 그가 흥미를 잃지 않은 건 식물뿐이었다. 그러나 내겐 정원사는 있지만 요리사는 없어서 에사를 억지로 부엌에 붙들어 놓았다. 나는 그에게 정원 일을 할 수 있도록 해주겠다고 약속해 놓고 차일피일 미뤘다. 에사는 내게 깜짝 선물을 하려고 강가의 땅 한 귀퉁이를 둑으로 막아 식물을 심었다. 하지만 힘도 세지 못한 그가 혼자서만 매달린 일이었기에 둑이 튼튼하지 못해서 긴 우기에 물에 휩쓸려 전부 떠내려가고 말았다.

키쿠유족 보호 구역에 살던 에사의 형이 검은 소 한 마리를 남기고 죽자 존재하지도 않는 듯하던 에사의 고요한 삶에 파란이 일기 시작했다. 그는 그때쯤엔 이미 삶에 너무도 혹사를 당한 나머지 삶이 강하게 표출되는 것을 견딜 수 없는 지경에 이르러 있었다. 특히 그는 행복을 견딜 수 없었던 듯했다. 그는 소를 끌고 오기 위해 사흘 휴가를 얻었는데 돌아올 때 보니 마치 추위 속에서 감각을 잃었다가 따뜻한 방에 들어간 사람의 손발처럼 부산하고 안절부절못하는 모습이었다.

원주민은 모두 도박꾼이다. 에사는 검은 소가 만들어 낸 환상 속에서 이제부터 운명이 자신에게 미소 짓기 시작했다는 믿음으로 만사에 허황된 자신감과 큰 꿈을 품었다. 그는 아직 자기 앞에 삶이 남아 있다고 생각하고 새 부인을 맞기로 했다. 그가 내게 그 얘기를 꺼냈을 때 그는 이미 나이로비로에 사는 장차 장인 될 사람과 협상을 하던 중이었다. 나는 에사의 마음을 돌리려고 했다. 「당신에겐 이미 훌륭한 부인이 있고 머리도 백발이 되었으니 새 부인이 필요치 않아요. 우리와 함께 평화롭게 살아요.」 에사는 나의 그런 충고에 화를 내진 않았다. 그 작고 온순한 키쿠유족은 내 앞에 꼿꼿이 서서 자신만의 애매한 방식으로 결심을 꺾지 않았다. 그 후 얼마 안 있어 그는 새 부인 파토마를 농장으로 데려왔다.

에사가 새 결혼으로 좋은 일이 있으리라 바랐던 건 그가 판단력을 상실했음을 보여 주는 단적인 예였다. 신부는 매우 젊고 앙칼지고 부루퉁했으며 어머니의 친정인 스와힐리족의 옷차림을 하고 있었다. 그녀는 스와힐리족의 색욕은 지녔으되 우아함이나 쾌활함은 없었다. 하지만 에사의 얼굴은 승리감과 멋진 계획들로 환한 광채를 발했고 순진하게도 전신 마비를 일으키기 직전인 사람처럼 행동했다. 인내심 많은 노예 마리암모는 아무렇지도 않은 듯 조용히 뒤로 물러나 있었다.

에사가 잠시 위대함과 환희의 시간을 보낸 건 사실이었지만 그 시간은 오래가지 못했고 농장에서 그가 누렸던 평화로운 삶은 새 부인으로 인해 산산조각 났다. 새 부인은 결혼한 지 한 달 만에 원주민 군인들과 살기 위해 나이로비의 군인 막사로 도망쳤다. 그 후 하루 휴가를 내서 그녀를 잡으러 나이로비로 간 에사가 저녁 때 시무룩한 새 부인을 데리고 오는 일이 반복되었다. 그는 처음엔 당당하고도 결연하게 그녀를 찾으러 나섰다. 누가 뭐래도 그녀는 그의 법적인 아내가 아니던가? 그러다 나중에는 자신의 꿈들과 운명이 보낸 미소를 슬프게 돌이켜 보며 당혹스러운 마음으로 젊은 아내를 찾아 나섰다.

내가 그에게 말했다. 「에사, 그 여자를 찾아와서 뭐 하게요? 그냥 보내 줘요. 그 여자는 당신에게 돌아오고 싶어 하지 않고 데려와 봐야 좋을 게 없어요.」

하지만 에사는 젊은 아내를 보내 줄 수 없었다. 끝에 가서는 그도 삶에 대한 기대치가 많이 낮아져서 그저 치른 몸값이 아까워 그 여자를 붙잡고 있었다. 다른 하인들은 그를 비웃었고 그가 무거운 발을 이끌고 아내를 찾으러 나이로비로 가면 군인들도 그를 비웃는다고 내게 전했다. 하지만 에사는 원래 남의 눈을 크게 의식하는 사람이 아니었으며 이제 그런 것쯤은 초월한 상태였다. 그는 도망친 소를 찾아다니는 사람처럼 열심히, 끈질기게 자기 소유물을 찾으러 갔다.

어느 날 아침 파토마가 우리 집 하인들에게 에사가 아파서 오늘은 일을 못 하고 내일은 나올 수 있을 것이라고 말했다. 하지만 그날 늦은 오후에 하인들이 전하기를 파토마는 사라지고 에사는 독을 먹고 죽어 가고 있다고 했다. 밖으로 나가 보니 하인들이 그를 침대에서 하인들 오두막 사이의 마당으로 옮긴 상태였다. 파토마는 늙은 남편에게 스트리크닌과 비슷한 원주민의 독약을 먹인 뒤 고통에 몸부림치는 남편을 지켜보다가 살아날 가망이 없다는 판단이 서자 도망쳐 버린 것이다. 에사는 몇 차례 더 경련을 일으켰으나 시체처럼 몸이 차갑게 굳어 있었다. 얼굴이 많이 변해 있었고 시퍼런 입술 귀퉁이에서 피거품이 흘러나왔다. 파라가 차를 몰고 나이로비로 나가 있어서 나는 에사를 병원으로 옮길 수 없었다. 하지만 이미 가망이 없었기에 차가 있었어도 병원으로 옮기지 않았을 터였다.

에사는 죽기 전에 나를 한참 동안 바라보았지만 그가 나를 알아보았는지는 알 수 없었다. 그의 동물 같은 검은 눈망울에는 염소를 몰고 나온 어린 원주민 소년의 주위에서 맹수들이 노닐던, 노아의 방주를 방불케 하는 옛 시절 초원의 기억이 어려 있었다. 나 또한 늘 보고 싶어 하던 풍경이었다. 나는 그의 손을 잡아 주었다. 인간의 손이면서 무기를 잡고 채소와 꽃을 심고 애무를 하고 내가 가르쳐 준 오믈렛을 만들던 튼튼하고 솜씨 좋은 도구였던 그의 손. 에사는 자신의 인생을 성공으로 생각했을까, 실패로 여겼을까? 그건 말하기 어려울 것이다. 그는 자신만의 좁고 느리고 구불구불한 길을 걸었으며 수많은 체험을 했다. 그리고 늘 온화한 사람이었다.

집에 돌아온 파라가 에사의 장례를 맡았는데 고인이 독실한 무슬림이라 정통 의식에 따라야 했기에 절차가 복잡하고 일이 많았다. 파라가 부른 사제가 나이로비에서 이튿날 저녁에야 올 수 있다고 해서 에사의 장례식은 하늘에 은하수가 보이는 밤에 거행되었고 장례 행렬에 램프가 동원되었다. 에사는 숲의 큰 나무 아래 묻혔고 이슬람식으로 무덤에 벽을 둘렀다. 마리암모는 이제 전면에 나서서 밤공기 속에서 요란하게 곡을 했다.

파라와 나는 파토마의 처리 문제에 대해 회의를 했고 결국 그녀를 그냥 내버려 두기로 했다. 여자를 고소해서 법의 처벌에 맡기는 건 파라의 원칙에 어긋나는 일이었다. 그의 말을 들어 보니 이슬람 율법에서는 여자에겐 책임을 지우지 않는 듯했다. 여자가 잘못을 저지르면 그 남편이 책임을 지고 벌금을 물어야 한다는 것이었다. 말이 피해를 입히면 그 주인이 대신 보상을 해야 하는 것처럼 말이다. 그럼 말이 주인을 일부러 떨어뜨려 죽였다면 어떻게 되는 것인가? 파라는 그것이 슬픈 사건이라는 데는 동의했다. 하지만 파토마도 자신의 운명을 한탄할 이유가 있었을 것이니 나이로비의 군인 막사에서 자신이 택한 삶을 살도록 내버려 둬야 한다는 것이 그의 의견이었다.

# 원주민들과 역사에 관하여

　원주민이 석기 시대에서 자동차 시대로 기쁘게 건너뛰기를 기대하는 사람들은 지금의 우리가 여기 이 자리까지 이를 수 있도록 해준 조상들의 노고를 잊은 것이다.

　우리는 자동차와 비행기를 만들고 원주민에게 그 사용법을 가르칠 수 있다. 그러나 자동차에 대한 진정한 애정은 손바닥 뒤집듯 쉽게 생겨나는 것이 아니다. 그것이 생겨나는 데는 수 세기가 필요하며, 어쩌면 그 형성 과정에 소크라테스, 십자군, 프랑스 혁명이 필요했는지도 모른다. 신식 기계를 좋아하는 우리 현대인은 옛날 사람들이 기계 없이 어떻게 살았는지 상상하기 힘들다. 하지만 우리는 「아타나시우스 신조」나 미사 의식의 기법, 5막으로 이루어진 비극, 어쩌면 소네트조차 만들지 못한다. 그것들이 이미 만들어져 우리에게 전하지 않았더라면 우리는 그것들 없이 살아야만 했을 것이다. 우리는 그것들이 만들어졌다는 사실에서 인간의 마음이 그것들을 염원했던 시절이 존재했으며 그것들이 만들어졌을 때 마음 깊은 곳에서 우러난 갈구가 충족되었음을 알 수 있다.

　어느 날 베르나르 신부가 오토바이를 타고 찾아왔는데 환희와 승리감으로 턱수염 속의 얼굴에 희색이 만면했다. 그는 나와 점심을 먹으며 기쁘고도 기쁜 소식을 전했다. 어제 스코틀랜드 교회의 키쿠유족 청년 아홉 명이 찾아와 숙고와 논의 끝에 로마 가톨릭교회의 화체설(化體說)을 믿기로 했다며 자신들을 받아들여 달라고 청했다는 것이었다.

내게서 그 소식을 전해 들은 사람들은 하나같이 베르나르 신부를 비웃으며 그 키쿠유족 청년들이 프랑스 성당으로 옮기고 싶어 하는 이유는 스코틀랜드 교회에서보다 일을 적게 해도 임금을 더 많이 받을 수 있고 오토바이까지 얻어 탈 수 있기 때문이며 화체설을 믿는다 어쩐다 한 것도 다 거짓 핑계라고 했다. 그들은 그러면서 우리 백인은 그런 짓을 이해할 수도 없고 그것에 대해 생각조차 하기 싫어하지만 키쿠유족에겐 얼마든지 가능한 일이라고 덧붙였다. 하지만 베르나르 신부 역시 키쿠유족을 잘 알고 있었으니 그가 완전히 속아 넘어간 것이라고 단정하기는 어려웠다. 어쩌면 그 키쿠유족 청년들의 마음은 화체설을 매우 소중히 여겼던 — 우리가 그 존재를 부인할 수 없는 — 우리 조상들의 그 어두운 길을 걷고 있는 것인지도 모를 터였다. 5백 년 전 우리 조상들은 높은 임금이나 승진, 편안한 삶, 심지어 목숨보다 화체설에 대한 믿음을 더 우선시했을 수도 있었다. 물론 당시엔 오토바이가 없었으니 오토바이를 주면 어땠을지 몰라도 현재 오토바이를 소유하고 있는 베르나르 신부 자신은 오토바이보다는 키쿠유족 청년 아홉 명의 귀의를 훨씬 소중히 여기고 있었다.

아프리카에 사는 현대의 백인들은 갑작스러운 창조 행위가 아닌 진화를 믿는다. 그렇다면 원주민에게 역사에 대한 단

기간의 실용적인 교육을 시켜 현재의 우리를 따라잡도록 만들 수 있을 것이다. 우리 백인이 아프리카를 점령한 지 40년이 채 안 되었으므로 그리스도의 탄생 시점을 기준으로 한 우리의 역사를 원주민이 3년에 1백 년꼴로 따라잡았다고 치면 현재 그들은 아시시의 성 프란체스코 시대에 와 있는 것이며 몇 년 후면 라블레[6]의 시대에 이를 것이다. 그들은 지금의 우리보다 아시시의 성 프란체스코와 라블레를 더 잘 이해하고 사랑하게 될 것이다. 몇 해 전 나는 원주민들에게 아리스토파네스의 『구름』에 나오는 농부와 그 아들의 대화를 번역해서 들려준 적이 있는데 그들은 좋아하면서 열심히 들었다. 원주민들은 앞으로 20년 안에 백과전서파들을 맞을 준비가 될 것이며 그로부터 10년이 더 지나면 키플링을 이해하게 될 것이다. 우리는 그들이 포드 씨가 만든 자동차를 맞을 준비가 되기 전에 그들 중에서 몽상가, 철학자, 시인이 나오도록 해야 한다.

그때가 되면 우리는 어디에 있을까? 그사이 우리는 그들의 북소리에 맞춰 이루어지는 검은 주술을 배우고자 그들의 꼬리에 매달려 있진 않을까? 그때가 되면 그들은 지금 화체설을 믿는 것처럼 우리의 자동차를 실가(實價)로 사게 될까?

---

[6] 16세기 프랑스의 풍자 작가.

# 지진

 어느 해 크리스마스쯤 지진이 일어났는데 원주민의 오두막 여러 채가 무너질 만큼 강한 지진이었다. 성난 코끼리 한 마리의 힘 정도는 되었을 것이다. 세 차례 진동이 있었는데 수초씩 간격을 두고 수초씩 지속되었다. 그 간격은 사람들에게 무슨 일이 일어나고 있는지 생각할 여유를 주었다.
 지진이 일어났을 때 마사이족 보호 구역에서 야영을 하던 데니스 핀치해턴은 자신의 화물 트럭에서 자고 있었는데 나중에 내게 말하기를 진동에 놀라 잠이 깨서 〈코뿔소가 트럭 밑으로 들어왔구나〉 하고 생각했다고 했다. 내 경우에는 침실에서 침대로 걸어가고 있을 때 지진이 일어났다. 첫 진동이 왔을 때 나는 이렇게 생각했다. 〈표범이 지붕에 올라갔구나.〉 두 번째 진동이 왔을 때는 이런 생각이 들었다. 〈난 이제 죽을 거야. 죽는 기분이 이런 거구나.〉 나는 두 번째와 세 번째 진동 사이에야 비로소 지진임을 깨달았는데 사실 나는 살아생전에 지진을 체험하리라고 꿈에도 생각지 못했다. 그 짧은 순간 나는 지진이 끝났다고 생각했다. 하지만 세 번째이자 마지막 진동이 찾아왔는데, 그 진동으로 나는 압도적인 기쁨에 휩싸였으며 평생 그토록 갑작스럽고 철저하게 환희에 젖었던 기억이 없다.

자연은 그 진행 과정에서 인간의 마음을 미지의 기쁨의 절정으로 끌어올릴 수 있는 힘을 지니고 있다. 우리는 평소에는 자연을 의식하지 못하고 살지만 갑작스러운 계기로 자연의 실체를 깨닫는 순간 새로운 세상이 열리는 기분을 맛보게 된다. 케플러는 수년 동안의 연구 끝에 마침내 천체의 운동 법칙을 발견했을 때의 감동을 이렇게 토로했다.

〈나는 황홀경에 자신을 내맡겼다. 주사위는 던져졌다. 나는 평생 이런 감정을 느껴 본 적이 없다. 온몸이 떨리고 피가 들끓는다. 신께서는 자신이 창조한 작품의 구경꾼을 6천 년이나 기다렸다. 신의 지혜는 무한하며 우리가 아는 얼마 안 되는 진실뿐 아니라 우리가 전혀 알지 못하는 것들도 그 속에 들어 있다.〉

지진이 일어났을 때 나를 휘어잡고 뒤흔든 것도 바로 그런 환희였다.

케플러와 내가 느낀 엄청난 환희는 움직일 수 없는 줄 알았던 물체가 스스로 움직일 수 있는 힘을 지녔음을 깨달은 데서 비롯되었다. 아마도 그건 세상에서 가장 강렬한 기쁨과 희망의 감정 중 하나일 것이다. 죽은 흙덩어리에 불과한 줄 알았던 지구가 내 발아래서 떨치고 일어나 기지개를 켠 것이다. 그건 자연이 보낸 작은 제스처였지만 무한한 중요성을 지니고 있었다. 자연은 한바탕 웃음으로 원주민 오두막들을 무너뜨리며 외쳤다. 〈*E pur si muove*(그래도 지구는 돈다).〉

이튿날 아침 일찍 주마가 차를 갖고 들어와서 말했다.

「영국 왕이 죽었어요.」

나는 주마에게 그걸 어떻게 알았는지 물었다.

「멤사히브, 어젯밤에 땅이 요동치고 흔들리는 거 못 느끼셨어요? 그건 영국 왕이 죽었다는 뜻이에요.」

다행히 영국 왕은 지진이 일어난 후로 여러 해를 더 살다가 세상을 하직했다.

# 조지

아프리카로 가는 화물선에서 나는, 어머니와 젊은 이모와 함께 여행하는 조지라는 어린 소년과 친구가 되었다. 어느 날 갑판에서 조지는 어머니와 이모에게서 떨어져 그들의 눈길을 받으며 내게 다가왔다. 아이는 내일이 자신의 여섯 번째 생일이라며 어머니가 영국인 승객들을 초대해서 차를 대접할 계획인데 와줄 수 있느냐고 내게 물었다.

「그렇지만 난 영국인이 아니란다, 조지.」 내가 말했다.

「그럼 어느 나라 사람인데요?」 조지가 몹시 놀라며 물었다.

「나는 호텐토트[7]란다.」 내가 대답했다.

조지는 꼿꼿이 서서 무척이나 진지한 눈길로 나를 바라보았다.

이윽고 조지가 말했다. 「상관없어요. 꼭 오세요, 꼭요.」

조지는 어머니와 이모에게로 가서 태연하면서도 반대를 용납하지 않는 단호한 어조로 말했다. 「저분은 호텐토트래요. 그래도 초대하겠어요.」

---

7 남아프리카의 미개 인종.

# 케지코

나는 한때 살찐 노새 한 마리를 갖고 있었는데 이름은 몰리라고 지었다. 하지만 그 노새를 돌보는 마부는 몰리라는 이름 대신 〈숟가락〉을 뜻하는 케지코라고 불렀다. 내가 그 이유를 묻자 마부는 간단하게 대답했다. 「숟가락처럼 생겼으니까요.」 나는 그 노새를 이리 둘러보고 저리 둘러보았지만 도무지 숟가락처럼 생긴 구석을 찾을 수 없었다.

그러다 얼마 후 케지코를 포함한 노새 네 마리가 끄는 수레를 타게 되었다. 높은 마부석에 올라앉으니 노새들을 위에서 내려다볼 수 있었다. 그제야 나는 그 마부의 말이 옳았음을 깨달았다. 케지코는 유난히 어깨가 좁고 엉덩이가 펑퍼짐하면서도 포동포동해서 오목한 숟가락과 흡사했던 것이다.

만일 마부 카마우와 내가 각각 케지코의 모습을 그렸다면 전혀 다른 그림이 나왔을 터였다. 하지만 하느님과 천사들은 카마우와 같은 눈으로 그 노새를 보았을 게 분명했다. 하늘로부터 오시는 이는 만물 위에 계시나니 그분께서 보신 그것을 그분께서 증거하시도다.

# 함부르크로 가는 기린들

 나는 몸바사에서 재판관 셰이크 알리 빈 살림의 집에 묵었는데 그는 친절하고 기사도 정신이 몸에 밴 아랍 노신사였다.
 몸바사는 어린아이가 그린 천국 그림 같은 풍광을 지니고 있다. 몸바사 섬을 둘러싼 깊숙한 만은 이상적인 항구를 이루고 있다. 희끄무레한 산호 절벽으로 이루어진 땅에는 가지를 넓게 뻗은 초록빛 망고나무들과 환상적인 잿빛 대머리 바오밥나무들이 자라고 있다. 몸바사의 바다는 수레국화처럼 푸르고 항구로 들어가는 입구 바깥으로는 인도양의 긴 파도가 비뚤비뚤하고 가느다란 흰 선을 그리며 바람이 잔잔한 날에도 낮은 천둥소리를 낸다. 좁은 거리들로 이루어진 몸바사 시가지는 모두 황갈색, 장미색, 황토색을 띤 예쁜 색조의 산호암으로 지어졌으며 시가지 위쪽으로는 성벽과 총안이 있는 거대한 옛 요새가 솟아 있는데 3백 년 전 포르투갈군과 아랍군이 대치했던 곳이다. 요새는 오랜 세월 시가지보다 높은 위치에서 폭풍우 속의 저녁놀을 많이 마셔서인지 시가지보다 강렬한 색채를 뿜낸다.
 몸바사의 정원들에 핀 타는 듯 붉은 아카시아 꽃들은 믿을 수 없을 정도로 색채가 강렬하고 잎이 섬세하다. 이글거리는 태양이 몸바사를 태우고 그슬린다. 이곳의 공기는 소금기로 가득하며 바람이 날마다 동쪽 바다에서 염분을 새로 실어 오는 탓에 토양마저 소금기가 많아서 풀이 거의 자라지 않고 땅이 춤판처럼 헐벗은 모습이다. 하지만 수령이 오래된 망고나무들이 무성한 진녹색 잎을 달고 있어서 인심 좋은 그늘을 드리운다. 망고나무들은 발치에 둥그렇게 시원한 검은 그늘을 늘어뜨린다. 그리하여 내가 아는 그 어떤 나무보다 더 좋은 만남의 장소를 제공하고 마을 우물가처럼 사람들의 교류의 중심이 된다. 망고나무 그늘 아래서 큰 시장이 열려 나무를 둘러싸고 닭장과 수박이 진열된다.

알리 빈 살림은 본토의 굽이진 해변에 쾌적한 하얀 집을 갖고 있는데 집에서 바다까지 긴 돌계단이 이어져 있다. 해변을 따라 손님들이 묵는 별채들이 자리하고 있고 베란다가 딸린 본채의 큰 방에는 상아와 황동으로 만든 골동품, 라무에서 가져온 도자기, 벨벳 안락의자, 사진들, 큰 축음기 등 아랍과 영국의 예술품이 소장되어 있다. 그중에서도 눈길을 끄는 건 공단 안감을 댄 나무 상자 속에 든 1840년대의 섬세한 영국 도자기 티세트로 일부 소실되긴 했지만 잔지바르 왕국 술탄의 아들이 페르시아 공주와 결혼할 때 젊은 영국 여왕 부처가 결혼 선물로 보낸 것이라고 했다. 여왕과 대공은 자신들처럼 행복한 결혼 생활을 누리라는 기원을 담아 그 선물을 보낸 것이었다.

「그래서 그들은 행복했나요?」 작은 찻잔을 하나씩 꺼내 테이블 위에 올려놓고 있는 셰이크 알리에게 내가 물었다.

「슬프게도 그렇지 못했지요. 공주가 승마를 포기하려 하지 않았거든요. 공주는 혼수를 실은 다우선에 말들도 실어 왔지요. 하지만 잔지바르 사람들은 여자가 말을 타는 걸 용납하지 않았어요. 덕택에 한바탕 소동이 일어났고 공주는 결국 신랑보다 말을 택하고 페르시아로 돌아갔지요.」

몸바사 항구에 본국으로 향하는 녹슨 독일 화물 증기선 한 척이 떠 있었다. 나는 스와힐리족 사공들이 노를 젓는 알리 빈 살림의 배를 타고 섬을 오가는 길에 그 배 옆을 지났다. 배의 갑판 위에 커다란 나무 궤짝이 하나 놓여 있었고 궤짝 속에서 기린 머리 두 개가 솟아 있는 게 보였다. 함께 탄 파라 말이 그 기린들은 포르투갈령 동아프리카에서 함부르크로 실려 가는 것이며 순회 동물원에 들어갈 신세라고 했다.

기린들은 놀란 듯 가냘픈 목을 이리저리 돌렸는데 사실 놀랄 만도 했다. 바다를 본 적이 없을 테니까. 나무 궤짝은 기린들이 겨우 서 있을 수 있을 정도로 비좁았다. 기린들의 세상이 갑자기 줄어들고 이상하게 변하여 기린들을 옭죄고 있었다.

기린들은 항해 후에 자신들이 어떤 신세로 전락할지 상상도 못 할 터였다. 드넓은 초원을 여유롭게 거닐며 살아온 당당하고 순수한 생명체가 포로 생활과 추위, 악취, 담배 연기, 옴, 그리고 아무 일도 일어나지 않는 세계의 끔찍한 권태를 어찌 알겠는가?

냄새 나는 검은 옷을 입은 구경꾼들이 진눈깨비 날리는 거리에서 동물원 안으로 들어와 기린들을 바라보며 그 무언의 세계에 대한 인간의 우월성을 깨닫게 될 것이다. 기린들이 동물원 우리의 난간 너머로 그윽한 눈이 박힌 우아하고 참을성 있는 얼굴을 내밀면 그들은 기린의 길고 가느다란 목을 가리키며 웃을 것이다. 기린의 목은 그 안에 있기엔 너무 길어 보인다. 아이들은 그 모습을 보고 놀라서 울거나 기린에게 반해 빵을 내밀 것이다. 아버지 어머니들은 기린이 얌전한 동물이라고 생각하고 자신들 덕에 기린들이 즐거운 시간을 보내고 있으리라 믿을 것이다.

　기린들은 앞으로 맞이할 긴 세월 동안 가끔 잃어버린 고향을 꿈꾸게 될까? 풀과 가시나무, 강과 물웅덩이, 푸른 산은 지금 어디 있을까? 어디로 간 것일까? 초원 위의 높은 하늘과 달콤한 공기는? 울퉁불퉁한 땅 위를 나란히 함께 달리던 다른 기린들은 모두 어디로 갔을까? 그 기린들은 모두 떠났다. 모두 사라져 버렸다. 그리고 영영 돌아오지 않을 듯하다.

　밤의 보름달은 어디로 갔을까?

　기린들은 동물원 운반차에서, 썩은 지푸라기와 맥주 냄새가 진동하는 비좁은 상자 속에서 잠이 깨어 몸을 뒤챈다.

　안녕, 안녕. 너희 둘 다 항해 중에 죽어 하늘나라로 가기를. 그리하여 지금 궤짝 너머로 작고 고귀한 머리를 내밀고 몸바사의 푸른 하늘을 배경으로 놀라 두리번거리는 너희가 아프리카에 대해 아는 사람 하나 없는 낯선 함부르크에서 또다시 외로이 고개를 두리번거리는 일이 없기를.

　우리 인간으로 말할 것 같으면, 누군가에게 혹독하게 이용을 당해 봐야 비로소 정신을 차리고 우리가 기린들에게 저지른 잘못에 대해 용서를 빌 것이다.

# 동물원

1백 년쯤 전에 함부르크를 여행 중이던 덴마크인 심멜만 백작은 우연히 작은 순회 동물원을 보고 마음이 끌렸다. 그는 함부르크에 머무는 동안 매일 그 동물원을 찾았지만 그 지저분하고 초라한 순회 동물원이 어떤 매력을 지니고 있기에 자꾸 그곳으로 발길이 가는지 스스로도 설명하기 어려웠다. 사실은 그 동물원이 그의 마음속에 있는 무언가에 응답한 것이었다. 때는 혹한의 겨울이었다. 순회 동물원 천막 안에 주인이 낡은 스토브에 불을 피워 놓아 동물 우리들이 늘어선 어두컴컴한 통로에서 스토브가 선명한 분홍빛을 발했지만 천막 틈새로 들어온 칼바람에 뼛속까지 한기가 스몄다.

심멜만 백작이 하이에나를 정신없이 들여다보고 있을 때 순회 동물원 주인이 다가와 말을 걸었다. 주인은 창백한 얼굴과 납작코를 가진 작달막한 사내로 한창 젊었던 시절엔 신학도였으나 추문에 휩싸여 학교에서 퇴학당한 뒤로는 밑바닥 인생으로 한 계단씩 떨어진 불행한 운명의 소유자였다.

「백작님, 하이에나를 구경하시는 건 잘하시는 겁니다. 함부르크에 하이에나를 들여온 건 이번이 처음이니까요. 모든 하이에나는 암수 한 몸이지요. 하이에나는 고향인 아프리카에서 보름달이 뜨는 밤에 한데 모여 교미를 하는데 각자가 암수 두 역할을 다 하지요. 알고 계셨습니까?」 주인이 말했다.

「몰랐네.」 심멜만 백작이 가벼운 몸짓으로 혐오감을 표현하며 대꾸했다.

「백작님, 그럼 그런 특성 때문에 하이에나가 우리에 갇혀 지내는 것이 다른 동물들의 경우보다 더 힘들 거라고 생각하십니까? 하이에나는 창조의 상보적 특성을 한 몸에 구현한 자족적이고 조화로운 존재라는 점 때문에 갈망도 두 배로 느낄까요? 바꾸어 말하면 우리는 모두 삶의 포로인데 더 많은 재능을 타고날수록 더 행복하거나 아니면 반대로 더 불행할까요?」 주인이 말했다.

주인의 말을 귀담아듣지 않고 자기 생각에 몰두해 있던 심멜만 백작이 말했다. 「수백, 아니 수천 마리 하이에나들이 나고 죽은 끝에 결국 이 한 마리가 이곳으로 와서 함부르크 사람들이 하이에나가 어떻게 생겼는지 알게 되고 박물학자들이 연구를 할 수 있게 되었다는 사실이 신기할 뿐이야.」

그들은 옆에 있는 기린 우리로 옮겨 갔다.

백작이 말을 이었다. 「야생 속에서 뛰어 노는 야생 동물들은 진짜로 존재하는 게 아니지. 하지만 여기 이 동물은 지금 존재하지. 우리가 이름을 붙여 줬고 우리에게 알려졌으니까. 나머지 동물들은 그저 떼거리일 뿐이야. 자연은 원래 헤프니까.」

주인은 낡은 모피 모자를 뒤쪽으로 밀었는데 모자 속에 머리칼이 한 올도 없었다. 「그래도 서로 볼 거 아닙니까.」 그가 말했다.

「그것도 논쟁의 여지가 있다네.」 심멜만 백작은 잠시 사이를 두었다가 말을 이었다.「예를 들어 이 기린들은 가죽에 사각형 얼룩무늬가 있네. 하지만 기린들은 서로를 보고 있다고 해도 사각형이 뭔지 모르기 때문에 결국 사각형 얼룩무늬를 보지 못하는 거지. 그런데도 서로를 보았다고 할 수 있겠나?」

주인은 기린을 한참 바라보다가 입을 열었다.「하느님은 그들을 보시지요.」

심멜만 백작은 빙긋 웃으며 물었다.「기린들을?」

「아, 그럼요, 백작님. 하느님은 기린들을 보시지요. 기린들이 아프리카에서 뛰어놀고 있을 때 하느님께서는 그것들의 모습을 지켜보며 흡족해하셨을 겁니다. 하느님은 자신의 창조물을 보고 흡족해하셨다고 성서에 나와 있지 않습니까, 백작님. 하느님께선 자신이 창조하신 기린을 너무도 사랑하셨습니다. 하느님은 원형 얼룩무늬뿐 아니라 사각형 얼룩무늬도 만드셨기에 사각형 얼룩무늬는 물론 기린의 모든 것을 보셨음을 백작님도 부인하실 수 없을 것입니다. 백작님, 야생동물들은 하느님이 존재하는 증거라고 할 수도 있습니다. 하지만 그것들이 함부르크로 가면 논쟁의 여지가 생기지요.」그가 다시 모자를 쓰며 결론을 맺었다.

타인의 생각에 따라 자신의 삶을 조정하는 심멜만 백작은 잠자코 걸음을 옮겨 스토브 근처의 뱀들을 구경했다. 주인은 그를 즐겁게 해주려고 뱀 우리를 열어 자고 있는 뱀을 깨웠고 이윽고 뱀이 졸음에 겨운 굼뜬 동작으로 주인의 팔을 감았다. 심멜만 백작이 그 모습을 보고 있다가 적의 어린 웃음을 보이며 말했다.「이보게, 만일 자네가 내 밑에 있었다면, 내가 왕이고 자네가 내 신하였다면 자넨 파직되었을 걸세.」

주인은 초조한 눈길로 백작을 바라보며 물었다.「그게 정말이십니까?」 그는 뱀을 우리 속에 도로 넣었다. 「그 이유가 무엇인지 여쭤 봐도 되겠습니까?」 그가 잠시 후에 덧붙였다.

「자넨 순진한 사람처럼 행세하지만 실상은 그렇지 않네. 왜냐고? 뱀을 싫어하는 건 인간의 건강한 본능이며 그걸 지닌 사람들은 살아남았네. 뱀은 인간의 가장 무서운 적이지. 하지만 그런 사실을 알려 줄 수 있는 건 오직 우리가 지닌 선과 악에 대한 본능뿐이네. 사자의 발톱, 코끼리의 거대한 몸집과 엄니, 버펄로의 뿔은 쉽게 눈에 띄지. 하지만 뱀은 겉보기엔 아름다운 동물이네. 우리가 소중히 여기는 물건들처럼 둥글고 매끄러우며 절묘하고 부드러운 색채를 지녔을 뿐 아니라 움직임 또한 차분해 보이거든. 오직 신앙이 깊은 사람들만이 뱀이 지닌 아름다움과 우아함을 혐오하지. 뱀에게서 타락의 냄새를 맡고 인류의 타락을 떠올리는 거지. 그들의 마음속 무언가가 악마를 피하듯 뱀을 피하게 만들며 그게 바로 양심의 목소리지. 뱀을 주무를 수 있는 인간은 아무것도 할 수 없네.」 심멜만 백작은 자신의 논리에 만족스러운 웃음을 흘리고 비싼 모피 코트 단추를 채우며 밖으로 나가기 위해 돌아섰다.

주인은 잠시 깊은 생각에 잠겨 있었다. 이윽고 그가 말했다. 「백작님께선 뱀을 사랑하셔야만 합니다. 그건 피할 수 없는 일이지요. 제 인생 경험을 통해 드리는 말씀인데 제가 백작님께 드릴 수 있는 최고의 충고는 뱀을 사랑하셔야만 한다는 겁니다. 명심하십시오, 백작님, 명심하세요. 우리가 주님께 물고기를 청할 때마다 그분께선 거의 언제나 우리에게 뱀을 주신다는 사실을요.」

# 여행 중에 만난 사람들

아프리카로 가는 배의 식당 안에서 나는 콩고로 가는 벨기에인과 특별한 종류의 야생 산양을 사냥하러 멕시코에 열한 번이나 다녀왔으며 지금은 봉고영양을 사냥하러 간다는 영국인 사이에 앉게 되었다. 양쪽과 대화를 나누다 보니 언어가 뒤죽박죽이 되어 나는 벨기에인에게 여행 경험이 많은지 묻는다는 것이 그만 이렇게 말하고 말았다. 「*Avez-vous beaucoup travaillé dans votre vie*(당신은 살면서 일을 많이 해 보셨나요)?」 벨기에인은 나의 실언을 기분 나쁘게 받아들이지 않고 이쑤시개를 꺼내며 진지하게 대꾸했다. 「*Enormément, Madame*(엄청나게 많이요, 부인).」 그때부터 그는 자신이 평생 해온 일을 전부 늘어놓았는데 무슨 얘길 하든지 꼭 이 말이 들어갔다. 〈*Notre mission*(우리의 임무). *Notre grande mission dans le Congo*(콩고에서의 우리의 위대한 임무).〉

어느 날 저녁 함께 카드놀이를 하면서 영국인이 멕시코에서 있었던 이야기를 들려주었다. 산속 외딴 농장에 사는 어떤 스페인 할머니가 마침 그곳을 지나던 여행자를 불러 세상 소식을 물었다. 「이제 사람들이 날아다닙니다.」 여행자가 대답했다.

그러자 할머니가 말했다.「나도 그 얘긴 들었수. 그러잖아도 그 문제로 우리 신부님과 여러 차례 입씨름을 했다우. 우리가 더 이상 싸우지 않도록 확실하게 말해 주구려. 사람들이 날아다닐 때 참새처럼 다리를 오그려 붙이고 있수, 아니면 황새처럼 뒤로 쭉 뻗고 있수?」

영국인은 멕시코 원주민의 무지와 그곳의 학교들에 관한 이야기도 들려주었다. 카드 패를 돌리던 벨기에인이 마지막 카드를 손에 쥔 채 동작을 멈추고 영국인을 뚫어지게 쳐다보며 말했다.「*Il faut enseigner aux nègres à être honnêtes à travailler*(흑인들을 가르치는 것도 일이어야 하지요). *Rien de plus*(그것만큼 훌륭한 일이 없지요).」그는 카드를 테이블에 탁 소리 나게 놓으며 몹시도 결연하게 강조했다.「*Rien de plus. Rien. Rien. Rien*(그것만큼 훌륭한 일은 없어요. 절대로. 아무것도).」

# 박물학자와 원숭이들

　박물학을 연구하는 한 스웨덴인 교수가 농장으로 나를 찾아와 수렵국에 말을 좀 잘 전해 달라고 부탁했다. 그는 엄지발가락이 벌어진 원숭이의 발이 태아의 어느 단계에서 인간의 발과 달라지기 시작하는지 연구하고 있다고 했다. 그걸 밝혀내기 위해 그는 엘곤 산으로 가서 콜로부스원숭이를 잡을 작정이라고 했다.

　내가 그에게 말했다. 「콜로부스원숭이를 잡아 그걸 알아내기는 불가능해요. 콜로부스원숭이들은 삼나무 꼭대기에 사는데 겁이 많아서 사냥하기가 힘들어요. 엄청난 행운이 따라야 콜로부스원숭이의 태아를 얻을 수 있을 거예요.」

　교수는 희망에 차 있었고 여러 해가 걸리더라도 원하는 걸 꼭 얻어 내고야 말겠다고 다짐했다. 그는 수렵국에 원숭이를 쏠 수 있는 허가를 신청해 놓았다고 했다. 그러면서 중요한 과학적 연구를 위한 것이니 분명 허가가 날 터인데 수렵국에서 아직 아무 응답이 없다며 답답한 심경을 토로했다.

　「원숭이를 몇 마리나 쏠 수 있도록 허가해 달라고 했나요?」 내가 물었다.

교수는 우선 1천5백 마리를 허가해 달라고 신청했다고 대답했다.

나는 마침 수렵국에 아는 사람들이 있어서 그가 독촉 편지를 보내는 데 협조해 주었다. 그가 하루빨리 연구를 시작하고 싶어서 안달했기 때문이다. 이윽고 수렵국에서 답장이 날아왔다. 수렵국은 과학적 목적을 인정하여 예외 규정을 적용해 사냥해도 되는 원숭이 수를 네 마리에서 여섯 마리로 늘릴 수 있게 되었음을 란드그렌 교수님께 알리게 된 것을 기쁘게 생각한다는 내용이었다.

나는 교수에게 편지를 두 번이나 읽어 주어야 했다. 편지 내용을 분명히 파악한 교수는 너무도 낙담하고 너무도 큰 충격에 휩싸인 나머지 입을 굳게 다물고 한마디도 하지 않았다. 내 위로의 말에도 아무 대꾸도 하지 않고 처량하게 집 밖으로 걸어 나가 차를 타고 떠나 버렸다.

\* 교수는 일이 그토록 어렵게 되지 않았을 때는 달변가에 유머도 뛰어났다. 그는 원숭이들에 대해 나와 이야기하는 중에 내게 여러 가지 사실을 알려 주었고 자신의 생각들을 펼쳐 보였다. 하루는 그가 이렇게 말했다. 「매우 흥미로운 체험을 한 적이 있어요. 엘곤 산에 올랐을 때 한순간 하느님의 존재를 믿을 수 있었지요. 그것에 대해 어떻게 생각하세요?」

나는 흥미롭다고 대답은 했지만 속으론 이렇게 생각했다. 〈그러고 보니 흥미로운 의문이 떠오르는데 하느님께선 엘곤 산에서 한순간 란드그렌 교수의 존재를 믿을 수 있었을까요?〉

# 카로메냐

 농장에 카로메냐라는 아홉 살짜리 아이가 있었는데 귀머거리에 벙어리였다. 그 아이는 짤막하고 거친 포효와도 같은 이상한 소리만 낼 수 있었는데, 그나마 그 소리도 거의 내지 않았고 자신도 그 소리를 싫어해서 바로 그치고 헐떡거렸다. 다른 아이들은 카로메냐를 무서워했고 카로메냐가 때린다고 불평했다. 아이들이 나뭇가지로 카로메냐의 머리를 때려 오른쪽 뺨이 붓고 뺨에 박힌 가시들이 곪아서 바늘로 빼내는 소동이 벌어지면서 나는 처음으로 카로메냐를 알게 되었다. 그 사건은 카로메냐에겐 우리가 생각하듯 그리 큰 수난은 아니었는데 물론 아프기야 했겠지만 사람들과 가까이 접촉할 수 있는 기회가 되었기 때문이다.

 카로메냐는 피부가 무척이나 새까맸고 촉촉한 검은 눈과 숱 많은 눈썹을 갖고 있었다. 표정은 늘 진지하고 엄숙했으며 거의 미소를 보이지 않았고 전체적으로 검은 수송아지를 많이 닮은 모습이었다. 그 아이는 활동적이고 적극적인 성격임에도 말로는 세상과 소통할 수 없었기에 싸움으로 자신의 존재를 나타내려고 했다. 카로메냐는 돌팔매질 솜씨가 보통

이 아니어서 목표물을 정확하게 맞힐 수 있었다. 한번은 활과 화살을 갖게 되었는데 활을 제대로 쏘려면 활줄의 울림을 들을 수 있는 귀가 반드시 필요하기라도 하듯 활 솜씨는 그리 뛰어나지 못했다. 카로메냐는 체격이 건장하고 나이에 비해 힘이 무척 셌다. 그 아이는 자신의 그런 장점을 다른 아이들의 말하고 듣는 능력과 바꿀 수 있었다 해도 바꾸지 않았을 터였다. 내가 보기에 카로메냐는 말하고 듣는 능력을 특별히 부러워하는 것 같지도 않았다.

카로메냐는 투혼에 불탔지만 그렇다고 배타적인 성격은 아니었다. 그 아이에게 말을 걸면 얼굴이 단박에 환해졌는데 그건 미소를 짓는 것이 아니라 즉각적이고 단호한 민활함의 표현이었다. 카로메냐는 도둑이었다. 기회만 나면 설탕과 담배를 훔쳤으나 그것들을 바로 다른 아이들에게 줘버렸다. 나는 그 아이가 다른 아이들에게 둘러싸여 설탕을 나눠 주고 있는 장면을 우연히 목격했는데 그 아이의 입가에 웃음기 비슷한 것이 떠도는 걸 보기는 그때가 처음이었다.

나는 한동안 카로메냐에게 부엌일이나 다른 집안일을 시켜 보려고 했으나 제대로 해내는 일도 없었을 뿐 아니라 싫증도 잘 냈다. 그 아이가 좋아하는 일이라곤 무거운 물건을 옮기는 것뿐이었다. 우리 집 진입로 가장자리에 회칠을 한 돌이 일렬로 놓여 있었는데 어느 날 나는 대칭을 맞추기 위해 카로메냐와 함께 돌 하나를 집 가까이로 굴려다 놓았다. 이튿날 외출했다 돌아와 보니 카로메냐가 돌들을 모두 옮겨 집 가까이에 산더미처럼 쌓아 놓은 게 보였다. 나는 어린아이가 그런 괴력을 발휘할 수 있다는 게 놀랍기만 했다. 카로메냐는 그 일을 하느라 죽을힘을 다했을 것이 분명했다. 카로메냐는 세상에서 자신의 자리가 어디인지를 알고 그 자리에만 충실했다. 그 아이는 귀머거리에 벙어리였지만 힘은 장사였다.

카로메냐는 무척이나 칼을 갖고 싶어 했지만 나는 그 아이가 그저 다른 사람들과 접촉하고픈 마음에 별 생각 없이 농장의 다른 아이들을 죽이게 될까 봐 선뜻 칼을 내줄 수 없었다. 하지만 그 아이는 칼에 대한 갈망이 워낙 컸기에 언젠가는 칼을 손에 넣을 것이고, 그 칼을 어떻게 사용할 것인지는 하느님만이 아시는 일이었다.

내가 카로메냐에게 가장 깊은 인상을 남긴 건 호루라기를 통해서였다. 한동안 내가 개들을 부를 때 썼던 호루라기였는데 나는 그걸 카로메냐에게 주었다. 내가 처음 호루라기를 보여 주었을 때 카로메냐는 별 흥미를 보이지 않았다. 카로메냐는 내가 가르쳐 주는 대로 호루라기를 입에 넣고 불었고 그 소리를 들은 개들이 양쪽에서 달려들자 소스라치게 놀라 얼굴이 더 검어졌다. 카로메냐는 호루라기를 다시 한 번 불었고 같은 결과가 일어나는 걸 보고는 내게 엄숙하면서도 밝은 시선을 던졌다. 카로메냐는 호루라기에 익숙해지자 그것이 어떤 식으로 작용하는지 알고 싶어 했다. 그러나 호루라기를 연구하는 게 아니라 호루라기 소리에 개들이 달려왔을 때 어디를 맞았는지 찾기라도 하는 것처럼 이마를 찡그리고 개들을 자세히 살펴보았다. 그 뒤로 카로메냐는 개들을 무척 좋아하게 되었고 종종 내게 개들을 빌려 산책을 시켰다. 나는 카로메냐가 개들을 데리고 나갈 때 서쪽 하늘의 한 지점을 가리키며 해가 그 자리에 있을 때까지는 돌아오라는 뜻을 전했고 카로메냐도 그 지점을 가리킨 후 약속한 때 정확하게 돌아왔다.

하루는 마사이족 보호 구역으로 말을 타러 나갔다가 카로메냐가 개들을 데리고 거기까지 나와 있는 걸 보았다. 카로메냐는 나를 보지 못했기에 아무도 지켜보는 사람이 없는 줄 알고 있었다. 내가 멀찌감치 떨어진 곳에서 말을 타고 지켜보는 동안 카로메냐는 개들을 멀리 보냈다가 호루라기를 불어 부르는 동작을 서너 차례 반복했다. 그 아이는 사람들의 눈길에서 벗어난 초원에서 새로운 분야에 몰입한 것이다.

카로메냐는 호루라기를 줄에 매달아 목에 걸고 다녔는데 어느 날 보니 목에 호루라기가 없었다. 내가 몸짓으로 호루라기의 행방을 묻자 카로메냐는 역시 몸짓으로 잃어버렸다고 대답했다. 하지만 다른 호루라기를 달라는 부탁은 하지 않았다. 다른 호루라기를 갖는 건 불가능하다고 여겼거나 아니면 자신의 세계와 동떨어진 것에서 벗어나고 싶었던 것인지도 모른다. 어쩌면 그 새로운 분야의 이질감을 극복할 수 없어서 자기 손으로 호루라기를 버린 것일 수도 있었다.

카로메냐는 대여섯 해 안에 더 고통스러운 삶을 짊어지고 가거나 아니면 갑자기 천국으로 올라가 버릴 수도 있었다.

# 푸란 싱

방앗간 근처에 있는 푸란 싱의 작은 대장간은 농장에서 지옥의 축소판 같은 곳으로 지옥의 일반적인 특징을 모두 갖추고 있었다. 대장간은 골함석 지붕을 이고 있어서 불볕더위가 기승을 부리고 아궁이에서 불길이 활활 타오를 때면 대장간 내부와 주위의 공기가 이글이글 타올랐다. 그곳에선 종일 쇠를 벼리는 망치 소리가 귀청을 찢었고 도끼와 부서진 바퀴가 가득해서 마치 옛날 그림 속 섬뜩한 처형 장소 같았다.

그런데도 그 대장간은 사람들을 끌어 모으는 힘이 대단해서 내가 푸란 싱이 일하는 걸 구경하러 갈 때마다 대장간 안과 주변에 늘 사람들이 모여 있었다. 푸란 싱은 현재 하고 있는 작업을 5분 내로 끝마치는 데 인생이 달려 있기라도 한 양 초인적인 기세로 일에 매달렸다. 망치를 들고 펄쩍 뛰어올랐다가 쇠를 내려치고 두 키쿠유족 조수들에게 날카로운 쇳소리로 고함을 내지르며 지시를 내리는 품새가 마치 기둥에 묶여 화형을 당하고 있는 사람이나 잔뜩 안달이 난 악마를 연상시켰다. 하지만 푸란 싱은 결코 악마가 아니었고 유순하기 이를 데 없는 사람이었다. 일을 하지 않을 때는 처녀처럼 얌전했다. 그는 농장에서 목수일, 마구 만드는 일, 가구 만드는 일까지 도맡아 하는 여러 분야의 장인으로 혼자서 마차를 만들어 낸 적도 있었다. 그러나 그는 대장장이 일을 제일 좋아했고 마차 바퀴를 만들어 다는 광경은 무척이나 멋지고 당당했다.

푸란 싱의 외모는 이중적인 면을 지니고 있었다. 옷을 다 차려입고 머리에 거대한 터번을 두르면 덥수룩하게 기른 검은 턱수염까지 더해져 풍채가 당당한 듯한 인상을 풍겼지만 웃통을 훌렁 벗어던지고 쇠를 벼릴 때면 믿을 수 없을 정도로 가냘프고 민첩한 것이 인도의 모래시계 몸통처럼 보였다.

나는 푸란 싱의 쇠 벼리는 작업을 좋아했고 키쿠유족도 다음과 같은 두 가지 이유에서 그것에 매료되었다.

첫 번째 이유는 쇠 자체였는데 쇠는 모든 원료 중 가장 매혹적인 물질로 사람들로 하여금 먼 옛날부터 현재까지의 역사의 흐름을 상상할 수 있게 해준다. 쟁기, 칼, 대포, 그리고 바퀴, 그것은 인류의 문명을, 인간의 자연 정복을 간결하게 나타내어, 원시적인 사람들도 쉽게 이해하고 추측할 수 있게 해준다. 푸란 싱은 그 쇠를 벼리고 있었다.

두 번째로, 원주민들은 쇠 벼리는 작업이 들려주는 노래에 이끌렸다. 대장간의 높고 힘차고 단조로우면서도 놀라운 리듬은 신비한 힘을 지니고 있다. 그것은 몹시도 남성적이어서 여자들의 가슴을 녹이며 곧고 꾸밈이 없으며 진실을, 오직 진실만을 말한다. 이따금 그것은 몹시 솔직하다. 그것은 힘에 넘치며 강할 뿐 아니라 쾌활하여 우리의 요구에 부응하고 마치 놀이를 하듯 기꺼이 우리에게 엄청난 일들을 해준다. 리듬을 사랑하는 원주민들은 푸란 싱의 대장간 주위로 모여

들었고 그곳에서 편안함을 느꼈다. 스칸디나비아의 옛 법에는 대장간에서 한 말에는 책임을 지지 않아도 된다는 내용이 있다. 아프리카에서도 대장간에서는 입이 풀려 말이 술술 나오고 영감을 주는 망치 소리에 맞추어 대담한 환상들이 활개를 친다.

푸란 싱은 나와 오랫동안 일했고 임금도 두둑이 받았다. 하지만 그는 금욕주의자 중의 금욕주의자였기에 거의 돈을 쓰지 않았다. 그는 고기도 안 먹고 술이나 담배, 노름도 안 하고 옷도 떨어질 때까지 입었다. 그리고 돈은 고스란히 자녀 교육비로 인도로 보냈다. 한번은 그의 작고 조용한 아들 델립 싱이 봄베이에서 아버지를 만나러 왔는데 쇠와는 무관하고 몸에 지닌 쇠붙이라곤 주머니 속의 만년필 한 자루뿐이었다. 신비한 자질이 다음 세대로 유전되지 않은 것이다.

하지만 열정적으로 쇠를 벼리는 푸란 싱 자신은 우리 농장에서 사는 내내 후광을 잃지 않았고 나는 그의 목숨이 다하는 날까지 그러하기를 바란다. 푸란 싱의 대장간에서 들려오는 망치 소리는 우리가 듣고 싶어 하는 노래를 들려주었다. 우리의 마음에 목소리를 부여하기라도 한 것처럼. 내 경우 그 망치 소리는 한 친구가 번역해 준 고대 그리스 시가를 들려주었다.

> 망치를 든 대장장이처럼 에로스가 나를 모질게 쳐서
> 나의 저항하는 가슴에서 불똥이 튀었네.
> 에로스는 시뻘겋게 달군 쇠를 시냇물에 식히듯
> 눈물과 한탄으로 내 가슴을 식혔네.

# 이상한 사건

전쟁 중에 군수품 수송을 위해 마사이족 보호 구역을 여행하고 있을 때의 일이다. 어느 날 나는 내가 아는 그 누구도 보지 못한 이상한 광경을 목격했다. 그 사건은 우리가 초원 위를 걷고 있던 한낮에 벌어졌다.

아프리카의 대기는 유럽의 그것보다 풍경에서 훨씬 중요한 부분을 차지한다. 아프리카의 대기는 어렴풋이 보이는 형상과 신기루로 가득하며 어떤 면에서 보면 활동의 진짜 무대가 되기도 한다. 한낮의 열기 속에서 공기가 바이올린 현처럼 진동하며 가시나무와 언덕을 인 초원을 걷어 내고 마른 풀이 있던 자리에 광대한 은빛 바다를 펼쳐 놓는다.

우리는 그 살아 이글거리는 공기 속을 걷고 있었는데 나는 평소와는 달리 파라와 나의 개 더스크, 그리고 더스크를 돌보는 아이와 함께 일행보다 한참 앞서 있었다. 날이 너무도 뜨거워 입을 열기조차 힘들었기에 우리는 잠자코 걷기만 했다. 그런데 돌연 지평선의 초원이 움직이는가 싶더니 질주하기 시작했다. 오른쪽에서 동물의 거대한 무리가 무대를 대각선으로 가로질러 우리를 향해 달려오고 있었다.

나는 파라에게 말했다. 「저 누 떼 좀 봐.」 하지만 잠시 후 나는 그것들이 누 떼인지 확신할 수 없었다. 나는 망원경을 들어 그것들을 보았지만 한낮이라 보기가 힘들었다. 「파라, 저게 누 떼인 것 같아?」 내가 파라에게 물었다.

더스크도 그 동물들에게 주의가 쏠려 귀를 쫑긋 세우고 멀리까지 볼 수 있는 눈으로 그것들이 다가오는 모습을 지켜보고 있었다. 나는 초원에서 가젤이나 영양의 무리를 만나면 더스크가 쫓아갈 수 있도록 놓아 주곤 했지만 그날은 날씨가 너무 더워서 아이에게 더스크의 목줄을 꽉 잡고 있으라고 말했다. 그 순간 더스크가 컹 하고 짖으며 앞으로 돌진하는 바람에 아이가 넘어졌고 나는 재빨리 목줄을 잡아 온 힘을 다해 끌어당겼다. 나는 동물들을 보며 파라에게 물었다. 「저게 뭘까?」

초원에서는 거리를 판단하기도 여간 힘들지 않다. 일렁이는 대기와 풍경의 단조로움 때문이고 군데군데 서 있는 가시나무 때문이기도 하다. 가시나무들은 오래된 숲의 거대한 나무들처럼 보이지만 사실은 키가 겨우 3.6미터밖에 되지 않아서 꼭대기가 기린의 목 정도밖에 오지 않는다. 동물들의 경우도 마찬가지여서 한낮에 멀리서 보면 자칼을 일런드영양으로, 타조를 버펄로로 착각하게 된다. 잠시 후 파라가 대답했다. 「멤사히브, 저건 들개예요.」

들개는 보통 서너 마리씩 다니지만 여남은 마리가 몰려다닐 때도 있다. 원주민은 들개를 무서워하며 아주 흉악한 놈들이라고 말한다. 한번은 보호 구역 내에 있는 농장과 가까운 지점에서 말을 타다가 들개 네 마리를 만났는데 놈들은 14미터 거리를 두고 나를 따라왔다. 나와 동행한 작은 테리어 두 마리는 강을 건너 농장에 닿을 때까지 내게 바짝 붙어서, 아예 말의 배 밑에서 달렸다. 들개는 하이에나보다 작고 덩치 큰 독일 셰퍼드만 하다. 털은 검고 꼬리와 뾰족한 귀 끝에 흰 털 뭉치가 있다. 가죽은 털도 고르지 못하고 냄새도 고약해서 쓸모가 없다.

우리가 본 들개 떼는 5백 마리쯤은 됨 직했다. 놈들은 겁에 질렸거나 아니면 분명한 목적지를 향해 바삐 가는 것처럼 오른쪽도 왼쪽도 보지 않고 천천히 달려왔다. 우리에게 가까워지면서 정해진 각도에서 살짝 벗어나긴 했지만 우리를 보는 것 같지도 않았고 속도도 변함이 없었다. 우리에게 가장 가까웠을 때가 46미터 정도 거리였다. 둘, 셋, 혹은 네 마리씩 나란히 서서 길게 열을 지어 달리고 있었기에 전체 행렬이 다 우리를 지나가는 데는 제법 시간이 걸렸다. 들개 행렬이 중간쯤 지나갔을 때 파라가 말했다. 「저 개들은 몹시 지쳐 있습니다. 먼 길을 달려왔어요.」

들개 떼가 모두 지나가고 시야에서 사라져 갈 무렵 우리는 사파리 일행이 잘 오고 있는지 돌아보았다. 아직 일행과 거리가 있었고 우리는 들개 떼 때문에 놀라고 흥분한 탓에 몸이 녹초가 되어 그 자리에 앉아 일행을 기다렸다. 더스크는 흥분을 이기지 못한 나머지 들개 무리를 쫓아가려고 목줄을 당겨 댔다. 나는 더스크의 목을 잡았다. 내가 제때 잡지 않았더라면 더스크는 들개 밥이 되었을 터였다.

마부들이 일행에게서 벗어나 달려오며 대체 무슨 일이냐고 물었다. 나는 들개들이 왜 그렇게 엄청난 무리를 이루어 그런 식으로 달려왔는지 그들에게도, 나 자신에게도 설명할 수 없었다. 원주민들은 그걸 아주 나쁜 징조로 받아들였다.

들개는 썩은 고기를 먹기 때문에 전쟁의 징조라는 것이었다. 그들은 나중에 사파리의 추억에 젖을 때 다른 사건들에 대한 이야기는 해도 그 일에 대해서는 입을 다물었다.

나는 많은 사람들에게 그 얘기를 들려주었는데 아무도 믿지 않았다. 하지만 그 얘기는 진실이며 내 하인들이 증인이다.

# 앵무새

 늙은 덴마크인 선주가 젊은 시절을 추억하다가 열여섯 살 때 싱가포르의 어느 매음굴에서 밤을 보낸 이야기를 들려주었다. 그는 아버지의 배 선원들과 함께 매음굴에 갔다가 그곳에서 늙은 중국 창녀와 이야기를 나누게 되었다. 늙은 창녀는 그가 먼 나라에서 왔다는 말을 듣고 늙은 앵무새를 들고 나왔다. 옛날 옛적에 자신을 사랑했던 영국 귀족이 남기고 간 정표라는 것이었다. 열여섯 살 소년은 그 앵무새의 나이가 1백 살은 되었으리라 생각했다. 앵무새는 세계 각지의 사람들이 찾아오는 집에서 산 덕에 주워들은 여러 나라 말들을 할 수 있었다. 하지만 먼 옛날 늙은 창녀의 연인이었던 영국 귀족이 그녀에게 앵무새를 남기고 떠나기 전에 앵무새에게 가르쳐 준 말은 그녀도 몰랐고 그동안 매음굴을 찾아온 어떤 이도 그 의미를 알지 못했다. 그래서 늙은 창녀는 이미 여러 해 전부터 손님들에게 그 의미를 묻는 걸 포기한 상태였다. 하지만 소년이 먼 나라에서 왔다니 혹여 그 나라 말일 수도 있어서 늙은 창녀는 마지막 희망을 걸어 보았다.
 늙은 창녀의 제안은 소년의 마음을 묘하게 뒤흔들어 놓았다. 그는 앵무새를 바라보며 그 끔찍한 부리에서 덴마크 말이 나올지도 모른다고 생각하니 그만 뛰쳐나가 버리고 싶었다. 하지만 늙은 창녀를 위해 꾹 참았다. 이윽고 늙은 창녀가 앵무새에게 그 말을 시켰는데 들고 보니 고대 그리스어였다. 앵무새는 매우 천천히 말했고 소년은 그 말을 알아들을 만큼은 그리스어를 할 줄 알았다. 그건 사포의 시 가운데 한 구절이었다.

　달도 지고 플레이아데스(七曜星)도 지고,
　한밤은 가버렸네,
　시간은 흐르고 또 흘러
　나 홀로 외로이 누워 있네.

소년이 시를 번역해 주자 늙은 창녀는 혀를 차며 작고 째진 눈의 눈알을 굴렸다. 그녀는 소년에게 다시 말해 달라고 하더니 고개를 끄덕였다.

# 5
# 농장과의 작별

신들과 인간들, 우리 모두가 그렇게
미혹에 빠져 있네!

# 역경의 시기

우리 농장은 커피 재배를 하기엔 지대가 좀 높았다. 서리가 내리는 추운 계절에는 아침에 나가 보면 커피나무의 새 가지와 그 위의 어린 열매가 모두 갈색으로 시들어 있었다. 초원에서 바람이 불어와 풍작인 해에도 해발 1천2백 미터의 씨카나 키암부 같은 지역의 농장들보다 에이커당 수확량이 늘 적었다.

게다가 은공 지역은 비도 부족했다. 우리는 세 차례나 극심한 가뭄을 겪었고 그런 해에는 수확량이 바닥까지 내려갔다. 강우량이 1천3백 밀리미터였던 해에는 커피 수확량이 80톤, 1천4백 밀리미터였던 해에는 90톤 가까이 되었지만 6백 밀리미터였던 해와 5백 밀리미터였던 해에는 각각 16톤과 15톤밖에 안 되었고 그런 흉작은 우리에게 재난이었다.

설상가상으로 커피 가격까지 폭락해서 톤당 1백 파운드 받던 것을 60에서 70파운드밖에 받지 못했다. 농장은 점차 역경에 빠졌다. 빚도 갚을 수 없고 플랜테이션을 운영할 돈도 없었다. 농장 지분을 갖고 있던 고향의 가족들은 편지로 농장을 팔 것을 권유했다.

나는 농장을 구하기 위해 온갖 궁리를 짜냈다. 어느 해에는 남는 땅에 아마를 심어 보았다. 아마 농사는 매력적인 일이지만 적지 않은 기술과 경험이 요구된다. 한 벨기에 난민이 아마 농사에 대한 조언을 해주었는데 아마를 심을 땅이 얼마나 되는지 묻기에 3백 에이커라고 대답했더니 그 말이 떨어지기가 무섭게 그가 외쳤다. 「Ça, Madame, c'est impossible (어이구, 부인, 그건 불가능한 일입니다).」 5에이커나 10에이커 정도 규모면 성공적으로 농사를 지을 수 있지만 그 이상은 어렵다는 얘기였다. 하지만 10에이커 농사로는 아무 도움도 되지 않았기에 나는 150에이커에 아마를 심었다. 하늘빛 꽃으로 뒤덮인 아마 밭은 지상에 천국 한 조각을 떼어다 놓은 듯 아름다우며, 질기고 광택이 있고 만지면 약간 기름기가 느껴지는 아마 섬유보다 만족스러운 생산물도 없다. 그것이 침대 시트와 잠옷 가운으로 만들어지는 상상을 하면 얼마나 흐뭇한지! 그러나 키쿠유족은 아마를 수확해서 물에 담그고 두드리는 작업을 쉽게 배우지도, 제대로 해내지도 못했기에 아마 농사는 결국 성공을 거두지 못했다.

당시 그곳의 농장주들 대부분이 그렇게 이런저런 시도를 했지만 결국 성공은 소수에게만 찾아왔다. 은조로의 잉그리드 린스트롬이 그런 경우에 속했는데 내가 아프리카를 떠날 당시 그녀는 12년 동안이나 원예 농업, 돼지치기, 칠면조 키우기, 피마자 재배, 대두 재배 등 안 해본 것이 없이 노예처럼 일했지만 전부 실패하고 울기도 많이 울다가 결국 제충국을 키워 농장과 가족을 살렸다. 제충국은 런던으로 보내져 살충제를 만드는 데 사용되었다. 하지만 내겐 그런 행운이 따르지 않았고 건조한 날씨와 아씨 초원에서 불어온 바람에 커피

나무들이 시들고 잎은 노랗게 변했으며 그런 외부적 요인 외에도 해충 피해 또한 심각했다.

우리는 커피나무를 살리기 위해 밭에 거름까지 뿌렸다. 나는 유럽식 농법을 배우며 자랐기에 땅에 거름도 안 주고 수확을 하는 걸 이해할 수 없었다. 농장 소작농들이 밭에 거름을 준다는 소식을 듣고 소와 염소 우리에서 수십 년 묵은 똥을 퍼 가지고 달려왔는데 그 거름은 부드러운 토탄질로 다루기 쉬웠다. 우리는 황소 한 마리가 끄는 소형 쟁기를 나이로비에서 사다가 커피 밭에 고랑을 팠다. 수레는 커피 밭에 들어갈 수 없어서 농장 아낙들이 거름 자루를 등에 지고 들어가 밭고랑에 나무 한 그루에 거름 한 자루꼴로 뿌린 후 다시 황소가 끄는 쟁기가 들어가 거름을 흙으로 덮었다. 그 작업은 즐거운 구경거리였고 나는 멋진 성과가 있기를 기대했지만 결국 아무도 거름을 뿌린 성과를 눈으로 확인할 수 없었다.

우리의 진짜 문제는 자금 부족이었는데 내가 농장 경영을 맡기 전에 이미 자금이 동이 나버렸기 때문이다. 우리는 사정이 크게 나아진 적이 없었고 특히 마지막 몇 해 동안은 근근이 버텨야만 했다.

나는 자금만 있다면 커피나무들을 베어 버리고 삼림목을 심고 싶었다. 아프리카에서는 나무가 빨리 자라기에 10년만 지나면 빗속에서 묘상으로부터 실어 나른 상자당 열두 그루씩 든 유칼립투스와 와틀나무 묘목이 자라 울창하게 우거진 숲을 편안하게 거닐 수 있다. 나는 그 나무들을 목재와 땔감으로 나이로비에 팔 수 있으리라 생각했다. 나무를 심는 건 고귀한 일이며 여러 해가 지난 후 만족감을 느낄 수 있다. 농장에는 원래 넓은 숲이 있었는데 내가 농장을 인수하기 전에 이미 인도인들에게 벌목권이 매각되었고 그건 슬픈 일이었다. 나 자신도 역경의 시기에 증기 기관 연료용으로 커피 공장 주위에 있는 숲의 나무들을 벤 적이 있었는데 녹음이 우거졌던 그 울창한 숲의 모습이 자꾸만 눈에 선했다. 나는 평생 그 나무들을 베었던 것만큼 유감스러운 일을 한 적이 없었다. 그래서 여유가 생길 때마다 유칼립투스를 조금씩 심었지만 그것으론 역부족이었다. 그런 식으로 심는다면 50년은 지나야 수백 에이커의 땅에 나무를 심어 농장이 노래하는 숲으로 바뀌고 강가의 제재소와 함께 과학적으로 운영될 수 있을 터였다. 그러나 백인들과 시간관념이 다른 소작농들은 내가 조성하려는 숲에서 옛날처럼 모두가 땔감을 풍족히 얻을 날을 고대하며 희망에 부풀어 있었다.

나는 목장을 해볼까도 생각했다. 우리 농장은 아프리카 동부 해안과 가까운 비(非) 청정 지역에 있었기에 개량종 가축을 키우려면 소독액으로 목욕을 시켜야만 했다. 그런 면에서 보면 내륙 청정 지역의 목장에 비해 경쟁력이 떨어졌지만 그 대신 나이로비와 가까워서 아침에 우유를 배달할 수 있었다. 우리는 한때 개량종 젖소를 키운 적이 있었고 초원에 멋진 목욕탕도 지어 놓았다. 하지만 젖소들을 팔 수밖에 없었고 그 후 잡초가 무성히 자란 목욕탕은 무너진 성의 폐허 같은 모습으로 남았다. 나는 젖소를 팔아넘긴 후 저녁 젖 짜는 시간에 우연히 마우게나 카니누의 집 앞을 지나다가 향긋한 젖소 냄새를 맡으면 다시금 젖소를 키우고 젖을 짜고 싶은 갈망을 느끼곤 했다. 그리고 초원에서 말을 탈 때도 얼룩무늬 젖소들이 마치 꽃처럼 점점이 흩어져 있는 환상을 보았다.

하지만 그런 계획은 세월이 지나면서 아득히 멀어졌고 종

내는 거의 형체도 없이 사라져 버렸다. 그렇지만 나는 커피 농사가 잘되어 농장을 계속 운영할 수만 있다면 그런 계획이야 사라진들 아무 상관 없었다.

농장을 이끌고 간다는 건 무거운 짐이다. 농장 원주민들은 물론 백인들까지도 내가 그들을 대표해 두려움과 걱정에 시달리도록 맡겨 두었고 가끔은 농장의 황소와 커피나무도 마찬가지인 듯했다. 말을 할 줄 아는 인간이나 말 못 하는 동식물이나 비가 오지 않는 것도, 밤이 추운 것도 모두 내 탓이라는 데 의견의 일치를 보기라도 한 듯했다. 밤에 조용히 앉아 책을 읽는 것도 뭔가 잘못하는 일 같아 나는 농장을 잃을지도 모른다는 두려움에 쫓기며 무작정 밖으로 나섰다. 파라는 그런 나의 슬픔을 알고 있었고 나의 밤 산책을 반대했다. 그는 해가 지면 표범이 집 근처까지 내려온다고 경고했고 내가 무사히 돌아올 때까지 어둠 속에서 희미하게 보이는 흰 옷차림의 그의 모습이 베란다를 떠나지 않았다. 나는 한밤중에 농장 근처를 쏘다녀 봐야 아무것도 얻을 게 없음을 알면서도 목적지도, 이유도 없이 그저 걸어야만 하는 유령처럼 어김없이 밖으로 나섰다.

나는 아프리카를 떠나기 두 해 전에 유럽에 다녀왔다. 마침 커피 수확 철에 여행길에 오르게 되어 몸바사에 도착할 때까지 수확에 대한 소식을 들을 수 없었다. 나는 배를 타고 돌아오는 내내 수확량에 대해 생각했는데 컨디션이 좋고 삶이 낙관적으로 보일 때는 수확량이 75톤쯤 되리라 예상했고 컨디션이 나쁘고 불안할 때도 최소한 60톤은 되리라 생각했다.

파라가 몸바사로 마중을 나왔는데 나는 그에게 바로 커피 수확량을 묻지 못하고 한동안 농장의 다른 소식들 얘기만 했다. 그러다 밤에 잠자리에 들면서 더 이상 미룰 수 없어서 농장의 커피 수확량이 총 얼마인지 물었다. 소말리족은 보통 재난을 알리는 걸 좋아한다. 하지만 그날 파라는 결코 즐거워하지 않았다. 그는 사뭇 심각한 얼굴로 문가에 서서 눈을 반쯤 감고 고개를 뒤로 젖힌 채 슬픔을 꿀꺽 삼키고는 말했다. 「40톤입니다, 멤사히브.」 그 순간 나는 더 이상 버틸 수 없겠구나 하고 생각했다. 주위의 모든 것이 색채와 생명을 잃었다. 시멘트 바닥과 낡은 철제 침대와 닳아 빠진 모기장으로 이루어진 쓸쓸하고 답답한 몸바사 호텔 방이 인간 삶을 장식하거나 아름답게 해주는 것이라곤 하나도 찾아볼 수 없는 세계의 상징으로 엄청난 의미를 갖게 되었다. 나는 파라에게 아무 대꾸도 하지 않았고 그 역시 말없이 가버렸다. 그 삭막한 세계에 마지막으로 남아 있던 우호적인 대상이었건만.

하지만 인간의 마음은 위대한 재생력을 지니고 있어서 한밤중이 되자 나는 〈크누센 영감〉의 정신으로 40톤도 괜찮은 것이라고, 비관주의, 비관주의야말로 치명적인 악이라고 생각했다. 어쨌든 나는 지금 집으로 돌아가고 있고 다시금 우리 집 진입로를 달려 들어갈 것이다. 그곳에 내 사람들이 있고 내 친구들이 찾아올 것이다. 앞으로 열 시간만 지나면 남동쪽으로 가는 철도에서 하늘을 배경으로 우뚝 솟은 은공 언덕의 푸른 실루엣을 보게 될 것이다.

바로 그해에 메뚜기 떼가 찾아왔다. 그 메뚜기 떼는 아비시니아에서 온 것으로 그곳에 2년 연속 가뭄이 드는 바람에 메뚜기 떼가 남쪽으로 이동하며 풀이란 풀은 모조리 먹어 치우고 있다고 했다. 우리가 메뚜기 떼를 직접 목격하기 전부터 메뚜기 떼가 휩쓸고 가면 어떻게 되는지에 대한 흉흉한 소문이 떠돌았다. 메뚜기 떼의 습격을 당한 북쪽 지방의 옥수수 밭과 밀밭, 과일 농장이 거대한 사막으로 변해 버렸다는 것이었다. 백인 이주자들은 남쪽의 이웃 농장들에 심부름꾼을 보내 메뚜기 떼의 출현을 알렸다. 하지만 그런 소식을 들어도 뾰족한 수가 없었다. 농장 사람들은 땔나무와 옥수수 대를 높이 쌓아 놓았다가 메뚜기 떼가 오면 불을 질렀고 일꾼들에게 빈 깡통을 들려 내보내서 메뚜기 떼가 겁을 먹고 내려앉지 못하게 깡통을 치고 고함을 질러 대게 했다. 하지만 그건 일시적인 유예일 수밖에 없었던 것이, 아무리 겁을 주어도 메뚜기 떼가 영원히 공중에 떠 있을 수는 없기 때문이다. 농장주들은 그저 메뚜기 떼가 자신의 농장을 그냥 지나쳐 남쪽의 다음 농장으로 가기만을 바랄 뿐이었고 그런 식으로 건너뛴 농장이 많을수록 메뚜기 떼는 점점 더 허기지고 필사적이 되었다. 나 역시 농장 남쪽에 마사이족 보호 구역의 거대한 초원이 있어서 메뚜기 떼가 계속 날아서 강을 건너길 바랐다.

벌써 이웃 농장들에서 메뚜기 떼가 도착했다는 소식을 알리는 심부름꾼을 서너 차례 보내왔지만 그 후론 잠잠해서 나는 그 모두가 거짓 경보인 모양이라고 믿었다. 어느 날 오후에 나는 농장 일꾼과 소작농을 상대로 잡다한 물건을 파는, 파라의 동생 압둘라이가 운영하는 상점을 말을 타고 지나게 되었다. 그 상점은 도로변에 있었는데 상점 밖의 이륜마차에 타고 있던 인도인이 일어서더니 지나가는 나를 손짓해 불렀다. 내가 도로가 아닌 초원에 있었던 탓에 그의 마차가 내게 올 수는 없었던 것이다.

내가 가까이 다가가자 그가 말했다. 「부인, 메뚜기 떼가 오고 있습니다. 어서 댁으로 돌아가십시오.」

「나도 그런 말은 여러 번 들었지만 한 마리도 못 봤어요. 어쩌면 사람들 말처럼 그렇게 심각한 건 아닌지도 모르죠.」 내가 대꾸했다.

「부인, 죄송하지만 뒤를 돌아보십시오.」 그가 말했다.

뒤를 돌아보니 북쪽 지평선 위의 하늘에 거대한 그림자 같은 것이 보였다. 도시에 화재가 일어나 연기가 자욱하게 피어오르는 듯했고 나는 〈인구 1백만의 도시가 청명한 공기 속으로 연기를 토해 내는구나〉 하고 생각했다. 아니면 가느다란 구름 띠가 하늘로 올라가는 것 같기도 했다.

「저게 뭐예요?」 내가 물었다.

「메뚜기 뗍니다.」 인도인이 대답했다.

나는 초원을 가로질러 집으로 돌아가는 길에 메뚜기 몇 마리를 — 도합 스무 마리쯤 — 보았다. 나는 농장 관리인의 집을 지나며 그에게 메뚜기 떼를 맞을 만반의 태세를 갖추도록 지시했다. 그와 함께 북쪽을 보니 하늘의 검은 구름이 조금 더 높아져 있었다. 그 광경을 지켜보는 동안 이따금 메뚜기 한 마리가 휙 지나가거나 땅에 떨어져서 기어갔다.

이튿날 아침 문을 열고 밖을 내다보니 바깥 풍경 전체가 흐릿한 테라코타 색으로 변해 있었다. 밤새 테라코타 색 눈이 내려 두껍게 쌓이기라도 한 듯 나무, 잔디밭, 진입로까지 내 시야에 들어오는 것은 모두 테라코타 색이었다. 메뚜기 떼가 내려앉은 것이다. 내가 우두커니 지켜보는 동안 풍경이 진동하며 깨지는가 싶더니 메뚜기 떼가 들썩거렸고 몇 분 후

대기가 날개들로 펄럭거렸다. 메뚜기 떼가 떠나는 것이었다.

그때는 메뚜기 떼가 밤 동안만 머물렀고 농장에 큰 해를 끼치지 않았다. 메뚜기들은 4센티미터 정도 길이에 갈회색과 분홍색을 띠고 있었고 만지면 끈적거렸다. 메뚜기 떼가 그저 앉았다 간 것인데도 진입로의 큰 나무 두 그루가 쓰러졌고 그 후 그 나무들만 보면 메뚜기 한 마리 무게가 15그램 정도밖에 안 나가니 메뚜기 떼의 수가 얼마나 되었을지 상상하게 되었다.

메뚜기 떼는 또 왔다. 두세 달 동안 농장은 메뚜기 떼의 연이은 습격을 당했다. 우리는 곧 메뚜기 떼를 겁주어 쫓으려는 시도를 포기했으며 사실 그건 부질없는 희비극적 행위였다. 이따금 소규모 메뚜기 떼가 찾아왔는데 이를테면 정규군에서 분리된 자유 군단으로 황급히 지나쳤다. 하지만 보통 때는 거대한 무리를 이루고 찾아와 농장을 지나가는 데 며칠씩 걸렸다. 메뚜기 떼의 수가 절정에 이르렀을 때는 고국의 눈보라를 보는 기분이었다. 강풍처럼 윙윙 울부짖으며 사방에서 맹렬히 움직이는 작고 단단한 날개들은 태양빛을 받은 칼날처럼 빛났지만, 정작 태양빛을 가렸다. 메뚜기 떼는 땅에서 나무 꼭대기까지만 움직였기에 그 위의 하늘은 깨끗했다. 메뚜기들이 우리 면전에서 윙윙대고 옷깃과 소매와 신발 속으로 들어왔다. 우리는 메뚜기 떼의 습격으로 머리가 어질거리고 집단에 대한 공포라는 구역질 나는 분노와 절망감에 휩싸였다. 메뚜기 한 마리 한 마리는 아무것도 아니어서 죽여 봤자 달라질 게 하나도 없었다. 메뚜기 떼가 농장을 지나 긴 연기 줄기처럼 지평선을 향해 날아간 후에도 메뚜기들이 우리의 얼굴과 손에 기어올랐던 역겨운 느낌은 오래도록 남았다.

 메뚜기 떼를 따라 거대한 새 무리도 찾아왔는데 어부지리를 노리는 황새와 두루미로 메뚜기 떼 위를 맴돌거나 메뚜기 떼가 내려앉은 들판 위를 걸으며 배를 채웠다.

 이따금 메뚜기 떼가 우리 농장에 내려앉았다. 그러나 커피 플랜테이션에는 큰 피해를 주지 않았는데 커피나무 잎은 월계수 잎처럼 단단해서 메뚜기들이 갉아먹을 수 없어서였다. 그래서 드문드문 나무가 부러지는 정도의 피해만 입혔다.

 그러나 메뚜기 떼의 습격을 받은 옥수수 밭은 처참했다. 부러진 옥수수 줄기에 마른 잎 몇 장만 매달려 있을 뿐 아무것도 남지 않았다. 물을 끌어다 가꾼 강가의 푸르던 내 정원도 꽃이며 채소며 약초며 할 것 없이 모두 사라지고 쓰레기 더미처럼 변해 버렸다. 소작농들의 경작지 샴바는 우글거리는 곤충이 새로 개간해 놓은 화전처럼 보였고 드문드문 보이는 메뚜기 시체가 흙의 유일한 열매 같았다. 소작농들은 망연히 서서 그 광경을 바라보았다. 밭을 일구고 농사를 지었던 노파들은 물구나무를 하고 서서 저 멀리 사라져 가는 하늘의 검은 그림자에 대고 주먹을 휘둘렀다.

 무수한 메뚜기 시체들이 도처에 남겨졌다. 도로에는 메뚜기 떼가 내려앉았을 때 마차와 수레가 그 위로 지나가서 작은 메뚜기 시체들로 이루어진 바퀴 자국이 마치 철도 레일처럼 아득히 먼 곳까지 뻗어 있었다.

 메뚜기들은 흙 속에 알을 까고 떠났다. 이듬해 우기가 지나자 작은 흑갈색 새끼 메뚜기들이 보이기 시작했는데 새끼들은 날지는 못했지만 땅을 기어 다니며 닥치는 대로 먹어 치웠다.

돈이 바닥나 더 이상 비용을 감당할 수 없자 나는 농장을 팔 수밖에 없었다. 나이로비의 큰 회사에서 농장을 샀다. 회사 측은 농장이 커피 밭으론 지대가 너무 높다고 생각했고 농사를 지을 뜻도 없었다. 그들은 땅을 새로 구획하고 도로를 낸 뒤 나이로비가 서쪽으로 팽창하면 그 땅을 건축 부지로 팔 계획이었다. 그것이 연말이 가까운 때의 일이었다.

그런 상황에서도 나는 한 가지 문제만 아니었더라면 농장을 포기할 생각을 하지 않았을 것이다. 커피나무에 달린 아직 여물지 않은 열매들은 농장의 옛 주인들, 정확히 말하자면 첫 담보를 잡은 은행의 소유였다. 그러나 5월 이후에나 커피가 수확되고 공장을 거쳐 팔려 나갈 수 있었다. 그때까지는 내가 농장에 남아 관리하도록 되어 있었고 겉보기엔 아무것도 달라진 게 없을 터였다. 그리고 그 기간 동안 무슨 일이 생겨서 모든 걸 예전으로 되돌려 놓을 수도 있었다. 어차피 세상은 예측을 불허하는 요지경 속이니까.

그런 식으로 나의 농장 생활에서 기묘한 시기가 시작되었다. 이제 모든 것이 더 이상 내 소유가 아닌데도 그 엄연한 진실은 그걸 깨닫지 못하는 사람들에게 외면당했고 하루하루의 일상에 아무 영향도 미치지 못했다. 순간에 충실한 삶을 산 것이라고도, 현실적인 사건의 영향을 거의 받지 않는 영원 속에 있었던 것이라고도 할 수 있으리라.

그 시기에 내가 농장을 포기하거나 아프리카를 떠나게 되리라고 믿지 않았던 건 기묘한 일이었다. 주위 사람들은 모두 농장을 포기해야만 한다고 충고했고 그들 모두가 합리적인 사람들이었다. 고국에서 오는 편지들도 그런 사실을 증명했고 일상의 모든 것이 그런 사실을 지적했다. 그런데도 나는 농장을 포기할 생각이 조금도 없었으며 아프리카에 뼈를 묻게 되리라 굳게 믿었다. 그 굳은 신념은 어떤 근거나 이유가 있는 것이 아니라 오로지 다른 길은 상상할 수도 없는 데서 비롯된 것이었다.

그 몇 개월 동안 나는 운명에 대항하는, 그리고 운명의 공모자들인 내 주위 사람들에게 대항하는 전략 체계를 구축했다. 나는 이런 생각을 품고 살았다. 이제부터는 사소한 문제는 모두 양보하여 불필요한 근심에서 벗어나리라. 말로, 글로 날마다 찾아오는 적들을 굳이 막지 않으리라. 결국 나는 승리를 거두어 농장과 농장 사람들을 지켜 낼 테니까. 그들을 잃는다는 건 상상조차 할 수 없는데 어떻게 그런 일이 닥칠 수 있단 말인가!

그리하여 나는 자신이 떠나게 될 것임을 그 누구보다 늦게 깨달았다. 아프리카에서의 마지막 몇 개월을 돌이켜 보면 풍경조차 나보다 훨씬 먼저 그 사실을 깨달았던 듯하다. 언덕과 숲, 초원, 강, 바람까지 모두 우리의 작별을 알고 있었다. 내가 처음으로 운명과 타협하고 농장 매각에 나선 때부터 나를 대하는 풍경의 태도는 변했다. 그때까지 나는 그것의 일부여서 가뭄이 들면 내가 열병을 앓는 것 같았고 초원에 꽃이 피면 새 외투를 입은 듯했다. 하지만 그때부터 풍경은 내게서 분리되어 조금 물러서 있었고 나는 그것을 분명하게, 그리고 전체적으로 볼 수 있었다.

우기를 앞둔 언덕 지대도 그런 모습을 보인다. 어느 저녁 언덕을 바라보고 있노라면 언덕이 갑자기 베일을 훌렁 벗어 던지고 자신을 드러낸다. 자신이 지닌 모든 걸 드러내기라도 하듯 형체와 색이 너무도 선명하고 생생하여 먼 곳에 앉아서 보고 있는데도 금방이라도 그 초록빛 비탈을 걸을 수 있을 것만 같다. 부시벅 한 마리가 빈터로 나오면 눈동자와 귀의 움직임을 볼 수 있을 듯하고 덤불 가지 위에 앉아 노래하는 작은 새의 노랫소리도 들을 수 있을 듯하다. 3월에 언덕 지대가 보이는 그러한 드러냄의 몸짓은 우기가 가까워졌음을 의미하지만 내겐 작별을 뜻했다.

나는 다른 곳에서도 작별을 앞두고 풍경이 그런 식으로 전부를 드러내는 걸 보았지만 그것에 대해 까맣게 잊고 있었다. 나는 그저 풍경이 저토록 아름답게 보인 적이 없다, 평생 저 모습을 떠올리기만 해도 행복하겠구나 하는 생각만 했다. 빛과 그림자가 풍경을 공유하고 있었고 무지개가 하늘에 걸려 있었다.

나는 다른 백인들, 그러니까 나이로비의 법률가들과 사업가들, 나에게 조언을 해주는 친구들과 함께 있을 때면 그들에게서 이상한 고립감을 느꼈는데 가끔은 그 고립감이 일종의 질식 상태 같은 물리적 형태를 띠기도 했다. 나는 스스로를 그들처럼 합리적인 인간이라고 여겼지만 온전한 사람들 가운데 나 혼자 미쳐 있는 게 아닌가 하는 의문이 들 때도 한두 번 있었으며 그런 의문과 고립감은 일맥상통했다.

철저한 사실주의적 정신의 소유자인 농장의 원주민들은 농장의 상황과 내 마음 상태에 대해 내가 강의를 해주거나 책을 써서 보여 주기라도 한 것처럼 훤히 알고 있었다. 그런데도 그들은 내게 도움과 지원을 청하러 왔고 어떤 경우에도 스스로 미래를 개척하려 들지 않았다. 그들은 내가 계속 머물 수 있도록 최선을 다했으며 농장을 구할 여러 궁리를 해서 내게 귀띔해 주었다. 농장 매각이 끝났을 때는 이른 아침에 찾아와 밤이 될 때까지 우리 집 주위에 앉아 있었는데 꼭 무슨 말을 하기 위해서라기보다는 그저 내 일거수일투족을 지켜보려고 그러는 것이었다. 지도자와 추종자들 사이에는 역설적인 관계가 성립할 때가 있다. 추종자들은 지도자의 모든 약점과 실패를 분명하게 파악하고 편견 없는 정확성으로 지도자를 평가할 수 있으면서도 필연적으로 지도자를 따른다. 지도자를 따르는 것 말고는 다른 길이 없는 것처럼 말이다. 양 떼가 목동에게 느끼는 감정이 그런 것이라고 볼 수 있는데 양들은 자신들이 사는 환경과 날씨에 대해 목동보다 훨씬 더 잘 알면서도 늘 목동의 뒤를 따라가며 그 길이 곧장 낭떠러지로 이른다 해도 마찬가지다. 키쿠유족은 신과 악마에 대해 잘 알고 있었기에 나보다 상황 파악을 더 잘하고 있었지만 우리 집 주위에 앉아 내 지시를 기다렸다. 그러면서도 자기들끼리는 줄곧 나의 무지와 독보적인 무능에 대해 시시콜콜 이야기하고 있었을 것이 뻔한데도 말이다.

농장의 원주민들을 도울 수가 없기에 그들의 운명이 내 마음을 무겁게 짓누르고 있을 때 그들이 날마다 찾아오는 것이 내게 견딜 수 없는 부담이 되었을 것 같지만 사실은 그렇지 않았다. 우리는 최후의 순간까지 함께 있다는 것에서 묘한 위안과 안도감을 느꼈다. 나는 그 몇 개월 동안 모스크바에서 퇴각하던 나폴레옹에 대한 생각을 많이 했다. 흔히 우리는 나폴레옹이 고통 속에서 죽어 가는 자신의 군사들을 보며 고뇌에 시달렸으리라 여기지만 한편으로 생각하면 그 군사들이 없었더라면 그는 그 자리에서 쓰러져 죽었을지도 모른다. 나는 밤이면 어서 날이 밝아 키쿠유족이 찾아오기를 손꼽아 기다렸다.

# 키난주이의 죽음

바로 그해에 키난주이 족장이 세상을 떠났다. 그의 아들 하나가 저녁 늦게 우리 집으로 찾아와 아버지가 죽어 가고 있다고 — 원주민들은 나타카 쿠파(죽기를 원한다)라고 표현한다 — 말했다.

키난주이는 이제 노인이었다. 최근에 그에게 큰일이 닥쳤다. 마사이족 보호 구역에 격리 명령이 내려진 것이다. 키난주이는 그 소식을 듣자마자 몸소 소규모 수행단을 거느리고 마사이족과의 잡다한 거래 관계를 마무리 짓고 자신의 소유인 소들과 그 소들이 낳은 송아지들을 끌고 돌아왔다. 그는 그곳에 머무는 동안 병이 났는데 소에게 허벅지를 받혀서 그렇게 되었다고 했다. 그건 키쿠유족 족장의 죽음의 원인으로 어울렸으며 상처는 괴저로 발전되었다. 키난주이는 마사이족 보호 구역에서 너무 오래 지체한 나머지 병이 깊어졌거나 먼 여행을 하기엔 병이 위독하여 출발을 못했던 것인지도 모른다. 필시 그는 자신의 소들을 모두 끌고 가겠다는 굳은 결심으로 한 마리도 빠짐없이 다 모으기 전엔 떠날 생각을 하지 않았을 터였다. 그리고 어쩌면 마사이족에게 시집간 딸

중 하나의 간호를 받다가 아버지의 병이 나을 때까지 보살펴 겠다는 딸의 호의에 의혹을 품게 될 때까지 그곳에 머물렀던 것일 수도 있었다. 어쨌거나 결국 그는 돌아왔고 수행원들은 생명이 위중한 노인을 최선을 다해 돌보며 들것에 싣고 먼 길을 여행하느라 여간 애를 먹은 게 아닌 듯했다. 키난주이 는 자신의 집으로 돌아와 누워 나를 부르러 보낸 것이었다.

키난주이의 아들이 온 때가 저녁을 먹은 후여서 파라와 나 는 캄캄한 밤에야 키난주이의 마을을 향해 차를 몰고 나섰 다. 하지만 하늘에 상현달이 떠 있었다. 가는 길에 파라가 누 가 키난주이의 뒤를 이어 족장 자리에 오를 것인지에 대한 얘기를 꺼냈다. 늙은 족장에겐 아들이 많았고 키쿠유족 세계 에선 다양한 세력의 움직임이 있는 듯했다. 파라 말로는 키 난주이의 아들 둘이 기독교인인데 하나는 로마 가톨릭 신자 이고 하나는 스코틀랜드 교회에서 개종한 사람이어서 두 선 교 교회가 서로 자기 교회에서 새 족장이 나오게 하려고 치 열하게 경쟁을 벌이고 있다고 했다. 그러나 키쿠유족은 기독 교를 안 믿는 다른 어린 아들을 새 족장으로 밀고 있는 것 같 다고 했다.

마을까지의 마지막 2킬로미터는 도로라기보다는 풀밭 위 의 소들이 다니는 길에 가까웠다. 풀들은 이슬이 맺혀 잿빛 으로 보였다. 마을에 닿기 직전에 우리는 한가운데에 가느다 란 은빛 물줄기가 구불구불 흐르는 말라붙은 강바닥을 건넜 고 그 뒤로는 흰 안개를 헤치고 달렸다. 우리가 도착했을 때 오두막과 지붕이 뾰족한 작은 헛간과 축사로 이루어진 키난 주이의 큰 마을은 달빛 아래 고요했다. 마을 어귀를 돌아 들 어가는데 키난주이가 미국 영사에게 산 자동차가 초가지붕

아래 세워져 있는 게 보였다. 와난게리 문제에 대한 판결을 내리러 농장에 왔을 때 타고 온 차였다. 그 자동차는 완전히 방치된 듯 온통 녹슬고 파손된 상태였고 분명 지금 키난주이는 자동차 따위는 까맣게 잊고 조상들의 방식으로 돌아가 소들과 여인들을 보고 싶어 할 터였다.

칠흑같이 어두운 마을은 잠들어 있었던 게 아니었다. 사람들이 자동차 소리를 듣고 일어나서 우리에게 몰려들었다. 하지만 예전과는 달랐다. 원래 키난주이의 마을은 늘 활기차고 시끌벅적한 곳이었다. 마치 땅에서 샘이 솟아 사방으로 넘쳐 흐르듯 여기저기서 온갖 계획이 난무했고 근엄하면서도 인자한 중심인물 키난주이가 그 모든 걸 지켜보며 통제하고 있었다. 하지만 이제 마을을 뒤덮은 죽음의 그림자가 마치 강력한 자석처럼 기존의 틀을 바꾸어 새로운 형태의 무리 짓기와 배열을 만들어 놓고 있었다. 가족과 부족의 각 구성원의 안위가 걸린 순간이었고 왕이 임종을 맞는 자리에서 으레 볼 수 있는 음모와 암투가 강한 소 냄새와 은은한 달빛 속에서 분명히 느껴졌다. 우리가 차에서 내리자 램프를 든 아이가 우리를 키난주이의 오두막으로 안내했고 사람들이 무리를 이루어 우리 뒤를 따라와 오두막 밖에 멈춰 섰다.

내가 키난주이의 집에 발을 들여놓은 건 그때가 처음이었다. 족장의 거처는 키쿠유족의 일반적인 오두막보다 훨씬 컸지만 안으로 들어가 보니 내부는 호화로울 게 없었다. 가구라야 나무와 가죽 끈으로 만든 침대 하나에 나무 의자 몇 개가 다였다. 진흙을 밟아 다진 바닥 위에 두세 군데 불을 지펴 놓았는데 실내의 열기에 숨이 턱턱 막히고 연기가 어찌나 자욱한지 허리케인 램프 하나가 바닥에 놓여 있는데도 처음엔 거기 누가 있는지조차 알아볼 수 없었다. 연기에 눈이 익숙해지자 키난주이의 숙부나 고문인 대머리 노인 셋과 지팡이에 의지한 채 침대 가까이에 서 있는 쭈그렁 노파 하나, 아리따운 처녀 하나, 열세 살 먹은 소년 하나가 보였다. 강력한 자석에 끌리듯 족장의 방에 들어와 있는 이 새로운 무리의 정체는 무엇일까?

키난주이는 침대에 똑바로 누워 있었다. 그는 죽어 가고 있었다. 이미 죽음과 소멸 속으로 반쯤 들어선 상태였고 악취가 얼마나 코를 찌르는지 나는 처음엔 구역질이 날까 봐 입을 열기가 두려웠다. 늙은 족장은 벌거벗은 채 내가 선물한 격자무늬 깔개 위에 누워 있었는데 썩은 다리로는 아무런 무게도 지탱하지 못할 터였다. 그 다리는 보기에도 끔찍했다. 퉁퉁 부어서 무릎이 어딘지도 알아볼 수 없었고 램프 불빛 속에서 보니 엉덩이부터 발까지 누런 줄무늬가 시커멓게 나 있었다. 다리 밑의 깔개도 흠뻑 젖은 듯 검게 물들어 있었다.

농장에 나를 부르러 왔던 키난주이의 아들이 내가 앉을 수 있도록 다리 하나가 짧은 낡은 유럽 의자를 가져다가 침대에 바싹 붙여 놓았다.

키난주이는 얼굴과 몸이 극도로 야위어서 커다란 골격이 고스란히 드러나 보였다. 그는 마치 칼로 대충 깎아서 만든 거대한 검은색 목각인형 같았다. 입술 사이로 그의 이와 혀가 보였다. 반쯤 흐릿해진 눈동자가 검은 얼굴에서 우윳빛으로 보였다. 하지만 그는 아직 볼 수 있었고 내가 침대로 다가가자 내게 눈을 돌린 후 내가 오두막을 나올 때까지 줄곧 내 얼굴에 시선을 두고 있었다.

그는 아주 천천히 오른손을 자신의 몸을 가로질러 내밀어

내 손을 만졌다. 그는 끔찍한 고통에 시달리고 있었으나 아직 자기 자신을 잃지 않고 있었고 비록 벌거벗은 몸이었지만 여전히 권위를 지니고 있었다. 그런 그의 모습을 보며 나는 그가 마사이족 사위들의 반발을 무릅쓰고 소들을 모두 되찾아 의기양양하게 돌아온 사실을 상기했다. 나는 그렇게 앉아서 그를 바라보며 그에게도 한 가지 약점이 있음을 떠올렸다. 그는 천둥을 무서워했고 우리 집에 있을 때 천둥이 치자 쥐구멍이라도 찾는 것처럼 숨을 곳을 찾아 두리번거렸다. 하지만 이제 그는 번갯불도, 만인의 공포의 대상인 뇌석도 두려워하지 않았다. 그는 이제 지상의 의무를 다하고 죽음을 맞게 되었으며 모든 면에서 후회 없는 삶을 살았다. 그에게 맑은 정신이 남아 있어 인생을 돌이켜 본다면 자신이 삶과의 싸움에서 이기지 못했던 적이 거의 없었음을 깨닫게 될 터였다. 키난주이가 꼼짝 않고 누워 있는 이곳에서 위대한 활력과 즐길 줄 아는 능력, 다방면에 걸친 활동이 종말을 맞고 있었다. 〈키난주이, 조용한 종말이로군요〉 하고 나는 생각했다.

오두막 안의 세 노인은 실어증에라도 걸린 듯 조용히 서 있었다. 키난주이의 늦둥이 아들인 듯한 소년이 내가 도착하기 전에 그렇게 하기로 약속이 되어 있었던 듯 아버지의 침대 곁에 있는 내게로 다가와서 말했다.

소년의 설명에 따르면 상황은 대략 이러했다. 선교 병원 의사가 족장이 아프다는 소식을 듣고 다녀갔다. 의사는 다시 와서 죽어 가는 족장을 선교 병원으로 데려가겠다고 말했으며 오늘 밤 족장을 실어 갈 화물 트럭이 도착할 예정이었다. 하지만 키난주이는 병원에 가고 싶어 하지 않았다. 그래서 나를 부르러 보낸 것이었다. 그는 나와 함께 우리 집으로 가기를 원하며 선교 병원 사람들이 도착하기 전에 지금 당장 떠나고 싶어 했다. 아들이 내게 상황을 전하는 동안 키난주이는 나를 지켜보고 있었다.

나는 무거운 마음으로 듣고 있었다.

만일 키난주이가 1년 전, 아니 석 달 전에만 임종을 맞았더라도 나는 그의 요청대로 그를 우리 집으로 데려갔을 터였다. 하지만 이제 사정이 달라져 있었다. 나는 그 근래에 사정이 몹시 나빴고 더 악화될 것을 두려워하고 있었다. 나는 나이로비에서 사업가와 법률가의 의견을 듣고 농장 채권자들을 만나는 일로 하루하루를 보내고 있었다. 키난주이가 데려가 달라고 하는 집은 이제 더 이상 내 소유가 아니었다.

나는 키난주이의 곁에 앉아 그를 지켜보며 생각했다. 그는 죽을 것이고 살아날 희망이 없다. 집으로 가는 중에 내 차 안에서 죽거나 아니면 도착하자마자 죽을 것이다. 선교 교회 사람들이 오면 그의 죽음을 내 탓으로 돌릴 것이며 이야기를 전해 듣는 모든 사람이 그렇게 생각할 것이다.

오두막 안의 망가진 의자에 앉아 있는 내게 그 모든 것이 감당할 수 없는 무거운 짐으로 느껴졌다. 나는 이제 더 이상 세상의 권위에 대항할 힘이 없었다. 세상 모든 사람에게 맞설 용기가 남아 있지 않았다.

나는 두세 번 키난주이를 데려갈 결심을 하려고 했으나 번번이 용기를 내지 못했다. 그러자 이만 그의 곁을 떠나야겠다는 생각이 들었다.

파라는 문가에 서 있었기에 족장의 어린 아들이 하는 말을 모두 들었다. 그는 내가 침묵을 지키며 앉아 있는 걸 보고는 내게 다가와 낮지만 열성적인 목소리로 키난주이를 차에 싣는 가장 좋은 방법에 대해 설명하기 시작했다. 나는 일어나서 침대에 누운 노인의 눈길과 악취에서 어느 정도 벗어난 곳으로 파라와 함께 갔다. 그리고 파라에게 키난주이를 데려가지 않겠다고 말했다. 파라는 전혀 예기치 못했던 나의 결단에 놀라서 눈빛과 얼굴 전체가 어두워졌다.

나는 키난주이 곁에 잠시 더 있어도 괜찮았지만 교회 사람들이 와서 그를 실어 가는 모습을 보고 싶진 않았다.

나는 키난주이의 침대로 다가가 그를 우리 집으로 데려갈 수 없노라고 말했다. 이유는 대지 않았는데 굳이 그럴 필요를 느끼지 않아서였다. 세 노인이 내 거절 의사를 확인하고 내 주위로 모여들어 동요하는 몸짓을 보였고 더 이상 할 말이 없는 소년은 뒤로 조금 물러나 미동도 않고 서 있었다. 키난주이 자신은 어떠한 동요도, 변화도 보이지 않았고 처음부터 줄곧 그랬던 것처럼 나를 응시하고만 있었다. 그는 전에도 이런 일을 겪은 적이 있는 것처럼 보였으며 실제로 그랬을 공산이 컸다.

「크와헤리(편안히 가세요), 키난주이.」 내가 작별 인사를 했다.

그의 타는 듯 뜨거운 손가락들이 내 손바닥에서 조금 움직였다. 문간에서 돌아보니 이미 자욱한 연기가 나의 친애하는 키쿠유족 족장의 축 늘어진 거구를 삼킨 뒤였다. 오두막 밖으로 나서자 날씨가 제법 쌀쌀했다. 달이 지평선 위로 낮게 걸려 있는 것으로 보아 자정이 지난 게 분명했다. 바로 그때 키난주이의 수탉 한 마리가 두 번 울었다.

키난주이는 그날 밤 선교 병원에서 숨을 거뒀다. 이튿날 오후 그의 아들 둘이 집으로 찾아와 소식을 전했다. 그들은 키난주이의 마을 근처 다고레티에서 내일 장례식이 열린다며 나를 초대했다.

원래 키쿠유족은 시체를 매장하지 않고 땅 위에 두어 하이에나와 독수리들이 처리하게 한다. 나는 태양과 별들 아래 누워 즉각적으로, 깔끔하고 공개적으로 깨끗이 뜯어 먹혀 자연과 하나가 되고 풍경의 흔한 요소가 되는 그런 장례 풍습이 마음에 들었다. 농장에 스페인 독감이 돌았을 때 밤새 하이에나들이 소작지 주변을 배회하는 소리가 들렸고, 그 후 나는 풀이 우거진 숲이나 초원에서 매끈한 갈색 해골이 마치 나무에서 떨어진 단단한 열매처럼 뒹구는 걸 종종 발견했다. 하지만 그런 풍습은 문명화된 삶의 조건과는 조화되지 못했다. 정부에선 키쿠유족에게 시체를 땅에 묻는 법을 가르쳐 그들의 장례 풍습을 바꾸려고 애를 썼지만 키쿠유족은 여전히 매장을 좋아하지 않았다.

키난주이는 매장될 예정이라고 했다. 나는 고인이 족장이었으므로 키쿠유족이 예외적으로 관습을 깨고 매장에 동의한 모양이라고 생각했다. 어쩌면 그들은 키난주이의 장례식을 원주민들의 대대적인 볼거리이자 집회로 만들고 싶어 하는지도 모를 일이었다. 이튿날 오후, 나는 근동의 늙은 소족장들이 모두 모인 성대한 키쿠유족의 축제를 기대하고 다고레티로 향했다.

하지만 키난주이의 장례식은 순전히 유럽식에 성직자 중심 행사였다. 정부 인사라곤 다고레티의 판무관과 나이로비에서 온 관리 둘이 다였고 성직자들이 대거 참석하여 초원이 오후의 태양 아래 새까맣게 보였다. 프랑스 성당과 스코틀랜드 교회 사람들이 잔뜩 몰려와 있었다. 그들의 의도가 키쿠유족에게 자신들이 죽은 족장을 차지했다는 인상을 주는 것이었다면 그 의도는 적중했다고 볼 수 있었다. 그들은 장례식장을 완전히 장악하고 있었기에 키난주이가 그들에게서 벗어난다는 건 상상조차 할 수 없는 일이었다. 그건 교회의 오랜 술수였다. 나는 그곳에서 무슨 직책인지는 몰라도 반쯤은 사제처럼 차려입은 개종한 원주민 청년들을 처음 보았는데 안경을 끼고 손을 깍지 낀 그 뚱뚱한 키쿠유족 청년들은 마치 불친절한 환관들처럼 보였다. 키난주이의 기독교인 아들 둘도 종교적 차이로 인한 갈등을 잠시 접어 두고 거기 서 있었을 터였지만 나는 그들의 얼굴을 알지 못했다. 늙은 족장 몇 사람이 와 있었다. 케오이도 와 있어서 나는 그와 잠시 고인에 대한 이야기를 나눴다. 하지만 그들은 조용히 뒷전에 물러나 있었다.

키난주이가 묻힐 구덩이가 초원 위 두 그루의 키 큰 유칼립투스 아래 준비되어 있었고 구덩이 둘레에 밧줄이 쳐져 있었다. 나는 일찍 도착한 편이라 밧줄 근처에 서 있었는데 구덩이 주위로 사람들이 파리 떼처럼 몰려들었다.

선교 병원에서 화물 트럭에 실려 온 키난주이가 구덩이 근처에 내려졌다. 나는 그의 모습을 보고 소스라치게 놀랐다. 키난주이는 원래 기골이 장대했고 나는 그가 원로들을 거느리고 농장으로 걸어오던 모습과 이틀 전 오두막 침대에 누워 있던 모습을 또렷이 기억하고 있었다. 그러나 그의 시신이 든 관은 거의 정사각형에 가까웠으며 길이가 분명 150센티미터를 넘지 못했다. 그래서 나는 처음 그걸 보았을 때는 관이 아니라 장례용품이 든 상자인 줄 알았다. 하지만 그건 키난주이의 관이었다. 왜 그런 관을 골랐는지는 모르되 그것이

스코틀랜드 교회의 방식인 듯했다. 하지만 그들은 어떻게 키난주이를 저기 집어넣었으며 키난주이는 지금 어떻게 저기 누워 있는 것일까? 관은 나와 가까운 땅에 놓였다.

관 뚜껑에는 커다란 은판이 붙어 있었는데 나중에 들으니 그 은판에는 선교 교회에서 키난주이 족장에게 관을 기증했다는 내용과 성서 구절이 새겨져 있었다고 했다.

긴 장례식이 시작되었다. 선교사들이 한 사람씩 나와서 말을 했는데 고백하고 훈계할 것이 많기도 한 듯했다. 그러나 키난주이의 무덤 가장자리에 둘러쳐진 밧줄을 잡고 서 있던 내 귀에는 한마디도 들어오지 않았다. 그들의 뒤를 이어 몇몇 원주민 기독교인이 나서서 푸른 초원이 쩌렁쩌렁 울릴 정도로 큰 소리로 말했다.

이윽고 키난주이는 자신의 땅의 흙 속으로 들어가 묻혔다. 나는 하인들도 장례식을 볼 수 있도록 다고레티에 데려갔는데 그들은 뒤에 남아 친지들과 시간을 보내다가 걸어서 돌아온다고 해서 파라와 단둘이만 차를 몰고 집으로 향했다. 파라는 우리가 떠나온 무덤처럼 침묵을 지키고 있었다. 그는 내가 키난주이를 집에 데려가지 않은 것을 이해하기가 몹시 어려웠던 모양인지 이틀 동안 회의와 우울에 사로잡혀 지옥에 떨어진 영혼 꼴을 하고 있었다.

문 앞에 이르렀을 때 그가 말했다. 「괜찮습니다, 멤사히브.」

# 언덕 지대의 무덤

데니스 핀치해턴은 사파리에서 돌아오면 잠시 우리 농장에 머물렀으나 내가 집을 처분하고 짐을 싸기 시작하자 나이로비에 있는 휴 마틴의 집으로 거처를 옮겼다. 그는 나이로비에서 매일 농장으로 차를 몰고 와서 나와 함께 저녁을 먹었다. 떠날 때가 가까워지자 나는 가구를 팔기 시작했고 우리는 짐짝을 식탁과 의자 삼아 식사를 했다. 하지만 우리는 짐짝 위에서일지언정 밤늦도록 함께 앉아 있었다.

우리는 내가 진짜로 아프리카를 떠나게 될 것처럼 이야기한 적도 몇 번 있었다. 데니스는 아프리카를 고향처럼 여겼기에 내 심정을 너무도 잘 이해했고 함께 슬퍼했다. 그는 농장 사람들과의 작별을 가슴 아파 하는 나를 놀리기도 했다.

「시룽가 없이는 못 살 것 같아요?」 그가 물었다.

「그래요.」 내가 대답했다.

그러나 우리는 함께 있을 때 대개는 미래가 존재하지 않는 것처럼 말하고 행동했다. 데니스는 자신이 마음만 먹으면 미지의 힘을 끌어 모을 수 있음을 알기라도 하는 것처럼 미래에 대해 걱정하는 법이 없었다. 그의 그런 성향과 농장 문제에 대해 일이 흘러가는 대로 맡기고 다른 사람들이 어떻게 생각하고 말하든 신경 쓰지 않기로 한 내 의도는 서로 잘 맞아떨어졌다. 그가 찾아오면 빈집의 짐짝 위에 앉아 있는 것이 정상적이고 우리의 취향에 맞는 일처럼 여겨졌다. 그는 내게 시 한 편을 들려주었다.

> 그대의 슬픈 노래를 즐거운 가락으로 바꾸라,
> 나는 연민이 아닌 쾌락을 위해 찾아갈 것이니.

그 몇 주 동안 우리는 은공 언덕이나 야생 동물 보호 구역 위에서 짧은 비행을 즐기곤 했다. 하루는 데니스가 해가 뜨자마자 데리러 왔고 우리는 언덕 지대 남쪽의 초원에서 사자 한 마리를 보았다.

데니스는 여러 해 동안 우리 집에 보관해 둔 책들을 가져가겠다는 말만 하고 도무지 가져가지를 않았다.

「그냥 당신이 가져요. 어차피 난 둘 데도 없으니까.」 그가 말했다.

그는 앞으로 어디서 살아야 할지 결정을 내리지 못하고 있었다. 한번은 친구의 강권에 못 이겨 나이로비의 임대용 방갈로를 구경하고 왔는데 잔뜩 실망해서 아예 그 얘기는 꺼내고 싶어 하지도 않았고 저녁 식사 때가 되어서야 방갈로의 상태며 그 안의 가구에 대해 설명하다가 말을 뚝 끊고 침묵에 빠져 들었다. 나는 그가 그토록 혐오감과 슬픔에 찬 표정을 짓는 걸 처음 보았다. 그가 목격하고 온 삶은 그에겐 생각할 수조차 없는 것이었다.

하지만 그것은 철저히 객관적이고 비개인적인 반감이었으

며 그는 자신이 그런 삶의 일부가 되려고 그곳에 갔던 사실을 까맣게 잊은 듯했다. 내가 방갈로에 대한 얘기를 하자 그는 내 말을 가로막으며 단언했다. 「나라면 마사이족 보호 구역에서 텐트를 치고 살거나 소말리족 마을에서 사는 게 훨씬 행복할 거예요.」

데니스는 딱 한 번 유럽에서의 내 미래에 대한 이야기를 꺼냈다. 그는 내가 아프리카의 농장보다 유럽에서 사는 편이 더 행복할 것이며 장차 아프리카를 지배하게 될 문화에서 벗어나는 것이 좋으리라고 했다. 그러면서 이렇게 덧붙였다. 「알다시피 이 아프리카란 대륙은 지독한 냉소주의를 지녔으니까요.」

데니스는 몸바사에서 북쪽으로 50킬로미터 거리에 있는 타카웅가 만에 땅이 조금 있었다. 옛 아랍 정착민들이 살았던 터로 보잘것없는 첨탑 하나와 비바람에 시달린 잿빛 돌로 된 우물 하나, 그리고 한복판에 늙은 망고나무 몇 그루가 있었다. 데니스는 그 땅에 작은 집을 지어 놓았고 나도 그곳에서 묵은 적이 있었다. 그곳의 경치는 신성하고 깨끗했으며 불모의 바다의 광활함을 지니고 있었다. 푸른 인도양이 눈앞에 펼쳐져 있고 깊은 타카웅가 만이 남쪽에 있고 연회색과 노란색 산호암으로 이루어진 길고 가파르고 중단 없는 해안선이 시야 끝까지 펼쳐져 있었다.

썰물 때면 집에서 바다로 나가 좀 울퉁불퉁하게 포장된 거대한 광장 같은 갯벌 위를 걸으며 이상하게 생긴 길고 뾰족한 조개껍데기와 불가사리를 주울 수 있었다. 스와힐리족 어부들이 신드바드가 환생한 듯 허리에 두르는 옷과 빨강색 혹은 파랑색 터번 차림으로 다가와 가시 달린 알록달록한 물고기를 팔았는데 어떤 것은 맛이 아주 좋았다. 집 아래 해안에는 깊은 동굴들이 늘어서 있어서 그 그늘 속에 앉아 먼 곳의 반짝이는 푸른 바다를 감상할 수 있었다. 밀물 때가 되면 바닷물이 동굴을 가득 채웠고 작은 구멍들이 뚫린 산호암 동굴 속에서 바다가 내는 기묘하기 짝이 없는 노랫소리와 한숨 소리를 듣고 있노라면 마치 발아래의 땅이 살아 있는 것만 같았다. 긴 파도가 타카웅가 만에서 달려오는 모습은 마치 돌격하는 군대 같았다.

마침 나는 보름달이 뜰 때 타카웅가에 머물렀는데 환히 빛나는 고요한 밤의 완벽한 아름다움에 압도당하지 않을 수 없었다. 은빛 바다를 향해 문을 열어 놓고 자면 따스한 미풍이 살랑거리며 푸석푸석한 좁은 모래밭을 지나 돌바닥으로 기어 올라왔다. 어느 날 밤에는 아랍 다우선들이 일렬로 해안 가까이를 지나갔는데 계절풍에 앞서서 소리 없이 달려가는 갈색 돛들의 행렬이 달빛 아래 한 폭의 그림처럼 펼쳐져 있었다.

데니스는 타카웅가의 집을 본거지로 삼아 그곳에서 사파리를 떠나는 것에 대해 가끔 이야기했다. 내가 농장을 떠나야 한다는 말을 하자 그는 자신이 고원 지대에 있는 우리 집에 묵었듯이 해안가 타카웅가에 있는 집을 쓰라고 했다. 하지만 백인은 생활을 편리하게 해주는 물건을 많이 갖추고 있지 않은 한, 해안가에서 오래 살 수 없을뿐더러 타카웅가는 내겐 너무 지대가 낮고 더웠다.

내가 아프리카를 떠나던 해 5월에 데니스는 일주일 일정으로 타카웅가에 내려갔다. 그는 자신의 땅에 더 큰 집을 짓고 망고나무도 더 심을 계획이었다. 그는 비행기를 타고 갔다가 오는 길에 보이를 경유하여 그곳에 사파리를 위한 코끼리들이 있는지 살펴볼 작정이었다. 서쪽에서 온 코끼리 떼가 보이 주변에 있으며 그중에 다른 코끼리보다 몸집이 두 배는 큰 거구의 수코끼리가 혼자 수풀 속을 배회하고 있다는 소문이 원주민들 사이에 떠돌았던 것이다.

데니스는 대단히 합리적인 인물임을 자처했지만 특별한 기분이나 예감에 사로잡힐 때가 많았고 이따금 그런 감정에 빠져 며칠 혹은 일주일씩 침묵을 지키기도 했다. 그러나 자신은 그런 사실을 알지 못했으며 내가 무슨 문제라도 있는지 물으면 오히려 깜짝 놀랐다. 그는 해안으로 떠나기 전에도 며칠 동안 명상에 빠져 있는 것처럼 멍한 상태였고 내가 그렇다고 얘기하자 무슨 소리냐며 코웃음을 쳤다.

나는 바다가 보고 싶어서 그에게 함께 데려가 달라고 했다. 데니스는 처음엔 그러마고 했지만 마음이 바뀌어 안 된다고 했다. 보이를 경유하는 여행길이 매우 험할 것이기에 나를 데려갈 수 없다고, 비행기에서 내려 덤불에서 잘 수도 있기 때문에 원주민 하인을 데려가야 한다고 했다. 나는 그가 비행기로 아프리카 횡단을 시켜 주기로 약속한 사실을 상기시켰다. 데니스는 물론 기억하고 있다며 만일 보이에 코끼리 떼가 있으면 착륙 지점과 야영 장소를 알아 놓은 뒤 나를 데려가 코끼리들을 구경시켜 주겠다고 했다. 내가 데니스에게 비행기를 태워 달라고 했을 때 그가 거절한 건 그때가 처음이었다.

데니스는 8일 금요일에 출발했다. 그는 떠나면서 말했다.
「목요일에 돌아오겠어요. 당신과 점심을 함께 먹을 수 있도록 맞춰 올게요.」

그는 차를 몰고 나이로비의 비행장을 향해 출발해서 진입로를 내려갔다가 다시 돌아와서 내게 줬던 시집 한 권을 여행에 가져가겠다고 했다. 그는 한 발을 자동차 발판에 올려놓고 한 손으로 책의 시 한 편을 짚었다.

「여기 당신의 회색기러기들이 있어요.」 그가 그렇게 말한 뒤 시를 읽어 주었다.

> 평원 위로 날아가는 회색기러기들을 보았네,
> 높은 공중에서 약동하며
> 지평선에서 지평선으로 흔들림 없이 나는 야생 기러기들
> 목구멍에서 빳빳이 굳은 기러기들의 영혼
> 기러기들이 거대한 하늘을 회백색 리본으로 장식하고
> 태양의 수레바퀴가 주름진 언덕들 위에 걸려 있었네.

그러곤 내게 손을 흔들며 영원히 떠나 버렸다.

몸바사에 착륙할 때 데니스의 비행기 프로펠러 하나가 부러졌다. 그는 나이로비의 동아프리카 항공 회사에 필요한 부품을 보내 달라고 전보를 쳤고 원주민 청년이 몸바사로 부품을 배달했다. 비행기 수리가 끝나자 데니스는 원주민 청년에게 자신의 비행기에 타라고 했다. 그러나 청년은 타지 않았다. 청년은 비행기를 타는 것에 익숙했고 여러 사람의 비행기를 타보았으며 데니스의 비행기를 타본 적도 있었다. 그는 데니스가 훌륭한 조종사이며 다른 재주뿐 아니라 비행 실력으로도 원주민들 사이에서 명성이 자자하다는 사실을 알고 있었다. 하지만 청년은 이번엔 데니스의 비행기를 타려 하지 않았다.

나중에 나이로비에서 파라를 만나 그 사건에 대해 이야기를 나누면서 청년은 이렇게 말했다고 한다. 「1백 루피를 준다고 했어도 그때 그 비행기에는 타지 않았을 거예요.」 데니스 자신이 은공에서의 마지막 며칠 동안 예감했던 운명의 그림자가 그 원주민 청년에게는 더욱 분명하게 보였던 것이다.

그래서 데니스는 자신의 하인 카마우를 비행기에 태우고 보이로 향했다. 가련한 카마우는 비행을 무서워했다. 농장에서 카마우가 내게 말하기를, 자신은 비행기를 타면 이륙하는 순간부터 착륙할 때까지 발만 내려다보고 있으며 어쩌다 비행기 밖으로 눈을 돌려 땅이 저 아래 까마득한 곳에 있는 걸 보면 오금이 다 저린다고 했다.

나는 목요일이 되자 데니스가 보이에서 해 뜰 무렵에 출발하여 은공까지 두 시간 정도 걸릴 거라는 계산으로 그를 기다렸다. 하지만 아무리 기다려도 그는 오지 않았고 나는 마침 나이로비에 볼일도 있던 참이라 차를 몰고 나이로비로 갔다.

아프리카에서 병이 나거나 근심에 사로잡힐 때마다 나는 주위의 모든 사람이 위험이나 고통에 빠져 있고 그 와중에 내가 본의 아니게 잘못된 위치에 서서 모두의 불신과 두려움의 대상이 된 듯한 강박증에 시달리곤 했다.

사실 그 불쾌한 강박증은 전쟁 중에 겪은 고통으로 인한 것이었다. 당시 한 2년 동안 사람들이 나를 독일 편으로 여기고 의혹의 눈초리를 보냈던 것이다. 그런 의심을 받게 된 건 전쟁이 터지기 직전에 아무 생각 없이 나이바샤에 가서 독일령 동아프리카의 레토 장군을 위해 말들을 샀기 때문이다. 그 6개월 전에 아프리카로 오는 배에서 알게 된 그가 아비시니아 암말 열 필만 사달라고 부탁했는데, 처음 아프리카에 도착해서는 다른 일로 바빠 까맣게 잊고 있다가 그가 편지로 재촉하는 바람에 나이바샤로 가서 말들을 사게 된 것이었다. 하지만 바로 전쟁이 터지는 바람에 그 말들을 그곳에서 끌고 나오지도 못했다. 그러나 전쟁 발발과 함께 나는 독일군을 위해 말을 매입했다는 누명을 벗을 수 없었다. 다행히 나에 대한 의심은 전쟁이 끝날 때까지 지속되진 않았는데 영국군에 자원입대한 남동생이 프랑스 아미앵 전투에서 빅토리아 십자 훈장을 받은 덕이었다. 그 사건은 〈동아프리카인, 빅토리아 십자 훈장 받다〉라는 제목으로 「이스트 아프리칸 스탠더드」지에 실리기까지 했다.

당시 나는 절대로 독일 편이 아니었고 필요하면 언제든 오해를 풀 수 있으리라 자신했기에 그로 인한 고립감을 심각하게 받아들이지 않았다. 하지만 스스로도 깨닫지 못하는 사이에 그 기억이 잠재의식에 깊이 박혔던 모양인지 여러 해가 지난 뒤까지 몸이 녹초가 되거나 고열이 날 때면 그때의 기분이 되살아나곤 했다. 만사 되는 일이 없었던 아프리카에서의 마지막 몇 개월 동안 가끔 느닷없이 고립감이 마치 어둠처럼 나를 덮쳤고 나는 그것이 광기라도 되는 듯 두렵고 끔찍했다.

그 목요일 나이로비에서도 그 악몽 같은 기분이 갑자기 고개를 들더니 걷잡을 수 없이 강해져서 나는 이러다 미쳐 버리는 게 아닌가 싶을 지경이었다. 나이로비가, 그곳에서 내가 만나는 사람들이 깊은 슬픔에 잠겨 있었고 그런 가운데서 모두들 나를 외면했다. 아무도 걸음을 멈추고 내게 인사를 건네지 않았고 친구들도 나를 보면 얼른 차에 타서 떠나 버렸다. 심지어 늙은 스코틀랜드인 식료품상 던컨 씨조차, 내가 오랜 세월 물건을 팔아 주고 총독 관저의 무도회장에서 함께 춤을 추기도 했던 친근한 사이였는데도 내가 상점 안으로 들어가자 소스라치게 놀라 밖으로 나가 버렸다. 나는 나이로비에서 무인도에 온 듯한 기분을 느꼈다.

파라는 데니스를 맞이하도록 농장에 두고 왔기에 나는 말 상대가 없었다. 키쿠유족 하인들은 현실에 대한 인식뿐 아니라 현실 자체가 우리와 달랐기에 말 상대로 쓸모가 없었다. 다행히 치로모 거리의 맥밀런 부인 댁에서 점심을 먹기로 되어 있어서 그 자리에서 백인들과 대화를 나누다 보면 마음의 균형을 되찾을 수 있을 것 같았다.

나는 대나무 가로수가 늘어선 긴 대로 끝에 위치한 고풍스러운 저택으로 들어갔고 그곳에서 백인들을 만날 수 있었다. 하지만 그곳도 바깥 거리와 다를 게 없었다. 모두 지독한 슬픔에 잠겨 있는 듯했고 내가 들어서자 대화가 뚝 끊겼다. 나는 존경하는 친구 벌펫 씨 옆자리에 앉았으나 그도 시선을 내리깔며 좀처럼 말을 하지 않았다. 나는 이제 무겁게 나를 덮고 있는 그림자를 떨쳐 내려고 그가 멕시코에서 했던 등반 얘기를 꺼냈지만 그는 그 기억을 모두 잊은 듯했다.

나는 이렇게 생각했다. 〈이 사람들은 내게 아무 도움도 안 되는구나. 농장으로 돌아가야겠어. 지금쯤 데니스가 와 있을 테니까. 그와 함께 분별 있는 말과 행동을 하다 보면 다시 제정신으로 돌아가 모든 걸 알고 이해하게 되겠지.〉

하지만 점심 식사가 끝나자 맥밀런 부인이 나를 작은 응접실로 따로 부르더니 보이에서 사고가 있었다고 말했다. 데니스의 비행기가 거꾸로 추락하여 그가 죽었다는 것이었다.

내가 생각했던 대로였다. 데니스의 이름을 들은 것만으로도 진실이 드러났고 나는 모든 걸 알고 이해하게 되었다.

나중에 보이의 판무관이 내게 편지로 자세한 사고 경위를 알려 주었다. 데니스는 판무관의 집에서 밤을 보낸 뒤 아침에 하인을 데리고 우리 농장으로 떠났다. 그런데 비행기가 60미터 고도로 낮게 날면서 바로 되돌아왔다. 갑자기 비행기가 흔들리더니 나선 강하를 하다가 급강하하는 새처럼 떨어졌다. 비행기는 땅에 떨어지면서 불길에 휩싸였고 사람들이 달려갔으나 열기 때문에 가까이 접근할 수 없었다. 나뭇가지와 흙을 던져 불을 끈 후 살펴보니 기체는 엉망이 되었고 두 사람은 이미 죽어 있었다.

그날 이후 여러 해가 지나도록 케냐 식민지 사람들은 데니스의 죽음을 회복 불가능한 손실로 여겼다. 평범한 식민지 이주자들의 그에 대한 태도에 바람직한 변화가 생겼는데 그건 자신들의 이해 밖의 가치들에 대한 경외심이었다. 그들은 데니스를 추모할 때면 스포츠맨으로서의 그에 대한 이야기를 가장 많이 했다. 그들은 크리켓과 골프 경기에서 그가 세운 기록들에 대해 이야기했고 나는 그의 생전에는 그런 이야기들을 들어 본 적이 없었기에 그가 만능 스포츠맨으로 명성을 떨쳤음을 그제야 알았다. 사람들은 그에게 훌륭한 스포츠맨이었다는 찬사를 보내면서 물론 그가 매우 명석했다는 말을 덧붙였다. 하지만 그들이 진정으로 그를 기억하고 그리워했던 건 그가 자의식이나 이기심이라곤 찾아볼 수 없는 인물이었으며 백치들에게서나 볼 수 있는 무조건적인 진실함을 지녔기 때문이었다. 식민지 사람들은 그런 특성을 본받으려 하진 않을지언정 고인의 그런 특성을 그 어느 곳 사람들보다 더 진실한 마음으로 찬미하는 듯했다.

원주민들은 백인들보다 데니스를 더 잘 알고 있었기에 근친을 잃은 것과 같은 슬픔에 빠졌다.

 나는 나이로비에서 데니스의 죽음을 알게 된 후 보이로 가 보려고 했다. 마침 항공사에서 진상 조사를 위해 톰 블랙을 보낸다고 해서 그에게 함께 데려가 달라고 부탁하려고 공항으로 차를 몰았다. 하지만 공항에 도착해 보니 그의 비행기는 이미 보이로 떠난 후였다.

 차로 갈 수도 있었지만 마침 우기라 도로 사정을 알아봐야 했다. 나는 도로 소식을 기다리며 앉아 있다가 문득 데니스가 은공 언덕에 묻히고 싶다고 말했던 걸 떠올렸다. 그제야 그 생각이 떠오른 게 이상하긴 했지만 그때까지 나는 그를 묻어야만 한다는 사실조차 인식하지 못하고 있었다. 그러다 누가 그림이라도 보여 준 것처럼 그 기억이 떠오른 것이다.

 은공 언덕의 야생 동물 보호 구역 내에 있는 첫 번째 산등성이에 내가 아프리카에서 살다가 죽으리라 생각했던 시절에 데니스에게 내가 묻힐 곳이라고 말했던 장소가 있었다. 어느 날 저녁에 우리 집에 앉아 언덕을 바라보고 있을 때였는데 데니스는 그럼 자기도 거기 묻히고 싶다고 했다. 그 후 가끔 언덕 지대로 차를 몰고 나가면 데니스는 이렇게 말하곤 했다. 〈우리 무덤 있는 데까지만 갑시다.〉 한번은 버펄로를 보려고 언덕 지대에서 야영을 하다가 오후에 그곳을 직접 찾아가 보았다. 그 비탈은 전망이 탁 트여 있어서 우리는 석양빛 속에서 케냐 산과 킬리만자로를 볼 수 있었다. 데니스는 풀밭에 누워 오렌지를 먹으며 그곳에 머물고 싶다고 했다. 내가 묻힐 장소는 조금 더 위쪽에 있었다. 그곳에서 우리는 동쪽으로 멀리 떨어진 숲 속에 있는 우리 집을 볼 수 있었다. 나는 내일이면 저 집으로 영원히 돌아가겠지, 하고 생각했다.

인간은 모두 죽는다는 보편적인 진리를 알고 있으면서도.

구스타브 모르가 데니스의 사망 소식을 듣고 우리 농장으로 갔다가 내가 그곳에 없자 나이로비로 찾으러 왔다. 잠시 후 휴 마틴도 와서 우리 옆에 앉았다. 나는 그들에게 데니스가 은공 언덕에 묻히고 싶어 했다는 말을 전했고 그들은 보이에 전보를 쳤다. 내가 농장으로 돌아가기 전에 그들은 데니스의 시신이 내일 아침 기차로 도착할 것이며 정오에 장례식을 치를 수 있을 것이라고 알려 주었다. 나는 그때까지 데니스가 묻힐 곳을 준비해 놓아야 했다.

구스타브 모르가 우리 농장으로 함께 가서 그곳에서 자고 아침에 나를 도와주었다. 매장 장소를 결정하고 구덩이를 파 놓으려면 동이 트기 직전에 언덕 지대로 출발해야 했다.

밤새 비가 왔고 아침에도 부슬부슬 가랑비가 내렸다. 도로 위의 마차 바퀴 자국에 물이 가득 고여 있었다. 언덕 지대를 달려 올라가는 건 마치 구름 속을 달리는 듯했다. 왼쪽 아래에 펼쳐진 초원도, 오른쪽의 비탈이나 봉우리도 보이지 않았고 10미터 뒤에서 화물 트럭을 타고 따라오는 하인들도 보이지 않았으며 고도가 높아질수록 안개는 더욱 자욱해져 갔다. 우리는 도로 표지판을 보고 야생 동물 보호 구역에 들어왔음을 확인한 뒤 몇백 미터 더 가서 차에서 내렸다. 우리는 정확한 매장 장소를 결정할 때까지 트럭과 하인들을 큰길에서 기다리게 했다. 아침 공기가 어찌나 쌀쌀한지 손가락이 얼얼했다.

무덤은 도로에서 너무 멀리 떨어져 있거나 트럭이 올라가지 못할 정도로 가파른 곳이어선 안 되었다. 우리는 안개에 대해 이야기하며 잠시 함께 걸어가다가 서로 다른 길로 들어섰고 몇 초쯤 지나자 서로의 모습을 볼 수 없었다.

나를 둘러싼 웅장한 언덕 지대가 마지못해 베일을 벗었다가 도로 썼다. 마치 북쪽 나라의 비 오는 날 같은 날씨였다. 파라는 버펄로 떼를 만날 수도 있다는 생각으로 젖은 총을 들고 내 옆에서 걸었다. 갑자기 눈앞에 등장한 사물들이 환상적으로 크게 보였다. 회색빛 야생 올리브나무 잎들과 우리보다 키가 큰 풀들에서 물방울이 뚝뚝 떨어지고 독한 냄새가 풍겼다. 나는 비옷을 입고 고무장화를 신고 있었지만 시간이 지나자 흠뻑 젖어서 개울이라도 건너온 듯했다. 언덕 지대는 무척이나 고요했고 이따금 빗줄기가 거세지면 사방에서 속삭임이 들려올 뿐이었다. 잠시 안개가 걷히고 내 눈앞에 마치 석판 같은 남색 땅이 펼쳐졌는데 저 멀리 있는 키 큰 봉우리 중 하나가 분명했고 금세 다시 바람에 떠도는 잿빛 빗줄기와 안개에 가려졌다. 나는 걷고 또 걷다가 이윽고 멈춰 섰다. 날이 갤 때까지 기다리는 수밖에 다른 방도가 없었다.

구스타브 모르는 서너 차례 소리를 지른 뒤에야 내가 서 있는 위치를 찾을 수 있었고 얼굴과 손에서 빗물을 뚝뚝 흘리며 다가왔다. 그는 우리가 벌써 한 시간째 안개 속을 헤맸다며 당장 무덤 쓸 곳을 정하지 않으면 시간에 맞춰 구덩이를 팔 수 없을 거라고 했다.

「하지만 지금은 우리 위치를 알 수 없고 전망이 막힌 곳에 그를 묻을 순 없어요. 조금만 더 기다려 봐요.」 내가 말했다.

우리는 키 큰 풀밭에 말없이 서 있었고 나는 담배를 한 대 피웠다. 내가 다 피운 담배꽁초를 버릴 때 안개가 조금 엷어지면서 차가운 투명함이 세상을 채우기 시작했다. 10분이 채 안 지나 우리의 위치를 파악할 수 있었다. 저 아래 초원이 펼쳐져 있었고 우리가 올라온 길이 언덕 비탈을 타고 구불구불 이어져 있는 것도 보였다. 남쪽으로는 멀리 시시각각 변하는 구름 아래 검푸른 킬리만자로 산자락의 울퉁불퉁한 언덕 지대가 보였다. 북쪽으로 돌아서자 빛이 더 환해졌다. 엷은 광선들이 하늘에서 비스듬히 떨어졌고 찬란한 은빛 광선 한 줄기가 케냐 산 어깨를 끌어당겼다. 갑자기 동쪽 아래로 회색빛과 초록빛 속에서 붉은 점 하나가 보였다. 풍경 속에서 유일하게 붉은색을 띤 그것은 숲 속 빈터에 있는 우리 집 기와지붕이었다. 우리는 더 이상 갈 필요가 없었다. 우리가 찾던 자리에 와 있었으니까. 잠시 후 다시 비가 내리기 시작했다.

우리가 서 있는 지점에서 20미터쯤 위의 언덕 중턱에 좁다란 천연 테라스가 있었다. 우리는 그곳을 무덤 자리로 정하고 나침반을 이용하여 동서 방향으로 구덩이 팔 자리를 표시했다. 그런 다음 하인들을 불러 올려 팡가 칼로 풀을 베고 젖은 땅을 파게 했다. 구스타브 모르는 하인 몇 명을 데리고 도로에서 무덤까지 트럭이 올라올 수 있도록 길을 내는 일을 맡았는데 땅을 평평하게 고르고 바퀴가 미끄러지지 않도록 길에 나뭇가지를 깔았다. 무덤 근처는 경사가 심해서 무덤까지 길을 만들 수는 없었다. 그곳은 정적에 싸여 있다가 하인들이 작업을 시작하자 메아리들이 울려 퍼졌다. 삽질 소리의 메아리는 마치 강아지가 짖는 소리 같았다.

나이로비에서 차들이 와서 우리는 하인 한 명을 내려 보내 길 안내를 시켰다. 워낙 거대한 풍경이라 덤불 속 무덤가에 있는 몇 명 안 되는 우리 일행이 그들의 눈에 띄지 않을 수도 있어서였다. 나이로비의 소말리족도 왔는데 노새가 끄는 마차를 도로에 세워 두고 삼삼오오 짝을 지어 천천히 걸어 올라왔다. 그들은 삶에서 물러난 것처럼 머리를 천으로 감싸고 소말리족 방식으로 애도를 표했다. 내륙에 사는 데니스의 친구들도 소식을 듣고 나이바샤, 길길, 엘멘테이타 등지에서 왔는데 먼 길을 급히 달려와서 차가 온통 진흙투성이였다. 날이 점점 개면서 은공 언덕의 네 봉우리가 하늘을 배경으로 늠름한 자태를 드러냈다.

이른 오후에 데니스를 실은 차가 나이로비를 출발하여 그가 탕가니카로 사파리를 떠날 때 다니던 길을 따라 젖은 도로를 천천히 달려왔다. 차가 더 이상 올라올 수 없는 가파른 비탈에 이르자 국기로 덮인 좁다란 관을 차에서 내려 사람들이 들고 올라왔다. 관이 무덤에 도착하자 풍경은 그 자신처럼 고요한 관을 위한 배경으로 탈바꿈했다. 언덕들은 우리가 무엇을 하고 있는지 알고 진지하게 부동자세로 서 있다가 잠시 후 식의 주도권을 떠맡아 결국 언덕들과 데니스가 주역이 되고 우리는 거대한 풍경 속의 보잘것없이 작은 구경꾼들이 되어 버렸다.

데니스는 아프리카 고원 지대가 돌아가는 모든 방식을 지켜보고 그것을 따랐기에 그 어떤 백인보다 그곳의 토양과 계절, 식물과 야생 동물, 바람과 냄새에 대해 잘 알았다. 그는 그곳의 날씨 변화와 사람들, 구름, 그리고 밤의 별들을 관찰해 왔다. 바로 얼마 전에도 나는 그가 오후의 따가운 햇살 아래 모자도 쓰지 않고 서서 언덕 지대를 둘러보고 세밀한 부분까지 관찰하기 위해 쌍안경을 눈에 대는 걸 보았다. 그는 아프리카를 눈과 마음으로 받아들여 자신의 개성에 맞게 변화시켜 자신의 일부로 만들었다. 이젠 아프리카가 그를 받아들이고 변화시켜 자신의 일부로 만들 차례였다.

나이로비 주교는 묘지 축성이 이루어질 시간이 없었다는 이유로 오기를 거부하여 다른 사제가 참석해서 장례식을 진행했는데, 광활한 공간에서 그의 목소리가 언덕 지대의 새들이 지저귀는 소리처럼 작고 청아하게 울렸다. 나는 데니스가 마지막 부분을 가장 좋아했으리라 생각했다. 사제가 「시편」의 다음 구절을 낭독했던 것이다. 〈내가 산을 향하여 눈을 들리라.〉

다른 백인들이 떠난 후 구스타브 모르와 나는 잠시 더 그곳에 앉아 있었다. 무슬림들은 우리가 가기를 기다렸다가 무덤에 다가가 기도를 올렸다.

데니스가 죽은 후 그의 사파리 하인들이 우리 농장에 모여들었다. 그들은 왜 찾아왔는지 말하지도, 무엇을 청하지도 않고 그저 우리 집 담벼락에 등을 대고 손등을 땅에 붙이고 앉아 말 많은 원주민들답지 않게 거의 한마디도 하지 않고 있었다. 말리무와 사르 시타도 왔다. 그들은 데니스가 사파리를 떠날 때마다 늘 동행했던 대담하고 영리하고 두려움을 모르는 수색꾼이자 총 드는 하인이었다. 그들은 영국 왕세자를 모시고 사냥을 나간 적도 있었는데 왕세자는 여러 해가 지난 후에도 그들의 이름을 기억하며 두 사람이 힘을 합하면 당할 자가 없으리라고 했다. 그런 최고의 수색꾼들이 길을 잃고 망연히 앉아 있었다. 데니스의 운전기사였던 카누씨아도 왔는데 험한 길을 수천 킬로미터씩 운전하고 다니던, 그 원숭이처럼 빈틈없는 눈을 가진 홀쭉한 키쿠유족 청년은 이제 우리에 갇혀 슬픔과 추위에 떠는 원숭이 같은 꼴로 담벼락에 기대어 앉아 있었다.

데니스의 소말리족 하인 빌레아 이사도 나이바샤에서 먼

길을 찾아왔다. 빌레아는 데니스와 함께 영국에 두 차례나 다녀왔고 거기서 학교도 다녀서 신사처럼 영어를 구사했다. 몇 해 전에 빌레아는 나이로비에서 결혼식을 올렸고 데니스와 나도 참석했는데 장장 이레 동안이나 계속된 성대한 축제였다. 위대한 여행가이자 학자인 신랑은 그때만큼은 조상들의 방식으로 돌아가 금빛 전통 예복을 입고 땅에 넙죽 엎드려 우리를 맞이했으며 사막의 무법자의 흥에 취해 칼춤을 추었다. 빌레아는 주인의 무덤에 가서 앉아 있다가 돌아와서 거의 입을 떼지 않고 있다가 다른 하인들처럼 담벼락에 등을 대고 손등을 땅에 붙이고 앉았다.

파라가 나가서 선 채로 그 조문객들과 이야기를 나눴다. 그도 매우 엄숙했다. 파라가 내게 말했다. 「나리께서 살아 계셨다면 마님께서 이 나라를 떠나시는 것이 훨씬 견디기 쉬웠을 겁니다.」

데니스의 하인들은 일주일가량 머물다가 하나둘 떠났다.

나는 자주 차를 몰고 데니스의 무덤을 찾았다. 직선 코스로는 우리 집에서 8킬로미터 이상이 되지 않았으나 도로로 돌아서 가면 24킬로미터 거리였다. 데니스의 무덤은 집보다 3백 미터쯤 고도가 높아서 공기가 달랐다. 공기가 유리잔 속 물처럼 맑았다. 모자를 벗으면 달콤한 산들바람에 머리카락이 날렸고 네 봉우리 위에서 구름이 광활한 언덕 지대 위로 살아 있는 그림자를 드리우며 동에서 서로 움직여 그레이트 리프트 밸리 위에서 흩어져 사라졌다.

나는 원주민들이 〈아메리카니〉라고 부르는 흰 천을 1미터 정도 사서 파라와 함께 무덤 뒤의 땅에 높은 기둥 세 개를 박고 천을 고정했다. 그래서 우리 집에서도 정확한 무덤 위치를 알 수 있었는데 마치 초록빛 언덕의 흰 점처럼 보였다.

비가 많이 내려서 나는 풀이 무성하게 자라 무덤을 덮어 무덤 자리를 찾지 못하게 될까 봐 두려웠다. 그래서 하루 날을 잡아서 우리 집 진입로에 있던 회칠한 돌들을 — 카로메냐가 괴력을 발휘하여 혼자 현관문 앞까지 옮겨 놓았던 그 돌들 말이다 — 차에 싣고 무덤으로 갔다. 우리는 무덤 주위의 풀을 베어 낸 뒤 네모반듯하게 돌들을 놓았고 이제 무덤 자리를 찾지 못할 염려는 없었다.

내가 무덤을 자주 찾고 그때마다 하인들을 데리고 가서 데니스의 무덤은 그들에게 친근한 장소가 되었다. 무덤을 찾아오는 사람이 있으면 그들이 나서서 길을 안내할 수 있었다. 그들은 무덤 근처의 덤불 속에 작은 정자를 지어 놓기까지 했다. 여름이 가기 전에 데니스와 친분이 두터웠던 셰이크 알리 빈 살림이 몸바사에서 찾아와 아랍식으로 무덤에 누워 울었다.

하루는 무덤에서 휴 마틴을 만나 그와 풀밭에 앉아 긴 이야기를 나누기도 했다. 휴 마틴은 데니스의 죽음을 몹시 애통해했다. 그의 기묘한 은둔적 삶에서 의미를 지닌 사람이 있었다면 그건 바로 데니스였다. 이상이란 묘한 것이어서 휴 마틴이 마음속에 하나의 이상을 품었다고 여길 수도, 그 이상의 상실이 중요한 신체 기관의 상실처럼 그에게 지대한 영향을 끼쳤다고 멋대로 가정할 수도 없다. 하지만 데니스의 죽음 이후 그는 많이 변하고 늙었으며 얼굴이 일그러지고 검버섯으로 얼룩덜룩해진 게 사실이었다. 그럼에도 그는 일반인들은 알지 못하는 어떤 지극히 만족스러운 비밀이라도 알고 있는 양 중국 신상 같은 평온한 미소를 잃지 않았다. 그는 밤에 문득 데니스에게 어울리는 묘비명이 떠올랐다고 했다. 고대 그리스 시인의 글에서 인용한 것인지 그리스어로 말하더니 내가 알아들을 수 있도록 영어로 번역해 주었다. 〈나 죽어 불길이 내 시신을 덮는다 해도 상관없으리. 이제 나 모든 것이 평안하리니.〉

나중에 데니스의 형 윈칠시 경이 데니스의 무덤에 오벨리스크 모양의 탑을 세우고 고인이 생전에 애송했던 시 「늙은 선원의 노래」의 한 구절을 새겨 넣었다. 나도 데니스에게 그 시를 처음 들었는데 아마 빌레아의 결혼식에 가는 길에서였던 듯하다. 하지만 그 오벨리스크 모양 탑은 내가 아프리카를 떠난 후에 세워졌기에 나는 그것을 직접 보지는 못했다.

영국에도 데니스를 추모하는 기념물이 있다. 그의 동문들이 그를 추모하는 뜻에서 이튼의 두 운동장 사이로 흐르는 작은 강에 돌다리를 놓은 것이다. 다리 난간 중 하나에 데니스의 이름과 그가 이튼에 재학한 날짜가 새겨졌고 다른 난간에는 이런 글이 새겨졌다. 〈이 운동장들에서 이름을 날리고 많은 친구들의 사랑을 받다.〉

영국의 부드러운 풍경 속의 강과 아프리카의 산등성이 사이로 그의 인생길이 나 있었다. 그 길이 구불구불한 것처럼 보이는 건 착시 현상일 뿐 사실은 주위 환경이 구불구불한 것이었다. 이튼의 다리 위에서 활시위가 당겨졌고 화살은 궤도를 그리며 날아가 은공 언덕의 오벨리스크에 꽂혔다.

나는 아프리카를 떠난 후 데니스의 무덤 근처에서 이상한 일이 목격되었다는 구스타브 모르의 편지를 받았다. 나 역시 들어 본 적도 없는 일이었다. 그의 편지 내용은 이러했다. 〈마사이족이 은공 판무관에게 보고하기를, 일출과 일몰 때

핀치해턴의 무덤가에서 사자들을 여러 차례 목격했다고 합니다. 암수 두 마리가 무덤에 찾아와 오래도록 서 있거나 누워 있었다는군요. 화물 트럭을 몰고 카자도로 가는 길에 그곳을 지나는 인도인들 중에도 사자들을 본 사람들이 있답니다. 당신이 떠난 후 무덤 주위의 땅이 평평해져서 넓은 테라스처럼 되었지요. 그 평평한 땅이 사자들에겐 초원의 소들과 야생 동물을 한눈에 내려다볼 수 있는 좋은 자리가 된 듯합니다.〉

사자들이 데니스의 무덤에 찾아와 그를 아프리카의 기념물로 만들어 준 건 적절하고도 예의에 맞는 일이었다. 〈그리고 그대의 무덤은 유명해지리니.〉[1] 트라팔가 광장에 서 있는 넬슨 제독도 돌로 만든 사자들밖에 못 갖지 않았던가![2]

---

[1] 셰익스피어의 시 「더 이상 두려워 마라」 중에서.
[2] 트라팔가 광장에는 넬슨 제독의 기념비가 있다. 좌대 네 귀퉁이에 사자상이 한 마리씩 앉아 있다.

# 파라와 함께 가재도구를 처분하다

 나는 이제 농장에 홀로 남게 되었다. 농장은 더 이상 내 소유가 아니었으나 새 주인이 내게 살고 싶은 때까지 살라며 법적인 이유로 하루 1실링씩 형식적인 임대료를 받았다.

 나와 파라는 가재도구를 처분하는 일로 꽤 분주했다. 우리는 도자기와 유리그릇을 모두 꺼내 식탁 위에 전시했고 식탁이 팔리자 바닥에 줄을 맞춰 길게 늘어놓았다. 뻐꾸기시계가 줄지어 선 그릇들 위에서 거만하게 시간을 알리는 노래를 부르더니 그것마저 팔려서 날아가 버렸다. 나는 유리잔들을 모두 처분했다가 밤새 마음이 바뀌어 아침에 나이로비로 달려가 그것들을 산 부인에게 사정해서 거래를 취소했다. 나는 유리잔들을 둘 곳이 없었지만 많은 친구들의 손길과 입술이 닿았으며 친구들이 가져다 준 최고급 포도주를 담아 마셨고 친구들과 나눈 담소의 메아리를 간직하고 있는 그것들과 작별하고 싶지 않았다. 게다가 깨서 없애기도 쉬우니까.

 나는 중국인들과 술탄들, 목줄을 맨 개들을 데리고 있는 흑인들의 모습이 그려진 오래된 나무 병풍 하나를 난롯가에 펼쳐 놓아두었다. 저녁 때 난로에서 불이 타오르면 병풍 속 인물들이 두드러져서 내가 데니스에게 들려주는 이야기들의 삽화 역할을 했었다. 나는 그 병풍을 한참 바라보고 있다가 접어서 보관함에 넣었다. 병풍 속 인물들은 그 속에서 한동안 휴식을 취할 수 있을 터였다.

마침 맥밀런 부인이 남편 노스럽 맥밀런 경을 위해 나이로비에 짓는 맥밀런 기념관이 마무리 단계에 있었다. 그 기념관은 도서관과 열람실을 갖춘 멋진 건물이었다. 그녀가 농장으로 찾아와 슬픈 목소리로 옛 추억을 회고하다가 내가 고국에서 가져온 덴마크 가구들을 거의 모두 사면서 도서관에 놓겠다고 했다. 나는 쾌활하고 현명하고 친절한 가구들이 마치 혁명기에 대학 내의 수용 시설에 모여 있던 귀부인들처럼 책과 학자들이 있는 환경 속에서 함께 모여 있을 수 있게 된 것이 기뻤다.

나는 책들을 싸서 상자에 넣고 그 상자들을 의자로도, 식탁으로도 사용했다. 책이 우리의 삶에서 차지하는 역할은 유럽에서 살 때와 아프리카에서 살 때가 다르다. 아프리카에서는 책이 삶의 한 부분 전체를 독차지하기에 문명화된 나라들에 있을 때보다 책의 질에 따라 느끼는 고마움이나 분노가 배가된다.

책 속에 나오는 허구의 인물들은 우리와 나란히 말을 타고 달리고 옥수수 밭을 거닌다. 그들은 똑똑한 병사처럼 즉시 자신에게 맞는 위치를 찾아낸다. 나는 나이로비의 서점에서 『크롬 옐로』란 책을 사서 읽은 적이 있는데 저자의 이름이 생소해서 모험을 거는 기분으로 골랐지만 막상 읽어 보니 망망대해에서 초록빛 섬을 발견한 듯한 기쁨을 주는 작품이었다. 밤에 그 책을 읽고 이튿날 아침 야생 동물 보호 구역의 골짜기에서 말을 타는데 작은 다이커영양 한 마리가 나타나자 그 영양이 『크롬 옐로』에서 헤르쿨레스 경이 아내와 함께 서른 마리의 검정색과 엷은 황갈색 퍼그 종 개들을 거느리고 가다가 만난 수사슴으로 변신했다. 월터 스콧의 작품 속 인물들과 오디세우스 일행, 그리고 놀랍게도 라신의 많은 인물들도 주위에서 쉽게 만날 수 있었다. 샤미소의 작품에 나오는 페터 슐레밀이 한 걸음에 30킬로미터를 가는 장화를 신고 언덕을 넘어왔고 꿀벌의 모습을 한 광대 아그헤브가 강가에 있는 나의 정원에서 살았다.

다른 물건들도 하나둘 팔려 나가서 몇 개월 사이 우리 집은 물자체가 되었고 해골처럼 고귀하고 거주하기에 시원하고 널찍한 공간이 되었으며 메아리가 울리고 잔디밭의 풀들이 길게 자라 현관 계단까지 올라왔다. 결국 집에 가재도구가 하나도 남지 않게 되자 나는 살림이 차 있을 때보다 텅 빈 집이 더 살기 좋다는 생각마저 들었다.

나는 파라에게 그런 마음을 표현했다. 「원래 이렇게 살아야 하는 건데.」

소말리족은 금욕적인 면을 지니고 있었기에 파라는 내 말을 잘 이해했다. 마지막 몇 개월 동안 파라는 나를 돕는 데 집중했으나 점차 진짜 소말리족의 모습으로 변해 가서 처음 아덴으로 나를 마중하러 나왔을 때의 모습으로 돌아가 있었다. 그는 내 신발이 낡은 것을 몹시 걱정하며 내가 파리에 도착할 때까지 신발이 버텨 주기를 날마다 신께 기도드리겠노라고 말했다.

그 몇 개월 동안 파라는 매일 제일 좋은 옷으로 빼입었다. 그는 좋은 옷을 많이 갖고 있었다. 내가 사준 금실로 수놓인 아랍식 조끼들과 버클리 콜이 준 금색 레이스가 달린 우아한 주홍색 제복, 그리고 갖가지 아름다운 색깔의 실크 터번들도 있었다. 전에는 그것들을 장롱에 모셔 두고 특별한 날에만 입었지만 이제 그는 그것들을 꺼내 입었다. 그는 황금기의 솔로몬 왕처럼 차려입고 나보다 한 걸음 뒤에서 나이로비의 거리를 걷거나, 관공서 혹은 변호사 사무실의 지저분한 계단에서 나를 기다렸다. 소말리족만이 할 수 있는 일이었다.

이제 내 말과 개들을 처분할 차례였다. 나는 줄곧 그것들을 총으로 쏘아 저세상에 보낼 생각을 했으나 많은 친구들이 그것들을 달라는 편지를 보내왔다. 그러고 보니 말을 타고 개들을 데리고 나가 그것들의 생동감 넘치는 모습을 볼 때마다 쏘아 죽이는 게 공정하지 못하다는 생각이 들었다. 그 문제를 결정하는 데 오랜 시간이 걸렸고 그토록 마음의 갈피를 잡기가 어려웠던 문제도 없었다. 결국 나는 그것들을 친구들에게 주기로 했다.

나는 제일 아끼는 말 루주를 타고 경치를 감상하며 아주 천천히 나이로비로 갔다. 루주에겐 나이로비로 갔다가 집으로 돌아오지 않는 게 매우 이상한 일이었을 터였다. 나는 루주를 나이바샤행 기차 수하물 칸에 태우느라 좀 애를 먹었다. 나는 수하물 칸에 서서 마지막으로 루주의 매끄러운 주둥이의 감촉을 손과 얼굴에 느꼈다. 루주, 나를 축복해 주기 전에는 널 보내 주지 않겠어. 우리는 함께 강가를 따라 내려가 원주민들의 소작지와 오두막들 사이로 이어지는 승마로를 개척했으며 루주는 가파르고 미끄러운 내리막길에서 노새처럼 민첩하게 걸었고 나는 갈색 강물 위에서 내 머리와 루주의 머리가 맞닿을 듯 가까이 있는 것을 보았다. 루주, 이제 구름의 골짜기에서 카네이션과 풀을 뜯고 살렴.

당시 나는 파니아의 자손인 어린 사슴사냥개 데이비드와 다이너를 키우고 있었는데 사냥을 즐길 수 있도록 길길 근처에서 농장을 하는 친구에게 주었다. 두 녀석은 매우 튼튼하고 장난꾸러기였으며 차에 실려 농장을 떠날 때도 둘이 나란히 차 밖으로 고개를 내놓고 혀를 내민 채 할딱거리는 품새가 새로운 종류의 근사한 사냥감을 쫓아가고 있기라도 한 듯했다. 그 녀석들의 빠른 눈과 발, 활기찬 가슴이 새로운 터전에서 호흡하고 킁킁 냄새를 맡고 신나게 달리기 위해 우리 집과 초원을 떠나고 있었다.

농장 사람들도 일부 떠나야 했다. 이제 커피도, 커피 공장도 사라질 터였기에 푸란 싱의 일거리도 없었다. 그는 아프리카에서 다른 일을 구할 생각이 없었고 인도로 돌아가기로 결심했다.

쇠를 마음대로 주물렀던 그였지만 대장간 밖에서는 어린애나 다름없었다. 그는 농장이 종말을 맞았음을 깨닫지도 못하고 있다가 나중에야 검은 턱수염 위로 맑은 눈물을 흘리며 슬퍼했다. 그는 한동안 농장을 구하겠다고 열심히 궁리를 짜내서 지켜보는 나를 안타깝게 만들었다. 그는 대단할 것도 없는 우리의 기계들을 무척 자랑스러워했고 그것들과 작별하게 되자 부드러운 검은 눈동자에 커피 건조기와 증기 엔진을 영원히 담으려는 듯 틈만 나면 들여다보았다. 그러다 마침내 가망이 없다는 확신이 들자 단번에 모든 걸 체념했다. 그는 여전히 몹시 슬퍼했으나 이제 완전히 수동적이 되었고 가끔 나를 보면 자신의 여행 계획에 대해 떠들어 댔다. 그는 떠날 때 짐이라곤 작은 연장통 하나에 땜질 도구뿐이었는데 그의 마음과 인생은 이미 바다 건너로 떠나보내고 초라하고 겸손한 갈색 몸뚱이와 땜질 도구만 남아 뒤따라가는 듯했다.

나는 푸란 싱에게 작별 선물을 주고 싶었는데 내가 가진 것 중에서 그가 원하는 게 있기를 바랐지만 내가 그 얘기를 꺼내자 그는 반색을 하며 반지를 갖고 싶다고 말했다. 나는 반지가 없었고 그렇다고 반지를 살 돈도 없었다. 그건 데니스가 죽기 전의 일로 데니스가 농장으로 저녁을 먹으러 와서 나는 그에게 그런 사정을 얘기했다. 데니스가 내게 준 아비시니아 반지가 하나 있었는데 연한 금으로 만들어서 어느 손가락에나 맞았다. 데니스는 내가 그 반지를 푸란 싱에게 빼줄 작정으로 그 반지를 보면서 이야기하고 있다고 생각했다. 그러잖아도 그는 자기가 뭘 주기만 하면 내가 그걸 농장 사람들에게 바로 줘버린다고 불평을 하곤 했다. 데니스는 그런 사태를 방지하기 위해 내 손가락에서 반지를 빼서 자신의 손가락에 끼며 푸란 싱이 떠날 때까지 자신이 끼고 있겠다고 했다. 그것이 그가 몸바사로 떠나기 며칠 전의 일이어서 반지는 그와 함께 땅에 묻혔다. 하지만 나는 푸란 싱이 떠나기 전에 가구를 팔아 돈을 손에 쥐게 되어 나이로비에서 그가 원하는 반지를 사줄 수 있었다. 묵직한 금반지로 유리처럼 보이는 큼직한 붉은 보석이 박혀 있었다. 푸란 싱은 너무 기뻐서 다시금 눈물을 흘렸으며 나는 그 반지가 농장과 기계들과 작별하는 그의 마음에 다소나마 위안이 되어 주었으리라 믿는다. 농장에서의 마지막 주에 그는 날마다 반지를 끼고 다녔고 우리 집에 올 때마다 환하고 부드러운 미소를 지으며 손을 들어 내게 반지를 보여 주었다. 나이로비 역에서 그를 배웅할 때 내가 마지막으로 본 것은 대장간에서 그토록 맹렬한 속도로 움직이던 그의 가느다란 검은 손이었다. 푸란 싱은 혼잡하고 무더운 원주민용 객차 안에서 연장통 위에 자리를 잡고 창문 밖으로 팔을 내밀어 위아래로 흔들었는데 그 검은 손에서 붉은 보석이 작은 별처럼 반짝였다.

푸란 싱은 가족이 있는 펀자브로 갔다. 그는 여러 해 동안 가족을 만나지 못했지만 그들이 보낸 사진을 통해 그들의 모습을 볼 수 있었고 그 사진들을 커피 공장 옆 작은 골함석 지붕 집에 잘 간직하고 있다가 내게 자랑스럽게 보여 주었다. 그는 인도로 가는 배에서부터 내게 편지를 보내왔다. 그 편지들은 모두 〈존경하는 마님. 안녕히 계십시오〉로 시작되었고 자신의 소식과 여행에서 겪은 모험에 대한 보고가 이어졌다.

데니스가 죽고 일주일이 지난 어느 날 아침에 나는 이상한 일을 겪었다.

나는 침대에 누워 지난 몇 개월 동안 일어난 일들을 생각하며 그 일들의 실체를 이해하려고 애쓰고 있었다. 나는 아무래도 삶의 정상적인 궤도에서 벗어나 절대 빠져서는 안 될 소용돌이에서 허우적거리고 있는 것만 같았다. 내가 걸어가는 곳마다 발밑에서 땅이 꺼지고 하늘에서 별이 쏟아졌다. 나는 그렇게 별이 쏟아지는 광경을 묘사한 신들의 몰락에 관한 시가, 산속 동굴들에서 깊은 한숨을 쉬며 공포로 죽어 가는 난쟁이들에 관한 노래들이 떠올랐다. 그 모든 게 그저 우연의 일치이며 소위 말하는 불운이 겹친 것일 리는 없고 어떤 근본적인 요인이 존재하는 게 분명했다. 제대로 찾아보면 그 일들의 일관성이 분명히 드러날 것이며 그걸 찾아내기만 하면 구원받을 수 있을 터였다. 나는 일어나서 영감을 얻어야겠다고 생각했다.

많은 사람들이 영감을 구하는 걸 불합리한 일로 여긴다. 영감을 얻으려면 특별한 정신 상태가 되어야 하는데 그런 상태에 이른 적이 없는 이들이 많기 때문이다. 그런 특별한 정신 상태에서 영감을 구하면 반드시 답을 얻게 된다. 예를 들어 카드 게임을 할 때도 영감을 얻은 자는 행운의 패를 쥐게 되며 코앞에서 그랜드슬램이 자신을 응시하고 있는 걸 본다. 카드 게임에도 그랜드슬램이 있는가? 물론이다.

나는 영감을 얻기 위해 밖으로 나가서 하인들 오두막을 향해 발길 닿는 대로 걸었다. 마침 오두막마다 닭들을 내놓아 닭들이 여기저기서 뛰어다니고 있었다. 나는 잠시 멈춰 서서 닭들을 바라보았다.

파씨마의 커다란 흰 수탉이 으스대며 나를 향해 걸어왔다. 그러다 우뚝 멈추더니 고개를 이리 갸웃 저리 갸웃 하면서 볏을 세웠다. 길 건너편 풀숲에서 작은 회색빛 카멜레온 한 마리가 나왔는데 수탉처럼 아침 정찰을 나온 것이었다. 먹잇감을 발견한 수탉은 만족감에 찬 꼬꼬 소리를 내며 곧장 카멜레온에게 다가갔다. 카멜레온은 수탉을 보고 우뚝 멈춰 섰다. 카멜레온은 겁에 질려 있었으나 무척 용감해서 딱 버티고 서서 입을 크게 벌리고 적을 겁주기 위해 몽둥이처럼 생긴 혀를 수탉을 향해 휙 내밀었다. 수탉은 놀란 듯 잠시 주춤하더니 이내 날래고 단호하게 부리를 망치처럼 내리찍어 카멜레온의 혀를 빼먹었다.

그 둘의 대면은 10초 정도밖에 걸리지 않았다. 나는 파씨마의 수탉을 쫓아 버리고 커다란 돌멩이로 카멜레온을 쳐서 죽였다. 카멜레온은 혀로 곤충을 잡아먹고 살기에 혀가 없이는 살아갈 수 없기 때문이다.

나는 섬뜩하고 무시무시한 사건의 축소판과도 같은 그 광경에 질겁해서 발걸음을 돌려 우리 집 옆의 돌 의자로 가서 앉았다. 나는 거기 한참이나 앉아 있었고 파라가 차를 내왔다. 나는 돌 의자와 테이블만 내려다보며 시선을 들지 못했다. 세상이 너무도 위험한 장소인 것처럼 느껴졌던 것이다.

며칠 동안의 기간을 두고 아주 서서히 나는 자신이 찾던 영적인 응답을 얻었음을 깨달아 갔다. 나는 묘한 방식으로 이긴 하지만 심지어 명예로워지고 특별해진 것이기까지 했다. 신은 나 자신보다 더 나의 존엄을 지켜 주었던 것이었으며 달리 어떤 응답을 해줄 수 있었겠는가? 이제 진실로부터 나를 보호해 줄 때가 아니었기에 신은 진실을 알려 달라는 나의 탄원을 못 이기는 척 들어주었다. 신이 나를 향해 큰 소리로 웃었고 은공 언덕의 메아리가 따라 웃었으며 나팔 소리가 울려 퍼지고 수탉들과 카멜레온들이 보이는 가운데서 신이 말씀하셨다. 하하!

나는 그날 아침에 마침 그 자리에 있어서 카멜레온이 고통에 시달리며 서서히 죽어 가지 않아도 되도록 막아 줄 수 있었던 것이 너무도 기뻤다.

이 시기쯤에 — 내 말들을 팔아 버리기 전의 일이었다 — 은조로에서 농장을 운영하는 잉그리드 린스트룀이 잠시 나와 함께 있어 주겠다고 찾아왔다. 그녀는 농장 일에서 몸을 빼기가 어려운 처지였기에 그건 나를 위한 우정 어린 배려였다. 잉그리드의 남편은 농장 운영비를 마련하기 위해 탕가니카에 있는 큰 사이잘삼 회사에 취직해서 고도 6백 미터의 땅에서 땀 흘리며 일하고 있었으니 농장을 구하기 위해 그녀의 남편마저 노예 신세가 된 셈이었다. 한편 잉그리드는 홀로 농장을 운영하며 양계장과 야채 밭을 넓히고 돼지도 치고 새끼 타조들까지 키워서 단 며칠도 농장을 비우기 힘들었다. 그런데도 그녀는 농장 일을 케모사에게 맡기고 불난 친구 집에 불을 끄러 달려오듯 내게 와주었다. 그녀가 케모사를 동반하지 않은 건 우리가 처한 상황에서는 파라에게 차라리 잘된 일이었다. 잉그리드는 여자 농장주가 농장을 포기하고 떠나는 것이 진짜로 어떤 건지 가슴 깊은 곳으로부터 속속들이 알고 있었다.

잉그리드가 우리 집에서 머무는 동안 우리는 과거에 대해서도, 미래에 대해서도 이야기하지 않았고 친구나 지인의 이름을 입에 올리지도 않았다. 우리는 내게 닥친 재난에만 집중했다. 우리는 농장을 둘러보며 농장의 소유물을 하나씩 확인했는데 그 모습은 마치 둘이서 내가 입은 손실을 평가하거나 내가 운명 앞에 내놓을 불평의 책의 자료 조사를 잉그리드가 대신 나서서 해주고 있는 듯했다. 잉그리드는 자신의 경험을 통해 그런 책이 존재할 수 없음을 잘 알았으나 그런 생각을 하는 것만으로도 여자들은 살아갈 힘을 얻는다.

우리는 황소 우리로 내려가서 울타리에 앉아 안으로 들어오는 황소의 수를 셌다. 나는 말없이 〈이 황소들〉이라고 말하듯 황소들을 가리켰고 잉그리드는 말없이 〈그래, 이 황소들〉이라고 말하고 책에 기록하는 듯한 반응을 보였다. 우리는 마구간으로 가서 말들에게 설탕을 먹였고 그 일이 끝나자 나는 끈적거리는 손바닥을 잉그리드에게 보이며 울었다. 〈이 말들.〉 〈그래, 이 말들.〉 잉그리드는 무겁게 한숨지으며 기록했다. 강가의 내 정원에서 그녀는 내가 유럽에서 들여온 식물들을 두고 떠나야 한다는 사실을 받아들이지 못했다. 그녀는 박하, 샐비어, 라벤더를 보며 손을 불끈 쥐었고 내가 그것들을 가져갈 수 있도록 묘안을 궁리하고 있기라도 하듯 나중에도 그것들에 대한 얘기를 꺼냈다.

우리는 몇 마리 되지 않은 내 암소들이 잔디밭에서 풀을 뜯는 모습을 바라보며 오후를 보냈다. 나는 그 소들의 나이와 특성, 우유 생산량에 대해 설명했고 잉그리드는 그 수치를 듣고 몸에 상처라도 입은 양 신음하며 비명을 질렀다. 그녀는 소들을 한 마리씩 자세히 살펴봤는데 그 소들은 모두 내 하인들 차지가 될 것이었기에 구매자의 눈으로 본 것이 아니라 내 손실을 평가하기 위한 것이었다. 잉그리드는 향긋한 냄새를 풍기는 송아지들에게 달라붙어 떨어질 줄 몰랐고 오랜 노력 끝에 송아지 딸린 암소 몇 마리를 키우게 된 터였기에 나의 어쩔 수 없는 처지를 이해하면서도 송아지들을 버리는 나를 비난하는 분노에 찬 눈길을 보냈다.

가족과 사별한 친구 옆에서 걸어가며 줄곧 마음속으로 〈내가 아니길 천만다행이야〉라고 되뇌는 남자는 그것에 대해 가책을 느끼고 그런 감정을 억누르려고 할 것이다. 그러나 여자들의 경우는 좀 다르다. 물론 더 운이 좋은 친구가 마음속으로 줄곧 〈내가 아니길 천만다행이야〉라고 되뇌는 건 마찬가지다. 하지만 그것이 두 친구 사이에 나쁜 감정을 일으키기는커녕 오히려 둘을 더 가까워지게 하고 친구의 고통을 위로해 주는 의식에 사적인 요소를 가미한다. 내 생각에 남자들은 쉽게 혹은 조화롭게 상대를 부러워하거나 승리감을 느끼지 못하는 듯하다. 하지만 여자들의 경우 신부는 신부 들러리들에 대해 승리감을 느끼고 산모는 부러움의 대상이 되지만 그런 감정으로 인해 사이가 어색해지진 않는다. 자식을 잃은 여자는 친구가 마음속으로 〈내가 아니길 천만다행이야〉라고 되뇌고 있음을 알면서도 그 친구에게 자식의 옷을 보여 주며 슬픔을 나눌 수 있고 두 사람 모두에게 그건 자연스럽고 적절한 일이다. 잉그리드와 나의 경우도 그러했다. 나는 잉그리드와 농장을 둘러볼 때 그녀가 속으로 자신의 농장을 지켜 내고 있는 걸 장하고 기쁘게 여기고 있음을 알았지만 그건 아무 문제도 되지 않았다. 그때 우리는 낡은 카키색 외투와 바지 차림이었지만 각각 흰색과 검은색 옷을 입은 한 쌍의 신화 속 여인들, 서로 한마음으로 통하는 아프리카 농장의 요정들이었다.

며칠 후 잉그리드는 내게 작별을 고하고 기차를 타고 은조로로 돌아갔다.

말들과 개들이 모두 떠난 후 나는 말을 탈 수도 없었고 개들이 없는 산책길은 조용하고 차분하기만 했다. 하지만 자동차는 아직 갖고 있었고 마지막 몇 개월 동안 할 일이 많았기에 요긴하게 사용할 수 있었다.

소작농들의 운명이 내 마음을 무겁게 짓눌렀다. 농장을 산 사람들이 커피 농사를 포기하고 땅을 쪼개서 건축 부지로 팔 계획이었기에 소작농들이 필요치 않았고 그들은 계약이 성사되자마자 소작농들에게 6개월 말미를 주고 농장을 떠나라는 통고를 보냈다. 그건 소작농들에게 마른하늘에 날벼락이나 마찬가지였는데 그들은 땅이 자신들 소유라는 착각 속에서 살아왔기 때문이다. 그들 가운데 대다수가 농장에서 태어났고 나머지도 어릴 때 아버지를 따라 이주해 왔기 때문이다.

물론 소작농들은 농장에서 살려면 30일에 12실링의 임금을 받는 조건으로 연간 180일을 나를 위해 일해야 한다는 조건을 알고 있었고 그에 관련된 장부들이 농장 사무실에 보관되어 있는 것도 알았다. 그리고 오두막 한 채당 12실링씩 정부에 세금을 물어야 한다는 사실도 알았다. 또 이따금 죄를 저지르면 농장에서 쫓겨난다는 위협을 받았기에 농장에서의 자신들의 위치가 난공불락은 아님을 느꼈을 것이 분명했다. 키쿠유족은 일부다처제를 따랐고 새 부인을 들이면 반드시 오두막을 따로 마련해 줘야 했기에 달리 가진 것 없이 초막 두세 채를 소유한 남자들에게 오두막에 대한 세금은 큰 부담이었다. 그들은 세금 무는 걸 몹시 싫어해서 내가 정부를 대신해 세금을 거두러 가면 온갖 하소연을 늘어놓으며 나를 애먹였다. 그들은 그런 의무를 인생의 흔한 시련쯤으로 여기고 어떻게든 피해 갈 궁리를 했다. 하지만 어느 날 느닷없이 그들의 삶을 송두리째 뒤흔들어 놓을 무시무시한 복병이 도사리고 있으리라곤 상상도 못 하고 있었다. 한동안 그들은 농장의 새 주인이 보낸 통보를 심각하게 받아들이지 않고 과감히 무시해 버렸다.

다 그런 건 아니지만 몇 가지 면에서 백인의 마음속에서 신이 차지하고 있는 자리를 원주민의 마음속에서는 백인이 차지하고 있다. 나는 인도인 목재상과 계약을 맺은 적이 있었는데 계약서에 〈신의 행위〉라는 표현이 있었다. 내겐 생소한 표현이었고 계약서를 작성한 변호사가 이렇게 설명했다.

「부인께선 이 용어의 뜻을 정확하게 이해하지 못하셨군요. 전혀 예측 불가능한 것, 법칙이나 이치에 맞지 않는 것을 신의 행위, 불가항력이라고 부르지요.」

결국 이주 통보를 현실로 받아들일 수밖에 없게 된 소작농들은 검은 무리를 이루어 우리 집으로 찾아왔다. 그들은 내가 농장을 떠나게 된 결과로 자신들이 그런 통보를 받았으며 내게 깃든 불운의 그림자가 세력을 확장하여 자신들까지 뒤덮었다고 믿었다. 그들은 농장을 떠날 수밖에 없는 내 처지를 잘 알고 있었기에 그것에 대해 나를 원망하진 않았지만 자신들이 어디로 가야 하는지를 물었다.

그건 쉽게 대답해 줄 수 있는 문제가 아니었다. 원주민들은 법적으로 땅을 매입할 수 없었으며 내가 아는 농장 중에 그들을 소작농으로 받아들일 만큼 규모가 큰 곳도 없었다. 나는 그 문제에 대해 여기저기 수소문한 결과 키쿠유족 보호구역으로 들어가는 것이 좋겠다는 답을 얻었기에 그들에게 그렇게 말했다. 그러자 그들은 가축을 몽땅 데리고 들어갈 수 있을 정도로 넓은 땅을 그곳에서 얻을 수 있는지 심각하게 물었다. 농장 사람들이 뿔뿔이 흩어지지 않고 한데 모여 살 수 있는지도 물었다.

나는 한데 모여 살겠다는 그들의 결연한 의지에 내심 놀라지 않을 수 없었는데 사실 그들은 농장에서 평화로이 어울려 살지 못했고 서로를 칭찬하는 법이 없었기 때문이다. 그런데 카쎄구, 카니누, 마우게 같은 가축깨나 있다고 거들먹거리는 부자들이 와웨루나 초싸 같은 염소 한 마리 없이 땅버러지 같은 인생을 사는 가난뱅이들과 손을 잡고 찾아와 한마음 한뜻으로 가축을 챙기듯 서로를 챙겼다. 그들은 내게 살 땅뿐 아니라 삶 자체까지 요구하는 듯했다.

원주민들에게서 땅을 빼앗는 건 단순히 땅만을 빼앗는 것이 아니다. 그들의 과거와 뿌리, 정체성까지 빼앗는 것이다. 그들이 보아 왔던 것이나 보게 될 것을 빼앗는 건 어찌 보면 그들의 눈을 빼앗는 것이다. 그것은 문명인보다 원시인의 경우에 더 심하며 동물들의 경우 익숙한 환경 속에서 자신의 정체성을 되찾기 위해 위험과 고난을 무릅쓰고 먼 길을 여행하기도 한다.

마사이족은 철길 북쪽의 옛 터전에서 현재의 마사이족 보호 구역으로 옮겨 오면서 그곳의 언덕, 초원, 강의 이름을 가져와 새 터전의 언덕, 초원, 강에 붙였다. 여행자를 어리둥절하게 만드는 일이지만, 마사이족은 잘려 나간 자신들의 뿌리를 약으로 가져와서 유형지에서 그것으로 과거를 이어 가려 한 것이다.

소작인들은 자기 보존 본능에서 서로에게 매달리고 있었다. 그들은 고향을 떠나야만 한다면 고향 사람들과 함께 움직이고 싶어 했는데 고향에 대해 아는 이들이 자신의 정체성을 증명해 줄 수 있기 때문이었다. 그러면 몇 해 동안은 고향의 지리와 역사를 함께 이야기하고 이 사람이 잊은 건 저 사람이 기억해 줄 수 있으니까. 사실 그들은 뿌리를 잃는 치욕을 예감하고 있었다.

그들은 내게 말했다. 「음사부, 우리를 위해 정부를 찾아가서 우리가 새 땅에 가축을 전부 데려가고 모두 함께 모여 살 수 있게 해주세요.」

그렇게 하여 나의 긴 순례 여행 혹은 구걸의 여정이 시작되었고 나는 키쿠유족의 심부름꾼 노릇을 하며 아프리카에서의 마지막 몇 개월을 보냈다.

나는 맨 처음 나이로비와 키암부의 판무관을 찾아갔고 그

다음엔 원주민국과 토지국을, 마지막으로 총독을 찾아갔는데 신임 총독 조지프 번 경은 영국에서 부임한 지 얼마 안 되어 처음 대면하는 것이었다. 결국 나는 목적이 무엇이었는지도 잊고 조수에 떠밀리듯 움직였다. 어떤 때는 나이로비에서 하루 종일 머물기도 했고 하루 두세 번씩 나이로비를 오가기도 했다. 외출했다 돌아오면 소작인들이 집에서 진을 치고 있었는데 그들은 내게 결과를 묻는 법이 없었으며 그저 조용히 지켜보는 것으로 힘을 줄 뿐이었다.

그곳의 공직자들은 인내심 많고 협조적인 사람들이었다. 그들을 상대하는 건 어려운 일이 아니었고 문제는 키쿠유족 보호 구역에 농장 사람들 모두가 가축을 데리고 가서 살 수 있을 만큼 넓은 땅이 남아 있지 않다는 것이었다.

대부분의 공직자들이 아프리카에 장기간 체류해서 원주민을 잘 알았다. 그들은 농장의 키쿠유족이 가축의 일부를 처분하도록 하는 방법을 권하면서도 별 기대는 하지 않는 눈치였다. 키쿠유족은 무슨 일이 있어도 가축을 처분하지 않을 것이며 좁은 땅에 기어코 가축을 모두 끌고 가서 보호 구역 내의 이웃들과 끝도 없이 충돌을 일으킬 것이고 그곳의 판무관이 조정에 나서게 될 것임이 불을 보듯 뻔했기 때문이다.

함께 모여 살고 싶다는 소작농들의 뜻을 전하자 당국자들은 그럴 필요가 없다고 말했다.

〈오, 필요를 따지지 마라! 아무리 비천한 거지라도 하찮은 물건일망정 여분을 가지고 있다.〉 나는 리어 왕의 말이 생각났다. 나는 평생 사람들을 그들이 리어 왕에게 어떤 식으로 행동할 것인지에 따라 분류할 수 있다는 생각을 갖고 살아왔다. 리어 왕에게 따져선 안 되는 것처럼 키쿠유족에게도 따져선 안 되며 리어 왕은 처음부터 모두에게 너무 많은 요구를 했지만 그는 왕이었다. 물론 아프리카 원주민들이 백인들에게 멋지고 당당하게 나라를 내준 것은 아니므로 늙은 왕과 딸들의 경우와는 다르다고 할 수 있으며 백인들은 보호자로 나라를 넘겨받았다. 아직 기억에 남아 있을 만큼 그리 오래되지 않은 때에 아프리카 원주민들은 의심의 여지 없는 자신들의 땅을 갖고 있었고 백인들이나 그들의 법에 대해선 들어본 적도 없었다. 그들의 삶은 불확실성 속에 놓여 있을지언정 땅만큼은 확고부동했다. 그들 중에는 노예 상인들에게 잡혀 노예 시장에 팔려 나간 사람들도 있었지만 남아 있는 사람들도 있었다. 그리고 고향인 고원 지대에서 쫓겨나 동쪽 땅에서 유배 생활을 하고 있는 사람들은 고향으로 돌아가기를 갈망하고 있었다. 검고 맑은 눈을 가진 늙은 아프리카 원주민은 검고 맑은 눈을 가진 코끼리와도 같다. 그들이 무겁게 버티고 서 있는 모습을 보면 그들의 흐릿한 정신 속에서 그들 주위의 세계가 서서히 생겨나고 쌓아올려진 듯하며 마치 그들 자신이 땅의 형상들인 것만 같다. 그들은 주위에서 일어나고 있는 커다란 변화를 보고 몹시 당황하여 자신이 있는 곳이 어딘지 우리에게 물을지도 모른다. 그러면 우리는 리어 왕의 켄트 백작이 되어 이렇게 대답할 것이다. 〈폐하의 왕국에 계십니다.〉

마침내 이러다 평생 나이로비를 들락거리며 공직자들을 상대해야 하는 게 아닌가 싶은 생각이 들기 시작할 무렵 나는 청원이 수락되었다는 갑작스러운 통고를 받았다. 정부에서 농장 소작농들에게 다고레티 산림 보호 구역 일부를 내주기로 한 것이다. 그리하여 나의 키쿠유족은 고향에서 멀지 않은 곳에 터를 잡고 농장이 사라진 후에도 하나의 공동체를 이루어 얼굴과 이름을 보존하며 살 수 있었다.

농장 사람들은 심오하고 조용한 감동 속에서 그 소식을 받아들였다. 키쿠유족들의 표정만 봐서는 그들이 줄곧 희망을 품고 있었는지 아니면 절망하고 있었는지 알 수 없었다. 그 문제가 해결되기 무섭게 그들은 여러 잡다하고 복잡한 요구와 제안을 해왔고 나는 그것들을 거절했다. 그들은 여전히 우리 집 근처에 몰려와 새로운 눈길로 나를 지켜보았다. 원주민들은 행운이 찾아오면 온통 낙관주의에 빠졌기에 모든 것이 잘되리라 믿어 의심치 않았고 내가 농장에 그대로 머물게 되리라 생각했다.

나로서도 소작농들의 거처 문제가 해결된 건 커다란 위안이었다. 나는 자주 느껴 보지 못했던 만족감을 맛보았다.

그리고 이삼일이 지나자 아프리카에서 내가 할 일은 모두 끝났으니 이제 떠나도 되겠다는 생각이 들었다. 농장의 커피 수확도 끝나고 커피 공장은 멈춰 섰고 집은 텅 비었고 소작농들도 새 터전을 얻었다. 비도 그치고 초원과 언덕 지대에는 새로 나온 풀이 어느새 높이 자라 있었다.

애초에 내 계획은 사소한 것은 모두 포기하고 내게 아주 중요한 것만 지키자는 것이었지만 그 계획은 실패로 돌아갔다. 나는 내 인생에 대한 일종의 몸값으로 소유물을 하나씩 버리는 것에 동의했는데 아무것도 남지 않게 되자 나 자신이 운명이 버릴 것 중에서 가장 가벼운 것이 되어 있었다.

마침 보름달이 뜨는 시기였고 달빛이 빈 방을 비추어 방바닥에 창문들의 그림자를 그려 놓았다. 나는 달이 방을 들여다보며 모두들 떠난 곳에서 내가 얼마나 오래 머물 작정인지

궁금해하리라 생각했다. 그러자 달이 말했다. 〈오, 아녜요. 내겐 시간이 거의 의미가 없는걸요.〉

나는 소작농들이 새로운 땅에서 정착하는 걸 보고 떠나고 싶었다. 그러나 측량 작업을 하는 데 시간이 많이 걸려서 그들이 이주할 때까지 무작정 기다릴 수 없었다.

# 작별

그 시기에 인근 노인들이 나를 위해 은고마를 열기로 결정했다.

노장들의 은고마는 과거에는 중요한 행사였으나 이제 노인들은 거의 춤을 추지 않았고 나는 아프리카에 사는 동안 그들의 은고마를 구경한 적이 없었다. 키쿠유족들 자신도 노장들의 은고마를 높이 평가하기에 구경해 보고 싶어 했지만 그럴 기회가 없었던 것이다. 노장들의 은고마 장소가 되는 건 영광스러운 일이었기에 농장 사람들은 행사가 열리기 오래전부터 그 얘기를 했다.

원주민들의 은고마를 경멸하던 파라조차 이번엔 노인들의 결정에 감동받은 기색이었다. 「그 노인들은 아주 늙었지요, 멤사히브. 아주아주 늙은 사람들입니다.」 그가 말했다.

젊은 키쿠유족 용사들이 늙은 춤꾼들의 공연에 대해 외경심을 품고 이야기하는 모습은 매우 신기했다.

내가 은고마에 대해 모르는 사실이 하나 있었는데 그건 정부가 은고마를 금지한 것이었다. 금지 이유에 대해선 나는 알지 못한다. 키쿠유족은 금지 명령에 대해 알고 있으면서도 그냥 강행하기로 결정한 모양이었는데 크나큰 역경의 시기인지라 보통 때는 금지된 일도 할 수 있다고 여긴 것일 수도, 은고마가 일으킨 감동과 흥분의 소용돌이 속에서 그것에 대해 까맣게 잊은 것일 수도 있었다. 그들은 은고마에 대해 쉬쉬할 생각조차 하지 못했다.

농장에 도착한 늙은 춤꾼들이 연출한 광경은 진기하고도 숭고했다. 1백여 명이 동시에 도착한 것으로 보아 우리 집으로 오는 길목 어딘가에서 모여서 온 게 분명했다. 원주민 노인들은 추위를 잘 타서 보통 때는 모피와 담요로 몸을 감싸고 다녔지만 이날은 무시무시한 진실을 엄숙히 고백하듯 벌거벗은 모습이었다. 그들은 치장을 하고 얼굴과 몸에 칠을 하긴 했지만 젊은 춤꾼들의 머리에서 볼 수 있었던 검은 독수리 깃털로 만든 거창한 머리 장식을 늙은 대머리 위에 쓴 사람은 매우 적었다. 그들은 그 자체로 인상적이었기에 장식이 필요치 않았다. 그들은 영국 무도회장의 늙은 미인들처럼 젊게 보이려고 애쓰지 않았으며 춤의 모든 중심과 무게는 ― 그들 자신에게나 구경꾼들에게나 ― 그들의 노령에 있었다. 몸의 칠도 내가 일찍이 본 적이 없는 기묘한 형태여서, 비뚤어진 사지를 따라 이어진 분필로 그린 줄무늬들이 살가죽 밑의 뻣뻣하고 연약한 뼈들을 적나라하게 드러내어 강조하는 듯했다. 그들이 천천히 서두 행진으로 다가오며 보이는 동작들이 너무도 기이하여 나는 과연 어떤 춤이 나올지 무척 궁금했다.

그들을 바라보며 서 있노라니 떠나는 건 내가 아닌 듯한 착각이 들었는데, 나는 전에도 그런 감정에 사로잡힌 적이 있었다. 내겐 아프리카를 떠날 힘이 없으며 아프리카 자체가 마치 썰물처럼 서서히, 장중하게 내게서 물러나는 듯했다. 이곳을 지나고 있는 행렬은 사실 어제의 강하고 유연하고 젊은 춤꾼들로 그들은 내 눈앞에서 시들며 영원한 행렬을 이어 가고 있었다. 그들은 자신들의 방식으로 춤을 추며 조용히 지나가고 있었다. 그들은 나와 함께 있었고 나는 만족감에 젖어 그들과 함께 있었다.

노인들은 말을 하지 않고 공연을 위해 힘을 아끼고 있었다.

춤꾼들이 대형을 이루어 막 춤을 시작하려는 찰나 나이로비에서 온 원주민 병사가 내게 은고마를 열어선 안 된다는 내용의 편지를 전했다.

나는 전혀 예기치 못했던 일이라 도무지 납득할 수 없어서 편지를 두세 차례 거듭 읽었다. 편지를 가져온 원주민 병사는 자신이 중단시킨 행사의 중요성에 압도되어 노인들에게나 내 하인들에게나 입도 뻥긋하지 못했고 원주민 병사들은 대개 원주민들 앞에서 권력을 뽐내느라 거들먹거리는데 그럴 엄두도 못 냈다.

나는 평생 그토록 쓰라린 순간을 체험한 적이 없었다. 내게 닥친 일로 인해 마음이 그토록 거센 격랑에 휘말릴 수 있을 줄은 미처 몰랐다. 나는 말을 할 생각조차 들지 않았으며 그때쯤엔 이미 말의 무가치함을 잘 알고 있었다.

키쿠유족 노인들은 늙은 양 떼처럼 서서 주름진 눈꺼풀 밑의 눈을 내 얼굴에 박고 있었다. 그들은 하고자 마음먹었던 일을 금세 포기해 버릴 수는 없었다. 그중에는 다리에 경련과도 같은 미세한 움직임을 보이는 이도 있었다. 그들은 춤을 추러 왔기에 춤을 추어야만 했다. 결국 나는 그들에게 우리의 은고마가 끝났다고 말했다.

그들의 마음속에서 그 소식은 다른 양상을 띠었겠지만 나로선 그들의 마음을 들여다볼 수는 없었다. 어쩌면 그들은 은고마가 완전히 끝났음을 즉시 깨달았을지도 모른다. 이제 더 이상 내가 존재하지 않을 것이므로 춤을 출 대상이 없으니까. 어쩌면 그들은 실제로 은고마가 열렸고 그것은 다른 모든 걸 무가치하게 만드는 강력한 힘을 지닌 비길 데 없는 은고마였기에 그것이 끝나자 모든 것이 끝났다고 생각했는지도 모른다.

원주민이 데려온 강아지 한 마리가 정적을 틈타 잔디밭에서 요란하게 짖어 댔고 그 메아리가 내 마음을 파고들었다.

강아지들까지도 나를 보고 짖어 대는구나,
트레이, 브랜치, 스위트하트까지도.[3]

춤이 끝난 후 노장들에게 담배를 나눠 주기로 되어 있는 카만테가 특유의 조용한 임기응변을 발휘하여 코담배가 가득 든 커다란 조롱박을 들고 앞으로 나섰다. 파라가 도로 들어가라고 손짓했지만 카만테는 키쿠유족으로 늙은 춤꾼들의 마음을 이해했고 자신만의 생각이 있었다. 코담배는 현실이었다. 우리는 코담배를 노인들에게 나눠 주었다. 잠시 후 그들은 모두 떠났다.

농장 사람들 중에 내가 떠나는 걸 가장 슬퍼한 이들은 노파들인 듯했다. 키쿠유족 노파들은 가혹한 삶 속에서 부싯돌처럼 단단해져서 화가 나면 주인을 물 수도 있는 늙은 노새

[3] 「리어 왕」 3막 6장에 나오는 대사.

들 같았다. 내가 의사 노릇을 하며 지켜본 바로는 그들은 목숨을 앗아 가는 질병에 남자들보다 강했고 남자들보다 더 거칠 뿐 아니라 감탄하는 능력도 철저히 결여되어 있었다. 많은 자식을 낳고 많은 자식의 죽음을 본 그들에겐 세상에 두려울 게 없었다. 그들은 무게가 1백 킬로그램이 넘는 땔나무를 — 고삐를 이마에 감아 고정해서 — 져 날랐으며 비틀거리긴 할지언정 쓰러지진 않았다. 그들은 꼭두새벽부터 저녁 늦게까지 밭에 엎드려서 일했다. 〈그것은 그곳에서 먹이를 찾아 살피고 그것의 눈은 멀리까지 본다. 그것의 심장은 돌처럼 단단하다. 그렇다, 맷돌처럼 단단하다. 그것은 두려움을 모른다. 그것은 하늘 높이 날아올라 말과 말 탄 자를 비웃는다. 그것이 너에게 많은 탄원들을 하겠는가? 그것이 너에게 부드러운 말들을 하겠는가?〉[4] 그들에겐 아직도 비축된 에너지가 남아 있었고 활기를 내뿜었다. 노파들은 농장에서 일어나는 모든 일에 큰 관심을 보였고 16킬로미터나 되는 길을 걸어가서 젊은이들의 은고마를 구경했으며 농담 한마디, 술 한 잔에 이가 몽땅 빠진 주름진 얼굴에 함박웃음이 피어났다. 내겐 그들의 그런 힘과 삶에 대한 사랑이 몹시 존경스러울 뿐 아니라 영예롭고 매혹적으로 느껴졌다.

농장의 노파들과 나는 늘 사이가 좋았다. 나를 〈제리에〉라고 부른 것도 그들이었으며 남자들과 아이들은 — 아주 어린 아이들을 제외하곤 — 절대로 나를 그런 호칭으로 부르지 않았다. 제리에는 키쿠유족의 여자 이름인데 귀하게 얻은 딸에게만 그 이름을 붙였고 내가 듣기에는 애정이 깃든 음조가 들어 있는 듯했다.

4 「욥기」에 등장하는 괴물 리바이어던에 대한 묘사.

노파들은 나와의 작별을 애석해했다. 그 시기에 만난 한 키쿠유족 여인의 모습이 아직도 내 기억 속에 또렷이 남아 있는데, 카쎄구의 마을에 사는 그의 많은 아들 중 하나의 아내나 미망인이리란 짐작만 갈 뿐 이름조차 모르는 여인이었다. 나는 초원에 난 오솔길에서 등에 무거운 짐을 지고 걸어오는 그녀와 마주쳤다. 그녀가 지고 있는 건 키쿠유족이 오두막 지붕을 이을 때 쓰는 길고 가느다란 장대들로 키쿠유족은 그런 일을 여자가 했다. 장대 길이가 4, 5미터는 되어서 여자들은 장대 양쪽 끝을 묶어서 운반했는데 그 높다란 원추형 짐을 지고 걸어가는 모습은 선사 시대 동물이나 기린의 실루엣을 연상시켰다. 나와 마주친 여인이 등에 진 장대들은 오랜 세월 오두막에서 피어오르는 연기에 그을려 새까만 숯처럼 변해 있었고 그녀가 몸소 집을 허물고 건축 자재를 — 건축 자재라는 거창한 표현을 쓰기엔 보잘것없지만 — 새 터전으로 끌고 가는 게 분명했다. 그녀는 나를 보자 우뚝 멈춰 서서 길을 막고 나를 빤히 보았다. 우리 인간이 알지 못하는 방식으로 살고 느끼고 생각하는 기린 무리 속의 한 마리가 넓은 초원에서 인간과 마주쳤을 때 보내는 바로 그런 눈길이었다. 잠시 후 그녀는 울음을 터뜨렸고 마치 초원에서 소가 오줌을 누는 것처럼 눈물 줄기가 그녀의 뺨을 타고 흘러내렸다. 그녀도, 나도 아무 말도 하지 않았고 잠시 후 그녀가 길을 비켜 주어서 우리는 서로 반대 방향으로 걸어갔다. 나는 그래도 그녀는 새 집을 지을 자재는 갖고 있구나 생각하며 그녀가 장대들을 묶어 몸소 지붕을 이는 광경을 상상했다.

반면에 내가 농장에서 살지 않았던 때를 알지 못하는 어린 목동들은 내가 떠난다는 사실에 짜릿한 흥분과 조바심을 느끼는 듯했다. 그 아이들에게 내가 존재하지 않는 세상은 마치 신이 자리에서 물러나는 것처럼 상상하기조차 힘들고 두려운 일일 터였다. 아이들은 내가 지나갈 때면 키 큰 풀들의 물결 위로 얼굴을 내밀고 외쳤다.「음사부, 언제 떠나요? 음사부, 며칠 있으면 떠나요?」

이윽고 작별의 날이 왔을 때 나는 우리가 겪는 일 중에는 일이 일어나기 전에나 그 일이 일어나고 있는 순간에, 혹은 나중에 그 일을 돌이켜 볼 때조차 상상할 수 없는 것이 있음을 깨달았다. 그러니까 상황 자체가 인간의 상상력이나 이해력의 도움 없이도 사건들을 일으키는 원동력을 지닐 수 있는 것이다. 그런 경우 우리는 마치 남의 손에 이끌려 가는 맹인이 앞을 보지 못하는 채 조심스럽게 한 발 한 발 떼어 놓는 것처럼 자신에게 일어나고 있는 일을 주의 깊게 한 순간 한 순간 따라가게 된다. 분명 우리 자신에게 일어나는 일이고 그 일이 일어나고 있음을 느낄 수도 있지만 그런 사실을 제외하면 우리는 그 일과 아무 관련도 없으며 그것의 원인이나 의미를 알 방법도 없다. 아마 서커스에서 프로그램에 따라 묘기를 부리는 동물들도 그런 식일 것이다. 그런 일을 겪은 사람은 어찌 보면 죽음을 체험했다고 말할 수도 있는데 그 일은 상상력의 범위 밖에, 그러나 체험의 범위 안에 존재하기 때문이다.

구스타브 모르가 나를 기차역까지 바래다주려고 아침 일찍 차를 몰고 왔다. 공중에나 풍경에나 거의 색이 없는 선선한 아침이었다. 그도 창백한 얼굴이었고 자꾸 눈을 깜빡거렸다. 나는 더반에서 만난 늙은 노르웨이인 포경선 선장이 한 말을 떠올렸는데 노르웨이인들은 어떤 폭풍을 만나도 당황하지 않지만 고요는 견디지 못한다는 것이었다. 우리는 숱하게 그래 왔던 것처럼 방앗돌 테이블에서 차를 마셨다. 서쪽으로 보이는 언덕 지대가 물가에는 엷은 잿빛 안개가 떠도는 가운데 수천 년 역사의 또 한 순간을 장중히 살고 있었다. 나는 그곳에 올라가 있는 것처럼 오싹한 추위를 느꼈다.

하인들은 아직 빈 집을 지키고 있었으나 그들의 가족들은 모두 이사를 했으니 이미 거처를 옮겼다고 볼 수 있었다. 파라의 여인들과 사우페는 하루 전날 화물 트럭을 타고 나이로비의 소말리족 마을로 떠났다. 파라는 나를 몸바사까지 배웅할 예정이었으며 주마의 어린 아들 툼보도 우리와 동행하게 되었다. 그 아이가 세상 무엇보다 간절히 원했고 작별 선물로 소 한 마리와 몸바사까지의 여행 중 하나를 고르라고 하자 몸바사행을 택했던 것이다.

나는 하인들 하나하나와 작별 인사를 했고 내가 집 밖으로 나가자 늘 문을 닫아 두도록 단단히 교육을 받은 그들이었건만 문을 활짝 열어 놓았다. 그건 원주민들의 전형적인 제스처로 내가 돌아올 것을 믿는다는 뜻이거나 이제 안에 사는 사람이 없으니 문을 닫을 필요가 없고 바람이나 들어오게 열어 놓는 것이 낫다는 의미일 터였다. 파라가 차를 몰았는데 낙타 걸음 속도로 천천히 달려 진입로를 돌아 집에서 멀어져 갔다.

연못가에 이르자 나는 구스타브 모르에게 잠시 쉬었다 가도 되는지 물었고 우리는 차에서 내려 연못가에서 담배를 피웠다. 연못 속에서 노는 물고기들이 보였는데 이제 그것들은 크누센 영감을 알지도 못하고 물고기들의 중요성을 인식하지도 못하는 사람들이 잡아다 먹게 될 터였다. 지난 며칠 동안 내게 작별 인사를 하려고 우리 집 근처를 배회하던 시룽가가 나타났다. 시룽가는 소작농 카니누의 어린 손자로 간질병을 앓고 있었다. 우리가 차에 타서 출발하자 시룽가는 차를 쫓아 달리기 시작했는데 몸집이 너무 작아서 흙먼지 풀풀이는 길에서 마치 바람에 소용돌이치는 듯했고 나의 불이 일으킨 최후의 작은 불똥 같았다. 시룽가는 농장 길이 큰길로 이어지는 곳까지 쫓아왔고 나는 그 아이가 큰길까지 나올까 봐 두려웠다. 그러면 농장의 모든 것이 껍질만 남은 채 바람에 흩날리고 산산이 흩어지는 것처럼 보일 것 같았다. 다행히 시룽가는 농장 길 어귀에 우뚝 멈춰 섰다. 그 아이는 농장에 속해 있었던 것이다. 시룽가는 거기 그렇게 서서 농장 길 어귀가 내 시야에서 사라질 때까지 움직일 줄 모르고 우리를 지켜보고 있었다.

우리는 나이로비로 가는 길에 풀밭과 도로 위에 메뚜기 떼가 앉아 있는 걸 보았다. 몇 마리는 웅웅대며 차 안으로 날아들었는데 어쩌면 다시 메뚜기 떼의 습격이 시작된 것인지도 모른다.

많은 친구들이 기차역으로 전송을 나와 주었다. 휴 마틴이 육중하고 차분한 모습으로 다가와 작별 인사를 했는데 내 눈에 비친 닥터 팡글로스는 자신이 가진 모든 것을 주고 고독을 산 몹시 고독하고 영웅적인 인물이었으며 어느 면에서 보면 아프리카의 상징이었다. 그동안 많은 즐거움을 함께 했던 아프리카의 친구들, 우리는 화기애애한 분위기에서 작별했다. 델라미어 경은 전쟁 초기에 군수품 수송을 맡은 내게 마사이족 보호 구역에서 차를 대접하던 때보다 조금 더 늙고 흰머리도 늘고 머리도 짧아졌으나 지나치리만큼 정중하고 배려심이 깊은 모습은 그때와 다름이 없었다. 나이로비에 사는 대부분의 소말리족이 플랫폼에 서 있었다. 늙은 소장수 압달라가 내게 다가오더니 행운을 가져다주는 터키석이 박힌 은반지를 건넸다. 데니스의 하인이었던 빌레아는 영국에 갔을 때 신세를 졌던 데니스의 형에게 안부를 전해 달라고 엄숙히 부탁했다. 파라가 나중에 기차에 타면서 전하기를 소말리족 여인들도 인력거를 타고 역에 왔지만 소말리족 남자들이 모여 있는 걸 보고 낙담하여 돌아갔다고 했다.

나는 기차에 탈 준비가 되자 구스타브 모르와 악수를 했다. 기차가 움직이려고 하자, 이미 움직이기 시작하자 그는 마음의 평정을 되찾았다. 그는 내게 용기를 전하고 싶은 마음이 너무도 간절한 나머지 몹시 얼굴을 붉혔다. 그의 얼굴이 붉게 달아올랐고 옅은 빛깔의 눈동자가 나를 향해 빛났다.

삼부루 역에서 기차가 엔진에 물을 넣느라 정차하자 나는 기차에서 내려 파라와 함께 플랫폼을 걸었다.

그곳에서 남서쪽으로 은공 언덕이 보였다. 온통 푸르른 풍경 속에서 주위의 평평한 땅 위로 은공 산이 장엄하게 솟아 있었다. 그러나 너무도 멀리 떨어져 있어서 네 봉우리는 거의 알아보기도 힘들 정도로 미미한 것이 농장에서 볼 때와는 사뭇 다른 모습이었다. 거리(距離)의 손이 산의 윤곽을 서서히 평평하고 반드럽게 다듬어 놓은 것이다.

**역자 해설**
# 아프리카로부터는 항상 무언가 새로운 것이 생겨난다

『아웃 오브 아프리카』, 로마 시대 작가 플리니우스의 글 〈*Ex Africa semper aliquid novi*(*Out of Africa always something new*, 아프리카에서는 항상 무언가 새로운 것이 생겨난다)〉에서 제목을 따온 이 작품은 덴마크 여류 작가 카렌 블릭센(필명 아이작 디네센)의 17년간의 아프리카 생활을 담은 회고록이다. 카렌 블릭센은 1914년 스물아홉의 젊은 나이에 영국의 식민지였던 동아프리카 케냐에 도착해, 그곳에서 커피 플랜테이션을 운영하며 아프리카인들과 그곳의 자연과 더불어 살다가 농장과 사랑하는 사람을 잃고 1931년 덴마크로 돌아갔으며 1937년 『아웃 오브 아프리카』를 발표했다. 미국에서 최초로 발간된 이 작품은 유럽의 매력적이고 이지적인 남작 부인이 원시적 신비가 살아 숨 쉬는 아프리카 땅에서 이주민 농부로 살아가면서 겪은 모험과 깨달음을 시적이면서도 담담하고 절제된 필치로 담아냈다는 점에서 뜨거운 관심을 불러일으켰으며 이후 카렌 블릭센은 왕성한 작품 활동으로 1954년과 1957년 두 차례 노벨문학상 후보에 오르기도 했다.

『아웃 오브 아프리카』가 세계적으로 널리 알려진 건 1985년 시드니 폴락 감독, 메릴 스트립(카렌 블릭센 역), 로버트 레드포드(데니스 핀치해턴 역) 주연의 영화로 제작되면서였다. 이 영화는 작품성과 예술성을 높이 인정받아 이듬해 무려 일곱 개의 오스카상을 거머쥐었다. 모차르트의 클라리넷 협주곡이 흐르는 가운데 아프리카의 광활한 풍광을 배경으로 펼쳐지는 두 연인의 낭만적인 사랑과 작별 이야기는 아름답고 애잔한 감동으로 세계인을 사로잡기에 충분했던 것이다. 어느덧 20여 년의 세월이 흘러 영화 「아웃 오브 아프리카」는 이른바 〈추억의 명화〉가 되었지만 카렌과 데니스가 경비행기를 타고 구름 속에서 대초원을 가로지르는 장면이나 사파리에서 데니스가 카렌의 머리를 감겨 주는 장면은 우리의 뇌리에 깊이 박혀 있다. 그렇게 거꾸로, 그러니까 책보다 영화를 통해 먼저 이 작품을 접한 독자는 책과 영화가 사뭇 다름에 놀라움을 느끼게 될 것이다. 영화에 담긴 〈아름답고 낭만적인〉 로맨스가 책에는 언급조차 되어 있지 않기 때문이다. 실제로 카렌과 데니스는 연인 사이였지만 책만 보면 그들이 사랑을 나누었다는 어떤 암시조차 찾기 어려우며 그저 두 사람이 절친한 친구였음을 알 수 있을 뿐이다. 영화 「아웃 오브 아프리카」의 주인공은 카렌과 데니스이고 아프리카는 그저 배경일 뿐이지만 책 『아웃 오브 아프리카』의 주인공은 아프리카인들과 아프리카의 자연이며 카렌은 단순한 관찰자요 잠시 머물다 떠나는 덧없는 존재에 지나지 않는다. 아마도 시드니 폴락 감독이 카렌 블릭센의 아프리카 회고록을 그대로 영화로 옮겼더라면 감동의 로맨스가 아닌 다큐멘터리 영화가 탄생했을 것이다.

『아웃 오브 아프리카』의 세 가지 주제를 말하라면 아프리카인, 아프리카의 자연, 우정이라고 할 수 있을 것이다. 아프리카에는 여러 종족이 존재하지만 이 작품에는 농장의 한 귀퉁이에서 〈샴바〉라는 소작지를 부쳐 먹고사는 키쿠유족과 강 건너에 사는 마사이족, 카렌의 충실한 하인 파라가 속한 소말리족이 주로 등장하며 그중에서도 농장 식구인 키쿠유족에 대한 이야기가 많다. 카렌은 북유럽 사람들은 반대되는 것에 — 그러니까 남쪽 사람들에, 여성은 남성적인 것에, 남성은 여성적인 것에 — 무작정 이끌리며 자신도 아프리카인에게 그런 무조건적인 애정을 느낀다고 고백한다. 실제로 그녀의 아프리카인에 대한 시선은 부드럽고 따뜻하며 그녀는 농장주로서만이 아니라 키쿠유족의 신적 존재로, 〈놋뱀〉으로, 의사로, 재판관으로 그들과 깊이 교류한다. 그녀는 식민지의 백인 지배자로 원주민들을 단순히 미개한 야만인으로 치부하지 않고 자연을 닮은 그들의 순수성과 지혜를 인정하고 존중해 준다. 카렌은 또한 아프리카의 풍경과 동물을 애정과 경이의 눈으로 바라본다. 그녀가 살던 은공 언덕의 〈아프리카 대륙이 1천8백 미터 높이를 통해 증류되어 정련된 독한 정수만이 남아 있는 듯한〉 풍경과 광활한 대초원은 그녀에게 삶의 활력과 상상력의 원천이 되어 주며 젊고 철없던 시절엔 야생 동물을 종류별로 모두 사냥해야 직성이 풀렸던 그녀였지만 나중에는 야생 동물을 그저 바라보는 것, 그 동물들과 이웃해 살아가는 것 자체의 행복을 깨닫는다. 그리고 우정! 결국 카렌과 아프리카 원주민들이 나눈 것은 농장주와 소작민이라는 주종 관계가 아닌 동등한 인간으로서의 우정이었으며 카렌은 모든 것을 잃고 떠나면서도 농장의 키쿠유족에게 새 터전을 마련해 주기 위해 분투하는 것으로, 키쿠유족 노인들은 특별히 그녀를 위한 〈은고마(춤판)〉를 열어 주는 것으로 서로에 대한 마음을 표현한다. 카렌은 그곳의 백인 이주민들과도 끈끈한 우정을 나누며 아프리카에서 고독한 이방인일 수밖에 없었던 그녀에게 데니스 핀치해턴과 버클리 콜은 삶의 소중한 활력소가 되어 준다. 데니스가 죽은 후 그의 친구들과 하인들이 보여 준 애도의 정 또한 가슴 저 밑바닥부터 밀려드는 슬픔과 뭉클함을 느끼게 한다.

아프리카에서의 삶에 대해 회고하는 카렌 블릭센의 어조는 지극히 담담하다. 그 17년 동안 그녀는 남편과의 이혼, 농장의 몰락, 둘도 없는 친구(혹은 연인)의 죽음이라는 견디기 힘든 고통을 겪었지만 마치 그녀 자신도 〈1천8백 미터 높이를 통해 증류된〉 듯 객관적이고 절제된 시선을 고수한다. 그러나 건조하고 삭막한 아프리카의 풍경이 무한한 신비와 아름다움을 품고 있듯 눈물 한 방울 없는 그녀의 이야기는 ― 시드니 폴락의 영화 속에서 낭만적인 로맨스의 배경으로 전락(?)하고 만 아프리카의 이야기는 ― 한 편의 시로, 감동으로 다가온다.

민승남

# 카렌 블릭센 연보

**1885년 출생** 4월 17일 코펜하겐 북부 룽스테드룬의 가족 소유지에서 아버지 빌헬름 디네센Wilhelm Dinesen(1845~1895)과 어머니 잉에보르 베스텐홀츠 디네센Ingeborg Westenholz Dinesen(1856~1939)의 다섯 자녀 중 둘째로 태어남. 아버지는 군인이자 지주, 스포츠맨, 작가, 덴마크 의회 의사관이었으며 어머니는 부유한 선주의 딸로 행동주의자이자 유니테리언파였고 여성 최초로 룽스테드 교구회 위원에 선출됨.

**1895년** 10세 아버지가 매독에 걸린 것을 비관하여 자살함.

**1899년** 14세 어머니와 자매들과 함께 스위스에서 6개월 동안 프랑스어를 공부함.

**1902년** 17세 코펜하겐의 미스 소데 아트 스쿨Miss Sode's Art School에 입학함.

**1903~1906년** 18세~21세 코펜하겐 로열 아카데미 오브 아트Royal Academy of Art에서 수학함.

**1907년** 22세 첫 소설 「은둔자들Eneboerne」을 잡지 『틸스쿠에렌 *Tilskueren*』에, 「농부Pløjeren」를 『가스 단스케 마가신*Gads danske Magasin*』에 발표함. 오세올라Osceola라는 필명 사용.

**1909년** 24세 「카츠 가족Familien de Cats」이 『틸스쿠에렌』에 실림.

아버지의 사촌의 아들 한스 본 블릭센피네케Hans von Blixen-Finecke 남작과 사랑에 빠짐.

**1910년** 25세  파리에서 두 달 체류함.

**1912년** 27세  로마의 육촌 카스텐스키올Castenskiold 백작부인을 방문함. 12월에 한스의 쌍둥이 형제 브로르 본 블릭센피네케Bror von Blixen-Finecke 남작(1886~1946)과 약혼함.

**1913년** 28세  12월에 나폴리에서 배편으로 아프리카로 떠남.

**1914년** 29세  1월에 브로르와 결혼하여 나이로비 근처에서 커피 플랜테이션(1천5백 에이커) 운영을 시작함.

**1915년** 30세  남편에게서 매독이 옮아 덴마크로 돌아감.

**1916년** 31세  브로르와 함께 아프리카로 돌아감. 친척들이 투자한 돈으로 카렌 커피 회사 설립. 그레이트 리프트 밸리 서쪽에 두 번째 농장을 매입하고 첫 번째 농장도 늘려 각각 4천5백 에이커가 됨.

**1918년** 33세  영국인 사냥꾼 데니스 핀치해턴Denys Finch-Hatton (1887~1931)을 만남.

**1919년** 34세  1년 반 가까이 덴마크로 돌아감.

**1921년** 36세  케냐에서 남편 브로르와 별거에 들어감. 커피 농장 운영을 인계받고 남동생 토마스Thomas Dinesen(1892~1979)의 도움을 받음.

**1922년** 37세  핀치해턴의 아이를 유산함.

**1923년** 38세  커피 공장에 화재가 남. 동생 토마스가 농장 운영권을 완전히 넘겨줌.

**1924년** 39세  데니스 핀치해턴이 카렌 블릭센의 집에서 함께 살기 시작함.

**1925년** 40세  브로르와 정식으로 이혼함. 1년 동안 덴마크로 휴가를 떠남.

**1926년** 41세 「진실의 복수Sandhedens Hævn」가 『틸스쿠에렌』에 실림. 4월, 핀치해턴의 아이를 임신했다고 믿지만 잘못 안 것이거나 유산됨. 핀치해턴은 결혼을 꺼림.

**1928년** 43세 영국 왕세자를 영접함. 데니스는 왕세자의 사파리를 위해 브로르에게 도움을 청함.

**1929년** 44세 여러 달 덴마크에 머물고 영국으로 데니스를 만나러 가기도 함.

**1930년** 45세 농장은 세계적인 공황의 영향을 받고 카렌 블릭센은 처음으로 핀치해턴의 비행기를 탐.

**1931년** 46세 3월에 농장이 팔리고 5월에는 데니스 핀치해턴이 비행기 사고로 사망하며 카렌 블릭센은 아프리카를 떠나 덴마크로 돌아감.

**1934년** 49세 『일곱 개의 고딕 소설Seven Gothic Tales』 출간. 이듬해에 코펜하겐에서 덴마크어 판Syv fantastiske fortælinger 출간.

**1937년** 52세 『아웃 오브 아프리카Out of Africa』 출간. 같은 해에 덴마크어 판Den Afrikanske farm 출간.

**1942년** 57세 『겨울 이야기Winter's Tales』 출간. 같은 해에 덴마크어 판Vintereventyr 출간.

**1944년** 59세 『천사 같은 복수자들Gengældelsens Veje』 출간. 피에레 안드레젤Pierre Andrezel이란 필명을 씀.

**1946년** 61세 복통으로 척추 수술을 받음.

**1951년** 66세 『은판사진법Daguerrotypier』 출간.

**1952년** 67세 『바베트의 만찬Babettes Gæstebud』 출간. 이 작품은 1987년에 덴마크의 가브리엘 악셀Gabriel Axel 감독이 영화화함.

**1954년** 69세 노벨상 후보에 올랐으나 어니스트 헤밍웨이가 수상함.

**1955년** 70세 위궤양 수술로 위의 3분의 1을 절제함.

**1957년** 72세 노벨상 후보에 올랐으나 알베르 카뮈가 수상함. 『마지막 이야기들』 영어 판*Last Tales*와 덴마크어 판*Sidste Fortællinger* 출간.

**1958년** 73세 『운명의 일화들*Anecdotes of Destiny*』 출간. 이 작품은 1968년 미국의 오손 웰스Orson Welles 감독이 영화화함.

**1959년** 74세 세간의 주목을 받으며 미국을 여행함.

**1960년** 75세 『풀 위의 그림자』 영어 판*Shadows on the Grass*와 덴마크어 판*Skygger Pa Gæset* 출간함.

**1962년** 77세 『오세올라*Osceola*』 출간. 영양실조로 고향 룽스테드룬에서 세상을 떠남.

**1963년** 『에렌가르*Ehrengard*』 출간. 이 작품은 1982년 이탈리아의 에미디오 그레코Emidio Greco 감독이 영화화함.

**1965년** 『에세이집*Essays*』 출간.

**1977년** 『카니발: 가벼운 읽을거리들과 유작들*Carnival: Entertainments and Posthumous Tales*』 출간.

**1979년** 『은판사진법 외*Daguerreotypes, and Other Essays*』 출간.

**1981년** 『아프리카에서의 편지들*Letters from Africa*』 출간.

**1985년** 『아웃 오브 아프리카』를 시드니 폴락 감독이 영화화함.

**1986년** 『현대의 결혼에 대하여 외*On Modern Marriage: And Other Observations*』 출간.

**1996년** 『덴마크에서의 카렌 블릭센, 1931~1962년 편지들*Karen Blixen i Denmark: Breve 1931~1962*』 출간.

**열린책들 세계문학 087** 아웃 오브 아프리카

**옮긴이 민승남** 1965년 충북 청주에서 태어났다. 서울대학교 영어영문학과를 졸업하고 현재는 전문 번역가로 활동 중이다. 옮긴 책으로는 니코스 카잔차키스의 『알렉산드로스 대왕』, 메리언 키스의 『처음 드시는 분들을 위한 초밥』, E. M. 포스터의 『인도로 가는 길』, 애니 프루의 『시핑 뉴스』, 앤드류 솔로몬의 『한낮의 우울』, 유진 오닐의 『밤으로의 긴 여로』, 잉마르 베리만의 자서전 『마법의 등』, 맥스 애플의 『룸메이트』, 패티 킴의 『아름다운 화해』, 주디스 맥노트의 『내 사랑 휘트니』, 나폴레온 힐의 『놓치고 싶지 않은 나의 꿈 나의 인생』 등 다수가 있다.

**지은이** 카렌 블릭센 **옮긴이** 민승남 **발행인** 홍예빈·홍유진
**발행처** 주식회사 열린책들 **주소** 경기도 파주시 문발로 253 파주출판도시
**전화** 031-955-4000 **팩스** 031-955-4004 **홈페이지** www.openbooks.co.kr
Copyright (C) 주식회사 열린책들, 2008, 2009, *Printed in Korea*.
**ISBN** 978-89-329-1004-8 04890 **ISBN** 978-89-329-1499-2 (세트)
**발행일** 2008년 9월 20일 초판 1쇄 2009년 11월 30일 세계문학판 1쇄 2024년 2월 20일 세계문학판 16쇄

이 도서의 국립중앙도서관 출판예정도서목록(CIP)은 서지정보유통지원시스템 홈페이지(http://seoji.nl.go.kr)와 국가자료공동목록시스템(http://www.nl.go.kr/kolisnet)에서 이용하실 수 있습니다.(CIP제어번호:CIP2009003397)

# 열린책들 세계문학
## Open Books World Literature

### 001 죄와 벌 전2권
표도르 도스토옙스키 장편소설 | 홍대화 옮김 | 각 408, 512면

죄와 벌의 심리 과정을 따라가며 혁명 사상의 실제적 문제를 제시하는 명작
- 고려대학교 선정 〈교양 명저 60선〉
- 미국 대학 위원회 선정 SAT 추천 도서

### 003 최초의 인간
알베르 카뮈 장편소설 | 김화영 옮김 | 392면

20세기 문학의 정점을 이룬 알베르 카뮈 최후의 육성
- 1957년 노벨 문학상 수상 작가

### 004 소설 전2권
제임스 미치너 장편소설 | 윤희기 옮김 | 각 280, 368면

〈소설이란 무엇인가〉라는 주제를 작가, 편집자, 비평가, 독자의 입장에서 풀어 나간 작품
- 〈이달의 청소년도서〉 선정
- 한국 간행물 윤리 위원회 선정 〈청소년 권장 도서〉

### 006 개를 데리고 다니는 부인
안톤 체호프 소설선집 | 오종우 옮김 | 368면

삶의 진실과 인간의 참모습을 웃음과 울음으로 드러내는 위대한 작품
- 1993년 서울대학교 선정 〈동서 고전 200선〉
- 2002년 노벨 연구소가 선정한 〈세계문학 100선〉

### 007 우주 만화
이탈로 칼비노 단편집 | 김운찬 옮김 | 424면

25편 단편 속 신비로운 존재 〈크프우프크〉를 통해 환상적으로 창조된 우스꽝스러운 우주

### 008 댈러웨이 부인
버지니아 울프 장편소설 | 최애리 옮김 | 296면

난해한 〈의식의 흐름〉 기법과 〈내적 독백〉을 시도한 영국 모더니즘 소설의 고전
- 2005년 『타임』지 선정 〈100대 영문 소설〉, 〈20세기 100선〉
- 2009년 『뉴스위크』 선정 〈세계 100대 명작〉

### 009 어머니
막심 고리키 장편소설 | 최윤락 옮김 | 544면

혁명의 교과서이자 인간다운 삶의 권리를 일깨우는 영원한 고전
- 1912년 그리보예도프상
- 2006년 이고르 수히흐 교수 (러시아) 〈문학 20세기의 책 20건〉
- 서울대학교 권장 도서 100선

### 010 변신
프란츠 카프카 중단편집 | 홍성광 옮김 | 464면

어디에도 안주하지 못하는 인간의 모습을 초현실적으로 그려 낸 카프카의 주옥같은 단편들
- 서울대학교 권장 도서 100선

### 011 전도서에 바치는 장미
로저 젤라즈니 중단편집 | 김상훈 옮김 | 432면

신화와 SF의 융합, 흥미롭고 지적인 중단편 소설집

### 012 대위의 딸
알렉산드르 뿌쉬낀 장편소설 | 석영중 옮김 | 240면

역사적 대사건을 가정 소설과 연애 소설의 형식에 녹여 내어 조망한 산문 예술의 정점
- 2000년 한국 백상 출판 문화상 번역상

### 013 바다의 침묵
베르코르 소설선집 | 이상해 옮김 | 256면

전쟁과 이데올로기에 가려진 인간성에 대하여 고찰한 레지스탕스 문학의 백미

### 014 원수들, 사랑 이야기
아이작 싱어 장편소설 | 김진준 옮김 | 320면

유대인 학살에서 살아남은 네 남녀의 사랑과 상처를 그린 소설
- 1978년 노벨 문학상 수상 작가

### 015 백치 전2권
표도르 도스토옙스키 장편소설 | 김근식 옮김 | 각 504, 528면

백치 미쉬낀을 통해 구현하는 완전한 아름다움과 순수한 인간의 형상
- 피터 박스올 《죽기 전에 읽어야 할 1001권의 책》

### 017 1984년
조지 오웰 장편소설 | 박경서 옮김 | 392면

감시하고 통제하는 전체주의의 권력 앞에 무력해지는 인간의 삶
- 2009년 『뉴스위크』 선정 〈세계 100대 명작〉
- 『타임』지가 뽑은 〈20세기 100선〉

### 019 이상한 나라의 앨리스
루이스 캐럴 환상동화 | 머빈 피크 그림 | 최용준 옮김 | 336면

시공을 초월하며 상상력과 호기심의 한계를 허무는 루이스 캐럴의 환상 동화
- 2003년 BBC 〈영국인들이 가장 사랑하는 소설 100편〉
- 2004년 〈한국 문인이 선호하는 세계 명작 소설 100선〉

### 020 베네치아에서의 죽음
**토마스 만 중단편집 | 홍성광 옮김 | 432면**

삶과 죽음, 예술과 일상이라는 양극의 주제를 다룬 걸작

- 1929년 노벨 문학상 수상 작가
- 피터 박스올 《죽기 전에 읽어야 할 1001권의 책》

### 021 그리스인 조르바
**니코스 카잔차키스 장편소설 | 이윤기 옮김 | 488면**

카잔차키스가 그려 낸 자유인 조르바의 영혼의 투쟁

- 2002년 노벨 연구소가 선정한 《세계문학 100선》
- 2004년 《한국 문인이 선호하는 세계 명작 소설 100선》
- 2005년 동아일보 선정 《21세기 신고전 50선》
- 피터 박스올 《죽기 전에 읽어야 할 1001권의 책》

### 022 벚꽃 동산
**안똔 체호프 희곡선집 | 오종우 옮김 | 336면**

거창한 사상보다는 삶의 사소함을 객관적인 문체로 그린, 가장 완숙한 체호프의 작품

- 2006년 이고르 수히흐 교수 《러시아 문학 20세기의 책 20권》
- 미국 대학 위원회 선정 SAT 추천 도서
- 서울대학교 권장 도서 100선

### 023 연애 소설 읽는 노인
**루이스 세풀베다 장편소설 | 정창 옮김 | 192면**

담백하고 섬세한 문체와 간결한 내용에 인간의 탐욕과 자연의 거대함을 담은 환경 소설

- 1989년 티그레 후안상
- 1998년 전 세계 베스트셀러 8위

### 024 젊은 사자들 전2권
**어윈 쇼 장편소설 | 정영문 옮김 | 각 416, 408면**

인간의 어리석음, 광기, 우스꽝스러움을 탁월하게 포착한 전쟁 소설이자 심리 소설

- 1945년 오 헨리 문학상
- 1970년 플레이보이상

### 026 젊은 베르테르의 슬픔
**요한 볼프강 폰 괴테 장편소설 | 김인순 옮김 | 240면**

사랑의 열병을 앓는 전 세계 젊은이들의 영혼을 울린 감성 문학의 고전

- 2003년 크리스티아네 쉬른트 《사람이 읽어야 할 모든 것 책》
- 피터 박스올 《죽기 전에 읽어야 할 1001권의 책》

### 027 시라노
**에드몽 로스탕 희곡 | 이상해 옮김 | 256면**

명랑한 영웅주의, 감미로운 연애 감정, 기발하고 화려한 시구들이 돋보이는 명작

- 미국 대학 위원회 선정 SAT 추천 도서

### 028 전망 좋은 방
**E. M. 포스터 장편소설 | 고정아 옮김 | 352면**

영국 사회의 계층 간 갈등과 가치관의 충돌을 날카롭게 포착한 걸작

- 1998년 랜덤하우스 모던 라이브러리 선정 《최고의 영문 소설 100》
- 피터 박스올 《죽기 전에 읽어야 할 1001권의 책》

### 029 까라마조프 씨네 형제들 전3권
**표도르 도스토옙스키 장편소설 | 이대우 옮김 | 각 496, 496, 460면**

많은 인물군과 에피소드를 통해 심오한 사상과 예술적 깊이를 보여 주는 도스토옙스키 40년 창작의 결산

- 국립중앙도서관 선정 청소년 권장 도서 50선
- 서울대학교 권장 도서 100선
- 서머싯 몸 선정 세계 10대 소설

### 032 프랑스 중위의 여자 전2권
**존 파울즈 장편소설 | 김석희 옮김 | 각 344면**

자유에 대한 정열이 고갈된 20세기에 대한 탁월한 우화

- 1969년 실버펜상
- 2005년 「타임」지 선정 《100대 영문 소설》

### 034 소립자
**미셸 우엘벡 장편소설 | 이세욱 옮김 | 448면**

성(性) 풍속의 변천 과정을 중심으로 전개되는 두 형제의 쓸쓸한 삶을 다룬 작품

- 1998년 「타임스 리터러리 서플러먼트」 선정 《올해의 책》
- 2002년 국제 IMPAC 더블린 문학상
- 1998년 「리르」 선정 《올해 최고의 책》

### 035 영혼의 자서전 전2권
**니코스 카잔차키스 자서전 | 안정효 옮김 | 각 352, 408면**

카잔차키스 자신의 삶의 여정을 아름답게 묘사한 자전적 소설

### 037 우리들
**예브게니 자먀찐 장편소설 | 석영중 옮김 | 320면**

인간이 인간일 수 있음을 방해하는 모든 제도를 거부하는, 디스토피아 소설의 효시

- 2006년 이고르 수히흐 교수 《러시아 문학 20세기의 책 20권》
- 피터 박스올 《죽기 전에 읽어야 할 1001권의 책》

### 038 뉴욕 3부작
**폴 오스터 장편소설 | 황보석 옮김 | 480면**

추리 소설의 형식을 빌려 장르의 관습을 뒤엎어 버린, 가장 미국적인 소설

- 피터 박스올 《죽기 전에 읽어야 할 1001권의 책》

## 039 닥터 지바고 전2권
보리스 파스테르나크 장편소설 | 홍대화 옮김 | 각 480, 592면

장엄한 시대의 증언으로 러시아 문학의 지평을 넓힌 해빙기 문학의 정수

- 1958년 노벨 문학상
- 미국 대학 위원회 선정 SAT 추천 도서
- 『타임』지가 뽑은 〈20세기 100선〉

## 041 고리오 영감
오노레 드 발자크 장편소설 | 임희근 옮김 | 456면

〈인간 희극〉 시리즈의 으뜸으로, 이후 방대한 소설 세계를 열어 주는 발자크의 대표작

- 2002년 르벨 연구가가 선정한 〈세계문학 100선〉
- 연세대학교 권장 도서 200권

## 042 뿌리 전2권
알렉스 헤일리 장편소설 | 안정효 옮김 | 각 400, 448면

10여 년간의 철저한 자료 조사로 재구성된 르모르타주 문학의 걸작

- 1977년 퓰리처상
- 1977년 전미 도서상
- 2004년 〈한국 문인이 선호하는 세계 명작 소설 100선〉
- 2005년 헨리 포드사 선정 〈75년간 미국을 뒤바꾼 75가지〉

## 044 백년보다 긴 하루
친기즈 아이뜨마또프 장편소설 | 황보석 옮김 | 560면

꿈꾸는 듯한 현실과 현실 같은 상상이 절묘하게 어우러진, 소비에트 문화권 최고의 스테디셀러

- 1983년 소비에트 문학상
- 1994년 오스트리아 유럽 문학상

## 045 최후의 세계
크리스토프 란스마이어 장편소설 | 장희권 옮김 | 264면

신화적 인물과 모티프를 현대적 관심사들과 결합시킨 지적 신화 소설

- 1988년 프랑크푸르트 도서전 선정 〈올해의 책〉
- 1988년 안톤 빌트간스상
- 1992년 독일 바이에른 주 학술원 대문학상
- 피터 박스올 〈죽기 전에 읽어야 할 1001권의 책〉

## 046 추운 나라에서 돌아온 스파이
존 르카레 장편소설 | 김석희 옮김 | 368면

20세기 냉전이 낳은 존 르카레 최고의 스릴러

- 1963년 서머싯 몸상
- 1963년 영국 추리작가 협회상
- 1963년 미국 추리작가 협회상
- 2005년 『타임』지 선정 〈100대 영문 소설〉

## 047 산도칸 ─ 몸프라쳄의 호랑이
에밀리오 살가리 장편소설 | 유향란 옮김 | 428면

말레이시아 해를 배경으로 펼쳐지는 해적 산도칸과 그의 친구 야네스의 활약상

- 피터 박스올 〈죽기 전에 읽어야 할 1001권의 책〉

## 048 기적의 시대
보리슬라프 페키치 장편소설 | 이윤기 옮김 | 560면

예수가 행한 기적의 이면을 인간의 입장에서 조명한 기막힌 패러디

- 1965년 유고슬라비아 문학상

## 049 그리고 죽음
짐 크레이스 장편소설 | 김석희 옮김 | 224면

생장과 소멸, 삶과 죽음이 자연과 인간에게 주는 의미를 성찰하게 하는 걸작

- 1999년 전미 비평가 협회상
- 1999년 『가디언』 선정 〈올해의 책〉

## 050 세설 전2권
다니자키 준이치로 장편소설 | 송태욱 옮김 | 각 480면

몰락한 오사카 상류층의 네 자매의 결혼 이야기를 통해 당시의 풍속을 잔잔하게 그린 작품

## 052 세상이 끝날 때까지 아직 10억 년
스뜨루가쯔끼 형제 장편소설 | 석영중 옮김 | 224면

반유토피아 문학의 전통을 계승한 정치 풍자로 판금 조치를 당하기도 한 문제작

- 1988년 〈이달의 청소년 도서〉 선정

## 053 동물 농장
조지 오웰 장편소설 | 박경서 옮김 | 208면

스딸린 통치의 역사를 동물 우화에 빗댄 정치 알레고리 소설의 고전

- 2008년 영국 플레이닷컴 선정 〈역사상 가장 위대한 소설 10〉
- 2009년 『뉴스위크』 선정 〈세계 100대 명저〉

## 054 캉디드 혹은 낙관주의
볼테르 장편소설 | 이봉지 옮김 | 232면

해학과 풍자를 통해 작가 자신의 철학을 고스란히 담아 낸 철학적 콩트의 정수

- 1993년 서울대학교 선정 〈동서 고전 200선〉
- 미국 대학 위원회 선정 SAT 추천 도서

## 055 도적 떼
프리드리히 폰 실러 희곡 | 김인순 옮김 | 264면

〈형제의 반목〉이라는 모티프를 이용하여 자유와 반항을 설득력 있게 묘사한 비극

- 1993년 서울대학교 선정 〈동서 고전 200선〉
- 고려대학교 선정 〈교양 명저 60선〉

## 056 플로베르의 앵무새
줄리언 반스 장편소설 | 신재실 옮김 | 320면

예술 작품을 둘러싸고 벌어지는 인간 사회의 다양한 양상을 날카롭게 통찰한 작품

- 1986년 메디치상
- 1986년 E. M. 포스터상
- 1987년 구텐베르크상

### 057 악령 전3권
표도르 도스토옙스키 장편소설 | 박혜경 옮김 | 각 328, 408, 528면

실제 사건에 심리적, 형이상학적 색채를 가미한 위대한 비극

- 1966년 동아일보 선정 〈한국 명사들의 추천 도서〉
- 피터 박스올 〈죽기 전에 읽어야 할 1001권의 책〉

### 060 의심스러운 싸움
존 스타인벡 장편소설 | 윤희기 옮김 | 340면

1930년대 대공황기 캘리포니아 농장 지대의 파업을 극적으로 그린 소설

- 1937년 캘리포니아 커먼웰스 클럽 금상
- 1962년 노벨 문학상 수상 작가

### 061 몽유병자들 전2권
헤르만 브로흐 장편소설 | 김경연 옮김 | 각 568, 544면

현대 문명의 병폐와 가치의 붕괴를 상징적·비판적으로 해석한 박물 소설이자 모든 문학적 표현 수단의 총체

### 063 몰타의 매
대실 해밋 장편소설 | 고정아 옮김 | 304면

하드보일드 소설의 창시자 대실 해밋의 세계 최초 탐정 소설

- 2009년 『뉴스위크』 선정 〈세계 100대 명작〉
- 뉴욕 추리 전문 서점 블랙 오키드 선정 〈최고의 추리 소설 10〉

### 064 마야꼬프스끼 선집
블라지미르 마야꼬프스끼 선집 | 석영중 옮김 | 384면

20세기 러시아의 위대한 혁명 시인 마야꼬프스끼의 대표적인 시와 산문 모음집

### 065 드라큘라 전2권
브램 스토커 장편소설 | 이세욱 옮김 | 각 340, 344면

공포와 성(性)을 결합시킨 환상 문학의 고전

- 2003년 크리스티아네 취른트 〈사람이 읽어야 할 모든 것 책〉
- 피터 박스올 〈죽기 전에 읽어야 할 1001권의 책〉

### 067 서부 전선 이상 없다
에리히 마리아 레마르크 장편소설 | 홍성광 옮김 | 336면

지극히 평범한 한 인간을 통해 전쟁의 본질을 보여 주는, 가장 위대한 전쟁 소설

- 미국 대학 위원회 선정 SAT 추천 도서
- 『타임』지가 뽑은 〈20세기 100선〉
- 피터 박스올 〈죽기 전에 읽어야 할 1001권의 책〉

### 068 적과 흑 전2권
스탕달 장편소설 | 임미경 옮김 | 각 432, 368면

〈출세〉를 향한 젊은이의 성공과 좌절을 통해 부조리한 사회 구조를 고발한 작품

- 2002년 노벨 연구소가 선정한 〈세계문학 100선〉
- 국립중앙도서관 선정 청소년 권장 도서 50선
- 서울대학교 권장 도서 100선

### 070 지상에서 영원으로 전3권
제임스 존스 장편소설 | 이종인 옮김 | 각 396, 380, 496면

제2차 세계 대전을 배경으로 두 쌍의 연인을 통해 하와이 주둔 미군 부대의 실상을 폭로한 자연주의 소설

- 1952년 전미 도서상
- 1998년 랜덤하우스 모던 라이브러리 선정 〈최고의 영문 소설 100〉

### 073 파우스트
요한 볼프강 폰 괴테 희곡 | 김인순 옮김 | 568면

진리를 찾는 파우스트를 통해 인간사의 모든 문제를 상징적으로 표현한 고전 중의 고전

- 2002년 노벨 연구소가 선정한 〈세계문학 100선〉
- 2003년 국립중앙도서관 선정 〈고전 100선〉
- 미국 대학 위원회 선정 SAT 추천 도서
- 서울대학교 권장 도서 100선
- 『뉴스위크』 선정 〈세상을 움직인 100권의 책〉

### 074 쾌걸 조로
존스턴 매컬리 장편소설 | 김훈 옮김 | 316면

마스크 뒤에 정체를 감추고 폭압에 맞서 싸우는 쾌걸 조로의 가슴 시원한 활약

### 075 거장과 마르가리따 전2권
미하일 불가꼬프 장편소설 | 홍대화 옮김 | 각 364, 328면

스딸린 치하의 소비에트 사회를 풍자하는 서늘한 공포와 유쾌한 웃음의 묘미

- 2006년 이고르 수히흐 교수 〈러시아 문학 20세기의 책 20권〉
- 피터 박스올 〈죽기 전에 읽어야 할 1001권의 책〉

### 077 순수의 시대
이디스 워튼 장편소설 | 고정아 옮김 | 448면

사랑과 결혼의 의미를 찾는 세 남녀의 이야기를 세밀하게 그려 낸 연애 소설의 고전

- 1998년 랜덤하우스 모던 라이브러리 선정 〈최고의 영문 소설 100〉
- 2009년 『뉴스위크』 선정 〈세계 100대 명작〉

### 078 검의 대가
아르투로 페레스 레베르테 장편소설 | 김수진 옮김 | 384면

1868년 마드리드, 역사적인 음모와 계략 그리고 화려한 검술이 엮어 내는 지적 미스터리

- 1993년 『리르』지 선정 〈10대 외국 소설가〉
- 1997년 코레오 그룹상
- 2000년 『뉴욕 타임스』 선정 〈올해의 포켓북〉

### 079 예브게니 오네긴
알렉산드르 뿌쉬낀 운문소설 | 석영중 옮김 | 328면

패러디의 소설이자 소설의 패러디. 러시아가 낳은 위대한 시인 뿌쉬낀의 장편 운문 소설

- 고려대학교 선정 〈교양 명저 60선〉
- 연세대학교 권장 도서 200권

### 080 장미의 이름 전2권
움베르토 에코 장편소설 | 이윤기 옮김 | 각 440, 448면

에코의 해박한 인류학적 지식과 기호학 이론이 녹아 있는 중세 추리 소설

- 1981년 스트레가상
- 1982년 메디치상
- 「타임」지가 뽑은 〈20세기 100선〉

### 082 향수
파트리크 쥐스킨트 장편소설 | 강명순 옮김 | 384면

지상 최고의 향수를 만들려는 한 악마적 천재의 기상천외한 이야기

- 2003년 BBC 「빅리드」 조사 〈영국인들이 가장 사랑하는 소설 100편〉
- 2008년 서울대학교 대출 도서 순위 20

### 083 여자를 안다는 것
아모스 오즈 장편소설 | 최창모 옮김 | 280면

현대 히브리 문학의 대표적 작가이자 평화 운동가인 아모스 오즈의 대표작

### 084 나는 고양이로소이다
나쓰메 소세키 장편소설 | 김난주 옮김 | 544면

고양이의 눈에 비친 인간들의 우스꽝스럽고도 서글픈 초상

### 085 웃는 남자 전2권
빅토르 위고 장편소설 | 이형식 옮김 | 각 472, 496면

17세기 영국 사회에 대한 묘사와 역사에 대한 통찰력이 돋보이는 위고의 최고 걸작

### 087 아웃 오브 아프리카
카렌 블릭센 장편소설 | 민승남 옮김 | 480면

아프리카에 바치는, 아프리카인과 나눈 사랑과 교감 그리고 우정과 깨달음의 기록

- 피터 박스올 〈죽기 전에 읽어야 할 1001권의 책〉

### 088 무엇을 할 것인가 전2권
니꼴라이 체르니셰프스키 장편소설 | 서정록 옮김 | 각 360, 404면

젊은 지식인들에게 〈혁명의 교과서〉로 추앙받은 사회주의 이상 소설

### 090 도나 플로르와 그녀의 두 남편 전2권
조르지 아마두 장편소설 | 오숙은 옮김 | 각 408, 308면

브라질의 국민 작가 아마두의 관능적이고도 익살이 넘치는 대표작

### 092 미사고의 숲
로버트 홀드스톡 장편소설 | 김상훈 옮김 | 424면

신화의 원형과 〈숲〉으로 상징되는 집단 무의식의 본질을 유려한 문체로 형상화한 걸작

- 1985년 세계 환상 문학상 대상
- 2003년 프랑스 환상 문학상 특별상

### 093 신곡 전3권
단테 알리기에리 장편서사시 | 김운찬 옮김 | 각 292, 296, 328면

총 1만 4233행으로 기록된, 단테의 일주일 동안의 저승 여행 이야기

- 2009년 「뉴스위크」 선정 〈세계 100대 명저〉
- 서울대학교 권장 도서 100선

### 096 교수
샬럿 브론테 장편소설 | 배미영 옮김 | 368면

권위와 위선을 거부하고 자립해 가는 인간들의 모순된 내면 심리에 대한 탁월한 묘사

### 097 노름꾼
표도르 도스토옙스키 장편소설 | 이재필 옮김 | 320면

잡지의 실패, 형과 아내의 죽음, 빚…… 파국으로 치닫는 악몽 같은 이야기로 승화한 작가의 회상

### 098 하워즈 엔드
E. M. 포스터 장편소설 | 고정아 옮김 | 512면

정교한 플롯과 다채로운 인물 묘사가 돋보이는 E. M. 포스터의 역작

- 1998년 랜덤하우스 모던 라이브러리 선정 〈최고의 영문 소설 100〉
- 2004년 〈한국 문인이 선호하는 세계 명작 소설 100선〉

### 099 최후의 유혹 전2권
니코스 카잔차키스 장편소설 | 안정효 옮김 | 각 408면

예수뿐 아니라 그의 주변 인물들에게까지 생생한 살과 영혼을 부여한 소설

- 피터 박스올 〈죽기 전에 읽어야 할 1001권의 책〉

### 101 키리냐가
마이크 레스닉 장편소설 | 최용준 옮김 | 464면

모든 문제에 대한 해답이 존재했던, 잃어버린 유토피아에 관한 우화

- 1989년 휴고상

### 102 바스커빌가의 개
아서 코넌 도일 장편소설 | 조영학 옮김 | 264면

가장 매력적인 탐정 〈셜록 홈스〉를 창조해 낸 코넌 도일 최고의 장편소설

- 「히치콕 매거진」 선정 〈세계 10대 추리 소설〉
- 피터 박스올 〈죽기 전에 읽어야 할 1001권의 책〉

### 103 버마 시절
조지 오웰 장편소설 | 박경서 옮김 | 408면

〈인도 제국주의 경찰〉이라는 실제 경험을 바탕으로 완성한 조지 오웰의 첫 장편, 그 식민지의 기록

### 104 10 1/2장으로 쓴 세계 역사
줄리언 반스 장편소설 | 신재실 옮김 | 464면

패러디, 다큐멘터리, 에세이 등 다양한 형식을 통한 세계 역사의 포스트모더니즘적 전복

### 105 죽음의 집의 기록
표도르 도스토옙스키 장편소설 | 이덕형 옮김 | 528면

도스토옙스키의 실제 경험이 가장 많이 반영된 다큐멘터리적 소설
- 1955년 시카고 대학 그레이트 북스
- 피터 박스올 《죽기 전에 읽어야 할 1001권의 책》

### 106 소유 전2권
수전 바이어트 장편소설 | 윤희기 옮김 | 각 440, 488면

우연히 발견된 편지의 비밀을 좇으며 알아 가는 빅토리아 시대의 사랑, 그리고 현실의 사랑
- 1990년 부커상
- 1990년 영국 최고 영예 지도자상인 커맨더(CBE) 훈장
- 2005년 『타임』지 선정 〈100대 영문 소설〉

### 108 미성년 전2권
표도르 도스토옙스키 장편소설 | 이상룡 옮김 | 각 512, 544면

불행한 운명을 타고난 한 청년이 이상과 현실 사이에서 방황하는 모습을 그린 성장 소설

### 110 성 앙투안느의 유혹
귀스타브 플로베르 희곡소설 | 김용은 옮김 | 584면

〈낭만주의적 구도자〉 귀스타브 플로베르가 스스로 밝힌 〈평생의 작품〉

### 111 밤으로의 긴 여로
유진 오닐 희곡 | 강유나 옮김 | 240면

치솟는 애증과 한없는 연민의 다른 이름, 〈가족〉에 대한 유진 오닐의 자전적 고백
- 1936년 노벨 문학상 수상 작가
- 1957년 퓰리처상
- 미국 대학 위원회 선정 SAT 추천 도서
- 『타임』지가 뽑은 〈20세기 100선〉

### 112 마법사 전2권
존 파울즈 장편소설 | 정영문 옮김 | 각 512, 552면

중층적 책략과 거미줄처럼 깔린 복선, 다양한 상징이 어우러진 거대한 환상의 숲
- 2003년 BBC 『빅리드』 조사 〈영국인들이 가장 사랑하는 소설 100편〉
- 『타임』지 선정 〈100대 영문 소설〉

### 114 스쩨빤치꼬보 마을 사람들
표도르 도스토옙스키 장편소설 | 변현태 옮김 | 416면

작가의 시베리아 유형 직후에 발표된 작품. 유쾌한 희극적 기법과 언어의 기막힌 패러디

### 115 플랑드르 거장의 그림
아르투로 페레스 레베르테 장편소설 | 정창 옮김 | 512면

그림에 감추어진 문장으로 과거를 추적해 가는 미스터리이자 역사 추리 소설
- 1993년 프랑스 추리 소설 대상
- 1993년 『리르』지 선정 〈10대 외국인 소설가〉

### 116 분신
표도르 도스토옙스키 장편소설 | 석영중 옮김 | 288면

〈의식의 분열〉이라는 도스토옙스키 창작의 가장 중요한 테마를 예고한 작품

### 117 가난한 사람들
표도르 도스토옙스키 장편소설 | 석영중 옮김 | 256면

보잘것없는 하급 관리와 욕심 많은 지주의 아내가 되는 가엾은 처녀가 주고받은 편지

### 118 인형의 집
헨리크 입센 희곡 | 김창화 옮김 | 272면

누군가의 아내 혹은 어머니가 아닌, 한 〈인간〉으로서의 여성의 깨달음을 그린 화제작
- 미국 대학 위원회 선정 SAT 추천 도서
- 『뉴스위크』 선정 〈세상을 움직인 100권의 책〉

### 119 영원한 남편
표도르 도스토옙스키 장편소설 | 정명자 외 옮김 | 448면

도스토옙스키의 심화된 예술 세계를 보여 주는 단편 모음집

### 120 알코올
기욤 아폴리네르 시집 | 황현산 옮김 | 352면

파격적인 시풍과 유려한 내재율을 자랑하는 기욤 아폴리네르의 첫 시집

### 121 지하로부터의 수기
표도르 도스토옙스키 장편소설 | 계동준 옮김 | 256면

선악의 충돌, 환경과 윤리의 갈등, 인간의 번민과 그리스도를 통한 구원에 관한 이야기들

### 122 어느 작가의 오후
페터 한트케 중편소설 | 홍성광 옮김 | 160면

세계적 작가 페터 한트케가 소설의 형식으로 써 내려간 독특한 〈작가론〉, 한트케식 글쓰기의 표본

### 123 아저씨의 꿈
표도르 도스토옙스키 장편소설 | 박종소 옮김 | 312면

과장의 기법과 희화적 색채를 드러낸 도스토옙스키의 풍자 드라마 혹은 사회 비판적 소설

### 124 네또츠까 네즈바노바
표도르 도스토옙스키 장편소설 | 박재만 옮김 | 316면

네또츠까 네즈바노바라는 한 여성의 일대기를 다룬 도스토옙스키 최초의 장편이자 미완성작

### 125 곤두박질
마이클 프레인 장편소설 | 최용준 옮김 | 528면

해박한 미술사적 지식을 토대로 한 예술 소설이자 역사적 배경 속에서 벌어지는 사회심리 코미디
- 1999년 『타임스 리터러리 서플러먼트』 선정 〈올해의 책〉
- 1999년 휫브레드상

### 126 백야 외
표도르 도스토옙스키 소설집 | 석영중 외 옮김 | 408면

도스토옙스키의 유토피아적 사회주의 사상이 나타난 단편 모음으로, 뻬뜨로빠블로프스끼 감옥에 수감된 동안의 삶의 환희이 엿보이는 작품

### 127 살라미나의 병사들
하비에르 세르카스 장편소설 | 김창민 옮김 | 304면

1939년 프랑스 국경 숲 집단 총살에서 살아남은 작가이자 팔랑헤당의 핵심 멤버였던 산체스 마사스를 추적하는, 탐정 소설 형식을 띤 이야기

- 2001년 스페인 살람보상, 『케 레에르』지 독자상, 바르셀로나 시의 상
- 2004년 영국 〈인디팬던트〉 외국 소설상

### 128 뻬쩨르부르그 연대기 외
표도르 도스토옙스키 소설집 | 이항재 옮김 | 296면

새로운 테마와 방법으로 고심한 흔적이 나타나는, 당대 사회에 대한 날카로운 관찰자적 시각을 가지고 간결하고 세련된 문체를 사용한 작품

### 129 상처받은 사람들 전2권
표도르 도스토옙스키 장편소설 | 윤우섭 옮김 | 각 296, 392면

19세기 중엽 뻬쩨르부르그 상류 사회의 이중적 삶과 하층민의 고통, 그로 인한 비극적 갈등과 모순을 그린 작품

### 131 악어 외
표도르 도스토옙스키 소설집 | 박혜경 외 옮김 | 312면

도스토옙스키의 중기 단편, 점차 성숙해져 가는 작가의 예술적·사상적 세계관이 돋보이는 작품

### 132 허클베리 핀의 모험
마크 트웨인 장편소설 | 윤교찬 옮김 | 416면

모험 소설의 대가, 미국의 셰익스피어라 불리는 마크 트웨인의 대표작

- 미국 대학 위원회 선정 SAT 추천 도서
- 서울대학교 권장 도서 100선

### 133 부활 전2권
레프 똘스또이 장편소설 | 이대우 옮김 | 각 308, 416면

똘스또이의 세계관이 담긴 거대한 사상서, 끝없는 용서와 사랑으로 부활하는 인간성에 대한 이야기

- 2003년 국립중앙도서관 선정 〈고전 100선〉
- 2004년 〈한국 문인이 선호하는 세계 명작 소설 100선〉

### 135 보물섬
로버트 루이스 스티븐슨 장편소설 | 최용준 옮김 | 360면

백 년이 넘게 전 세계 독자들의 사랑을 받아 온 해양 모험 소설의 고전

- 2003년 BBC 「빅리드」 조사 〈영국인들이 가장 사랑하는 소설 100편〉
- 미국 대학 위원회 선정 SAT 추천 도서

### 136 천일야화 전6권
앙투안 갈랑 | 임호경 옮김 | 각 336, 328, 372, 392, 344, 320면

마법과 흥미진진한 모험 속에서 아랍의 문화와 관습은 물론 "아랍인들의 세계관과 기질을 재미있게 전하는 앙투안 갈랑의 〈천일야화〉 완역판

- 2003년 국립중앙도서관 선정 〈고전 100선〉

### 142 아버지와 아들
이반 뚜르게네프 장편소설 | 이상원 옮김 | 328면

격변기 러시아의 세대 갈등, 〈보수〉와 〈진보〉가 대립하는 시대상을 묘사하여 논쟁을 불러일으킨 작품

- 1993년 서울대학교 선정 〈동서 고전 200선〉
- 미국 대학 위원회 선정 SAT 추천 도서

### 143 오만과 편견
제인 오스틴 장편소설 | 원유경 옮김 | 480면

오만과 편견에서 비롯된 모든 갈등과 모순은 결혼으로 해결된다. 셰익스피어에 버금가는 작가 제인 오스틴의 대표작

- 1954년 서머싯 몸이 추천한 세계 10대 소설
- 2002년 노벨 연구소가 선정한 〈세계 문학 100선〉
- 미국 대학 위원회 선정 SAT 추천 도서

### 144 천로 역정
존 버니언 우화소설 | 이동일 옮김 | 432면

좁은 문을 지나 천국에 이르는 순례자의 여정, 침례교 설교자 존 버니언의 대표작인 종교적 우화소설

- 1945년 호레이스 십 선정 〈세계를 움직인 책 10권〉
- 2003년 국립중앙도서관 선정 〈고전 100선〉
- 2004년 〈한국 문인이 선호하는 세계 명작 소설 100선〉

### 145 대주교에게 죽음이 오다
윌라 캐더 장편소설 | 윤명옥 옮김 | 352면

웅대한 자연환경과 함께 뉴멕시코 선교사들의 삶을 그린, 퓰리처상 수상 작가 윌라 캐더의 아름다운 신화적 소설

- 2005년 「타임」지 선정 〈100대 영문 소설〉
- 2009년 「뉴스위크」 선정 〈세계 100대 명저〉
- 미국 대학 위원회 선정 SAT 추천 도서

### 146 권력과 영광
그레이엄 그린 장편소설 | 김연수 옮김 | 384면

군사 혁명 시절의 멕시코, 범법자이자 도망자를 자처한 어느 사제의 이야기, 불구가 된 세상이 신의 대리인에게 내리는 가혹한 형벌, 혹은 놀라운 축복

- 2005년 「타임」지 선정 〈100대 영문 소설〉

### 147 80일간의 세계 일주
쥘 베른 장편소설 | 고정아 옮김 | 352면

공상 과학 소설의 고전, 지금까지 전 세계에 가장 많은 번역 작품을 남긴 쥘 베른, 그가 그려 낸 80일 동안의 세계 일주

- 미국 대학 위원회 선정 SAT 추천 도서

### 148 바람과 함께 사라지다 전3권
마거릿 미첼 장편소설 | 안정효 옮김 | 각 616, 640, 640면

미국 문학사상 최고의 이야기꾼 마거릿 미첼의 대표작. 전쟁의 폐허 속에서 살아가는 여성의 이야기
- 1937년 퓰리처상
- 2009년 『뉴스위크』 선정 〈세계 100대 명저〉

### 151 기탄잘리
라빈드라나트 타고르 시집 | 장경렬 옮김 | 224면

먼 곳을 가깝게 하고 낯선 이를 형제로 만드는 타고르 시의 힘! 나그네, 연인…… (님)을 그리는 가난한 마음들이 바치는 노래의 화환
- 1913년 노벨 문학상
- 2003년 국립중앙도서관 선정 〈고전 100선〉

### 152 도리언 그레이의 초상
오스카 와일드 장편소설 | 윤희기 옮김 | 384면

예술과 삶의 관계를 해명한 오스카 와일드의 유일한 장편소설
- 1996년 동아일보 선정 〈한국 명사들의 추천 도서〉
- 미국 대학 위원회 선정 SAT 추천 도서

### 153 레우코와의 대화
체사레 파베세 희곡소설 | 김운찬 옮김 | 280면

이탈리아 신사실주의 문학을 대표하는 파베세의 급진적인 신화 해석

### 154 햄릿
윌리엄 셰익스피어 희곡 | 박우수 옮김 | 256면

삶과 죽음, 도덕과 양심, 의지와 운명 등 다양한 문제를 동반한 존재 탐구의 여정
- 2002년 노벨 연구소가 선정한 〈세계문학 100선〉
- 미국 대학 위원회 선정 SAT 추천 도서

### 155 맥베스
윌리엄 셰익스피어 희곡 | 권오숙 옮김 | 176면

모순과 역설을 통해 인간 내면의 온갖 가치 충돌을 그려 낸, 셰익스피어 4대 비극의 마지막 작품
- 2002년 노벨 연구소가 선정한 〈세계문학 100선〉
- 미국 대학 위원회 선정 SAT 추천 도서

### 156 아들과 연인 전2권
D. H. 로런스 장편소설 | 최희섭 옮김 | 각 464, 432면

19세기 말에서 20세기 초 영국 사회 하층 계급의 삶을 생생하게 묘사한 로런스의 자전적 소설
- 2002년 노벨 연구소가 선정한 〈세계문학 100선〉
- 2009년 『뉴스위크』 선정 〈세계 100대 명저〉

### 158 그리고 아무 말도 하지 않았다
하인리히 뵐 장편소설 | 홍성광 옮김 | 272면

〈전후 독일에서 쓰인 최고의 책〉이라고 극찬받은 작품. 섬세하게 묘사된 전후의 내면 풍경
- 1972년 노벨 문학상 수상 작가

### 159 미덕의 불운
싸드 장편소설 | 이형식 옮김 | 248면

신앙 깊고 정숙한 미덕의 화신 쥐스띤느에게 가해지는 잔혹한 운명. 〈싸디즘〉의 유래가 된 문제작

### 160 프랑켄슈타인
메리 W. 셸리 장편소설 | 오숙은 옮김 | 320면

공포 소설, 공상 과학 소설의 고전. 과학의 발전과 실험이 불러올지도 모를 끔찍한 재앙에 대한 경고
- 2009년 『뉴스위크』 선정 〈세계 100대 명저〉
- 미국 대학 위원회 선정 SAT 추천 도서

### 161 위대한 개츠비
프랜시스 스콧 피츠제럴드 장편소설 | 한애경 옮김 | 280면

개츠비, 닉, 톰이라는 세 캐릭터를 통해 시대적 불안을 뛰어나게 묘사한 고전
- 2005년 『타임』지 선정 〈100대 영문 소설〉
- 미국 대학 위원회 선정 SAT 추천 도서

### 162 아Q정전
루쉰 중단편집 | 김태성 옮김 | 320면

현대 중국의 문학과 인문 정신의 출발을 상징하는 루쉰의 소설집
- 1996년 『뉴욕 타임스』 선정 〈20세기에 가장 큰 영향을 끼친 그레이트 북스〉

### 163 로빈슨 크루소
대니얼 디포 장편소설 | 류경희 옮김 | 456면

최초의 본격 소설이자 근대 소설의 효시. 국적과 시대와 세대를 불문한 여행기 문학의 대표작
- 2003년 국립중앙도서관 선정 〈고전 100선〉
- 미국 대학 위원회 선정 SAT 추천 도서

### 164 타임머신
허버트 조지 웰스 소설선집 | 김석희 옮김 | 304면

SF의 거인 허버트 조지 웰스가 그려 낸 인류의 미래 그 잔혹한 기적!
- 2003년 크리스티아네 취른던 〈사람이 읽어야 할 모든 것〉
- 피터 박스올 〈죽기 전에 읽어야 할 1001권의 책〉

### 165 제인 에어 전2권
샬럿 브론테 장편소설 | 이미선 옮김 | 각 392, 384면

가난한 고아 가정 교사 제인 에어와 부유하지만 불행한 로체스터의 사랑을 주제로 한 연애 소설
- 미국 대학 위원회 선정 SAT 추천 도서
- 피터 박스올 〈죽기 전에 읽어야 할 1001권의 책〉

### 167 풀잎
월트 휘트먼 시집 | 허현숙 옮김 | 280면

자유시의 선구자 월트 휘트먼. 40년간 수정과 증보를 거듭한 시집 『풀잎』의 초판 완역본
- 2002년 노벨 연구소가 선정한 〈세계문학 100선〉
- 2009년 『뉴스위크』 선정 〈세계 100대 명저〉

### 168 표류자들의 집
기예르모 로살레스 장편소설 | 최유정 옮김 | 216면

쿠바와 미국, 그 어느 땅에도 뿌리박기를 거부한 작가 기예르모 로살레스. 그가 생전에 남긴 단 한 권의 책
- 1987년 황금 문학상

### 169 배빗
싱클레어 루이스 장편소설 | 이종인 옮김 | 520면

일반 명사가 된 한 남자의 이야기. 미국의 중산 계급에 대한 풍자와 뛰어난 환경 묘사에 성공한 루이스의 최고 걸작!
- 1930년 노벨 문학상

### 170 이토록 긴 편지
마리아마 바 장편소설 | 백선희 옮김 | 192면

50대 여성 라마툴라이가 친구 아이사투에게 쓴 편지. 일부다처제를 둘러싼 두 여인의 고통과 선택, 새로운 삶에서의 번민을 담아낸 작품
- 1980년 노마상

### 171 느릅나무 아래 욕망
유진 오닐 희곡 | 손동호 옮김 | 168면

욕정과 물욕, 근친상간과 유아 살해. 욕망에서 비롯된 인간사 갈등의 극단점. 그러나 그 속에서도 아직 꺾이지 않는 사랑에 대한 이야기
- 1936년 노벨 문학상 수상 작가

### 172 이방인
알베르 카뮈 장편소설 | 김예령 옮김 | 208면

인간의 부조리를 성찰한 작가 알베르 카뮈의 처녀작. 죽음, 자유, 반항, 진실의 심연을 들여다본다
- 1957년 노벨 문학상 수상 작가
- 2002년 노벨 연구소가 선정한 〈세계 문학 100대 작품〉

### 173 미라마르
나기브 마푸즈 장편소설 | 허진 옮김 | 288면

아랍 문학계의 큰 별, 나기브 마푸즈가 파고든 두 차례의 혁명, 그 이후
- 1988년 노벨 문학상 수상 작가
- 피터 박스올 《죽기 전에 읽어야 할 1001권의 책》

### 174 지킬 박사와 하이드 씨
로버트 루이스 스티븐슨 소설선집 | 조영학 옮김 | 320면

인간 내면의 근원을 탐구한 탁월한 심리 묘사가 스티븐슨. 그가 선사하는 다섯 가지 기이한 이야기
- 2004년 〈한국 문인이 선호하는 세계 명작 소설 100선〉

### 175 루진
이반 뚜르게네프 장편소설 | 이항재 옮김 | 264면

한 〈잉여 인간〉의 삶과 죽음을 러시아 문단의 거인 뚜르게네프의 사실적 시선을 통해 엿본다

### 176 피그말리온
조지 버나드 쇼 희곡 | 김소임 옮김 | 256면

20세기 영국 사회의 허위와 모순에 대한 신랄한 풍자, 셰익스피어 이후 가장 위대한 극작가 조지 버나드 쇼의 대표작
- 1925년 노벨 문학상 수상 작가

### 177 목로주점 전2권
에밀 졸라 장편소설 | 유기환 옮김 | 각 336면

노동자의 언어로 쓰인 최초의 노동 소설. 19세기를 살아간 노동자의 고달픈 삶, 그 몰락의 연대기
- 피터 박스올 《죽기 전에 읽어야 할 1001권의 책》

### 179 엠마 전2권
제인 오스틴 장편소설 | 이미애 옮김 | 각 336, 360면

호기심과 오해가 빚어낸 사건들 속에서 완성되는 철부지 엠마의 좌충우돌 성장기
- 2007년 데보라 G. 펠터 《여성의 삶을 바꾼 책 50권》

### 181 비숍 살인 사건
S. S. 밴 다인 장편소설 | 최인자 옮김 | 464면

추리 소설의 황금시대를 장식한 S. S. 밴 다인의 시와 문학을 접목시킨 연쇄 살인 사건

### 182 우신예찬
에라스무스 풍자문 | 김남우 옮김 | 296면

자유로운 세계주의자 에라스무스, 그의 눈에 비친 〈웃지 않을 수 없는〉 시대의 모습

### 183 하자르 사전
밀로라드 파비치 장편소설 | 신현철 옮김 | 488면

지중해에 실제로 존재했던 하자르 제국에 대한, 역사와 환상이 교묘하게 뒤섞인 역사 미스터리 사전 소설

### 184 테스 전2권
토머스 하디 장편소설 | 김문숙 옮김 | 각 392, 336면

옹졸한 인습 속에서도 강인한 생명력과 자연의 회복력을 지닌 순수한 대지의 딸 테스의 삶과 죽음
- 미국 대학 위원회 선정 SAT 추천 도서

### 186 투명 인간
허버트 조지 웰스 장편소설 | 김석희 옮김 | 288면

SF의 거장 허버트 조지 웰스의 빛나는 상상력. 보이지 않는 인간이 보여 주는, 소외된 인간의 고독
- 미국 대학 위원회 선정 SAT 추천 도서

### 187 93년 전2권
빅토르 위고 장편소설 | 이형식 옮김 | 각 288, 360면

프랑스 대혁명 당시 가장 치열했던 방데 전투의 종말. 그리고 그곳에서, 사상과 인간성 간의 전쟁이 다시 시작된다

### 189 젊은 예술가의 초상
제임스 조이스 장편소설 | 성은애 옮김 | 384면

20세기 가장 혁명적인 문학가 제임스 조이스의 자전적 소설. 감수성을 억압하는 사회를 거부하고 예술의 길을 택한 한 소년의 성장기

### 190 소네트집
윌리엄 셰익스피어 연작시집 | 박우수 옮김 | 200면

아름다운 언어로 사랑과 고통을 그려 낸 소네트 문학의 최고 걸작

- 2009년 「뉴스위크」 선정 〈세계 100대 명저〉

### 191 메뚜기의 날
너새니얼 웨스트 장편소설 | 김진준 옮김 | 280면

할리우드 뒷골목의 하류 인생들! 그들의 적나라한 모습에서 헛된 꿈에 부푼 인간들의 모습을 본다

- 2009년 「뉴스위크」 선정 〈세계 100대 명저〉

### 192 나사의 회전
헨리 제임스 중편소설 | 이승은 옮김 | 256면

모호한 암시와 뒤에 숨겨진 반전, 현대 심리 소설의 아버지 헨리 제임스의 대표작

- 미국 대학 위원회 선정 SAT 추천 도서
- 1955년 시카고 대학 〈그레이트 북스〉

### 193 오셀로
윌리엄 셰익스피어 희곡 | 권오숙 옮김 | 216면

인간의 사랑과 질투, 그리고 의심이라는 감정이 빚어내는 비극

### 194 소송
프란츠 카프카 장편소설 | 김재혁 옮김 | 376면

난데없는 소송과 운명적 소용돌이에 희생당하는 한 인간을 통해 카프카의 문학적 천재성을 본다

- 2002년 노벨 연구소가 선정한 〈세계 문학 100선〉
- 2005년 「타임」지 선정 〈100대 영문 소설〉

### 195 나의 안토니아
윌라 캐더 장편소설 | 전경자 옮김 | 368면

유토피아를 꿈꾸며 고향을 떠나온 이민자들의 삶, 황량한 초원에서 펼쳐진 그들의 아름다운 순간들

- 2007년 데보라 G. 펠터 〈여성의 삶을 바꾼 책 50권〉

### 196 자성록
마르쿠스 아우렐리우스 명상록 | 박민수 옮김 | 240면

로마 황제라는 화려한 뒤에 권력보다는 철학과 인간을 사랑했던 고독한 영웅이 있었다. 그의 성찰의 시간들을 엿본다

### 197 오레스테이아
아이스킬로스 비극 | 두행숙 옮김 | 336면

오레스테스를 중심으로 벌어지는 잔혹한 복수극을 통해 정의란 무엇인지에 대한 질문을 던진다

### 198 노인과 바다
어니스트 헤밍웨이 소설집 | 이종인 옮김 | 320면

한 노인과 거대한 물고기의 사투를 통해 삶과 죽음에 대한 고민과 패배하지 않는 인간의 굳건한 의지를 그려 낸다

- 1952년 퓰리처상 수상작
- 1952년 노벨 문학상 수상 작가

### 199 무기여 잘 있거라
어니스트 헤밍웨이 장편소설 | 이종인 옮김 | 464면

체험에 뿌리를 내린 크나큰 비극, 미국 문학의 거장 헤밍웨이가 〈잃어버린 세대〉의 모습을 담는다

- 「타임」지가 뽑은 〈20세기 100선〉
- 미국 대학 위원회 선정 SAT 추천 도서

### 200 서푼짜리 오페라
베르톨트 브레히트 희곡선집 | 이은희 옮김 | 320면

이데올로기 속에 갇힌 인간의 모습을 그려 낸 「서푼짜리 오페라」와 「억척어멈과 자식들」을 만난다

- 「뉴욕 타임스」 선정 〈20세기 최고의 책 100선〉

### 201 리어 왕
윌리엄 셰익스피어 희곡 | 박우수 옮김 | 224면

자신의 정체성을 아는 자 누구인가? 오이디푸스의 후예 리어, 눈 있으되 보지 못하는 자의 고통

- 미국 대학 위원회 선정 SAT 추천 도서
- 2002년 노벨 연구소가 선정한 〈세계문학 100선〉

### 202 주홍 글자
너새니얼 호손 장편소설 | 곽영미 옮김 | 360면

미국 문학의 시대를 연 호손의 대표작. 가장 통속적인 곳에서 피어난 가장 숭고한 이야기

- 미국 대학 위원회 선정 SAT 추천 도서
- 서울대학교 선정 〈동서 고전 200선〉

### 203 모히칸족의 최후
제임스 페니모어 쿠퍼 장편소설 | 이나경 옮김 | 512면

자연과 문명, 인디언과 백인, 신화와 역사의 경계를 넘나드는 모히칸 전사의 최후 전투 기록

- 미국 대학 위원회 선정 SAT 추천 도서

### 204 곤충 극장
카렐 차페크 희곡선집 | 김선형 옮김 | 360면

양차 대전 사이 유럽을 살아간 휴머니스트 카렐 차페크의 치열한 고민, 그러나 위트 넘치는 기록들

### 205 누구를 위하여 종은 울리나 전2권
어니스트 헤밍웨이 장편소설 | 이종인 옮김 | 각 416, 400면

허무주의에서 평화를 위한 필사의 투쟁으로, 연대를 통한 실천 의식을 역설한 헤밍웨이의 역작

- 1953년 노벨 문학상 수상 작가
- 뉴스위크 선정 세계 100대 명저
- 르몽드 선정 〈20세기 최고의 책〉

### 207 타르튀프
몰리에르 희곡선집 | 신은영 옮김 | 416면

최고의 희극 배우이자 가장 위대한 극작가 몰리에르, 조롱과 웃음기로 무장한 투쟁의 궤적

- 1955년 시카고 대학 〈그레이트 북스〉
- 서울대학교 선정 〈동서 고전 200선〉

### 208 유토피아
토머스 모어 소설 | 전경자 옮김 | 288면

르네상스 시대의 휴머니즘과 종교적 관용, 성 평등을 주장한 근대 소설의 효시이자 사회사상사적 명저

- 『뉴스위크』 선정 〈세상을 움직인 100권의 책〉
- 스탠포드 대학 선정 〈세계의 결정적 책 15권〉

### 209 인간과 초인
조지 버나드 쇼 희곡 | 이후지 옮김 | 320면

니체의 초인 사상에 큰 영향을 받은 버나드 쇼의 인생관과 예술관이 흥미로운 설정과 희극적인 요소와 함께 펼쳐진다

- 1925년 노벨 문학상 수상
- 시카고 대학 그레이트 북스

### 210 페드르와 이폴리트
장 라신 희곡 | 신정아 옮김 | 200면

프랑스 신고전주의 희곡의 대가 라신의 대표작이자 정념을 다룬 비극의 정수

- 서울대학교 선정 〈동서 고전 200선〉
- 시카고 대학 그레이트 북스

### 211 말테의 수기
라이너 마리아 릴케 장편소설 | 안문영 옮김 | 320면

고독과 고난에 대한 기록, 20세기 초 독일어로 발표된 최초의 현대 소설이자 릴케의 유일한 장편소설

- 국립중앙도서관 선정 청소년 권장도서 50선
- 서울대학교 선정 〈동서 고전 200선〉

### 212 등대로
버지니아 울프 장편소설 | 최애리 옮김 | 328면

삶과 죽음, 세월을 바라보는 깊은 눈. 무수한 인상의 단면들을 아름답게 이어 간 울프의 자전적 소설

- 2002년 노벨 연구소가 선정한 〈세계문학 100선〉
- 2005년 〈타임〉지 선정 〈100대 영문 소설〉

### 213 개의 심장
미하일 불가꼬프 중편소설집 | 정연호 옮김 | 352면

혁명의 모순과 과학의 맹점을 파고든 〈불가꼬프적〉 상상력의 정수

### 214 모비 딕 전2권
허먼 멜빌 장편소설 | 강수정 옮김 | 각 464, 488면

고래에 관한 모든 것, 전율적인 모험, 자연과 인간에 대한 심오한 통찰을 담은 멜빌의 독보적 걸작

- 1954년 서머싯 몸이 추천한 〈세계 10대 소설〉
- 2002년 노벨 연구소가 선정한 〈세계문학 100선〉

### 216 더블린 사람들
제임스 조이스 단편소설집 | 이강훈 옮김 | 336면

마비된 도시 더블린에 갇힌 욕망과 환멸, 20세기 문학사를 새롭게 쓴 선구적 작가 제임스 조이스 문학의 출발점

- 2008년 〈하버드 서점〉이 뽑은 잘 팔리는 책 20〉
- 2004년 〈한국 문인이 선호하는 세계 명작 소설 100선〉

### 217 마의 산 전3권
토마스 만 장편소설 | 윤순식 옮김 | 각 496, 488, 512면

20세기 독일 문학의 거장 토마스 만 작품의 정수! 죽음이 지배하는 알프스의 호화 요양원 〈베르크호프〉에서 생(生)의 아름다움과 환희를 되묻다

### 220 비극의 탄생
프리드리히 니체 | 김남우 옮김 | 320면

아폴론과 디오뉘소스라는 두 가지 원리로 희랍 비극의 근원을 분석하고 서양 문화의 심층 구조를 드러낸다. 20세기 문학, 철학, 예술에 심대한 영향을 끼친 책

### 221 위대한 유산 전2권
찰스 디킨스 장편소설 | 류경희 옮김 | 각 432, 448면

세상만사를 꿰뚫어보는 깊은 통찰과 풍부한 서사, 유쾌한 해학이 담긴 19세기 대문호 찰스 디킨스의 작품

- 2002년 노벨 연구소가 선정한 〈세계문학 100선〉
- 2007년 영국 독자들이 뽑은 가장 귀중한 책

### 223 사람은 무엇으로 사는가
레프 똘스또이 소설선집 | 윤새라 옮김 | 464면

1852년부터 1907년까지, 13편을 선정해 60년에 이르는 똘스또이 작품 세계의 궤적을 담아낸 단편선

### 224 자살 클럽
로버트 루이스 스티븐슨 소설선집 | 임종기 옮김 | 272면

인간 내면에 도사린 본질적 탐욕과 이중성, 죄의식과 두려움을 다룬 기묘하고 환상적인 단편선

### 225 채털리 부인의 연인 전2권
데이비드 허버트 로런스 장편소설 | 이미선 옮김 | 각 336, 328면

20세기 문학계를 뒤흔든 D. H. 로런스의 문제작. 현대 산업 사회에 대한 비판과 인간성 회복에의 염원이 담긴 작품

- 르몽드 선정 〈20세기 최고의 책〉
- 피터 박스올 〈죽기 전에 읽어야 할 1001권의 책〉
- 2004년 〈한국 문인이 선호하는 세계 명작 소설 100선〉

### 227 데미안
헤르만 헤세 장편소설 | 김인순 옮김 | 264면

혼돈과 자아 상실의 시대를 살아가는 젊은이들에게 시대의 지성 헤르만 헤세가 바치는 작품

- 1946년 노벨 문학상 수상 작가
- 2004년 〈한국 문인이 선호하는 세계 명작 소설 100선〉

### 228 두이노의 비가
라이너 마리아 릴케 시선집 | 손재준 옮김 | 504면

삶 속에서 죽음을 노래한 시인 릴케의 대표 시집 중 엄선한 1700여 편의 주요 작품을 소개한 시 선집
- 동아일보 선정 〈세계를 움직인 100권의 책〉
- 고려대학교 선정 〈교양 명저 60선〉

### 229 페스트
알베르 카뮈 장편소설 | 최윤주 옮김 | 432면

죽음 앞에 선 인간의 고뇌와 역할에 대한 진지한 성찰이 담긴 〈제2차 세계 대전 이후 최대의 걸작〉
- 1957년 노벨 문학상 수상 작가
- 서울대학교 권장 도서 100선
- 국립중앙도서관 선정 청소년 권장 도서 50선

### 230 여인의 초상 전2권
헨리 제임스 장편소설 | 정상준 옮김 | 각 520, 544면

자유로운 이상을 가진 한 여인의 이야기. 헨리 제임스의 심리적 사실주의를 대표하는 걸작
- 2004년 〈한국 문인이 선호하는 세계 명작 소설 100선〉
- 미국 대학 위원회 선정 SAT 추천 도서
- 서울대학교 선정 〈동서 고전 200선〉

### 232 성
프란츠 카프카 장편소설 | 이재황 옮김 | 560면

독일인이 뽑은 20세기 최고의 작가 카프카의 3대 장편소설 중 하나
- 2002년 노벨 연구소가 선정한 〈세계 문학 100선〉
- 피터 박스올 〈죽기 전에 읽어야 할 1001권의 책〉

### 233 차라투스트라는 이렇게 말했다
프리드리히 니체 산문시 | 김인순 옮김 | 464면

니체 철학의 가장 중심적인 사상들을 생동하는 문학적 언어로 녹여 낸 작품
- 국립중앙도서관 선정 고전 100선
- 동아일보 선정 〈세계를 움직이는 100권의 책〉

### 234 노래의 책
하인리히 하이네 시집 | 이재영 옮김 | 384면

독일을 대표하는 서정 시인이자 혁명적 저널리스트인 하이네의 시집. 실패한 사랑의 슬픔과 인습의 굴레에서 벗어나고자 했던 고아한 시성(詩聖)의 노래

### 235 변신 이야기
오비디우스 서사시 | 이종인 옮김 | 632면

라틴 문학의 전성기를 대표하는 시인 오비디우스가 그리스 로마 신화를 응집한 역작
- 2002년 노벨 연구소가 선정한 〈세계문학 100선〉
- 서울대학교 권장 도서 100선
- 연세대학교 권장 도서 200선

### 236 안나 까레니나 전2권
레프 톨스또이 장편소설 | 이명현 옮김 | 각 800, 736면

사랑과 결혼, 가정 등 일상적인 소재를 통해 당대 러시아의 혼란한 사회상과 개인의 내면을 생생하게 묘사한, 톨스또이의 모든 고민을 집대성한 대표작
- 「가디언」 선정 역대 최고의 소설 100선
- 서울대학교 권장 도서 100선

### 238 이반 일리치의 죽음·광인의 수기
레프 톨스또이 장편소설 | 석영중·정지원 옮김 | 232면

죽음 앞에 선 인간 실존에 대한 톨스또이의 깊은 성찰이 담긴 걸작
- 시카고 대학 그레이트 북스
- 피터 박스올 〈죽기 전에 읽어야 할 1001권의 책〉

### 239 수레바퀴 아래서
헤르만 헤세 장편소설 | 강명순 옮김 | 232면

모순적인 교육 제도에 짓눌린 안타까운 청춘의 이야기. 헤세의 사춘기 시절 체험이 담긴 자전적 성장 소설
- 1946년 노벨 문학상 수상 작가
- 서울대학교 선정 동서 고전 200선

### 240 피터 팬
J. M. 배리 장편소설 | 최용준 옮김 | 272면

영원히 어른이 되고 싶지 않은 소년 피터팬. 신비의 섬 네버랜드에서 펼쳐지는 짜릿한 대모험
- 「가디언」 선정 〈모두가 읽어야 할 소설 1000선〉

### 241 정글 북
러디어드 키플링 중단편집 | 오숙은 옮김 | 272면

늑대 품에서 자란 소년 모글리, 대지가 살아 숨 쉬는 일곱 개의 빛나는 중단편들
- 1907년 노벨 문학상 수상 작가
- BBC 선정 아동 고전 소설

### 242 한여름 밤의 꿈
윌리엄 셰익스피어 희곡 | 박우수 옮김 | 160면

셰익스피어의 대표 낭만 희극. 꿈과 현실을 넘나드는 한바탕의 마법 같은 이야기
- 미국 대학 위원회 선정 SAT 추천 도서

### 243 좁은 문
앙드레 지드 | 김화영 옮김 | 264면

지상보다 천상의 행복을 사랑한 여인과, 그 여인을 사랑한 한 남자의 이야기. 현대 프랑스 문학의 거장 앙드레 지드의 대표작
- 1947년 노벨 문학상 수상 작가
- 2003년 국립중앙도서관 선정 〈고전 100선〉

### 244 모리스
E. M. 포스터 장편소설 | 고정아 옮김 | 408면

영국 중산층의 한 젊은이가 자신의 성적 정체성을 찾아가는 과정을 그린 소설

### 245 브라운 신부의 순진
길버트 키스 체스터턴 단편집 | 이상원 옮김 | 336면

추리 문학계의 전설로 손꼽히는 매력적인 성직자 탐정 브라운 신부의 놀라운 활약상. 추리 문학의 거장 체스터턴의 대표 단편집

### 246 각성
케이트 쇼팽 장편소설 | 한애경 옮김 | 272면

오롯이 〈자기 자신〉으로 살기 원했던 한 여성의 이야기. 선구적 페미니즘 작가 케이트 쇼팽의 대표작

### 247 뷔히너 전집
게오르크 뷔히너 지음 | 박종대 옮김 | 400면

독일 현대극의 선구자가 된 천재 작가 게오르크 뷔히너. 『당통의 죽음』, 『보이체크』 등 그가 남긴 모든 문학 작품을 한 권에 수록한 전집

### 248 디미트리오스의 가면
에릭 앰블러 장편소설 | 최용준 옮김 | 424면

〈스파이 소설의 최고 걸작〉으로 평가받는, 현대 스파이 소설의 아버지 에릭 앰블러의 대표작

### 249 베르가모의 페스트 외
옌스 페테르 야콥센 중단편 전집 | 박종대 옮김 | 208면

페스트가 이탈리아 북부를 휩쓸자 절망에 빠진 시민들은 타락하기 시작한다. 덴마크 작가 야콥센의 걸작 중단편집

### 250 폭풍우
윌리엄 셰익스피어 희곡 | 박우수 옮김 | 176면

폭풍우로 외딴 섬에 난파한 기묘한 인연의 사람들. 사랑과 복수, 용서가 뒤섞인 환상적인 이야기

### 251 어셴든, 영국 정보부 요원
서머싯 몸 연작 소설집 | 이민아 옮김 | 416면

서머싯 몸이 자신의 실제 스파이 경험을 토대로 쓴 연작 소설집. 현대 스파이 소설의 원조이자 고전이 된 걸작

### 252 기나긴 이별
레이먼드 챈들러 장편소설 | 김진준 옮김 | 600면

하드보일드 소설의 대표 고전. 레이먼드 챈들러가 창조한 전설적인 탐정 필립 말로의 활약을 담은 대표작

- 1955년 에드거상 수상작

### 253 인도로 가는 길
E. M. 포스터 장편소설 | 민승남 옮김 | 552면

인도인과 영국인은 친구가 될 수 있을까. 영국 식민 통치의 모순을 파헤친 E. M. 포스터의 대표작

- 『타임』 선정 〈현대 100대 영문 소설〉
- 모던 라이브러리 선정 〈20세기 영문 소설 100선〉
- 1924년 제임스 테이트 블랙 기념상 수상
- 1925년 페미나상 수상

### 254 올랜도
버지니아 울프 장편소설 | 이미애 옮김 | 376면

남성에서 여성이 되어 수백 년을 살아온 한 시인의 놀라운 일대기. 버지니아 울프의 걸작 환상 소설

- 피터 박스올 《죽기 전에 읽어야 할 1001권의 책》
- BBC 선정 〈우리 세계를 형성한 100권의 소설〉

### 255 시지프 신화
알베르 카뮈 지음 | 박언주 옮김 | 264면

카뮈의 부조리 사상의 정수를 담은 대표 철학 에세이. 철학적인 명징함과 문학적 감수성을 두루 갖춘 걸작

- 1967년 노벨 문학상 수상 작가
- 고려대학교 선정 교양 명저 60선

### 256 조지 오웰 산문선
조지 오웰 지음 | 허진 옮김 | 424면

조지 오웰의 명징한 통찰과 사유를 보여 주는 빼어난 에세이들을 엄선한 선집

### 257 로미오와 줄리엣
윌리엄 셰익스피어 희곡 | 도해자 옮김 | 200면

증오 속에서 태어나 죽음을 넘어서는 불멸의 사랑. 셰익스피어가 창조한 가장 유명한 사랑의 비극

### 258 수용소군도 전6권
알렉산드르 솔제니친 기록문학 | 김학수 옮김 | 각 460면 내외

20세기 최고의 고발 문학이자 세계적인 휴먼 다큐멘터리

- 1970년 노벨 문학상
- 『타임』지가 뽑은 〈20세기 100선〉

### 264 스웨덴 기사
레오 페루츠 장편소설 | 강명순 옮김 | 336면

운명처럼 얽혀 신분이 뒤바뀐 도둑과 귀족의 파란만장한 이야기. 독일어권 문학의 거장 레오 페루츠의 걸작 환상 소설

### 265 유리 열쇠
대실 해밋 장편소설 | 홍성영 옮김 | 328면

대실 해밋이 자신의 최고 걸작으로 꼽은 작품. 인간의 욕망과 비정한 정치의 이면을 드러내는 하드보일드 범죄 소설

### 266 로드 짐
조지프 콘래드 장편소설 | 최용준 옮김 | 608면

침몰하는 배와 승객을 버리고 도망친 한 선원의 파멸과 방황, 모험을 그린 걸작. 영국 문학의 거장 조지프 콘래드의 대표 장편소설

- 모던 라이브러리 선정 〈20세기 영문 소설 100선〉
- 르몽드 선정 〈20세기 최고의 책〉

### 267 푸코의 진자 전3권
움베르토 에코 장편소설 | 이윤기 옮김 | 각 392, 384, 416면

광신과 음모론의 극한을 보여 주는 이야기, 에코의 가장 〈백과사전적〉이고 야심적인 소설

### 270 공포로의 여행
에릭 앰블러 장편소설 | 최용준 옮김 | 376면

전쟁 중 한 엔지니어의 생사를 둘러싸고 벌어지는 각국의 숨 막히는 첩보전. 현대 스파이 소설의 아버지 에릭 앰블러의 걸작

### 271 심판의 날의 거장
레오 페루츠 장편소설 | 신동화 옮김 | 264면

유명 배우의 의문의 죽음, 그리고 수수께끼의 연쇄 자살 사건의 비밀. 독일어권 문학의 거장 레오 페루츠의 대표작

### 272 에드거 앨런 포 단편선
에드거 앨런 포 지음 | 김석희 옮김 | 392면

환상 문학과 미스터리 문학의 선구자 에드거 앨런 포의 대표 작품 12편을 엄선한 단편집

- 미국 대학 위원회 선정 SAT 추천 도서
- 2002년 노벨 연구소가 선정한 〈세계문학 100선〉
- 2004년 〈한국 문인이 선호하는 세계 명작 소설 100선〉

### 273 수전노 외
몰리에르 희곡선집 | 신정아 옮김 | 424면

천재 극작가이자 희극 배우 몰리에르, 고전 희극을 완성한 그의 대표적 문제작들

- 고려대학교 선정 〈교양 명저 60선〉
- 클리프턴 패디먼 〈일생의 독서 계획〉

### 274 모파상 단편선
기 드 모파상 지음 | 임미경 옮김 | 400면

세계문학사상 가장 위대한 단편 작가 중 하나인 기 드 모파상. 속도감 있고 아름다운 삶의 면면을 날카롭게 포착하는 그의 걸작 단편들

### 275 평범한 인생
카렐 차페크 장편소설 | 송순섭 옮김 | 280면

죽음을 앞두고 진정한 자신들을 만난 한 남자의 이야기. 체코 문학의 길을 낸 20세기 최고의 이야기꾼 차페크의 걸작

### 276 마음
나쓰메 소세키 장편소설 | 양윤옥 옮김 | 344면

정교한 언어로 길어 올린 인간 내면의 연약한 심연. 일본의 국민 작가 나쓰메 소세키 문학의 정수

- 서울대학교 권장 도서 100선
- 피터 박스올 〈죽기 전에 읽어야 할 1001권의 책〉

### 277 인간 실격·사양
다자이 오사무 소설집 | 김난주 옮김 | 336면

일본 데카당스 문학의 기수 다자이 오사무. 그가 생의 마지막 불꽃을 태워 완성한 두 편의 대표작

### 278 작은 아씨들 전2권
루이자 메이 올컷 장편소설 | 허진 옮김 | 각 408, 464면

세상의 모든 딸들을 위한 걸작. 저마다 다른 개성으로 빛나는 네 자매의 성장 소설

- 〈타임〉지 선정 〈100대 영문 소설〉
- 미국 전국 교육 협회 선정 〈교사를 위한 100대 도서〉

### 280 고함과 분노
윌리엄 포크너 장편소설 | 윤교찬 옮김 | 520면

현대 미국 문학의 거장이자 노벨 문학상 수상 작가 윌리엄 포크너의 가장 강렬한 대표작

- 1949년 노벨 문학상 수상 작가
- 미국 대학 위원회 선정 SAT 추천 도서

### 281 신화의 시대
토머스 불핀치 신화집 | 박중서 옮김 | 664면

서양 문화의 근간이 되는 그리스 로마 신화를 집대성한 최고의 역작

- 서울대학교 권장 도서 100선
- 한국 문인이 선호하는 세계 명작 소설 100선

### 282 셜록 홈스의 모험
아서 코난 도일 단편집 | 오숙은 옮김 | 456면

세계에서 가장 유명한 탐정 셜록 홈스 이야기의 정수를 담은 단편집. 문학사상 가장 위대한 추리 단편집으로 손꼽히는 역작

### 283 자기만의 방
버지니아 울프 지음 | 공경희 옮김 | 216면

선구적 페미니스트 버지니아 울프가 여성과 문학의 문제를 논한 에세이. 페미니즘의 가장 유명한 고전이 된 걸작

### 284 지상의 양식·새 양식
앙드레 지드 지음 | 최애영 옮김 | 360면

노벨 문학상 수상 작가 앙드레 지드의 대표작. 생의 쾌락을 향한 열정과 열광을 노래한 영원한 〈탈주와 해방의 참고서〉

### 285 전염병 일지
**대니얼 디포 지음 | 서정은 옮김 | 368면**

대니얼 디포의 대표작으로, 1655년 영국을 덮친 페스트를 생생하게 그린다. 18세기 인본주의 서사의 전범으로 꼽히는 작품

### 286 오이디푸스왕 외
**소포클레스 비극 | 장시은 옮김 | 368면**

고대 그리스 비극 3대 작가 소포클레스가 남긴 위대한 걸작으로, 고대 그리스어 원전을 충실하게 옮겼다. 운명의 희생자로 주저앉지 않으려는 인간의 이야기

### 287 리처드 2세
**윌리엄 셰익스피어 희곡 | 박우수 옮김 | 208면**

왕권은 절대적인 것인가 아니면 힘에서 나오는 것인가. 셰익스피어의 희곡 중에서도 특히 언어의 아름다움이 돋보이는 작품으로, 왕권의 권위와 정통성, 국민의 충성과 반역, 개인의 욕망과 책임 등에 대해 질문하고 탐구한다

### 288 아내 · 세 자매
**안톤 체호프 선집 | 오종우 옮김 | 240면**

안톤 체호프의 대표 희곡과 숨은 명작 단편소설을 엮은 선집. 사람답게 사는 법을 질문하며 자유의 의미를 깨닫게 하는 무척 체호프다운 작품들